Robert Corvus

BERG DER MACHT

Roman

PIPER

Entdecke die Welt der Piper Fantasy:

Piper Fantasy.de

Von Robert Corvus liegen im Piper Verlag vor:
Drachenmahr
Die Schwertfeuer-Saga (Serie)
Feuer der Leere
Das Imago-Projekt
Berg der Macht

MIX
Papier aus verantwortungsvollen Quellen
FSC® C083411
FSC
www.fsc.org

Originalausgabe
Februar 2019
ISBN 978-3-492-28172-0

Umschlaggestaltung: Guter Punkt, München
Umschlagabbildung: Guter Punkt, Julia Jonas unter Verwendung von Thinkstock
Satz: Tobias Wantzen, Bremen
Gesetzt aus der Caslon
Druck und Bindung: CPI books GmbH, Leck
Printed in the EU

Robert Corvus
Berg der Macht

PIPER

Zu diesem Buch

Der Granit des Bergs Ianapat verleiht dem Adel ewiges Leben. Der Preis dafür: die Trennung der Seele vom Körper, denn unsterblich sind nur Geister. Die Adelshäuser sind dem Willen jener Geister unterworfen. Nach den Launen der Unsterblichen fechten sie ihre Fehden aus – und besiegeln Bündnisse mit Heiraten. Doch die Grafentochter Semire von Schneegrund will beweisen, dass mehr an ihr von Nutzen ist als nur die Hand, die sie einem Baron reichen kann. Währenddessen tritt der Maler Quilûn in den Dienst des Tiefen Hauses Schneegrund. Unversehens wird er zu einer Figur im Machtkampf der Herrschenden. Seine Stellung könnte das Tor zur Gerechtigkeit und Freiheit für alle sein ...

Robert Corvus, 1972 geboren, lebt in Köln. Der Diplom-Wirtschaftsinformatiker war in verschiedenen internationalen Konzernen als Strategieberater und Projektleiter tätig. Corvus ist Metalhead, Kinofan und Tänzer. Mit der Trilogie »Die Schattenherren« und dem Einzelroman »Schattenkult« etablierte er sich auf der dunklen Seite der Fantasy. Zuletzt erschienen sein Science-Fiction-Roman »Das Imago-Projekt« sowie sein High-Fantasy-Epos »Die Schwertfeuer-Saga«. »Berg der Macht« ist seine neueste epische Fantasyserie.

PROLOG

Neue Erfahrungen

Derrek Eichfrost überlegte, ob sie es so mögen würde, wie er es vorbereitet hatte.

Turon meinte, es wäre besser, wenn sich das Weib wohlfühlte. Es wäre dann glitschiger. Bei dieser Erklärung hatte er sich zwischen den Beinen gerieben und genießerisch die Augen verengt. Derrek hatte nicht genau verstanden, was sein Freund gemeint hatte, aber dennoch wissend genickt. Jetzt wünschte er sich, er hätte nachgefragt.

Er sah zur Tür des Weinkellers und lauschte. Noch waren keine Schritte zu hören. Er hatte also noch Zeit.

Die Kissen, die er aus der Wäscherei heruntergeholt hatte, lagen auf einem Haufen in der Ecke vor dem größten Fass. Selbst auf den Fußballen und mit in die Höhe gestreckten Armen hätte Derrek seinen Durchmesser nicht erreicht. Es enthielt den billigsten Wein, den die Eichfrosts bei Feiern als Letztes ausschenkten, wenn die Gäste nicht mehr so genau schmeckten. Eigentlich waren es mehrere Weine, man kippte immer wieder etwas hinein, auch Reste. Sogar die Dienerschaft durfte davon trinken.

Tinya würde er jedoch einen anderen Tropfen kredenzen. Einen süßen Roten, auf eine Glasflasche gezogen, die auf dem runden Tisch vor dem Kissenhaufen stand. Derrek war stolz auf den kristallenen Leuchter, den er aus dem Empfangszimmer für gehobene Gäste geholt hatte, und auch auf die Wachskerze, die der Imker mit einem Duftwasser getränkt hatte. Beim Abbrennen füllte sie den Weinkeller mit Wohlgeruch, sie schien hell, und er hatte sie so aufgestellt, dass sich ihr Licht in der Weinflasche brach. Es sah aus, als funkelte ein Rubin in der Flüssigkeit.

Derrek zog das schwarze Kissen aus dem Haufen und legte es ganz nach oben. Es war einfacher gewebt als das rote, ohne Silberfäden. Es gehörte wohl nicht ins Schlafzimmer seiner Eltern. Deswegen sah es weniger prächtig aus als das andere, wo die Verzierungen Faune und Weinreben formten. Aber es war weicher, man lag bestimmt angenehmer darauf. So war das mit dem Adel, bei den Kissen wie bei den Schuhen: Alles war vornehm, aber auch etwas unbequem. Derreks Vater meinte, das sei gut so. Es hielte die Herrschenden davon ab, sich auszuruhen und faul zu werden. Wobei Derreks Vater weniger Zeit auf dem Fechtboden zubrachte als sein dreizehnjähriger Sohn. Derrek war stolz, dass er nun schon Lektionen mit Eisenwaffen erhielt, nicht bloß mit den harmlosen aus Holz, bei denen man sich allenfalls einen blauen Fleck holte. Die Eisendegen konnten eine Rippe brechen, auch wenn die Klingen natürlich nicht geschliffen waren. Noch nicht einmal die Erwachsenen übten mit scharfen Waffen.

Derrek schüttelte das schwarze Kissen auf, legte es auf den Haufen und trat ein paar Schritte zurück. Er stellte sich vor, wie Tinya darauf liegen würde. Der Gedanke gefiel ihm.

Wobei Turon damit prahlte, dass es im Stehen am besten war. Turon hatte es schon oft gemacht, sagte er. Mit Mägden und einer Bauerstochter und sogar mit einer Bettlerin, die er angeblich fürstlich entlohnt hatte. Das konnte Derrek sich kaum vorstellen. Turon war der größte Geizhals, den er kannte. Bei jedem Jahrmarkt hatte er seine Börse vergessen, musste sich Münzen leihen und stritt später darüber, wie hoch die Schuld war, die er zu begleichen hatte. Aber die Mädchen warfen dem bulligen Jungen Blicke zu, die auch Derrek nicht entgingen und bei denen ihn eine peinliche Mischung aus Sehnsucht und Unwohlsein überkam, obwohl die weibliche Aufmerksamkeit gar nicht ihm galt.

Nochmals strich er über die Tischdecke, die bereits völlig glatt lag. Durch seine dünnen, schneeweißen Handschuhe spürte er den Samt. Er war zufrieden damit, dass er sie angezogen hatte. So hinterließen seine Finger keine Spuren auf den beiden Kelchen. Das Kristall war klar wie Quellwasser.

Der Korken, den er aus der Weinflasche gezogen hatte, ohne ihn zu beschädigen, lag auf einer silbernen Untertasse. Das Getränk atmete schon, seit Derrek hierhergekommen war. Sicher würde der süße Rote seinen Geschmack voll entfalten. Er war bei Weitem nicht der teuerste Wein im Kontor, aber die teuren waren zu trocken. Mädchen mochten es nicht, wenn sich ihr Gaumen zusammenzog, meinte Turon und hatte Derrek deswegen zu einem süßen geraten. Diesen Rat hatte er gern angenommen, er musste immer sehr schauspielern, um den Eindruck zu erwecken, trockene Weine würden ihm munden.

Er stellte sich an die Tür und betrachtete die Szenerie so, wie Tinya sie zuerst wahrnähme. Die Kerze war genau richtig. Ihr Licht war hell genug, um das große Fass und die beiden Reihen übereinandergestapelter Fässer an der rechten Wand anzuleuchten und das rotbraune Holz gut zur Geltung zu bringen. Noch immer gefiel ihm besonders der Lichtreflex in der Weinflasche. Zur linken Seite hin verlor sich die Helligkeit in der Tiefe des Raums, in dem weitere Weine lagerten. Manche reiften hier schon länger als dreizehn Jahre. Ihre Trauben hatten bereits an den Reben gehangen, bevor Derrek geboren worden war.

Jedenfalls gab die Dunkelheit, in der sich die linke Kellerseite verlor, dem Ort etwas Geheimnisvolles. Auch das mochten die Mädchen.

Derrek runzelte die Stirn. Vielleicht war das gar nicht so gut. Er hatte gehört, dass Frauen es schätzten, wenn ihr Liebhaber ihnen eine klare Richtung vorgab. Wenn Männer Befehle erteilten, wie ein Krieger es gegenüber einem Bauern tat, dessen Hof er plünderte. Ob Derrek sich zu sehr um Tinya bemühte? Am Ende lachte die Magd ihn aus und tratschte unter dem Gesinde herum, was er von ihr gewollt hatte …

Derrek krampfte die Hände zu Fäusten zusammen. Dies war sein erstes Mal, es musste gelingen! Turon hatte es schon vor zwei Jahren getan. Darüber, dass Derrek keinen Steifen kriegen könnte, brauchte er sich wenigstens nicht zu sorgen. Er war jetzt schon hart wie ein Stuhlbein. Derrek musste nur daran denken, wie sich Tinyas runde Hüften wiegten.

Er zuckte zusammen, als er Schritte auf der Treppe hörte. Tinya war größer als er, aber sie klang so leicht. Sie musste weiche Schuhe tragen.

Derrek floh fort von der Tür und stellte sich neben den Tisch. Sollte er sich darauflehnen? Vielleicht mit der Faust, das wirkte entschlossen … und die linke Hand in die Seite stützen, dazu ein gewinnendes Lächeln, ein bisschen schelmisch …

Zu spät! Die Tür öffnete sich.

Tinyas Gesicht war heller, als Derrek es in Erinnerung hatte. Sicher hatte sie sich gewaschen. Auch das blaugraue Kleid war sauber. Vor allem aber lag es enger an als das, was sie im Weinberg trug. Die Brüste schienen es sprengen zu wollen.

Ohne hinzusehen, schloss sie die Tür und lehnte sich dagegen. Ihr Blick glitt an Derrek hinab und wieder herauf zu seinem Gesicht, das sich anfühlte, als würde es glühen.

»Ihr habt Euch vornehm gekleidet, junger Herr.« Tinya mochte die Lippen, die sich jetzt zu einem herausfordernden Lächeln formten, mit Kirschsaft gerötet haben. Derrek bezweifelte, dass sie solche Farben besaß wie seine Mutter.

Ihre Zähne waren natürlich weiß, oder ein bisschen gelblich. Nicht blau wie bei Adligen. Seit er mit den Schwertübungen begonnen hatte, spülte auch Derrek wöchentlich den Mund mit einer etwas bitteren Tinktur, um sie zu färben.

Tinya legte die Hände an ihre Brüste und strich an ihrer schlanken Gestalt hinab, über die enge Taille, die gerundeten Hüften, als müsste sie das Kleid glätten. »Bei Eurem feinen Aufzug kann ich kaum mithalten.«

Derrek stützte sich nun doch auf den Tisch. Mit der Linken versuchte er eine lässige Geste. Der weiße Handschuh saß perfekt.

Seine Brüder trugen gerade jetzt Handschuhe aus festem Leder, die sie vor den Klingen der Adlerhochs schützen sollten. Statt einem samtenen Wams und einem Hemd mit feiner Spitze hatten sie Harnische angelegt. Sie würden heute für die Ehre von Haus Eichfrost streiten, in den Reihen des gräflichen Hauses Schneegrund.

Aber auch Derreks Kleidung sollte ihm helfen, heute etwas Bedeutendes zu vollbringen, und auch er bewies Mut. Das gesamte Haus war leer. Wie so oft hatte seine Familie es geräumt, weil es ungünstig am Berg lag. Schlecht zu verteidigen. Deswegen würde auch niemand Derrek und Tinya stören. Sie konnten sich viel Zeit lassen.

Bloß, dass es Derreks Steifem gar nicht schnell genug gehen konnte. In der Hose schwoll er noch weiter an. Ob Tinya das bemerkte? Eigentlich sollte sie es nicht sehen können, die Kerze stand hinter Derrek, sein Schritt lag im Schatten.

Dafür waren Tinyas Brüste gut zu sehen. Die oberen Knöpfe ihres Kleids standen offen, die Kerbe zwischen den Halbkugeln war überdeutlich. Derrek vermochte den Blick nicht davon zu wenden, und seine Kehle war so trocken, dass er fürchtete, er würde krächzen, wenn er zu sprechen versuchte.

Tinya hatte noch immer dieses Lächeln auf den Lippen und ihre Augen funkelten. Sie schien überhaupt nicht unsicher. Wie oft sie es wohl bereits mit jemandem getrieben hatte? Immerhin war sie schon siebzehn oder achtzehn, so genau wusste Derrek das nicht.

»Auf dem Weinberg war es heute so heiß ...« Tinya strich wieder an ihrem Körper hoch. Besonders interessant fand Derrek, wie sich die Brüste zusammendrückten. Sie sahen weich und dennoch fest aus. Tinya verharrte aber nicht bei ihnen, sondern legte die Hände an ihren Hals, wobei sie ihr brünettes Haar zurückschob. »Ich trage gar nichts drunter«, sagte sie. »Hier unten werdet Ihr mich gut warm halten müssen, damit ich mich nicht erkälte.«

Er wollte ihr sagen, dass damit nicht zu rechnen sei. Er habe nach dem mittäglichen Mahl ausgiebig geruht, sodass er nun über all seine Kräfte verfüge. Er habe die Absicht, sich intensiv mit ihr zu beschäftigen. Ihr die Sinne zu rauben. Sie würde in den nächsten Stunden keinen Moment der Ruhe finden. Er sei zu allem entschlossen.

Nur ein kümmerliches Stöhnen fand den Weg aus seinem Mund.

Tinya lachte leise.

Amüsierte sie sich über ihn?

So sollte es nicht sein. Er wollte sie beeindrucken!

Er überlegte, wie ihm das gelingen konnte, als sie sich schon von der Tür abstieß und mit schwingenden Hüften zu ihm kam. »Aber Euch muss doch warm sein«, gurrte sie.

Ein Duft wie auf einer Blumenwiese drang ihm in die Nase, als sie dicht vor ihm stand und an den Haken seines Wamses nestelte. Sie sagte nichts mehr, sah ihm jedoch tief in die Augen, während sie es öffnete. Sie war größer als er.

Derrek wagte nicht, den Blick zu senken. Er war sicher, dass der Geruch von ihren Brüsten kam. Bestimmt hatte sie das Duftwasser dort aufgetragen.

Sie streifte sein Wams ab und widmete sich dem Hemd.

Was sollte er tun? Was erwartete sie? Was hätte Turon an Derreks Stelle getan?

Das reichte jetzt, er durfte der Magd nicht vollständig die Initiative überlassen! Mit beiden Händen fasste er ihre Brüste.

Leise schrie Tinya auf. »Nicht so fest«, bat sie.

Erschrocken lockerte er den Griff. Ihr Busen war tatsächlich weich und fest zugleich und er war warm.

Überhaupt war Derrek warm. Heiß.

Er genoss es, dass Tinya sein Hemd aufknöpfte und es ihm auszog, obwohl er die Hände lösen musste, damit sie es über seine Arme bekam. Die Handschuhe streifte er mit den Ärmeln ab.

Dabei kamen sich ihre Gesichter so nahe, dass er ihren Atem spürte. Er roch frisch, nach Minze. Derrek fehlte jedoch die Zeit, darüber nachzudenken. Ihre Lippen drückten sich auf seine, ihre Münder öffneten sich, die Zungen fanden zueinander. Er atmete tief ein. Es war aufregend, ihre Zunge zu spüren. Und ihren Körper, der sich an seine nackte Brust presste und Derrek gegen den Tisch schob, der ein Stück weit über den Boden schrammte.

Dass sie seine Hose geöffnet hatte, bemerkte Derrek erst, als sie sich von ihm löste, allerdings, ohne sich weiter als eine Elle von ihm zu entfernen.

»Ich habe geschickte Hände ...«, kündigte sie in verschwörerischem Tonfall an. Zum Beweis legte sich eine davon um Derreks Schaft.

Er stöhnte. Er wollte sie noch einmal küssen, aber ihm gefiel auch, was sie mit seinem Steifen tat. Also beschränkte er sich darauf, mit der Rechten nochmals ihre Brüste zu greifen, während er sich mit der Linken an der Tischkante festhielt.

»Ihr könnt mich ja gar nicht richtig fühlen, junger Herr.« Zu seinem Bedauern löste sie den Griff und trat einen Schritt zurück, wobei sie Wärme und Duft mit sich nahm. Unglaublich, wie viel ein paar Ellen ausmachten!

Sie spielte mit dem obersten noch geschlossenen Knopf. »Wollt Ihr oder soll ich?«

»Was?« Die Frage kratzte in seiner Kehle. Ob ein Schluck Wein helfen könnte? Aber er war zu gespannt darauf, was Tinya als Nächstes täte, um den Blick auch nur für den kurzen Moment abzuwenden, den er zum Einschenken brauchen würde.

»Das Kleid.« Wieder lachte sie leise. »Ich mache es schon.«

Sie ging ein Stück in die Hocke, griff den Stoff und zog ihn im Hochkommen mit einer fließenden Bewegung über ihren Kopf, um ihn achtlos vor ein Weinfass fallen zu lassen.

Tinya trug wirklich nichts drunter. Ihre Brüste waren so groß wie Melonen, die Warzen von einem dunklen Rosa, und sie hingen jetzt etwas tiefer als zuvor, als das Kleid sie noch gestützt hatte. Noch interessanter fand Derrek nun jedoch den dreieckigen Flaum zwischen ihren Schenkeln. Er wollte die Nase hineindrücken und daran riechen, doch stattdessen blieb er mit geöffneter Hose und schmerzhaft steifem Glied auf der Tischkante sitzen, unfähig, sich zu rühren. Ob Turons erstes Mal auch so verlaufen war?

Nackt waren Tinyas Bewegungen noch viel aufregender. Sie setzte ihre Füße wie eine Katze, als sie sich ihm wieder näherte. Die Leinenschuhe machten leise Geräusche auf dem Steinboden.

Erneut griff sie Derreks Steifen.

Er stöhnte lauter als zuvor.

»Vielleicht findet Ihr meine Hände etwas rau«, flüsterte sie ihm ins Ohr und knabberte dabei an seinem Läppchen. »Das kommt, weil ich im Weinberg arbeiten muss. Da hilft auch die beste Salbe wenig. Wenn Ihr mich ins Haus holen könntet …« Ihre Liebkosung wurde fester, die Vorhaut glitt über die Eichel. »… könnten wir uns auch öfter treffen.«

Er durfte ihr nicht alles überlassen! Er musste führen! Derrek griff ihren Unterarm. »Mit der Hand kann ich es selbst.«

Tinyas linke Braue zuckte. Offenbar wusste sie nicht einzuschätzen, wie es weiterginge. Das gefiel ihm.

Natürlich war Derrek klar, wie man es richtig machte. Jedenfalls so ungefähr. Oft genug hatte er es bei Hunden gesehen und gestern erst, als der Rappe seines ältesten Bruders die graue Stute besprungen hatte.

Mit der freien Hand fasste er Tinyas Hintern und drehte sie herum.

Sie stieß einen leisen, spitzen Schrei aus, den er nicht zu deuten wusste. Gefiel ihr, dass er aktiver wurde?

Jedenfalls wehrte sie sich nicht, als er sie an sich zog. Ihr Gesäß drückte gegen seinen Steifen. Seine Hand fand den Pelz zwischen ihren Beinen, er fühlte sich wunderbar an. Und etwas tiefer war er feucht und glitschig. So, wie Turon gesagt hatte, dass es sein musste! Derreks Mittelfinger ertastete eine warme Falte. Er glitt hinein.

Ein Beben ging durch Tinyas Körper. Sie drückte sich von ihm fort.

Widerwillig gab er sie frei.

Kalt, wie sie angeblich befürchtet hatte, war ihr jedenfalls nicht. Feiner Schweiß glänzte auf ihrer Haut.

»Wir müssen vorsichtig sein«, sagte sie hastig. »Es könnte sonst unschöne Folgen geben. Ich hatte noch keine Gelegenheit, einen Schwamm zu benutzen.«

»Ich will es richtig treiben!«, rief Derrek.

»Ich auch«, versicherte sie. »Und das werden wir. Aber für heute gibt es andere Möglichkeiten …«

Sie ging in die Knie, und da sie nach seinem Glied griff, befürchtete Derrek, dass sie es ihm doch mit der Hand machen wollte. Aber bevor er sich dagegen wehren konnte, nahm sie seinen Steifen in den Mund.

Das fühlte sich seltsam an. Seltsam und gut. Vor allem, als sie den Kopf bewegte.

Sie sah zu ihm hoch, und er hatte den Eindruck, dass sie lächelte, was sich aber wegen des gefüllten Mundes nicht so eindeutig sagen ließ. Er spürte ihre Zunge und sein Glied schwoll noch weiter an. Vorne schmerzte es ein wenig, aber das störte Derrek nicht. Im Gegenteil, es erregte ihn nur noch mehr.

Tinyas Bewegungen wurden intensiver.

Erst fuhr Derrek mit den Händen durch ihr Haar, dann hielt er sich an der Tischkante fest. Ein Kelch fiel um, rollte von der Platte und zersprang auf dem Boden. Derrek beachtete es nicht. Tinyas Augen hielten ihn gefangen und ihr Mund. Oh, ihr Mund!

Der Tisch knarrte.

Sie nahm die Hand zu Hilfe, umfasste damit seine Hoden.

Der Leuchter stürzte, der Luftzug löschte die Kerze. Schlagartig war es finster.

Tinya löste sich von ihm und kicherte. »Wollt Ihr mich lieber sehen, junger Herr, oder wollen wir im Dunkeln weitermachen?«

Natürlich wollte er sie sehen! Und spüren, vor allem spüren. »Mach weiter und …«

Derrek unterbrach sich.

Tinya kam zurück, sie tastete nach seinem Schaft und leckte darüber.

»Warte!«, forderte er.

»Soll ich doch lieber Licht machen?«

»Oben ist jemand.« Er blickte zur Decke, obwohl er natürlich nur Schwärze sah. »Wir sind nicht allein im Haus.«

Sie lauschten, aber das wäre unnötig gewesen. Ein Poltern rumpelte so laut, dass sie es unmöglich hätten überhören können. Derrek spürte sogar Staub, der aus der Decke auf sein Gesicht rieselte.

»Was geht dort vor?«, fragte er.

Statt zu antworten, löste sich Tinya von ihm. Den Geräuschen nach zu urteilen, rutschte sie auf den Knien zur Tür. Sie öffnete, Dämmerlicht fiel herein und das Poltern wurde lauter. Jetzt war auch ein Krachen zu vernehmen und ein Stampfen, ein Splittern.

Derrek erkannte Tinyas Rundungen als Schattenriss, aber seine Erregung erschlaffte. Das hier passte ganz und gar nicht in seinen Plan!

»Glaubt Ihr, das sind die Truppen von Haus Adlerhoch?« Tinyas Stimme zitterte.

»Wer sonst?«, gab Derrek zurück.

Hastig zog er die Hose hoch und verknotete die Schnüre.

Vom bisher lautesten Krachen begleitet rieselte erneut Staub aus der Decke.

Tinya wimmerte.

Derrek hockte sich hin und tastete über den Boden. Er fand das Kleid und das Wams, nahm sie mit sich und lief zur Tür. »Schnell! Hier unten sitzen wir in der Falle. Wir müssen raus.«

Ein Dutzend Mal während der Fehde zwischen dem Tiefen Haus Adlerhoch und dem Tiefen Haus Schneegrund, dem die Eichfrosts die Treue schuldeten, hatte sein Vater das Anwesen der Familie räumen lassen. Nie war etwas passiert, immer waren sie in das unberührte Gebäude zurückgekehrt. Und jetzt, da die Grafen von Schneegrund ihren Truppen versprochen hatten, Haus Adlerhoch den entscheidenden Schlag zu versetzen, ausgerechnet jetzt stürmten feindliche Truppen Derreks Elternhaus!

Er drückte Tinya das Kleid in die Hand. Auch im Halbdunkel war an ihrer Nacktheit nichts Erregendes mehr. Sie wirkte schutzlos und elend.

Derrek steckte die Arme durch die Öffnungen im Wams. Er schloss es nicht, zog es aber zurecht. Er spürte einen Schnitt im Rücken, griff an die Stelle und löste eine Scherbe aus dem Stoff. Achtlos warf er sie in den Keller zurück.

Derrek tauschte einen Blick mit Tinya. Die Bitte um Hilfe lag in ihren Augen.

In diesem Moment lernte Derrek mehr darüber, was es bedeutete, dem Adel anzugehören, als in allen Lehrstunden. Tinya erwartete, dass er führte. Sie scheute sich mehr davor, eine falsche Entscheidung zu treffen, als davor, einem Dreizehnjährigen in ihr Unglück zu folgen.

Er ging voran, die Treppe zur Küche hinauf.

Die Tür an ihrem oberen Ende stand nicht offen – es gab sie gar nicht mehr. Das Blatt war aus den Angeln gerissen, der Rahmen an zwei Stellen gesplittert. Also waren Adlerhochs Krieger bereits dort – oder hatten sie die Küche schon wieder verlassen?

Derrek kauerte sich auf die oberste Stufe und versuchte, zu erlauschen, woher die Geräusche der Verwüstung kamen. Es war schwierig zu bestimmen, aber in der Küche schien es ruhig zu sein. Ewig würde das nicht so bleiben. Recht schnell würden die Angreifer in den Keller vordringen, zumal die alten Weine zum Wertvollsten gehörten, was in Haus Eichfrost zu holen war.

Derrek atmete durch, nickte Tinya zu und lief in die Küche.

Sofort hockte er sich hinter eine Kartoffelkiste. Zwei Krieger standen am Ofen und warfen missmutig Geschirr, Besteck, Zwiebeln und Brot auf den Boden. Allein ein Räucherschinken schien ihr Wohlwollen zu finden.

Ob sie Derrek bemerkt hatten?

Die Frage erübrigte sich. Beim Anblick der Bewaffneten stieß Tinya einen schrillen Schrei aus.

Derrek quetschte sich an die Kiste. Er sah die Magd mit dem unordentlich angelegten und nur halb geschlossenen Kleid, aber die beiden Krieger waren nicht mehr in seinem Blickfeld.

»Wen haben wir denn da?«, rief eine tiefe Stimme. Das Scheppern des Geschirrs hörte auf, das Poltern in den Nebenräumen dauerte an.

»Haben sie dich etwa vergessen?«, fragte eine andere Stimme.

Tinya weinte. »Lasst mich laufen!« Sie zeigte auf Derrek. »Für ihn bekommt ihr Lösegeld.«

Derrek erstarrte.

»Für wen? Wer versteckt sich da?«

Derrek sah ein Bratenmesser auf dem Boden liegen. Schnell

hob er es auf und verbarg es hinter seinem Rücken. Es war schwerer als gedacht. Die lange, breite Klinge besaß noch nicht einmal im Ansatz die elegante Gewichtsverteilung der Waffen, die er auf dem Fechtboden führte. Am schlichten Holzgriff des Messers gab es keinen Knauf, der ein Gegengewicht hätte bilden können, und auch eine Parierstange fehlte. Die Klinge war nur ein angeschliffenes, dreieckiges Stück Eisenblech. Zu kurz für einen Stich, zu schwerfällig für einen Hieb, zu zerbrechlich für eine Parade. Aber das Einzige, was Derrek hatte.

Tinya wich vor ihm zurück und machte einem der Krieger Platz.

Er trug einen Eisenharnisch mit einer dermaßen schlampig ausgeführten Ziselierung, dass sich Derrek zugetraut hätte, die Spiralen weniger eckig hinzubekommen. Allerdings war er sorgfältig poliert, das durch die großen Fenster fallende Sonnenlicht blitzte auf dem Metall. An der Linken trug der schnurrbärtige Mann einen Lederhandschuh, der ihm beinahe bis zum Ellbogen reichte, an der Rechten nicht. Ein Degen hing an seiner Seite und zwischen den bis zu den Knien reichenden Stiefeln und dem roten Hemd, das unter dem Harnisch hervorkam, war eine gestreifte Hose zu sehen.

»Dir ist wohl heiß geworden, kleiner Herr?« Sein Grinsen entblößte die schiefen, weißen Zähne des Kriegers. »Zu warm für ein Hemd?«

Derrek starrte ihn an und dachte an die Fechtübungen des vergangenen Jahres. Dabei stellten sich die Kämpfer in genau bemessenem Abstand auf, grüßten einander, vollführten eindrucksvolle, aber harmlose Schwünge und gingen erst allmählich zum Gefecht über. Als besonders erstrebenswert galt ein langer Schlagabtausch mit drei Dutzend und mehr Attacken und Paraden. Aber so etwas musste man einstudieren, sonst drang zur Unzeit ein Angriff durch.

»Unsere Sache ist doch ohnehin verloren!«, meinte der Krieger, den Derrek nicht sah.

»Ja, aber mit einem solchen Pfand …« Der Mann mit der gestreiften Hose ging in die Hocke. Dennoch kamen sie nicht auf

Augenhöhe, der Krieger sah auf Derrek herab. »Wer bist du denn, Kleiner?«

Derreks Puls pochte in seinem Hals. Der Degen sah riesig aus. Zweifellos könnte der spitze Waffenstahl den Knabenkörper durchstoßen, wahrscheinlich würde der Kämpfer dabei noch nicht einmal nennenswerten Widerstand fühlen. Aber Derreks Gedärme würde der Degen zerreißen oder, noch schlimmer, seine Lunge. Er trug schließlich keinen Harnisch, der die lebenswichtigen Organe geschützt hätte.

Der Mann drehte sich zu Tinya um. »Nun sag mal, Vögelchen, ist das ein Eichfrost?«

Das Zeremoniell des Fechtbodens hatte mit dem hier nichts zu tun. Wohl aber einige Lektionen, die Derrek dort gelernt hatte – etwa, eine Unaufmerksamkeit des Gegners entschlossen auszunutzen.

Mit einem Aufschrei warf er sich nach vorn, holte das Bratenmesser hinter dem Rücken hervor und stach es tief in den linken Oberschenkel des Kriegers.

Das Messer war keine Waffe, sondern ein Werkzeug. Aber ein Werkzeug, das dazu diente, Fleisch zu schneiden. Und das tat es.

Brüllend sprang der Mann auf.

Oder er versuchte es.

Blut spritzte in einem dicken Strahl aus der Wunde und sein Bein trug ihn nicht mehr. Es knickte ein, er stürzte.

Derrek umfasste das Messer so fest, dass die Knöchel seiner Faust weiß hervortraten. Er hätte wohl nachsetzen und den Gegner weiter angreifen sollen, vielleicht am Hals oder mit einem Stich ins Gesicht. Aber das Blut machte ihn schwindelig. Es bildete eine dunkle Lache unter dem brüllenden Mann und auf dem Hosenbein wuchs der Fleck rasch an.

Sein Kamerad eilte herbei.

Derrek wich zurück, das Messer vor sich.

Wimmernd näherte Tinya sich ihm, wagte aber nicht, sich neben ihn zu stellen.

Der zweite Krieger – ein dicklicher Mann, der sein fettiges Haar zu einem Zopf geflochten hatte, der über die Rückenplatte seines Harnischs fiel – hockte sich neben seinen Gefährten. »Dämonenschiss!«, rief er.

»Ich verblute!«, schrie der Verletzte. »Verdammt, ich verblute! Hilf mir!«

Der Kamerad umfasste den Oberschenkel nahe der Hüfte, oberhalb der Wunde, und lehnte sich auf die gestreckten Arme. Der Blutfluss wurde schwächer, versiegte aber nicht. »Das müssen wir abbinden!«

»Dann tu das!« Die Stimme des Verwundeten kippte.

Tinya kniete sich neben Derrek. »Ich danke Euch für meine Rettung, junger Herr! Ihr seid unendlich tapfer.«

Derrek verachtete die weinende Magd.

Aber das Blut faszinierte ihn. Es war ein seltsamer Drang, der ihn dazu brachte, die dunkelrote Flüssigkeit anzustarren. Noch immer regte sich Übelkeit in ihm, aber zugleich wollte er genau erfassen, was er vollbracht hatte. Sagten seine Onkel nicht auch, ein Schlachtfeld sei grausam wie der Pfuhl eines Dämons und zugleich wurden dort Ruhm und Ehre aus dem Waffenstahl geschlagen?

Das Blut war nicht nur auf dem Boden und in der Kleidung seines Gegners, sondern verdunkelte auch die vordere Hälfte des Bratenmessers. Derrek hob die Spitze an und ein paar Tropfen liefen seiner Hand entgegen. *Das Blut eines Menschen …* Etwas drängte aus seinem Magen herauf, das er nur mit Mühe zurückhielt, aber er fühlte sich zugleich stärker als jemals zuvor. Reifer. Erwachsener.

»Werden wir fliehen, Herr?«, fragte Tinya.

Für einen kurzen Moment war Derrek versucht, die Männer anzugreifen, den Unverletzten zu überwinden und dem Angeschlagenen den Rest zu geben.

Aber ein Bratenmesser blieb ein Bratenmesser, und wenn sich die beiden von ihrem Schreck erholt hätten, könnte er nicht gegen sie bestehen. Ganz zu schweigen von den rumorenden Truppen im Rest des Hauses.

Er sah Tinya an. So verheult war nichts Schönes mehr an ihr. Sie hatte ihn verraten. Sie war so feige!

Aber sie gehörte zu Haus Eichfrost. Mit der blutigen Klinge wies er auf die Gesindetür. »Wir gehen.«

Tinya quetschte sich mit so viel Abstand wie möglich an den beiden Kriegern vorbei. Der Unverletzte hatte inzwischen den Gürtel seines Kameraden gelöst und band damit das Bein ab.

Als Derrek an der Tür stand, hob er das blutige Messer vor das Gesicht, wie einen Degen beim Fechtergruß. »Gehabt euch wohl, Kämpfer von Haus Adlerhoch! Wisset, dass es Derrek Eichfrost war, der euch besiegt hat.«

Er folgte Tinya ins Freie.

EINS
Werde ein Mann

Semire von Schneegrund presste ihren Rücken an den Felsen. Ein scharfkantiger Vorsprung drückte neben ihrer Wirbelsäule. Flach atmend lauschte sie auf die Geräusche ihres Verfolgers.

Kemar bewegte sich auf einem Pfad unter ihr. Er benutzte den Weg aus festgetretenem Schotter, der unter seinen Stiefeln knirschte.

Vielleicht hätte Semire ihn sehen können, aber dazu hätte sie sich vom Felsen lösen und vorbeugen müssen. Dadurch hätte Kemar sie seinerseits leichter erspäht. Zudem trieb ihr schon der Gedanke daran, dass sie an einer vier Schritt hohen Kante stand, den Schweiß aus den Poren. Sie musste sich nicht auch noch vergewissern, dass es eine Fingerlänge vor ihren Fußspitzen nichts als Luft gab. Wenn sie hier oben strauchelte, würde sie ungebremst fallen.

Semires Herz klopfte, aber sie war froh, dass sie stärker war als ihre Angst. Sie hielt die Lider geschlossen, lauschte weiter auf Kemars Schritte und spürte die Sonne auf ihrem Gesicht. Steinstaub trocknete ihre Lippen aus. Der Wind drehte und zupfte an ihrem Haar. Sie hoffte, dass er keine Strähne mit sich nahm, um sie Kemar vor die Füße zu wehen. Der Mann war ein Giftzwerg, aber unaufmerksam war er nicht. Sicher fraß es an seinem Stolz, dass Semire ihm entwischt war.

Leider trug der Wind nun die Gespräche der Männer und Frauen in der Senke, die Meißelschläge, die Rufe der Bauarbeiter, das Knarren der Gerüste und das Knirschen der behauenen Steine heran, sodass sie Kemars Schrittgeräusche übertönten. Oder war er stehen geblieben?

Semire atmete etwas tiefer. Der Steinstaub kitzelte in ihrer Nase.

Sie konnte nicht ewig hier an den Felsen gepresst abwarten. Blinzelnd öffnete sie die Lider.

Zweihundert Schritt von ihr entfernt mühten sich Männer mit schweißglänzenden Oberkörpern an Flaschenzügen und Karren, auf denen sie behauene Steine zur Baustelle schafften. Andere wuchteten Trümmer aus dem beschädigten Palast. Ein Architekt, der unter seiner pelzbesetzten Robe und dem voluminösen Hut sicher ebenso schwitzte wie die Arbeiter, inspizierte die Bruchsteine. Er zog die Pergamentrollen zurate, die sein junger Gehilfe ihm anreichte, wohl, um zu entscheiden, welche davon sich noch verwenden ließen und welche man in die Schlucht werfen würde. Mit Gesten und Rufen versuchte er, die Arbeiter anzuleiten, aber die hatten anscheinend entschieden, besser ohne seine Anweisung auszukommen. Lautstark stritten sie miteinander, welcher Stein wo gesetzt werden sollte, um den kleinen Palast neu erstehen zu lassen.

Plötzlich erkannte Semire, dass die Männer sie ebenso leicht sehen könnten, wie sie umgekehrt die Baustelle in den Blick nahm. Ihr rotes Kleid hob sich deutlich vom grauen Granit in ihrem Rücken ab. Hätte sie über zauberisches Talent verfügt, hätte sie die Kraft des Gesteins vielleicht nutzen können, um sich unsichtbar zu machen. Aber als Tochter eines Grafen brachte man ihr nur bei, wie man Blumen steckte oder gefällige Muster stickte, wie man bedeutungslose Konversation trieb und Männer mit Gesang unterhielt. Wütend ballte sie die Hände zu Fäusten, bis die sorgfältig gefeilten Fingernägel in ihre Handflächen schnitten. Semire wünschte sich, sie würden abbrechen, und lächelte grimmig beim Gedanken an die entsetzten Rufe ihrer Erzieherin, wenn sie eine solche Misere entdeckte.

Entscheidend war, dass niemand die auf dem Sims an der Felswand stehende junge Frau entdeckte und ihren Aufseher auf sie aufmerksam machte. Nur einen Schritt müsste sie tun, verlangte Semire von sich selbst, schob den linken Fuß zur Seite und zog den rechten nach. Und noch einen Schritt, und dann wieder einen. Jeder einzelne von ihnen war zu bewältigen. An die vor ihr liegende Strecke versuchte sie nicht zu denken.

Der Granit war so kantig gebrochen wie gesprungenes Eis. Die Konzentration auf simple Bewegungen half Semire, die Aufmerksamkeit vom Abgrund zu lösen. Der Sims, auf dem sie sich entlangarbeitete, verbreiterte sich. Ein Felsbrocken auf der gegenüberliegenden Seite des Pfads unterbrach die Sichtlinie zur Baustelle.

Semire löste sich von der Felswand. Ihr Herzschlag beruhigte sich. Sie schob ihr Haar am Hinterkopf zusammen, drehte es zu einem Strang und steckte diesen in den Kragen ihres Kleids, damit ihr die Strähnen nicht mehr ins Gesicht wehten.

Mit Mühe widerstand sie dem Drang, über die Kante zu spähen, um zu überprüfen, ob Kemar die Suche wirklich aufgegeben hatte und zu ihrem Vater zurückgekehrt war. Stattdessen setzte sie den Weg auf dem Vorsprung oberhalb des Pfades fort.

Sie folgte dem zerklüfteten Profil des Granits bis zu einer Stelle, an der ihr Sims in der Felsflanke verschwand. Semire hatte auf eine Gelegenheit gehofft, zurück auf den Boden zu gelangen.

Zögerlich knabberte sie an ihrer Unterlippe. Sie sah über die Schulter. Wenn sie denselben Weg nähme, den sie gekommen war, käme sie natürlich auch wieder hinunter und könnte dann dem Pfad folgen. Aber dort mochte sie auch Kemar erwarten und dann hätte sie ihn vergeblich mit dem honigbestrichenen Hasenbraten abgelenkt. Dabei hatte sie die Leibspeise des Wächters den ganzen Weg den Berg hinaufgeschleppt. Bei jedem Schritt hatte sie das zusätzliche Gewicht in ihrer Umhängetasche gespürt. Ein Rucksack, wie die Männer ihn trugen, wäre besser gewesen. Aber sie war ja kein Mann, sondern eine Dame. Wieder ballte sie die Hände.

Vorsichtig trat sie an den Abgrund. Ein paar Steinchen rutschten über die Kante. Das Klackern, mit dem sie die Flanke hinabfielen, erschien Semire sehr laut.

Sie schluckte und blickte mit angehaltenem Atem nach unten. War der Boden nicht mehr ganz so weit entfernt? Drei Schritt vielleicht noch?

Aber noch immer tief genug, damit man sich auf dem harten Untergrund alle Knochen brechen konnte. Es ging so steil abwärts, dass sie allenfalls flach an den Fels gedrückt hinunterkäme. Sie müsste sich an den Kerben festhalten, die das Wetter in den Granit gespült hatte, und an den krüppeligen Gewächsen. Wenn Semire abrutschte, war nicht einmal ausgeschlossen, dass sie sich ein Knie brach.

Sie dachte an Terenk, den Schuster, den alle wie einen Greis behandelten. Dabei war er noch gar nicht so alt. Es lag an seinem steifen Bein. Natürlich würden sich die besten Ärzte um Semire bemühen und auch die Zauberer vermochten viel zu richten, aber die Fehde mit Haus Adlerhoch hatte bewiesen, dass auch ihre Kunst Grenzen kannte. Am Ende mochte das Beste, was Semire bliebe, ein edel lackierter Stock mit einem Silbergriff sein.

Sie schluckte und machte einen Schritt zurück.

Statt sich am Abstieg zu versuchen, folgte sie dem Sims so weit wie möglich. Sie krallte sich an den Felsen und lehnte sich über den Abgrund hinaus. Auf keinen Fall durfte sie nochmals nach unten schauen …

Tatsächlich! Von hier aus konnte sie die zweihundert Schritt entfernte Brücke sehen, über die sie hergekommen waren. Eine Handvoll Wachen lagerte auf Decken, die den Untergrund aber wohl nur unwesentlich weicher machen würden. Die Männer aßen Brot, Wurst und Käse, die sie in einem Korb mitgebracht hatten. Die Sonne glänzte auf den Eisenharnischen und der Klinge eines Schwerts, das einer der Männer polierte. Ein Krieger, der sein Haupthaar geschoren hatte, dessen Bart aber ein wild wuchernder schwarzer Busch war, nahm seinen Helm ab. Trotz der Luftlöcher an den Seiten schwitzte man bestimmt unter dem aufgeheizten Metall. Dennoch sollte eine Wache stets bereit sein!

Der Fels knirschte unter Semires Fingernägeln.

Erschrocken bemerkte sie, wie weit sie sich herausgelehnt

hatte. Sie zog sich zurück. Das Trauerband, das sie mit voller Absicht eng gebunden hatte, schnitt schmerzhaft in ihren rechten Oberarm.

Wieder klopfte ihr Herz so schnell wie der Flügelschlag einer Taube. Sie durfte nicht so feige sein!

Zu ihrem Ärger hörte sie sogleich die Stimme ihrer Erzieherin in ihrem Kopf. Schüchternheit stünde einer Dame gut an, würde sie jetzt sagen.

So gern wäre Semire bei den Kriegern an der Brücke gewesen ... Mit einem Eisenharnisch und einem Kampfhammer. Nur, weil sie eine Frau war, durfte sie Haus Schneegrund nicht auf diese Art dienen. Es war so ungerecht!

Sie presste die Lider zusammen, öffnete sie wieder, suchte einen sicheren Halt und lehnte sich erneut hinaus.

Der Bärtige hatte den Helm wieder aufgesetzt. Er beschäftigte sich mit seinen Pfeilen, prüfte anscheinend die Befiederung. Ein Langbogen stand an einem der Pfosten, die die Hängebrücke auf dieser Seite der Schlucht verankerten.

Der Mann sah in Semires Richtung.

Hatte er sie vorhin bemerkt und tat deswegen jetzt so diensteifrig? Seine Kameraden ließen es ruhiger angehen. Das Essen schien ihnen zu schmecken.

Ein warmer Windstoß wehte Staub in Semires Nase. Sie nieste und hätte beinahe den Halt verloren. Mit einem Ruck zog sie sich zurück auf den Sims.

Sie ärgerte sich über das Zittern ihrer Oberarme. So lange hatte sie doch gar nicht in der Wand gehangen! Wenn Semires Vater ihr erlaubt hätte, sich mit den adligen Knaben im Kampf zu üben, hätte sie die Anstrengung sicher gar nicht gespürt. Vom Sticken bekam man natürlich keine Muskeln ... Das gefiel ihrer Erzieherin. Schlanke Glieder seien vorteilhaft, meinte sie. Bei den Jungs sah sie das anders. Sie zog Semire damit auf, dass Derrek Eichfrost so etwas wie ein Held sei, weil er während der Fehde einen erwachsenen Gegner erstochen hatte. Semire verweigerte ihr den Gefallen, Derrek anzuhimmeln. Der Knabe war erst dreizehn, ein Jahr jünger als Semire, und seine Ruhmestat war das Ergebnis eines Versehens. Adlerhochs Truppen hatten das Haus seiner Familie gestürmt und Derrek hatte nicht rechtzeitig fliehen können. Semire dagegen hätte lieber selbst am Gegenangriff von Haus Schneegrunds Truppen teilgenommen, als Derrek zu bewundern. Als sie das ihrer Erzieherin erklärt hatte, war diese beleidigt gewesen. Sie dachte wohl, und das nicht ganz zu Unrecht, dass alle ihre Bemühungen an die Tochter des Grafen verschwendet seien.

Noch einmal nieste Semire und auch danach kribbelte ihre Nase noch, sodass sie auch ein drittes Mal nicht unterdrücken konnte. Außerdem brannten ihre Augen. Unglaublich, wie viel Staub eine Baustelle aufwirbelte!

»Wer ist da oben?«, fragte eine tiefe, ein wenig ungeduldig klingende Stimme.

Semire drückte sich an den Felsen. Ihr Herz klopfte schnell.

»Da oben ist doch jemand!«

Sie hielt den Atem an, bis helle Punkte wie Glühwürmchen vor ihren Augen tanzten.

»Borras!«, rief die Stimme. »Komm her, da oben versteckt sich ein Spion.«

Resignierend atmete Semire aus. »Schon gut!« Sie zwang sich zu einem entschlossenen Schritt, der sie an die Bruchkante brachte.

Unten stand der Mann mit dem wuchernden Bart. Seine linke Faust war um den Griff des Schwerts geschlossen, das in seiner Scheide steckte. Semire vermutete, dass das keine Angriffshaltung war, aber allein die muskulösen Arme und die grimmig zusammengezogenen Augenbrauen ließen den Mann bedrohlich wirken. Die Formen des Helms, vor allem die spitzen Bögen, mit denen der Nasenschutz in die Sichtöffnungen überging, verstärkten das noch.

Waffen und Rüstungen verwehrte ihr Vater Semire. Aber er hatte ihr beigebracht, wie sich eine Adlige durch ihre Ausstrahlung schützte. Auch kräftige Grobiane verhielten sich sanft wie Lämmer, wenn sie sich aufgrund einer natürlichen Ordnung unterlegen fühlten.

Sie hob die noch immer juckende Nase ein wenig an. »Ich versichere mich lediglich, dass wir keine unliebsamen Überraschungen zu befürchten haben.«

»Selbstverständlich, hohe Herrin.« Die Worte klangen nicht ehrerbietig, vielleicht sogar spöttisch.

Sollte sie den Krieger dafür zurechtweisen? Oder machte sich eine vierzehnjährige Grafentochter damit lächerlich?

»Gibt es dort oben Feinde, die einen Hinterhalt planen?«, fragte der Bärtige.

»Nein. Alles in Ordnung.«

Er trat zurück, so weit es der Pfad zwischen den Felsen erlaubte, und besah sich den Sims, auf dem Semire stand. »Dann könnt Ihr ja zurückkehren, junge Herrin.«

Semire presste die Zähne aufeinander. Sie hasste es, wenn man ihre Jugend betonte. »Nein, ich werde meinen Weg fortsetzen.«

Der Krieger wandte den Kopf, bis sein Blick auf die Stelle gerichtet war, wo der Granit den Sims blockierte, und lüpfte die linke Braue, bis sie unter dem Eisen des Helms verschwand.

Semire ballte die Hände zu Fäusten. Sie würde jetzt nicht klein beigeben! Krieger respektierten Mut. Wenn sie diesem Mann zeigte, dass sie keine Angst hatte, würde er sie vielleicht mit zu den Wachen an der Brücke nehmen. Dann könnte sie ihnen zusehen, wie sie ihre Waffen pflegten, und ihren Gesprächen lauschen. Mit etwas Geschick mochte Semire sie zu einem Übungskampf verleiten. Sie liebte es, wenn Funken aus Waffenstahl sprühten!

Ihr Herz flatterte, aber sie zwang sich, dennoch in die Hocke zu gehen und in eine Mulde im Granit zu greifen, von der sie hoffte, dass sie ihr Halt gäbe. »Ich komme hinunter«, kündigte sie an.

»Das wäre nicht weise.« Nun klang Besorgnis in der tiefen Stimme.

Das gefiel Semire. Wenn sie jetzt tapfer blieb, konnte sie den Mann beeindrucken! Sie schob einen Fuß über die Kante und raffte ihr Kleid bis zu den Knien, um ihren Bewegungsspielraum ein wenig zu erweitern. Grimmig lächelnd bemerkte sie den

Staub auf den Stiefeln. Nicht gerade das Schuhwerk einer Dame. Terenk hatte sie ihr angefertigt, weil sie dafür gesorgt hatte, dass sich ein Heiler um den Keuchhusten seiner Frau kümmerte. Noch etwas, das sie von ihrem Vater gelernt hatte: Gefälligkeiten mit Augenmaß zu verteilen, um sich die Menschen zu verpflichten. Außerdem hatte sie Respekt vor dem Schuster, weil er seine Arbeit mit solcher Gründlichkeit versah. Auch bei Semires Stiefeln verband eine zusätzliche Naht das Leder mit der Sohle.

Gerade wollte sie wagen, ihr Gewicht dem Hang anzuvertrauen, als sie eine Bewegung bemerkte.

Mit einem herablassenden Lächeln schlenderte Kemar um einen Felsvorsprung. Dem in schwarzes Leder gekleideten Mann, der Semire nur knapp bis zum Kinn ging, machte der Abgrund zu seiner Rechten offensichtlich nichts aus. Er beachtete noch nicht einmal, dass sein kurzes Schwert gegen den Granit schlug, was wegen der eisernen Verzierungen an der Scheide ein metallisches Klacken verursachte. An seinem rechten Arm flatterte das graue Trauerband im Wind.

»Habt Ihr Euch auf dem Weg zum Abtritt verlaufen?« Kemars schiefes Grinsen verzog das spitze Gesicht, das Semire auch wegen der vorspringenden Nase an eine Ratte erinnerte.

Ohne ihn einer Antwort zu würdigen, zog sie das Bein zurück, erhob sich und klopfte den Staub aus ihrem Kleid. Es kam auf die Würde an, dachte sie. Mit festem Schritt ging sie an Kemar vorbei – auf der Innenseite, zwischen ihm und der Granitwand – und trat den Rückweg an.

»Sie spricht nicht mit mir«, stellte Kemar sachlich fest. »Ich weiß nicht, was sie dort oben am Felsen gesucht hat.«

Ein Lächeln rundete die Wangen von Semires Vater. Obwohl der kurz geschnittene Bart ihm etwas Samtiges verlieh, wirkte das Gesicht nicht weich. Trotz des Sieges hatte die Fehde mit Haus Adlerhoch Falten in die Stirn und die Winkel neben den Augen gekerbt.

»Ich nehme an, meine Tochter hat unsere Truppen inspiziert.«

So weit oben auf dem Berg, außerhalb der Mauern des Familienpalastes, trug er einen Harnisch, dessen Leder beinahe so dunkel war wie sein Haar. Eiserne Applikationen in Form von Schneekristallen verstärkten ihn, aber der wichtigere Schutz waren natürlich die winzigen Figürchen auf den Schultern, die filigran aus Granit gemeißelte Burgen darstellten. Ihre zauberische Kraft machte einen Helm überflüssig.

»Steht alles zu deiner Zufriedenheit?«, erkundigte er sich bei Semire.

Der Wind zupfte an den losen Enden des grauen Trauerbandes am Oberarm ihres Vaters, als wollte er mit dem dünnen Stoff Semires Mutter nachwinken, wo immer diese jetzt sein mochte.

Sie spürte das Band an ihrem eigenen Arm. Semire hatte es gelöst und fester neu gebunden, als ihre Erzieherin außer Sicht gewesen war. Keinen Augenblick wollte sie ihre Mutter vergessen.

»Die Waffen unserer Krieger werden ihnen wenig gegen Imagolems nützen.« Semire versuchte, im Gesicht ihres Vaters zu lesen. Sie wollte ihm beweisen, dass sie etwas von der Kriegsführung verstand, obwohl man ihr den Unterricht darin verweigerte. Deswegen durfte sie nichts Dummes sagen. »Sie haben Schwerter und Bögen dabei. Keine Hämmer.«

Ihr Vater sah hinüber zur Baustelle, wo der kleine Palast neu entstand. »Erinnerst du dich, wie die Steine hierher gebracht werden?«

»Mit Ochsen, so hoch es geht.« Semire beschattete die Augen mit der flachen Hand, als könnte die Beobachtung der Männer, die Steintrommeln zu einer Säule aufstapelten, ihr verraten, welche Absicht ihr Vater mit seiner Frage verfolgte. »Dann mit Trägern. Sie benutzen Stangen aus Eisenholz.«

Ihr Vater nickte. »Und weiter?«

»Damit bringen sie die Steine hierher.«

Kemar spie aus. »Im Krieg und in jedem Kampf geht es um entscheidende Kleinigkeiten. Man siegt, indem man die wichtigen Zeitpunkte für sich nutzt und indem man die Orte versteht, an denen sich Sieg und Niederlage scheiden.«

Wollte der rattengesichtige Leibwächter ihr etwa wirklich helfen? Oder wollte er ihre Unfähigkeit in den Augen ihres Vaters nur noch deutlicher machen, indem er bewies, dass Semire trotz Hilfestellungen das Wesentliche entging?

Sie sah sich um. Rings um die weitläufige Mulde, in der sie standen, stiegen die Felsen nur maßvoll an. Im Norden stach der Uranier, einer der Gipfel des Ianapat, schneeweiß und spitz in den blauen Himmel. An der Flanke, die zu ihm hinaufführte, gleißte eine Anordnung aus Dutzenden großer Spiegel im Sonnenlicht. Den Großteil der hellen Strahlen leiteten sie in das Loch, um das herum sie aufgestellt waren. Diese Konstruktion war zweifellos das Wertvollste, was an diesem Ort zu finden war. Aber wie sollte es die Bewaffnung der Krieger erklären, die kaum geeignet war, dem steinernen Körper eines Imagolems eine Schramme beizubringen?

Eine Handvoll Lichtlenker bedienten Kurbeln, Hebel und Seilzüge. Damit schwenkten und kippten die in weiße Kutten gekleideten Männer die Spiegel, um die Wanderung der Sonne nachzuvollziehen. Stets führten sie die Strahlen durch prachtvoll geschnitzte, hohle Rahmen aus Elfenbein, durch die das Licht in die Tiefe fiel, hinein in das ansonsten dunkle Herz des Berges. Jede einzelne Korrektur betrug nur eine Winzigkeit, dann widmete man sich dem nächsten Spiegel. In der Summe und über die Zeit veränderte sich die Anordnung jedoch erheblich. Semire erkannte einen deutlichen Unterschied zu dem Bild, das sich ihr geboten hatte, bevor sie sich davongeschlichen hatte.

Ihr Blick wanderte weiter. In der Senke wuchsen kräftig grünes Gras und ein paar Büsche. Für größere Pflanzen reichten wohl weder das spärliche Erdreich in den Mulden des Granits noch das Wasser, das der Regen in dieser Höhe brachte. Nur neben dem Palast stand ein Baum, der auf wundersame Weise von den vergangenen Feindseligkeiten unberührt zu sein schien. Seine dünnen Äste reckten sich empor wie erhobene Arme, das Laub ähnelte dicken Schneeflocken.

Viele Bedienstete ihres Vaters tummelten sich in der Senke. Manche vermaßen das neu gewonnene Territorium, das vor dem

Sieg noch die Adlerhochs ihr Eigen genannt hatten. Andere waren Träger, die sich vom Aufstieg erholten, oder Krieger, die sich im Schatten der Sträucher ausruhten, bis ihre Wache begann. Die Hälfte waren Adlige, die aus Neugier den beschwerlichen Bergpfad bewältigt hatten. Eine Dame in einem hellblauen Kleid inszenierte ihre Klage über diese Anstrengung besonders theatralisch. Sie fächerte sich unablässig Luft zu und tupfte ihr Gesicht mit einem Seidentuch ab, während vier junge Galane darum buhlten, ihr Fruchtsäfte anreichen zu dürfen, und ein fünfter ihre bleiche Haut mit einem Schirm vor der Sonne schützte.

Semire fragte sich, ob ihre Zukunft genauso aussehen musste. Die Dame mochte fünf Jahre älter sein als sie, beinahe zwanzig. Ein gutes Alter, um zu heiraten. Nach der Hochzeit galt es dann, alles anzuwenden, was man als Heranwachsende gelernt hatte. Das Haus zu führen, die Dienerschaft zu dirigieren, den Gästen des Mannes ein Willkommen zu vermitteln, seine Kontakte zu pflegen, seine Kinder zu erziehen. Semire schien es, als beendete eine Frau mit dem Ehegelöbnis den interessanten Teil ihres Lebens.

Kemar riss sie aus ihren Gedanken. »Die Brücke.«

Verwirrt sah Semire erst ihn, dann ihren Vater an.

»Die Hängebrücke ist zu schwach für Imagolems«, erklärte der Graf. »Unsere Metze mussten die Steine einzeln herübertragen. Ein Imagolem, der vollständig aus Granit besteht, würde durch die Planken brechen und in die Schlucht stürzen. Sogar einer aus Schiefer würde es nicht über die Brücke schaffen.«

»Deswegen ist sie so leicht gebaut«, übernahm Kemar. »Falls Haus Adlerhoch den Frieden bricht, wird es mit menschlichen Kriegern anrücken müssen, und gegen die …«

»… wirken Pfeile und Schwerter!«, warf Semire schnell ein. Sie ärgerte sich, dass ihre Stimme kippte.

Hoffentlich würde der Ärger ihr helfen, die Lektion zu behalten. Semire würde einen Weg finden, ihr Wissen über Strategie und Heerwesen anzuwenden, auch wenn sie eine Frau war. Noch blieben ihr ein paar Jahre, um ihrem Vater zu beweisen, dass sie Haus Schneegrund auf diese Weise nützlich sein könnte. Und ihr Vater konnte ihr jeden Weg öffnen, wenn er wollte. Noch war er der Lichtmeister des Hauses, aber niemand bezweifelte, dass er bald zum Landvogt aufsteigen würde. Die Fehde hatte viele Leben gekostet, nicht nur das von Semires Mutter, und der jetzige Landvogt war sich seiner Sterblichkeit sehr bewusst. Er würde sie bald hinter sich lassen.

»Ich denke, heute haben wir ohnehin nichts zu befürchten«, meinte Semires Vater. »Wir haben nun Frieden, auch wenn wir uns alle noch an diesen Gedanken gewöhnen müssen.«

»Dem Frieden kann man so lange trauen, wie er allen Beteiligten einen Vorteil bringt, schreibt Palion«, zitierte Semire.

»Du hast die Lektionen des Krieges gut gelernt.« Mit einem traurigen Lächeln setzte ihr Vater an, Semires Kopf zu tätscheln.

Sie entzog sich ihm, indem sie einen Schritt rückwärts machte. Semire wollte nicht wie ein kleines Mädchen behandelt werden.

Kemar sah zur Seite und ihr Vater räusperte sich. »Wir haben nur noch uns beide«, sagte er mit belegter Stimme.

Semire wusste nicht, was sie darauf erwidern sollte.

Kemar brach das unangenehme Schweigen, indem er zur Spiegelanordnung zeigte. »Allmählich müssten sie so weit sein.«

»Gehen wir nachsehen«, schlug ihr Vater vor.

Die erschöpfte Dame ließ sich von einem Galan ihr Kleid bürsten.

Semire lächelte grimmig. Sie war ganz anders als diese Frau. Der Staub machte sie ebenso stolz wie ihre Stiefel. Terenk hatte ihr Schuhwerk genauso gefertigt wie das ihres Vaters. Sie genoss das Knirschen des Leders, während sie den beiden Männern zu den Spiegeln folgte.

Ein sehniger Mann hockte neben dem zehn Schritt durchmessenden, bodenlos scheinenden Loch im Felsboden, in das die Spiegel die Lichtstrahlen lenkten. Er legte Seile in Schlaufen zusammen. Als er den Grafen kommen sah, sprang er auf.

Semires Vater streckte ihm die Hand hin. »Matz, nicht wahr?«

»Ja, Lichtmeister.« Die emporschnellenden Brauen verrieten die Überraschung des Mannes darüber, dass ein Graf seinen Namen kannte.

»Ist alles bereit?«, erkundigte sich Semires Vater.

»Alles in Ordnung.« Matz wandte sich halb um und deutete auf die Seilrollen. »Ich kontrolliere es nur noch einmal, damit ich sicher bin, dass ich nichts vergessen habe. Ich würde ungern wegen einer Kleinigkeit umkehren und dann eine Stunde verlieren.«

»Das gefällt mir«, sagte der Graf freundlich.

Matz sah ihn prüfend an.

Semires Vater lächelte.

Der einfache Mann war ein solches Verhalten von einem Edlen wohl nicht gewohnt. Sein Blick huschte zur Seite und fand einen Jungen, der mit einem Stück Kohle auf trockener Rinde zeichnete.

»Mein Sohn wird mir heute helfen«, erklärte Matz. »Komm her, Quilûn!«

Das Haar des Knaben war so geschnitten, dass Semire vermutete, seine Mutter habe ihm einen Kochtopf auf den Kopf gesetzt und die Kante zur Orientierung für ihre Schere benutzt.

»Quilûn!«, rief eine Frau, deren Zöpfe dieselbe Farbe hatten wie der Schopf des Jungen: die von reifem Weizen. »Geh zu deinem Vater!«

Der Knabe blinzelte, wandte träge den Kopf und stand dann gemächlich auf, um zu ihnen zu kommen.

Die Mutter widmete sich wieder den drei Rucksäcken, die geöffnet vor ihr standen. Einer war etwas kleiner als die anderen beiden. Sie war eine schlanke, jedoch nicht dürre Frau. Ihr braunes Kleid machte einen einfachen, aber gepflegten Eindruck.

Semires Vater griff prüfend an den Oberarm des Jungen. »Du bist kräftig, kleiner Mann«, lobte er. »Willst du auch einmal ein Lichtknecht werden?«

Quilûn sah ihn mit großen Augen an, sagte aber nichts.

Semires Vater wandte sich an Matz. »Wie alt ist er?«

»Zwölf.«

Semire straffte sich. Sie war schon vierzehn und sie war auch ein bisschen größer als Quilûn.

Ihr Vater hob die Hand des Jungen an. Die Kohle hatte die Fingerspitzen geschwärzt.

»Ich gebe euch Pergament«, kündigte Semires Vater an. »Er soll mir den neuen Palast zeichnen.«

»Der ist noch nicht fertig.« Quilûn hatte eine hohe Stimme. Er war ein Knabe, kein Mann.

»Zeichne ihn so, wie du ihn dir vorstellst, Junge. Kinderträume sind sehr kostbar ...«

Quilûn presste die Lippen zusammen.

Semire sah ihm an, dass er ebenso wenig ein Kind sein wollte wie sie selbst. Als Kind war man wie ein Gefangener, andere bestimmten über das Leben, das man führen sollte. Aber dieser Junge würde niemals in die Fesseln einer Ehefrau geschlagen werden. Er war ein Bürgerlicher und doch wäre er in seinen Entscheidungen freier als sie. Niemand fragte Semire, welchen Beruf sie einmal ergreifen wollte.

»Die Rucksäcke sind fertig«, rief Quilûns Mutter herüber.

»Wir sollten ...« Unbestimmt deutete Matz auf das Loch.

»Natürlich, ihr müsst das Tageslicht nutzen«, bestätigte Semires Vater.

Die Frau gab Quilûn den kleineren Rucksack, einen der größeren reichte sie ihrem Mann und den letzten schulterte sie selbst. Matz band ein Seil an einem Eisenpfosten fest und warf das andere Ende in das Loch hinab. Mit einem Geräusch, das Semire an einen groben Stoffvorhang erinnerte, den man zur Seite zog, rollte es sich ab.

Zwei weitere Seile legte sich Matz über die Schultern, das letzte nahm seine Gemahlin. Sie arbeitete ganz selbstverständlich mit. In gewisser Weise waren die Frauen in den niederen Ständen freier als die Adligen im Käfig der gesellschaftlichen Erwartungen.

Die Familie verschwand im Loch. Semire blieb in sicherem Abstand davon, sie hatte keinen Anlass, in den Abgrund zu blicken.

»Haben sie schon für Haus Adlerhoch die Spiegel gereinigt?«, fragte Kemar.

»Ich habe sie nicht gefragt«, sagte ihr Vater. »Einer muss mit dem Vertrauen beginnen. Nur so können wir den Frieden gewinnen, nachdem die Fehde beigelegt ist.«

Semire sah zur Baustelle hinüber. Wenn sie den Palast gemalt hätte, dann von einer Wehranlage umgeben.

Der Weg des Lichts war kein Schacht, der senkrecht in den Berg geführt hätte. Vielmehr gingen miteinander verbundene Kavernen in beliebigen Winkeln ineinander über. Wie viele es waren oder wie weit sie sich erstreckten, konnte Quilûn nicht einmal erahnen. Der Großteil dieses zerklüfteten Labyrinths blieb im Dunkel. Seine Eltern und er folgten den Pfaden, die die Lichtbahnen vorgaben.

In geraden Linien verbanden die hellen Strahlen Hunderte sehr unterschiedliche Spiegel miteinander. Manche waren oval, andere eckig, die meisten größer als Quilûn. Sie bestanden aus poliertem Metall, aus Glas oder Kristall.

Auch auf den Teilstrecken, auf denen die Familie nicht klettern musste, sondern gehen konnte, blieben sie angeseilt. Quilûns Platz war hinter seinen Eltern. Seine Mutter ging voran, sein Vater in der Mitte. Ihre Schritte hallten in den Kavernen, aber das waren nicht die einzigen Geräusche.

Wasser sammelte sich in Mulden. Quilûns Vater hatte erklärt, dass es vom Regen kam, der in die große Öffnung schlug oder seinen Weg durch winzige Löcher im Granit fand. So hoch oben im Berg gab es keine Quellen. Dennoch tropfte das Nass an manchen Stellen aus der Decke oder es lief an spitzen Felszapfen hinab, die sein Vater Stalaktiten nannte. Flügelschlag war zu hören, auch wenn Quilûn vergeblich nach den Tieren Ausschau hielt, die ihn verursachten. Er fand nur ein kleines, helles Etwas, das einer entpelzten Ratte ähnelte und an einer ausgedehnten Pfütze kauerte. Seine Haut war fahlgrau wie altes Pergament, die Nase rosafarben, Augen schien es nicht zu besitzen. Die langen Barthaare zitterten, als es witterte.

Quilûn trat auf einen losen Stein, der zur Seite rutschte und klackernd eine Spalte hinabfiel. Vier Herzschläge lang schlug er gegen die raue Felswand, dann war nichts mehr von ihm zu hören.

Sein Vater drehte sich um und leuchtete ihn mit der Laterne an, deren kaltes, blauweißes Licht von einem flammenförmigen Sandstein ausging, der beinahe schon zu klein war. Er wackelte in der Halterung. »Alles in Ordnung?«

Quilûn schluckte und nickte. Sie setzten den Weg fort. Das nackte Tier war verschwunden.

Über ihnen stach eine Lichtbahn, in der Staub tanzte, durch ein Loch, das ihre Kaverne mit einer angrenzenden verband. Sie folgten jedoch einem anderen Strahl, der so dick war, dass er Quilûn vollständig hätte umhüllen können, zu einem runden Spiegel, der ihn durch einen steil abfallenden Schacht beinahe senkrecht in die Tiefe schickte.

Quilûn trat an die Öffnung und spähte hinab. Auch hier tanzten Staubkörner im umgeleiteten Sonnenlicht.

»Siehst du die Meißelspuren?« Quilûns Vater zeigte mit dem ausgestreckten Arm auf eine Stelle an der Wand. »Dort stand der Fels ein bisschen vor und hat ein wenig vom Lichtstrahl abgefangen. Die Lichtbereiter haben seine Bahn frei geschlagen.«

Quilûn glaubte zu erkennen, dass der Granit an dieser Stelle eine Mulde bildete, die nicht zur Struktur des umgebenden Gesteins passte. Er hatte einen Blick dafür, welche Farben und Formen die Dinge haben sollten, bei Bäumen, bei Gebäuden und auch bei Felsen.

Er spürte einen sanften Zug am Sicherungsseil, das um seine Taille und unter den Achseln hindurch geschlungen war.

»Komm vom Loch weg, Quilûn.« Seine Mutter holte die Lederhülle mit der Spiegelkarte aus ihrem Rucksack. »Hilf mir, unsere Position zu finden.«

Quilûn presste die Lippen zusammen. Er wusste, dass es ihr nur darum ging, dass sie sich sorgte, er könnte in den Abgrund stürzen. Für sie war er trotz seiner zwölf Jahre noch immer ein kleiner Junge. Er hatte seine Eltern dabei belauscht, wie sie darüber gestritten hatten, ob er mitkommen durfte. Am nächsten Morgen hatte er seinem Vater versprechen müssen, vernünftig zu sein und seiner Mutter keinen Kummer zu machen.

Er ging zu ihr, während sein Vater ein Seil an den Eisenring am Schacht knotete.

Sie stellte ihre Laterne auf einen Vorsprung neben dem Spiegel und pustete auf die gemeißelte Wolke im Leuchtstein, der sich daraufhin verdunkelte, bis er nur noch graublau glomm. Dann entrollte sie das Pergament auf einer ebenen Stelle im Fels. Es war so groß wie ein kleiner Teppich.

Seine Mutter öffnete ein Kästchen und holte eines der steinernen Augen heraus, die wie Murmeln darinlagen. »Willst du?« Ihre dicken Zöpfe baumelten vor ihrer Brust.

Quilûn streckte ihr eine Hand hin.

Sie legte das Auge hinein. Es hatte keine Lider, aber die Iris war ein mit einem nadeldünnen Meißel geformter Strahlenkranz.

»Mal schauen, wo wir sind.« Sie lächelte ihn an.

Da die Karte außerhalb des Lichtstrahls lag und die Laterne gedämpft war, konnte Quilûn die Zeichnung nur als Gewirr gerader Linien erkennen. Aber ohne das Auge aus Sandstein war sie ohnehin unbrauchbar.

Behutsam beugte er sich vor und legte das Steinkügelchen auf einen Kreis in einer Ecke des Pergaments.

Knisternd löste sich die Zeichnung und kletterte empor. Die Karte zeigte nicht die Kavernen. Sie wurde zu einem Gerüst von geraden Stäben, die beschriftete Linsen miteinander verbanden. Diese Linsen standen für die Spiegel, unabhängig davon, welche Form sie tatsächlich hatten. An jedem Stäbchen vermerkte eine Zahlenfolge, in welchem Winkel der Spiegel das Licht weiterleitete und in welcher Distanz man den nächsten fand. In die Farbe, mit der der Kartograf die Stäbe bemalt hatte, war Metallstaub gemengt. Sie glänzten kupferfarben. Die Spiegellinsen waren schwarz.

Dieses Gebilde wuchs an wie eine Gittersäule. Ganz oben, auf Quilûns Brusthöhe, schwebte eine kupferfarbene Kugel, von der Zacken ausgingen, über dem Gerüst. Sie symbolisierte die Sonne.

Um die Karte vollständig aus dem Pergament zu ziehen, hätte man weitere Augen in die Kreise an den anderen Ecken legen müssen. Noch immer kreuzten sich viele Linien auf dem Blatt. Aber wenn man die Augen gebrauchte, zerbröselten sie zu Sand. An demjenigen, das Quilûn platziert hatte, konnte man es bereits sehen. Kerben bildeten sich in der Kugel.

»Bei welchem Spiegel stehen wir jetzt?« Das Lächeln seiner Mutter wärmte Quilûns Herz, obwohl er wusste, dass sie ihn nur auf die Probe stellte. Sicher war ihr vollkommen klar, wo sie sich innerhalb des Gewirrs der Kavernen befanden.

Quilûn begann an der Sonnenkugel und folgte den Stäben. Bislang hatte sich die Familie entweder auf einer Höhe bewegt oder war tiefer abgestiegen, aber nicht aufwärtsgeklettert. Die Abzweigungen, bei denen die Verbindungsstäbe anstiegen, schieden also aus. Da der Spiegel, an dem sie nun hockten, das Licht senkrecht in die Tiefe schickte, musste bei ihm der Stab wie ein Lot abfallen. In die Stäbchen waren jeweils drei Zahlen geritzt, die exakt die Winkel bezeichneten. Seine Mutter hatte eine Wasserwaage und einen Gradmesser dabei, mit denen sie notfalls die Bahn eines Lichtstrahls genau nachvollziehen konnte. Aber für diese Aufgabe sollte das eigentlich nicht notwendig sein.

Quilûn schwitzte, weil er nicht ganz sicher war, wie viele Spiegel sie bereits passiert hatten. Waren es sieben oder acht gewesen? Gesehen hatte er noch mehr, aber nicht alle hatten den Lichtstrahl weitergeleitet, dem die Familie folgte.

Seine Mutter tat, als würde sie ihn gar nicht beachten, und holte Lappen, ein Tonfläschchen mit Reinigungstinktur, ein Messer, eine kleine Sichel und eine Schere aus dem Rucksack. Ordentlich legte sie alles so vor dem Spiegel ab, dass es nicht in der Lichtbahn stand.

Quilûn zog die Unterlippe zwischen die Zähne. Das half ihm, sich zu konzentrieren.

In passender Entfernung zum Einstieg entdeckte er nur drei Linsen in der Karte, von denen aus ein Lichtstab steil abfiel. Einer davon musste es sein.

Quilûn sah den Spiegel an. Ein verschnörkelter Bronzerahmen fasste seine ovale Fläche ein. Da er an einigen Stellen bereits grün anlief, stand er wohl schon länger hier, als Quilûn alt war. Hoffentlich hatten die Jahre das Siegel der Werkstatt, die ihn gefertigt hatte, noch nicht getilgt.

Quilûn tastete über das Metall.

Seine Mutter beobachtete ihn jetzt genau. Sie fürchtete wohl, dass er den Spiegel mit einer ungeschickten Bewegung umwerfen könnte.

Er fand eine Markierung, aber das war nur der Raubvogelkopf von Haus Adlerhoch. Die half ihm nicht weiter, sie war bei allen Spiegeln gleich. Ein Zeichen des Handwerkers, wie sie auch in der Karte verzeichnet waren, suchte er vergeblich.

Ratlos seufzte er.

Vielsagend sah seine Mutter den Lichtstrahl entlang, dem sie gefolgt waren. Dann blickte sie lächelnd auf die Karte.

Natürlich! »Dieser muss es sein!«, rief Quilûn. Nur bei einem der drei, die er in Betracht gezogen hatte, traf die Verbindungslinie in einem flachen Winkel auf. Bei den anderen beiden hätten sie das letzte Teilstück viel steiler bergabgehen müssen.

Seine Mutter nickte mit einem breiten Schmunzeln. »Sehr gut.«

Stolz hockte sich Quilûn vor die Karte und studierte sie so weit, wie das Sandsteinauge sie aus dem Pergament gezogen hatte. Immer tiefer führte das Geflecht der Strahlen in den Berg. Die Gärten der Unsterblichen, wo das Ziel des Lichts lag, waren im Gewirr auf dem Blatt verborgen.

Seine Mutter tippte auf die Spiegelfläche. In der Lichtbahn wurde ihre Hand hell wie der Flieder vor ihrem Haus. »Glas über Silber«, stellte sie fest. »Was für eine Tinktur brauchen wir dafür?«

Quilûns Stolz wich dem Gefühl, ertappt worden zu sein. Die verschiedenen Flüssigkeiten, die man für die Reinigung von Spiegeln verwendete, konnte er sich einfach nicht merken.

Sein Vater erlöste ihn, indem er zu ihnen kam. Das Seil für den weiteren Abstieg hing jetzt sicher am Eisenring verknotet in den Schacht hinab. »Wir sollten uns beeilen«, sagte er gut gelaunt. »Graf Golar zahlt uns vielleicht ein paar Münzen zusätzlich, wenn wir zwanzig Spiegel schaffen.«

Sie begannen damit, das Gestrüpp wegzuschneiden, das vor dem Spiegel wucherte, und die Wurzeln auszureißen.

»Wieso wächst es ausgerechnet hier?« Quilûn sah sich um und fand sonst nur nackten Fels in der Kaverne.

»Das Leben braucht das Licht«, erklärte sein Vater.

»Nicht alles Leben«, widersprach seine Mutter.

Quilûns Eltern sahen sich in die Augen.

»Jedenfalls *liebt* das Leben das Licht.« Sein Vater versuchte wohl, unbeschwert zu klingen, aber es hörte sich falsch an. Er nahm einen groben Lappen und rieb den Spiegel ab. Vor der Politur mussten die Verunreinigungen entfernt werden.

»Kratzen wir das Erdreich fort«, schlug seine Mutter vor. »Dann dauert es etwas länger, bis hier wieder Unkraut wächst.«

Quilûn half ihr, zögerte aber, als er eine Blume mit kugelförmiger, blauer Blüte bemerkte. So eine Pflanze hatte er noch nie gesehen. Ihre Blätter waren zart wie Haarsträhnen, die nach dem Waschen zusammenklebten.

»Was ist?«, fragte seine Mutter.

Quilûn streckte die Hand aus, um die im Halbschatten blühende Blume auszureißen, aber unwillkürlich streichelte er den Stängel. »Was, wenn hier nie wieder so etwas Schönes wächst?«

Seine Mutter hockte sich neben ihn und legte einen Arm um seine Schultern. Eine Weile war das Quietschen des feuchten Lappens seines Vaters auf dem Siegel das lauteste Geräusch.

»Sie ist wirklich hübsch«, flüsterte seine Mutter ihm zu.

Quilûn wusste nicht, weshalb, aber Tränen stiegen in seine Augen. Er zog die Hand zurück.

»Lass sie«, schlug seine Mutter vor.

»Aber wir müssen doch die Bahn des Lichtes frei machen«, widersprach Quilûn. »Für Graf Golar.« Er stellte sich vor, wie der Lichtmeister sie alle ausschimpfte und bestrafte, wenn er davon erfuhr, dass sie ihre Aufgabe nachlässig erfüllt hatten.

»Wir graben sie auf dem Rückweg aus«, schlug seine Mutter vor, »und pflanzen sie vor unserem Haus ein.«

»Ja!« Quilûn freute sich darauf, das strahlende Blau der Blüte im Licht des Tages zu betrachten. Er würde versuchen, es zu malen. Er könnte dem Bäcker helfen, seinen Ofen zu putzen, und sich so ein paar Münzen verdienen, um blaue Farbe davon zu kaufen. Natürlich müsste er sie mischen, mit Sonnengelb oder Minzgrün vielleicht, um den Ton zu treffen.

Sein Vater trat zurück und betrachtete sichtlich zufrieden sein Werk. Der Lichtstrahl schien durch die Umleitung keine Helligkeit mehr zu verlieren. Das lag sicher auch daran, dass die sonnenförmigen Intarsien aus schwarzem Quarz im Rahmen jetzt wieder sauber waren. Kein Staub verstopfte mehr ihre zauberisch geformten Rillen.

»Acht!«, verkündete sein Vater. »Noch ein Dutzend. Lasst uns nicht säumen!«

Seine Mutter griff den Rand des Kartenpergaments, hob es an und schüttelte den Sand hinunter, zu dem das Auge geworden war. Wie ein filigranes Eisgeflecht, das ein warmer Hauch traf, schmolz das Gerüst aus Lichtlinien zusammen und wurde wieder zu einer unentzifferbaren Zeichnung auf dem Blatt.

Quilûn sah dem honiggelben Strahl nach, der auf den mit Elfenbein gerahmten Spiegel traf. Hier knickte er in einem stumpfen Winkel ab und setzte seinen Weg den leicht abwärts gerichteten Tunnel hinab fort. Da ringsum nur Dunkelheit war, konnte Quilûn die Entfernung zum nächsten Spiegel schlecht schätzen. Zweihundert Schritt vielleicht, oder ein bisschen mehr. Dort hinten wurde der Strahl beinahe senkrecht in einen Schacht geleitet.

Sein Vater legte das Sicherungsseil zusammen, wobei er die Fasern im blauweißen Laternenschein aufmerksam musterte. An einer Stelle hielt er inne, aber bei genauerer Betrachtung schien ihn die leicht abgescheuerte Stelle doch nicht zu beunruhigen. Er legte die nächste Schlaufe.

Bestimmt hatten sich die Lichtbereiter auf ähnliche Weise gesichert, als sie die Spiegel hier platziert hatten. Eine schwere

Arbeit, vermutete Quilûn. Nicht nur wegen der Last, sondern auch, weil man so vorsichtig mit den Spiegeln umgehen musste, damit sie nicht zerkratzten oder gar brachen.

Wie viele Spiegel mochte es hier unten geben? Zweihundert? Dreihundert?

Und dies hier war nicht das einzige Kavernensystem, durch das man Sonnenstrahlen in die Tiefe brachte.

»Wofür brauchen die Geister des Berges das Licht?«, fragte Quilûn.

Sein Vater war fertig mit dem Seil. Er holte Brot, Käse und Wurst aus dem Rucksack und legte sie neben den Flaschenkürbis auf die Decke. »Um die Schönheit zu sehen. Keine Laterne kommt der Sonne gleich.«

Quilûn sah auf den Schein der Lampe seiner Mutter, der hinter einem aufragenden Felsen hervorkam. Dort folgte sie einem dringenden Bedürfnis.

»Sind die Gärten der Unsterblichen wirklich so schön?« Quilûn wusste, dass es dort nicht nur Blumen gab, sondern auch Bilder. Die vollkommensten aller Gemälde, sagte man. Die Geister schätzten sie noch mehr als andere Kunstwerke, wie Statuetten aus Kristall oder hauchzarte Gewebe.

»Im Freien gibt es auch viel Schönes.« Schmunzelnd zuckte sein Vater mit den Achseln. »Semire zum Beispiel, die Grafentochter. Die ist doch schön, mit ihrem langen roten Haar.«

»Viel zu alt«, urteilte Quilûn.

Die Kruste knackte, als sein Vater eine Scheibe vom tiefbraunen Brot abschnitt. Er reichte sie Quilûn. Leider war sie kalt, seine Mutter hatte schon gestern gebacken.

Sein Vater biss von einer fingerdünnen Wurst ab. »Was wohl Gritta dazu sagen wird, dass du in die Höhlen gestiegen bist?«

»Mir egal.« Zu seinem Ärger bemerkte Quilûn, dass seine Ohren heiß wurden. Er rutschte ein Stück weg vom Licht des Sonnenstrahls und der zweiten Laterne, damit sein Vater die Rötung nicht sah.

»Neulich beim Holzhacken hast du dich schon sehr angestrengt, als Gritta zugesehen hat«, stichelte sein Vater.

»Gar nicht wahr!«, protestierte Quilûn.

»Ich glaube, du hast dir ein besonders großes Holzstück geholt, als sie an der Scheune gelehnt hat.«

Verlegen kaute Quilûn auf seinem Brot. Dass das Holz so groß und schwer gewesen war, hatte ihm weniger zu schaffen gemacht als seine Härte. Fünfmal war das Axtblatt abgeprallt. Jedes Mal hatte er befürchtet, Gritta kichern zu hören. Ob sie gegrinst hatte, wusste er nicht. Er hatte es nicht gewagt, sie anzusehen. Erst beim sechsten Mal war das Eisen eingedrungen, aber leider nicht tief genug, damit das Holz daran stecken geblieben wäre. Statt die Axt damit anheben und es mit Schwung wieder auf den Hackklotz hauen zu können, hatte Quilûn einen Hammer zu Hilfe nehmen müssen, um das Blatt tiefer hineinzutreiben. Bei jedem der anklagend hellen Schläge hatte er Grittas Blick in seinem Nacken gespürt.

Aber aufgegeben hatte er nicht. Er hatte sogar den Trick angewandt, den sein Vater ihm beigebracht hatte: die Axt, die endlich fest im Holz gesteckt hatte, in der Luft herumzuwirbeln. Dabei wäre das Werkzeug ihm beinahe aus der Hand gerutscht, aber dann war es ihm doch gelungen, die Axt mit der stumpfen Seite des Blattes nach unten auf den Hackklotz zu schmettern. Das Knacken hatte ihm verraten, dass er das Holz besiegt hatte. Noch ein normaler Schlag, dann war es aufgesprungen, und noch einer hatte es endgültig gespalten.

Grittas Blick war aufmerksam, aber ansonsten nichtssagend gewesen. Quilûn überlegte, wie er seinem Vater erklären sollte, dass Gritta ihn zwar verwirrte und herausforderte, er aber natürlich keinesfalls in das Mädchen mit der Zahnlücke verliebt war.

Plötzlich wurde der Lichtstrahl, der auf den elfenbeingefassten Spiegel traf, dünner. Mit Erschrecken sah Quilûn zu, wie er innerhalb von fünf Herzschlägen zusammenschrumpfte, bis er gänzlich erlosch. Die Laterne seines Vaters glomm nur schwach.

»Keine Angst«, riet sein Vater sanft. »Sie müssen nur oben am Einstieg einen Spiegel neu ausrichten.«

Scheu sah sich Quilûn um. In diesem Tunnel gab es keinen

weiteren Lichtstrahl. Die Laterne seiner Mutter war weit entfernt und ihr Schein größtenteils vom Felsen verdeckt.

»Glaubst du, Mama stirbt bald?«, fragte Quilûn.

»Wie kommst du denn darauf?«

»Semires Mutter ist auch tot.« Er dachte an das Trauerband um den Arm des Mädchens, an dem der Wind zupfte. »Sie ist in den Kämpfen gestorben.«

Sein Vater nahm die Lampe und pustete auf das Sonnensymbol, das den Leuchtstein heller machte. »Die Fehde ist vorüber.« Er stellte das Licht zwischen sie.

Quilûns Herzschlag pochte in seinem Hals. Er wollte nicht an die Dunkelheit denken. Auch die Leuchtsteine hielten nicht ewig, obwohl seine Eltern sparsam mit ihnen umgingen.

Es musste etwas anderes geben, woran er denken konnte, als an die Möglichkeit, sich hier unten zu verirren und vergessen zu werden. »Hast du Angst vor Graf Golar?«

»Jeder kluge Mann hat ein wenig Angst vor den Mächtigen«, antwortete sein Vater. Das schalkhafte Lächeln, das in seinem Gesicht gewesen war, als er wegen Gritta gestichelt hatte, war verschwunden. »Und Golar wird noch mächtiger werden, als er ohnehin schon ist. Man sagt, er wird bald der Landvogt des Tiefen Hauses Schneegrund sein.«

»Ist der Lichtmeister für dich nicht wichtiger? Der bezahlt doch die Lichtknechte.«

Quilûns Vater schien ihn nicht zu hören. Er sah zum Felsen, hinter dem sich seine Mutter nun anscheinend bewegte, denn das Licht ihrer Lampe schwankte.

»Sei immer gut zu den Frauen«, sagte sein Vater. »Sie geben dir deine Freundlichkeit hundertfach zurück.«

»Wie?«, wollte Quilûn wissen. Von Gritta fühlte er sich manchmal schlimmer beobachtet als von seinen Eltern. Trotzdem mochte er es, wenn sie in der Nähe war. Obwohl er nicht viel mit ihr unternehmen konnte. Sie konnte nicht holzhacken und beim Fröschefangen legte sie sich reglos wie eine Echse auf die Lauer. Zwar hatte sie damit ebenso viel Erfolg wie Quilûn, aber es war viel langweiliger, als mit hochgekrempelter Hose im

Bach auf die Pirsch zu gehen. Hauptsächlich verwirrte Gritta ihn.

»Ihr Lächeln«, flüsterte sein Vater verträumt. »Wenn dich eine Frau, die du liebst, anlächelt, leuchtet das Herz in deiner Brust in allen Farben.«

Über Licht hatte Quilûn oft nachgedacht. Für ihn war es nicht bloß hell oder dunkel. An einem wolkenverhangenen Tag war das Licht ganz anders als an einem sonnigen. Nicht schlechter, ganz und gar nicht. Oft sanfter, weniger aufdringlich. Seine einfachen Zeichnungen sahen dann schöner aus, als wenn die grelle Sonne jede Einzelheit und damit jeden unsicheren Strich hervorzerrte.

»Ein Herz, das wie ein Regenbogen strahlt …« Quilûn versuchte, es sich vorzustellen. »Ist das wie große Steinmagie?«

»Viel besser«, versprach sein Vater.

Seine Mutter kam hinter dem Felsen hervor. »Gebt es zu: Ihr redet über mich!«

»Natürlich, mein Herz!«, gestand sein Vater freimütig. »Wenn du uns auch verlässt – unseren Gedanken entkommst du niemals.«

»Du bist ein Quatschkopf, Matz!« Sie pustete ihren Leuchtstein aus, hockte sich neben das Tuch mit den Speisen und küsste Quilûns Vater. »Hör bloß nicht auf, so zu sein.«

Sie lächelte, und Quilûn glaubte, dass das Leuchten im Gesicht seines Vaters nicht nur von der noch brennenden Lampe kam.

»Komm zurück, Ilûna!«, rief Quilûns Vater. »Das ist zu gefährlich!«

»Das Seil sitzt doch fest!«, gab seine Mutter zurück. »Du hältst mich schon. So dick bin ich nun auch wieder nicht geworden.«

Quilûn fand seine Mutter überhaupt nicht dick. Sie war sehnig und hatte eine Kraft, die viele Männer überraschte.

Sie war so tief an der zerklüfteten Wand eines senkrecht abfallenden Schachts hinabgeklettert, dass sich das Seil, das sie mit seinem Vater verband, straffte. Sein Vater wiederum stand drei Schritt unter Quilûn, der dort ausharrte, wo eigentlich der einundzwanzigste Spiegel hätte stehen sollen. Die Stelle war gut zu erkennen. Eine Kerbe im Fels hätte dem Rahmen Halt geben sollen. Davor wuchs grünes Gestrüpp, das im Licht der Lampe, die sein Vater zurückgelassen hatte, so fahl wirkte, als läge Raureif darauf. Darüber beschien der Lichtstrahl, dem sie so lange gefolgt waren, den Fels, weil der Spiegel fehlte, der ihn in den Schacht geleitet hätte.

Die zweite Laterne baumelte an einem Gurt, den Quilûns Mutter über die Schulter geschlungen hatte. Der Leuchtstein brannte so hell, dass er sich bald verbrauchen würde. Er holte einen weiten Umkreis um die Frau herum aus dem Dunkel. Damit schuf er allerdings auch Schlagschatten, die sich durch die zahlreichen Vorsprünge im Fels ergaben. Die kantigen Flächen verlängerten und verkürzten sich. Sie wanderten über den Granit, weil die Lampe baumelte und seine Mutter sich bewegte.

»Ich kann den Spiegel sehen!«, rief sie. »Noch zwei Schritt, dann habe ich ihn.«

»Zwei Schritt sind zu weit!«, protestierte Quilûns Vater.

Unter ihr reflektierte etwas den Schein ihrer Lampe. Jenseits davon wurde die Dämmerzone rasch dunkler. Die Tiefe vermochte der Leuchtstein nicht zu erhellen. Weit unten kreuzte ein Lichtstrahl den Schacht. Aber soweit Quilûn erkannte, endete der Abgrund auch dort noch nicht.

»Stell dich nicht so an, Matz!«, forderte seine Mutter. »Du hast selbst gesagt: Für den einundzwanzigsten Spiegel mag der Lichtmeister noch ein paar Münzen herausrücken.«

»Wir sind hier, um sie zu reinigen. Davon, Spiegel zu bergen und zurück in Position zu bringen, war keine Rede.«

»Das wird den Grafen noch mehr erfreuen.«

Sein Vater ächzte, weil sich Quilûns Mutter von der Wand abstieß. Sie hing jetzt mit vollem Gewicht am Seil und trippelte über die raue Oberfläche seitwärts.

Auch an Quilûns Seil gab es Zug, weil sein Vater sich ein Stück nach vorn lehnte. Die Kreuzbindung drückte in den Rücken des Jungen. Er biss die Zähne zusammen und versicherte sich, dass seine Fersen festen Halt im Untergrund fanden.

»Sei vernünftig und komm zurück!« Sein Vater klang jetzt verärgert.

»Je eher du mir mehr Seil gibst«, erwiderte seine Mutter schnippisch, »desto eher habe ich den Spiegel und desto eher komme ich wieder hinauf.« Ihre Worte hallten von den Wänden wider.

»Das Ding ist wahrscheinlich zerbrochen«, gab sein Vater zu bedenken.

»Ich glaube, es ist ein Metallspiegel. Verbogen vielleicht, aber das ließe sich ausbeulen.«

»Dein Schädel ist dicker als der von einem Maultier!«

»Dann sei froh, dass ich nicht ganz so viel wiege wie ein Maultier. Lass mich ab, Matz!«

Quilûns Vater wandte sich zu ihm um. Das wenige, was im Dunkel von seiner Miene zu sehen war, ließ die Anstrengung erkennen. »Du bleibst hier, egal, was geschieht. Du musst uns sichern.«

Quilûn nickte entschlossen und auch stolz darüber, dass sein Vater ihm diese wichtige Aufgabe zutraute.

»Hast du einen festen Stand?«

Quilûn spannte die Beine an. Der Granit unter den Sohlen seiner Stiefel blieb unbeweglich. Wieder nickte er.

»In Ordnung.« Sein Vater hockte sich hin und stemmte ein Knie gegen eine Erhebung. Er lehnte sich zurück, das Seil, das Quilûn hielt, lockerte sich. »Gib mir drei Schritt.«

Vorsichtig zog Quilûn das Seil nach. Es machte ein leises, pfeifendes Geräusch, während es über sein ledernes Hemd rutschte. Er zählte Elle um Elle ab und fragte sich, ob sein Vater das Seil, bei dem eine Stelle leicht abgescheuert war, ausgetauscht hatte, und wenn nicht, ob es jetzt seinen Vater und ihn verband oder ob seine Mutter daran hing.

Quilûn beeilte sich. Als er glaubte, drei Schritt nachgegeben zu haben, schlang er beide Unterarme in das Seil. Er packte fest zu, sowohl auf der Seite, die zu seinem Vater führte, als auch auf der anderen, wo der Rest des Seils in lockeren Schlaufen auf dem Boden lag. Das Ende war um seine Hüfte geknotet. Der nächste Eisenring, der zur Sicherung des Abstiegs diente, musste ein Stück entfernt sein. Dies war offensichtlich einer der Schächte, in denen man nicht direkt dem Lichtstrahl folgen sollte. Vielleicht gab es in der Nähe sogar eine Treppe, über die man hinabgelangte, ohne sich abzuseilen. Aber wenn dem so war, führte sie im Innern des Felses an der Stelle vorbei, wo der Spiegel lag, und noch tiefer den Schacht hinunter. Sonst hätte die Familie sie entdeckt.

»Wie weit bist du?«, fragte sein Vater.

Quilûn spürte, wie er rot wurde, weil seine Gedanken gewandert waren. »Fertig!«, meldete er knapp.

»Ich bin bereit!«, rief seine Mutter. »Gib mir mehr Seil!« Ihre Laterne bewegte sich nicht mehr, offenbar hatte sie wieder eine feste Position am Fels gefunden, aber ein Vorsprung verbarg sie vor Quilûns Blick.

Sein Vater stieg tiefer. Er kletterte sehr langsam, wohl, weil er keine Lampe hatte und deswegen nach Halt tasten musste.

»Kommst du jetzt ran?«, fragte er.

Unten schabten die Stiefel seiner Mutter über den Stein. »Der Spiegel ist tatsächlich aus Metall!«, jubelte sie.

Quilûns Vater murmelte etwas Unverständliches.

»Ich brauche noch eine Elle!«, forderte seine Mutter.

Sein Vater stieg weiter ab, das Seil, das Quilûn hielt, spannte sich. Er überlegte, ob er noch etwas nachgeben sollte, aber sein Vater hatte drei Schritt gefordert, nicht mehr.

Seine Mutter ächzte. »Der ist … ganz schön schwer!«

»Lass ihn!«, schlug sein Vater vor. »Wir berichten dem Lichtmeister, was geschehen ist. Er wird einen Trupp schicken, um den Spiegel zu bergen.«

»Und dieser Trupp wird dann auch die Belohnung kriegen!«, rief seine Mutter. »Graf Golar wird schlechte Laune haben, weil der Lichtstrahl nicht zu den Gärten findet. Unsere ganze Mühe war vergebens. Es sei denn, du kommst runter und hilfst mir.«

»Das werde ich ganz sicher nicht tun! Denk an Quilûn.«

Seine Mutter schwieg.

Quilûn presste die Zähne aufeinander. Wäre er nicht mitgekommen, hätten seine Eltern den Spiegel geholt. Sie wären gut gelaunt nach Hause gekommen, mit einer gefüllten Börse. Wenn sie jetzt umkehrten, müsste sein Vater wieder Säcke in die Mühle schleppen, bis sich der nächste Auftrag ergäbe, und seine Mutter müsste bei dem ekligen, dicken Spiegelmacher putzen, der immer alles besser wusste.

»Ich halte euch!«, rief Quilûn. »Ich stehe hier ganz fest!«

»Es hat keinen Sinn.« Die Enttäuschung im Seufzen seiner Mutter trieb Quilûn die Tränen in die Augen.

Er blinzelte sie weg. »Nein! Ihr könnt euch auf mich verlass…«

Ein unmenschliches Kreischen drang den Schacht herauf.

Quilûn zuckte zusammen, fasste das Seil aber noch fester.

Er sah eine schnelle Gestalt durch den Schein der Laterne seiner Mutter huschen. Stieß dieser Schatten das Kreischen aus?

Das war ganz sicher kein Mensch. Er hüpfte von einem Vorsprung zum nächsten, krallte sich kurz fest und stieß sich wieder ab. Bewegten sich die Geister auf diese Weise?

»Vorsicht!«, rief sein Vater.

Das graue Etwas sprang seine Mutter an.

Sie schrie gegen ein Fauchen an. Und sie fiel in den Abgrund.

Quilûns Seil ruckte.

Aber sein Vater stand fest. Wie ein Pendel baumelte seine Mutter am straff gespannten Seil unter ihm. Ihre Lampe war ein heller Fleck. Quilûn glaubte, sie weinen zu hören, aber das Echo von den Wänden verzerrte die Geräusche. Gestein polterte, das Seil knirschte.

»Ein Affe!«, rief seine Mutter. »Es ist nur ein Affe!«

»Hat er dich angegriffen?«, fragte sein Vater.

»Ja, er …«

Ein Grollen stieg aus dem Abgrund herauf. Der Boden zitterte, und dann bockte er, als hätte ein Riese einen Hammer unmittelbar neben Quilûn auf den Granit geschmettert. Sein linker

Fuß rutschte ab, gerade, als das Seil ruckte, wohl, weil sein Vater ebenfalls den Halt verlor.

Fest zog sich die Sicherung um Hüfte und Schultern und presste sich in Quilûns Rücken. An der linken Seite konnte er nicht gegenhalten, der Fuß glitt immer weiter. Sollte er rechts den sicheren Tritt aufgeben, um weiter vorn vielleicht besseren Halt zu finden?

Wo war sein Vater?

Quilûn sah ihn nicht mehr. Das Seil führte straff über die Kante, an der er gerade noch gehockt hatte.

Seine Mutter pendelte noch immer über dem Abgrund, aber sein Vater konnte noch keinen neuen Halt gefunden haben. Beständig zog sein Gewicht Quilûn von seinem Tritt fort.

»Vater! Was soll ich tun?«

»Bleib, wo du bist! Ich werde gleich …«

Der Zug am Seil ließ nach.

»Ich habe Halt«, verkündete sein Vater. »Ilûna? Wie geht es dir?«

»Ich schwinge zur Wand.« Die Stimme seiner Mutter klang, als hätte sie ein Tuch im Mund.

Quilûn versuchte, seinen alten Stand wiederzufinden, aber die Erhebung, an der sein linker Fuß Halt gefunden hatte, war weggebrochen. Überhaupt knirschten viele Steinchen unter seinen Sohlen und Staub trieb in der Luft. Im Lichtstrahl, der vergeblich den Spiegel suchte, ähnelte er grauem Nebel und in Quilûns Hals kitzelte er.

Das Licht seiner Mutter pendelte immer weiter von einer Seite zur anderen. Wenn Quilûn den Schatten ihrer Gestalt richtig deutete, zog sie die Beine an und streckte sie voraus, als säße sie auf einer Schaukel. Sie kam der Wand immer näher, wenn auch nicht an der Stelle, wo der Spiegel stand.

Schweiß brannte in Quilûns Augen. Er wagte nicht, die Hände vom Seil zu lösen, also versuchte er, ihn wegzublinzeln.

Vielleicht spielte seine Sicht ihm deswegen einen Streich. Er glaubte, tief unten im Abgrund Nebelfetzen zu erkennen, wirbelnd wie Rauch, der aus einem Kamin aufstieg. Sie waren heller als der Staub im Lichtstrahl. In sich blieben sie kompakt, anders als Qualm, der sich verteilte, wenn Wind hineinfuhr. Sie umkreisten einander, einer verharrte sogar kurz, bevor er sich in eine andere Richtung bewegte.

Seine Mutter hatte die Wand fast erreicht, als ein zweites Beben den Berg erschütterte. Es dauerte viel länger als das erste. Anfangs konnte sein Vater sich noch festklammern, aber dann verlor er wieder den Halt, das Seil straffte sich und riss Quilûn von den Füßen.

Verzweifelt hielt er es fest, doch dadurch hatte er keine Hand frei, um in Mulden oder um Vorsprünge zu greifen. Eine Gesteinskante schnitt seine Hose auf. Mit den Füßen allein konnte er das Schlittern nicht bremsen, bevor er an die Kante kam.

Dort aber trat er gegen eine aufragende Felsnase. Er schrie unartikuliert. Das Seil war so geführt, dass es ihm nicht die Brust zuschnürte, aber das Gewicht zweier Erwachsener zog an seinem Rücken. Er lehnte sich dagegen.

»Matz!«, rief seine Mutter. »Matz, halt mich!«

»Ich halte dich!«, versicherte sein Vater. »Und Quilûn hält uns.«

Die Anstrengung war zu groß, als dass Quilûn Stolz hätte empfinden können. Er lehnte sich gegen das Seil, das er mit beiden Händen hielt, und atmete durch die zusammengepressten Zähne. An der Stelle, an der sich das Seil überkreuzte, fühlte es sich an, als wollte es seine Wirbelsäule eindrücken.

»Quilûn?«, rief seine Mutter panisch. »Quilûn hält uns?«

»Ja«, bestätigte sein Vater, »und das macht er sehr gut.«

»Du hast den Halt verloren?« Die Stimme seiner Mutter überschlug sich.

Sein Vater ignorierte sie. »Hörst du mich, Quilûn?«

»Ja«, quetschte er heraus. Der Schweiß brannte jetzt so stark in seinen Augen, dass er sie kaum noch aufbekam. Die Hände wurden rutschig und sein Herz schlug wie eine Trommel.

»Quilûn, du musst uns raufziehen.«

»Was?« Er hoffte, sich verhört zu haben. Er war froh, wenn er diese Position hielt.

»Das kann er nicht, Matz!«, rief seine Mutter. »Das schafft der Junge nicht.«

Sie hatte recht. Funken tanzten vor seinen Augen.

Aber Quilûn musste es schaffen! Mit äußerster Willensanstrengung trat er gegen die Felsnase, drückte die Beine durch und lehnte den Rücken nach hinten, gegen den Zug.

»Gut!«, jubelte sein Vater. »Sehr gut! Noch einen Schritt!«

Noch ein Schritt? Wie sollte ihm das gelingen?

Dazu musste er nachfassen, das Seil mit den Armen heranziehen, um es dann weiter um den Rücken zu führen. Aber sobald er dem Seil Spiel gäbe, würde das Gewicht seiner Eltern es über die Kante hinabziehen.

Er musste es blockieren. Vielleicht konnte er mit dem Fuß darauftreten?

»Hörst du, Quilûn? Du musst uns hochziehen. Geh rückwärts!«

Ja, das war eine bessere Idee! Er musste seinen Körper steif machen wie eine Statue und mit den Fersen nach Mulden im Boden suchen, um sich rückwärtszudrücken. So konnte er seine Eltern nach oben ziehen, wie ein Ochse im Joch einen Pflug zog.

Er lehnte sein Gewicht hinüber, bis es ganz auf das rechte Bein drückte. Den linken Fuß löste er und schob ihn über den Boden, bis er eine Vertiefung fand. Dann verlagerte er das Gewicht auf diese Seite.

Doch als er versuchte, das linke Knie durchzudrücken, verlor er das Gleichgewicht. Das Seil riss ihn mit bis zur Kante. Schmerzhaft schlug seine Schulter gegen die Felsnase. Er schrie auf.

»Er schafft es nicht!«, rief seine Mutter.

Von hier aus konnte Quilûn sie sehen und auch seinen Vater. Beide waren schwarze Schattenrisse vor der bleichen Lichtkugel vom Leuchtstein seiner Mutter und dem sonnengelben Strahl, der tief unten den Abgrund durchquerte. Und wieder glaubte Quilûn, eine nebelhafte Gestalt zu erkennen. War das ein Berggeist?

»Rette ihn!« Seine Mutter weinte. »Rette unseren Sohn!«

Sein Vater zog etwas Flaches aus dem Gürtel, das spitz zulief. War das ein Messer?

Ja, es schimmerte im Licht der baumelnden Laterne.

Er hielt es über sich an das Seil, das zu Quilûn führte.

»Nein!«, rief Quilûn. »Ich ziehe euch hoch!«

Panisch riss er am Seil.

Sein Vater bewegte das Messer hin und her wie eine kleine Säge. »Du darfst nie vergessen, dass wir dich sehr lieben, mein Sohn!«, rief er mit klarer Stimme. »Mehr als unser Leben!«

Plötzlich, viel zu schnell, war der Zug am Seil fort.

Die beiden Schattenrisse wurden rasch kleiner.

Quilûn beugte sich über den Abgrund und streckte ihnen die Hand hinterher, obwohl er wusste, dass er sie nicht zu erreichen vermochte. Er hielt den Atem an, als könnte er damit die Zeit zum Stillstehen zwingen.

Aber seine Eltern fielen unaufhaltsam. Als sie den Lichtstrahl durchquerten, sah es für Quilûn aus, als würden sie sich umarmen. Doch sie waren viel zu weit entfernt, um das mit Sicherheit zu sagen. Das Unheimlichste war, dass sie keinen Laut von sich gaben, als sie in der Dunkelheit verschwanden.

Der Affe, der plötzlich aus dem Schacht emporschoss, kreischte umso lauter. Seine unbehaarte Schnauze entblößte gebogene Fangzähne im Dämmerlicht der Lampe, die an der Stelle stand, wo der Spiegel hätte sein sollen. Das graue Fell an seinem Hinterkopf stellte sich auf und eine Klaue traf den zurücktaumelnden Quilûn an der Brust.

Er richtete sich halb auf, fiel auf den geschundenen Rücken und trat nach dem Tier. Er traf die Nase, ein Heulen verriet den Schmerz seines Gegners.

Aber Quilûn rutschte aus und schlug mit dem Kopf auf den harten Boden. Er verlor das Bewusstsein.

Schreiend liefen Adlige und Arbeiter durcheinander. Felsbrocken polterten die Flanke des Uranier herab. Mit einer Leichtigkeit, die ihrem Gewicht Hohn sprach, setzten die Felsen über Vorsprünge, flogen ein paar Schritt weit in einem flachen Bogen, prallten auf und fielen weiter auf die Versammelten zu. Die meisten Gefolgsleute von Semires Vater waren viel zu verwirrt, um den Brocken auszuweichen. Entsetzt sah sie, wie ein kantiges Granitstück das Bein eines jungen Mannes an der Hüfte abriss.

Er öffnete den Mund weiter, als Semire von Schneegrund es je bei einem Menschen gesehen hatte. Wahrscheinlich schrie er, aber die Laute von Schreck und Schmerz gingen im Donnern und Krachen des Bebens unter. Weitere Felsstücke polterten in die Senke wie Katapultgeschosse. Während der Fehde hatte Semire Beschuss durch Belagerungsgerät erlebt.

Sie hielt den Blick auf die Gefahr gewandt. Ein Brocken prallte von einem Felsen ab und rollte genau auf sie zu.

Ohne zu zögern warf sie sich nach rechts.

Der Stein walzte einen Busch mit rosafarbenen Blüten nieder. Von einem Moment auf den anderen war die unschuldige Pracht des Gewächses zu einem unansehnlichen Haufen zermalmt, nur einzelne Zweige am Rand zitterten noch auf dem schwankenden Boden.

Ein Knall erinnerte Semire daran, dass müßige Betrachtungen dazu führen konnten, dass mit ihren Knochen dasselbe passierte wie mit den Ästen des Busches. Ein weiterer Brocken sprang auf sie zu. Er hüpfte über den unebenen Grund wie der Ball eines Kindes.

Wieder wollte Semire nach rechts ausweichen, aber das Beben ließ sie stolpern und fallen. Ihre Hände schmerzten, als sie sich damit auf dem Felsboden abfing, doch für Selbstmitleid war keine Zeit. Sie versuchte, hochzukommen und weiterzulaufen, aber der Fels näherte sich zu schnell.

Im letzten Moment ließ sie sich wieder fallen und presste sich flach auf den Boden.

Sie hatte Glück, und nichts als dieses Glück rettete ihr das Leben. Knapp vor ihr schlug der Brocken auf den Boden, einige Splitter sprangen ab und trafen sie im Gesicht. Sie schrie, doch der kantige Fels prallte ab, setzte über sie hinweg und kam erst einen Schritt neben ihr wieder auf.

Auch für Erleichterung fehlte die Muße. Sie rappelte sich auf.

Menschen schrien, liefen aufeinander zu oder voneinander weg. Ein Bursche war so wahnsinnig, zu versuchen, einen Gesteinsbrocken mit einem Wanderstab abzulenken. Der Stock zerbrach wie ein Zahnstocher und kurz darauf zertrümmerte das Geschoss das Schienbein des Jünglings.

Semire durfte sich nicht um die Not der anderen kümmern. Zuerst musste sie sich selbst retten. Sie wandte sich wieder dem Uranier zu. Jetzt kam sogar Geröll vom Gipfel, das Schnee mit herabbrachte.

Ein Bruchstück polterte auf den Spiegelkreis zu, der das Sonnenlicht in die Tiefe lenkte. Furchtsam kauerten die Lichtlenker hinter den Apparaturen.

Aber offenbar hatten sie am wenigsten Grund, sich zu ängstigen. Zehn Schritt vor den Spiegeln schien der annähernd kugelförmige Fels in einen unsichtbaren Strudel zu geraten. Er drehte sich wie ein Kreisel und beschrieb dabei einen Bogen um den Spiegelkreis herum, um dann weiter in die Senke zu donnern.

Natürlich! Die Spiegel waren so wertvoll, dass man sie mit Schutzzaubern umgeben hatte.

Aber sie standen dem Berghang am nächsten. Von dort kamen die Brocken, die die größte Gefahr darstellten, und deswegen liefen alle davon fort.

»Die Spiegel!« Semire wedelte mit beiden Armen. »Wir müssen zu den Spiegeln!«

Sie sah sich um. Niemand beachtete sie, das Getöse übertönte ihre Rufe. An der Ruine, die ihr Vater hatte wiederaufbauen wollen, brach eine Säule ein, wodurch auch ein Teil des Daches nachgab und einen Arbeiter unter sich begrub.

Sie lief auf den Einstieg in das Kavernenlabyrinth zu. Mit ihrem roten Kleid und dem langen, offenen Haar mochte sie auffallen, sodass andere ihrem Beispiel folgten. Jedenfalls hoffte sie das.

Sie sah ihren Vater an einer freien Stelle stehen, im Westen, wo die Senke sanft anstieg. Dorthin rollten nur wenige Brocken und ringsum gab es nichts, was auf die dort Versammelten herabfallen konnte. In der Not suchten die Menschen ihren Grafen und eilten zu ihm.

Aber Semires Zuflucht war sicherer. Sie rannte noch schneller. Im Laufen schlug sie einen Bogen um einen heranrollenden Stein.

Jetzt bemerkte ihr Vater sie. Er winkte und er rief wohl auch etwas.

Sie musste sich auf ihren Lauf konzentrieren. Sie sprang über einen Riss im Boden, der so aussah, als sei er vor ein paar Augenblicken noch nicht dort gewesen. Kein Sand hatte sich darin festgesetzt und nichts wuchs darin. Immerhin machte ihn das so offensichtlich, dass Semire ihn rechtzeitig bemerkte.

Noch einem Brocken musste sie ausweichen, dann war sie angekommen. Sie sah die kleinen magischen Figuren – Mauern, gefügt aus wellenförmigen Segmenten, nur eine Handbreit hoch –, die sich in einem weiten Kreis um die Spiegel herumzogen.

Der Boden zitterte auch hier, aber diese Gefahr war vergleichsweise gering. Heftig atmend wandte sie sich ihrem Vater zu und winkte mit beiden Armen.

Er starrte sie an. Verstand er, dass sie in Sicherheit war?

Von der Baustelle setzten die Arbeiter in einem Pulk zur Durchquerung der Senke an. Sie mussten ihre volle Breite überwinden, um zu ihrem Vater zu gelangen. Zu Semire und den Spiegeln war es viel näher.

Sie winkte ihnen zu, sah aber nur verständnislose Mienen.

Wie konnte sie ihnen beweisen, dass hier die Sicherheit auf sie wartete?

Ein Blick auf die Lichtlenker reichte, um ihr klarzumachen, dass mit den Männern in den weißen Kutten nichts anzufangen war. Sie schlotterten und hielten sich aneinander fest. Das Zittern des Berges war wohl genug, um ihren Mut zum Einsturz zu bringen.

Aber für Semire galt das nicht. Sie lief an der Grenze entlang, die der Kreis zauberischer Figuren zog, und stellte sich breitbeinig genau in die Bahn eines anrollenden Brockens. Sie streckte die Arme zur Seite.

Der Felsblock war beinahe so groß wie sie selbst. Er sah hart aus mit seinen grauen Flächen und geraden Kanten. Sicher würde er ihren Brustkorb zerdrücken wie eine Laterne aus Papier, wenn er sie träfe.

Plötzlich fragte Semire sich, ob der Schutzkreis wirklich jeden Felsen abgelenkt hatte. Eigentlich hatte sie es nur bei einem beobachtet. Die Lichtlenker wussten bestimmt viel besser um die Macht der aufgestellten Figuren. Wenn sie ihnen nicht trauten, mochte es einen Grund dafür geben …

Ein kopfgroßes Stück splitterte von dem Brocken ab und flog zur Seite davon.

Was würde geschehen, wenn ein solches Geschoss auf Semire zukäme? Wäre es vielleicht zu klein, um vom Zauber aufgehalten zu werden? Immerhin konnte auch Semire selbst den Kreis überschreiten. Was, wenn er nur wirkte, falls ein Objekt schwerer war als ein Mensch?

In diesem Fall mochte ein kopfgroßer Splitter durchkommen und Semires Gesicht zertrümmern. Ihr Antlitz sähe dann für immer aus wie eine Schüssel voll Brei.

Sie schrie gegen ihre Angst an, aber sie blieb stehen. Sie verkrampfte sogar die Muskeln, als könnte sie der Wucht eines Treffers auf diese Weise etwas entgegensetzen.

Der Felsblock füllte ihr Gesichtsfeld immer weiter aus. Sie hatte auch den Eindruck, als verengte sich ihre Sicht auf das Geschoss hin, als würde alles ringsum dunkel und unscharf, als verschwände die Welt im Nebel.

Drei Ellen vor Semire geschah mit dem Brocken dasselbe wie mit demjenigen, den sie zuvor beobachtet hatte: Wie ein Blatt in einem Wasserwirbel kreiselte er um seine eigene Achse und glitt zur Seite davon.

Erst jetzt bemerkte sie, dass sie die Luft angehalten hatte. Erleichtert atmete sie aus und ließ die Arme sinken.

Sie sah über ihre Schulter.

Einige Arbeiter hatten sie beobachtet. Sie hielten die anderen auf, brüllten ihnen ins Ohr und zeigten auf die Spiegelanordnung. Rasch entschlossen sie sich, zu Semire zu laufen, statt die gefährliche Strecke zu ihrem Vater zurückzulegen.

Semire setzte sich im Schneidersitz auf den Boden.

Die Arbeiter verteilten sich im Schutzkreis. Ein Mann mit einer Tonnenbrust, aus der drahtiges, schwarzes Haar wucherte, kniete sich neben sie und dankte ihr. Er blieb nicht der Einzige.

Es gab noch einige heftige Stöße, dann ließ das Beben nach. Nur noch vereinzelt stürzte Geröll den Hang herab, dann war es überstanden.

Die Senke bot ein Bild der Verwüstung. Überall lagen Gesteinsbrocken, der Großteil der Vegetation war zermalmt, umgepflügt oder platt gewalzt. Schmerz- und Klagelaute ersetzten den Lärm des Bebens. Insekten schwirrten über Blutlachen. Ein spindeldürrer Mann hielt seinen Arm, der ein Gelenk zu viel hatte.

Die Menschen kümmerten sich umeinander. Die Dame im blauen Kleid, die sich zuvor von ihren Galanen hatte umschwärmen lassen, riss ein Stück Stoff aus ihrem Gewand und benutzte es als Kopfverband für einen Jüngling mit einem kurzen Schnurrbart, der apathisch vor- und zurückwippte. Semire tauschte einen Blick mit ihr. Sie nickten einander anerkennend zu. Die Grafentochter ermahnte sich, nicht nach dem Anschein zu urteilen. Erst, wenn der Meißel angesetzt wurde, offenbarte sich die Härte eines Steins.

Semires Vater eilte zu ihr. »Bist du verletzt?«

»Es geht mir gut.«

Er schloss sie in die Arme. Sie fühlte den unnachgiebigen Lederpanzer an ihrer Wange, aber seine Hand war zärtlich, als er über ihren Hinterkopf strich. Sie erwiderte die Umarmung.

»Ich bin so froh«, flüsterte er. »Jetzt müssen wir uns um die Leute kümmern.«

»Was ist mit den Lichtknechten?« Sie sah in den Abgrund,

und die Tatsache, dass sie keinen Boden in dem Loch zwischen den Spiegeln ausmachte, ließ sie schwindeln.

Ihr Vater gab sie frei. »Du hast recht. Sie sind vermutlich in Schwierigkeiten. Wir müssen einen Rettungstrupp zusammenstellen.«

»Ich will mitgehen!«, rief Semire, bevor sie überlegte, was sie da forderte.

Überrascht sah ihr Vater sie an. »In die Tiefe?«

Es war wohl etwas darin, wie er diese Frage betonte. Als sei Semires mutige Tat, die die Arbeiter in den Schutzkreis gebracht hatte, nur ein Zufall oder ein Versehen gewesen. Als hätte sie eigentlich keinen Mut, sondern sei ein furchtsames Mädchen, wie ihre Erzieherin es gern gesehen hätte.

Aber das war Semire nicht. In den Stiefeln rollte sie die Zehen ein, als könnte sie sich so in den Boden krallen und festeren Halt gewinnen. »Ich will dabei sein.« Sie beherrschte sich, um nicht die Hände zu Fäusten zu ballen.

Sie erschrak, als ihr Vater stumm in ihre Augen sah und nickte. »Ich denke, das hast du dir verdient.«

Ihr Herzschlag setzte aus. Sie schielte zum Einstieg in die Kavernen. Sollte sie wirklich dort hinunter? In Abgründe, die so steil waren, dass man sich abseilen musste?

Ihr Vater winkte Kemar heran. Die Sorge war dem Leibwächter anzusehen.

»Du weichst nicht von ihrer Seite«, befahl Semires Vater.

Quilûn erwachte mit einem starken Schmerz im Hinterkopf. Er schwankte, aber es fühlte sich anders an als bei dem Erdbeben. Er lag auch nicht auf dem Boden. Zumindest nicht richtig, obwohl er sich annähernd in der Waagerechten befand. Aber sein Rücken hing durch …

Er wurde getragen, erkannte er.

Doch nicht etwa von dem Affen? Schleppte ihn das Biest in seinen Bau, um seine Jungen mit Menschenfleisch zu füttern?

Er schlug die flatternden Lider gänzlich auf, sah aber nur Schemen. Streulicht auf einer rauen Felswand.

Mit Mühe hob er den Kopf, was den Schmerz noch vergrößerte.

Es war nicht der Affe, der ihn trug, sondern ein ausgewachsener Mann. Im schummrigen Licht erkannte Quilûn einen kahlen Schädel, der seltsam flächig wirkte. Wie bei einem Imagolem, dessen Metz keinen Wert darauf legte, die weichen Formen eines Antlitzes nachzuahmen, und sich mit einer Annäherung zufriedengab. Oder wie wenn Quilûn das Gesicht seiner Mutter durch den geschliffenen Edelstein in dem Diadem betrachtet hatte, das sie zu ihrer Hochzeit getragen und immer in Ehren gehalten hatte.

Seine Brust zog sich bei der Erinnerung an den bodenlosen Sturz seiner Eltern zusammen. Stöhnend ließ er den Kopf zurück in den Nacken fallen.

Waren sie …?

Ihm fiel der Scherz ein, dass ein Absturz an sich gar nicht gefährlich war. Brenzlig wurde es erst beim Aufschlag.

Diesen hatte er nicht beobachtet. Aber er musste doch gekommen sein, oder? Es war unmöglich, dass man so tief fiel, ohne auf dem Boden zu zerschmettern. Selbst, wenn dort unten kein Granit war, sondern ein wunderschöner Garten, in dem Pflanzen auf weichem Erdreich wuchsen … bei dieser Höhe …

Vielleicht gab es Blätter und Äste, die den Sturz abfingen. Ja, das war möglich! Wer wusste schon, was für Pflanzen in den Gärten der Unsterblichen wuchsen? Dort mochte es Blumen geben mit Blättern, so groß wie ein Segel. Ein solches Blatt mochte Quilûns Eltern aufgefangen haben wie die Hand eines sanften Riesen.

Er schluchzte. Das war eine kindische Hoffnung, die nichts mit der Wirklichkeit zu tun hatte.

Seine Eltern waren tot. Er würde sie nie wiedersehen.

Aber der Affe mit seinen riesigen Zähnen hatte sie nicht gekriegt, dachte Quilûn grimmig. Irgendwo in der Tiefe waren sie einen schnellen und schmerzlosen Tod gestorben.

Aber wieso hatte der Affe *ihn* nicht zerfleischt? Mit Mühe hob er erneut den Kopf.

Der Fremde, der ihn trug, zeichnete sich als Schattenriss vor einem dicken Lichtstrahl ab, der sehr nah sein musste. Die kantige Kopfform passte nicht zu einem Menschen. Aber war er nicht zu weich für einen Imagolem? Oder spürte Quilûn die Härte der Arme nur nicht, weil das Sicherungsseil seinen Rücken so strapaziert hatte?

Er hob eine Hand und tastete nach der Brust des Mannes. Er trug ein seltsames Gewand, das sich kühl und ein bisschen feucht anfühlte, aber darunter war Fleisch, das nachgab.

Der Mann ging mit gleichmäßigem Schritt. Auch seine Arme ermüdeten nicht.

»Hast du …« Die Worte kratzten in Quilûns Hals. »Hast du mich gerettet?« Der kreischende Affe stand ihm noch deutlich vor Augen.

Der Mann schwieg. Er sah Quilûn noch nicht einmal an.

Ob er ihn nicht gehört hatte? Ohren waren an dem kahlen Kopf nicht zu erkennen. Aber die Berührung an seiner Brust hätte er doch bemerken müssen … Es sei denn, er war doch eine belebte Statue, ein Imagolem.

»Ich … danke dir«, brachte Quilûn heraus.

Er überlegte, ob er den Mann bitten sollte, ihn zu der Stelle zurückzubringen, an der seine Eltern abgestürzt waren. Aber auch das war kindisch. Niemals konnte er allein in den tiefen Abgrund hinabsteigen, und selbst wenn, hätte er dort nur Leichen gefunden. Er musste sich in Sicherheit bringen, das hätten seine Eltern gewollt. Der Affe und das Beben …

Nein. Er lauschte. Das Donnern, Knirschen und Poltern des Bebens waren nicht länger zu hören. Der Berg gab Ruhe.

Aber andere Geräusche drangen an Quilûns Ohren. Ein Zischen, ein Krachen … weit entfernt …

Er wandte den Kopf. Auf der rechten Seite sah er nur Dunkelheit. Aus dieser Richtung kamen die Geräusche. Links dagegen war es still. Dort knickte der Lichtstrahl, dem der Mann folgte, von einem Spiegel ab. Er war oval und …

Quilûn erkannte ihn! Das war einer der Spiegel, die er mit seinen Eltern gereinigt hatte. Der verschnörkelte Bronzerahmen glänzte. Nur noch wenige Spuren fanden sich von dem Erdreich, das sich vor ihm angesammelt hatte. Lediglich im Halbdunkel stand eine einzelne Blume. Im Schatten war das Blau ihrer kugelförmigen Blüte eher zu erahnen als zu erkennen.

Der Mann ging in die Hocke und legte Quilûn ab. Dabei geriet der kantige Kopf in den Lichtstrahl.

Er war kein Imagolem, dafür hatte sein Gesicht eine zu starke Mimik. Die Wangen dehnten sich, als er den Mund ein wenig öffnete, auf der Stirn gab es waagerechte Falten über den Brauen und goldene Wimpern saßen an den Lidern.

Dennoch sah er anders aus als jeder Mensch, den Quilûn kannte. Nicht nur wegen der glatten Flächen, die seinen Kopf formten, oder wegen des Fehlens der Ohren. Seine Haut schimmerte blaugrün, die Iriden hatten die Farbe von Bronze. Der Blick in diese Augen strafte den unermüdlich scheinenden Gang, mit dem der Fremde Quilûn getragen hatte, Lügen. Die Erschöpfung darin war unübersehbar.

Der harte Steinboden drückte gegen Quilûns Rücken, vor allem dort, wo das Sicherungsseil gelegen hatte. Stöhnend setzte er sich auf.

Quilûn sah die blaue Blume an. Seine Mutter hatte versprochen, sie gemeinsam mit ihm vorsichtig auszugraben und nach Hause zu bringen. Aber das konnte sie nun nicht mehr einlösen.

Vergeblich wartete er auf die Tränen. Er fühlte sich wie jemand, der in die Nacht hinausrief und wusste, dass keine Antwort käme, noch nicht einmal ein Echo, der aber dennoch nicht aufhören konnte, immer weiter zu rufen. Solange man rief, hatte man sich noch nicht gänzlich abgefunden, noch nicht vollkommen aufgegeben. Keine Hoffnung, aber vielleicht so etwas wie Stolz.

Der Mann folgte seinem Blick. Seine Hand näherte sich der Blume, verharrte aber, bevor sie die Blüte erreichte. Sie vollführte einen langsamen Bogen, als wollte sie die Pflanze streicheln, ohne sie anzufassen. Der Stoff seines Gewandes schimmerte seltsam, wie Nebel in einem Tal, auf das die ersten Strahlen der Morgensonne fielen.

Quilûn gab seiner Neugier nach und berührte ihn. Der Mann war kalt, aber er war nicht aus Stein. »Bist du ein Geist?«

Die Bronzeaugen sahen ihn an, doch der zuvor leicht geöffnete Mund schloss sich.

In der Dunkelheit, aus der sie gekommen waren, erklang ein Säuseln, das zu einem schaurigen Ruf anschwoll. Er kündete von Qual und Zorn.

Quilûn schauderte.

Der Mann erhob sich. Sein Blick bat um Entschuldigung.

Wieder ertönte ein Ruf und eine zweite und eine dritte Stimme mischten sich hinein.

Der Mann wandte sich um und ging in die Dunkelheit davon.

»Ich danke dir!«, rief Quilûn ihm nach, obwohl er nicht wusste, was der Fremde genau getan hatte.

Er richtete sich in die Hocke auf und schob die Knie vor, bis er die Blume erreichte. Er beugte sich nah heran. Ihr Geruch erinnerte ihn an Flieder. Sie war wunderschön und unberührt von dem Schrecklichen, das sich hier ereignet hatte. Auch das Erdbeben hatte ihr nicht geschadet.

Aber Quilûns Eltern hatte es das Leben gekostet.

Er tastete an seinem Körper. Das Sicherungsseil war fort, ebenso sein Rucksack. Er erschrak, als er erkannte, dass auch die Levitationssteine fehlten, die er am Gürtel getragen hatte. Quilûn sah den Lichtstrahl entlang, der ihn nach draußen führen konnte, wenn er sich beeilte und den Einstieg erreichte, bevor die Sonne unterging. Aber wie sollte er seiner Bahn auf den Teilstücken folgen, an denen sich die Familie abgeseilt hatte und die auf dem Rückweg steil aufwärtsführende Schächte waren? Niemand konnte so viele Seile mitnehmen, dass er sie bei jedem Abstieg zurücklassen konnte. Also verwendete man Haltezauber, Figuren von fest zupackenden Fäusten, klein wie ein Daumenglied. Diese legte man auf das verschlungene Seil, und wenn sich die aus Sandstein geformten Fäustchen aufgelöst hatten, löste sich auch das Seil und man zog es herunter. Für den Rückweg verwendete man normalerweise wie Federn modellierte Steine, die einen aufwärtsschweben ließen. Ohne sie …

Quilûn versuchte, sich zu beruhigen. Es gab auch Treppen. Manche hatten sie auf dem Herweg benutzt, andere lagen vielleicht abseits, sodass sie Zeit kosteten, aber es musste sie geben.

Oder?

Auch die Karte seiner Mutter war fort.

Quilûn erinnerte sich an ihre schöne Hand mit den eleganten Fingern, mit denen sie ihm den Lesezauber, das kleine Auge, gegeben hatte. Aber das Gesicht seiner Mutter vermochte er sich seltsamerweise nicht ins Gedächtnis zu rufen. Dabei konnte es doch höchstens ein paar Stunden her sein, seit er sie gesehen hatte! Immerhin schien draußen die Sonne noch, sonst hätte es hier unten keinen Lichtstrahl gegeben.

Die Tränen kamen, als Quilûn begann, mit den nackten Fingern die Blume auszugraben, wobei er versuchte, die Wurzeln nicht zu zerreißen. Nun, da seine Mutter nicht mehr da war, musste er die Pflanze allein nach Hause bringen. Für sie beide. Er würde die Verabredung einhalten, die sie getroffen hatten. Er würde einen Weg nach oben finden, auch wenn er keine Karte hatte und er die Schächte nicht benutzen konnte und die Sonne bald unterging.

Aus dem Dunkel ertönte ein vielstimmiges Stöhnen.

Vielsagend sah Semire hinüber zu dem Lichtstrahl, der in fünfzig Schritt Entfernung quer durch die Kaverne schnitt. Er wurde immer fahler, bis er gänzlich erlosch.

»Die Sonne sinkt«, flüsterte Kemar. »Die Lichtlenker tun, was sie können, aber wenn der Winkel zu flach wird, vermögen sie die Strahlen nicht mehr einzufangen.«

Semire spie aus, wie sie es bei Kriegern gesehen hatte, die abfällige Bemerkungen machten. »Sie sind Feiglinge.«

»Auch der Mutigste kann den Lauf der Sonne nicht aufhalten.«

Hier unten sah Kemar alles andere als mutig aus. Um in den steilen Abschnitten besser klettern zu können, hatte er seine Rüstung zurückgelassen. Das machte ihn noch sichtbarer zu einem Hänfling. Die Oberlippe zitterte, wenn er sich umblickte, was die Ähnlichkeit zu einem Nagetier verstärkte.

»Beeilen wir uns!«, rief Semire.

Zu ihrer Befriedigung hörten die Männer des Trupps auf sie. Zu fünft suchten sie nach den Lichtknechten. Damit waren sie genug, um die beiden Erwachsenen und den Jungen zu tragen, sollten sie verletzt sein. Aber auch nicht zu viele, sodass oben bei der Versorgung der anderen Opfer des Bebens keine Hand fehlte.

Sie sammelten sich. Ferlir, der Wortführer, war ein dürrer, hoch aufgeschossener Kerl, dessen linke Gesichtshälfte merkwürdig zerfurcht war. Auf dieser Seite wuchs das Haar nur schütter. Semire fragte sich, ob er während der Fehde verwundet worden war oder ob er an den Folgen einer Krankheit litt.

Er schwenkte die Laterne in einer vagen Geste. »In dieser Kaverne sind sie nicht, Herrin.«

Herrin. Das gefiel Semire, aber sie unterdrückte ein Schmunzeln. »Dann müssen wir weiter.«

Ein Blick in die Runde reichte Ferlir, damit seine Männer die Laternen auspusteten. Nur seine Lampe blieb aktiv, sie sparten die Kraft der Leuchtsteine. Stumm seilten sie sich an.

Entschlossen gab Semire das Seil an Kemar weiter. Er würde wieder vor ihr gehen.

Entschlossenheit. Darauf kam es an, das lernte sie heute. Wenn sie entschlossen gegenüber den Männern auftrat, sahen sie in ihr die Grafentochter, die durch ihren Adel hoch über ihnen stand. Zögerte sie aber, oder wenn gar ihre Stimme zitterte, war sie für die anderen nur ein vierzehnjähriges Mädchen.

Noch erstaunlicher fand sie, dass sie sich selbst behandeln konnte, als sei sie eine andere Person. Als könnte sie aus sich heraustreten, um sich zu befehlen, ihre Furcht zu unterdrücken. Ihr Herz pochte auf dem Weg an einem der letzten Lichtstrahlen entlang, aber ihr Schritt wurde nicht langsamer oder kürzer, obwohl sie sah, dass der Spiegel, dem sie sich näherten, die Helligkeit steil in einen Abgrund schickte. Die Tiefe schreckte sie, aber paradoxerweise genoss sie diesen Schrecken, weil sie gemerkt hatte, dass er ein Monster war, das sich vielleicht nicht zähmen, wohl aber reiten ließ.

»An diesem Spiegel waren sie auch, Herrin«, meldete Ferlir.

»Das sehe ich.« Vor dem Spiegel hatte jemand den Bewuchs entfernt.

Während einer der Männer bereits ein Kletterseil in den Schacht hinabließ, tastete Kemar über den Rahmen. »Das Holz bekommt Risse.« Er schnalzte missbilligend. »Man muss ihn austauschen, bevor die Bündelsteine herausfallen.« Zur Verdeutlichung drückte er an einen der sonnenförmigen, schwarzen Steine, die in den Rahmen eingelassen waren. Sie sorgten dafür, dass das Licht, das auf diesen Spiegel traf, nicht streute, sondern in einem dichten Strahl in den Schacht abknickte. Unter Kemars Finger wackelte der Stein.

»Wer hat diesen Spiegel gefertigt?« Semire legte Strenge in ihre Stimme. Weniger, weil sie wegen der Risse im Rahmen erbost gewesen wäre. Sie wollte streng zu sich selbst sein. Gleich ging es wieder steil hinab. Sie durfte nicht weich werden, sonst mochte die Angst vor der Tiefe, die sich in ihr regte, ihre Gelegenheit wittern und sie von Neuem überwältigen. Aber nicht, wenn Semire hart blieb. Zu sich selbst und zu ihren Begleitern.

»Ich kenne mich mit den Zeichen der Handwerker nicht aus«, gestand Kemar.

»Wir merken uns die Position des Spiegels«, entschied Semire.

Ferlir nickte.

Hinter ihm überprüfte der Mann die Befestigung am Eisenring, bevor er den faustförmigen Haltezauber darauflegte. Man konnte sehen, wie sich der Knoten enger zusammenzog. Probeweise ruckte der Mann am Seil, lehnte sein Gewicht dagegen und ließ sich schließlich in den Schacht ab, wobei er sich mit den Beinen an der Wand abstützte.

Semire schluckte. Inzwischen fand sie finstere Löcher nicht mehr so schrecklich. Wenn man nichts darin sah, konnte man sich einbilden, dass der Boden nur einen Schritt entfernt lag.

Aber in diesen Schacht fiel der Lichtstrahl, der sie leitete, und sie hätte nah herantreten müssen, um tief genug zu blicken, damit sie den Spiegel am Boden hätte erkennen können. Oder wo immer der Lichtstrahl auftraf. Manche fanden Spiegel, die an einer Schachtwandung angebracht waren, sodass das Licht abknickte und in einen Tunnel fiel, der auf einen Schacht traf, der seinerseits noch viel tiefer hinunterführte.

Semire hob den Blick und sah wieder den Spiegel an. »Ich will, dass wir auch die Hoheitszeichen von Adlerhoch entfernen.«

»Jetzt gleich?«, fragte Kemar spöttisch.

»Das hat Zeit«, schnappte Semire. »Zunächst geht es …«

Ein tiefes Stöhnen drang aus dem Schacht herauf.

Der Mann am Seil zögerte. Unsicher sah er zu ihnen auf. Das Kletterseil, das er selbst angebracht hatte, hielt er mit den beiden behandschuhten Fäusten umfasst, die Sicherung verband ihn mit Ferlir.

Ein weiterer Laut begann mit einem Ausdruck der Qual, der aber unverkennbar in Wut wechselte.

»Was ist da unten?«, fragte ein Mann mit einer auffällig breiten Nase tonlos.

»Wenn die Lichtknechte dort unten waren, sind sie tot«, meinte Kemar.

Semire spürte die Hoffnung, die aus ihrer Angst wuchs. Sie konnte sich Kemars Einschätzung anschließen. Dann könnten sie umkehren und der Abstieg bliebe ihr erspart. Ihrem Vater würden sie erklären, dass sie alles versucht hätten.

Und Semire würde einsehen müssen, dass damenhafte Schüchternheit ihr eher lag als Entschlossenheit, die auch Härte gegen sich selbst erforderte. Sogar, wenn Kemar sie niemals daran erinnern würde, weil er sich seiner eigenen Furcht entsann, wäre sie sich dieser Wahrheit immer bewusst: dass ihr etwas fehlte, um eine Kämpferin zu werden, und dass dieses Etwas nichts mit Muskeln zu tun hatte, sondern mit einer inneren Schwäche. Ob es ihr geholfen hätte, wenn ein echter Krieger im Suchtrupp gewesen wäre? Nicht nur Handwerker und ein Leibwächter wie Kemar, sondern jemand, der während der Kämpfe in der Fehde den Tod auf dem Schwert seines Gegners gesehen hatte?

»Für eine Kaverne reicht das Tageslicht noch«, hörte sie sich sagen. Es war seltsam, aber sie bewunderte sich selbst für diese Worte. Sie trat sogar an den Rand des Schachts und sah hinab.

»Der Haltezauber beginnt, zu zerfallen«, mahnte Ferlir. In der Tat verloren die ausmodellierten Finger der winzigen Faust bereits ihre Konturen und um die kleine Hand herum lag erster Sand auf dem Seil.

Der Mann im Schacht ließ sich weiter ab. Ferlir folgte, dann noch zwei Männer. Zwischen den Männern ließen die Sicherungsleinen fünf Schritt Raum. Erst, als sich Kemar abließ, erreichte der Erste den Boden, wo der Lichtstrahl auf einen weiteren Spiegel traf.

Semire war an der Reihe. Ihre Position in der Sicherungsreihe ließ ihr keine Wahl. Aber sie hatte sich ja ohnehin entschieden.

Als würde sie einer Fremden zusehen, blickte sie auf ihre Stiefel, als sie sich ins Seil legte. Schritt für Schritt – langsam, aber beständig ließ sie sich ab. Sie dachte an die Waffenübungen der Krieger, die sie so gern beobachtete. Wie Funken aus dem Stahl schlugen. An einen Mann, der sich einen neuen Schild hatte anreichen lassen, nachdem der seine zerbrochen war. Nach dem Kampf, den er nur knapp und mit unbeschädigter Ehre verloren hatte, hatte der Heiler festgestellt, dass der Angriff auch seine linke Hand gebrochen hatte.

Semire konnte genauso stark sein wie ein Krieger, wiederholte sie mehrmals in Gedanken. Genauso stark. Hier unten war es egal, dass sie eine Frau war. Sie konnte genauso stark sein wie ein Krieger. Genauso stark wie ein Krieger … genauso stark wie ein Krieger …

Man beachtete sie kaum, als sie neben dem Spiegel ankam. Erst war sie enttäuscht, aber dann machte es sie stolz. Offenbar fand man nichts Besonderes mehr daran, dass sie ebenso gut zurechtkam wie die Männer.

Der Letzte aus dem Trupp gelangte unten an. Ferlir legte einen Lösezauber auf das Seil, eine Raupe aus Obsidian, so winzig, dass sie auf den Windungen Halt fand. Wie auf einer Wendeltreppe huschte sie aufwärts. Oben würde sie den Zerfall der Faust aus Sandstein beschleunigen und sich dabei selbst zersetzen. Ihr Staub würde den Knoten lösen. Ferlir wartete einen Moment ab, dann ruckte er am Seil. Es fiel herunter.

Der Lichtstrahl durchquerte die Kaverne etwa fünfzig Schritt weit nahezu waagerecht, bevor er auf einen Spiegel traf und dort seitlich abknickte. Ein weiterer Abstieg stand also zunächst nicht an.

Alle knoteten sich von der Sicherung los. Die Männer pusteten auf die Rune in ihren Leuchtsteinen, die diese heller aufscheinen ließ, und schwärmten aus. Zwei von ihnen zitterten. Noch immer war das Geheul zu hören.

Skeptisch sah Kemar den Schacht hinauf. »Es kann nicht mehr lange dauern, bis die Sonne untergeht.«

»Ein Grund mehr, um uns zu beeilen.«

Er presste die Kiefer aufeinander, bevor er antwortete. »Wir haben keine Karte bei uns. Ohne die Lichtbahnen wird es schwierig, den Rückweg zu finden.«

»Das wird den Lichtknechten ebenso ergehen.«

Bedeutungsschwanger legte Kemar den Kopf schief und lauschte auf das Geheul. »Sie sind tot. Und Ihr tragt auch für diesen Trupp eine Verantwortung.«

»Und für dich, meinst du wohl.«

»Auch das«, gestand er freimütig.

Es überraschte Semire, dass er so offen anerkannte, dass sie ihm übergeordnet war. Lag das daran, dass es hier unten keine Zeugen gab? Oder hatte sie ihn beeindruckt?

Semire straffte die Schultern. »Nur noch diese Kaverne, dann kehren wir um.«

Wieder presste er die Zähne aufeinander, nickte aber.

Ein Schrei gellte.

Semire fuhr herum.

Ferlir taumelte zurück. Die Helligkeit seiner Laterne schien auf den an dieser Stelle bläulich schattierten Granit. Platschend trat er in eine Pfütze.

Am Rand der Leuchtkugel, die seine Lampe schuf, hing etwas in der Luft. Es war rot wie das Licht eines Feuers, das auf einer dunklen Baumrinde spielte. Und es bildete eine schemenhafte Gestalt, wie ein Mensch, der mit ausgestreckten Armen mehrere Schritt über dem Boden schwebte. Die Augen und der weit geöffnete Mund waren Löcher in einem länglichen Gesicht, nach oben lief der Kopf in Hörnern oder den Zacken einer Krone aus. Auch unterhalb des Torsos zerfaserte die Gestalt. Sie stieß einen schaurigen Ruf aus, so tief, dass er in Semires Unterleib vibrierte.

Ferlir fiel hin.

Kemar kniete nieder und riss Semire neben sich herab. »Ein Geist«, raunte er ihr überflüssigerweise zu.

Sie wusste, dass sie vor einem Herrn des Bergs das Haupt hätte beugen sollen, vor allem hier, im Zentrum seiner Macht. Aber vielleicht hatte sie ihre Furcht in der vergangenen Stunde zu hart bekämpft. Jetzt triumphierte ihre Faszination.

Ferlir krümmte sich zitternd auf dem Boden zusammen.

Der rote Geist schwebte zu ihm hinab und hauchte über seinen Rücken. Die durchscheinende Gestalt wurde an manchen Stellen intensiver, an anderen transparenter, als betrachtete Semire wallenden Nebel oder Rauch. Ob die Zacken über dem Kopf in Bewegung waren oder nur in ihrer Deutlichkeit variierten, vermochte sie nicht zu entscheiden.

»Wir sollten nicht hier sein«, flüsterte Kemar.

»Es ist unsere Pflicht«, gab sie leise zurück. »Mein Vater hat es befohlen.«

»Er wusste nicht, worauf wir hier treffen.«

»Deswegen bin ich dabei. Ich entscheide.«

Schmerzhaft und mit erstaunlicher Kraft schloss er die Hand um ihren Unterarm. »Wir beenden jetzt diese Scharade.«

Sie starrte in sein zorniges Gesicht. So wütend hatte sie Kemar noch nie gesehen. Er würde sich ihr nicht länger unterordnen.

Semire versuchte, ihren Arm zu befreien, aber er hielt eisern fest. Tränen stiegen in ihre Augen.

»Ihr werdet jetzt den Rückzug befehlen«, sagte er. »Dann

könnt Ihr weiterhin so tun, als hättet Ihr hier etwas zu sagen. Meinetwegen könnt Ihr Euch vor Eurem Vater damit brüsten, den Trupp in Sicherheit gebracht zu haben. Aber wenn Ihr das nicht tut …«

»Was dann?« Ihr Arm schmerzte noch mehr, weil sie versuchte, ihn frei zu winden. Sie ließ nicht nach, doch Kemar schien keine Mühe zu haben, sie zu halten.

»Dann werde ich Euch übers Knie legen und anschließend hier hinaustragen. Und wenn Ihr den ganzen Weg plärrt wie das Gör, das Ihr seid, werden diese wackeren Männer die Kunde davon in Windeseile in unserem Haus verbreiten.«

Semire versuchte noch immer, ihren Arm zu drehen, sah nun aber wieder zu dem Geist hinüber. Er schwebte unmittelbar über Ferlir, seine Pranken näherten sich langsam von beiden Seiten dem kauernden Mann.

»Halt!«, rief Semire.

Sie spürte, wie Kemar erstarrte.

Der Geist verharrte, hob den Kopf und richtete die leeren Augenhöhlen auf sie.

Semire schluckte.

Mit spürbarem Widerwillen ließ Kemar sie los, als sie aufstand.

»Herr des Berges!« Sie strich ihr Kleid glatt und bemerkte dabei, dass es einen Riss an der Seite bekommen hatte. »Verzeiht unser Eindringen. Wir sind in Sorge um jene, die Euch dienen. Unsere Lichtknechte wollten die Spiegel reinigen, auf dass die Pracht der Sonne Eure Gärten ungetrübt erreicht.«

Der Geist stieg ein wenig auf und seine Gestalt drehte sich, sodass er wieder aufrecht in der Luft stand. So schwebte er auf Semire zu.

Mit grimmiger Befriedigung bemerkte sie, dass Kemar auf den Knien zurückrutschte. Die Furcht des Leibwächters stärkte ihren Mut. Sie war härter als er.

Sie verbeugte sich respektvoll. »Ich bin Semire von Schneegrund, Tochter von Graf Golar, dem Lichtmeister, und Eure Dienerin.« Langsam richtete sie sich wieder auf. »Ich bitte um die Gunst, die Meinigen mit mir zu nehmen, auf dass sie Euch weiterhin zu Gefallen sein können.«

Unbeirrt kam der Geist näher. Nur eine Elle von ihrem Gesicht entfernt verharrte er.

Aus dieser Nähe erkannte sie die Struktur seines Körpers genau. Sie glich wirklich Rauch, der in einer Form aus unsichtbarem Glas gefangen war. Nur blieben die Grenzen dieser Form im Ungewissen. Das rote Leuchten, das manchmal die Farbe von Kupfer, an anderen Stellen aber die von altem Wein hatte, wallte mal eine Fingerlänge weiter, dann wieder zog es sich zurück.

Eigentlich hätte Semire schreiend davonlaufen müssen. Aber sie fühlte keinen Schrecken.

»Wir suchen unsere Lichtknechte«, sagte sie. »Nur deswegen sind wir hier.«

Aus dieser Nähe erkannte sie die Andeutung einer Nase im Antlitz des Geistes. Sein Gesicht hatte die wesentlichen Merkmale eines Menschen, und doch war es ganz eindeutig fremd. Obwohl seine Farbe an Feuer erinnerte, ging eine Kälte von ihm aus wie von einem Lufthauch an einem Wintertag.

Semire hörte, wie die Männer sich sammelten und leise miteinander sprachen, aber sie wagte nicht, den Blick von ihrem Gegenüber zu wenden. Hinter ihr stand Kemar auf, doch in dieser Lage hätte kein Leibwächter vermocht, sie zu schützen.

Dennoch fühlte sie sich nicht bedroht.

Sie verlor das Gefühl für die Zeit.

Irgendwann entfernte sich der Geist von ihr. Er schwebte zur Wand der Kaverne, sein rotes Licht beschien den zerklüfteten Granit. Und es fiel auf eine kleine Gestalt, die dort kauerte, mit den Armen die Knie umschlossen. Ein Junge!

Der Geist drehte sich um die eigene Achse, blickte nochmals Semire an und schwebte dann nach oben, wo er in einem Loch in der Decke verschwand.

Um sie herum standen die Männer erstarrt.

Semire nahm einem von ihnen die Laterne ab und schritt zu dem Jungen. »Du bist Quilûn, nicht wahr?« Sie hockte sich neben ihn und legte ihm eine Hand auf die Schulter.

»Ja«, flüsterte er und sah sie aus seinen blauen Augen an.

»Wo sind deine Eltern, Quilûn?«

»In der Tiefe.« Er barg den Kopf auf seinen Unterarmen.

Neben ihm lag eine Blume mit einer blauen Blüte. Sie war weder gebrochen noch geschnitten, sondern mit ihren Wurzeln ausgegraben.

Ferlir kam mit bleichem Gesicht zu Semire. »Wir müssen gehen, Herrin. Das Licht wird gleich erlöschen.«

Verärgert erkannte sie, dass die Männer bereits wie Federn geformte Steine aus den Beuteln holten. Man brauchte sie nur in den Mund zu nehmen, um emporzuschweben. Spuckte man sie aus, verloren diese Zauber ihre Wirkung. Semire hatte das noch nie am eigenen Leib erlebt, aber im Haus des Lichtmeisters wurde oft von solchen Dingen erzählt. Angeblich konnte es schmerzhaft sein, wenn man sich ungeschickt anstellte und die Federn die Lippen aufrissen.

Aber darum ging es jetzt nicht. Auch nicht um ihren Stolz. Die Männer mochten Angst haben, aber sie hatten auch recht. Es wäre töricht, nicht umzukehren.

Ferlir versuchte, Quilûn auf die Füße zu ziehen, aber der Junge blieb unbeweglich wie ein Sack. Er schien gar nicht zu bemerken, dass man sich um ihn bemühte.

»Nun komm schon«, knurrte Ferlir.

Mit erhobener Hand bat Semire ihn um Geduld.

Sie betrachtete die stummen Tränen, die über das Gesicht des Knaben liefen.

Nachdenklich nahm sie die Blume.

Das weckte seine Aufmerksamkeit.

»Komm mit uns«, sagte sie. »Wir gehen heim.«

Er griff nach der Blume.

Semire gab sie ihm, und er nahm sie so vorsichtig mit den Fingerspitzen, als sei sie der wertvollste Kristallkelch im Tiefen Haus des Grafen.

Sie fasste an seine Schulter und nickte ihm freundlich zu. »Komm.«

Quilûn stand auf und folgte ihr.

»Es geht ihr gut«, sagte Gritta. »Hier bekommt sie nicht zu viel Sonne.«

Quilûn hatte die blaue Blume direkt an der Hauswand gepflanzt, wo sie bis auf eine Stunde am Tag im Schatten stand. Schließlich hatte sie unten in der Kaverne auch nur das wenige Streulicht abbekommen, das der Spiegel trotz der Bündelsteine in seinem Rahmen ins Halbdunkel geschickt hatte.

»Tante Bûna hat mir verboten, das Unkraut auszureißen, bevor der Graf kommt«, klagte er.

Eigentlich erledigte er das jeden Morgen als Erstes, noch vor dem Frühstück. Über Nacht schoss das Kraut in die Höhe. Heute zeigten sich nur ein paar winzige Halme, doch Quilûn konnte den Gedanken nicht ertragen, dass es der blauen Blume schadete.

Aber heute hatte Tante Bûna ihn noch vor Sonnenaufgang geweckt. Sie hatte ihm Haar und Nägel geschnitten und ihn in den Zuber gesteckt, der so heiß gewesen war, dass er sich verbrüht hatte. Er hatte gequiekt wie ein Ferkel, und erst das hatte sie so weit erweicht, dass sie einen Eimer mit kaltem Wasser nachgegossen hatte. Daraufhin hatte sie ihn umso erbarmungsloser abgeschrubbt und – was er besonders hasste – mit dem Zipfel eines Tuchs seine Ohren gereinigt.

Gegessen hatte Quilûn in seinem Nachthemd, damit kein Fleck auf den feinen Zwirn kam, den Tante Bûna von irgendeiner Freundin geliehen hatte, die wohl einen Sohn in Quilûns Alter haben musste. Er fand die graue Weste zu eng, aber Tante Bûna meinte, sie sei genau richtig und er solle nicht zu tief atmen. An der Knopfleiste sah man nicht, wie sehr dieses Kleidungsstück spannte, denn sie diente gar nicht dazu, die Weste zu öffnen. Vorne war sie geschlossen, die Knöpfe waren lediglich aufgenäht. Geschnürt wurde sie am Rücken. Jetzt verbarg eine blaue Jacke die Lederbänder.

Das graue Trauerband an seinem rechten Oberarm tanzte in jedem Windhauch, als hätte es gar kein Gewicht. Das von Gritta dagegen hing schlaff herab. Sie hatte es selbst aus Wollfäden geflochten. Ihre Familie besaß nicht viel, ihr Vater wusste morgens selten, welchen Lohn er für die Arbeit eines Tages nach Hause brächte. Im Moment half er bei der Pilzernte in der Nebelhöhle.

»Es wäre auch zu schade, wenn diese schönen Sachen schmutzig werden würden«, meinte Gritta. Anerkennend musterte sie ihn vom sorgfältig gekämmten Scheitel bis zu den glänzenden Schuhen, die so schmal waren, dass sie seine Zehen zusammendrückten.

»So hast du mich wohl noch nie gesehen.«

Anerkennend schüttelte sie den Kopf.

»Ich mache das«, bot sie an und kniete sich neben die Blume. Geduldig zupfte sie die grünen Triebe daneben aus. Das war wichtig, denn wenn man es zu hastig machte, riss der Halm ab, aber die Wurzeln blieben im Boden.

»Du brauchst das nicht zu tun«, sagte er.

»Ich möchte aber.«

Quilûn spürte etwas von dem vielfarbigen Licht in seinem Herzen, von dem sein Vater gesprochen hatte. Dabei lächelte Gritta ihn gar nicht an, er sah sie nur von hinten, während sie vor der Blume hockte. Und eine richtige Frau war sie auch nicht.

Wobei Quilûn den Eindruck hatte, dass sich ihr Körper veränderte. Die Hüfte war breiter und runder geworden, die Taille enger. Insgeheim war Quilûn gespannt darauf, wann sich auch obenrum bei ihr etwas täte.

»Quilûn!«, rief Tante Bûna schrill. »Komm rein, Quilûn! Ich kann den Grafen schon sehen.«

Ergeben ging Quilûn zur roten Tür, die vom Garten ins Haus führte. Gritta schloss sich ihm an. Natürlich waren ihre Hände schmutzig von der Erde.

Tante Bûna hastete die Treppe vom Obergeschoss herunter. Sie trug ein graues Kleid, das am Oberkörper streng geschnitten war und unten in vielen Falten fiel. Sie raffte es, wohl, damit es nicht über die Stufen schleifte. Die hohen Absätze ihrer Schuhe machten bei jedem Schritt laute Geräusche.

»Ah, Gritta, jetzt musst du dich aber beeilen!«, rief sie. »Zu Hause vermisst man dich sicher schon.«

Das bezweifelte Quilûn, er glaubte nicht, dass es schon Mittag war. Aber Gritta verabschiedete sich artig und verließ das Haus durch die Tür zur Straße hin.

Tante Bûna schloss sie hinter ihr, blieb jedoch im Flur stehen und wrang die Hände. Sie war die Schwester seiner Mutter und hatte dasselbe dicke, weizenblonde Haar. Heute hatte sie es nicht nur zu Zöpfen geflochten, sondern diese auch noch in gewundenen Bahnen um ihren Kopf gelegt. Eine Nachbarin hatte ihr dabei geholfen.

Auch im Gesicht ähnelte sie Quilûns Mutter, wobei ihre Wangen jetzt ungewöhnlich rot waren, als hätte sie sich sehr angestrengt. Jedenfalls war es bei seiner Mutter ein Zeichen dafür gewesen.

Es war merkwürdig, an seine Eltern zu denken. Zwei Wochen waren seit dem Unfall vergangen. Tante Bûna war gekommen und in ihrem Haus eingezogen. Die Priester hatten den Wind gebeten, sich der Verstorbenen anzunehmen und auch mit dem Waisenjungen milde zu verfahren. Graf Golar hatte, wie er es Quilûns Vater versprochen hatte, Pergament und Farbe geschickt, und Tante Bûna hatte ihn ermutigt, etwas Fröhliches zu malen.

Aber wenn Quilûn malte, in der Stille, kam die Erinnerung an die Kavernen zurück. Sie war nicht so schmerzhaft, wie er es sich vorgestellt hatte. Meistens fühlte er nur eine Leere in seiner Brust. Als ob nicht nur in seinem Leben, sondern auch zwischen seinen Rippen etwas fehlte, das dort hätte sein sollen und sich bisher auch immer dort befunden hatte. Trotzdem tropften Tränen auf das Pergament, wenn er sich in seine Zeichnungen vertiefte. Tante Bûna nahm ihn dann in den Arm und sagte, wie schrecklich alles sei. Quilûn wusste nicht, ob sie erwartete, dass er sie tröstete.

Jetzt dagegen war er sicher, dass sie vor allem wollte, dass er adrett gekleidet und sauber blieb. Also atmete er möglichst wenig und lehnte sich auch nicht an die Wand, die bis auf halbe Höhe mit Holz getäfelt und darüber orangerot bemalt war.

Es klopfte und Tante Bûna riss die Tür auf.

Graf Golar trug ein rotes Wams mit Applikationen, die ebenso schwarz waren wie sein Haar und der auf eine Fingerbreite gestutzte Bart. Sein selbstsicherer, ein wenig strenger Blick fand Quilûn sofort.

Tante Bûna knickste und verbeugte sich zusätzlich. »Was für eine Ehre! Selbstverständlich wären wir auch zu Euch in den Palast gekommen, um Euch die Mühe eines Besuchs zu ersparen. Bestimmt seid Ihr viel beschäftigt, und Eure Leibwächter sorgen sich zweifellos, wenn Ihr Euch durch die engen Straßen von Eichenhang bewegt. Aber vielleicht hätte man ja auch schlecht geredet, wenn einfache Leute wie wir in Eurem Palast aufgetaucht wären, Herr Graf. Ich habe natürlich etwas zu essen vorbereitet. Eigentlich nicht ich. Meine Freundin, die Truise, kann besser kochen. Das sagen alle. Ich meine, allen schmeckt, was sie kocht, und sie hat einen Gänsebraten gemacht. Wobei Ihr bestimmt Besseres gewohnt seid, Herr Graf. Ihr habt sicher exzellente Köche. Aber ich kann mir nicht mehr leisten. Ich hoffe, es reicht. Wenn Ihr Durst habt, kann ich Euch drei Sorten Wein anbieten. Oder Traubensaft, wenn Ihr so früh am Tag keinen Wein wollt. Und Wasser, nicht aus dem Brunnen, sondern von der Quelle. Ich meine, nicht, dass Ihr Wasser trinken sollt, aber vornehme Leute verdünnen den Saft ja gern, und deswegen …«

Graf Golar nutzte den Moment, in dem Tante Bûna Luft holen musste, um einzuhaken. »Schon der Geruch verrät mir, dass mir das Essen munden wird. Aber zunächst wäre es mir angenehm, wenn ich hereinkommen dürfte.«

Tante Bûnas Wangen wurden noch dunkler. »Aber natürlich! Ganz selbstverständlich! Bitte! Tretet ein!«

Wieder fand Golars Blick Quilûn. »Und ich bin sehr gespannt auf die Zeichnungen dieses jungen Künstlers.«

»Sie liegen auf dem Tisch in der Küche bereit.« Tante Bûna lachte verlegen. »Aber erwartet Euch nicht zu viel. Quilûn ist noch ein Kind.«

»Das ist mir nicht entgangen.«

»Nein. Natürlich nicht. Das wollte ich damit auch nicht gesagt haben.«

Quilûn fand es faszinierend, wie dunkel das Gesicht seiner Tante werden konnte. Bevor sie die Tür schloss, erhaschte er einen Blick auf die beiden Bewaffneten, die vor dem Haus Posten bezogen. Die Sonne glänzte auf ihren Hellebarden. Auch einen Imagolem hatten sie dabei. Der steinerne Mann war einen Kopf kleiner als ein Erwachsener, seine beinahe schwarze Gestalt war gedrungen und wirkte muskulös. Dabei hatten Imagolems gar keine Muskeln, wie Quilûn wusste. Sie hatten auch keine Organe, keine Haut, kein Fleisch. Sie bestanden vollständig aus Stein, wobei sich Quilûn bei diesem fragte, um was für eine Sorte Stein es sich handelte. Er war matt, die vielen kleinen Flächen, die seine Gestalt formten, schluckten das Licht.

Tante Bûna leitete Golar in die Küche und winkte Quilûn, ihnen zu folgen. Die Gans duftete wirklich lecker. Sie lag in der gusseisernen Form im Ofen, in dem ein paar Kohlen glühten, um sie warm zu halten. Drei Teller standen auf dem Herd, das Besteck lag schon auf dem Tisch, dessen Mitte eine irdene Vase mit einem riesigen Strauß hellvioletten, beinahe weißen Flieders einnahm. Das waren die Lieblingsblumen von Quilûns Mutter gewesen. Sie hatte immer gelächelt, wenn sie den Busch im Garten angeschaut hatte.

Der Graf deutete auf den Stuhl am Fenster. »Ich nehme diesen Platz, wenn es recht ist.«

»Aber … ja, natürlich, aber das hier ist der beste Sessel.« Tante Bûna zeigte auf die Sitzgelegenheit an der langen Seite. Sie hatte gleich drei Kissen darauf drapiert, zwei auf der Sitzfläche und eines für den Rücken.

»Da soll Quilûn sitzen«, bestimmte der Graf und ließ sich auf dem Stuhl nieder. »Hier habe ich das beste Licht, um die Zeichnungen zu betrachten.«

»Wie Ihr … ganz, wie Ihr wünscht.« Jetzt tat Tante Bûna Quilûn leid. Sie schien den Tränen nahe, auch wenn er nicht wusste, wieso.

Er beschloss, ihr zu helfen, indem er die Zeichnungen nahm, die auf einem ordentlichen Stapel vor dem Sessel auf dem Tisch lagen, und sie vor den Grafen legte.

Tante Bûna schnappte nach Luft.

»Vielen Dank.« Golar lächelte ihn an, bevor er sich den Bildern widmete.

»Es sind nur Kinderzeichnungen«, plapperte Tante Bûna. »Quilûn ist bei niemandem in die Lehre gegangen. Nicht wegen des Malens, meine ich. Da darf man nichts Besonderes erwarten. Ich meine …«

»Gute Frau«, unterbrach sie der Graf. »Wäre es wohl möglich, Jordbeeren zu meinem Gänsebraten zu bekommen?«

Mit einem Schlag wechselte Tante Bûnas Gesichtsfarbe von Weinrot zu Kalkweiß. »Jord…beeren? Zum Gänsebraten?«

»Das ist meine Leibspeise. Wenn du natürlich nur Apfelmus hast, will ich mich damit bescheiden.«

»Ja, ich habe … ich meine: Nein! Natürlich haben wir Jordbeeren. Ich meine: nicht im Moment, aber gleich. Also sofort. Wenn Ihr zu speisen geruht, meine ich. Ihr werdet ja sicher noch eine Weile Quilûns Bilder studieren wollen. Ganz in Ruhe. Es ist ja noch früh am Tag.«

»Ganz recht«, bestätigte der Graf. Ein Schmunzeln zuckte auf seinen Lippen.

Tante Bûna schwitzte, obwohl es nicht außergewöhnlich warm war. »Quilûn, lauf geschwind in die Taverne und …«

»Oh, wenn es dir nichts ausmacht …«, unterbrach Golar sie. »Ich bin eigens wegen Quilûn gekommen. Es wäre mir eine Freude, wenn er hier bei mir bleiben dürfte.«

»Was? Aber die … Ich meine, die Beeren, die …«

»Du hast alles so trefflich vorbereitet, dass wir sicher einen Moment ohne dich auskommen werden«, meinte der Graf.

»Ihr meint … ich könnte …?«

»Ich liebe Jordbeeren wirklich sehr.«

»Dann … wenn das so ist, werde ich rasch …« Sie fuhr sich über die Stirn, knickste und rauschte davon.

Nachdem die Haustür gegangen war, grinste Graf Golar unverhohlen. »Wie weit ist es bis zur Taverne?«

»Wenn sie sich beeilt, kann sie in einer Viertelstunde wieder hier sein«, vermutete Quilûn.

»Das bezweifle ich. Zu dieser Jahreszeit sind Jordbeeren schwierig zu bekommen. Magst du die?«

»Nicht besonders«, gestand Quilûn vorsichtig.

»Ich auch nicht. Sie sind mir zu bitter.«

Quilûn lachte bei der Vorstellung, wie sich Tante Bûna nach den Beeren abhetzte, die eigentlich niemand haben wollte, und dabei achtgeben musste, dass ihr geliehenes Kleid nicht staubig wurde. Sie hätte ihm wohl leidtun sollen, aber es war einfach nur komisch.

Graf Golar nahm einen Schluck Wasser und blätterte die Zeichnungen durch.

Drei zeigten den Palast, wie er es gewünscht hatte. Auf dem ersten Bild hatte Quilûn versucht, sich genau zu erinnern, wie die Teile, die noch standen oder gerade wiederaufgebaut worden waren, aussahen. Er hatte nur ganz wenig zusätzlich gezeichnet. Die anderen beiden waren gewagter. Er wusste nicht, ob man so hohe Gebäude errichten konnte, bei denen einige der mittleren Stockwerke nur aus Säulen bestanden. Aber so konnte er dem blauen Himmel viel Raum geben.

Die letzten beiden Bilder zeigten Quilûns Eltern. Einmal zusammen, wie sie sich umarmten. Er hatte es gern gemalt, das Lächeln seines Vaters, die leuchtenden Augen seiner Mutter, ihre Stupsnase. Bis ihm der Gedanke gekommen war, dass sie genauso in ihren letzten Momenten ausgesehen haben mochten, als sie in den Tod gestürzt waren. Da hatte er die Zeichnung nicht beenden können, unterhalb der Schultern war sie nur eine Skizze.

Auf dem anderen Bild hatte er sie deswegen getrennt voneinander gemalt, ihre Gesichter, wie sie den Betrachter anblickten. Weil es ihn traurig gemacht hatte, sie so unverbunden nebeneinander zu sehen, hatte er die blaue Blume in ihre Mitte gesetzt und ihr Blätter gegeben, die sie in Wirklichkeit nicht hatte. Damit fasste sie die beiden Gesichter ein.

»Du hast Talent«, meinte Golar. »Und du gehst sparsam mit dem Pergament um.«

»Ich habe keines mehr.«

Er hob eine Augenbraue. Wenn Quilûn sie hätte zeichnen sollen, hätte er einen Kohlestift dafür benutzt. Sie war schwarz wie eine Nacht ohne Sterne.

»Das hier sind nur fünf Blätter.« Golar hob sie an. Er trug das Trauerband, das Quilûn bei ihrer ersten Begegnung gesehen hatte, nicht mehr. Der Tod seiner Gemahlin lag inzwischen wohl lange genug zurück. »Was ist mit den anderen fünfzehn, die ich dir geschickt habe?«

Verlegen blickte Quilûn auf seine Füße. »Die anderen Bilder sind nicht so gut.«

»Wer sagt das?«

»Tante Bûna.«

Wieder erhellte das offene Lächeln Golars Gesicht. »Deine Tante ist sicher eine herzensgute Frau, aber was deine Bilder angeht, will ich mir selbst ein Urteil erlauben. Bitte hole sie mir.«

Quilûn wagte nicht, aufzuschauen.

»Du hast sie doch noch?«, forschte der Graf.

Stumm nickte Quilûn. Tante Bûna war sehr deutlich gewesen, was diese Zeichnungen anging. Sie hatte sie wohl nur deswegen nicht zerrissen, weil es so schade um das teure Pergament gewesen wäre. Aber daran, dass sie keinesfalls vorzeigbar waren, hatte sie keinen Zweifel gelassen.

»Dann hole sie mir bitte«, wiederholte der Graf.

Quilûn ging in sein Zimmer, zog die Bilder unter dem Bett hervor und brachte sie in die Küche.

Graf Golar betrachtete sie stumm. Die ersten waren undeutliche Krakeleien. Quilûn hatte versucht, die Dunkelheit in den Kavernen einzufangen, die er erlebt hatte, als er auf dem Rückweg die Lichtstrahlen hatte verlassen müssen. Er hatte eine aufwärtsführende Schräge gefunden, die er auf Händen und Knien emporgekrochen war. Und auch in seinem Herzen war eine lichtlose Dunkelheit gewesen, in der nichts zu erkennen gewesen war.

Beim Malen hatte er festgestellt, dass man Dunkelheit zwar erleben, aber nur schwer wiedergeben konnte. Schwarze Flächen an schwarzen Flächen … Es sah aus, als ob ein Dreijähriger ein Stück Kohle auf dem Pergament hin- und hergerollt hätte.

Quilûn hatte es mit Graustufen versucht, aber die waren ihm zu hell erschienen. Zu hoffnungsfroh. Also hatte er sie abgedunkelt, immer weiter, bis es wieder beinahe nur Schwarz an Schwarz an Schwarz war. Man musste sehr genau hinsehen, um die Flächen zu erkennen, die den Granit der Höhlenwände formten.

Graf Golar tat das. Er stand sogar auf, öffnete das Fenster und hielt das Bild ins Licht, dicht vor seine Nase, um es zu studieren.

Draußen sah Quilûn Leute stehen. Es hatte sich wohl herumgesprochen, welch hoher Besuch heute in diesem einfachen Haus zu Gast war. Quilûn fragte sich, ob das seine Tante bei ihrer Rückkehr stolz oder verlegen machen würde. Wahrscheinlich beides.

»Du setzt die Richtung ein, in der du die Striche ziehst«, murmelte Golar. »Dadurch unterscheiden sich die Flächen, obwohl sie dieselbe Farbe haben.« Er kippte das Pergament im Licht hin und her. »Und das hat dir niemand beigebracht?« Der Graf sah ihn an.

Quilûn zuckte mit den Achseln. War es etwas Gutes oder etwas Schlechtes, dass er immer nur für sich gemalt hatte? Seine Mutter hatte es manchmal schlecht gefunden, sie hätte wohl lieber gesehen, wenn er öfter mit den anderen Kindern gespielt hätte. Sein Vater hatte sie dann manchmal in den Arm genommen, sie auf die Stirn geküsst und gesagt, dass Träume ein großer Schatz waren, der einen Jungen reicher machen konnte als einen Herzog, der auf einem Thron aus Silber saß.

Graf Golar ließ das Fenster offen, setzte sich wieder und blätterte weiter die Bilder durch. Er betrachtete sie viel genauer als die vom Palast und von Quilûns Eltern.

Besonders lange sah er dasjenige an, das den Mann zeigte, der Quilûn gerettet hatte. Auf diesem Bild schnitt der Lichtstrahl, dem sie gefolgt waren, schräg von links oben nach rechts unten. So war es in Wirklichkeit nicht gewesen, aber es gab einen interessanteren Effekt, fand Quilûn. Aus demselben Grund hatte er das flächige Gesicht türkisfarben gemalt, obwohl er es nur grau gesehen hatte, bevor sie am Spiegel angelangt waren. Das Fehlen der Ohren hatte ihm Schwierigkeiten bereitet. Wenn er Menschen zeichnete, begann er gern mit den Ohren, das gab ihm ein Gefühl für die Größe der anderen Teile im Gesicht. Golar tastete über diese Stelle des Bildes. Sicher bemerkte er, dass sie dicker war als die Umgebung. Quilûn hatte sie mehrfach übermalt. Auf die Brauen und die Wimpern hatte er besonderen Wert gelegt und sie waren ihm sofort gelungen.

»Das ist kein Imagolem«, stellte Golar fest.

»Nein«, bestätigte Quilûn. »Ich weiß nicht, was das ist.«

Die Tür ging. Mit schnellen, lauten Schritten kam Tante Bûna in die Küche. Sie atmete heftig, der oberste Knopf ihres Kleids stand offen. »Ich hoffe, ich …«, japste sie, »… zu lange warten lassen. Die Jordbeeren … schwierig zu bekommen.«

»Oh, du hast also tatsächlich welche gefunden.« Golars Lächeln hatte etwas Säuerliches.

Quilûn täuschte ein Husten vor, um das Lachen zu überdecken, das in ihm aufstieg.

Tante Bûnas Aufregung hatte sich auf dem Weg zur Taverne und zurück gesteigert. Das mochte am Menschenauflauf vor dem Haus liegen. Jedenfalls erbarmte sich Graf Golar, legte die Zeichnungen beiseite und zeigte sich einverstanden, nun von der Gans – und natürlich den Jordbeeren – zu kosten.

Quilûn fand die Speise sehr gut, aber da der Graf schwieg, sagte auch er nichts.

Golar wirkte nachdenklich, während er mit beinahe zaghaften Schnitten das Fleisch teilte, die Gabel in seinen Mund schob, ein wenig von den zerdrückten Beeren nahm oder aus seinem Becher trank. Er nahm nur Wasser, noch nicht einmal Saft.

»Quilûn«, sagte er schließlich, »du hast Talent und du könntest ein Maler werden. Weißt du, was das bedeutet?«

Tante Bûna gelang es nicht vollständig, einen Aufschrei zu unterdrücken. Die Gabel entfiel ihr und klapperte auf den Boden. Der Graf beachtete es nicht.

»Die Maler bewahren die Schönheit der Welt auf der Leinwand«, erklärte Graf Golar. »Manche von ihnen verzieren auch Decken und Wände in Palästen. Aber die Besten von ihnen fertigen Gemälde an und wiederum nur die Besten dieser Gemälde sind gut genug für die Unsterblichen. Wir bringen sie in die Kavernen, hinab in die Gärten der Geister.«

»Weil sie den Berg nicht mehr verlassen können«, sagte Quilûn. Schließlich war er kein dummer Junge, der über diese Dinge nichts gewusst hätte. »Die größten Maler sind tapfere Männer, die in die Welt hinausziehen, dorthin, wo sie die Schönheit finden. Und diese Schönheit bringen sie zurück zum Berg.«

»Ja, so ist es.« Graf Golar nickte. »Ein guter Maler kann sehr reich werden.«

»Und er kann sehr schnell sterben«, warf Tante Bûna ein.

Ernst sah der Graf sie an. »Ja, das stimmt.« Sein Blick schwenkte zurück zu Quilûn. »Deine Eltern sind in meinem Dienst gestorben. Ich werde für dich sorgen, bis du dir dein eigenes Brot verdienen kannst. Es ist deine Entscheidung, was du mit deinem Leben tun willst, Quilûn. Viele reiche Leute sind unglücklich, und wer Erfolg hat, der hat auch Feinde.«

»Ein armer Mann kann von großen Wundern träumen«, sagte Quilûn.

»Wer hat dir das beigebracht?«

»Mein Vater.«

»Er war ein guter und weiser Mann«, befand Graf Golar. »Die Träume der Armen können ebenso prächtig sein wie jene der Reichen. Aber auch ich habe viel vom Leben gesehen, und ich weiß, dass Menschen nicht nur unglücklich werden, wenn ihnen Dinge fehlen, die sie gern besäßen. Sie können auch verkümmern, wenn sie erkennen, dass sie ihrem Talent nicht folgen. Wie ein Vogel, der niemals die Schwingen ausbreitet.«

»Weil dieser Vogel in einem Käfig sitzt?«, fragte Quilûn.

»Meistens, ja. Und oft hat er sich den Käfig selbst gebaut.«

Quilûn versuchte, zu verstehen, was der Graf meinte, aber es gelang ihm nicht. Wieso sollte ein Falke sich selbst in einen Käfig stecken?

In Tante Bûnas Miene stand jetzt Besorgnis.

»Du wirst ein guter Maler werden, so oder so«, sagte Golar. »Wahrscheinlich werde ich dir ab und zu eines deiner Bilder abkaufen. Für meinen Palast oder um sie jemandem zu schenken.

Aber wenn du zu den Besten gehören willst, musst du dich ausbilden lassen. Ich habe Lehrer angestellt, die diejenigen meiner Untertanen unterrichten, die Potenzial zeigen. Nicht nur fürs Malen, auch für andere Dinge.«

»Was ist das – Potenzial?« Dieses Wort kannte Quilûn nicht.

»Ein Traum, der Wirklichkeit werden kann, wenn man sich anstrengt. Du würdest alles über Pinsel, Farben und Leinwand lernen. Über Perspektive und Licht, über die Komposition eines Bildes. Aber auch Lesen, Rechnen, Fechten …«

»Kämpfen auch?«, rief Tante Bûna entsetzt.

»Es kann gefährlich werden, wenn man in die Welt hinauszieht, um die Schönheit zu suchen«, sagte Graf Golar hart.

»Es kann auch gefährlich sein, Spiegel zu putzen.« Plötzlich quollen Quilûns Augen über, die Tränen flossen wie Bäche über seine Wangen. Er zog den Rotz hoch, der auf einmal in seiner Nase war. »Ich will etwas Schönes tun mit meinem Leben. Ich will ein Maler werden.«

SECHZEHN JAHRE SPÄTER

ZWEI
Berufung

»Mein Gemahl wird mich finden«, Tarima Eichfrost lächelte grimmig, »und er wird euch hetzen.«

»Ja, genau«, erwiderte Brotan.

Tarimas Braue bildete einen spitzen Winkel über dem linken Auge. »Ihr wollt ihm eine Falle stellen?« Sie lachte auf. Dass sie sich inmitten ihrer Entführer befand, schien sie nicht zu beunruhigen, obwohl jeder einzelne der gravilischen Krieger sie mühelos hätte töten können. Oder sie spielte ihren Gleichmut gekonnt.

Brotan erkannte darin die Arroganz des Berges und wandte sich wieder der gekrümmten Nadel zu, deren Spitze er in die Flamme einer Öllampe hielt, obwohl nur ein paar Schritt entfernt das Lagerfeuer brannte. Nach dem Regen war das Holz nass. Unübersehbarer, schwarzer Rauch stieg davon auf. Ein solches Feuer war zu schmutzig, um das Instrument zu reinigen, mit dem er seine Wunde nähen wollte.

»Ihr glaubt wirklich, ihr könnt Domor eine Falle stellen?« Tarima Eichfrosts Stimme verriet, dass sie das Kommandieren gewohnt war, wenn auch nicht auf einem Gefechtsfeld.

Sicher befehligte sie in ihrem Palast auf dem Berg der Macht eine Heerschar von Bediensteten. Nicht wenige waren bestimmt dafür zuständig, ihre Schönheit zu erhalten. Es fiel Brotan schwer, das Alter der Adligen zu schätzen. Die Haut in ihrem schmalen

Gesicht war glatt, aber es sah unnatürlich aus, als fehlten dort ein paar Falten, zumindest in den Augenwinkeln. Die Brauen waren zu dünnen Linien gezupft und mit einem Strich verlängert, der noch etwas dunkler war als ihre Locken.

Sogar ihr Schnauben wirkte vornehm. Das nach dem Marsch durch den Wald zerrissene Kleid trug sie mit derselben Würde, mit der sich die Zauberpriesterin über ihrem Palast am Trutzfels der Menge zu zeigen pflegte.

»Domor ist ein Magier«, erinnerte Tarima. »Sein Blick kann euch das Fleisch von den Knochen brennen.«

Grinsend prüfte Brotan den rauen Faden, den er an der Nadel befestigt hatte. »Dann bin ich Eurem Gemahl sehr verbunden, dass er uns verschont hat, als wir Euch mit uns genommen haben. Er wirkte, wenn ich das so sagen darf, ein wenig hilflos inmitten seiner Imagolems.«

Tarima schnaubte erneut. »Er hat nicht bemerkt, dass ihr mich verschleppt habt.«

»Das stimmt, seine Aufmerksamkeit galt den Wagen mit den Abgaben.«

Die Herren vom Berg verlangten nach Schönheit. In diesem Fall bestanden die Steuern, die sie in ihrer südlichsten Provinz eintrieben, aus Blumen. An sich konnte das Volk diese besser entbehren als den Weizen, den die Imperialen oft holten. Aber nicht nur Schönheit, auch Seltenheit war von Wert, und die seltensten Blumen blühten tief im Wald. Ein Gebiet, in das sich die Siedler mit gutem Grund nicht vorgewagt hatten. Für jedes dieser wunderschönen Gewächse, die nun auf einem der Wagen der Imperialen standen, hatten zehn Untertanen ihr Leben gelassen und hundert waren verletzt. Zumal die außergewöhnlichsten Pflanzen in einem Gebiet wuchsen, durch das sich eine seltsame Flechte zog. Ihre rot und blau leuchtenden Stränge wucherten über mehrere Quadratmeilen. Sie sonderten Dämpfe ab, die sich in den Senken sammelten und Trugbilder hervorriefen, wenn man sie einatmete. Unter ihrem Einfluss trieben die Blumen seltsame Blüten in grellen Farben, und Büsche verdrehten ihre Äste so, dass sie Gesichter formten. Interessante Skurrilitäten für den Berg.

An sich ging Brotan das Leid der imperialen Untertanen nichts an. Seine Heimat lag auf der anderen Seite der Grenze, jenseits des Torn. Dort wäre er auch lieber gewesen. Gegen die Lurche, deren gezackte Speere vor allem im Osten immer mehr Menschen zerrissen, gab es für die gravilischen Krieger genug zu tun. Aber Hauptmann Ilton hatte ja unbedingt der Zauberpriesterin zu Gefallen sein müssen. Auf ihren Wunsch hatte er den Trupp über den Fluss geführt, um den Imperialen einen Stich zu versetzen. Jetzt war er tot, mit einem Pfeil in der Lunge ertrunken an seinem eigenen Blut, und die Männer folgten dem Stärksten. Also Brotan.

Emala, die Zauberpriesterin, wollte einen lebenden Imagolem. Obwohl Brotan es für leichtsinnig hielt, die Imperialen zu reizen, war dies die beste Gelegenheit, die Veteranen im Kriegerbund zu überzeugen, dass er mehr Verantwortung verdiente, als sie ihm bisher übertragen hatten. Zumal seine Waffe, ein wuchtiger Hammer, ideal für den Kampf gegen steinerne Männer geeignet war.

Der Schnitt in Brotans Wade stammte vom Säbel eines imperialen Kriegers, den es schlimmer erwischt hatte als ihn. Der Kampfhammer, der an einem Baumstamm einen Schritt entfernt lehnte, hatte den Helm und den Schädel seines Gegners platt geklopft.

»Ihr habt uns überrascht.« Kurz fiel die Maske der Gleichgültigkeit, Tarima presste die Kiefer aufeinander. »Jetzt wird Domor seine Zauberfiguren bereithalten. Ganz zu schweigen von den Imagolems, die ihn begleiten. Wie viele von euch sind schon tot? Fünf?«

Sieben, antwortete Brotan in Gedanken.

»Am besten, ihr ergebt euch kampflos«, riet sie.

»Ich hoffe, Ihr dient Eurem Haus nicht als Ratgeberin. Eure Vorschläge sind nicht sehr weise.« Er wusch den Schnitt mit Öl aus, dann drückte er die Wundränder mit dem Zeigefinger und dem Daumen der linken Hand zusammen und stach die Nadel ein. Ihre Biegung ähnelte der eines Angelhakens, aber der Widerhaken fehlte. Sie war so spitz, dass Brotan den Stich kaum spürte. Geschickt zog er sie auf der anderen Seite wieder heraus.

»Immerhin könnte er euch einen raschen Tod gewähren«, gab Tarima zu bedenken.

»Ihr werdet nicht überzeugender, wenn Ihr länger sprecht.«

»Offenbar bist du dir unklar darüber, welche Möglichkeiten der Berg hat, um Schmerzen zu verursachen und zu verlängern.«

»Glaubt Ihr, ich bin jemand, der Schmerz fürchtet?«

Der Faden war stärker zu spüren als die Nadel. Brotan durfte nicht ungeduldig werden, sonst würde er die Haut unnötig aufreißen. Bedächtig zog er das Garn straff, bevor er den nächsten Stich setzte.

»Wenn du so breit nähst, gibt es eine hässliche Narbe«, meinte Tarima.

»Würde Euch das davon abhalten, Euch zu mir zu legen?«

Brotan war beeindruckt davon, auf wie viele Arten Tarima schnauben konnte. Diesmal klang es besonders empört. Obwohl sie den Kopf herumwarf, behielten die Locken ihre Form. Der Duft, der von ihrem Haar ausging, war Brotan nicht entgangen. Ob es dasselbe Öl war, das Festigkeit und Geruch gab?

Er sah auf, weil zwei seiner Kameraden aufgebracht miteinander sprachen.

»Man kann nicht ordentlich damit zielen!« Eron nahm die Armbrust aus dem Haltegeschirr, das ihr Gewicht auf die Schultern verteilte, und drückte sie Arlor in die Hände. »Zehn Schritt! Wenn der Imagolem weiter entfernt steht, ist ein Treffer pures Glück.«

»Du verstehst die Zieleinrichtung nicht!« Für einen Waffenschmied war Arlor erstaunlich schmächtig, aber Brotan wusste um die Zähigkeit seines Freundes. Auch die Armbrust mit den verstärkten Bogenarmen hielt er ruhig in einer Hand, während er mit der anderen das seitlich angebrachte Visierholz kippte. »Zwanzig Schritt. Versuch es noch einmal.«

»Nichts da!« Erons ausladender Schnurrbart wippte. »Zeig mir, dass du etwas damit triffst. Sonst sagst du wieder, ich sei zu ungeschickt!«

Er war nicht der Einzige, der Arlors Neuentwicklung skeptisch gegenüberstand. Mit einer gewöhnlichen Armbrust traf

Eron ein menschengroßes Ziel auf einhundert Schritt. Aber Arlor hatte erhebliche Modifikationen vorgenommen. Die Bogenarme bestanden nicht aus elastischem Holz, sondern aus Stahl, der sich nur minimal bog. Sie steckten in verdrillten Strängen aus Rosshaar neben dem Ende der Führungsrille. Ohne Winde ließ sich die Waffe nicht spannen. Die zusätzliche Kraft wurde gebraucht, um die kaltgeschmiedeten, ellenlangen Eisenbolzen zu verschießen. Diese flogen aber anders als die Geschosse aus Eichenholz, die Armbrustschützen gewohnt waren.

Arlor hatte seine eigene Armbrust und das Tragegeschirr abgelegt. Er musste das komplette Gewicht mit den Armen halten. Als er zielte, sah es aus, als wollte er über den moosbewachsenen Felsen hinwegschießen, weil die Waffe so hoch nach oben zeigte. Er betätigte den Abzugshebel, scharrend glitt der Bolzen über die metallverstärkte Rille und mit einem dumpfen Knall hielt die Sehne die Arme zurück.

Das Eisengeschoss stieg steil auf, zerbrach ein paar Zweige in der Krone einer Erle, fiel dann wieder ab und schrammte am Felsen entlang, wobei es einen grauen Strich im Dunkelgrün des Mooses hinterließ.

»Streifschuss«, sagte Eron verächtlich. »Da kratzt sich ein Imagolem noch nicht einmal.«

»Nur wegen der Zweige«, verteidigte sich Arlor.

Eron lachte auf. »Dann sollten wir sie bitten, uns nicht anzugreifen, solange wir uns im Wald befinden. Aber Moment!« Er winkelte einen Arm vor der Brust an, stützte den Ellbogen des anderen darauf und griff sich ans nachlässig rasierte Kinn, als würde er nachdenken. »Sagte nicht jemand, im Rotbruchwald wären wir im Vorteil?«

Der Plan, den Emala und Arlor ausgeheckt hatten, um einen Imagolem zu fangen, nutzte die Unübersichtlichkeit des Geländes. Deswegen mussten sie ihre Gegner weit in den Wald hineinlocken, bis zum Grenzfluss.

»Lasst die Kindereien!« Brotan setzte den letzten Stich. »Die Kraft zum Streiten braucht ihr für den Magier und seine Schergen.«

Murrend nahm Eron seine Waffe zurück, befestigte sie auf dem Stützarm seines Geschirrs und sammelte den Bolzen wieder ein. Kritisch beäugte er ihn, fand aber offenbar nichts daran auszusetzen. Es war eine hervorragende Schmiedearbeit, ebenso wie die anderen vier, die in einem Gurt vor seiner Brust hingen.

Er ging zurück. Der Waldboden schmatzte unter seinen Schritten, im Regen hatte er sich vollgesogen.

Brotan zerschnitt den Faden und sicherte ihn mit einem Knoten. Er holte eine saubere Binde aus seinem Beutel und rollte sie um den Unterschenkel, damit kein Schmutz in die frisch vernähte Wunde kam.

Listam rannte heftig atmend auf die Lichtung. Eigentlich war der Knabe zu jung für einen Überfall auf einen Trupp Imperialer und mit den Waffen stellte er sich auch ungeschickt an. Ein Mädchen konnte ihm den Stoßspeer aus den Händen prellen. Für den Hammer war er zu schwach. Mit dem Schwert schnitt er eher sich selbst als einen Gegner, und wenn er mit einer Armbrust oder einem Bogen schoss, stand man besser ein paar Schritt hinter ihm. Aber er war ein guter Späher, ausdauernd und unauffällig. Die Männer scherzten, dass seine Sommersprossen ihm zusätzliche Tarnung verschafften.

»Der Zauberer kommt selbst!«, rief Listam. »Mit allen seinen Imagolems.«

Tarimas überlegenes Lächeln entblößte ihre blauen Zähne.

Ruhig fuhr Brotan fort, seinen Unterschenkel zu umwickeln. »Wie nah sind sie?«

»Noch eine halbe Stunde. Die Imagolems sinken ein.«

Besorgt sahen die Männer vom Feuer zu Brotan herüber. Sie freuten sich auf den Hirschbraten. Das Tier, das sich jetzt auf dem Spieß drehte, war ihnen in die Arme gesprungen.

»Beeilt euch besser«, riet Brotan. Sie würden es wohl halb roh essen müssen.

Eron strich seinen Schnurrbart glatt, nahm das Bratenmesser zur Hand und beäugte den Hirsch, um eine Stelle zu finden, die gar genug war, um ein Stück abzusäbeln. Die Armbrust schwenkte er auf ihrem Haltearm zur Seite. Er wusste, dass Brotan nicht gestatten würde, dass er die Waffe ablegte. Mindestens einer in der Truppe musste zu jeder Zeit kampfbereit sein.

Brotan hatte zwei blaue Augen geschlagen, seit er das Kommando übernommen hatte. Vielleicht war er zu hart, weil er überraschend in diese Position gekommen war. Doch nur so hatten alle verstanden, dass sie die Harnische besser nicht ablegten.

Eron half das nicht. Er erhielt keine Gelegenheit, einen Schnitt anzusetzen. Ein Pfeil drang durch die gewölbte Metallplatte, als bestünde sie aus Stoff. Der Krieger brach in die Knie und hustete Blut aus.

Tarima schrie auf und schlug die gefesselten Hände vor den Mund.

Brotan riss den Rest des Verbands ab, sprang auf und griff den Kampfhammer.

Weitere Pfeile zischten in seinen Trupp. Die zwölf Krieger waren erfahren genug, um ihre Waffen zu greifen und die Lichtung so schnell wie möglich zu verlassen. Die Bäume versperrten ihren Gegnern das Schussfeld, aber die Flucht zerlegte Brotans Trupp auch in versprengte Individuen.

»Rattenschiss!«

Wenigstens sah Tarima nicht so aus, als wollte sie sich von der Stelle bewegen. In den fünf Stunden seit der Entführung hatte sie keinen Fluchtversuch unternommen. Sie erwartete, befreit zu werden.

Die Pfeile waren von Süden gekommen. Vielleicht ein Ergebnis des Drills, der den Schützen eingeschärft hatte, stets die Sonne im Rücken zu behalten. Solche Gewohnheiten hielten sich, auch wenn die Bäume ringsum die blendenden Strahlen abmilderten und diesen Vorteil dadurch bedeutungslos machten. Jetzt klangen von dort Rufe, ein Schmerzensschrei und das Klirren von Metall.

Auf dem Weg zum Geschehen fand Brotan Arlor hinter einem Busch hocken. Er schien sich nicht entscheiden zu können, ob er seine überschwere Armbrust laden oder sich doch auf den geschwungenen Dolch verlassen sollte.

»Das sind Plänkler«, vermutete Brotan. »Sie versuchen, uns

zu binden, bis ihr Haupttrupp aufschließt. Nimm die Frau und zieh …«

Gerade noch rechtzeitig wirbelte er herum, um einem Angreifer den Stiel seines Hammers in den Bauch zu rammen.

Vor dieser Wucht schützte auch die Lederrüstung nicht. Ächzend klappte der Mann im Oberkörper ein.

Die ledrige Haut zeugte vom Alter des Gegners. Die Erfahrung war sein Vorteil. Er schwang seinen Säbel in einem waagerechten Bogen.

Brotan ließ sich zur Seite fallen, um dem Angriff auszuweichen. Die gebogene Klinge zischte über ihn hinweg.

Im Krieg war kein Platz für ehrenhafte Zweikämpfe. Arlor schnellte vor und rammte dem Gegner den Dolch seitlich unter den Lederpanzer in die Hüfte.

Der Mann schrie auf und stürzte.

Brotan lehnte ein Knie auf seinen Hals und fixierte die Hand, die den Säbel hielt.

In der Nähe klirrten die Waffen. Nur wenige Schritt entfernt wurde gekämpft und gestorben.

Brotans Gegner war derzeit keine Bedrohung, wahrscheinlich würde er verbluten. Aber er durfte kein Risiko eingehen, sonst mochte der Alte einen von Brotans Kameraden mit letzter Kraft ins Nachleben befördern.

Brotan fasste den Kopf mit seiner Pranke und brach das Genick mit einem Ruck.

»Das war knapp«, stellte Arlor fest. »Bist du sicher, dass du auf mich verzichten kannst?«

Brotan nickte. »Nimm die Frau und bring sie zum Fluss. Und hinterlasse genug Spuren.« Er zwinkerte seinem Freund zu.

Arlor bestätigte den Befehl mit einem knappen Nicken. Er legte die Armbrust über die Schulter, behielt den blutigen Dolch aber in der Hand.

Sie trennten sich.

Eron war noch nicht tot. Vom Lagerfeuer her hörte Brotan seine gurgelnden Schreie. So, wie der Pfeil seine Rüstung durchdrungen hatte, musste er eine Steinspitze getragen haben. Quarz wahrscheinlich, gehärtet und geschärft durch Zauber. Da er Blut erbrochen hatte, war seine Lunge getroffen. Ein gnädigeres Schicksal hätte ihm einen raschen Tod gegönnt, so ertrank er innerlich. Aber Brotan durfte nicht auf die Lichtung zurückkehren, sonst hätte er sich selbst als Ziel angeboten. Er konnte Eron nicht retten. Ihm blieb nur, ihn zu rächen.

Hinter einer Eiche traf Brotan auf drei Gegner, die Listam umringten. Seinen Speer hatte der Knabe verloren, aber er schrie wie ein Tier, was wohl für den Moment ausreichte, um die Männer von ihm fernzuhalten.

Brotan brüllte und holte beidhändig mit dem Hammer aus.

Der ihm nächststehende Gegner war beileibe kein Schwächling, aber er zuckte dennoch zusammen.

Brotan wusste um seine beeindruckende Erscheinung, er konnte einen Stier zu Boden ringen. Zudem irritierte viele Gegner der bronzene Winkel, der ihm das hintere Stück des linken Kiefers ersetzte. Anfangs hatten die Heiler versucht, neue Haut über das Metall wachsen zu lassen, aber es war nicht gelungen. Inzwischen polierte Brotan die freiliegende Stelle sogar. Nur im Winter schmerzte die Kälte manchmal am Backenzahn, an den das Metall anschloss.

Die Bronze gab seinem Schrei einen metallischen Beiklang, was den Gegner zusätzlich verwirren mochte. Auch er war für einen Krieger ungewöhnlich alt, vierzig Jahre vielleicht. Offenbar setzten die Imperialen bei diesem Trupp auf Erfahrung. Dafür sprachen auch die Narben, die sich auf der linken Wange des Kriegers kreuzten.

Was Brotan beunruhigte, war jedoch weder diese Erfahrung noch das Schwert, das auf Listam gerichtet war und sich damit in einer ungünstigen Position für einen Angriff auf Brotan befand. Es war die Wildledertunika des Mannes. Niemand, der mit Feindkontakt rechnete, verließ sich auf einen so dürftigen Schutz, der gerade einmal ein paar Dornen abhalten mochte. Das sprach dafür, dass der Mann etwas sehr viel Wirkungsvolleres darunter trug. Auch auf einen Helm hatte dieser Veteran sicher nicht leichtfertig verzichtet.

Ohne allzu viel Zuversicht führte Brotan seinen Hammerschlag gegen den Schädel.

Tatsächlich flirrte die Luft über dem Kopf seines Gegners und lenkte die Waffe ab. Der Hammer prallte zurück, als wäre er auf den Stein getroffen, der sicher in einem Netz von Schutzzaubern unter dem Wildlederhemd lag. Die Wucht ließ Brotans Knochen vibrieren und riss seine Arme zur Seite.

Doch sie schleuderte auch den Krieger fort. Er krachte gegen die Eiche. Auch hier zeigte sich das Flirren – aber es umgab nur den Oberkörper! Ein Knie stieß an die Rinde.

Brüllend setzte Brotan nach. Geschmeidig unterlief er einen Schwertstreich und schmetterte den Hammer gegen das linke Schienbein seines Gegners.

Es brach mit einem trockenen Knacken.

Mit einem Kniestoß gegen den Kopf warf Brotan den Krieger auf den Rücken, auch wenn der Schutzzauber den direkten Kontakt mit dem Körper verhinderte.

Listam nutzte die Verwirrung, um seinen Speer wieder an sich zu bringen. Er hielt ihn wie einen Besen, aber immerhin erschien er jetzt nicht mehr unbewaffnet.

Brotan griff den nächsten Gegner an, einen dürren Mann, der einen Kopf größer war als er und sich mit einem kleinen Rundschild schützte, während er zum Angriff einen Morgenstern führte. Brotan fing den ersten Schwinger mit dem Stiel seines Hammers ab, den er in den weit auseinanderliegenden Fäusten hielt.

Leider wickelte sich die Kette nicht weit genug um den Stiel, damit Brotan seinem Gegner die Waffe mit einem Ruck hätte entreißen können. Er erkannte mit einem Schaudern, dass die Stacheln an der gusseisernen Kugel aus Granitsplittern bestanden. Er sah sogar die hineingekerbten Runen. Der Zauberer hatte seine Krieger wahrhaft gut ausgestattet. Solchen Stacheln bot kein Eisenharnisch Widerstand.

Die Kämpfer lösten sich voneinander, der Gegner holte aus.

Ein Kamerad kam Listam zu Hilfe. Brotan wagte nicht, zur Seite zu sehen, und wusste daher nicht, um wen es sich handelte.

Brotans Gegner machte einen großen Schritt vor und führte den Morgenstern in einem weiten Bogen oben herum.

Brotan verkürzte den Abstand, rannte in den Schild hinein und drückte ihn gegen seinen Kontrahenten. Das verhinderte zwar einen wuchtigen Hieb mit dem Hammer, nahm aber auch dem Morgenstern den Großteil der Durchschlagskraft.

Brotan fasste den Hammer knapp unter dem Eisenkopf und stieß die Waffe von unten gegen das Kinn des Gegners.

Gleichzeitig traf der Morgenstern im Rückschwung das Rückenteil seines Vollharnischs. Er spürte die Stacheln, als würde ihn ein halbes Dutzend Hornissen stechen.

Doch sein Treffer war entscheidender, er brach den Kiefer des Gegners. Dieser ließ den Morgenstern los und taumelte Blut spuckend rückwärts.

Die Kugel steckte noch in seinem Panzer, wie Brotan merkte, als er mit einem Schwinger nachsetzte. Er zertrümmerte den Brustkorb des Langen auf der rechten Seite. Der Preis für die Drehung seines Oberkörpers bestand darin, dass die steinernen Stacheln seinen Rücken aufrissen.

Röchelnd ging der Gegner zu Boden, aber ein Pfeil streifte Brotans Schulter. Vier Imperiale brachen aus den Büschen. Blut und Haarfetzen an ihren Schwertern kündeten davon, dass sie die Klingen bereits erfolgreich eingesetzt hatten. An der Hüfte eines dicklichen Mannes hing ein leerer Köcher, den vorerst nutzlosen Bogen hatte er wohl zurückgelassen. Sie sahen die Gravilier, vor allem wohl Brotan mit dem mächtigen Hammer, und zögerten. Statt anzugreifen, rückten sie näher zusammen.

Heronn – der Kamerad, der Listam zu Hilfe geeilt war – blutete am linken Ohr. Er hielt einen der Metallbolzen in der Hand, die eigentlich für Arlors Armbrüste gedacht waren. Grinsend hob er das spitze Eisenstück, als er sich neben Brotan stellte. »Als Knüppel gar nicht mal so übel.«

Listam hatte unglaubliches Glück, trotz seiner Unfähigkeit im Kampf schien er unverletzt.

Brotan bedeutete seinen Kameraden, sich gemeinsam mit ihm zurückzuziehen. Die beiden am Boden liegenden Gegner konnten nicht mehr aus eigener Kraft aufstehen. Ihre Gefährten wirkten, als wollten sie sich um die Verletzten kümmern, statt es auf einen Kampf mit den drei Graviliern ankommen zu lassen.

»Weg hier!« Brotan wirbelte herum und rannte los, die anderen folgten ihm.

In einer Senke hielten sie inne.

»Isgurd und Falm haben es nicht geschafft«, sagte Heronn.

Brotan bestätigte mit einem Nicken. Sicher war auch Eron inzwischen tot.

Er zeigte auf Heronns Ohr. »Kümmere dich darum, und dann hilf, unsere Leute zu sammeln. Die Imperialen haben uns überrascht, aber sie konnten uns nicht festnageln. Wir müssen weiter. Sie dürfen nicht die Zeit bekommen, darüber nachzudenken, wohin wir sie und ihre Imagolems führen.«

Quilûn nahm mit einem der mittelgroßen Pinsel etwas von dem Ocker aus einer der Vertiefungen in seiner Handpalette und trug es auf die Nebenleinwand auf. Sie stand auf einer Staffelei neben der Leinwand, auf der er die Arena malte. Beide bestanden aus demselben schneeweißen Stoff, dem besten, den sich Quilûn leisten konnte. Er hoffte, ein besonderes Gemälde zu schaffen, für das Graf Golar genug zahlen würde, damit Quilûn eine schön geschnitzte Haustür in Auftrag geben könnte.

Es war wichtig, dass die kleine Leinwand nicht nur aus demselben Material bestand wie die große, sondern auch im selben Winkel ausgerichtet war. Nur so bekam sie dasselbe Licht, und nur so konnte Quilûn beurteilen, ob er den richtigen Farbton gemischt hatte. Er wählte eine freie Stelle zwischen den Flecken und Strichen, um das Ocker aufzutragen.

Erlyk saß eingesunken auf dem Rand des Brunnens, aus dessen Mitte sich eine Gruppe dicker Fische erhob. Aus ihren Mäulern sprudelte Wasser ins Becken.

Einige Mägde mit grauen Hauben taten so, als wären sie damit beschäftigt, ihre Eimer und Krüge zu füllen, lugten aber zu

Quilûn herüber. Die silberne Blüte an seiner Brust verriet, dass die Adligen bereits ein Bild von ihm würdig befunden hatten, es in die Tiefe des Bergs zu den Unsterblichen zu schicken. Das machte neugierig.

Erlyk beachteten die Frauen nicht und das war ihm wohl auch recht. Er sah auf den Schatten seiner Füße, die den Boden nicht ganz berührten, der Rücken rund, die Schultern schlaff. Quilûns Sohn war kein fröhliches Kind. Heute hatte er auch besonders wenig Grund dazu. Eine frische Schwellung auf der linken Seite seines Gesichts wechselte allmählich die Farbe von Rot zu Blau. Dabei war die an seiner Brust noch nicht ganz abgeklungen, heute Morgen hatte er gezuckt, als er den Rucksack übergeworfen hatte.

Dünn aufgetragener Kohlenstaub markierte die Umrisse der Arena auf der Leinwand. Der ovale Bau würde den Hintergrund nahezu vollständig ausfüllen, deswegen war das Ocker so wichtig. Es bildete den Kontrast zum Hauptmotiv, dem versteinerten Verbrecher.

Davon gab es einhundert auf dem Platz der Reue. Jeder hielt ein Schild vor der Brust, auf dem seine Schuld verzeichnet war. Bei diesem hier war es *Meißeln verbotener Zauber*. Er war ein von Graf Golar geförderter Magier gewesen.

Wie alle Versteinerten war er nackt, nur sein Schild bestand aus Holz. Es würde mit der Zeit verwittern. Bei den ältesten Verurteilten auf dem Platz waren die Verbrechen kaum noch lesbar. Noch ältere verwahrte man in unterirdischen Katakomben. Wenn ein neuer Versteinerter hinzukam, tauschte man ihn gegen jenen, der am längsten auf dem Platz stand, aus.

Quilûn war nie bei der Vollstreckung eines solchen Urteils zugegen gewesen. Soweit er wusste, mussten die Verbrecher Steine schlucken und dann wurden sie selbst – Fleisch, Haut, Haar, Fingernägel – zu grobporigem, beinahe schwarzem Basalt. Das besonders dunkle Grau, das Quilûn dafür anmischen musste, war eine Herausforderung. Die stärkste Wirkung hätte das Gemälde, wenn die Statue auf den ersten Blick schwarz wäre, aber bei genauerer Betrachtung Schattierungen erkennen ließe, die ihr Plastizität verliehen. Eine solche Farbmischung vermochte ein Gemälde zu einem Meisterwerk zu machen, aber nur ein paar Pigmente zu viel konnten es verderben. Dann sähe die Statue wie ein bloßer Schattenriss aus, den auch ein halbwegs geschicktes Kind mit einem Stück Kohle hätte malen können.

Natürlich ein Schattenriss mit Augen. Die Augen waren das Einzige, was an den Verurteilten nicht versteinerte. Sie waren auch der Beweis, dass die Verbrecher noch lebten. Gerötet, als hätten sie kürzlich darüber gerieben, obwohl sie ihre Arme ebenso wenig bewegen konnten wie den Rest ihrer Körper. Noch nicht einmal die Lider. Ein konstanter Strom von Tränen hielt die Augen feucht. Die Verbrecher weinten stumm und ununterbrochen, die Feuchtigkeit floss über die basaltenen Gesichter, über Hals und Brust, Bauch und Beine hinab. Im Boden vor jeder Statue befand sich eine seichte Mulde mit einem Rost. Dort floss das Wasser der Tränen ab, und wenn es regnete, verhinderten diese Einrichtungen zugleich, dass der Platz der Reue überflutete.

Das Ocker auf der Nebenleinwand war jetzt weit genug getrocknet, um den Farbton zu beurteilen. Er war einen Hauch zu dunkel, zu schwer, um einen perfekten Kontrast zur Statue zu bilden. Quilûn würde die Arena mit raschen Strichen malen, um die Pigmente dünner aufzutragen und die weiße Leinwand stärker durchscheinen zu lassen.

»Kannst du mir ein Glas frisches Wasser bringen?«, fragte Quilûn seinen Sohn.

Stumm stieß sich Erlyk vom Brunnenrand ab, nahm das Glas, das neben Quilûn auf dem Boden stand, und ging damit zum Verurteilten, um es in den Rost vor seinen Füßen auszuleeren. Erlyk blickte den nackten Steinmann nicht an, aber die weinenden Augen der Statue folgten dem Jungen auch dann noch, als dieser zum Brunnen ging. Als sie ihn wegen der starren Kopfhaltung aus dem Blick verloren, kehrten sie zum Maler zurück.

Erlyk tauchte das Glas ein und brachte es gefüllt zu seinem Vater. Noch immer sah er zu Boden.

»Magst du ihn auswaschen?« Quilûn hielt ihm den Pinsel hin.

Erlyk nahm ihn und rührte damit geschwind im Wasser, das dadurch einen ockerfarbenen Schleier bekam. Er stellte das Glas ab und benutzte ein Leinentuch, um die Borsten zu trocknen.

Quilûn strich über den Kopf seines Sohnes, als dieser den Pinsel zurückgab. Erlyk sah noch immer nicht auf.

»Nicht jeder Tag ist schön.« Quilûn nahm das Ocker auf.

»Die Sonne scheint«, nuschelte Erlyk. »Das gibt gute Farben.«

In der Tat war der Himmel kräftig blau und über der Stadt erhob sich der Ianapat in majestätischem Grau. Bis zu einer gewissen Höhe sprenkelte ihn das satte Grün des Sommers. Seine Gipfel hüllten sich in Wolken, obwohl sonst nirgendwo Anzeichen von nahendem Regen zu sehen waren. Der Berg machte sein eigenes Wetter.

Die in diesem Viertel vorwiegend weißen Häuser nutzten jeden Halt, den die Bergflanken boten. Treppen waren in der Stadt ebenso häufig wie Gassen. Die Arena stand auf einem Plateau, dessen Ausmaß nicht ganz reichte, um den Platz der Reue zu stützen. Hier am Rand, wo Quilûn malte, ruhte das Pflaster auf einer von Streben und Pfeilern gestützten Plattform. Man hörte es an den Schritten der Passanten.

Nach Süden öffnete sich die weite Ebene. Der Wind kräuselte das Laub des Erlwalds wie die Oberfläche eines Sees. Gehöfte lagen inmitten der kornbestandenen Äcker und der Weiden.

Quilûn trug das Ocker auf, um die Wand der Arena zu färben. Er achtete nicht allzu genau auf die vorgezeichneten Umrisse, die dunkleren Farben, die er später verwenden würde, deckten gut. Die Arbeit nahm ihn für einen Moment so gefangen, dass er seine Umgebung vergaß. Er brauchte nicht darüber nachzudenken, wann er den Pinsel erneut eintauchen musste. Er sah kaum hin, seine Aufmerksamkeit galt der Arena. Natürlich hatte er ihre Proportionen längst verinnerlicht. Auch die sieben Statuen, jede von ihnen zwanzig Schritt hoch, spielten noch keine Rolle. Die aus rosafarben geädertem Marmor geschlagenen Bildnisse standen aufrecht an der gewölbten Wand, wahrscheinlich stützten sie das Bauwerk. Man nannte sie *die Giganten*. Sechs von ihnen zeigten Menschen, die im Gegensatz zu den verurteilten

Versteinerten würdevolle Kleidung trugen. Eines war eine grauenhafte Bestie mit Fledermausflügeln, großen Augen in einem faltigen Gesicht und Reißzähnen im aufgerissenen Maul.

Quilûn würde all das getreulich abbilden, aber jetzt ging es um die Stimmung, die man nur beim unmittelbaren Anblick empfand, die schon verblasste, wenn man sich kurz abwandte. Es sei denn, man konservierte sie in einem Bild. Es musste ihm gelingen, die Wucht des Bauwerks und zugleich seine warme Farbe, die zu Sand an einem Sommertag passte, auf den Betrachter zu übertragen. Nur dann würde der Gegensatz zu der elenden Gestalt des Verurteilten deutlich werden.

Der versteinerte Mann tat Quilûn leid. Die Jahre, die Dekaden, vielleicht einen noch längeren Zeitraum bei vollem Bewusstsein vorbeiziehen zu sehen … mitzubekommen, wie die anderen ihr Leben lebten, während man selbst zum Zuschauen verdammt war … Man sagte, dass die Versteinerten niemals schliefen. Schließlich blieben auch ihre weinenden Augen unentwegt offen. Quilûn hoffte, dass das Verbrechen dieses Mannes eine solche Strafe rechtfertigte.

Er schüttelte den Kopf. Was für ein seltsamer Wunsch … Wie konnte man auf schlimme Verbrechen hoffen?

Quilûn war zufrieden mit dem Ocker und gab seinem Sohn den Pinsel. Während Erlyk ihn auswusch, wählte er einen dünneren aus der Tasche, die einem Köcher ähnelte, wie Armbrustschützen ihn benutzten. »Die Schule ist wichtig.«

»Ich weiß«, sagte Erlyk. »Wird sie immer so hart sein? Oder wird das Prügeln aufhören, wenn ich größer bin?« Die Schwellung reichte bis zum Winkel seines linken Auges.

Quilûn wollte seinen Sohn in den Arm nehmen, ihn streicheln und trösten, aber er hielt sich zurück. Wenn er ihn verzärtelte, erwies er ihm einen schlechten Dienst.

Erlyk war jetzt elf Jahre alt. Ein Jahr jünger, als Quilûn beim Tod seiner Eltern gewesen war. Dennoch ging er bereits seit vier Jahren in Graf Golars Schule. So gesehen hatte er es einfacher, er musste nichts aufholen. Aber die anderen Schüler bewiesen ihre vermeintliche Stärke gern am Einzelgänger.

Quilûn steckte den Pinsel wieder weg, legte wenigstens einen Arm um die Schultern seines Sohnes, führte ihn zum Brunnen und setzte sich gemeinsam mit ihm auf den Rand. »Ich würde mich freuen, wenn du einmal einen Freund mit nach Hause brächtest.«

Erlyk sah wieder auf den Schatten seiner Füße und schwieg.

»Du könntest ihm deine Silbernessel zeigen«, schlug Quilûn vor.

Erlyk war mit allen Pflanzen geschickt, doch die Pflege der Silbernessel war sein Meisterstück. Eigentlich war der Boden im Garten hinter Quilûns Haus zu sauer dafür, aber sein Sohn glich das mit der Rinde verschiedener Bäume aus, von denen Quilûn noch nicht einmal die Namen kannte. Erlyk raspelte sie klein, mischte sie in einem bestimmten Verhältnis und streute sie jeden Neumond neben der fleischfressenden Pflanze aus. Sie gedieh so prächtig, dass sie sogar stark genug war, um eine Hornisse in ihren zuklappenden und klebrigen Blättern zu fangen.

»Sie würden meine Silbernessel zertreten«, sagte Erlyk. »Und vom Blaumond würden sie die Blüten abreißen.«

Das war die Blume, die Quilûn vor sechzehn Jahren nach dem Tod seiner Eltern vorsichtig ausgegraben und aus der Kaverne geborgen hatte. Sie hatte Winterfrost und dürre Sommer überstanden. Manchmal glaubte Quilûn, dass seine Eltern den Blaumond pflegten, um ihm zu zeigen, dass sie ihn und ihren Enkel liebten, auch von dort aus, wo sie jetzt waren. Vielleicht trieben sie wirklich im Wind, wie die Priester sagten, obwohl Quilûn sich das kaum vorstellen konnte. Ständig starben Menschen, auf dem Berg, im Imperium und jenseits seiner Grenzen. Wenn sie alle auf ewig mit dem Wind zogen, musste die Luft voller Geister sein.

»Wieso glaubst du, dass sie so etwas Gemeines tun wollen?«, fragte Quilûn.

»Sie sind so«, antwortete sein Sohn.

»Vielleicht musst du ihnen zeigen, dass du ein guter Freund sein kannst.« Man durfte sich nicht wie ein Opfer verhalten, das dankbar war, wenn andere sich mit ihm die Zeit vertrieben, fügte er in Gedanken hinzu.

»Sie finden, ich gehöre nicht auf die Schule.«

»Wieso nicht?«

»Sie mögen meine Zähne nicht.« Erlyk sah zu ihm hoch und zog die Lippen zurück. Seine Zähne waren weiß, nicht blau, und das war es, was er meinte. Aber Quilûn sah vor allem die Lücke zwischen den oberen Schneidezähnen, an derselben Stelle, an der sie auch bei Gritta gewesen war.

Er lächelte über den dumpfen Schmerz in seiner Brust hinweg. Gritta war im Kindbett gestorben, aber von ihr war mehr geblieben als ein Hauch im Wind. Woher Erlyk das schwarze Haar hatte, war ein ebensolches Rätsel wie sein Talent für Pflanzen, aber Zähne und Nase hatte er von seiner Mutter, die blauen Augen von seinem Vater.

Die Schwellung im Gesicht seines Sohnes schmerzte Quilûn. »Verprügeln sie nur dich?«

»Meistens. Die anderen bekommen ja alle Unterricht im Fechten. Sie können sich besser wehren.«

Die jungen Adligen lernten, wie man kämpfte. Das geschah nicht in der Schule, sondern auf den Fechtböden der Paläste. Anders als in Quilûns erstem Jahr an der Schule, als sie noch mit Stöcken gefochten hatten. Diese Änderung war ein Zugeständnis Graf Golars an jene, die kritisierten, dass er überhaupt Bürgerliche unterrichten ließ.

»Sie greifen dich doch nicht mit Waffen an?«

»Das nicht«, gestand Erlyk zu. »Aber sie lernen dabei auch das Raufen. Wenn man das Schwert verliert, muss man sich trotzdem wehren können.«

Nachdenklich betrachtete Quilûn den Elfjährigen. Mit zwölf hatte sein Vater ihn mit in die Kavernen genommen. Er hatte gesagt, Quilûn sei nun so alt, dass er lernen müsse, was es bedeutete, ein Mann zu sein. Offenbar war es für Erlyk nun ebenfalls so weit. Quilûn würde ihn nicht ewig beschützen können. Er wusste besser als jeder andere, dass Eltern manchmal viel früher gingen, als sie selbst es wünschten.

»Wenn deine Mitschüler dich nicht mögen, bring doch einen Jungen aus unserer Straße mit nach Hause.«

»Denen gefällt nicht, dass ich zur Schule gehe.«

Quilûn nahm sich vor, die anderen Kinder selbst einzuladen. Erlyk musste sich mit Gleichaltrigen anfreunden, und er musste auch lernen, wie man sich stritt, wie man sich behauptete, auch mit den Fäusten. So wie andere Jungen. Und da war es wohl besser, wenn er einem Bürgerlichen ein paar blaue Flecken verpasste oder gar einen Zahn ausschlug, als wenn das bei einem Adligen passierte. Graf Golar war großzügig, aber wenn Quilûn und seine kleine Familie sich ernsthaft den Unwillen des Adels zuzögen, würde ihr Gönner sie bestimmt nicht schützen.

»Ist deine Farbe noch nicht trocken?«, fragte Erlyk.

»Doch.« Sie standen auf und kehrten zur Staffelei zurück.

Der Blick des Versteinerten folgte ihnen. Aber noch war er nicht an der Reihe, Quilûn trug zunächst das Blau des Himmels auf. Er benutzte einen kleinen Pinsel, um die Oberkante der Arena exakt zu ziehen.

Mit Weiß malte er die Giganten aus. Die Farbe unterschied sich kaum von jener der Leinwand, aber er musste die Textur überdecken. Mit Grau akzentuierte er die steinernen Muskeln. Vielleicht sollte sich Erlyk an Gewichten üben, überlegte er. Wenn sein Sohn kräftiger wäre, mochten die Schulkameraden ihn trotz seines geringen Standes in Ruhe lassen.

Aber seine Finger waren so zart ... Wenn er die Blumen pflegte, sie von Läusen reinigte, den Boden um ihre Wurzeln lockerte, die welken Blätter zupfte ... Würde er mit stärkeren Muskeln seine Geschicklichkeit verlieren?

Das würde er erst recht, wenn seine Klassenkameraden in das Alter kämen, in dem sie Branntwein tränken und ihm im Rausch die Knochen brächen.

Quilûn mischte gerade das Rosa für die Äderung der Giganten an, als er seine Tante Bûna bemerkte, die suchend zwischen den Versteinerten umherging. Er winkte ihr und sie schien erleichtert, ihn zu finden. Sie raffte ihr bodenlanges Kleid und eilte zu ihm. In der rechten Hand hielt sie einen gesiegelten Brief.

»Da seid ihr ja!«, rief sie. »Der Graf hat einen Boten geschickt. Du bist eingeladen!«

Ein paar Passanten verlangsamten ihren Schritt und reckten die Hälse.

Quilûn gab Erlyk den Pinsel und nahm den Brief. »Woher weißt du das?« Ein handtellergroßes Siegel aus weißem Wachs, in das ein Schneekristall gedrückt war, verschloss das Schreiben.

»Der Bote hat es mir gesagt. Er glaubt, es ist Graf Golars Abschiedsreise. Er muss sich endlich entschlossen haben, dieses Leben hinter sich zu lassen und in den Berg zu gehen!«

Quilûn wusste, was das bedeutete. Als Graf wartete die Unsterblichkeit der Geister auf Golar. Vor diesem Schritt bereisten viele Adlige noch ein letztes Mal ihre Ländereien, bevor sie sich für immer an den Berg banden. Mit fünfzig Jahren war Golar bereits so alt, dass es in Haus Schneegrund Unmut darüber gab, dass er die Macht noch nicht an einen Nachfolger übertragen hatte. Die aussichtsreichsten Kandidaten mussten inzwischen fürchten, dass man sie überging und der Titel des Landvogts an einen Jüngeren ging. Unter dreißig sollte man dafür sein, um den Posten zehn Jahre auszufüllen, bevor man selbst in den Berg ging.

Auch an Bûna hinterließ das Alter seine Spuren. Ihr graues Haar trug sie seit ein paar Monden kurz, die Perlen gaben dem Schnitt etwas Vornehmes. Jetzt standen allerdings einige Strähnen unvorteilhaft ab, sie musste sich sehr beeilt haben. Davon zeugte auch ihr schneller Atem.

»Er will also, dass ich ihn begleite«, vermutete Quilûn. »Ich soll die Schönheit der Welt für ihn festhalten.«

»Das nehme ich an«, bestätigte Bûna.

Nachdenklich sah Quilûn Erlyk an. Nicht nur Schönheit wartete im weiten Land. Dort fing man auch Bestien für die Arena und es gab Rebellen, die unzufrieden mit der Herrschaft des Berges waren. Eine solche Reise konnte eine harte Schule sein … Wenn er Erlyk mit sich nähme, suchten sich seine Klassenkameraden vielleicht in der Zeit seiner Abwesenheit ein anderes Opfer.

»Nun mach schon auf!«, forderte Bûna.

Quilûn brach das Siegel und entfaltete das Schreiben. Das Lesen war ihm immer leichtgefallen. Auch Buchstaben konnte man schön malen und sie sahen ganz unterschiedlich aus, je nachdem, was für eine Feder oder welchen Pinsel man dafür benutzte.

»Der Graf wünscht, eine Abschiedsfeier zu geben. Dazu soll ich in seinem Palast meine gelungensten Bilder ausstellen.«

Bûna schlug die Hände vor den Mund. »Was für eine Ehre!«

Quilûns Blick blieb an einem Wort hängen. Graf Golar schrieb von den *gelungensten* Bildern, nicht von den *schönsten*. Er schätzte an Quilûn, dass er alle Aspekte des Lebens zeigte. Wohl deswegen hatte er ihn auch beauftragt, den neuesten Versteinerten zu malen. Es handelte sich um ein Mündel des Tiefen Hauses Schneegrund. Zweifellos war es dem Grafen unangenehm, dass man jemanden, für den er mit seinem Namen gebürgt hatte, für schuldig befunden hatte. Aber er wollte diese Wahrheit dennoch festgehalten sehen.

»Wann?« Bûnas Stimme klang hohl, weil sie noch immer die Hände vor dem Mund hatte.

»Morgen Abend.«

»So bald? Was wirst du anziehen?«

Quilûn ließ den Blick nach Süden schweifen, über den Wald, über die Hügel, durch die sich der Fluss Almahn heranwälzte, zum weit entfernten Horizont, hinter dem das Unbekannte lag, die Schönheit und auch die Gefahr. »Das wird sich finden.«

»Du bist zu unbesorgt in diesen Dingen!«, schimpfte Bûna. »Wenn du eine Weste mit unmodernem Schnitt anziehst, machst du dich zu einem Narren. Alle werden ihren Spott mit dir treiben! Ich werde mich erkundigen, was man in den Palästen trägt.«

»Zum Glück haben wir ja noch einen Tag Zeit.«

»Ein Tag nur!« Sie warf die Hände in die Höhe. »Wenn wir einen Schneider für dich finden müssen … Und er muss sofort mit der Arbeit beginnen … Das kostet ein Vermögen!«

»Schauen wir erst einmal in meine Kleidertruhe«, schlug Quilûn vor.

Ergeben räumte er sein Malzeug zusammen. Bûna würde nun keine Ruhe mehr geben, bis er ausstaffiert wäre. Nein, korrigierte er sich, sie würde keine Ruhe mehr geben, bis er morgen Abend das Haus verlassen hätte. Und dann würde sie die ganze Nacht wach bleiben, um sich bei seiner Rückkehr jede Kleinigkeit über den Empfang mehrfach erzählen zu lassen. Bis er die Geduld verlor oder auf dem Stuhl in der Küche, wo solche Verhöre üblicherweise stattfanden, einschlief.

Erlyk verstaute die ausgewaschenen Pinsel in der Tasche. »Tante Bûna«, fragte er, »warum weinen die Versteinerten?«

»Die Reue über ihre Verbrechen quält ihr Herz.«

Quilûn betrachtete den Verurteilten, während er die Stafetten und die Leinwände schulterte. Er glaubte nicht an die Erklärung seiner Tante. Die meisten Basaltgesichter kündeten von Verzweiflung, in manchen sah man Unglauben oder wie in dem, das Quilûn malen sollte, Wut. Reue hatte er noch in keinem entdeckt.

Wenn man gegen einen Imagolem kämpfte, musste man das Wissen darum, dass Stein starr und unbeweglich war, hinter sich lassen. Anderenfalls überlebte man die Attacken dieser kämpferischen Statuen nicht.

Gerade noch rechtzeitig duckte sich Brotan unter dem Hieb seines Gegners hindurch, aber dem vierten Arm konnte er nicht mehr ausweichen. Statt in einer Hand lief dieser in einem kantigen Aufsatz aus, der entfernt einer Faust ähnelte. Damit traf er Brotans Harnisch.

Zwar rutschte der Hieb am gewölbten Metall ab, aber die Wucht rüttelte Brotan dennoch durch. Zudem schleuderte sie ihn zur Seite.

Er stampfte den rechten Fuß in den feuchten Boden und führte einen beidhändigen Hieb von unten herauf.

Der eiserne Hammerkopf krachte gegen den Arm, der Brotan getroffen hatte. Es war schon der vierte Treffer an dieser Stelle und endlich brach das graue Gestein. Bis auf einen Stummel fiel die Gliedmaße ab.

Ein menschlicher Gegner hätte jetzt so stark geblutet, dass er hätte aufgeben müssen. Im Steinkörper des Imagolems verliefen jedoch keine Adern. Er kannte weder Schmerz noch Angst. Blitzschnell richtete er sich wieder auf Brotan aus und stapfte auf seinen vier Beinen heran.

Diese Art der Fortbewegung gab ihm etwas von einer Spinne oder einem Krebs. Er hatte keine Füße, seine Unterschenkel liefen in flachen Rundungen aus. Auf festem Untergrund kam er sicher rasch vorwärts, aber im nachgiebigen Humus sank er tief ein.

Das gab Brotan die Gelegenheit, Abstand zu gewinnen. Er sprang über einen Baumstumpf und rannte durch eine Pfütze in ein von Pilzen bewachsenes Rund. Die knochenhellen Gewächse platzten, wenn er darauftrat.

Er hörte einen Knall. Offenbar war Arlor zu dem Schluss gekommen, dass Brotan sich nun weit genug entfernt befand, um einen Schuss zu wagen.

Im Herumwirbeln hörte Brotan den Aufprall des Eisenkeils.

Steinsplitter prasselten auf seinen Harnisch.

Das klobige Geschoss hatte perfekt getroffen: Die Hälfte des Kopfes war weggerissen.

So unähnlich dieser Imagolem mit seiner Vielzahl an Gliedmaßen einem Menschen auch war – diese Verletzung beeindruckte auch ihn. Er taumelte zur Seite, die beiden rechten Arme ausgestreckt, als suche er einen Halt.

Brotan sprang vor, wobei er mit dem Hammer weit hinter dem Rücken ausholte. Er schmetterte die Waffe auf den Rest, der vom Kopf des Gegners übrig war.

Sein Ziel zerbrach. Erst die mächtige Schulter gebot dem Hammer Einhalt.

Auch im Tod unterschieden sich Imagolems von Menschen.

Brotans Gegner erstarrte, wurde zu einer bewegungslosen Statue, die wegen des fehlenden Kopfes und des abgebrochenen Arms unfertig wirkte.

Brotan machte zwei Schritte zurück und sah sich um. Arlor sammelte den verschossenen Keil wieder ein, Listam umklammerte seinen Spieß, obwohl sich kein Gegner in unmittelbarer

Nähe befand. Ringsum im Wald wurde jedoch gekämpft, wie die Geräusche verrieten. Brotan erkannte seine Kameraden am Gebrüll.

»Völlig verbogen!« Enttäuscht hielt Arlor sein Geschoss in die Höhe. »Der fliegt nicht mehr.«

»Du hast doch noch welche«, sagte Brotan.

»Nur noch zwei.« Einen der Eisenkeile löste Arlor nun aus dem Gurt vor seiner Brust. Es war wirklich erstaunlich, wie sicher der dürre Mann die wuchtige Armbrust hielt. Die rechte Hand lag am Abzug, eine Stützvorrichtung verband den Schaft mit einem Geschirr, das das Gewicht auf die Schultern verteilte.

Missmutig starrte Brotan den zur Statue verkommenen Imagolem an. In diesem Kampf hatte Brotan gesiegt, aber die Schlacht drohte er zu verlieren. Der Großteil seines Trupps saß auf einer Halbinsel fest. Die Imagolems würden seine Männer zusammendrängen und sie aufreiben, sobald sie die Frau des Zauberers befreit hätten. Es sei denn, Brotan holte seinen Trupp mit Booten raus. Die lagen weiter im Süden, bei Emala, die bei den Fallen wartete.

Brotan knirschte mit den Zähnen, als er an die Demütigung dachte, die es bedeuten würde, sein Scheitern gegenüber der Zauberpriesterin einzugestehen. Auch die Veteranen des Kriegerbundes würden ihn belächeln. Immerhin hatte er großspurig verkündet, dass er einen Imagolem lebend fangen könnte. Er war sich so sicher gewesen! Arlor hatte ihm erklärt, wie man die Falle anlegen musste …

Brotan wollte nicht ewig einen Trupp kommandieren! Er wollte ein Banner führen, einen Haufen, irgendwann ein Heer. Aber nach diesem Fehlschlag würde man ihn als Kraftprotz belächeln, der kein taktisches Gespür zeigte.

»Wir müssen den Zauberer finden!«, entschied Brotan. »Er lenkt die Imagolems.«

Arlor nickte. Er wusste, was Brotan meinte: Zwar besaß ein gut gefertigter Imagolem einen den Menschen ähnlichen Verstand, aber das reichte nicht aus, um die Koordination zu erklären, mit der sie vorgingen. Es musste jemanden geben, der den

Überblick behielt und ihnen Kommandos gab. Da Flaggen wegen der durch die Bäume beschränkten Sicht unbrauchbar waren und Brotan keine Hörner oder Trommeln hörte, kamen die Befehle vermutlich auf arkanem Wege.

Brotan und Arlor blickten Listam an.

Der junge Kundschafter blinzelte. »Ihr meint, ich soll den Magier suchen?«

»Das wäre gut«, versetzte Arlor.

Der Faden, der den Schnitt an Brotans Bein zusammenhalten sollte, hatte sich gelöst. Die Wunde blutete wieder, aber das war nur lästig, nicht gefährlich. Allenfalls hinterließ er dadurch eine Spur, die ihn an die Gegner verraten mochte. Im Moment war er jedoch der Jäger, nicht die Beute.

Die Abdrücke im Boden und die Art, wie Zweige geknickt waren, reichten Listam aus, um zu erkennen, ob Menschen oder Imagolems einen Pfad benutzt hatten, in welcher Richtung und vor wie langer Zeit. So unbrauchbar er im Kampf auch war, so geschickt erwies sich der Jüngling als Spurenleser. Und auch das Schleichen gehörte zu seinen Begabungen. Mehrfach hielt er Brotan und Arlor zurück, während sie den Hügel hinaufstiegen, auf dem der Zauberer lagerte. Er empfahl seinen Kameraden, die Füße anders zu setzen, manche Büsche zu umgehen und an anderer Stelle vorzudringen, wo die Zweige zwar dichter, aber auch biegsamer waren.

Domor Eichfrost trug eine Schürze aus blauem Leder, die auch seine Brust bedeckte. Sicher bot sie einen gewissen Schutz, vor allem aber wies sie seinen Rang als Zauberer aus. Davon zeugten auch die komplexen Symbole, die hineingekerbt und mit Silberfarbe ausgemalt waren. Der Rest seiner Kleidung machte einen bequemen Eindruck, weit geschnittener Stoff, ebenfalls blau, aber in einem helleren Ton als die Schürze. Beim ersten Anblick fragte sich Brotan, ob der Magier sich während des Kampfes umgezogen hatte. Eigentlich überstand ein solches

Gewand den Weg durchs Unterholz abseits der breiten Wege nicht unbeschadet. Aber dann dachte er an die Zauber, die einige imperiale Krieger schützten. So etwas wandte der Magier sicher auch bei sich selbst an und dafür waren Dornen bestimmt keine Gefahr.

Fest schloss Brotan die Fäuste um den Stiel seines Hammers. Es stand sogar zu bezweifeln, dass die Kraft dieser Waffe ausreichte, um den magischen Panzer zu durchbrechen. Sicher erlaubte sich Domor keine Nachlässigkeit, sondern schützte den gesamten Körper.

Der Zauberer kniete vor einem Dreiviertelkreis von handgroßen Steinfiguren. Alle standen nah genug, damit er sie erreichen konnte, wenn er sich vorbeugte. Gerade stellte er eine graue Figur mit Armen, die wie geknickte Schwertklingen aussahen, neben eine Kreatur mit vier Beinen und drei Armen.

Brotan sah genauer hin. Dieser Figur fehlte der Kopf und es mochte sein, dass es an der linken Seite einen Armstumpf gab. Sie musste den Imagolem repräsentieren, den er getötet hatte! Die Verletzungen hatten sich auf das Abbild übertragen. Dass nahezu alle anderen Figuren unbeschädigt waren, deutete darauf hin, dass Brotans Kameraden nur wenige Erfolge vorweisen konnten.

Der Magier nahm eine Kriegerfigur auf, die einem Menschen von Brotans kräftiger Statur glich, nur, dass ihr Hörner aus der Stirn und dem Rückgrat wuchsen. Das durch die Baumkronen fallende Licht schimmerte bläulich auf dem schwarzen Stein.

Auch Domors Haar war schwarz. Er trug es zurückgekämmt, im Nacken kräuselte es sich. Seine Wangenknochen saßen so hoch, dass sein Gesicht besonders lang wirkte; ein Eindruck, den der spitze Kinnbart noch verstärkte.

Er hob die Figur auf Kopfhöhe an, murmelte etwas und schloss die Augen.

Aus dem Wald, vor allem aus östlicher Richtung, drangen die Geräusche des Kampfes herauf, das Krachen und Klirren der Waffen, die Rufe, die Todesschreie.

Drei imperiale Krieger schützten den Magier. Sie trugen Metallhelme und Harnische, bei einem von ihnen war ein Eiskristall in die Brustplatte geätzt. An seiner Hüfte hing ein langes Schwert mit dünner Klinge und aufwendig gedrehtem Handschutz. Er ging ständig auf und ab. Entweder bemerkte er nicht, dass seine Schritte einen Pfad getreten hatten, in dem sich das Wasser des feuchten Bodens sammelte, oder es interessierte ihn nicht.

Die Waffen der anderen beiden waren klobiger, ein Schwertgriff war mit Leder umwickelt, der andere bestand aus Holz und war so abgegriffen, dass man die Dellen sah, wo die Finger lagen. Diese Klinge hatte ihrem Träger, einem untersetzten Mann mit einer Augenklappe, lange gedient. Dennoch wirkte er ebenso nervös wie sein Offizier. Ständig schob er sein Schwert mit dem Daumen an der Parierstange ein paar Zoll aus der Scheide und drückte es wieder zurück.

Sein Kamerad mochte besonders süßes Blut haben, denn Schnakenstiche hatten Dutzende rote Pusteln in seinem Gesicht zurückgelassen. Auch mit seiner Tunika und seiner Hose war der Wald nicht gerade zartfühlend umgegangen. Wenn er diese Expedition überlebte, konnte er sie einem Bettler schenken. Die Handschuhe aus weißem Wildleder dagegen taugten auch für eine vornehme Gesellschaft.

Arlor legte einen Eisenkeil in die Führungsrille, richtete die Armbrust auf den Zauberer aus und sah Brotan mit einem fragenden Blick an.

Brotan verstand nicht viel von Magie, die Zauberpriester machten ein Geheimnis aus ihrer Kunst. So war auch der Schutzzauber, der den Magier umgeben mochte, bloß eine Vermutung. Dass es irgendeine Art arkaner Verteidigung gab, war bei einem solchen Gegner selbstverständlich. Aber vielleicht wirkte sie schlecht gegen ein eisernes Geschoss, das sich schnell näherte. Oder sie wurde durchlässig, wenn der Magier mit seinen Imagolems in Kontakt stand. Gerade jetzt setzte er die Figur des kräftigen Kriegers ab und nahm eine andere, die mit ihren groben Flächen nachlässig gearbeitet schien.

Es kam auf einen Versuch an. Brotan machte sich bereit, aufzuspringen, und nickte.

Arlor schoss.

Brotan rannte los. Listam lief an seiner Seite und kreischte wie ein Dämon.

Eine Elle vor dem Magier traf der Eisenkeil auf ein unsichtbares Hindernis. Rote Blitze zuckten, das Geschoss prallte ab und fiel vier Schritt weiter ins Moos. Seine Wucht reichte jedoch aus, um den Magier aus seiner knienden Position umzuwerfen. Er fiel auf seine rechte Seite.

Die beiden einfachen Krieger des Imperiums zogen ihre Waffen, aber in der Brust ihres Offiziers schlug das Herz eines Hasen. Er rührte sein Schwert nicht an, sondern rannte den Hügel hinab.

Listam hielt mit vorgestrecktem Spieß auf den beleibteren Krieger zu. Da Arlor hinter ihm war, sah Brotan nicht, was dieser machte, aber er hörte ihn unartikuliert schreien.

Das Wichtigste war der Zauberer. Er setzte an, sich aufzurichten.

Mit ganzer Kraft drosch Brotan den Hammer auf ihn.

Auch damit konnte er das rot aufblitzende, aber ansonsten unsichtbare Hindernis nicht durchdringen, doch er drückte den aufschreienden Mann zurück in den weichen Boden.

Noch einmal schlug Brotan zu, aber wieder glitt er am Widerstand ab.

Domor Eichfrost stieß ein glucksendes Lachen aus. »Für diesen Panzer bist du zu schwach, Rebell!«

»Ich bin kein Rebell!« Brotan trat zu. Auch an seinem Fuß spürte er Widerstand, als bewegte er ihn unter Wasser. Aber zu seiner Überraschung drang er besser durch als der Hammer. Immerhin berührte er die Schürze vor dem Bauch, wenn es auch sicher kein schmerzhafter Tritt war. »Ich kämpfe für Gravilien!«

»Gravilien!« Eichfrost lachte. »Kämpft ihr nicht für gewöhnlich mit Fischernetzen und Kaninchenschlingen?«

Tatsächlich hatte Brotans Volk die Größe verloren, die es laut den Aufzeichnungen der Historiker einstmals besessen hatte. Damals, als es noch auf dem Berg gesiedelt hatte …

Aber jetzt war der falsche Moment, um das zu beklagen. Der

Magier versuchte nicht mehr, aufzustehen. Stattdessen griff er zwei der Steinfiguren, hielt sie vor sein Gesicht und schloss die Augen.

Brotan zog das Knie an die Brust und stampfte auf die Hände des Magiers. Jedenfalls wollte er das, aber der Schutzzauber verlangsamte den Tritt und lenkte ihn ab, sodass er nur einen Ellbogen streifte.

Zweifellos rief Domor seine Imagolems zu Hilfe.

Gehetzt blickte Brotan sich um. Noch war nichts von ihnen zu sehen und auch die beiden imperialen Krieger waren verschwunden. Arlor benutzte die Kurbel, um seine Armbrust neu zu spannen, und Listam holte den verschossenen Eisenkeil. Um Brotan machte er einen Bogen, sicher war der Zauberer ihm unheimlich.

Domor kicherte. Er fühlte sich perfekt geschützt durch seine Magie.

Doch das war er nicht. Brotan stellte sich breitbeinig über ihn und ließ sich auf die Knie fallen, sodass er auf ihm hockte. Es war ein seltsames Gefühl, als hätte er ein glitschiges Tier zwischen den Schenkeln, einen Delfin vielleicht. Aber es gelang ihm, den Magier einzuklemmen.

Der konzentrierte sich auf seine Imagolems und murmelte in einer Sprache, die Brotan fremd war.

Halbherzig versuchte Brotan, einen Hammerschlag gegen den Kopf zu führen. Auch aus dieser Position glitt der Angriff ab. Er warf die Waffe zur Seite.

Stattdessen griff er die Schultern seines Gegners. Erst wenige Zoll vor dem Gewand wurde der Widerstand so stark, dass er nicht weiterkam. Rotes Licht leuchtete zwischen seinen Händen und dem Mann. Es fühlte sich an wie eine feste, aber mit Kernseife rutschig gemachte Oberfläche.

Es gelang ihm, einen Arm unter Domor zu schieben. Er drehte ihn herum, sodass der Magier auf dem Bauch zu liegen kam.

»Was …?« Zu spät begriff der Zauberer, in welcher Gefahr er sich befand.

Mit beiden Händen drückte Brotan auf seinen Hinterkopf. Zwar berührte er ihn nicht, aber das rote Leuchten hielt den Abstand zwischen ihm und dem Kopf, als sei es ein Helm. Noch nicht einmal die Locken wurden geplättet, aber der Kopf wurde weggedrückt. So presste Brotan das Gesicht tief ins nasse Moos.

Sein Gegner gurgelte und zappelte, aber aus Brotans Pranken vermochte er nicht zu entkommen. Domor versuchte, mit einer der Steinfiguren nach ihm zu schlagen, doch da Brotan nun auf seinem Rücken saß, war der Winkel ungünstig.

Brotan lachte. Das war die Schwachstelle dieser magischen Panzerungen! Sie hielten Waffen ab, aber sie konnten ihren Träger nicht hermetisch isolieren, sonst wäre keine Luft mehr zu ihm durchgedrungen und er wäre erstickt wie ein Verurteilter, dessen Kopf man in einen nassen Ledersack steckte. Auch dem Boden konnte der Zauber keinen übermäßigen Widerstand entgegensetzen, sonst hätte man unter seinem Einfluss nicht mehr stehen und gehen können. So vermochte Brotan seinen Gegner nicht direkt zu verletzen, aber er konnte ihn im nassen Moos ertränken.

»Ein Imagolem kommt den Hügel herauf!«, meldete Listam.

»Verschafft mir Zeit!«, rief Brotan.

Unter ihm zappelte der Magier.

Arlors Armbrust knallte. Der Eisenkeil schlug auf etwas Hartes.

Domor versuchte wohl, zu sprechen, aber mit dem Gesicht im Boden konnte er sich nicht verständlich machen. Er tat Brotan leid. Es war ein langsamer Tod, dessen Unausweichlichkeit ihn besonders grausam machte.

Aber Brotan wusste, dass er keine Gnade zeigen durfte. Wenn er dem Zauberer Raum gäbe, könnte dieser seine Magie wirken. Erst gegen die drei Gravilier auf dem Hügel, dann in den Imagolems, die er im Kampf lenkte. Er musste sterben, das würde das Gefecht entscheiden.

»Er kommt!«, rief Listam. »Wir können ihn nicht stoppen!«

Domor wurde schwächer, sodass Brotan einen Blick zur Seite wagte.

Ein Mann aus Granit stapfte den Osthang hinauf. Der Magier, der sein Gesicht in den Stein gemeißelt hatte, musste großen Wert auf eine grimmige Miene gelegt haben. Die Brauen waren weit vorragende Kanten, die steil zur Nase abfielen, die platt und kraus im Gesicht saß, wie bei einer Fledermaus. Der Körper war weit weniger sorgfältig gearbeitet, er setzte sich aus Flächen zusammen, die oft so groß waren wie Teller.

Arlor gab es auf, die Armbrust nochmals zu spannen. Er zog seinen gekrümmten Dolch, obwohl ihm klar sein musste, dass eine Klinge nichts gegen einen steinernen Gegner nützte. Je kräftiger der Stich, desto wahrscheinlicher, dass sie bräche.

Listams Spieß war da schon besser, immerhin konnte man den Imagolem damit auf Distanz halten. Oder man hätte es gekonnt, wenn man verstanden hätte, damit umzugehen. Was bei Listam nicht der Fall war.

Er stieß dermaßen ungeschickt nach dem Imagolem, dass sich die Waffe zwischen dem Oberkörper und einem der klobigen Arme verkantete und brach. Listams Glück bestand darin, dass der Steinmann ihn nicht beachtete, sondern grollend weiter auf Brotan zustapfte, um seinen Herrn aus der Todesnot zu befreien.

Noch zuckte der Magier.

»Verschafft mir Zeit!«, rief Brotan wieder. Wenn er Domor jetzt freigab, würde er sich erholen, und es wäre vergebens, dass Brotan den Schwachpunkt seiner Rüstung gefunden hatte.

Arlor schrie unartikuliert. Da seine Armbrust nicht gespannt war, warf er seinen letzten Eisenkeil mit der Hand nach dem Imagolem. Mit einem hellen Klang prallte er vom Rücken ab. Arlor setzte nach und stach mit dem Dolch zu, was jedoch ebenfalls wirkungslos blieb. Der Imagolem beachtete ihn noch nicht einmal.

Domor rührte sich nicht mehr und gab auch keine Geräusche mehr von sich.

Das mochte eine Täuschung sein, aber Brotan konnte nicht länger ausharren. Der Imagolem erreichte ihn und trat zu.

Brotan ließ sich zur anderen Seite fallen. Vielleicht reichte das, um den Winkel, in dem der steinerne Fuß auftraf, so stumpf zu machen, dass der Großteil der Wucht ihm erspart blieb. Sicher schützte ihn der Harnisch und möglicherweise sogar Domors Zauber, in dessen Wirkungsbereich auch der Angriff kam.

Jedenfalls krachte es zwar fürchterlich und Brotan spürte den harten Schlag, aber sein Panzer hielt. Er fiel auf seinen Hammer, nahm ihn auf und drückte sich hoch.

Der Imagolem setzte nach, konnte sich jedoch nur vorsichtig bewegen, um nicht auf seinen Herrn zu treten.

Das nutzte Brotan für einen weiten Schwinger gegen das rechte Knie.

Die Kreatur stürzte und fiel auf den Magier.

Trotz des enormen Gewichts rührte sich dieser nicht, er wurde nur tiefer ins Moos gedrückt, aus dem um ihn herum das Wasser quoll.

Brotan holte über dem Kopf aus und schmetterte den Hammer auf den Rücken des Imagolems.

Dieser stieß ein dumpfes Ächzen aus, drückte sich aber hoch.

Arlor drehte wieder an der Winde seiner Armbrust, Listam brachte ihm einen Eisenkeil.

Brotan schlug gegen den Hinterkopf des Imagolems.

Mit einem Knacken, das für Stein viel zu hell war, brach der Stiel des Kampfhammers.

Verdutzt starrte Brotan auf das gesplitterte Holz. Der Eisenkopf lag zwischen den Figürchen, die für die Imagolems standen.

Sein Gegner richtete sich zu voller Größe auf, womit sich die steinernen Augen beinahe auf einer Höhe mit denen von Brotan befanden. Trotz ihrer Leblosigkeit sprach aus ihnen Hass auf den Krieger, der den Magier getötet hatte. Es lag wohl an den steil in die Tiefe gezogenen Brauenleisten.

Ein Schlag von der Wucht eines Pferdetritts traf den Harnisch über Brotans Bauch und dellte ihn ein.

Würgend taumelte der Krieger zurück.

Der Imagolem setzte den hinteren Fuß über den toten Magier und eilte Brotan nach.

Arlor schoss. Der Eisenkeil knallte in den Rücken des Monstrums, glitt aber an einer der schrägen Flächen des Steins ab.

Der Imagolem zeigte mit keiner Regung, dass er diesen Treffer gespürt hatte. Er griff nach Brotans Schultern.

Brotan wollte sich ducken, aber die Verformung in seinem Harnisch drückte schmerzhaft in seinen Bauch. Er zögerte einen Moment zu lange. Eine der steinernen Pranken erwischte seinen linken Oberarm.

Er schlug den Rest des Hammerstiels seitlich an den Kopf seines Gegners. Es krachte fürchterlich, doch der Imagolem reagierte nicht. Er quetschte Brotans Arm und holte mit der linken Faust weit aus.

Listam sprang an das Handgelenk des Imagolems und versuchte, diesen am Zuschlagen zu hindern, indem er sein gesamtes Körpergewicht daranhängte.

Immerhin geriet der Steinmann ein wenig aus dem Gleichgewicht.

Brotan trat gegen sein Knie. Der Treffer schmerzte in seinem eigenen Fuß, aber der steinerne Griff löste sich so weit, dass Brotan die Schulter herauswinden konnte.

Der Imagolem drehte den Oberkörper herum und schlug nun nach Listam.

Die Rippen des Kameraden knackten. Listam ließ den Arm los und fiel zu Boden.

»He!« Nochmals trat Brotan zu. Er traf den steinernen Bauch, aber die vorherige Attacke hatte seinem Fuß nicht gutgetan. Es fühlte sich an, als habe er in Scherben getreten. »Ich habe deinen Meister getötet! Komm zu mir!«

Tatsächlich wandte sich der Imagolem wieder ihm zu.

Brotan verdrängte den Schmerz und entfernte sich mit raschen Schritten.

Der Imagolem setzte ihm schneller nach, als Brotan lieb war. Zwar musste er seine Füße immer aus dem schmatzenden Untergrund befreien, was ihn ein bisschen langsamer machte als den menschlichen Krieger, aber er schien nicht zu ermüden.

Der Brusttreffer machte Listam zu schaffen. Der Knabe erbrach sich.

Arlor rannte in einem Bogen an ihrem Gegner vorbei. Er

half Brotan, indem er sich dessen linken Arm über die Schultern legte und ihn stützte. »Den hast du wütend gemacht.«

Gemeinsam hasteten sie den Hügel hinab.

Hinter ihnen zerbrach der Imagolem Äste, um ihnen ohne Umweg folgen zu können. Das hörte Brotan mit gemischten Gefühlen. Einerseits waren sie unbewaffnet keine ernst zu nehmenden Gegner für den Imagolem, andererseits war dadurch zumindest Listam vor ihm sicher. Der Steinmann brüllte.

»Der meint es ernst«, ächzte Arlor. »Der will es dir heimzahlen. Wir müssen zu den anderen.«

Brotan dachte daran, dass der Rest des Trupps auf der Halbinsel eingeschlossen war. Zwischen ihnen und den Kameraden standen die Imperialen: etwa zehn Imagolems und sicher ebenso viele menschliche Krieger. Zwischen denen mussten sie durchschlüpfen, wenn es ihnen überhaupt gelang, über eine Distanz von drei Meilen den Vorsprung vor ihrem Verfolger zu halten.

»Wir machen es anders.« Brotan wandte sich halb um.

Der Imagolem wütete jetzt fünf Schritt hinter ihnen.

»Wie lange hast du an deiner Falle gebaut?«

Arlor lachte auf. »Einen ganzen Tag lang habe ich mir die Flüche der Arbeiter angehört, die Emala dafür abgestellt hat.«

Brotan gab ihm ein paar Schritte Zeit.

»Du meinst – wir sollten den Imagolem dorthin locken?«

»Deine Falle ist näher als unsere Leute. Und Emala hat doch gesagt, dass sie einen Imagolem lebend will. Wieso nicht diesen?«

Hinter ihnen barst ein Baumstamm unter dem Hieb einer Steinfaust.

Die Schnittwunde an der Wade und der lädierte Fuß schmerzten nur noch, wenn Brotan besonders fest auftrat. Aber der Schlag in seinen Bauch hatte stärkere Folgen als erwartet. Nicht nur schränkte der eingedrückte Harnisch seine Bewegungsfreiheit ein, etwas stach auch in seiner Brust. Eine Rippe mochte angebrochen sein, ohne dass er die Verletzung im Eifer des Gefechts bemerkt hatte.

Arlor, der inzwischen die ohne Munition nutzlose Armbrust und das Tragegeschirr abgeworfen hatte, und Brotan folgten den Waldwegen in konstantem Tempo. Eine knappe Stunde mussten sie nun unterwegs sein. Zwischenzeitlich hatten sie ihren Vorsprung auf den Imagolem so weit vergrößert, dass sie ihn beinahe abgehängt hatten, aber jetzt betrug er nur noch zwanzig Schritt. Seit sie sich auf festgetretenem Untergrund bewegten, holte er wieder auf.

»Wir müssen zwischen die Bäume.« Brotan zeigte nach rechts. »Wo der Boden weicher ist.«

»Das wird auch für uns anstrengend«, wandte Arlor ein.

»Einen Kampf mit dem Biest stehen wir nicht durch. Also laufen wir entweder dort, wo es ihm noch schwerer fällt als uns, oder du lässt mich zurück.« Das war eine valide Möglichkeit, offenbar hatte es der Steinmann auf Brotan abgesehen, den Mörder seines Meisters.

»Red keinen Unsinn!« Arlor wechselte auf Brotans rechte Seite, legte sich den anderen Arm über die Schultern und bog vom Weg ab. Der Boden war noch feuchter als gedacht, sie sanken bis zu den Knöcheln ein. Brotan begrüßte die zusätzliche Anstrengung mit grimmiger Befriedigung. Das würde dem Imagolem zu schaffen machen!

Es ging gegen seinen Stolz, sich in dieser Art auf den Gefährten verlassen zu müssen. Aber Arlor war stärker, als er aussah, und wenn man auf Leben und Tod kämpfte, blieb kein Platz für Eitelkeiten. Durch das löchrige Blätterdach behielt Brotan den Sonnenstand und damit die Richtung im Blick.

»Verflucht!« Arlor hielt inne.

Vor ihnen lag eine Senke, in der Dornenbüsche wucherten. Sie standen dicht wie eine Hecke und erstreckten sich rechts wie links so weit, dass sie sich im Unterholz verloren.

Hinter ihnen grollte der Imagolem. Zu artikulierten Lauten war er anscheinend nicht fähig.

Brotan drückte die freie Hand auf den Harnisch, oberhalb der

Stelle, an der er die Stiche verspürte. Natürlich nützte das nichts, das Metall des Panzers gab unter der Faust eines Steinmannes nach, aber nicht bei so sanftem Druck.

»Wir müssen durch. Und zwar schnell.« Brotan nickte nach hinten. »Der wird nicht zögern.«

»Verflucht!«, wiederholte Arlor und zog die Tunika, die er unter dem Harnisch trug, so hoch wie möglich, damit der Stoff sein Gesicht schützte.

Brotan tat es ihm gleich. Sie wählten die nachgiebigste Stelle, die sie auf die Schnelle fanden, und drückten sich mit dem Rücken zuerst hinein. Die Dornen stachen in ihre Kleidung, einige Zweige verhakten derart, dass sie abrissen. Auch das Gewebe bekam Löcher, aber schlimmer war, dass die Ranken zwischen Helm und Harnisch über den Nacken kratzten. Wenn man versuchte, diese Lücke zu schließen, gab man umso mehr vom Gesicht preis. Brotan hielt den freien Ellbogen davor, wollte aber auch sehen, was ihr Gegner tat.

Der Imagolem sank bis zur Hälfte der Waden ein. Er hob die Füße nicht mehr vollständig über den Boden, sondern pflügte Furchen durch den nassen Humus. Das unbewegte Gesicht hielt er auf die beiden Gravilier gerichtet. Er brüllte, aber wegen der steifen Züge spiegelte die Miene seinen Zorn nicht wider.

Sie ließen die Dornen hinter sich, wandten sich wieder um und stapften weiter.

Listam kam ihnen entgegen. Der Knabe war zäher, als sein bleiches Gesicht vermuten ließ. Er hatte Arlor und Brotan nicht nur eingeholt, sondern erkundete sogar den Weg voraus. »Ihr macht mehr Lärm als Viehhändler auf einem Erntefest!«

Der Junge hielt seinen Oberkörper schief zur linken Seite abgeknickt. Da er als Späher keinen Harnisch, sondern ein Wildlederhemd trug, hatte der Schlag des Imagolems ihn nahezu ungeschützt getroffen. Brotan fragte sich, wie viele Rippen gebrochen waren, und hoffte, dass keine davon in die Lunge stach.

»Wie weit noch?«, wollte Brotan wissen.

»Wir sind beinahe an der Falle. Wenn ihr einmal still wäret, würdet ihr den Fluss schon hören.«

Da sich der Imagolem gerade krachend seinen Weg durch die Dornensträucher bahnte, bezweifelte Brotan das. Aber es spielte auch keine Rolle, solange Listam den Weg kannte. »Geh voraus!«

Bald sah auch Brotan die dreieckigen Markierungen, die sie in die Rinde der Bäume geschlagen hatten.

»Es wird gelingen!« Die Aufregung klang in Arlors Stimme. »Meine Falle wird funktionieren.«

»Ganz sicher.« Brotan vergrößerte seine Schritte.

Voraus wurde der Wald lichter. Die Bäume blieben zurück, sie erreichten das Ufergras. Eine kühle Brise begrüßte sie. Jenseits des zweihundert Schritt breiten Torn lag Gravilien, seit der Vertreibung vom Berg ihre Heimat. Von hier aus betrachtet stand der Wald dort ebenso dicht wie auf dieser Seite. Die Städte lagen zu weit entfernt, um den Rauch ihrer Backstuben und Küchen zu sehen.

»Links!«, rief Listam.

Das hüfthohe Gras gab dem Ufer Festigkeit. So schnell Brotan und Arlor konnten, eilten sie stromaufwärts. In den dunklen Wellen trieb ihnen ein entwurzelter Baum entgegen, der die meisten seiner Blätter verloren hatte. Er blieb an einer der unzählig vielen kleinen Inseln hängen, die gemeinsam mit der schnellen Strömung die Überquerung des Torn so schwierig machten.

In ihrem Rücken legte sich das Krachen. Auch der Imagolem hatte den Wald hinter sich gelassen.

»Da ist er!« Arlor zeigte auf einen Baum, der ungewöhnlich nah am Fluss stand, umgeben vom im Wind wogenden Gras. Er war ein Riese mit weit ausgreifenden Wurzeln. Sein Schatten fiel weit auf das Wasser hinaus.

Der Anblick ihres Ziels gab Brotan frische Kraft. Noch schneller arbeiteten sie sich vor.

Unter der Baumkrone wechselte die Farbe des Grases von sattem Grün ins Gelbliche.

»Das reicht!« Brotan stieß sich von Arlor ab. Das letzte Stück legte er allein zurück. Bislang hatten seine Schritte schmatzende Geräusche verursacht, jetzt klangen sie dumpf.

Erst, als er den Stamm erreichte, wagte Brotan, sich umzudrehen.

Listam sank im Gras zusammen. Arlor kümmerte sich um ihn, behielt aber auch den Imagolem im Blick.

Noch immer schritt der Steinmann unermüdlich und mit gleichbleibender Geschwindigkeit voran. Der Wald hatte an ihm, anders als bei den Graviliern mit ihrer zerrissenen Kleidung, keine Spuren hinterlassen, wenn man von ein paar Schlammspritzern absah. Er hätte ebenso gut gerade aus dem Lager herausmarschiert sein können.

Brotan lehnte sich an den Baumstamm. Er musste endlich den Harnisch loswerden und nachsehen, was es mit dem Stechen in seiner Brust auf sich hatte. Jetzt, da er sich nicht mehr bewegte, zitterte auch seine rechte Wade. Der aufgerissene Schnitt blutete stärker, als er vermutet hätte. Die warme Flüssigkeit lief in seinen Schuh, klebte am lädierten Fuß.

»Na komm schon!« Er streckte dem Imagolem die Fäuste entgegen. »Diese Hände haben deinen Meister getötet!«

Grollend erreichte der steinerne Mann das gelbliche Gras. Hier sank er weniger ein als zuvor, er kam besser vorwärts.

Wenigstens für zwei hohl klingende Schritte. Beim dritten federte der Boden unter ihm bereits. Beim vierten brach er krachend ein.

Inmitten von gesplitterten Planken, aufgetragenem Erdreich und der zu welken beginnenden Grassoden stürzte der Imagolem in die Grube. Acht Schritt tief hatte Arlor sie ausheben lassen. Das Erdreich auszugraben war dabei die leichteste Aufgabe gewesen. Viel größere Probleme hatten die Wurzeln des Baumriesen gemacht; zwei Sägen und vier Äxte waren unter den Bemühungen der fluchenden Arbeiter zerbrochen. Und dann die vier Eisenplatten, die jetzt die Schachtwände bildeten! Sie hatten sie nur einzeln verschiffen können, um die Tragfähigkeit der Boote nicht zu überfordern. Eines war dennoch beinahe gekentert, was ihre Bemühungen zu einem vergeblichen Unterfangen gemacht hätte.

Das Brüllen des Imagolems hallte aus der Fallgrube herauf.

Brotan hockte sich an die Bruchkante und löste die unterste Schnalle auf der rechten Seite seines Harnischs. Er beugte sich vor. Da war nicht nur das Stechen in seiner Brust, sie fühlte sich jetzt auch an, als würde etwas sie zusammendrücken.

Ein Mensch hätte sich bei einem Sturz aus dieser Höhe die Beine brechen können, doch der Imagolem war unbeschädigt. Er rammte eine Faust gegen die Eisenplatte auf Brotans Seite. Es klang, als schlüge er einen Gong.

Arlor trat neben Brotan, stütze die Hände auf ein Knie und grinste in die Grube hinab. »Da kommt er nicht mehr raus.«

Brotan nickte. »Gute Arbeit. Zünden wir das Signalfeuer an. Emala wartet sicher schon ungeduldig.«

Mit ihrer ledrigen, faltendurchzogenen Haut, den kleinen Augen und den eingefallenen Wangen erinnere Zauberpriesterin Emala an eine Schildkröte. Auch ihr Alter legte einen Vergleich zu diesem Tier nahe. Schon in Brotans frühesten Erinnerungen war Emala eine Greisin.

Schweißperlen flossen zusammen, als sie die Stirn runzelte. Sicher trug sie einen Harnisch, sie war alles andere als leichtsinnig. Der Panzer war jedoch nicht zu sehen, ihre perlmuttfarbene Robe verbarg ihn. Auch dieses Kleidungsstück war nicht gerade leichtgewichtig. In den schweren Stoff waren Steine verschiedener Sorten eingearbeitet: Granit, Quarz, Sandstein, Kiesel. Am Kragen funkelten Rubine, Diamanten, Saphire und Smaragde.

Emala stützte sich auf den Stab, den sie mit beiden Händen hielt. Eine Pyramide aus grünem Jade krönte seine Spitze. »Wo steckt euer Hauptmann?«

»Er hat es nicht geschafft. Vorläufig führe ich das Kommando.«

Sie musterte ihn vom Scheitel bis zur Sohle. Nach zwei Tagen im Wald bot er sicher einen heruntergekommenen Anblick. Sie sah an ihm vorbei. »Ist das der kümmerliche Rest der Truppe?«

Listam trug jetzt einen Verband um die Brust. Arlor hatte am wenigsten abbekommen, aber auch ihm hatten die Dornen die

Haut zerrissen. Brotan selbst hatte den Schuh vom geschwollenen Fuß gezogen und endlich die Schnittwunde versorgt, während die Zauberpriesterin mit ihrer Garde übergesetzt hatte. Wenigstens konnte er ohne den Harnisch leichter atmen.

»Unsere Leute sind nördlich von hier auf einer Halbinsel eingeschlossen«, berichtete er. »Sie brauchen Hilfe.«

»Ich dachte, ihr wolltet mir helfen. Lautet so nicht euer Auftrag?«

Brotan ballte eine Hand zur Faust. Die Zauberpriesterin übte sich seit hundert Jahren im Kampf mit Worten. Sie war bekannt dafür, dass sie ihre Gesprächspartner aus purem Vergnügen bloßstellte oder bis aufs Blut reizte.

»Wir haben getan, was wir konnten«, sagte Brotan.

»Wenig genug.« Emala sah hinüber zur Grube, wo der Imagolem die metallenen Schachtwände mit wuchtigen Schlägen traktierte. »Ich nehme an, der Feind verfügte über mehr als einen von ihnen?«

»Ein Dutzend etwa«, antwortete Brotan mühsam beherrscht. »Die anderen haben meine Leute auf die Halbinsel getrieben.«

»Ja, das erwähntest du.« Sie blickte zum Fluss, über die Schale mit dem rot brennenden Signalfeuer hinweg. Eine halbe Hundertschaft Gardisten begleitete sie, alle mit dem dreieckigen Zeichen des Bergs – der verlorenen Heimat – auf dem Harnisch. Im Kriegerbund spottete man gern über die Garde, die niemals in ein echtes Gefecht zog, aber ihre Ausrüstung war tadellos. Spitze Helme, glänzende Harnische mit einem Mittelgrat, der auftreffende Hiebe zur Seite lenkte, mit Metallplatten besetzte Handschuhe, Hosen aus robustem Leder, durch Schienen verstärkte Kampfstiefel, schwarze Umhänge, die zwar nur bis zur Hüfte reichten, aber wie Rabenschwingen flatterten, wenn der Wind hineinfuhr … Auch die Einheitlichkeit trug zur Wirkung bei. Während in Brotans Trupp jeder seine Ausrüstung um Dinge ergänzte, die ihm nützlich erschienen, erkannte man einen Gardisten auf den ersten Blick. Auch der Dolch mit dem Kiesel im Knauf und das zweischneidige Schwert waren bei allen gleich.

Beides Waffen, die im Kampf gegen Imagolems nutzlos waren. Die Garde schützte die Zauberpriester und deren Tempel. Möglich, dass sich einige dieser Kämpfer das erste Mal außerhalb einer Stadt aufhielten. Ganz sicher hatte kaum jemand von ihnen zuvor den Grenzfluss überquert.

Dennoch gaben sie sich den Habitus von Eroberern. In Zweiergruppen bildeten sie einen weiten Sicherungskreis. Einige vertäuten die fünf Boote, mit denen die Halbhundertschaft übergesetzt war. Vier hielten sich mit der Hand am Schwert hinter der Zauberpriesterin bereit, und vier weitere besaßen die Unverfrorenheit, noch nicht einmal zu verbergen, dass sie Arlor und Listam misstrauten. Sie standen zwischen ihnen und Emala.

Seufzend setzte die alte Frau ihren Stab vor und ging über das gelbe Gras zur Grube, in der der Imagolem unermüdlich die Wände traktierte. Dellen und Schrammen im Eisen zeugten von seiner Kraft.

»Wenigstens den einen haben wir«, gestand Emala zu. »Schaffen wir ihn über den Fluss.«

»Meine Leute brauchen uns«, wiederholte Brotan. »Wir müssen ihn später holen.«

Langsam wandte sie ihm das Gesicht zu. »Müssen wir das?«

»Jeder Moment, den wir zögern, kann einen meiner Männer das Leben kosten.«

»Sind Krieger nicht dazu da, ihr Leben für Gravilien zu geben? So lautet doch der Eid, den ihr schwört …« Sie tat, als versuchte sie, sich an die Worte zu erinnern.

Brotan hatte nicht vor, sich auf ein solches Spiel einzulassen. »Von sinnlosen Opfern ist darin nicht die Rede!«

»Sinnlos?« Sie sah wieder hinab zum Steinmann. »Nicht Eisen und Stein gewinnen einen Krieg. Es ist der Wille, der zählt. Und diesen Willen stärken wir, wenn wir dem Volk die Kraft eines Imagolems zeigen – und ihn vor seinen Augen besiegen und zerstören.«

»Dafür macht es doch keinen Unterschied, wenn wir ihn später holen.«

»Nicht, wenn er dann noch hier ist.«

Brotan lachte auf. »Wo sollte er denn hin? Aus dieser Grube kann er nicht entkommen!«

»Die Falle deines Freundes scheint mir weniger durchdacht, als er versprochen hat.« Sie zeigte auf eine besonders große Delle im Eisen. »Wenn er so weitermacht, hat er bald einen Tritt, den er zum Klettern benutzen kann.«

»Ein Imagolem? Klettern? Ist das Euer Ernst?«

Sie zuckte mit den Achseln. »Oder er reißt das Eisen an einer Stelle auf und gräbt sich frei.«

»Durch das Wurzelwerk?«

»Imagolems sind stark«, sagte sie in einem Tonfall, als belehrte sie ein Kind.

Brotan sah zum Fluss. Dreißig Schritt, dann käme der Steinmann ins Freie, wenn er waagerecht grub …

»Und was ist mit dem Lärm?«, setzte Emala nach. »Du sagst doch, dass ihr es nicht geschafft habt, den Feind aufzureiben.«

Diese Darstellung verschlug Brotan für einen Moment die Sprache.

»Also streifen die Imperialen noch durch den Wald. Wenn sie den Imagolem hören, kommen sie herbei und ziehen ihn raus. Jedenfalls, wenn wir alle stromaufwärts deine Kameraden besuchen.«

»Männer, die für Euch ihr Leben riskieren.«

»Weil sie das Kriegerleben gewählt haben, nehme ich an.« Emala blickte so ungerührt, als wären ihre Augen Steine. »Und noch viel mehr werden sterben, bevor wir am Ziel sind: heim auf dem Berg.«

Heim auf den Berg … Das Versprechen, das man sich in Gravilien seit Generationen zurief.

»Wie wollt Ihr ihn überhaupt transportieren?« Brotan nickte zum Imagolem. »Ich habe nicht bemerkt, dass er ermüden würde.«

»Die naheliegendste Möglichkeit sind Ketten.« Emala sah hinüber zu den Gardisten an den Booten.

Vier von ihnen schleppten eine gusseiserne Kette heran.

»Wir legen sie mit Stangen um den Imagolem, wickeln ihn

darin ein, bis er sich nicht mehr rührt, sichern sie mit Schlössern und ziehen ihn raus.«

»Wie soll denn das gelingen?«, rief Brotan. »Von hier oben aus Ketten um einen Imagolem ziehen, der sich wehrt? Und Schlösser anbringen?«

»Die Schlösser haben einen Schnappmechanismus und dein Freund hat spezielle Stangen konstruiert, um sie anzubringen.« Mit einem Lächeln auf ihren dünnen Lippen sah sie zu Arlor hinüber. »Das war seine Idee.«

Der Imagolem tobte mit unverminderter Ausdauer. Seine Schläge dröhnten kein bisschen leiser.

»So, wie Ihr es sagt, gibt es noch eine zweite Möglichkeit«, vermutete Brotan.

Emala zog ein steinernes Artefakt aus der Tasche ihres Gewands, etwa so groß wie eine Brosche. »Damit ginge es auch, wenn ihr die Figur mitgebracht hättet, die mit diesem Imagolem verbunden ist.«

»Eine der Statuetten, die der Zauberer benutzt hat?«

»Leider hat Arlor mir berichtet, dass ihr sie zurückgelassen habt.«

»Ich dachte nicht, dass sie nützlich für uns wären.«

Emala seufzte. »Krieger sind zum Kämpfen brauchbar, aber das Denken liegt ihnen nicht.«

Rasselnd legten die Gardisten die Kette neben der Grube ab.

»Was hat es mit diesem Ding auf sich?«, fragte Brotan.

»Es ist ein Siegel.« Emala hielt ihm das kleine Artefakt entgegen. Auf den ersten Blick schien es zerbrochen, aber so war es wohl von Beginn an modelliert: in der Form mehrerer gesplitterter Knochen. »Wenn wir die Figur hätten, könnte ich es zwischen ihren Schultern anbringen. Das würde den Imagolem lähmen.«

Ungläubig starrte Brotan die Zauberpriesterin an. »Wieso habt Ihr uns diese Waffe nicht mitgegeben?«

Sie schloss die Hand um das Siegel und steckte es wieder weg. »Ich habe nur dieses eine. Es ist zu wertvoll, um seinen Verlust zu riskieren. Aber wenn ihr die Statuette holt, könnte ich es damit probieren.«

»Das wäre ein Weg von einer Stunde durch den Wald, noch eine Stunde zurück!«, rief Brotan. »Gut möglich, dass die Imperialen Domor Eichfrosts Leiche inzwischen geborgen haben. Samt den Figuren natürlich. Dann hätten wir die Zeit vergeblich verschwendet!«

»So ist es wohl.« Emala seufzte. »Also die Ketten.«

Ungeduldig entriss Brotan einem der Gardisten die Stange. Die Spitze kam von einem Bootshaken, aber der eiserne Schaft war länger.

»Und die Schlösser?«, fragte Brotan.

»Das übernehme ich selbst«, sagte Arlor. Er nahm eine Stange, an deren Spitze ein klobiger Aufsatz steckte, den eine Leine mit einem kleinen Hebel am anderen Ende verband.

Brotan stellte sich an eine Seite der Grube, die drei weiteren besetzten Gardisten. Sie führten die Haken in die gusseisernen Glieder ein, die Kette bildete einen Ring. Sie ließen sie ab.

Der Imagolem sah nicht nach oben. Er schlug weiterhin auf die Schachtwände ein.

»Wenn ihr die Kette um seine Arme legt, müsst ihr sie sofort so eng wie möglich zusammenziehen«, wies Arlor sie an. »Dann bringe ich das Schloss an und dann kommt die nächste Kette. So lange, bis er fest verschnürt ist.«

Die Arme des Gardisten zu Brotans Rechter zitterten bereits. Auch für vier Mann war die Kette schwer.

»Also los!«, forderte Brotan.

Der Imagolem reagierte überraschend schnell, als die Fessel seine Kopfhöhe erreichte. Er packte eine der Stangen und riss so plötzlich daran, dass der Gardist, der sie hielt, das Gleichgewicht verlor. Schreiend stürzte er in die Tiefe.

Sicher brach ihm der Aufprall einige Knochen, aber er spürte den Schmerz nicht lange. Der Imagolem zerstampfte seinen Schädel.

»So gelingt es nicht!«, rief Brotan.

»Wie gesagt«, Emala nickte zu Arlor, »es war seine Idee.«

Der Imagolem riss die Kette von den Haken und schleuderte sie zu Boden. Er starrte zu ihnen herauf.

Brotan zog die Stange aus der Grube. »Erklärt mir, wie das Siegel funktioniert!«

»Das übersteigt dein Begreifen«, meinte die Zauberpriesterin. »Man muss die Magie über Jahre studieren, um so etwas zu verstehen.«

»Ich meine die Anwendung. Man bringt es an der Figur an und die Lähmung überträgt sich auf den Imagolem?«

»So ist es.« Schwang Zweifel in ihrer Stimme mit?

Brotan musterte das alte Gesicht. Von einem solchen Siegel hatte er noch nie gehört. War es auch für Emala neu? Verstand sie am Ende selbst nicht, wie es funktionierte?

Es wäre nicht hilfreich, sie bloßzustellen.

»Denkt Ihr, es würde auch gelingen, wenn wir das Siegel direkt am Imagolem anbrächten?«

»Wenn sich ein Tapferer fände, der zu ihm hinabsteigt ...« Sie grinste boshaft. »Er könnte Erfolg haben.«

Brotan dachte an seine Kameraden auf der Halbinsel und streckte die Hand aus. »Gebt her!«

Sie holte die Scheibe aus der Tasche, zögerte aber. »Es ist sehr wertvoll ...«

»Es kann nicht verloren gehen«, argumentierte er. »Es wird in der Grube bleiben. Spätestens, wenn wir den Imagolem herausholen, können wir auch das Siegel zurückgewinnen.«

»Mit den Ketten gelingt es nicht, wie du sagst ...« Sie wirkte jetzt wirklich nachdenklich. »Wenn die Imperialen hier eintreffen, bevor wir den Imagolem überwinden ...«

»Wenn wir es nicht versuchen, werden sie ihn uns auf jeden Fall wieder nehmen.«

»Vielleicht muss niemand zu ihm hinabsteigen«, sagte Arlor.

»Hast du einen weiteren deiner genialen Einfälle?«, spottete Emala.

Er presste die Lippen zusammen und sah weg.

Die Gardisten murrten. Offenbar trugen sie ihm den Tod ihres Kameraden nach.

Der Imagolem wütete unvermindert in der Grube.

»Ich denke, wir sollten jede Idee anhören«, meinte Brotan.

»Du versuchst dich schon wieder im Denken«, tadelte Emala. »Aber gut: Was hast du vor, Arlor?«

Der Waffenschmied griff Hand über Hand an seiner Stange entlang, bis er beim Schloss angelangte. »Wenn wir das Siegel hier anbringen, könnte ich es von hier oben aus zwischen seine Schultern drücken.«

Emala drehte die kleine Scheibe in ihren Fingern. »Es ist eigentlich für eine der Figuren gedacht. Da kann man Wachs verwenden. Wie willst du es am Imagolem in Position halten?«

»Er erstarrt, sobald es ihn berührt?«

Die Zauberpriesterin zuckte mit den Achseln. »An der richtigen Stelle. Zwischen den Schultern.«

Erneut vermutete Brotan, dass sie es selbst nicht wusste. Sie benutzte diesen Zauber das erste Mal.

Nachdenklich betrachtete Emala die Steinscheibe mit der Darstellung der gesplitterten Knochen. »Besser, wir suchen erst die Figuren. Wenn wir sie nicht finden, können wir es noch immer mit dem Stab versuchen.«

»Wenn uns die Imperialen bis dahin nicht zuvorkommen«, ätzte Brotan.

Feindselig sah Emala ihn an.

Mit der Zunge war sie gewandter als der Krieger, aber im körperlichen Geschick war er überlegen. Blitzschnell schnappte er das Artefakt aus ihrer Hand.

»Was soll das werden?«, fragte sie drohend.

Einer der Gardisten hinter ihr zog sein Schwert.

»Ihr wolltet einen Tapferen, der in die Grube springt und diese Sache erledigt. Jetzt habt Ihr einen.«

»Du willst unbedingt ein Held werden, was?«

Ja, dachte Brotan, aber anders, als sie meinte. Ihm war gleich, ob der Imagolem auf dieser Seite des Flusses starb oder auf der anderen. Aber bei seinen Kameraden war es ihm nicht egal.

»Ich brauche ein Seil«, forderte er. »Ihr müsst mich zügig ablassen.«

»Wieso springst du nicht?«, schlug Emala vor.

»Wenn ich mir die Beine breche, kann ich nicht mehr hoch

genug an seinen Rücken greifen, um das Siegel anzubringen«, versetzte er.

Sie lachte leise. »Also gut. Der Eisenkopf soll seinen Willen haben.«

Arlor nahm Brotan zur Seite. »Bist du wahnsinnig geworden?«

»Vielleicht«, gestand er zu. »Hast du einen besseren Vorschlag, wie wir Hilfe zu unseren Leuten bekommen?«

Kopfschüttelnd sah Arlor in die Grube. »Der wird dich zu Mus zerstampfen.«

»Nicht, wenn du ihn ablenkst.«

»Wie stellst du dir denn das vor?«

»Er hat heftig auf die Kette reagiert. Lass noch eine vor seinem Kantschädel baumeln. Währenddessen seile ich mich in seinem Rücken ab.«

Arlor atmete tief durch. »Das gefällt mir nicht. Lass dir von diesen Gecken wenigstens einen neuen Harnisch geben!«

»Der wäre nach spätestens zwei Schlägen hinüber. Ich muss auf meine Beweglichkeit setzen.« Das traf vor allem zu, falls dieses Siegel nicht funktionierte. Dann hinge sein Überleben davon ab, wie schnell er es wieder aus dem Loch schaffte.

»Was denn jetzt?«, rief ein stämmiger Gardist, der ein Seil über dem Arm trug. »Verlässt dich der Mut?«

»Willst du uns beweisen, wie tapfer die Garde ist?«, blaffte Arlor.

»Reize sie nicht«, bat Brotan. »Sie werden immerhin das Seil halten, an dem ich hänge.«

»So, wie sie aussehen, würden sie dich damit lieber von einem kräftigen Ast baumeln lassen.«

Sie zogen die Sicherung um seine Schultern und führten sie kreuzweise über seinen Rücken. Ein Gardist zog so plötzlich und hart daran, dass er Brotan beinahe umgerissen hätte.

»Der sitzt fest.« Der Gardist lachte.

»Schluss mit den Kindereien!« Emala schien nun ernsthaft interessiert, ob Brotans Aktion Erfolg beschieden sein könnte.

Er atmete durch. Das Stechen in seiner Brust kehrte zurück.

Listam kam hinzu und stellte sich an das Seil. Er war schwächer als die Gardisten, vor allem mit der Rippenverletzung, aber vielleicht mochte seine Anwesenheit sie davon abhalten, Brotan dem Imagolem allzu offensichtlich auszuliefern.

»Ich halte es noch immer für einen Fehler«, sagte Arlor. Eine Flüssigkeit tropfte von dem Schloss, das an der Spitze seiner Stange steckte.

»Wenn dieser Fehler unsere Leute rettet, soll er mir recht sein.« Vielleicht war der Angriff auf den Zauberer der größere Fehler gewesen. Wenn sie sich gleich darauf konzentriert hätten, die Kameraden herauszuhauen … Oder die Entscheidung, sich in Emalas Dienst zu stellen, damit sie Imagolems fangen konnte. Es hatte seinen Grund, warum sich kein anderer Hauptmann als Ilton dazu bereitgefunden hatte.

Ganz unrecht hatte Emala nicht damit, dass der Tod zum Beruf eines Kriegers gehörte. Aber dasselbe galt für die Verantwortung eines Anführers gegenüber denen, die seinen Befehlen folgten. Brotan hatte das Kommando übernommen und seine Leute in die Gefahr geführt. Er musste sie auch wieder herausholen.

Arlor klemmte die Stange unter seinen Oberarm und schlug einen Feuerstein gegen ein Stück Stahl. Funken sprühten auf das Schloss. Eine blau-gelbe Flamme floss um das Metall.

»Du hast es mit Öl begossen!«, erkannte Brotan.

»Fällt dir eine bessere Ablenkung für den Imagolem ein?«, gab er bissig zurück.

»Stein brennt nicht«, höhnte ein Gardist.

Brotan wandte sich zu ihm um. »Willst du die Leiche deines Kameraden zurücklassen? Genau das wird nämlich passieren, wenn wir den Imagolem nicht hier herausbekommen, bevor die Imperialen eintreffen.«

Der Mann funkelte ihn zornig an, schwieg aber.

Brotan presste die Zähne aufeinander. Er dachte an Ilton, der nahe dem feindlichen Lager gefallen war. Sie konnten nur hoffen, dass die Imperialen ihrem Hauptmann eine anständige Bestattung verschafften. Und auch den Kameraden, die im Wald gestorben waren.

Er nickte Arlor zu.

Der Waffenschmied fasste die Stange weiter hinten und senkte sie in die Grube ab.

Der Imagolem hämmerte noch immer seine Fäuste gegen die Metallplatten. Wenn man sie jetzt sah, konnte man sich kaum noch vorstellen, dass ihre Oberfläche einmal glatt gewesen war. Inzwischen befand sich dort, wo die Schläge sie erreichten, eine Kraterlandschaft von unterschiedlich großen Dellen.

Brotan ließ sich ab, die Füße an derjenigen Schachtwand, die im Rücken des Imagolems lag. Das Siegel hielt er in der rechten Faust. Ansonsten war er unbewaffnet. Ein Schwert hätte die Entscheidung nur verzögert, und wenn die Gardisten ihm einen großen Hammer gegeben hätten, wäre der allenfalls dazu gut gewesen, den Imagolem zu zerstören. Aber Emala forderte ihn lebend.

Arlor stieß mit der brennenden Stange zum Kopf des Steinmanns.

Wieder erfolgte die Reaktion augenblicklich. Der Imagolem grapschte nach der Stange, bekam sie jedoch nicht zu fassen.

Man musste den Gardisten lassen, dass sie die Situation richtig einschätzten. Zügig ließen sie Brotan ab.

Arlor rammte die Flammen ins Gesicht des Gegners.

Schmerzen schien ihm das nicht zu bereiten, jedenfalls schrie er nicht, aber es nahm ihm die Sicht.

Brotan streckte den Arm nach unten, so weit er konnte. Hätte er das Seil an seinen Fußgelenken befestigen sollen? Dann wäre er jetzt näher an seinem Ziel gewesen, aber falls er sich auf dem Boden bewegen musste, war er mit freien Beinen besser dran.

Der Imagolem wischte die Stange zur Seite. Der Stein seines Unterarms krachte gegen das Eisen.

Er sah den über ihm hängenden Krieger und schlug nach ihm.

Brotan stieß sich mit den Beinen an der Wand ab und schwang wie ein Pendel am Seil.

Trotzdem verpasste der Imagolem ihm einen schmerzhaften Hieb am Oberschenkel.

Der Schwung, den Brotan dadurch bekam, schleuderte ihn

jedoch in eine Richtung, die wohl auch den Steinmann überraschte. Zudem ließen ihn die Gardisten weiter ab.

Der nächste Hieb ging über ihn hinweg.

Wieder rammte die flammende Stange gegen das kantige Gesicht. Etwas von dem brennenden Öl spritzte auf Brotans Hand. Beinahe wäre ihm das Siegel entfallen.

Aber jetzt war er nahe genug! Mit Schwung klatschte er das kleine Artefakt zwischen die Schultern des Gegners und drückte es dort mit der flachen Hand fest.

Augenblicklich erstarrte der Imagolem, wurde zu einer leblosen Statue.

Brotan pendelte am Seil, hielt sich aber am bewegungslosen Steinarm fest und achtete darauf, das Siegel an die Stelle gedrückt zu halten, die sich bei einem Menschen zwischen den Schulterblättern befunden hätte.

Über ihm raunten die Gardisten.

»Du hast es geschafft!«, jubelte Arlor. »Bei den Mauern von Arterra, du hast es geschafft!«

»Ja.« Erst als er es aussprach, merkte Brotan, wie aufgeregt er war. Der Puls hämmerte in seinem Hals und pochte in der Schnittwunde an seiner Wade. »Ich brauche eine brennende Kerze, bevor mein Arm einschläft.«

»Was will er denn damit?«, rief ein Gardist.

»Idiot!«, fuhr Emala ihn an. »Er muss das Siegel festkleben!«

»Ihr könnt schon einmal die Ketten bereit machen«, sagte Brotan. »Wir sollten den Burschen zusätzlich fesseln. Und macht die Boote klar, wir müssen los!«

»Gibt der jetzt die Befehle?«, murrte ein Gardist.

Brotan sah nach oben.

Emala stand am Rand des Schachts. In ihrem Gesicht kämpften stumme Verachtung und widerwillige Anerkennung miteinander.

»Meine Leute haben auch die Frau des Zauberers bei sich!«, rief Brotan. »Tarima Eichfrost. Sie wird gutes Lösegeld bringen!«

Einen Moment lang zögerte Emala, bevor sie nickte.

»Ihr seid nun dreißig Jahre alt«, raunte Barn Falkenkrall in Semires Ohr, während er sie in die Mitte des Kristallsaals führte. Der sehnige Mann war ein technisch guter Tänzer, seine Haltung stabil, sein Schritt genau im Takt der Kapelle. »Wäret Ihr nicht Erbin des Hauses Schneegrund, hättet Ihr damit das heiratsfähige Alter bereits überschritten.«

»Für diese wenig feinfühlige Bemerkung sollte ich Euch eigentlich tadeln.« Semire fand seine Führung zu sanft. Der Tanz mit ihm war perfekt, aber frei von Überraschungen. Sie liebte harte Kehren, unvermittelte Richtungswechsel und Pausen, in denen sich die Spannung auf die Fortführung über den Tanzboden legte. Davon bot Barn nichts. Er ordnete sich vollständig der Musik unter, und die war so vorhersagbar, wie man es bei einem gräflichen Ball erwarten musste.

»Feinfühligkeit führt zu schlechteren Ergebnissen als Ehrlichkeit.« Barn drehte sie, klappte die Tanzhaltung mit einem sanften Druck auf Semires Schulterblatt auf und lenkte die nächsten Schritte in Richtung einer Statue aus klarem Eis. Nur durch die Reflexe der Kerzen, die in Deckenleuchtern und Wandhalterungen brannten, erahnte man die Darstellung von einem unbekleideten Speerträger, dessen Wohlgestalt sicher ganz nach Barns Geschmack war.

»Hat Eure Familie dieses Kunstwerk gestiftet?« Die Eisstatuen waren erst am Morgen eingetroffen. Sie standen auf Sockeln, die in die Form von Schneekristallen gemeißelt und mit Kältezaubern belegt waren. Auch dort würden sie der Sommerhitze nicht lange standhalten.

Barn grinste. »Ihr durchschaut uns schnell. Euer Scharfsinn wird seinem Ruf gerecht.«

»Er kommt mit dem Alter.«

»Nur bei wenigen«, schränkte Barn ein.

Sie schwiegen, während sie sich zwischen anderen Tanzpaaren bewegten. Semire wurde leicht im Rücken angerempelt, aber das war nicht Barns Schuld. Fürstin Aljani Habichtsruf war dermaßen betrunken, dass ihr Gemahl ihre füllige Gestalt unmöglich in vorhersagbaren Bahnen lenken konnte. Ihr schrilles Lachen verriet, dass sie das Fest dennoch genoss. Dass man die Nase rümpfte, weil sie sich ihrer Schuhe entledigt hatte, schien sie zusätzlich zu amüsieren.

Semire störte sich nicht an lockeren Sitten. Sie brachte ihre Lippen neben Barns Ohr, wobei ihr der Veilchenduft seines Gesichtspuders in die Nase stieg. »Ich weiß, was Ihr wollt, und Ihr wisst, dass ich es weiß. Weshalb sprecht Ihr es nicht einfach aus?«

Er lachte leise. »Es gibt noch weitere Dinge, um die wir beide wissen. Euer Vater wird nicht mehr lange unter uns weilen. Er wird in den Berg gehen, um seinen Platz bei den Unsterblichen einzunehmen.«

»Wird er das?«

»Habt Ihr nicht gerade vorgeschlagen, das Geplänkel zu beenden?«

Sie kamen einer anderen Eisfigur nahe, die einen Gelehrten mit weitem Hut zeigte, der ein Pergament studierte. Sogar Fingerringe waren ausgearbeitet. Im Gegensatz zur von den Falkenkralls gestifteten Statue trug diese sittsame Kleidung, ein knöchellanges Gewand.

Semire spürte die Kälte, die vom Sockel der Figur ausging, auf ihren schweißbenetzten Armen. Mit sanftem Druck bat sie Barn darum, zurück ins Warme zu tanzen. Er folgte sofort. Sie fragte sich, ob ihr das gefiel.

»Jeder weiß, dass Euer Vater zu seiner Abschiedsreise aufbricht«, sagte Barn.

Sie hörte eine Ungeduld in seiner Stimme, die ein Echo in ihr selbst fand. Aber nicht aus demselben Grund. Ihr ging es weniger darum, wie ihr Vater seine Nachfolge regelte – obwohl diese sie direkt beträfe –, sondern darum, dass er sie überhaupt wissen ließ, was er für sich und für das Tiefe Haus Schneegrund plante. In den vergangenen Jahren war er verschlossener geworden. Weil er bemerkte, dass sie das Spiel der Geheimnisse, Intrigen und Bündnisse inzwischen gut beherrschte? Das hätte bedeutet, dass sie doch keine so gute Spielerin wäre, wie sie es gern gehabt hätte.

Vielleicht hätte sie ihren eigenen Vater schon früher wie einen Spieler behandeln sollen …

Sie verbarg ihre Verärgerung hinter einem Lächeln. Tatsächlich redete man beinahe schon offen darüber, dass Graf Golar mit seinen fünfzig Jahren bereits lange in den Berg hätte gehen sollen. Manchen galt er als wagemutig; immerhin bedeutete jedes Jahr, jeder Mond im sterblichen Körper, dass die Sterblichkeit ihn fordern könnte. Andere glaubten zu wissen, dass er bei den Geistern in Ungnade gefallen sei, dass sie ihn nicht in ihrer Mitte aufnehmen würden. Fielen seine Feste im Vergleich zu denen der anderen edlen Häuser nicht sparsam, ja geradezu karg aus? Fehlten Haus Schneegrund die Mittel? Oder hatten die Unsterblichen ihm diese Bescheidenheit als Buße auferlegt?

Semires Vater wusste ein Gespräch zu führen, auch mit seiner Tochter. Er konnte die Worte so geschickt setzen, dass man erst merkte, dass er einer Frage auswich, wenn man längst über ein anderes Thema sprach. Semire hatte viel von ihm gelernt.

Auch von Kemar, der auf einem Sessel am Rand der Tanzfläche saß. Im vergangenen Jahr hatte er seinen sechzigsten Geburtstag gefeiert. Zu diesem Anlass hatte ihn Semires Vater in allen Ehren von den Pflichten als Leibwächter seiner Tochter entbunden. Es war an der Zeit dafür gewesen, Kemar erschöpfte inzwischen schnell. Er hatte kaum noch mithalten können, wenn Semire zügig zum Schneider geschritten war, und einige Wachen hatten hinter vorgehaltener Hand über ›die müde Ratte‹ gespottet. Der Vergleich mit dem Tier war dabei eher beschreibend als abfällig gemeint. Kemars Gesicht verlor mit dem Alter noch weiter an Fülle, was seine spitzen Formen umso deutlicher hervortreten ließ.

Barn führte Semire gerade mit mehreren Kombinationen quer durch den Saal in die Nähe der Nordwand. Hier gab es keine Fenster, weswegen viele Bilder auf Staffeleien zwischen großen Kerzen standen. Sie verdeckten die Wandgemälde. Es war eine Ausstellung von Quilûns Werken. Der Maler würde Semires Vater begleiten, um die Schönheit der Welt jenseits des Bergs abzubilden. Es gab Stimmen, die ihn für eine schlechtere Wahl hielten als Zirklaus, der die Motive realistischer auf die Leinwand brachte, oder Uralf, der sich niemals hinreißen ließ, hässliche oder auch nur dunkle Dinge als Vorlage zu wählen.

»Weil Ihr Ehrlichkeit schätzt«, sagte Semire: »Es ist allgemein bekannt, dass Ihr dem Weiblichen wenig abgewinnt. Da Ihr mich also anderweitig wohl kaum zu befriedigen wünscht, befriedigt wenigstens meine Neugier. Was wollt Ihr von mir?«

Sein leises Lachen spürte sie mehr, als dass sie es hörte. Die Tanzhaltung übertrug die Vibration.

»Ihr selbst scheint dieser Leidenschaft noch weniger zu frönen als ich, Semire. Entweder verbergt Ihr Eure Affären gut oder Ihr pflegt keine. Da mag es Euch gelegen kommen, dass Ihr vor meiner Lust stets sicher seid.«

»Keine Erben für Haus Schneegrund?«, fragte sie mit gespieltem Bedauern.

»Das würde einigen in Haus Adlerhoch gefallen.« Barns Haus, Falkenkrall, gehörte zu den Vasallen der einstigen Feinde der Schneegrunds. Die alte Fehde war längst beigelegt, doch im Kampf um die Vorherrschaft auf dem Berg gab es nur Waffenruhen, keinen dauerhaften Frieden. »Aber ein Erbe für Haus Schneegrund ist zu bedeutsam. Glücklicherweise habe ich einen Bruder, der die Eigenheiten Eures Geschlechts schätzt.«

Er setzte einen Tanzschritt deutlich weiter, als angebracht gewesen wäre. Sie spürte seinen Oberschenkel an ihrer Scham.

Sie verengte ihre Lider, tat ihm aber nicht den Gefallen, übermäßig schnell zurückzuweichen. »Ihr sprecht von Jolin? Ist er nicht vermählt?«

»Natürlich ist er das. Seitdem hat er Ruhe vor den Forderungen unserer Mutter und den Sticheleien unseres Vaters. Ein sehr erstrebenswerter Zustand.«

»Zweifellos. Und seine Gattin weiß von Eurer brüderlichen Übereinkunft?«

Er zuckte mit den Achseln, so weit die Tanzhaltung es zuließ. »Sie wird sich zum Wohle unseres Hauses damit abfinden.«

»Ihr würdet den Namen Falkenkrall ablegen, wenn ich Euch die Hand reichte.«

»Natürlich. Aber das Blut in meinen Adern bleibt dasselbe.«

Die Kapelle beendete das Stück.

Gegen Barns leichten Widerstand löste sich Semire von ihm. »Ich danke für den Tanz.«

Er lächelte säuerlich.

»Ich würde nun gern die Bilder betrachten«, fügte sie an.

»Selbstverständlich.« Er geleitete sie zur Nordseite des Saals, zu den Kunstwerken auf ihren Staffeleien. Man hängte sie nicht an eine Wand, solange die Entscheidung ausstand, welche davon in die Tiefe zu den Geistern gebracht werden sollten.

Quilûns Bilder fanden eine Beachtung, die dem Maler sichtlich unangenehm war. Er konnte sich der Befragung durch vorgeblich oder tatsächlich interessierte Adlige nicht entziehen, wollte aber wohl auch nicht so laut reden, dass er die Musik der Kapelle übertönt hätte. Im Ergebnis vergrößerte und verkleinerte sich die Schar seiner Zuhörer je nachdem, wie gut er gerade zu verstehen war. Im Moment erläuterte er die Methode, mit der er die Striche auf einem überlebensgroßen Porträt von Baron Leineis gezogen hatte. Bei solchen Abbildungen erwartete man mit besonderer Spannung, ob sie den Weg in die Lichtgärten der tiefen Kavernen fanden, galten sie doch als Empfehlungen für den Abgebildeten. Wenn sich die Unsterblichen am Anblick eines Antlitzes erfreuten – würden sie dann nicht eher dem Ansinnen gewogen sein, dessen leiblichen Träger in ihren Kreis aufzunehmen? Für Semires Vater und wohl auch für sie selbst erübrigten sich solche Überlegungen, der Grafentitel garantierte die Unsterblichkeit. Aber Barone und Freifrauen versuchten aus diesem Grunde mit großem Einsatz, auf Gemälden verewigt zu werden, die eigentlich ganz andere Motive zeigten.

Semire entschied sich, der Ansammlung auszuweichen, und schlenderte an Barns Arm zu einem anderen Bild.

»Dort habe ich Quilûn kennengelernt.« Sie deutete auf ein Gemälde des kleinen Bergpalasts, der am Eingang des Lichtschachts stand, den sie vor eineinhalb Jahrzehnten von den Adlerhochs erobert hatten. »In Wirklichkeit ist er nicht ganz so verspielt«, erklärte Semire. »Die Säulen sind etwas stämmiger.«

»Sonst könnten sie das Dach auch nicht halten«, urteilte Barn.

»Ihr versteht etwas von Architektur?«

Er grinste abfällig. »Auch wir lassen Paläste bauen.«

»Und wenn wir Zauber in die Säulen gelegt hätten, um sie haltbarer zu machen?«

Mit gerunzelter Stirn brachte er seine Augen näher an das Bild, konnte aber in den floralen Elementen, die Quilûns Vorstellungskraft ergänzt hatte, sicher keine magischen Figuren ausmachen. Ein anderer Zauber lag jedoch auf diesem Gemälde: Quilûns Kunstfertigkeit, die nur bis zu einem gewissen Grade etwas mit handwerklichem Können zu tun hatte. Wenn man die Farben betrachtete, glaubte man, den warmen Wind eines Sommertages in großer Höhe auf der Haut zu spüren, und das gemalte Brunnenwasser machte Lust auf einen erfrischenden Trunk.

In Wirklichkeit gab es dort keinen sprudelnden Brunnen, nur ein Loch, aus dem man das Wasser mit einem Eimer heraufholte.

Semire überlegte, ob sie Barn loswerden sollte. Das Gespräch mit ihm führte zu nichts, aber immerhin hielt er die anderen Galane ab, die sie beobachteten. Urico Dornehr hatte drei gute Partien ausgeschlagen in der Hoffnung, mit ihr den großen Preis zu gewinnen, und starrte sie jetzt an wie ein rauflustiger Stier. Er glaubte wohl, Semires Ablehnung sei für sein verpfuschtes Leben verantwortlich. Tarin Kalthorn war wohl wirklich verliebt in sie gewesen. Infolge der Zurückweisung hatte er versucht, sich umzubringen, indem er eine Expedition in den Osten unternommen hatte. Es war ihm nicht gelungen. Stattdessen war er durch den Fang von ein paar besonders blutrünstigen Bestien für die Arena zu Ruhm gelangt.

Ausgerechnet Baron Derrek Eichfrost rettete Semire vor weiteren Zudringlichkeiten. Er war einer der größten Raufbolde in den Familien, die Haus Schneegrund Treue schuldeten. Viele wunderten sich, dass er nicht längst in einer dunklen Gasse ausgeblutet war. Wenn es gerade keine größeren oder kleineren Fehden zwischen den Häusern auf dem Berg gab, regelte er seine persönlichen Vendetten. Falls sich auch diese erschöpften, schlug er Rebellionen auf den Ländereien nieder. Immerhin verbat ihm sein Stolz, weiter um Semire zu werben, seit sie ihm vor ein paar Jahren eine Abfuhr erteilt hatte. Einsam war er dennoch nicht; die Narbe auf seiner linken Wange regte die Fantasie der Damen an.

Deswegen überraschte es Semire, dass er eine der Nachgeborenen von Haus Milanzorn rüde auf Abstand hielt, um zu ihr zu kommen. »Eine Angelegenheit des Tiefen Hauses Schneegrund«, sagte er mit einem Minimum an Höflichkeit in der rauen Stimme zu Barn. Er legte sogar die Hand um den Griff des Dolchs an seiner rechten Seite. Links war die Schwertscheide leer, lange Klingen waren auf einem solchen Fest nicht gestattet.

Barn straffte die Schultern. Er überragte Derrek um beinahe einen Kopf.

Aber ihm fehlte der Blick eines Kampfhundes, der nur darauf wartete, dass sein Rivale die Herausforderung annahm. Derrek sah man dagegen an, dass er schon lange aufgehört hatte, die Leichen zu zählen, die von seiner Klinge gerutscht waren.

Barn löste Semires Hand aus seiner Ellbogenbeuge, trat einen Schritt zurück und lachte. Seine hellblauen Zähne schimmerten und in dem Laut mischte sich eine sanfte, aber nicht beleidigend zu empfindende Herablassung mit gespielter Belustigung.

»Ich werde uns etwas zu trinken holen«, kündigte er an. »Für Euch einen süßen Traubensaft, Semire?«

»Ich nehme ein Glas Wein. Dornfelder Roten.«

»Ist der Euch nicht zu schwer?«

Vielsagend sah sie ihm in die Augen.

Er verbeugte sich und verschwand in Richtung des Ausschanks.

Damit niemand ihre Lippen lesen konnte, wandte sich Semire wieder Quilûns Bild zu, das den Palast zeigte. »Was gibt es?«

»Schwierigkeiten im Süden. An der Grenze zu Gravilien.« Derreks Handschuh knirschte im Griff um den Dolch.

»Was für eine Art Schwierigkeiten?«

»Die Art, von der Euer Vater sofort erfahren sollte. Wisst Ihr, wo ich ihn finde?«

Sie sah ihm in die Augen, bevor sie das Gesicht wieder zum Bild drehte. »Ihr wisst, dass ich kein dummes Fräulein bin, das sich mit Näherei begnügt.«

»Ich weiß auch, dass Ihr nicht die Macht habt, die Truppen des Hauses in Marsch zu setzen.«

»So schlimm?«

Mühsam beherrscht atmete Derrek durch. »Mein Onkel ist im Wald verschollen, viele seiner Begleiter hat man tot gefunden. Er hat Rebellen verfolgt, die versucht haben, ihm unsere Steuereinnahmen abzujagen.«

»Ist es ihnen gelungen?«

Er stockte.

»Die Steuereinnahmen«, erklärte sie. »Haben sie sie uns abgejagt?«

»Ein Dutzend Tote …«

»Danach habe ich nicht gefragt.«

»Wir haben noch nicht alle Leichen gefunden. Aber die Steuern …« Derrek zögerte. »Die sind fort.«

»Sie waren Eurem Onkel anvertraut.« Sinnend senkte Semire die Stirn. »Domor, nicht wahr? Und Tarima hat ihn begleitet.«

»Ihr habt ein hervorragendes Gedächtnis.«

»Haus Eichfrost hat also unsere Steuereinnahmen verloren.«

Wieder knirschte sein Handschuh. »Wenn es Überlebende gibt … Ich hoffe darauf, dass Haus Schneegrund sich an unsere Treue erinnern wird.«

»Das werden wir«, sagte Semire gedehnt, »ebenso wie an die Einnahmen, die Ihr uns schuldet.«

Sie genoss sein Schweigen und das Gefühl, wie der Schweiß auf ihren nackten Armen trocknete. »Ihr findet meinen Vater in den Stallungen«, sagte sie. »Unsere beste Stute fohlt.«

Derrek verbeugte sich tiefer, als er es bei seinem Eintreffen getan hatte.

»Barn Falkenkrall beobachtet uns.« Mit einem schnellen

Blick lenkte Semire die Aufmerksamkeit auf den jungen Adligen, der nicht nur zwei Kelche dabeihatte, sondern auch seinen Bruder. Jolin grinste unverhohlen. Sie traute ihm zu, dass er gerade eine Bemerkung bezüglich der Zuchtqualitäten der Grafentochter gemacht hatte. »Es wird Euch nicht schwerfallen, die beiden ein bisschen abzulenken.«

»Wenn ich Euch damit erfreuen kann …« Durch die Narbe auf der Wange bekam Derreks Lächeln etwas Bedrohliches.

Schmunzelnd sah sie ihm nach.

Er rammte mit der Schulter Barn aus dem Weg. Etwas vom Wein schwappte auf das Festgewand des Galans. Da die Kapelle wieder spielte und der Saal vor Unterhaltungen brummte, sah Semire nur die empörten Gesten, hörte aber nicht, was gesprochen wurde.

Auf eine Fortsetzung der Brautwerbung des Männerfreunds verzichtete Semire gern. Sie huschte hinter den Schatten der Staffelei, raffte ihr Kleid und lief zur Tür, hinter der eine Treppe hinab in Kyrins Keller führte.

Vor dem Balkon tobte die Menge. Der Wind, der warm und beständig gegen Tarima Eichfrosts Rücken drückte, dämpfte den Jubel, trug aber die Worte der Zauberpriesterin zu den auf dem freien Feld vor dem Felsen versammelten Menschen.

»Die Imperialen werden ohne ihren Tribut auskommen müssen!« Der Triumph klang in Emalas Stimme.

In ihrer Haltung drückte er sich nicht aus. Die Arme lagen gestreckt an der Seite der alten Frau. Hätte der Wind nicht an ihrem grünen, sackartigen Gewand gezupft, wäre sie dem flüchtigen Betrachter wie eine Statue erschienen. Ein Eindruck, den das am Rand des Balkons angebrachte Podest verstärkte. Es war geformt wie Lippen. Sie stand auf der Unterlippe, die Oberlippe reichte bis zu ihren Knien herauf.

»Sie halten die Adligen für die wichtigsten Menschen im Imperium!«, rief Emala. »Wir finden sie eher nutzlos. Deswegen sollen sie diese blauzahnige Frau gern zurückhaben – wenn sie für die Mühe zahlen, die wir mit ihr hatten!«

Die Menge grölte.

Fesseln zogen Tarimas Ellbogen auf dem Rücken zusammen, sodass die Menschen die Seile nicht bemerkten. Überhaupt befanden sich selbst die Nächststehenden zu weit entfernt, um Einzelheiten zu erkennen. Der Balkon klebte ähnlich einem Schwalbennest in einer Höhe von dreißig Schritt am Felsen, noch oberhalb des Daches, das den Tempel der Zauberer schmückte. Dieses Gebäude war das einzige, das an den fünfzig Schritt hohen Trutzfels, eine massive Formation aus Basaltgestein, anschloss. Seine Flanken standen nahezu senkrecht, wie bei einem Turm, der mit einem ebenen Plateau abschloss. Dadurch und durch die senkrecht verlaufenden Vorsprünge und Einbuchtungen ähnelte er einem mittig abgesägten Baumstamm.

Tarima sah nach Westen, wo die Sonne noch zur Hälfte zu sehen war. Hinter der Freifläche, die den Trutzfels ringförmig umschloss, standen die Fachwerkhäuser der Stadt. Die spitzen Dächer warfen lange Schatten. Nur besonders dicke Bäume ragten inmitten der Bebauung auf. Jenseits der Häuser erstreckte sich der Wald bis zum Horizont. Ein Vogelschwarm zog darüber hinweg. Vor dem Sonnenball wurde er unsichtbar, das Licht überstrahlte die schwarzen Punkte.

»Das Imperium wankt!«, rief Emala. »Einen seiner *unbesiegbaren Krieger* haben wir euch mitgebracht. Jeder von euch soll einen Splitter von ihm mit nach Hause nehmen!«

»Heim auf den Berg!«, schrie die Menge. »Heim auf den Berg! Heim auf den Berg!«

Die Sonne stand zu tief, um die Versammelten zu beleuchten. Für Tarima waren sie eine grau wogende Masse, aus der sich Fäuste zu ihr emporreckten. Sie sah sie kaum an, sondern blickte über sie hinweg und straffte die Schultern. Ihre eigene Kleidung war zerrissen, während man Tarima durch den Wald verschleppt hatte, aber man hatte ihr ein gutes Kleid gegeben. Bronzespangen rafften den blauen Stoff, sodass ein gefälliger Ausschnitt entstand, und helle Salbe überdeckte die Kratzer an ihrem Körper.

Die meisten Menschen sahen nicht die Gefangene selbst an, sondern das überlebensgroße Relief, das ihr Gesicht zeigte. Es formte sich hinter Tarima in der Flanke des Trutzfelses. Es bewegte sich sogar, wenn sie blinzelte oder den Mund verzog. Ein Zauber, der Domor sicher so sehr fasziniert hätte, dass er gern einen Mond in dieser Stadt geblieben wäre, um ihn zu studieren.

Vergeblich versuchte sie, den Gedanken an ihren Gemahl zu verdrängen, während Emala weiter zur Menge sprach. Immerhin gelang es Tarima, die Tränen zurückzuhalten. Bei Bedarf zu weinen, zu lachen oder ungerührt zu erscheinen war eine Fähigkeit, die man meistern musste, um auf den Bällen zu bestehen, die auf dem Berg der Macht Bündnisse besiegelten oder Fehden entflammten.

Ein riesiger Krieger trat neben Tarima. Brotan, der Anführer des Trupps, der sie entführt hatte. Seine Schultern waren doppelt so breit wie ihre. Die Tunika aus grünem Stoff wirkte unpassend an ihm. Jemand mit solch einem Kantschädel sollte Eisen tragen, oder wenigstens Leder. Das Schwert an seiner Hüfte dagegen wirkte wie ein Spielzeug. Er umfasste ihren Oberarm.

Sie wollte sich nicht umdrehen, um zu vermeiden, dass die Menge doch noch ihre Fessel sah. Aber gegen seine Kraft kam Tarima nicht an. Gut möglich, dass er noch nicht einmal bemerkte, dass sie sich lieber rückwärtsgehend von der Balustrade entfernt hätte.

Verärgert sah sie hoch in sein Gesicht. Die Sonne schimmerte hinten auf seinem linken Oberkiefer, wo die Haut nur unvollständig den Bronzewinkel bedeckte. Ob er sich die Verletzung, die man damit ausglich, im Erwachsenenalter zugezogen hatte? Wenn er noch gewachsen war, hätte man das Metallstück ein paarmal gegen ein größeres austauschen müssen. Sicher eine schmerzhafte Angelegenheit. Tarima grinste.

Emala genoss noch einen Moment den Jubel der Menge, dann schloss sich die Alte ihnen an. Falls es Räumlichkeiten im Innern des Trutzfelses gab, konnte man sie vom Balkon aus nicht betreten. Man verließ ihn über eine Freitreppe, die schräg zum Zauberertempel hinunterführte.

Bevor Tarima die erste Stufe betrat, sah sie noch einmal hoch zum riesigen Relief ihres Gesichts in der Felsfront über dem Balkon. Das Abbild vollzog die Bewegung der Augen und die Drehung des Kopfes nach, wie bei einem Betrachter, der gerade vor ihrer Brust stand. Unwillkürlich hielt Tarima den Atem an.

Das Relief ihres Gesichts verschmolz mit der rauen Felsoberfläche. Senkrechte Rillen bildeten sich, wie sonst am Trutzfels auch. Es sah aus, als würde Tarima binnen weniger Herzschläge altern und vergehen.

Erst als vom Abbild nichts mehr zu sehen war, bemerkte sie, dass Brotan geduldig gewartet hatte, statt sie weiterzuziehen.

Emala stand mit in die Ärmel geschobenen Händen hinter ihnen und funkelte sie aus ihren kleinen, schwarzen Augen an.

Die Brise strich warm über Tarimas Rückenausschnitt. Sie schluckte. »Habt Ihr meinen Gemahl dem Wind übergeben?« Es ging gegen ihren Stolz, zu fragen, aber die Erlösung von der quälenden Ungewissheit würde ihr den Schlaf erleichtern.

»Frag ihn!« Das Kinn der Alten ruckte zu Brotan. »Er hat ihn umgebracht.«

Tarima versteifte sich. Sie hatte versucht, nicht daran zu denken, dass Domor hätte entkommen können. Erst jetzt merkte sie, dass diese Hoffnung noch in ihr gelebt hatte. Bis die Boote gekommen waren, um sie mit dem gravilischen Trupp von der Halbinsel zu holen, hatte sie noch an ihre Befreiung geglaubt. Auf dem Marsch durch das Land auf der anderen Seite des Flusses hatte sie sich damit abgefunden, dass ihre Gefangenschaft wohl eine Weile andauern wurde. Am Tag in der Zelle hatte sie sich gefragt, was wohl aus den anderen Angehörigen der Expedition geworden war. Einen Imagolem hatte sie gesehen, steif wie eine Statue, obwohl der Kopf unbeschädigt war. Die Gravilier hatten ihn mit Eisenketten gefesselt, die ihn noch schwerer für die fluchenden Träger gemacht hatten. Aber von den imperialen Kriegern hatte sie nichts gesehen. Erst recht nicht von Domor.

Ihre Kehle war zu trocken, um zu schlucken. Domor hätte nicht geruht, bevor sie befreit gewesen wäre. Aber er hätte verletzt sein können. Verletzt und entkommen, um neue Kraft zu sammeln.

Die Beiläufigkeit, mit der Emala von seinem Tod sprach, ließ jedoch keinen Zweifel zu. Die Zauberpriesterin musste Gewissheit haben.

Wie eine Schlafwandlerin stieg Tarima im Griff des Mannes, der ihren Gemahl getötet hatte, die Treppe hinunter.

»Was machst du hier?«, fragte Emala in ihrem Rücken. »Erledigst du Ordonnanzdienste in deiner großen Nacht? Oder hast du im letzten Moment doch noch Angst bekommen?«

»Wir müssen reden«, gab Brotan zurück. »Es sind viel mehr gekommen, als wir erwartet haben.«

Spöttisch lachte die Greisin auf. »Macht dich der Einfluss nervös, den ich altes Zauberweib beim Volk habe? Dann stell dich darauf ein, dass er noch wachsen wird! Ich habe vor, unsere Heimkehr auf den Berg noch zu erleben. Du weißt, dass mir nur noch eine Handvoll Jahre bleiben.«

»Auf so viele Besucher ist Caldon nicht eingestellt.« Er drehte sich nicht um, sprach aber laut genug, damit ihn auch die hinter ihm Gehende verstand. »Die Herbergen sind voll. Sie zelten mitten in der Stadt!«

»Ein wenig Gastfreundlichkeit hat noch nie geschadet.«

»Die Karren kommen nicht mehr durch. Den Bäckern fehlt das Mehl, den Schneidern der Stoff, den …«

»Für ein paar Tage wird es gehen.«

»Es würde helfen, wenn sie die Zelte im Bannzirkel um den Trutzfels aufstellen dürften.«

Emala lachte auf. »So wird einem die kleinste Gunst vergolten! Ich habe ihnen gestattet, sich zu nahen, um unsere Gefangene zu bestaunen, und jetzt schlägst du vor, sie sollen sich gleich häuslich niederlassen, wo nur der Fuß eines Gesegneten den Boden berühren darf?«

Die Treppe endete auf dem Dach des Tempels. Sie betraten das Gebäude durch eine Öffnung in einem der Türmchen, die es krönten. Die Wendeltreppe war so eng, dass Brotan und Tarima sie nicht nebeneinander benutzen konnten. Der Krieger musste sogar schräg gehen, um Platz für seine breiten Schultern zu haben.

»Ein wenig Gastfreundschaft ...«, setzt Brotan an.

»Du vergisst dich!«, schnappte Emala. »Mag sein, dass ich dich nach der Zeremonie mit ›Ihr‹ werde anreden müssen, aber das gibt dir noch lange nicht das Recht, unverschämt zu werden. Gerade du solltest dem Trutzfels demütig begegnen. Du weißt, dass er uns den Sieg geschenkt hat.«

Tarima horchte auf.

»Meint Ihr etwa wegen des Siegels?« Auf der Treppe war es dunkel, aber im Gang, in den Brotan nun voranging, brannten Öllampen in Nischen. Schwarze Zackenmuster auf rotem Grund zierten die ordentlich verputzte Wand.

Hinter Tarima trat Emala ächzend in den Gang. Hier sah man ihr das Alter stärker an als oben auf dem Balkon. Ihre Schultern hatten weniger Spannung, und der Kopf mit dem schütteren Haar und dem fleischlosen Gesicht sank nach vorn.

»Was für ein Siegel?« Vergeblich versuchte Tarima, die Frage beiläufig klingen zu lassen.

Brotan beachtete sie nicht. Mit zusammengezogenen Brauen starrte er Emala an. »Unser Trupp hat den Überfall durchgeführt.«

»Und ich habe das Ziel ausspioniert, damit diese ganze Aktion überhaupt Erfolg haben konnte«, gab Emala ungerührt zurück.

Brotan ballte die Pranken zu Fäusten. »Wir haben gekämpft. Wir haben geblutet. Meine Kameraden sind gestorben, nicht Eure feinen Gardisten.«

»Tod oder Ruhm – so ist das doch bei euch Kriegern, dachte ich?«

Ruhm, überlegte Tarima. Danach hatte auch Domor gestrebt. Ruhm für Haus Eichfrost. Wie konnte sie ihn stolz machen?

Sie legte den Kopf in den Nacken, weil sie merkte, dass ihr wieder Tränen in die Augen stiegen. Sie durfte nicht weinen. Vielleicht hatte sich seine Seele doch irgendwie vom Körper lösen können, ohne über Jahre an einer modernden Leiche festzukleben. Wenn er sie jetzt sah, sollte er in ihr die Frau erkennen, die er geliebt hatte. Die Dame, die er an seiner Seite hatte wissen wollen, um seine Familie zu führen. Die mit ihm gemeinsam hätte aufsteigen sollen.

»Bring sie ins Schreibzimmer!« Fordernd zeigte Emala auf eine Tür.

Tarima vermied es, geführt zu werden. Erhobenen Hauptes schritt sie selbst in den bezeichneten Raum.

Er war vorbereitet, sechs Kerzen standen auf einem Tisch. Ein Tintenfässchen und eine Schreibfeder warteten neben einem Stapel Pergament. Ein großes Fenster mit bleigefassten Scheiben sorgte tagsüber sicher für Helligkeit, aber jetzt waren die Häuser jenseits des Bannzirkels nur dunkle Schatten im Grau der Abenddämmerung. Regale mit Schriftrollen stellten die Wände zu.

»Löse ihre Fessel«, forderte Emala, während sie an Tarima vorbei zum Fenster ging.

Sie fühlte, wie sich Brotan hinter ihr an den Lederseilen zu schaffen machte. Erst, als sich die Spannung löste und sie die Schultern bewegen konnte, begannen ihre Unterarme zu kribbeln. Unwillkürlich knetete sie ihre Handgelenke.

»Ihr könnt etwas für uns tun, Frau Eichfrost«, sagte Emala.

»Und wieso sollte mir das in den Sinn kommen?«

»Vorsicht«, riet die Zauberpriesterin. »In diesem Raum hält sich schon mehr Arroganz auf, als ich ertragen kann.«

Geräuschvoll schloss Brotan die Tür und lehnte sich mit verschränkten Armen dagegen.

»Das Volk hat sich vortrefflich an Euch ergötzt«, stellte Emala fest. »Nachdem das abgehandelt ist, wollen wir auch einen greifbaren Vorteil aus Eurer Anwesenheit ziehen. Ihr werdet einen Brief aufsetzen.«

»Seid Ihr selbst des Schreibens nicht mächtig?«

Tarima hörte, dass Brotan lachte, auch wenn er versuchte, das unter einem Husten zu verbergen.

Ruhig drehte sich Emala zu ihr um. »Ich nehme an, Eure Familie wird einen Brief von Eurer Hand besonders zu schätzen wissen.«

»Meine Familie habt Ihr ermordet.« Nun konnte Tarima die Tränen nicht länger zurückhalten. Domor und sie hätten gern Kinder gehabt. Es war nicht gelungen. Noch nicht. Sie hatten geglaubt, noch viel Zeit zu haben.

»Also gibt es niemanden auf dem Berg, dem Ihr ein wenig Silber wert seid?«, lauerte Emala.

Tarima konzentrierte sich auf ihre Hände. Mehrmals schloss sie sie und öffnete sie weit. Das Kribbeln nahm zu. »Lösegeld?«

Emala stellte sich lächelnd vor sie. »Ihr seid schön. Sicher findet sich jemand, der Euch als besonders gute Partie ansieht. Tut nicht so, als ob man auf dem Berg nicht wüsste, wie das Spiel um die Macht gespielt wird. Ich bin zuversichtlich, dass wir eine gut gefüllte Schatztruhe verlangen können. Die Witwe, die des Trostes bedarf ... das Haus, das nicht verwaisen soll ...«

Tarima spuckte ihr ins Gesicht.

Emala erstarrte.

Der Speichel lief an ihrem Nasenflügel herab, in eine Falte, die sich durch die dürre Wange zog.

Bedächtig griff sie den weiten Ärmel von Tarimas Kleid und putzte damit die Flüssigkeit ab. Dann trat sie zur Seite.

»Niemand tut so etwas ungestraft«, sagte sie. »Schlag sie!«

»Weshalb tut Ihr das nicht selbst?«, fragte Brotan. »Ängstigt sie Euch?«

Emalas Lider zitterten, aber ihre Stimme blieb ruhig. »Ist Gewalt etwa nicht dein Handwerk, Krieger?«

»Ich suche mir Gegner, keine Opfer.«

Obwohl sie noch immer kribbelte, schloss Tarima die Linke zur Faust und verbarg sie hinter ihrem Körper vor Emalas Blick. Sie würde keinen Schlag dulden, ohne darauf zu antworten! Während der Entführung und auch bei der Präsentation vor dem gravilischen Volk hatte sie auf unwürdiges Gezappel verzichtet. Sie zeigte den Stolz des Imperiums besser, indem sie mit Missachtung strafte, was man ihr antat. Aber dieser alten, bösen Frau die Faust ins Gesicht zu schmettern ... ihr ein blaues Auge zu verpassen oder gar die Nase zu brechen ... das wäre schon einen Aufenthalt in einer ungemütlichen Zelle wert. Und in diesem abgelegenen Raum würde niemand Zeuge, wenn Brotan sie niederrang. Hier gab es nichts zu verlieren. Sollte sie nur kommen!

Aber Emala hielt Abstand, als sie zur Tür ging. »Ich werde einen Gardisten schicken, der sich um sie kümmert.«

Brotan gab den Weg frei.

Auf dem Gang drehte sich die Alte noch einmal um. »Diesen Abend werdet Ihr bereuen …«, kündigte sie an. »Beide.« Sie nahm wieder ihre steife Körperhaltung ein, wie vor der Menge, und schritt davon.

Unschlüssig musterte Tarima Brotan.

Mit unsicherer Geste strich er über seine Tunika. »Dieser Aufzug ist nicht meine Idee …«

»Ihr habt meinen Gemahl getötet?«, unterbrach sie ihn.

Forschend sah er sie an. Dann nickte er knapp. »Er hätte dasselbe mit mir getan, wenn es ihm gelungen wäre. Wollt Ihr mir nun auch ins Gesicht spucken?«

»Nein … nicht ins Gesicht. Ich werde Euch die Augen aus dem Schädel pulen und dann werde ich in die leeren Höhlen speien. So macht man es mit den Bestien in der Arena, wenn sie einen Gladiator töten.«

Seine Lippen zuckten, aber er schwieg.

Schnelle Schritte näherten sich über den Flur. Es war kein Gardist, sondern Arlor, der sehnige Krieger, der zu Brotans Gefolge zählte. Im Wald hatte er eine dieser Armbrüste getragen, die so schwer waren, dass man dafür ein Geschirr brauchte. Heute trug auch er leichte Kleidung aus grünem Stoff.

Er hielt sich nicht mit einer Begrüßung auf. »Die Lurche sind gekommen!«

Brotans Brauen zuckten, seine Hand fand den Schwertgriff.

»Kein Angriff!« Obwohl er selbst aufgeregt wirkte, machte Arlor eine besänftigende Geste. »Offenbar haben sie gehört, dass wir einen Imagolem gefangen haben. Den wollen sie sehen.«

»Noch mehr Bewaffnete in der Stadt.« Brotan stöhnte. »Ich komme, sobald ein Gardist die Gefangene übernimmt.«

Arlor wirkte unzufrieden. »Ich suche einen.« Damit wandte er sich ab.

Nachdenklich sah Brotan Tarima an. »Ihr sprecht starke Worte für jemanden in Eurer Lage. Wir haben mehr gemeinsam, als Ihr denkt. Auch mich bringt mein Stolz oft in Schwierigkeiten.«

Behutsam setzte Kyrin das harte Eisen an der Ohrmuschel an. Die Spitze zielte auf die Höröffnung. Mit einem wohldosierten Schlag trieb Kyrin sie hinein.

Noch einmal knallte der Hammer auf die kupferverstärkte Schlagfläche.

Der Granit splitterte. Ein paar Krümel sprangen davon, die anderen kratzte die Magierin heraus, sodass sie aus dem Ohr der Statue fielen. Leise klickten sie auf die steinerne Schulter.

»Stets modellierst du menschliche Gestalten«, hörte sie eine Stimme hinter sich.

Kyrin wirbelte so heftig herum, dass sie beinahe vom Tritt der niedrigen Leiter abgerutscht wäre, die sie neben der Statue aufgestellt hatte.

Semire von Schneegrund stand am Fuß der Treppe. Sie trug ein festliches, rotes Kleid, akzentuiert mit Silberfaden und an der rechten Seite bis beinahe zum Oberschenkel geschlitzt. Der Stoff war etwas dunkler als ihr glattes Haar. Eine Strähne lag über ihrer Brust, sie reichte bis zur schlanken Taille. Kyrin vermutete, dass sich die Männer auch um Semire bemüht hätten, wenn sie nicht die Erbin eines der Tiefen Häuser gewesen wäre. Aber dann wären sie ihr wohl mit weniger Respekt begegnet.

»Habe ich dich erschreckt?« Mit einem spöttischen Lächeln kam Semire näher. Sie setzte ihre Schritte fest, wie ein Krieger.

Erstaunlich, dass Kyrin sie nicht auf der Treppe gehört hatte. Sie legte ihr Werkzeug auf das oberste Brett der Klappleiter und stieg die drei Sprossen zum Boden hinab.

Semire umrundete den bislang noch leblosen Granitmann und strich dabei mit den Fingerspitzen der Linken über die steinerne Gestalt. Auch ihre Nägel waren rot bemalt. Ein Geflecht aus kleinen, schwarzen Perlen lag über ihrem Handrücken, befestigt an Mittelfinger und Handgelenk. Wo sich die Stränge trafen, funkelten Rubinsplitter.

Die Statue bildete einen Mann nach, dem Semire nur bis zur weit vorgewölbten Brust reichte, obwohl sie mit den Absätzen an ihren Stiefeln einen Kopf größer war als Kyrin. An den Schultern wölbten sich die Muskeln, sodass man sie nur mit aneinandergelegten Händen abmessen konnte. Das Volumen der Oberarme verhinderte, dass die Arme eng an den Oberkörper gelegt werden konnten. Diese maskuline Erscheinung ließ am Geschlecht des künftigen Imagolems keinen Zweifel, obwohl das Gemächt zwischen den kräftigen Schenkeln fehlte.

»Immer ein menschlicher Körperbau«, flüsterte Semire. »Dabei nimmt der Tod doch so vielfältige Erscheinungsformen an.«

»Zusätzliche Waffen können die Schlagkraft erhöhen«, räumte Kyrin ein.

Semire tastete über die rechte Faust. Sie war so groß wie der Kopf eines Vorschlaghammers. »Wird er die Hände öffnen können?«

»Ich hoffe es.«

Mit noch immer spöttischem Ausdruck im Gesicht sah Semire sie an. »Wie lange liegt es zurück, dass dir das nicht gelungen ist?«

Kyrin strich über ihre blaue Lederschürze und mühte sich um eine gleichmütige Miene. »Ich war noch eine Gesellin.«

»Dann nehme ich an, dass es auch bei diesem hier gelingen wird. Aber ich frage mich, wieso du dich nicht an etwas Anspruchsvollerem versuchst.«

»Es ist keine Frage des Anspruchs.« Kyrin biss sich auf die Zunge. Sie hatte das Gefühl, dass Semire ständig auf einen Fehler von ihr lauerte. Und allzu oft gelang es der Grafentochter auch, sie aus der Reserve zu locken. Dabei stand Unbeherrschtheit gerade einer Magierin schlecht an.

»Wäre es nicht schwieriger, einen Imagolem mit vier Armen zu erschaffen?«, hakte Semire nach. »Von denen einer als Schwert ausgeformt ist, ein anderer vielleicht als Ramme?«

»Nicht, was die Steinmetzkunst angeht«, erklärte Kyrin. »Man muss nur die grundlegenden Regeln beachten, was die Gelenke betrifft. Und die Wege, die die Kraft in den Gliedern nimmt. Beweglichkeit … solche Dinge.«

»Das klingt mir doch ein wenig komplizierter, als einen menschlichen Körper nachzubilden.«

»Diese Regeln sind simpel, verglichen mit dem präzisen Schlagen der Formen. Der entscheidende Nachteil liegt in den Schwierigkeiten für den Verstand, der ein neues Heim im Stein finden wird. Ein exotischer Körper macht es einem Geist, der bislang in einem menschlichen Leib gewohnt hat, schwer, sich zurechtzufinden. Er muss die Bewegungen seiner neuen Glieder länger einüben und die Geschicklichkeit bleibt in der Regel dauerhaft hinter der eines menschlichen Körpers zurück. Die Instinkte, mit denen wir geboren werden und die sich in der Arena verstärken, sind nur noch bedingt von Nutzen.«

»Ja, wir alle vervollkommnen uns in dem, was wir tun, nicht wahr?« Semires Blick schweifte durch den Keller, entlang an den Halterungen mit Hämmern, Meißeln und Feilen, über die Schriftrollen mit Kyrins Aufzeichnungen, die beiden Werkbänke, die grob zurechtgehauenen Steine verschiedener Sorten, das Lager, auf dem die Magierin manchmal schlief. An der Bahre mit der Leiche blieb er hängen. Im Leben hatte der Gladiator eine dunkle, beinahe schwarze Haut gehabt. Der Tod behauchte ihn mit einer Blässe, als habe er sich mit Asche eingerieben.

»Heute gestorben?«, fragte Semire.

»Bei den Spielen zum Hornfest«, bestätigte Kyrin.

Semire sah von der Leiche zur Statue. »Ist sein Geist schon gewandert?«

»Der Wechsel ist noch nicht abgeschlossen.« Kyrin ärgerte sich über diese Frage. Semire spielte ihre Ahnungslosigkeit nur. Kyrin konnte sich nicht vorstellen, dass ihr die Bedeutung des unübersehbaren Buckels zwischen den Schulterblättern unbekannt war. Zwar gab es noch viele Stellen, an denen Kyrin Einzelheiten nachbessern wollte, aber dies war der einzige unbearbeitete Teil der Statue. Es sah aus wie eine Wucherung aus einer offenen Wunde. Nach der Beseelung würde Kyrin den Klumpen abschlagen und daraus die Leitfigur meißeln, die ihr gestatten würde, ihre Sinne mit denen des Imagolems zu verschmelzen. Dass dies noch nicht geschehen war, bewies jedem, der sich damit auskannte, dass der Transfer noch im Gange war. Deswegen war der Sockel, auf dem die Bahre ruhte, ja auch wie der Beginn einer Brücke geformt und die Statue stand auf einem Relief, das ein passendes Gegenstück zeigte.

»Man muss dir lassen, dass du sehr lebensecht arbeitest«, meinte Semire. »Diese Gesichtszüge ... als läge ihm etwas auf der Zunge.«

Lepp hüpfte auf die Werkbank, wo Kyrin die Steinbrenner herstellte. Das leichtgewichtige Äffchen kletterte über einen Stapel mit den halb fertigen Armbrustgeschossen, ohne ihn ins Rutschen zu bringen.

Kyrin bekam die knapp eine Elle langen Holzkeile geliefert und passte die Sandsteinkerne ein, die wie tropfende Kerzen geformt waren. Wenn das Holz gut gearbeitet war, lag die Hauptschwierigkeit darin, den Steinkern darin zu befestigen. Anfangs hatte sie es mit Nägeln und Zapfen probiert, inzwischen benutzte sie Haltezauber. Fingerlange Ketten aus Granitgliedern trugen sie. Sie durften nicht zu groß sein, damit sie die Flugeigenschaften nicht beeinträchtigten.

Lepp richtete sich zur vollen Größe von einer Handspanne auf, wobei er sich auf seinen mit einer Quaste versehenen Schwanz stützte, und strich sich mit den Händchen über die goldene Mähne, als wollte er sich für Semire hübsch machen. Die Grafentochter fütterte ihn ebenso wie Kyrins andere Äffchen ab und zu mit Trauben.

»Bist du wegen der angenehmeren Gesellschaft hier unten statt oben mit uns?«, fragte Semire. »Immerhin ist es das Abschiedsfest meines Vaters.«

»Ich werde ihn vor seiner Abreise noch treffen.«

»Sicher. Aber der Frage nach der angenehmeren Gesellschaft bist du ausgewichen.«

»Ich habe zu tun.« Kyrin zeigte auf die Statue.

»So dringend?« Semire musterte ihr Gesicht. »Nein, das ist es nicht. Vorgestern haben sie Tarisonn versteinert. Wenn mich nicht alles täuscht, wart ihr euch nah.«

»Natürlich. Wir haben …« Kyrin biss sich auf die Lippen. »… hatten denselben Gönner.« Dennoch war ›Nähe‹ übertrieben. Tarisonn war ein Eigenbrötler gewesen.

»Du und dein Bruder stehen höher in der Gunst meines Vaters, als es bei Tarisonn der Fall war, scheint mir. Wenn man eure Herkunft bedenkt …« Semire schlenderte zur Werkbank mit den Steinbrennern.

»Ich werde niemals vergessen, dass Euer Vater uns aus der Gosse geholt hat.«

»Erinnerst du dich noch daran, wie es dort gewesen ist? In der Gosse?«

»Ich bin mir unseres Glücks bewusst. Auf dem Weg zu den Magierwerkstätten komme ich an genügend Elenden vorbei, die es nicht hatten.«

Semire legte den Kopf schräg. »Ich nehme an, ihnen fehlt euer Talent.«

»Begabung ist kein Verdienst.«

Nickend wandte sich Semire den Werkstücken zu. Wie zuvor bei der Statue strich sie nun über die Steinkerne.

Lepp hüpfte erst auf einen entfernteren Stapel Holzkeile, um dann, als er merkte, dass ihn niemand einfangen wollte, zaghaft wieder näher zu kommen.

Lächelnd hielt Semire ihm die Hand hin.

Der Affe griff ihren Zeigefinger mit den Pfötchen und schnupperte daran. Als er nichts Essbares fand, verlor er das Interesse und sprang von der Werkbank.

Semire seufzte. »Du kannst es dir erlauben, dem Ball fernzubleiben. Man respektiert deine Profession.«

Es war nicht das erste Mal, dass Semire so etwas sagte. Kyrin wusste nicht, wie sie darauf antworten sollte. Es klang, als beneidete die Grafentochter das Mündel ihres Vaters. Natürlich respektierte man Magier auf dem Berg, aber für die Tochter des Landvogts von Haus Schneegrund galt das vielfach mehr. Wollte

Semire sie also nur zu einer unvorsichtigen Äußerung verleiten? Man sagte, dass sie sich das Gefolge des Hauses nicht nur über Gefälligkeiten loyal hielt, sondern auch über das Wissen um Dinge, die besser nicht bekannt wurden. Unangebrachter Stolz gehörte sicher dazu.

Schritte auf der Treppe erlösten Kyrin von der Notwendigkeit einer Erwiderung. Sie eilte zur Werkbank und breitete eine Wolldecke über die Steinbrenner. Zu ihrer Überraschung half Semire ihr dabei.

»Was ich noch sagen wollte …« Semire blickte sie an. »Domor Eichfrost wird vermisst, vielleicht ist er tot. Wir haben es gerade erfahren.«

Kyrin runzelte die Stirn. Domor war ein Magier, sie kannte ihn aus den Zauberwerkstätten. Kyrin und er waren gleichrangig; ihr schien, dass er ihr den raschen Aufstieg neidete, aber es lag unter der Würde des Adligen, das offen zu zeigen. Auch im Palast der Schneegrunds war sie ihm ab und zu begegnet, schließlich zählte er zur erweiterten Familie.

»Ist er nicht im Süden, um …?«

Semire unterbrach sie mit einem Wink und drehte sich zur Treppe um.

Ein Mann, den Kyrin auf Mitte dreißig schätzte, betrat den Keller. Sein Lächeln entblößte die blauen Zähne eines Adligen. Er trug eine enge Hose und eine weite, perlmuttfarbene Weste mit ausladenden Schulterstücken.

»Ah, im Gewölbe spürt man die schönste Frau des Abends auf!« Er stellte den linken Fuß nach hinten und verbeugte sich tief vor Semire.

Sie nickte. »Orim Flutgrau, wenn ich mich nicht täusche.«

»Es freut mein Herz, dass Ihr Euch meiner entsinnt, obwohl Ihr nicht die Zeit fandet, meine tumben Zeilen zu beantworten.«

»Ihr werdet verzeihen, dass mir ein Bedürfnis nach Ästhetik eigen ist.«

Orim erstarrte. Er überspielte seine Enttäuschung, indem er sich an Kyrin wandte. »Und wer hat das Glück, die Gesellschaft der Dame zu genießen, nach der man sich im Ballsaal verzehrt?«

»Ich heiße Kyrin.« Sie knickste, was mit der steifen Lederschürze, die bis zu den Fußgelenken reichte, sicher nicht elegant aussah.

»Kyrin …?«

»Nur Kyrin. Ich bin nicht von Adel.«

»Oh.« Er hob die Nase und sah wieder Semire an. »An einem solchen Abend pflegt Ihr Umgang mit dem Gesinde?«

»Die Pflicht des Adels kennt keine Ruhezeit.« Mit ihrem festen Schritt ging Semire zu ihm und hakte sich unter. »Aber vielleicht könnt Ihr mir ein wenig Erquickung verschaffen, auf dass ich neue Kraft schöpfe.«

Seine Brust schwoll an. »Nichts lieber als das!« Er führte sie zur Treppe.

Der Trutzfels war das spirituelle, nicht aber das militärische Zentrum Graviliens. Entsprechend klein war die Kriegerhalle in der umgebenden Stadt Caldon. Obwohl nur Veteranen Zutritt hatten, herrschte eine Enge, bei der das Anlegen der Paraderüstungen mühselig wurde. Dennoch war die Stimmung gut, beinahe schon ausgelassen.

»Das gefällt mir nicht.« Das Holz am Geländer der Empore knackte, weil Brotan die Fäuste so fest darum krampfte.

Krabaan zuckte mit den Achseln, sein Harnisch klapperte. Brust- und Rückenplatte bestanden aus leichtem Blech, der aus Kupfer gefertigte Hahn war wohl das Solideste an diesem Stück. Goldenen Rauten blitzten auf seinen Schultern. »Vielleicht beeindruckt der Imagolem die Lurche so sehr, dass eine Ära des Friedens anbricht.«

Brotan ermahnte sich, auf eine allzu scharfe Erwiderung zu verzichten. Immerhin sprach er mit einem Bannerführer. »Wer glaubt denn so etwas?«

»Niemand, schätze ich.« Ein Grinsen teilte Krabaans bärtiges Gesicht. »Ich jedenfalls nicht. Keine Sorge, wir werden nicht leichtsinnig.«

Brotan starrte zu den Lurchen hinunter. Sie selbst nannten sich Aquebalêebuula, aber kein Mensch benutzte die umständliche Bezeichnung. Stattdessen orientierte man sich an ihrem Aussehen: milchweiße Haut mit hellgelber Musterung, Glupschaugen, ein abgeflachter Schädel, Schwimmhäute zwischen den drei Fingern und den vier Zehen. Die aufrecht gehenden Kröten mieden die Sonne und eigentlich auch längere Aufenthalte außerhalb der Tümpel, die sie so liebten. Dass sie nach Caldon gekommen waren, bewies ihr großes Interesse. Sie trugen weite Lederpanzer, unter denen Zotteln hervorkamen, von denen Brotan nicht sagen konnte, ob es sich um Pflanzen oder um ein Gewebe handelte. In jedem Fall troffen sie vor Nässe. Der Boden des Wappensaals, in dessen Mitte sich das Dutzend Lurche versammelt hatte, war eine einzige Pfütze.

Krabaan strich sich über den Bart, der ebenso schwarz war wie seine dichten Brauen. Das raspelkurze Haupthaar dagegen hatte die Farbe von Kupfer. »Vergiss nicht, dass unsere Kriegerbünde viel von ihnen gelernt haben.«

»Das Töten, meint Ihr?« Die Worte verließen Brotans Mund, bevor er sie zurückhalten konnte.

»Die Stärke, die man braucht, um frei zu sein«, stellte Krabaan klar.

Brotan kannte die Annalen, die von der Besiedelung Graviliens berichteten. Nach der Vertreibung vom Berg hatten seine Ahnen Zuflucht im Waldland hinter dem Torn gesucht. Die Lurche waren ihnen jedoch überlegen gewesen. Der Preis für das Überleben hatte in Unterwerfung und Sklaverei für den Großteil des Volkes bestanden. Erst die Helden der Flusskämpfe hatten die alten Gewohnheiten der Kriegführung abgelegt und sich bei den Lurchen abgeschaut, wie man im Wald agierte. Nach Generationen hatte sich ein fragiles Gleichgewicht eingespielt, mit den Städten der Menschen in den trockenen Gegenden und den Aquebalêebuula, die ihre Feuchtgebiete hielten. Immer wieder kam es zu Scharmützeln und auch die Gerüchte um Siedlungen mit menschlichen Sklaven tief im Wald verstummten nie.

»Ich traue ihnen nicht«, knurrte Brotan.

»Das tut keiner von uns«, meinte Krabaan. »Umso besser, wenn man sie im Blick hat.«

»Wieso sind sie bewaffnet?«

Die Lurche hatten ihre Lanzen dabei. Die Widerhaken ihrer Bronzespitzen konnten mehr als faustgroße Fleischbrocken aus einem Menschen reißen. Brotan würde nie vergessen, wie solche Waffen seinen Vater und seinen Bruder zerfetzt hatten.

Krabaan lachte leise. »Keiner von uns würde unbewaffnet in eine ihrer Städte gehen.«

»Wenn wir dorthin gehen würden, hätten wir die Absicht, möglichst viele von ihnen zu töten.«

»Sie sind eben anders als wir. Lass dir diese Nacht nicht verderben. Sie macht dich zum Ritter und zum Hauptmann.«

Brotan atmete tief durch. In der Tat besänftigte ihn diese Aussicht ein wenig. Als Hauptmann hätte er seinen eigenen Trupp. Er würde die Ostgrenze sichern. Dort gab es Siedlungen, die dringend auf einige gute Krieger angewiesen waren. Nur wenige Offiziere interessierten sich dafür, die Grenze lag zu weit entfernt, um Ruhm zu versprechen. Stattdessen konnte man dort einen Sinn innerhalb des Lebens finden, das man als Krieger führte, und das war Brotan wichtiger.

»Ihr Stamm lebt im Süden, in den Seen zwischen Orburg und Trasston«, erklärte Krabaan in versöhnlichem Ton. »An drei Seiten sind sie von unseren Stellungen eingeschlossen. Vielleicht wollen sie wirklich Frieden.«

Brotan presste die Zähne aufeinander. Der metallische Bogen an seinem Kiefer knirschte an der Verbindung zum Knochen.

Das Geräusch irritierte Krabaan sichtlich, obwohl es harmlos war. Er schien erleichtert, als ein Knappe, dessen Haar trotz seiner Jugend schlohweiß war, ihnen die Kampfhämmer brachte.

Brotan besah die Waffen mit den eineinhalb Schritt langen Eichenstielen und den wuchtigen Köpfen aus mattem Eisen. »Etwas grob für unseren Aufzug.« An einem der Stiele zeugten sogar Kerben davon, dass man ihn benutzt hatte, um Klingen abzuwehren.

Krabaan lachte auf. »Wir wollen doch etwas zertrümmern.

Oder jemanden.« Er runzelte die Stirn. »Wie ist das für dich? Ist so ein Imagolem eher eine Person oder ein Ding?«

»Er ist ein Feind.« Brotan beherrschte sich, um bei diesen Worten nicht wieder zu den Lurchen hinunterzusehen.

Krabaan sah ihm fest in die Augen. »Wenn die Sonne aufgeht, wird es einen Feind weniger und einen Ritter mehr geben.«

Die Veteranen verließen die Kriegerhalle. Draußen wartete Arlor auf Brotan. Den Zierharnisch bedachte der hagere Waffenschmied mit einem spöttischen Grinsen. »Fein herausgeputzt und aufpoliert.«

»Was man nicht alles tut, um ein eigenes Kommando zu bekommen.«

Inzwischen herrschte viel Betrieb in der Schreinergasse. Sie verloren die Verbindung zu den Veteranen, was Brotan aber recht war. Beim Imagolem würden sie sich wiedertreffen und alles, was ihm vorher noch die Ernennung zum Ritter verderben könnte, war seine lose Zunge. Besser, wenn niemand in Hörweite war, bei dem seine Unbeherrschtheit Schaden anrichten mochte.

Sie erreichten die Held-Morton-Treppe, die zum Schwertplatz hinabführte.

»Gibt es auch nur eine einzige Stadt in Gravilien, aus der keine Abordnung hergekommen ist?«, murrte Brotan.

»Du musst Emala lassen, dass sie etwas davon versteht, das Volk zu begeistern«, meinte Arlor.

Die Menschen in der umgebenden Menge spürten wohl trotz der allgemeinen leichten Trunkenheit, dass die beiden echte Krieger waren, mit denen man sich besser nicht anlegte. Die Feiernden hielten Abstand, während sie nach guten Plätzen suchten, um dort auf den Beginn des Spektakels zu warten.

Auf dem Schwertplatz drängte man sich um das eckige Podest, das sonst nur aufgebaut wurde, wenn jemand hingerichtet werden sollte. In gewisser Weise war das auch jetzt der Fall. Der bewegungslose Imagolem erhob sich auf den dicken Holzbohlen. Vier Kohlebecken standen unmittelbar neben ihm, in einem Kreis aus acht brusthohen Fackeln. Das Licht reichte aus, um ihn auch in der Dunkelheit gut zu beleuchten. Zugleich gaben die

Schatten, die die zuckenden Flammen auf der kantigen Oberfläche des Steinmanns tanzen ließen, ihm etwas Lebendiges, als besäße das Gesicht eine Mimik und als bewegten sich die Arme, weil sich der wuchtige Brustkorb unter Atemzügen weitete. Das war natürlich Unsinn, Imagolems atmeten nicht. Sie konnten einen Fluss auf seinem Grund durchwaten.

»Wie viele sind das?« Brotans Blick schweifte über die schattenhafte Menge, in der nur an wenigen Stellen Öllampen brannten. Auch auf den Balkonen der umstehenden Häuser drängten sich die Menschen. Jugendliche Heißsporne hatten sich sogar auf die spitzen Dächer gewagt, was in manchen Fällen zu Streit mit den Hausbesitzern führte.

»Eintausend«, schätzte Arlor. »Und zehn mal so viele in der Stadt.«

»Das kann nicht gut gehen.«

»Wenn die Büttel nicht hinsehen, verdreifachen die Wirte ihre Preise«, berichtete Arlor, »und dabei wird es nicht bleiben.«

»Und das alles nur wegen des Imagolems?«, fragte Brotan.

»Viele wollen ein Stück von ihm, wenn er erst zertrümmert ist. Aber viele sind auch hier, weil Emala zu einem Heerzug gegen den Berg aufgerufen hat.«

»Das ist Wahnsinn«, urteilte Brotan.

»Gestern habe ich das auch noch gedacht.« Sie begannen, die Treppe hinunterzusteigen. »Aber jetzt … die Straßen sind voll von Männern, die glauben, auf dem Berg warteten Gold und Silber nur darauf, dass sie es sich nähmen.«

Brotan schüttelte den Kopf. »Unsere Vorführung wird sie noch in der Einschätzung bestärken, das Imperium sei verwundbar.« Sein Fuß schmerzte nicht mehr, aber der Stiefel fühlte sich eng an.

»Wenn es Emala gelingt, das gesamte Volk zu mobilisieren …«, überlegte Arlor, »jeden, der eine Waffe über ein paar Hundert Meilen tragen kann … das wären hunderttausend Krieger.«

»Hörst du dir überhaupt selbst zu?« Verärgert wischte Brotan durch die Luft. »Ein solches Heer trinkt jeden Tag einen See leer und vertilgt die Speicher eines ganzen Dorfes. Eine Woche auf dem Marsch, dann knurren die Mägen. Ein Mond, und die Hälfte ist desertiert. Die Übrigen gehen sich gegenseitig an den Hals für einen Kanten Brot.«

»Es gibt Offiziere, die mehrere Marschkolonnen vorschlagen.«

Entgeistert sah Brotan ins magere Gesicht seines Freundes.

»Fünf«, sagte dieser. »Oder auch sieben. Je nachdem, wie viele Bewaffnete es werden. Bei mehr als fünf gäbe es schwieriges Marschgelände, in dem …«

»Hör sofort auf oder ich haue dir eine runter, damit du wieder zu Verstand kommst!«

»Es ist nicht mein Plan«, verteidigte sich Arlor eine Spur beleidigt.

»Wie viele Offiziere hat Emala auf ihrer Seite?«

Arlor zuckte mit den Achseln. »Schwer zu sagen. Die Hälfte?«

Brotan schnaubte. »Der Irrsinn greift um sich!«

»Ein Feldzug bedeutet Ruhm, Beute, Orden …«

Sie erreichten den Fuß der Freitreppe. Hier hatten einige Jugendliche eine Decke auf dem Pflaster ausgebreitet und verteidigten den Platz, auf dem sie Gebäck und Kelche drapiert hatten. Nur einer von ihnen stand und spähte zum Podest mit dem reglosen Imagolem, um den anderen Bescheid zu geben, wenn sich etwas täte.

Brotan trat nah an Arlor heran, damit er so leise sprechen konnte, dass die Umstehenden ihn nicht verstanden. »Ein Feldzug«, zischte er, »bedeutet, dass wir unsere Heimat schwächen.«

»Das kommt darauf an, was man als Heimat ansieht.«

»Willst du unsere Städte aufgeben?«, fragte Brotan eindringlich. »Alles, was unsere Eltern, unsere Großeltern und deren Eltern aufgebaut haben? Dann haben sie ihr Blut vergeblich gegen die Lurche vergossen!«

Sie erreichten das Podest beinahe als Erste. Lediglich drei Veteranen waren vor ihnen eingetroffen. Brotan erkannte nur Baschil, einen bulligen Greis, dessen mit Holzkugeln beschwerte Schnurrbartspitzen neben seinem Kinn baumelten. Trotz seines Alters war der Griff, mit dem er Brotan nach oben half, fest.

Im roten Licht von Fackeln und Becken bot der Imagolem einen imposanten Anblick. Wäre das Lähmungssiegel nicht gewesen, hätte er das Podest sicher mit seinen Steinhänden auseinanderreißen können.

Auch auf den Gesichtern der Menge tanzte das feurige Licht. Brotan sah die Faszination in den Mienen von Männern und Frauen, sogar von Kindern. Es war etwas anderes, eine solche Menschenmasse von Ferne zu beobachten, als sich im Zentrum ihrer Aufmerksamkeit zu finden. Diejenigen, die sich hier versammelt hatten, hofften nicht nur auf Unterhaltung mit einer Prise Schaudern. Brotan erkannte auch Gier in ihren Augen. Die Zauberpriesterin hatte ihnen versprochen, dass die Mühsal ihres Alltags, die Krankheiten, die der Wald brachte, die Feindseligkeit der Lurche, die Enge der Städte, dass all das hier zurückbleiben würde, wenn sie zum Berg zögen und sich zurückholten, was ihre Ahnen verloren hatten.

Brotan hockte sich nieder und sah in das Gesicht von Arlor, der direkt vor dem Podest stand. »Emala hat etwas geweckt, das sie nicht wieder in den Schlaf wiegen kann«, raunte er.

Arlor blickte sich beklommen um.

Ein Dutzend Veteranen kam nach und nach auf das Podest. Auch Brotan nahm nun seine Position ein, sie bildeten einen Block, drei Reihen tief, vier Glieder breit. Er stand ganz hinten.

Krabaan hielt den Kampfhammer in beiden Händen waagerecht vor dem Oberschenkel, während er um den Fackelkreis schritt und zur Menge sprach. »Der Schatten des Berges fällt auf jeden Wanderer und auf jedes Haus!«, rief er. »So sagt man. Und dieser Schatten erdrückt jeden, der den Unwillen des Berges erregt. Doch unsere Krieger haben bewiesen, dass das nicht stimmt! Sie waren jenseits des Torn und haben dem Imperium seine Steuereinnahmen abgetrotzt. Mehr noch: Ihr habt die Frau des Zauberers gesehen. Und jetzt seht ihr den Imagolem.«

»Und die Lurche«, murrte Brotan leise. Die Bleichhäute standen an der Ostseite vor dem Podest. Die Fackeln glänzten auf den bronzenen Speerspitzen. Die Farbe einiger Reflexe ähnelte der von Blut.

Die Menschen auf dem Platz waren klug genug, Abstand von den fremden Kriegern zu halten. Deren Glupschaugen waren starr auf den Imagolem gerichtet, als hofften sie, eine entscheidende Einzelheit zu entdecken, die ihnen bislang entgangen war.

Auch Krabaan blickte nun den Imagolem an. »Das ist also einer dieser unbesiegbaren Krieger des Imperiums.« Spöttisch lachte er auf. »Der einzige, der es über den Torn geschafft hat.«

Die Menge grölte höhnisch.

Brotan runzelte die Stirn. Krabaans Darstellung konnte man leicht so auffassen, dass die gravilischen Krieger alle anderen Imagolems erschlagen hatten. In Wirklichkeit waren sie selbst nur mit knapper Not entkommen.

»Unserem Hauptmann Ilton haben diese Wesen einen ehrenhaften Tod verschafft!«, rief Krabaan. »Wir werden seiner in Würde gedenken. Die heutige Nacht dient auch dazu, die Lücke zu schließen, die er hinterlassen hat. Brotan! Erschlage die Bestie!«

Der Kriegerbund erhob seine Mitglieder normalerweise in den Ritterstand, indem sich der Aspirant gemeinsam mit Offizieren einem wilden Tier stellte. Ursprünglich hatte man damit immer auch eine Jagd im Wald verbunden, bei der man erwartet hatte, dass der angehende Ritter die Beute aufspürte. Je größer der Gegner gewesen war, den er gefunden hatte, desto besser galt das Vorzeichen für den Ruhm, den sich dieser Mann noch erwerben würde. Heutzutage nutzte man in der Regel gefangene Baumschlinger oder Blutkatzen, aber in dieser Nacht sollte es der Imagolem sein.

Die Kameraden versammelten sich hinter Brotan.

Wieder fragte er sich, ob er einer Person oder einem Ding gegenüberstand. Dieser Steinmann hatte ihm arg zugesetzt, doch jetzt war er erstarrt. Brotan kannte kein Zögern, wenn es galt, einen Gegner im Kampf zu töten. Aber in dieser Erstarrung glich der Imagolem einem Schlafenden.

»Strecke ihn nieder!«, forderte Krabaan feierlich. In der Menge bemerkte hoffentlich niemand, dass dieser Befehl im Zeremoniell eigentlich nicht vorgesehen war.

Brotan holte aus. Entweder, der Imagolem war nur eine Statue. Dann war es bedeutungslos, ihn zu zerstören. Oder er war ein Gegner, der gekämpft und verloren hatte. In diesem Fall musste er den Tod erwarten, ebenso, wie Brotan es an dem Tag täte, an dem er unterliegen würde.

Dennoch fühlte sich Brotan unwohl bei dem Gedanken, den Kopf eines Wehrlosen zu zerschmettern. Er führte seinen Schlag gegen die linke Schulter. Mit einem Knall traf der Hammer auf. Eisern hielt der Krieger den Stiel der Waffe umklammert. Steinsplitter spritzten davon.

Einige Herzschläge lang regte sich niemand. Stille lag über dem Schwertplatz.

Die Veteranen traten neben Brotan. Baschil schwang seinen Hammer gegen den Bauch des Steinmannes. Der Eisenkopf knallte, aber der Imagolem bewegte sich kein Stück und der Treffer hinterließ keine Spur. Unwillig grollte der bullige Ritter.

Die Kameraden kamen ihm zu Hilfe, auch Brotan. Bald ging es weniger um den Imagolem als darum, sich mit den anderen Kriegern zu messen. Mit grimmiger Befriedigung erkannte Brotan, dass seine Schläge die stärkste Wirkung zeigten. Wo sein Hammer traf, platzten Splitter vom Stein. Am Handgelenk tat sich sogar ein Riss auf, den auch Baschil bemerkte. Abwechselnd schlugen sie auf diese Stelle ein, wie zwei Schmiede, die ein Werkstück gemeinsam bearbeiteten. Schließlich gab die klobige Steinhand nach und polterte auf die Bohlen.

Baschil lachte und trat hinter den Fackelkreis zurück, um Platz für einen anderen Kameraden zu machen. Nur vom werdenden Ritter erwartete man, dass er unermüdlich angriff, bis die Bestie erlegt war.

Brotan fragte sich, wann dieser Punkt beim Steinmann erreicht wäre. Wenn der Kopf nicht mehr auf den Schultern saß? Oder musste man ihn völlig zertrümmern?

Noch spürte er keine Erschöpfung. Er führte den Hammer in einem weiten Schwung von unten herauf gegen eine Kante an der Brust, wo zwei Flächen aufeinanderstießen.

Schlag auf Schlag traf den Imagolem, aber in stummer Übereinkunft sparten die Krieger den Kopf aus. An den linken Arm erinnerten nur noch unterschiedlich große Trümmer auf dem Boden. In der rechten Flanke klaffte ein Loch, das sich bis auf den Rücken zog.

Brotan hatte nicht bemerkt, wann die Rufe in der Menge begonnen hatten, aber jetzt tobte sie. Die Zuschauer ergötzten sich an der Zerstörung des Steinmannes. Ihr Zorn und ihr Triumphgefühl spornten Brotan an. Dies war die Nacht, die ihn zum Ritter machen und ihm sein Kommando verschaffen würde! Waren die Ränke in Gravilien auch oft undurchsichtig, so war die Aufgabe vor ihm – den Imagolem zu zerstören – klar und greifbar. Inzwischen brannten seine Muskeln, doch das gab ihm nur umso mehr das Gefühl, sein Schicksal selbst zu formen. Wieder und wieder schlug er zu.

Besonders kühne Jugendliche sicherten sich schon jetzt ihre Steinsplitter. Sie kletterten auf das Podest, erhaschten ein Stück und sprangen zurück in die Menge, bevor man sie fangen konnte. Die Büttel versuchten es auch nicht ernsthaft, die Stimmung dieser Nacht ergriff sie ebenfalls.

Zwei Veteranen bearbeiteten den Rücken, vergrößerten dort das Loch. Ein Mensch wäre an einer Wunde dieser Größe gestorben, nicht nur wegen des Blutverlustes, sondern auch, weil sie den Bereich erfasste, in dem das Rückgrat verlief. Vielleicht machte das die beiden leichtsinnig. Ihr Takt wurde unsauber, die Hämmer trafen sich auf dem Weg zum Ziel. Einer von ihnen sprang nach oben aus der beabsichtigten Bahn. Der Hammerkopf traf das zwischen den Schulterblättern angebrachte Lähmungssiegel.

Die Erschütterungen durch die unablässigen Schläge gegen den Steinkörper mochten das Wachs brüchig gemacht haben, mit dem das münzgroße Artefakt am Imagolem befestigt war. Jetzt gab es nach, das Siegel fiel zu Boden.

»So viel Wunderbares steht von dieser Reise zu erwarten!« Aufgeregt flatterte Alita Blitzdorn mit ihrem Fächer.

Die Dame musste etwa in Quilûns Alter sein, knapp dreißig Jahre, aber durch das Puder auf ihrem Gesicht sah sie jünger aus. Verschiedene Schattierungen setzten die hohen Wangenknochen ab, verlängerten die Augenwinkel und hellten die Stirn auf, über der sich das schwarze Haar zum Hinterkopf hin in einem Dorn erhob. Zusätzlich umschmeichelte ein Teil ihres Haars den Hals und lag auf ihren Schultern. Ihr taubenblaues Kleid war vergleichsweise züchtig gehalten, was den Ausschnitt anging, betonte aber die Rundungen der schlanken Frau.

Mehr als ihr schöner Körper beeindruckten Quilûn jedoch die klugen Bemerkungen der Baroness Blitzdorn. Sie bewunderte seine Gemälde nicht nur, sie verstand auch etwas davon. Sie fragte danach, wie er das Weiß anmischte und ob er verraten wolle, wie er verhinderte, dass es mit den Jahren einen Gelbstich bekam. Sie betrachtete den Strich, mit dem er die Farben aufgetragen hatte. Im Gegensatz zu den anderen, die sich aus der Menge lösten, um die Leinwand ebenfalls aus nächster Nähe in Augenschein zu nehmen, verriet ihr wissender Blick, dass sie bemerkte, wie oft er den gegabelten Schwanz des Rotmilans übermalt hatte, bis er schließlich aufgegeben und sich für eine zufriedenstellende, wenn auch nicht perfekte Variante entschieden hatte. Die selbstverständliche Leichtigkeit einzufangen, mit der der Raubvogel sich vom Wind am Südosthang des Garohl, eines Nebengipfels des Ianapat, hatte tragen lassen, war ihm nicht gelungen. Alita hatte ihm sogar zugezwinkert, was wohl bedeutete, dass sie das Geheimnis des Künstlers bewahren würde. Die anderen hatten sich in nichtssagendem Lob ergangen: fantastisch, majestätisch, einmalig, unbeschreiblich. Letzteres war wenigstens ehrlich aus der Perspektive eines Beobachters, der schlicht keinen geschulten Blick hatte.

Jetzt hatte sich Alita wieder in das Halbrund der Betrachter zurückgezogen. Quilûn stand neben der Staffelei, die ein kleineres Bild hielt. Es zeigte einen Krieger mit einem Kopfverband, einen armen Mann, dem er im Heilerhaus der Clerroniten begegnet war, wo man Kranke und Verletzte versorgte, ohne Entlohnung zu verlangen. Für das Modellsitzen hatte Quilûn ihm zwei Silbertaler gegeben, obwohl seine Vorstellungskraft weit gewandert war. Der Krieger hatte, anders als auf dem Bild, keinen buschigen Schnurrbart, wohl aber eine Narbe, die sich über das linke Auge zog. Die hatte Quilûn weggelassen, sie hätte die Aufmerksamkeit vom tief nachdenklichen Blick abgelenkt.

»Ein gewisser Edelmut liegt darin, wie einfache Menschen ihr Leid ertragen«, meinte Alita, und Quilûn bemerkte, dass ihre Worte ausdrückten, was er nur mit seinen Pinseln zu erzählen vermochte.

»Ich bin froh, dass ein Bild bloß vermittelt, was das Auge erfasst.« Um seine Bemerkung zu unterstützen, verschloss Barn Falkenkrall mit den Kuppen von Zeigefinger und Daumen die Nasenlöcher. Dadurch klang seine Stimme geziert. »Diesen Kämpfer umwehte sicher ein zweifelhafter Odor, wobei der Schweiß noch zu den geringeren Übeln zählen dürfte.«

Niemand lachte. Barn nahm seine Hand wieder herunter. Ihn selbst umgab ein süßlicher Duft.

»Man sieht die stoische Gelassenheit im Blick dieses Mannes«, meinte Alita und die anderen nickten zustimmend.

Sie entblößte ihre bläulichen Zähne in einem freundlichen Lächeln. »Diese Reise wird für dich harte Arbeit bedeuten, Quilûn. Stets musst du nach lohnenden Motiven Ausschau halten, und man wird sicher nicht allzu lange rasten können, bevor man weiterzieht. Oft wird es schnell gehen müssen.«

»Manchmal ist das förderlich«, versicherte Quilûn. »Nahende Verpflichtungen bewahren vor müßiger Grübelei.«

»Löblicher Fleiß spricht aus deinen Worten.« Sie klappte den Fächer auf. Zu Quilûns Bedauern verbarg sie ihr Lächeln dahinter. »Aber wir alle sollten dafür sorgen, dass unsere Künstler nicht vor Erschöpfung dahinsiechen. Wirst du jemanden dabeihaben, der dir zur Hand geht?«

»Graf Golar hat gestattet, dass ich meinen Sohn mitnehme.«

Überrascht lüpfte sie eine Braue.

»Er muss erwachsen werden«, sagte Quilûn, wie um sich selbst zu überzeugen.

»Du kannst keinen Sohn haben, der an der Schwelle zum Mann steht«, zweifelte Alita.

»Erlyk ist elf.«

»Schon?«

Quilûn kannte den Blick, mit dem sie sein Gesicht musterte. Er hatte ihn oft bei anderen Malern gesehen, wenn sie jede Einzelheit eines Motivs erfassen wollten, ohne sich von einem Ersteindruck blenden zu lassen. Ein guter Maler musste die Dinge so sehen, wie sie waren, nicht so, wie sie im ersten Moment wirkten. Sonst bildete er die Wirklichkeit immer primitiv ab, selbst wenn seine Hand sicher und seine Farben von bester Qualität waren.

»Ich war siebzehn, als mein Sohn geboren wurde«, erklärte Quilûn.

»Da bist du ja früh auf den Geschmack gekommen!«, rief Barn.

»Manche früh – andere nie«, entgegnete Alita spitz.

Das Puder auf Barns Gesicht verbarg nur unvollständig, dass sich seine Wangen verdunkelten. Jeder wusste um seine Vorliebe für Knaben.

Ein Streit, der sich vor einer Tür in der Nordwand zutrug, zog die allgemeine Aufmerksamkeit auf sich. Dort stand Semire von Schneegrund. Wegen des Rots sowohl in ihrem Kleid als auch in ihrem Haar und ihrer schlanken, hohen Gestalt erinnerte sie Quilûn an eine Flamme, die sich auf einer einsamen Kerze in die Höhe reckte. Sie löste ihre Hand vom Ellbogen eines vielleicht Dreißigjährigen, der eine perlmuttfarbene Weste mit weit ausragenden Schulterstücken trug und den vor ihm stehenden Tarin Kalthorn grimmig anstarrte.

»... dort unten nichts zu suchen!« Mit großer Geste schlug Tarin ihm einen Lederhandschuh erst auf die rechte, dann auf die linke Wange und ließ ihn fallen.

Der Geschlagene setzte zu einer Erwiderung an, aber Semire kam ihm zuvor. »Lasst Euch nicht zu Albernheiten hinreißen, Orim!« Sie fasste Tarin ins Auge. »Ich bin kein Pferd, das man in eitlem Wettstreit gewinnt! Männer, die sich aufplustern, finde ich so lächerlich wie zerzauste Gockel auf einem Misthaufen. Ich hoffe, Ihr seid kein solcher Mann, Tarin! Mag es angehen, dass Euer Handschuh Euch nur entglitten ist?«

»Jeder hat doch gesehen, dass ...«, setzte Quilûn flüsternd an.

Eigentlich sprach er nur zu sich selbst, aber Alita unterbrach ihn, indem sie die Linke mit gestrecktem Zeige- und Mittelfinger erhob. Bei einem Windpriester hätte diese Handhaltung zu einer Segnung getaugt, bei ihr bat sie auf huldvolle Weise um Aufmerksamkeit. Quilûn bezweifelte, dass sie außer ihm jemand sah. Sie sprach so leise, dass nur er sie verstand.

»Sie öffnet ihm eine Tür, durch die er zurücktreten kann«, erklärte sie. »So kann dieser Abend ohne Blutvergießen ...«

»Meinen Stolz nehmt Ihr mir nicht!«, rief Tarin.

Quilûn fragte sich, ob Tarin ihm nur deswegen so imposant erschien, weil er ihn einmal mit Schwert und Harnisch mit dem Fuß auf dem Haupt eines Sumpfschlingers gemalt hatte. Tarin hatte dieses Tier im Westen erschlagen, um sein Gelege für die Arena zum Berg zu bringen. Der Schädel hatte keinen Zweifel daran gelassen, dass die Bestie einen Mann in der Mitte zerbeißen konnte, und ihre Jungen hatten ein paar Jahre später mehrere Gladiatoren das Leben gekostet. Heute trug Tarin eine dunkelblaue Tunika und ein schwarzes Stirnband, das er der Mode entsprechend lässig geknotet hatte, sodass die Zipfel auf den Rücken fielen. Aber die für seine dreieinhalb Jahrzehnte ungewöhnlich tiefen Falten, die sich schräg durch die Wangen in seinem ledrigen Gesicht zogen, gaben dem Abenteurer eine Verwegenheit, der niemand gleichkam. Selbstverständlich hatte Quilûn Porträts alter Helden studiert, denn solche Gemälde waren stets gefragt. Es gab Möglichkeiten, jedermann heroisch in Szene zu setzen, ohne ihn bis zur Unkenntlichkeit zu verfremden. Aber bei Tarin hatte er keine dieser Methoden anwenden müssen. Schon das Eisengrau seiner Augen warnte jeden, dass er einem Mann gegenüberstand, den der Tod nicht schreckte und der zugleich immer neuen Ruhm suchte wie ein Trinker den Wein.

Dem Blick aus diesen Augen hielt Orim nicht stand. Er sah zu Boden, auf den Handschuh, der dort lag.

Semire verschränkte die Arme. »Niemand sagt etwas gegen …«

»Orim Flutgrau hat herumgeschnüffelt, wo er nichts zu suchen hat!«, donnerte Tarin. »Er benimmt sich wie eine Ratte, die nach Zuckerwerk sucht.«

»Das ist zu stark!«, fuhr Orim auf. Nun sah er seinem Herausforderer doch wieder ins Gesicht.

Graf Golar eilte von der anderen Seite des Saals herüber. »Die Freude meines Festes soll ungetrübt bleiben!« Wie seine Tochter war er in Rot gekleidet, aber heller. Schlitze in den aufgebauschten Ärmeln offenbarten den gelben Unterstoff. Er schwitzte, im prachtvollen Gewand musste sich die Wärme stauen. Vor seiner Brust hing an einer langen Kette ein Schneekristall aus Silber. Sein dichter, aber kurzer Bart war noch immer tiefschwarz, durch das Haupthaar zogen sich jedoch graue Strähnen.

»Tarin sollte zurückziehen«, flüsterte Alita. »Dies ist der Palast seines Herrn, und wenn der seine Ehre nicht beschädigt sieht, gibt es keinen Grund mehr für ein Duell.«

Quilûn schüttelte den Kopf. »Nicht Tarin. Er ist niemand, der zurücktritt. Aber vielleicht der andere. Kennt Ihr diesen Orim?«

»Weitläufige Verwandtschaft.«

Damit hatte Quilûn gerechnet. Die Häuser Blitzdorn und Flutgrau gehörten beide zum Gefolge der Sturmrufs. Im Adel bahnten sich Hochzeiten oft auf Festen wie diesem an. Anders als am heutigen Abend blieben die Angehörigen eines Tiefen Hauses dabei jedoch meist unter sich. Deswegen fanden die Eheschließungen oft zwischen den kleineren Häusern innerhalb einer Fraktion statt.

Man schuf eine Gasse für Graf Golar.

»Bitte, meine Freunde! An diesem Abend wollen wir Sorge und Grimm beiseiteschieben. Wir wollen fröhlich sein und Spaß haben!«

»Der Spaß geht jetzt richtig los!«, rief jemand, den Quilûn in der sich sammelnden Menge nicht ausmachen konnte. Die

Gäste drängten sich, respektierten jedoch einen Abstand von einigen Schritt vor den beiden Männern und Semire, als liefe dort eine unsichtbare, aber spürbare Grenzlinie durch den Boden. Selbst der Graf hielt inne, bevor er die vordersten Zuschauer hinter sich gelassen hatte. Fächer flatterten, Weinkelche wurden geschwenkt. Da sich die Bilder und somit auch Quilûn und sein Publikum jenseits der gedachten Linie befanden, hatte er freie Sicht auf das Geschehen.

Ein grauhaariger Mann mit Kugelbauch und perlenbesetzter, kurzer Jacke über einem weißen Rüschenhemd trat einen Schritt aus der Menge. »Ich weiß, dass mein Sohn kein Feigling ist!«

Orim schluckte, hockte sich hin und nahm den Handschuh auf. Im Hochkommen räusperte er sich.

Tarin hob das Kinn und schob es ein wenig vor, eine Mimik, die Quilûn häufig bei siegessicheren Arenakämpfern beobachtete.

Erwartungsvolles Schweigen füllte den Saal. Die Menge schien zu verschmelzen, nur noch von dem einen Wunsch beseelt, die Bedingungen des Duells zu erfahren. Sogar Semire von Schneegrund war zwei Schritt zurückgetreten und beobachtete nun stumm.

»Dolche!«, rief Orim fest.

»Jetzt!«, verkündete Tarin den Zeitpunkt.

Die Spannung löste sich in einem Raunen.

»Aber nicht in meiner Festhalle!« So hart klang Graf Golars Stimme selten.

»Dann unter dem Baum.« Ungerührt wandte sich Tarin um und schritt auf die breite, aber nur fünf Stufen hohe Treppe an der Westwand zu, hinter der sich das Portal erhob. »Ich erwarte Euch, Flutgrau.«

»Lange werdet Ihr nicht allein ausharren!«, versprach dieser. Sein Vater kam zu ihm, dazu einige andere Adlige, alles Männer. Die Damen sammelten sich in tuschelnden Kreisen. Zofen eilten mit Schultertüchern und kurzen Umhängen herbei, einige auch mit flachen Schuhen, die ihren Herrinnen draußen bessere Dienste leisten mochten als das hochhackige Schuhwerk, das man auf dem Tanzboden bevorzugte.

Der Imagolem brüllte. Trotz seiner Verletzung riss er den Oberkörper herum und hob dabei den verbliebenen Arm mit geballter Faust auf Schulterhöhe. Diese Steinkeule traf Baschil am Kopf.

Die Menge sollte die Helden dieses Abends gut erkennen und im Gedächtnis behalten. Daher trugen sie keine Helme. Nun wurden eintausend Zuschauer Zeugen, wie die Steinfaust den Schädel zermalmte. Baschils Blut spritzte. Der Arm des Imagolems wurde nicht merklich langsamer.

Er traf Kodreen, einen hoch aufgeschossenen Mann mit zu Locken gedrehtem Bart, an der Brustplatte des Harnischs, oberhalb des bronzenen Wappens, das eine Eichel zeigte. Das Geräusch, das den Treffer begleitete, war eine Mischung aus Scheppern, Knallen und Krachen. Kodreen spuckte Blut.

Die anfeuernden Rufe der Menge wurden von einem Moment auf den nächsten zu Entsetzensschreien.

Brotans Hammer befand sich vor seinem Körper, in einer ungünstigen Schlagposition. Dennoch reagierte er sofort. Er stieß den Eisenkopf gegen das Haupt seines Gegners, beinahe, als führe er einen Speer.

Der Imagolem war allerdings kein dumpfer Schläger. Blitzschnell blockte er mit dem Arm, sodass der Hammer sein flächiges Gesicht nur streifte.

Der Steinmann stampfte vorwärts.

Gerade noch rechtzeitig sprang Brotan zurück. Einen Wimpernschlag später, und der Imagolem hätte seinen Fuß zermalmt.

So brach eine Bohle. Leider gab sie nicht weit genug nach, dass der schwere Gegner eingesunken wäre. Im Gegenteil: Schon hob er den Fuß wieder an, diesmal, um zu treten!

Brotan wich zur Seite aus und prallte gegen seine Kameraden. Das brachte ihn vor dem Angriff in Sicherheit, der Imagolem stapfte an ihm vorbei, und da sich Brotan an seiner linken Seite befand, wo der Arm zerstört war, konnte er auch nicht nach dem Krieger schlagen. Er rückte gegen Krabaan vor.

Im Gedränge zwischen den überraschten Veteranen konnte

Brotan nicht ausholen. Für zartfühlende Rücksichtnahme blieb keine Zeit. Er verschaffte sich mit Ellbogenstößen Platz.

Auch in der Menge schlugen Menschen um sich, um Abstand zu dem Podest zu gewinnen. Der angenehme Schauder war der Panik vor einer echten Bedrohung gewichen und diese Angst forderte ihre Opfer. Wut- und Schmerzensschreie drangen zu Brotan herauf.

Er warf sich nach vorn und führte einen weiteren Stoß gegen den Imagolem, aber nur, um ihn auf Abstand zu halten. So gelang es Brotan, in seinen Rücken zu kommen.

Arlor gehörte zu den wenigen, die nicht flohen. Stattdessen zog er sich auf das Podest, wobei er den wütenden Imagolem im Blick behielt.

Dieser bahnte sich unbeirrt seinen Weg zu Krabaan, der sich nicht damit begnügte, auszuweichen, sondern mit entschlossener Miene Schläge gegen die Beine des steinernen Hünen führte. Immer wieder knallte der eiserne Hammerkopf auf die unnachgiebigen Gliedmaßen. Der Erfolg war jedoch kaum sichtbar.

Brüllend führte Brotan einen weiten Schwinger in die Kuhle am Rücken des Imagolems. Splitter spritzten und die Wucht zwang den Steinmann zu einigen Seitwärtsschritten, mit denen er sein Gleichgewicht bewahrte.

Krabaan setzte sofort nach. Er traf die zerbrochene Schulter, aus der er weiteres Gestein löste.

Statt ihn direkt anzugehen, trat der Imagolem ein Kohlebecken um. Die Glut flog auf Krabaan, er hob die Arme, um sein Gesicht zu schützen.

Mit einem schaurigen Brüllen trat der Imagolem gegen das Schienbein des Veteranen. Es sah aus, als träfe er ein dünnes Reisigbündel. Der gesamte Unterschenkel knickte nach hinten weg.

Schreiend brach Krabaan zusammen.

Der Imagolem riss den Fuß hoch. Er hätte Krabaans Kopf zermalmt, wenn Brotan ihn nicht mit einem erneuten Hammerschlag zurückgetrieben hätte.

Die Veteranen bewiesen ihre Kampferfahrung, indem sie sich

zu mehreren auf ihren Gegner warfen, zuschlugen, sich zurückzogen, andere in die erste Reihe ließen, während sie erneut ausholten. Hieb auf Hieb krachte gegen den Stein.

Der Imagolem reagierte jedoch anders als ein Mensch, der Verwundungen fürchtete. Er handelte wie ein Falke, der sich für einen einzelnen Vogel in einem Schwarm entschied und diesen unbarmherzig verfolgte. So drang er in Richtung des sich über das Podest ziehenden Krabaan vor, dessen Blut eine rote Spur auf den Bohlen hinterließ.

»Hier!« Arlor streckte Brotan das Lähmungssiegel entgegen. »Können wir ihn damit besiegen?«

Zweifelnd sah Brotan auf den in Form gesplitterter Knochen gemeißelten Stein. Er hob den Hammer. »Ich vertraue lieber auf meine eigene Kraft!«

Mit einem unartikulierten Schrei brachte er die Kameraden dazu, vor ihm zurückzuweichen. Er machte weite Schritte auf den Imagolem zu, der aber noch immer nicht davon abließ, sich zu Krabaan durchzuarbeiten. Vier Veteranen hielten ihn nur mit äußerster Mühe davon ab, und auch das gelang ihnen bloß, weil zwei andere Krabaan fortzogen.

Brotan legte all seine Kraft in einen senkrechten Schlag. Wenn er fehlginge, beschädigte er lediglich die ohnehin schon zerstörte linke Schulter.

Aber er traf den Kopf. Nicht mittig, wo die Wölbung die Wucht am besten abgeleitet hätte, sondern leicht seitlich von links, wo es keinen Arm gab, der hätte abwehren können.

Der steinerne Schädel barst. Quer zog sich der Bruch bis zur gegenüberliegenden Seite des Halses. In zwei großen und vielen kleinen Teilen prasselte der Stein auf die Rüstungen der Kameraden.

Die gingen kein Risiko mehr ein. Zwar regte sich der Steinmann nicht mehr, aber sie schwangen die Hämmer, bis nur noch ein Haufen Trümmer übrig war.

Derweil richteten Brotan und Arlor Krabaans Bruch, indem Brotan das Knie festhielt, während Arlor das Fußgelenk fasste und mit einem Ruck zu sich zog.

Krabaan schrie. »Ein wahrhaft erinnernswertes Gefühl«, ächzte er.

»Wo bleiben die Heiler?« Brotan hielt auf dem Platz Ausschau. Eigentlich waren stets Brüder vom Hospital des gütigen Clerron zugegen, wenn jemand in den Ritterstand erhoben wurde. Schließlich vollzog sich dieses Ritual normalerweise im Kampf gegen lebende Bestien, da kamen Verletzungen häufig vor. Hatte man heute auf diese Vorsicht verzichtet, weil man glaubte, gegen eine Statue vorzugehen, die sich nicht wehrte?

Auf dem Platz befanden sich nur noch diejenigen, denen die Flucht wegen des Gedränges missglückt war. Im spärlichen Licht der zurückgelassenen Lampen lagen Decken, Körbe, verstreute Speisen, zerbrochene Flaschen. Verletzte wimmerten. Allmählich beruhigten sich die Erschrockenen so weit, dass man ihnen half.

Die Lurche standen noch immer in einem kompakten Pulk, aber weiter vom Podest entfernt als zuvor. Ihren Froschgesichtern war nicht anzusehen, ob die vorhergehenden Ereignisse sie beunruhigt hatten. Wie würden sie das letzte Aufbäumen des Imagolems deuten? Als Beweis der Entschlossenheit des Imperiums? Oder zählte für sie der Sieg der Gravilier, die nun durch die auf dem Podest verstreuten Trümmer schritten?

Heiler von der Clerronbruderschaft sah Brotan nicht, dafür aber Emala, die an der Spitze einer Handvoll Gardisten nahte.

»Die auch noch!«, raunte Arlor.

Erst, als sie über die seitliche Treppe auf das Podest stieg und der Fackelschein ihr faltiges Gesicht erhellte, erkannte man die ernste Miene der Zauberpriesterin.

Die Veteranen stießen einander an und machten sich auf die alte Frau aufmerksam, die nun die Überreste des Kampfes begutachtete: die Steinbrocken und -splitter, das umgestürzte Becken, die Blutspuren, die gebrochenen Bohlen und die Stellen, an denen die verstreute Glut das Holz verkohlt hatte. »Was ist mit dem Lähmungssiegel geschehen?«, verlangte sie zu wissen.

»Was schon?«, rief Brotan. »Es hat sich gelöst!«

Wie zum Beweis zeigte Arlor es ihr.

Emala nickte einem auffällig jungen, penibel gekleideten Gardisten zu. Er nahm Arlor das Artefakt ab, wobei er den Eindruck machte, froh um seine weißen Handschuhe zu sein. Sicher wollte er nicht von den Fingern eines weltlichen Kriegers berührt werden.

»Wie habt ihr es befestigt?«, fragte Emala.

Verblüfft sah Brotan sie an. »Das wisst Ihr doch: mit Wachs.«

Ihre schmalen Lippen verzogen sich zu einem herablassenden Lächeln. »Das war doch nur vorübergehend. Für das Aufstellen. Nachher hättet ihr Metallklammern einschlagen müssen.«

Brotan ballte die Hände zu Fäusten. »Wem habt Ihr das gesagt?«

Sie überging seine Frage und sah Krabaan, der noch immer auf den Bohlen lag, ins bleiche Gesicht. »Ein schlechter Tag für die Blüte der Kriegerschaft.«

»Wenigstens hat uns keine imperiale Adlige ins Antlitz gespien!«, rief Brotan.

Emala erstarrte.

Arlor, Krabaan und alle anderen Veteranen in Brotans Blickfeld wandten sich ihm zu.

Drei Herzschläge lang herrschte Stille. Dann setzte aufgeregtes Gemurmel ein.

Langsam richteten sich auch Emalas böse, kleine Augen auf ihn. »Du wirst dir wünschen«, sagte sie gerade laut genug, damit er sie verstand, »das wäre unser Geheimnis geblieben.«

Alita Blitzdorn blieb bei Quilûn. »Begleitest du mich hinaus?«

Es war unüblich, dass ein Bürgerlicher eine Adlige am Arm führte, aber Alita hakte sich unbefangen ein. Sie schien es jedoch nicht eilig zu haben, vor dem Portal ließen sie den anderen Festgästen den Vortritt.

»Ich bewundere deine Bilder«, sagte sie, während sie warteten. »Wäre es wohl möglich, dass du meinen Gemahl porträtierst?«

»Ich würde mich freuen, bin aber nur bedingt Herr meiner

Zeit«, wich Quilûn aus. »Graf Golars Wünsche haben bei mir stets Vorrang. Ihm verdanke ich alles.«

»Selbstverständlich«, gestand Alita zu. »Aber ich hoffe, dass ein solches Bild von deiner Hand Anthurel eine besondere Freude wäre.«

»Kennt er meine Kunst?« Quilûn erinnerte sich dunkel an Anthurel. Wie seine Schwester Kyrin und Quilûn selbst war er ein Mündel Graf Golars gewesen. Die beiden waren etwas später als Quilûn in die Schule gekommen, hatten sie aber rasch wieder verlassen, weil man ihr magisches Talent bestätigt gefunden hatte.

»Er genießt schöne Bilder, wie andere sich am Wein erfreuen, ohne sich für die Reben zu interessieren. Aber er ist eine so stolze Erscheinung … Du wirst ihn unbedingt malen wollen, wenn du ihn erst siehst! Es soll ein großes Bild werden, das größte in unserem Palast. Ich weiß schon, wo es hängen soll: gleich in der Eingangshalle, dem Besucher entgegenblickend.«

»Eher einladend oder eher respektabel?« Im Geiste ging Quilûn verschiedene Positionen durch: stehend, sitzend, halb abgewandt oder offen, mit Schwert oder einem treuen Hund. Er wusste nicht, in welchen Bereichen das Haus Blitzdorn tätig war, worauf seine Einkünfte gründeten und welche Handwerke es förderte. Auch dafür gab es sicher Symbole und Beiwerk, mit dem man Hinweise geben konnte.

»Ich würde gern ein offenes Haus führen.« Hinter den meisten anderen traten sie ins Freie. »Aber Anthurel wird wohl eine respektable Ausführung bevorzugen. Er ist Magier.«

Quilûn erinnerte sich, er kannte Anthurel aus Kindertagen. Als Magier würde er eine Lederschürze in der Farbe tragen wollen, die seinem Rang entsprach. Das war bedauerlich, schloss es doch einen interessanten Faltenwurf aus.

»Zunächst steht Graf Golars Reise an«, erinnerte Quilûn. »Wir brechen in noch nicht einmal einer Woche auf.«

»Ich könnte dir Leibwächter mitgeben, die auf dich und deinen Sohn achten«, bot sie an. »Als Vorauszahlung für das Gemälde.«

Der Palast der Schneegrunds war ein ummauerter Komplex, in dem sich Residenzen, eine Bibliothek, Türme, eine Kaserne und Gesindeunterkünfte erhoben. Einer der größten Bäume, die auf dem Berg wuchsen, beherrschte den Platz vor der Festhalle. Die stacheligen Nüsse hingen dicht an den Zweigen. In drei Monden würden die Knechte sie mehrmals täglich vom Kopfsteinpflaster sammeln.

Die Kontrahenten standen entfernt voneinander, von ihren Freunden umgeben, die anscheinend Ratschläge und Dolche anboten. Zwei junge Adlige trafen sich auf halber Strecke zwischen den beiden, offenbar die Sekundanten, die die Einzelheiten des Duells regelten. Die meisten anderen Festgäste bildeten einen weiten Kreis, wenn sie nicht gerade Kerzen auf das Pflaster stellten. Eine Aufgabe, die besonders den Kindern zu gefallen schien.

Graf Golar ließ sich mit sichtlichem Groll auf einem Sessel nieder, dessen Rückenlehne in der spitzen, aber leicht schrägen Silhouette des Hauptgipfels des Ianapat auslief. Einige Adlige schickten ihr Gesinde, ihnen Stühle zu holen.

»Euer Angebot ist sehr freundlich«, sagte Quilûn zu seiner Begleiterin, »aber ich vertraue darauf, dass Graf Golar uns auf dieser Reise alle schützen wird.«

»Hoffentlich ist er dabei nicht so geizig wie bei seinen Festen«, versetzte Alita.

Quilûn hatte vorzüglich gespeist, über die Akrobaten hatte er gestaunt und die Kapelle unterhielt die Gäste gut, soweit er das beurteilen konnte. Aber er kannte die ständige Klage, was den Mangel an Prunk anging, den Graf Golar – gemessen an seinem Stand und seiner Würde als Landvogt des Hauses Schneegrund – entfaltete. Vor ihrem Abschiedsfest anlässlich der letzten Reise schickten andere Grafen Kutschen zu ihren entlegensten Ländereien und bestanden darauf, dass bis auf die unbedingt nötige Verwaltung und die reiseunfähig Kranken alle noch so entfernt Verwandten erschienen. Sie veranstalteten Spiele in der Arena, manchmal eine Woche lang, zu denen jeder Bewohner des Bergs Zutritt auf den Rängen hatte, für die man sonst Eintritt verlangte. Der letzte Graf Sturmruf, der in den Berg gegangen war, hatte die Arena sogar umbauen lassen, damit man sie tief genug unter Wasser setzen konnte, um einen Schiffskampf gegen ein Meeresungeheuer zu ermöglichen. Der Transport dieses Monstrums vierhundert Meilen über Land hatte ebenfalls ein Vermögen verschlungen. Solche Höhenflüge sparte sich Graf Golar. Offenbar scherte er sich nicht darum, ob man in zehn oder zwanzig Jahren noch bewundernd von seinen Festen spräche.

Die Sekundanten schüttelten sich die Hände und kehrten mit ernsten Mienen zu den Kontrahenten zurück. Die Dolche schienen inzwischen gewählt, aber auf Tarins Seite musste die Waffe gegen eine kürzere ausgetauscht werden. Offenbar widersprach sie den gerade eben getroffenen Vereinbarungen.

»Diese Reise wird gefährlicher als andere ihrer Art«, murmelte Alita neben ihm. »Hast du vom Überfall auf den Steuereintreiber gehört?«

Quilûn runzelte die Stirn. »Nein. Was ist geschehen?«

»Bislang ist es nur ein Gerücht, aber wenn man Derrek Eichfrosts Gesicht anschaut, nehme ich an, dass das meiste davon zutrifft: Man hat seinen Onkel samt dem kompletten Gefolge in den Wald gelockt, wo er verschwunden ist. Die meisten glauben, es waren die Leibeigenen, die ihre Abgaben nicht zahlen wollten.«

»Aber Ihr glaubt das nicht?«

Alita schmunzelte. »Domor Eichfrost hat vor allem Blumen für die Kavernengärten gesammelt. Die sind den Leibeigenen gleichgültig. Wenn es um die Ernte gegangen wäre, verhielte sich das anders. Aber die steht erst im Herbst an.«

»Vielleicht Rache, weil jemand umgekommen ist, als die Blumen aus der Wildnis geholt wurden?«

Sie klappte ihren Fächer auf und wedelte damit vor ihrem Gesicht, was ihre Lippen verbarg. »Möglich. Aber er war an der Grenze zu Gravilien unterwegs und dort soll es unruhig zugehen.«

»Ihr wisst sehr gut über diese Einzelheiten Bescheid, wenn man bedenkt, dass man erst kurze Zeit vom Verschwinden der Steuereintreiber weiß«, fand Quilûn.

»Ich interessiere mich für alles, was mit der Macht und ihrem Erhalt zu tun hat.« Alita seufzte. »So sehr, dass es zu einem Laster geworden ist. Anthurel rügt mich oft deswegen.«

Tarin und Orim trafen sich in der Mitte des Platzes, beide hielten einen Dolch in der Hand. Ihrer Westen und Hemden hatten sie sich entledigt. Mit nackten Oberkörpern war der Unterschied zwischen ihnen noch deutlicher: Orim bleich und dürr bis auf den Ansatz eines Kugelbauchs, während Tarins Haut den dunklen Ton angenommen hatte, den man bekam, wenn man sich häufig der Sonne aussetzte, und der niemals wieder ganz verblasste. Auch auf die Entfernung und im Licht der Kerzen erkannte Quilûn die Narben, die kahle Schneisen durch das Brusthaar zogen, und die merkwürdige Delle auf der rechten Seite des Brustkorbs, wo eine Rippe schlecht zusammengewachsen war. Dort wuchs auch kein Haar mehr, ein Umstand, den Tarin für ein Hautbild nutzte, das eine dornenreiche, blaue Rose zeigte.

Die Sekundanten versuchten ein letztes Mal, zu vermitteln.

Erfolglos.

Sie wandten sich der Festgesellschaft zu. »Dieser Ehrenkampf wird bis zum ersten Blut andauern!«, rief Orims Vertrauter, ein Mann in einer kurzen, roten Jacke mit einem Dutzend Ringen an den Fingern und einer bunten Feder, die an einem Kettchen vom rechten Ohrläppchen baumelte. »Die erste Wunde soll den Streit beilegen.«

»Wenigstens etwas«, ließ sich Graf Golar vernehmen.

Die Duellanten stellten sich vier Schritt auseinander. Orim hielt die Arme vorgestreckt, die Dolchspitze auf seinen Gegner gerichtet. Tarin dagegen zeigte seine Geringschätzung, indem er die Arme locker hängen ließ und sein Gegenüber kalt musterte.

Der zweite Sekundant hob ein weißes Tuch hoch über den Kopf und ließ es fallen.

Sobald es den Boden berührte, sprang Orim mit einem Schrei, der ihm wohl selbst Mut machen sollte, nach vorn.

Tarin hob das rechte Bein und empfing ihn mit einem Tritt in den Bauch, als wollte er eine Tür einbrechen.

Orim krümmte sich.

Blitzschnell kam Tarin heran und versetzte ihm einen tiefen Schnitt durch den linken Oberarm. Er verharrte nicht, sondern machte zwei weite Schritte an Orim vorbei, wobei er zu ihm gewandt blieb. Nun nahm auch Tarin eine Kampfhaltung ein, die Aufmerksamkeit ausstrahlte.

Doch Orim zeigte kein Interesse daran, den nach den Regeln bereits verlorenen Kampf fortzusetzen. Klappernd fiel sein Dolch aufs Pflaster. Er presste die Hand auf die Wunde und ließ sich wimmernd auf ein Knie nieder. Blut quoll zwischen den Fingern hindurch.

Tarin entfernte sich einen weiteren Schritt und richtete sich in eine entspannte Haltung auf.

Sein Sekundant zeigte mit ausgestrecktem Arm auf ihn. »Sieger!«

Orims Vertrauter nickte deutlich sichtbar.

Rufe kamen auf, oft jubelnd, manche auch verärgert. Kemar, der alt gewordene Leibwächter Semire von Schneegrunds, hielt sich an der Rückenlehne am Sessel des Grafen fest. Die dünnen Lippen unter seiner spitzen Nase kräuselten sich in einem Lächeln, seine Miene wirkte verträumt. Ob er sich an eigene Heldentaten erinnerte?

Ein Heiler in der grauen Kutte der Clerroniten eilte mit einer Verbandstasche zum Verletzten.

»Ich sollte nach ihm sehen, immerhin ist er ein Vetter.« Alita löste sich von Quilûns Seite. »Entschuldige mich.« Sie raffte ihr Kleid und ging mit schnellen Schritten zu Orim.

Junge Burschen, von denen die wenigsten auch nur annähernd so verwegen aussahen wie Tarin, schlugen dem Sieger auf die Schultern und schüttelten ihm gratulierend die Hand. Zu Tarins Unmut wich ihre Aufmerksamkeit jedoch schnell und wandte sich einem besonderen Neuankömmling zu.

Aus dem Schatten des Baumes schritt Steinmeister Agohn auf Graf Golar zu, der sich erhob, sobald er ihn bemerkte.

Falls Agohn Geleitschutz dabei hatte, blieb dieser unsichtbar zurück, aber Quilûn traute ihm auch zu, allein durch die nächtlichen Straßen zu gehen. Zwar war der oberste Magier nicht beliebt, oft wurde auf seinen Namen geflucht. Aber auch ein unter dem Einfluss stärkster Rauschpilze stehender Schlagetot war nicht dumm genug, ihn anzugreifen. In einer seiner frühesten Erinnerungen erzählte Quilûns Vater ihm von einem Überfall, bei dem Agohns Steinamulette die Arme des Angreifers in Brei verwandelt hätten. Sämtliche anderen Angehörigen der Bande, die dem Steinmeister aufgelauert hatte, waren innerhalb von einer Woche umgekommen: Stürze auf den Treppen, bei denen sie sich sämtliche Knochen gebrochen hatten, blutiger Auswurf, auch ein Messer zwischen den Rippen. Agohn hatte Helfer unter den Geistern, im Stein und in schattigen Gassen.

Er trug die knochenweiße Lederschürze, die allein ihm zustand, über einer schwarzen Robe. Die Fingerglieder an den klobigen Händen des hoch aufgeschossenen Mannes waren geschwollen. Glatt geschmirgelte Scheiben aus unterschiedlichen Gesteinen ersetzten seine Fingernägel. Die wulstigen Lippen zeigten ein Lächeln, in dem ebenso wenig Freude lag wie in den Augen, die ihre Umgebung aus tiefen Höhlen beobachteten. Überhaupt wirkte das Gesicht ausgezehrt. Man sagte, Agohn gönne sich nur karge Speisen. Die Pflege seines Haars dagegen war ihm augenscheinlich viel wert; die dottergelben Locken fielen bis zu seinem Bauch.

Graf Golar erwartete den Besuch vor seinem Thron stehend. Wenn Quilûn die Etikette richtig interpretierte, hätte auch der Landvogt eines Tiefen Hauses nur sitzen dürfen, wenn der Steinmeister ebenfalls einen Sessel gehabt hätte. Vielleicht schafften die Diener gerade eine angemessene Sitzgelegenheit heran.

Quilûn konnte seine Neugierde nicht unterdrücken. Er stellte sich zu den Beratern hinter Golars Thron.

»Ich habe Eure Nachricht erhalten«, sagte Agohn statt einer Begrüßung. »Weshalb wünscht Ihr die Audienz bereits morgen Mittag?«

»Verzeiht, dass für Erläuterungen noch keine Zeit blieb«, bat Golar. »Ich hätte später einen weiteren Boten geschickt, habe aber gerade erst …«

»Angelegenheiten zwischen einem Grafen und dem Steinmeister sind zu wichtig für Boten«, schnitt Agohn ihm das Wort ab. »Der Raum zwischen den Zeilen brütet allzu leicht Missverständnisse aus.«

»Ich habe erst heute Abend erfahren«, setzte Golar neu an, »dass es zu einem unerfreulichen Ereignis an unserer Südgrenze kam. Das lässt einen rascheren Aufbruch angeraten erscheinen.«

»Wie bedauerlich.« Agohn drehte sich und musterte die auf dem Platz Versammelten. Arme und Kopf bewegte er dabei kaum, was ihm etwas Statuenhaftes gab. Am verletzten Orim, neben dem der Heiler und Alita knieten, blieb sein Blick hängen. Tarin musste tief geschnitten haben, die Blutlache auf dem Pflaster vergrößerte sich noch immer. »Wo Ihr ein solch harmonisches Haus führt, mein lieber Graf, hattet Ihr sicher das Bedürfnis, Euch intensiv von vielen Eurer Lieben zu verabschieden.«

»Ich werde ja zurückkehren.«

»Wohlbehalten, wie wir alle hoffen.« Agohn drehte sich zurück. »Es wäre in höchstem Maße bedauerlich, wenn Euch etwas zustieße, bevor die Ewigkeit Euch umfängt.«

Quilûn vermutete, dass Agohn eine Aussage dazu erwartete, dass Golar beabsichtigte, nach seiner Rückkehr in den Berg einzugehen. Der Graf schwieg jedoch.

»Ich gehe davon aus, dass Haus Schneegrund nun die gewohnte Reinheit wiedergewonnen hat«, Agohn faltete die Hände vor dem Schoß, »nachdem wir die faule Frucht entfernt haben.«

»Eine bedauerliche Angelegenheit, die Sache mit Tarisonn.« Golar drehte sich halb um und deutete auf Quilûn, ohne den Blick von Agohn zu wenden. »Mein Maler fertigt gerade ein Gemälde von ihm an.«

»Von einem Weinenden, der nun so lange sein Vergehen bereuen wird, bis die Zeit den Stein zersetzt? Kein Motiv, an dem sich die Ewigen erfreuen dürften.«

»Es wird ein Bild für meinen Palast.«

»Dann werdet Ihr es wohl nicht lange genießen.« Ein weiterer offensichtlicher Versuch, Golar dazu zu verleiten, seinen Rückzug in den Berg zu verkünden. Quilûn studierte die Züge des

Steinmeisters. Sie wirkten auf merkwürdige Weise unbelebt, aber anders als bei einem steinernen Abbild. Eher wie bei der Hülle eines Insekts, die es nach der Häutung zurückließ. Quilûn nahm sich vor, sich an einer Skizze dieses Antlitzes zu versuchen.

»Kunst dient nicht allein der Freude, sondern auch der Erbauung«, meinte Golar. »Die kann manchmal schmerzhaft sein. Aber man muss die ganze Wahrheit sehen, um die richtigen Entscheidungen zu treffen.«

Noch immer lächelte Agohn. Er neigte den Kopf ein wenig seitwärts. »Solche Nachdenklichkeit steht einem Tiefen Haus sicher gut an. Wer sich an die Schande eines Angehörigen erinnert, ist sich bewusst, dass auch der höchste Adel fallen kann.«

»Vorsicht ist für jedermann eine Tugend.«

Agohns Lächeln wurde breiter, aber nicht wärmer. »Etwas, das wir morgen ausführlich diskutieren können. Sagtet Ihr nicht, der heutige Abend sei dem Feiern bestimmt?«

»Ganz so ist es.« Einladend zeigte Golar auf das Portal. »Wollt Ihr uns Gesellschaft leisten?«

»Nichts lieber als das«, versicherte Agohn. »Ich bin ein Freund unbeschwerter Unterhaltung.«

Nebeneinander gingen die hohen Herren voran. Die Adligen schlossen sich an.

Auf die Duellanten achtete kaum noch jemand. Tarin Kalthorn war nicht mehr zu sehen, Orim saß aufrecht auf dem Pflaster. Der Clerronit hockte neben ihm und stützte seinen Rücken.

Alita Blitzdorn sagte etwas zum Heiler, der ihr antwortete und zunickte. Sie sah zum Portal, durch das die Festgesellschaft nun in den Saal zurückkehrte, und betrachtete dann ihr Kleid. Ein dunkelvioletter Fleck verunzierte den taubenblauen Stoff von ihrer linken Hüfte bis unter das Knie, als sei sie selbst verletzt worden. Kleinere Sprengsel kamen dazu.

Sie machte einige Schritte auf die Festhalle zu, wirkte aber unschlüssig.

Quilûn ging zu ihr, doch ein im selben hellen Blau wie Alita gekleideter Mann erreichte sie eher. Seine Kleidung war eine gewagte Zusammenstellung aus Schnallenschuhen, hohen

Strümpfen, einer mit Zierknöpfen besetzten Jacke, die zu zierlich aussah, als dass sie sich hätte schließen lassen, und der Andeutung einer Magierschürze. Deren dunkles Blau passte farblich nicht zu den anderen Komponenten, aber es konnte sich dennoch nicht um ein Stück handeln, das er angelegt hatte, um damit zu arbeiten. Dafür war die Schürze zu knapp, sie bedeckte den Oberkörper nur unvollständig und reichte gerade bis zum Ansatz der Oberschenkel.

Der Mann holte weit aus und verpasste Alita eine dermaßen kräftige Ohrfeige, dass sie stürzte. »Weißt du, was dein Kleid gekostet hat?«, schrie er und griff Alitas Gewand über dem Busen, wobei er zu einem neuerlichen Schlag ausholte.

»Anthurel!«, rief Quilûn. »Bist du das?« Zu spät fiel ihm ein, dass die vertrauliche Anrede, die sie in Jugendtagen gebraucht hatten, wohl nicht mehr statthaft war.

Der Mann hielt inne, ließ Alita los, richtete sich auf und blickte Quilûn an.

Er war tatsächlich Anthurel. Er hatte ein Muttermal links neben der Nase, das ein bisschen wie eine Träne aussah, genau wie seine Zwillingsschwester.

»Quilûn?«, versicherte er sich.

»Die Bilder da drin sind von mir.« Er zeigte auf die Festhalle.

Anthurel ließ die Hand sinken. »Ich habe sie gesehen. Ganz ordentlich.«

Quilûn nickte mit einem verkniffenen Lächeln.

Alita rutschte auf den Knien zu ihrem Gemahl und umschlang sein rechtes Bein. »Verzeih mir!«, wimmerte sie. »Ich habe mein Kleid nicht absichtlich befleckt.«

Anthurel würdigte sie keines Blickes. »Hat sie dir schöne Augen gemacht, Pinselschwinger?«

»So war es nicht«, versicherte Quilûn.

»Ich wollte ein Bild von ihm!«, schluchzte Alita. »Ein Gemälde, das dich zeigt. In würdevoller Pose!«

»Das stimmt«, bestätigte Quilûn. »Darüber haben wir gesprochen.«

»Meine Würde«, knirschte Anthurel, »wird vor allem gewahrt,

wenn sich meine Gemahlin nicht mit Gemeinen abgibt«, er sah auf die zitternde Alita hinab, »und auch daran denkt, dass sie keine Magd ist, die Verbände anlegt.«

»Verzeih! Ich werde es wiedergutmachen.«

»Komm jetzt!« Anthurel griff sie am Oberarm und zog sie auf die Beine. »Und du«, fügte er an Quilûn gewandt hinzu: »Kenne deinen Platz! Wir sind keine Kinder mehr.« Demonstrativ bleckte er die hellblauen Zähne.

Er stammte aus der Gosse, den neuen Stand verdankte er der Ehe mit Alita. Nun stieß er sie vor sich her zur Festhalle.

»Ich habe die Reise ohnehin geplant«, sagte Semires Vater. »Ich breche lediglich ein paar Tage früher auf.«

Semire von Schneegrund glaubte, in dem unfreundlichen Lächeln, das ständig auf Steinmeister Agohns Lippen lag, einen Anflug von Respekt zu erkennen. »Andere würden ihren Aufbruch nicht beschleunigen, sondern verzögern, wenn Unruhen an der Grenze zu Gravilien in der Luft liegen«, sagte er. »Die meisten würden einen Vertrauten schicken, statt selbst zu gehen.«

»Ich bin der Landvogt«, erwiderte der Graf. »Domor Eichfrost hat die Abgaben in meinem Auftrag eingetrieben. Es ist meine Verantwortung. Ich werde alles tun, um ihn freizubekommen.«

»Das Tiefe Haus Schneegrund sorgt für die Seinen«, ergänzte Semire stolz.

»So wird es wohl sein.« Agohn nickte schief zur linken Seite und machte eine einladende Geste.

Sie hielten sich im Wandelgang auf der Westseite des Hofs der Metzen, wo die Aspiranten auf eine Magierausbildung mit Hammer und Meißel Rohlinge bearbeiteten. Die meisten von ihnen waren Kinder, aber auch ein Greis versuchte sich an einem Stück Sandstein. Offenbar wollte er eine Raubkatze formen, hatte jedoch Schwierigkeiten mit der Rundung des Schädels. An einigen Stellen standen Buckel heraus, was sich möglicherweise noch korrigieren ließe, aber an anderen hatte er zu tiefe Kerben geschlagen.

»Er wird komplett abtragen und verkleinern müssen«, meinte Agohn in verschwörerischem Ton. »Am Ende mag noch ein Kätzchen übrig bleiben.«

»Kann er nicht mit einem neuen Stein beginnen?«, fragte Semire.

»Nur, wenn er die Prüfungsgebühr erneut entrichtet. Es geht darum, zu erspüren, wo die Form im Stein liegt.« Agohn wandte den Blick wieder voraus und nickte einem Meister mit einer braunen Schürze zu, der aus dem Schatten des ziegelgedeckten Daches die Aspiranten beobachtete. »Es ist sehr schwer, den Stein zu etwas zu zwingen, das seinem inneren Wesen widerspricht. Oft misslingt es völlig. Risse tun sich auf ... minderwertige Ergebnisse, die nur noch als Ballast in einem Schiff taugen.«

Drei Dutzend Bewerber arbeiteten im Hof. Semire musste laut sprechen, um das Knallen der Hämmer auf den Meißeln und das Splittern der Steine zu übertönen. »Ist dieser Mann nicht ohnehin sehr alt für einen Aspiranten?«

»Ja, aber reich.« Diesmal zeigte Agohns Lächeln unzweifelhaft Zufriedenheit. »Er hat beinahe ein ganzes Menschenleben gebraucht, um zu begreifen, dass man mit Silber nur Vergängliches kaufen kann. Wäre er von Adel, könnte er versuchen, sich Männer gefällig zu machen, die bei den Unsterblichen um die Gnade des Berges für ihn ersuchen. Doch so, wie die Dinge liegen, wäre ein belebtes Steinbildnis wohl das Einzige, was er der Ewigkeit hinterlassen könnte.«

Überlebensgroße Statuen stützten den Wandelgang an der offenen Seite zum Hof hin. Sie alle standen kerzengrade, die Kante des abgeschrägten Daches ruhte auf ihren Häuptern. Die strengen Blicke aus den steinernen Gesichtern galten jenen, die sich bei ihrem Handwerk mühten. Beinahe alle Figuren trugen Magierschürzen, aber die Gegenstände in ihren Händen unterschieden sich. Hämmer waren eher selten, Zirkel, Pergamentrollen, Steinsägen und Feilen kamen öfter vor. Semire wunderte sich über einen Mann mit besonders zornigem Gesicht, dessen klobige Faust eine Blume hielt, so filigran gearbeitet, dass man fürchten musste, dass ihre Blüte bräche, wenn sie ein unachtsamer Lastknecht im Vorübergehen mit der Schulter streifte. Sie wollte nicht in der Haut eines solchen Bediensteten stecken. Die Zauberer berieten die Tiefen Häuser darin, wie man menschliche Leiden ins Absurde verlängern konnte.

Durch ein Spalier regloser Imagolems betraten sie die eigentliche Akademie. Der Lärm des Hofes blieb ebenso zurück wie die Hitze des Tages. In der Eingangshalle wandelte ein Meister mit einer Gruppe von Schülern zwischen Statuen umher. Viele davon zeigten kräftige Männer, oft unbekleidet. Es gab jedoch auch Darstellungen von Stieren oder Löwen. Neben einem übergroßen Krebs betraten sie einen Gang, dessen Enge bedrückend wirkte. Ihre Schritte hallten von den Wänden wider.

»Wenn man bedenkt, wie viel bei den letzten Auseinandersetzungen mit Gravilien in Flammen aufgegangen ist«, sagte Agohn, »ist es umso bewundernswerter, dass Ihr diese Gefahr auf Euch nehmt, Graf.«

»Noch befinden wir uns nicht in einem Krieg«, stellte Semires Vater klar. »Wir wissen noch nicht einmal, ob es die Gravilier gewesen sind. Der Berg hat auch andere Feinde.«

Agohn seufzte theatralisch. »In der Heimat wie in der Fremde. Noch ein Grund mehr, dass Ihr ein angemessenes Truppenaufgebot mitführen werdet, nehme ich an?«

Sie folgten einer Biegung. Schwarze Quader begrenzten den fensterlosen Gang. Mit Zaubern belegte Steinflammen sorgten für Helligkeit. Semire waren Öllampen und sogar Fackeln lieber, sie wurden nicht so heiß. Bei den Leuchtzaubern brauchte man Schutzgitter, damit sich kein Unachtsamer an ihnen verbrannte. Aber die Magier wollten wohl ihre Fähigkeiten zeigen.

»Wir werden genügend Krieger und auch Imagolems dabeihaben, damit jedem die Lust vergeht, sich mit uns anzulegen«, erklärte Semires Vater. »Aber ich führe keinen Heerzug an. Das wäre zu langsam.«

»Und wir werden die Tage zählen, die Ihr braucht, um zu uns zurückzukehren«, versicherte Agohn.

Semire suchte das Sanktuarium der Hilfe und des Rates zum fünften Mal auf und seit dem zweiten Mal zögerte sie vor der letzten Biegung dieses Gangs. Sie zwang sich, bei den beiden Männern zu bleiben und dem Schrecken sofort entgegenzublicken.

Über der Wendeltreppe, die in die Tiefe führte, hockte eine riesige, steinern wirkende Spinne. Der Schein der magischen Lichter glänzte auf der glatten Oberfläche ihrer spitzen Beine, zwischen denen ein Körper hing, der einen Ochsen winzig hätte erscheinen lassen. Die Fressklauen hingen unter dem vergleichsweise kleinen Schädel, in dem schwarze Edelsteine acht Augen nachbildeten. Die beiden oberen waren so groß wie Kinderköpfe, die übrigen wie Männerfäuste. Semire konnte keine Veränderung an der Spinne erkennen, aber dennoch blieb das Gefühl, dass es sich nicht um eine leblose Statue handelte. Das Lodern in den Augen mochte den Reflexen der Leuchtzauber geschuldet sein, aber sie fühlte sich beobachtet.

Sie unterdrückte ein Räuspern, obwohl ihr Hals austrocknete, und folgte den Männern unter dem gewaltigen Leib hindurch. Die Spinne hätte sich bloß fallen zu lassen brauchen, um sie alle zu zermalmen. Bei diesem Gedanken stockte Semires Atem.

Auf der Wendeltreppe zwang sie sich, lautlos durch die Nase Luft zu holen.

Die Stufen waren an einer Mittelsäule befestigt, durch die sich orangefarben leuchtende Linien zogen wie herabrinnendes Wasser. Mit jeder Windung wurde es kühler und Semire atmete freier, weil sie sich weiter von der Spinne entfernten, für die der Zwischenraum zwischen der Säule und der gewölbten Wand zu eng wäre.

»Domor Eichfrost ist zwar nicht sonderlich geschickt dabei, Imagolems zu schlagen«, urteilte Agohn, »aber er besitzt großes Talent darin, sie zu lenken. Kaum vorstellbar, dass man ihn in einem offenen Kampf überwunden haben sollte, ohne dass Spuren geblieben wären. Was wisst Ihr über den Vorfall?«

»Nur wenig«, gestand Semires Vater. »Unsere Leute sind mit einem Tag Verspätung in Alliental aufgebrochen, aber nie in Buchenbruch eingetroffen.«

Mit dem Ringfinger schob Agohn sein lockiges Haar hinter die Ohrmuschel, als wollte er sichergehen, kein Wort zu überhören. »Weshalb die Verzögerung?«

»Wir vermuten, es lag am Regen«, sagte Semire. Sie hasste es, bei wichtigen Gesprächen ausgeschlossen zu werden, als taugte sie nur für belanglose Konversation. »Er hat die Wege unterspült.«

»Musste man eine andere Strecke wählen als zunächst vorgesehen?«, fragte Agohn.

Weder Semires Vater noch sie selbst wussten darauf zu antworten. »Wir werden es herausfinden«, versprach der Graf. »Jedenfalls hat man im Rotbruchwald Leichen unserer Krieger gefunden.«

»Was für Waffen haben sie getötet?«

»Auch das wissen wir noch nicht«, räumte Semires Vater ein. »Ihr seht: viele Gründe, um sich persönlich ein Bild zu machen. Auch, was die Imagolems angeht. Sie sind ebenso verschollen wie unsere restlichen Krieger.«

»Der Rotbruchwald erstreckt sich über ein weites Gebiet«, ergänzte Semire. »Es braucht Zeit und Koordination, um ihn abzusuchen.«

Falls Agohn ihren Einwurf überhaupt zur Kenntnis nahm, zeigte er es nicht. »Die Imagolems werden in Domors Nähe bleiben, wenn er sie nicht mit einem klaren Befehl fortschickt.«

Sie erreichten den Fuß der Treppe, wo zwei Steinkrieger, deren Unterarme gebogene Klingen waren, den Eingang zum Sanktuarium bewachten. Semire beeindruckten sie deutlich weniger als die Spinne, obwohl sie keinen Moment daran zweifelte, dass die steinernen Schneiden sie mit einem einzigen Schlag zerteilen könnten. Es lag wohl an der vertrauteren Form, denn von den Waffenarmen abgesehen waren die beiden muskulösen Männern nachgebildet.

»Was, wenn Domor tot ist?«, fragte Semires Vater.

»In unbekannter Umgebung und ohne Anweisung werden die Imagolems an Ort und Stelle ausharren«, vermutete Agohn.

Was andere Menschen anging, lag das Sanktuarium zumindest auf den ersten Blick verlassen vor ihnen. Semire war sich jedoch gewiss, dass nicht alle Statuen in dem verwinkelten Raum unbeseelt waren. Sie dienten den Unsterblichen als Gefäße, wenn sie aus dem Steinboden aufsteigen und eine körperliche Form annehmen wollten, um mit denen, die ihnen die Aufwartung machten, zu interagieren. Man sagte, dass steinerne Hände hier unten schon manches Genick gebrochen hatten.

Ein aus Granit geschlagener Jüngling mit lockigem, aber unbewegtem Haar und kleinen Hörnern nicht nur an der Stirn, sondern auch an den Ellen und den Fersen, stapfte behäbig an ihnen vorbei, ohne Interesse an den Menschen zu zeigen. Er schritt Tonkübel ab, in denen Pflanzen mit farbenfrohen Blüten und verschnörkelten Blättern wuchsen.

»Gaben für die Unsterblichen?«, flüsterte Semire.

»Er unterzieht sie einer Prüfung«, gab Agohn ebenso leise zurück.

Seit Semires letztem Besuch hatte sich das Sanktuarium verändert. Das tat es ständig. Wände wuchsen aus dem Fels oder schmolzen in den Boden. Möglicherweise gab es sogar mehr als ein Sanktuarium, weil sich Bereiche völlig abschnürten. Sie wären dann zwar für die Sterblichen nicht mehr zu betreten, aber diese waren ohnehin nur Gäste. Wer wusste schon, ob sich dort nicht die Delegationen derjenigen trafen, die die wirkliche Macht im Berg hatten und sich nicht mehr für jene interessierten, die auf seiner Oberfläche krabbelten?

Auch dieses Mal versuchte Semire, zu erkennen, woran sich Agohn orientierte. Ohne zu zögern, schritt er voran, wählte einen Seitenarm des Sanktuariums und ließ einen anderen unbeachtet.

Die Reliefs an den Wänden verwirrten Semire mehr, als dass sie dort ein zielführendes Muster erkannt hätte. Gezackte Formen herrschten vor, wie Blitze, aber es gab auch Spiralen und florale Elemente. Selten bildete sich Figürliches heraus: ein Schwert, ein Helm, ein Palast, eine Schwinge. Unter der Decke zogen sich allerdings stets Zierbänder entlang, die aus aneinandergereihten Augen bestanden. Manche davon folgten ihnen mit hartem Blick.

Einzig die schwarzen Türen, die sich in unregelmäßigen Abständen fanden, vermochte Semire zuzuordnen. Sie waren drei Schritt hoch und liefen in einem spitzen Bogen aus. Jede von ihnen schmückte ein kupferner Aufsatz in Form des Wappens eines Tiefen Hauses. Der Raubvogelkopf der Adlerhochs, die Klinge von Haus Schwertgrat. Dahinter lagen die Logen, in denen die Oberhäupter der Familien miteinander berieten – oder besser, in denen die sterblichen Statthalter die Weisungen der Unsterblichen empfingen, die ihnen über die Generationen vorangegangen waren. Semire kannte sich gut genug mit den Zirkeln der Macht aus, um auch Wappen wie die fauchende Schlange und den Greifen zuzuordnen. Sie standen für gefallene Häuser. Vipernfang diente nun Haus Sturmruf, und Schwingenpracht war vollständig ausgelöscht. Laut den Annalen hatte Haus Schneegrund es vor einem Jahrhundert ruhmreich besiegt. Anders als bei der Fehde gegen Adlerhoch hatte man den überlebenden Adligen die Zähne ausgebrochen. Ihre Nachkommen waren heute Bürgerliche.

»Ich hoffe«, sagte Agohn zu ihrem Vater, »Ihr werdet auch ein Auge auf die Abgaben haben, die uns zustehen. Die Verwalter vieler Landgüter jammern schon wieder wegen des Wetters und unken von einer kümmerlichen Ernte.«

»Das ist einer der Gründe, aus denen ich meine Reise anberaumt habe.«

»Das freut mich zu hören.« Sie erreichten die Tür mit dem Schneekristall. »Bauern jammern, wenn es regnet, genauso wie wenn die Sonne scheint. Wegen solcher Launen darf der Berg nicht darben.«

»Natürlich nicht«, stimmte der Graf zu.

»Gut. Ich sähe es ungern, wenn man schon wieder Ländereien zwischen den Tiefen Häusern umverteilen müsste, um die Erträge zu sichern.« Agohn nickte. »Nach meiner Erfahrung kann Schweiß den Regen ersetzen und Fleiß wärmt nicht nur den Arbeiter, sondern auch seine Frucht.«

Soweit Semire wusste, hatte Agohn niemals etwas mit der Bewirtschaftung von Feldern oder gar Landgütern zu tun gehabt. Sein Leben galt seit jeher dem Meißel und dem Stein.

»Mit Eurer Erlaubnis werde ich diese Weisheit an unsere Verwalter weitergeben«, beteuerte ihr Vater dennoch.

Die mächtigen Männer nickten sich zu.

Semires Vater drückte die Hand mit seinem Siegelring gegen die klinkenlose Tür. Etwas klickte, dann schwang sie auf, um sich gleich hinter ihm wieder zu schließen.

Semire blieb unbeachtet zurück.

Nachdenklich betrachtete Agohn das Relief, das sich neben der Tür der Schneegrunds so stark bewegte wie ein schnell strömender Fluss. Gesichter, Hände, Tierfiguren deuteten sich an, verwischten aber, bevor sie klare Konturen gewannen. Ob der Steinmeister etwas daraus lesen konnte?

Er zog die Finger durch seine langen Locken. »Ich vermute, sie werden Euren Vater auffordern, nun endlich Abschied von der Welt zu nehmen. Er hat es sich verdient, in den Kreis der Unsterblichen zu treten. Bei ihm liegt es nicht bloß an der hohen Geburt, er hat weise gehandelt. Seine Zugeständnisse waren keine Schwäche. Die Bündnisse haben nicht nur Euer Haus gestärkt, sondern auch dem Berg Frieden gebracht.«

Semire musterte Agohn aus dem Augenwinkel. Sie beschloss, seinen freundlichen Worten nicht zu trauen. »Was denkt Ihr, wie lange die Audienz dauern wird?«

Er seufzte. »Das kann niemand sagen. Für die Körperlosen, die ewig leben, hat die Zeit eine andere Bedeutung als für uns.«

Schweigend warteten sie.

Semire fand das angenehm. Die veränderlichen Muster faszinierten sie, und je länger sie hier unten ausharrten, desto später mussten sie zurück zur Riesenspinne.

»Ihr fragt nicht nach Tarisonn«, stellte Agohn nach einer Weile fest.

Das Gesicht des Mannes erschien sofort vor Semires geistigem Auge. Gerade einen Monat lag es zurück, dass sie seinen dreißigsten Geburtstag gefeiert hatten. Er hatte versprochen, dass bis zum einunddreißigsten seine Schürze nicht mehr braun, sondern schwarz wäre. Er hatte in einem nicht immer freundschaftlichen Wettstreit mit Kyrin und Anthurel, den Magierzwillingen, gestanden, die ihn trotz ihres niedrigeren Ranges auf einigen Gebieten überflügelt hatten. Im Gegensatz zu ihnen hatte er sich oft mit Semire über die Ränke zwischen den Häusern ausgetauscht. Vielleicht hatte er zu viel Zeit damit verbracht.

»Das Urteil über ihn ist gesprochen.« Ruhig sah sie Agohn, Tarisonns Richter, in die Augen.

»So wenig anhänglich an jene, die zu Eurem Haus zählen?«, spottete er.

»Die Versteinerten weinen genug Tränen um sich selbst«, erwiderte Semire. »Sie brauchen meine nicht.«

Er musterte sie drei Atemzüge lang. »Ihr seid eine ungewöhnliche Frau, Semire.«

Knackende Geräusche kündigten ein Wesen an, wie Semire es noch nie gesehen hatte. Zuerst schob sich eine Art Pfeiler aus dunkelgrauem Gestein hinter einem Wandvorsprung hervor. Er setzte auf dem Boden auf. Ein zweiter Pfeiler folgte, ein dritter. Sie kippten nach vorn und stellten sich als Beine heraus, die gemeinsam mit fünf weiteren ein Gewirr aus Streben und unförmigen Brocken stützten, ein grob kugelförmiges Gitterwerk. Aus manchen der Verdickungen quoll etwas, das wie zähflüssiges Licht aussah. Es ähnelte brennendem Wachs, aber ohne Flamme.

»Ich … muss …«, stammelte Agohn.

Die Wesenheit, an der nichts Menschliches war, verharrte. Innerhalb des runden Hauptkörpers verschoben sich jedoch die Komponenten knirschend gegeneinander. Etwas von dem flüssigen Licht löste sich, tropfte aber nicht herab, sondern schwebte durch die Zwischenräume auf- und abwärts. Ein Flimmern, das auf große Hitze hindeutete, umgab es.

Eine unheimliche Faszination ging von dem Gebilde aus. Mit einer bewussten Willensanstrengung wandte Semire den Blick davon ab und sah Agohn an. Beim Licht hier unten im Sanktuarium war es nicht eindeutig zu erkennen, aber der Steinmeister erschien ihr bleich und seine Unterlippe zitterte.

»Man fordert meine Anwesenheit«, sagte er mit schwankender Stimme.

»Sorgt Euch nicht um mich.« Seine offensichtliche Beunruhigung gab Semire Sicherheit. Die Furcht des sonst so arroganten Steinmeisters machte ihn schwach, während Semire selbst keinen Hinweis entdeckte, dass sie bedroht wäre. Natürlich mochte sie sich angesichts dieses undeutbaren Gebildes auch täuschen, aber dennoch war der verunsicherte Agohn ein erhebender Anblick. »Ich komme allein zurecht. Ich warte hier auf meinen Vater.«

Er setzte an, etwas zu sagen, nickte dann aber schweigend und folgte dem Steinwesen, das sich krachend hinter den Vorsprung zurückzog.

Lächelnd sah Semire ihm nach.

Für einen Moment war sie sogar versucht, um die Ecke zu lugen, um nachzusehen, was dort geschah. Aber sie wusste, dass ihr das keinen Vorteil bringen konnte. Schlimmstenfalls würde sie den Steinmeister gegen sich aufbringen und er würde sie hinauswerfen.

Sie runzelte die Stirn.

Wie würde Agohn damit umgehen, dass sie Zeugin seiner Schwäche geworden war? Ließe sich das gegen ihn verwenden? Würde er sich davor schützen?

Er hatte einen Ruf zu verlieren. Zwar gab man nicht allzu viel auf das öffentlich geäußerte Wort einer Frau, aber wenn man ein Gerücht hinter dem Fächer in die richtigen Ohren tuschelte, wusste bald der gesamte Berg davon …

Was war das nur für ein seltsames Gebilde, dem Agohn gefolgt war? Auch Imagolems glichen nicht immer Menschen, aber Beine, Arme und ein Kopf waren in den meisten Fällen erkennbar …

Auch im Relief neben der Tür zur Loge der Schneegrunds formte sich nun ein Gesicht. Anders als die übrigen verschwamm es nicht wieder, sondern verfestigte sich. Zwei Hörner bildeten sich aus und dann gewann es sogar Farbe. Es wurde krebsrot. Obwohl die Konturen nun scharf gemeißelt erschienen, blieben Augen und Mund hohle Öffnungen.

»Ich kenne Euch!« Dieses Gesicht hatte Semire in all den

Jahren nicht vergessen. »Ihr habt Quilûn gerettet, als seine Eltern umgekommen sind. Unten in den Kavernen!« Sie kniete nieder.

»Qui…lûn?«, drang eine knirschende Stimme aus dem Relief.

»Seine Eltern waren Lichtknechte. Sie sind in den Tod gestürzt, als sie die Spiegel gereinigt haben. Nachdem wir die Lichtpfade von Haus Adlerhoch übernommen haben. Heute ist Quilûn ein meisterlicher Maler!«

»Wir dulden … Sentimentalitäten.« Der Mund bewegte sich im gehörnten Antlitz, schloss sich jedoch niemals ganz. »Aber heute … bringe ich eine andere Botschaft. Du musst … einen Gemahl finden, Semire.«

Sie erstarrte wie unter einem Schwall kalten Wassers.

»Die Unsterblichen wünschen es«, fuhr die knirschende Stimme fort. »Die Nachfolge … im Tiefen Haus Schneegrund … muss gesichert werden. Es darf … nicht stürzen.«

Semire verharrte wie gelähmt, aber ihre Gedanken rasten. Sie war dreißig und bislang hatte sie erfolgreich alle Freier abgewiesen. Natürlich hatte ihr Vater Andeutungen gemacht, später auch Vorschläge, aber inzwischen hoffte sie, dass er sich mit ihrem Dickkopf abfand. Sie wollte nicht im Schatten von jemand anderem stehen, dessen Gesinde sie führte, sondern eigene Entscheidungen treffen, ihr Leben selbst gestalten!

»Es gibt andere, die übernehmen können«, sagte sie. »Derrek Eichfrost … Tarin Kalthorn …«

»Du hast sie alle … zurückgewiesen.«

»Als Ehegatten, ja! Aber sie könnten sich eine andere Frau nehmen und die Unsterblichen könnten ihnen Haus Schneegrund anvertrauen, bis es in unserer Linie einen neuen Erben gibt.« Ihre eigenen Worte schnürten ihr die Luft ab. Es war so ungerecht! Sie verstand mehr von der Diplomatie, dem Heerwesen, der Intrige als jeder andere in Haus Schneegrund. Auch im Vergleich mit den anderen Tiefen Häusern konnte sie mit den Besten mithalten, davon war sie überzeugt. Und doch traute man ihr nicht zu, das Haus zu führen. Nur, weil sie Brüste hatte und kein Gemächt!

»Du kannst den … Unsterblichen nichts vorschreiben«, belehrte sie das Gesicht, das nun wieder das Grau des umgebenden Steins annahm. »Sie haben … entschieden.« Die Konturen verblassten und bald zogen die bewegten Wellen des Reliefs über die Stelle, an der sich gerade noch der Gesprächspartner gezeigt hatte.

Eine Weile noch kniete Semire erstarrt, bevor sie sich erhob. Auch dann noch stand sie unbewegt. Erst, als sich die Logentür öffnete und ihr Vater herauskam, gewann sie ihr Zeitgefühl zurück. Er sah nachdenklich aus.

»Wo ist der Steinmeister?«, fragte er.

Semire schüttelte nur den Kopf.

Ihr Vater sah sich um, entdeckte aber niemanden.

»Gehen wir«, sagte er. »Wir haben noch viel vorzubereiten für diese Reise.«

Sie passierten den lockigen Gehörnten, der bei ihrem Eintreffen die Pflanzen begutachtet hatte. Jetzt war er wieder eine geistlose Statue.

Nachdem Semires Gedanken sich zuvor überschlagen hatten, standen sie nun still. Sie folgte ihrem Vater, der auch in Grübeleien versunken war, und nahm kaum wahr, dass sie unter dem Leib der Riesenspinne hindurchgingen. Erst im Lärm der Meißel auf dem Hof der Aspiranten kam sie wieder zu sich.

»Wirst du es tun?«, fragte sie ihren Vater. »In den Berg gehen, meine ich? Wie viel Zeit habe ich noch?«

Er blieb stehen, fasste sie an den Schultern und drehte sie zu sich. Mit einem wehmütigen Lächeln sah er sie an. »Du bist ein sehr besonderer Mensch, Semire. Ich weiß, dass du vieles denkst und vieles tust, was du vor mir verborgen hältst. Nur wenige denken selbst und treffen ihre eigenen Entscheidungen für das, woran sie glauben. Auch im Adel.«

»Aber was ist mit dir? Ist dies tatsächlich deine Abschiedsreise? Haben die Ahnen in der Loge auch …« Sie schluckte. »Haben sie auch über mich gesprochen?«

Er küsste ihre Stirn. »Du wirst deinen Weg finden, ganz gleich, was geschieht.«

Im Wald der Erinnerung wuchs kein einziger Baum. Hier, an der gekerbten Nordflanke des Ianapat, streute man die Asche der Verstorbenen in den Wind. Dabei zog man einen dreieckigen Wimpel auf, um den Seelen auf ihrer weiteren Reise hinterherzuwinken. Der graue Stoff, der auch schwere Unwetter überstand, war bei allen gleich. Der Tod machte keinen Unterschied. Das Leben jedoch schon, und so teilten sich die Armen Masten, die so dünn waren wie Besenstiele. Die Elenden, deren Namen niemand kannte, bekamen winzige Wimpel an der Spitze solcher Stangen und sie standen auf ungeschützten Vorsprüngen, wo der nächste Sturm sie abriss. Je reicher die Verstorbenen waren, desto fester waren die Masten und desto mehr Beschläge zierten und schützten sie zugleich. Der Wimpel für Graf Golars Frau war groß wie eine Zeltbahn und er hing allein an einem der höchsten Masten, an einer Stelle, die kaum ein Sturm fand. Dennoch bewegte er sich ständig im sanften Fallwind vom schneebedeckten Gipfel. Diese Dame hätte nicht sterben sollen. Die Fehde mit den Adlerhochs hatte vor eineinhalb Jahrzehnten ein Leben gefordert, dem es eigentlich bestimmt gewesen war, im Innern des Berges für die Ewigkeit erhalten zu bleiben.

Graf Golar traf sich in einem ärmeren Bereich des Waldes mit Kyrin, weit entfernt von den Masten der Tiefen Häuser. Aber sehen konnte man den Wimpel, der seiner Frau winkte, von hier aus.

Kyrin wartete, bis ihr Herr sie ansprechen würde. Nach der Begrüßung nahm er sich stets Zeit, um schweigend und Rolltabak rauchend stumme Zwiesprache mit dem Wimpel zu halten. Das konnte eine volle Stunde dauern.

Hier am schattigen Nordhang wurde es schnell kalt, vor allem, wenn man sich nicht bewegte. Golar und Kyrin trugen die grauen Umhänge nicht nur, weil sie das zwischen den Trauernden im Wald der Erinnerung unauffälliger machte. Kyrin zog den Wollstoff eng um ihre Schultern. Der Graf lehnte an einem Basaltfelsen und sie stand zwei Schritt von ihm entfernt. Nah genug, um jedes Wort zu verstehen. Weit genug, um ihn nicht zu belästigen.

Heute hatte Golar die Asche nur zweimal von seiner Tabakrolle geklopft, als er sich ihr zuwandte. »Ich möchte, dass du Tarisonns Forschungen weiterführst. Soweit es möglich ist, ohne Verdacht zu erregen, habe ich seine Aufzeichnungen gesichert. Du findest sie in der Truhe im Bleikeller.«

Als einer von wenigen war Kyrin das Gewölbe unter dem Palast der Schneegrunds gut bekannt. Es war so etwas wie eine Geheimkammer, in der Graf Golar Dinge tat, die niemand von jemandem seines Standes erwartete. Kyrin besaß einen Schlüssel zu der mit Eisenbändern beschlagenen Truhe, die Golar meinte.

»Ich bin nur oberflächlich mit den Dingen vertraut, mit denen sich Tarisonn beschäftigt hat«, wandte sie ein.

»Besser als alle anderen«, befand Golar.

»Ich würde Euch lieber auf der Reise begleiten. Ich habe die Imagolems ausgewählt. Es wäre gut, wenn ich sie selbst lenken würde.«

»Das geht nicht. Ich brauche einen anderen Magier. Wen empfiehlst du mir?«

Kyrin sah nach Norden, über die Gipfel der niedrigeren Berge. Der Nebel hielt sich hartnäckig im Tal der Lonrar, es war nie gelungen, die Sümpfe dort trocken zu legen.

»Ihr habt Euch bereits entschieden«, vermutete sie. »Ihr werdet Anthurel mitnehmen.«

Lächelnd stellte er sich neben sie. Er war nur wenig größer, aber massiger als Kyrin. Hätte er es gewollt, hätte er sie mühelos in den Abgrund stoßen können.

Was für ein merkwürdiger Gedanke …

»Du durchschaust die Dinge«, sagte er. »Deswegen bist du die Beste für diese Aufgabe.«

Kyrin biss sich auf die Lippen. Sie war nur die Zweitbeste. Sie hatte mit auf die Reise gehen sollen, während Tarisonn die Sache vorangetrieben hätte. Er war der Beste gewesen, eine Braunschürze, und er war gescheitert.

Ihre Hand zitterte. Ihr war nicht kalt und sie fürchtete sich auch nicht vor dem Abgrund. Aber vor ihrem geistigen Auge erschien das ständig lächelnde Gesicht des Steinmeisters. Den neuesten Weinenden hatte sie noch nicht gesehen, sie wich dem Platz der Reue seit Tagen aus.

»Tarisonn war einer Sache auf der Spur, die uns den entscheidenden Vorteil bringen könnte«, sagte Golar. »Du weißt, wie er gewesen ist. Er hat ungern über Dinge gesprochen, deren er sich nicht sicher war.«

Er sprach von Tarisonn wie von einem Toten. Ein Versteinerter war ja auch mehr tot als lebendig.

»Er hat immer wieder einen Begriff erwähnt, *die Gezeiten der Macht*. Er wollte mir davon berichten, aber Agohn kam ihm zuvor. Ich will, dass du herausfindest, was er wusste.«

Kyrin blinzelte. »Geht es um Imagolems?«

»Das bezweifle ich.«

»Dann wäre Anthurel wirklich besser geeignet. Ich arbeite gut mit dem Meißel, aber wenn es um filigran zu schlagende Modelle geht …«

Er unterbrach sie, indem er ihr eine Hand auf die Schulter legte. »Du bist die Beste, die ich habe.«

»Aber was, wenn er noch nicht fertig war?«, fragte sie. »Wie soll ich Kontakt mit Euch aufnehmen, damit Ihr mir Anweisungen geben könnt, in welche Richtung ich voranschreiten soll? Wenn es wirklich für unsere Sache entscheidend sein kann, wird es auch gefährlich sein. Und auffällig, wenn man versehentlich etwas freisetzt, das ich nur unvollständig verstehe.«

»Warte nicht auf mich«, forderte Golar sanft. »Gehe ohne mich voran. Es ist Zeit.«

Kyrin wandte sich zum Pfad, obwohl sie wusste, dass die Rückkehr zum Palast nicht das Wesentliche war, was Graf Golar meinte.

Wo blieb Derrek Eichfrost?

Semire von Schneegrund hasste es, wenn sich Verabredungen verspäteten. Diese Respektlosigkeit, die hinter der lapidaren Annahme steckte, sie habe mit ihrer Zeit nichts Besseres anzufangen, als auf den anderen zu warten! Und wenn es sich dann noch um den Baron eines Hauses handelte, das dem ihrigen den Treueschwur geleistet hatte ... Semire ballte die Hände zu Fäusten.

Sie machte sich lächerlich, wenn sie länger beschäftigungslos hier herumstand! Der strubbelhaarige Arbeiter, der mit den anderen Lastenträgern nun schon das dritte Mal Kisten an ihr vorbei ins Lagerhaus schleppte, sah sie bereits verwundert an. Ob er sich fragte, ob die Tochter des Grafen den Fleiß der Untergebenen kontrollieren wollte?

Die Reisegesellschaft ihres Vaters würde an die einhundert Menschen umfassen. Auch wenn man auf dem Weg immer wieder auf Landgütern rasten würde, deren Speicher dem Grafen offen standen, brauchte man einen Grundvorrat an Verpflegung, auch für die Reit- und Lasttiere, die ebenfalls zusammengeführt werden mussten. Zelte, Wagen, eine transportable Schmiede, Feldküchen, Gewürze, Duftwässer, Decken, Pfeile für die Jagd, Truhen und Säcke für die einzusammelnden Abgaben, Waagen und Gewichte, geeichte Maßstäbe, Schreibmaterial, Lampen- und Waffenöl, Stoffe und Nähzeug, Tafeln, Stühle, Geschirr und Kristall für die abendlichen Mahlzeiten, Kerzen, Fackeln und Lampen, Seife, Badezuber ... Die Listen waren nahezu endlos. Semire konnte das beurteilen, sie hatte sie wieder und wieder kontrolliert und ergänzt.

Das lang gezogene Lagerhaus war eines von einem Dutzend im Kastell der Schneegrunds, das sich am Kopf der Bergstraße befand, und die befestigte Anlage war eine von vielen. Jedes Haus, das etwas auf sich hielt, hatte eine, diente sie doch der Verbindung zwischen den Anwesen auf dem Berg und den Ländereien. Aus dem Flachland kommend, kam man mit Fuhrwerken nicht weiter hinauf. Die breiten Wege endeten hier, auf achthundert Höhenschritt. Höher hinauf ging es für Fußgänger auf Pfaden, die über viele in den Hang gehauene Treppen führten. Besonders Wagemutige vertrauten sich fassähnlichen Kähnen an und ließen sich den Almahn hinauftragen. Durch die magischen Steine in seinem Flussbett strömte er bergauf.

Lasten, die für diese Art des Verschiffens ungeeignet waren, transportierte man entweder langsam mit Trägern oder schneller und teurer mit Kaskaden von Flaschenzügen. Das Knarren und Quietschen Hunderter Seile, Räder und Scharniere bildete einen Klangteppich, vor dem die Arbeiter einander Fragen und Anweisungen zuriefen. Vorräte und Ausrüstung für die Reisegesellschaft trafen sowohl von oben in Netzen und Förderkörben als auch auf Karren ein, die genügsame Ochsen den Weg von unten heraufzogen. Einige Adlige beaufsichtigten das Treiben und auch ein paar Schaulustige hatten sich eingefunden. Von Galanen umschwirrte Damen, die mit flatterndem Fächer die schwitzenden Männer bestaunten, und Jünglinge, die nicht mit auf die Reise kämen, aber vom anstehenden Abenteuer ihrer älteren Geschwister jeden Hauch aufsaugten, den sie bekommen konnten.

Semire hatte es satt, hier herumzustehen! Sie war die Tochter eines Grafen, niemand sollte sie warten lassen. Derrek war sehr auf seinen Status bedacht. Er würde weder zu Fuß einen Pfad herunterlaufen noch sich zwischen Fässern und Kisten in einem Lastenkorb abseilen lassen. Sicher nahm er eine der Personenplattformen, ebene Bohlenkonstruktionen, die ihre Passagiere mit edel geschnitzten Geländern vor dem Absturz schützten. Das mochte auch seine Verspätung erklären: Entweder, die Warteschlange war länger, als er sie eingeschätzt hatte, oder er stritt sich mit einem Bürgerlichen um die Entlohnung für das Ablassen. Jetzt, wo sie auf den Gedanken verfiel, erschien er Semire wahrscheinlich: Da die Flaschenzüge durch die Reisevorbereitungen besonders beansprucht wurden, mochten ihre Betreiber eine höhere Bezahlung verlangen. Auf solche Eigenmächtigkeiten der Bürgerlichen reagierte Derrek stets zornig.

Semire fand ihn, noch bevor sie den Steilhang erreichte. Er stieß die mehr als einen Kopf kleinere Kyrin gegen die Schultern, sodass sie rückwärtsstolperte und gegen einen massigen Imagolem prallte.

Ein Dutzend Steinmänner standen auf dem Inspektionsfeld, die Leibgarde für Semires Vater und zugleich eine schlagkräftige Truppe, um zögerliche Verwalter zu überzeugen, die anstehenden Abgaben herauszurücken. Im Moment waren sie bewegungslose Statuen. Derjenige, der die Magierin vor dem Fallen bewahrt hatte, schien sich auch nicht daran zu stören, dass sich eines von Kyrins Äffchen keckernd auf sein gehörntes Haupt flüchtete. Er konnte keine von Kyrins Arbeiten sein, dafür wich er mit dem rechten Arm, der in einer ellenlangen Schere auslief, zu sehr von der menschlichen Form ab. Außerdem war er zu grob gearbeitet, an Gesäß und Beinen gab es unbehauene Flächen, die darauf hindeuteten, dass der Metz mehr Wert auf die abschreckende Erscheinung als auf Ästhetik gelegt hatte.

»Ich werde nicht dulden, dass du unsere Imagolems lenkst!«, rief Derrek Eichfrost.

»Deine Sorge kommt zu spät!«, erwiderte Kyrin mit hochrotem Kopf. »Anthurel übernimmt für mich. Der Graf hat befohlen, dass ich auf dem Berg bleibe.«

Einige Lastenträger hielten inne. Auch Temalla Kalthorn sah herüber. Die Baroness war mit ihren Kulleraugen und der Stupsnase recht hübsch, aber dennoch vergeblich auf der Suche nach einem Galan, der sie heiraten wollte. Die Trunksucht ihres Vaters hatte ihr Haus arm gemacht.

»Dafür wird er seinen Grund haben!« Dass Derreks Gesicht rot wurde, bis die Narbe auf der Wange weiß hervortrat, sprach nicht dafür, dass er sich beruhigen würde. »Und was schnüffelst du dann noch hier herum?«

»Ich habe die Imagolems vorbereitet, also prüfe ich auch, ob sie einsatzbereit sind.«

»Das geht dich nichts mehr an!« Derrek hob die linke Faust.

Semire kannte diese Bewegung. Er benutzte sie zur Ablenkung, wenn er einen hohen Schlag mit rechts führen wollte.

An Kyrin war die Finte verschwendet. Sie zeigte keine Reaktion, im Kampf war sie ungeübt.

Für Semire war das ein weiterer Grund, um einzugreifen.

»Was geht denn hier …«, setzte sie an und hielt den streitsüchtigen Baron an der Schulter zurück.

Derrek wirbelte herum und schlug ansatzlos zu.

Semire pendelte den Oberkörper nach rechts und brachte den linken Unterarm zwischen ihr Gesicht und den Hieb. Damit vermochte sie ihn nicht vollständig abzuwehren, aber immerhin nahm sie ihm den Großteil der Wucht. Die Faust traf sie kaum kräftiger als eine Backpfeife.

Erschrocken zuckte Derrek zurück. »Semire! Ich ahnte nicht, dass Ihr es seid!«

Sie widerstand dem Drang, an ihre brennende Wange zu fassen. »Wir waren verabredet. Vor einer halben Stunde.«

»Ja, ich …« Verwirrt sah er zu Kyrin hinüber.

Die Magierin hielt den misstrauischen Blick auf ihn gerichtet, während sie vor Semire knickste. Eigentlich stellte sie sich dabei gar nicht so ungelenk an, aber die blaue Schürze aus steifem Leder zerstörte jede Eleganz.

»Ich habe nicht ewig Zeit für Euch, Eichfrost.« Semire drehte sich um und ging zum Lagerhaus zurück.

Derrek blieb einen Schritt hinter ihr. Wortlos passierten sie den Aufseher am Tor und die Arbeiter, die Mehlsäcke stapelten. Sie stiegen die schmucklose Treppe hinauf auf den Dachboden. Hier lagerten Sägen, Hämmer und anderes Werkzeug. Semire ging durch in die Schreibstube, wartete in der Tür und schloss sie hinter Derrek, der ihr mit verhärtetem Gesicht folgte.

Das Wertvollste an diesem Raum war das Fenster, quadratisches Glas mit zwei Schritt Kantenlänge, das verspielte Schlieren eines weißen Pulvers durchzogen. Soweit Semire wusste, bestand der einzige Zauber der kleinen, zwischen den Bleistreben verborgenen Leisten darin, das einfallende Licht so zu verstärken, dass der Schreiber am Tisch davor bis zum Sonnenuntergang arbeiten konnte. Es schadete aber sicher nicht, wenn Diebe einen Schutzzauber darin vermuteten oder säumige Arbeiter, die hier zum Rapport erschienen, eine magische Möglichkeit fürchteten, die Wahrheit hinter ihren Ausreden aufzudecken.

Auf dem Tisch lag die Mappe mit den Listen, auf denen Ausrüstung und Vorräte für die Reisegesellschaft verzeichnet waren. Semire würde sie später mit den Vorarbeitern abgleichen, die ihr berichten würden, wie viel bereits eingetroffen war. Schreibfedern standen neben Fässchen mit schwarzer, grüner und blauer Tinte.

Ein hüfthoher Schrank nahm die linke Wandseite ein. Seine rautenförmigen Fächer enthielten Schriftrollen, in den Regalen darüber lagerten Bücher. Semire bevorzugte gebundene Aufzeichnungen, in denen man die Chronologie nachvollziehen konnte, auch wenn mit der Zeit immer mehr Seiten irrelevant wurden und sich in manchen Bänden nur sehr wenige fanden, die noch von Interesse waren.

Durch die gegenüberliegende Wand zog sich auf Augenhöhe ein Gitter, durch das man in den Taubenschlag schauen konnte. Mittels dieser Vögel schickte man Nachrichten vom Kastell hinauf zum Palast. Ihr Futter lagerte in einer Kiste und durch eine schmale Tür konnte man zu den Tieren hineingehen.

»Wieso treffen wir uns hier?«, platzte Derrek heraus.

»Ich bin diejenige, die hier Fragen stellt!«, versetzte Semire schneidend. Er sollte sich bloß nicht einbilden, dass sie ihm die Gesprächsführung überließe.

Tatsächlich hielt sie das Kastell derzeit für den unauffälligsten Ort, um einen Adligen zu treffen, der zum Gefolge von Haus Schneegrund zählte. Zwar waren auch Arbeiter bisweilen neugierig, aber das war kein Vergleich zur beinahe schon besessenen Spionagetätigkeit vieler Hofdamen im Palast.

Semires Wange brannte nicht mehr, wie sie stolz bemerkte. Manch eine verzärtelte Tochter einer anderen Grafenfamilie hätte deswegen sicher eine Woche lang gejammert, aber sie erinnerte sich an Monde, in denen sie trotz sommerlicher Hitze ausschließlich langärmelige Kleider getragen hatte, um die grünen und blauen Flecken zu verbergen.

Sie setzte sich auf die Tischkante und verschränkte die Arme. »Was war das eben mit Kyrin?«

»Gemeine sollen sich nichts herausnehmen«, murrte Derrek.

»Sie soll sich bloß nicht einbilden, mit uns auf einer Stufe zu stehen, bloß, weil sie eine Magierin ist!«

»Was hat sie sich denn herausgenommen?«

»Sie schnüffelt bei den Imagolems herum, obwohl sie auf dem Berg ihren Pflichten nachkommen sollte!«

»Das ist ja beinahe so unverfroren«, meinte Semire gedehnt, »wie wenn ein einfacher Baron eine Dame mit gräflichem Blut ohrfeigt.«

Wieder stieg die Zornesröte in Derreks Gesicht. »Es war nicht das erste Mal, dass ich Euch …«

»Vor dem Gesinde?«, donnerte sie.

Er presste die Kiefer aufeinander und wich ihrem Blick aus.

»Also, was sollte das mit Kyrin?«, fragte sie in diesem leisen Ton, von dem sie wusste, dass ihn alle, die sie kannten, als gefährlich deuteten.

»Domor hat ihr misstraut.«

»Euer vermisster Onkel?«

Derrek nickte knapp. »Vor seiner Abreise hat er des Öfteren Andeutungen gemacht. In den Magierwerkstätten sieht man sie mit Argwohn. So wie Tarisonn.«

Semire horchte auf. »Was ist der Grund dafür?«

Widerwillig zuckte Derrek mit den Achseln. »Dazu hat sich Domor ausgeschwiegen. Aber Tarisonn ist jetzt versteinert und Kyrin … Sie könnte mit dem Verschwinden meines Onkels zu tun haben.«

»Das hat sich mehr als hundert Meilen im Süden ereignet!«

»Magier …«, murmelte er. »Ihre Ränke reichen weit. Vielleicht hat sie den Samen des Verderbens auch schon bei seiner Abreise gesät.«

»Deswegen wollt Ihr sie von den Imagolems fernhalten?«

»Ich finde es merkwürdig, dass ein paar Aufständische mit unseren Steinkriegern fertiggeworden sein sollen.«

»Aber Domor war selbst ein Magier«, überlegte Semire. »Er hätte bemerken müssen, wenn mit den Imagolems etwas nicht gestimmt hätte.«

Derreks Gesicht verdunkelte sich weiter. Nur die Narbe blieb weiß. »Es ist bloß ein Gefühl. Aber wenn Kyrin etwas mit dem Überfall auf meinen Onkel zu tun hat, will ich, dass Gerechtigkeit geübt wird!«

»Es ist die Aufgabe des Grafen, für Gerechtigkeit in seinem Haus zu sorgen«, versetzte Semire.

Der Zorn war Derrek überdeutlich anzusehen. Eine wunderbare Emotion, die Semire sehr schätzte. Zornige Menschen ließen sich leicht lenken, und wenn man sie auf die richtige Spur setzte, erledigten sie die Dinge schnell und ohne Skrupel.

Sie durfte ihren Vater jedoch nicht eines erfahrenen Schwertes berauben, das ihn auf der Reise beschützen sollte.

»Kyrin bleibt auf dem Berg, ebenso wie ich«, sagte sie sanft. »Ich werde die Pflicht meines Vaters in dieser Angelegenheit erfüllen.«

»Was habt Ihr mit der Magierin vor?«, fragte er überrascht.

Kyrin war das Mündel ihres Vaters. Darüber hinaus verband die beiden jedoch eine Vertrautheit, die möglicherweise darauf hindeutete, dass die junge Zauberin – sie zählte nur halb so viele Jahre wie der Graf – wesentliche Aufgaben der verstorbenen Gattin übernommen hatte. Eine Angelegenheit, der Semire ohnehin auf den Grund gehen wollte. »Zunächst einmal werde ich herausfinden, was an der Sache dran ist.«

Derrek trat einen Schritt auf sie zu. »Wenn mein Onkel tot sein sollte und Kyrin etwas damit zu tun hat, will ich sie selbst erwürgen. Mit diesen Händen!«

Semire mochte Kyrin, aber sie wusste, dass sie sich nicht von Sentimentalitäten leiten lassen durfte. Derrek war ihr nützlicher, und sie wusste genug über ihn, um ihn in der Hand zu haben. Der Mord an Havron Blitzdorn etwa … Die Leiche hatte sie in einer tiefen Felsspalte verschwinden lassen, den Siegelring aber sicher verwahrt. Er würde ihrem Zeugnis Gewicht verleihen, wenn sie Derrek einmal schaden müsste.

»Bei Eurer Rückkehr reden wir über Kyrin, Eichfrost«, versprach sie. »Zwei Monde werden reichen, um herauszufinden, ob sie gegen uns agiert.«

Er schien nicht überzeugt.

»Ein Angriff auf Haus Eichfrost ist ein Angriff auf Haus Schneegrund«, bekräftigte sie.

Er lehnte sich wieder an die Wand, die Hände hinter dem Rücken, und nickte. Seine Gesichtsfarbe hellte sich auf. Obwohl er zu den größten Hitzköpfen zählte, die Semire kannte, war er ihr gegenüber letztlich vertrauensselig.

»Nun aber zum Naheliegenden«, wechselte sie das Thema. »Wer übernimmt die Verteilung, solange Ihr fort seid?«

»Ich halte Tomalion noch immer für die beste Lösung.«

»Euren Saufkumpan? Der ist zu unzuverlässig.«

»Man kann auf ihn zählen«, widersprach Derrek. »Erst vorgestern Abend, als es im *Zwergenfräulein* Faust auf Faust ging … Er hat nicht zurückgesteckt, im Gegenteil!«

»Eure Begeisterung in allen Ehren, aber eine Kneipenschlägerei verlangt keine Verschwiegenheit. Tomalion liebt den Wein und die Sorte Frauen, die nicht mehr kostet als eine Flasche. Beides löst die Zunge.«

Derrek wich ihrem Blick aus. »Das ist nicht ganz falsch. Aber Tomalion hat sich Respekt erarbeitet.«

›Erprügelt‹ traf es wohl eher. Unter Männern war es so viel einfacher …

»Wenn er es nicht sein soll, wird es schwierig«, meinte Derrek.

Semire seufzte. »Dann wird es auch schwierig, dass Ihr meinen Vater begleitet.«

»Ich muss meinen Onkel finden!«, entrüstete sich Derrek. »Ihn retten, ihn befreien, ihn rächen – was immer ansteht. Ein Eichfrost muss dabei sein. Das ist eine Frage der Ehre!«

»In der Tat ist es das. Wir sind Verpflichtungen eingegangen.« Damit meinte Semire schattigere Bündnisse, als man mit Haus Schneegrund in Verbindung brachte.

Derrek atmete durch. »Ich habe eine Idee … ungewöhnliche Verbündete, aber gerade deswegen schwer zu verfolgen, könnte ich mir vorstellen.«

»›Ungewöhnlich‹ gefällt mir«, sagte Semire.

DREI
Suche

Seit einer halben Stunde schwieg der Gardist, der Emala schon auf dem Schwertplatz begleitet hatte, um Brotan seine Geringschätzung spüren zu lassen. Der Flaum an seinem Kinn war das einzig Unordentliche an ihm. Alles andere bewies seine Verliebtheit in Formalitäten. Die polierten Stiefel. Die exakt mittig ausgerichtete Schnalle seines Schwertgehänges. Die Tatsache, dass er auch hier, im Tempel der Zauberer, wo sicher keine Gefahr drohte, den eng sitzenden Kinnriemen nicht löste. Er hatte sogar die Falten seines hüftlangen, schwarzen Umhangs penibel gelegt, als sie vor der Tür mit der auf Augenhöhe eingelegten Steinskulptur angekommen waren. Seitdem stand er nahezu reglos mit vor der Brust verschränkten Armen.

Die Öllampe hatte er in einer Wandnische abgestellt. In ihrem warmen Licht war die Skulptur, die zur Hälfte aus dem Holz der Tür ragte, deutlich zu sehen. Dennoch wusste Brotan das tentakelbewehrte Etwas nicht zu deuten. Er vermutete, dass der Onyx eine magische Wirkung entfaltete. Er mochte die Tür davor schützen, eingetreten zu werden, oder mystische Kräfte im Innern halten, falls dort ein Ritual außer Kontrolle geriete. Seit Brotans Eintreffen waren Meißelschläge von jenseits der Tür zu hören.

Brotan betrachtete die Wände. Ein Halbrelief im roten Sandstein zeigte Weinreben, einen Wasserfall und einige blumenbekränzte Maiden und Jünglinge, die einen Baum umtanzten. Ob diese Abbildungen das sorglose Leben auf dem Berg darstellen sollten? Wie alt mochten sie sein? Brotan fragte sich, ob ihre Erschaffer den Berg überhaupt aus eigener Anschauung gekannt hatten.

Die Meißelschläge verstummten.

Erwartungsvoll sah Brotan den Gardisten an, aber der höchstens zwanzigjährige Mann sah stur geradeaus auf die Öllampe in der Nische.

Die Tür öffnete sich. Zauberpriesterin Emala trat mit einer Kerze heraus, deren Licht ein auf der Halterung angebrachter Bronzespiegel nach vorn verstärkte. Deswegen blieb ihr faltiges Gesicht weitgehend im Dunkeln, obwohl sie so weit vorgebeugt ging, dass sich ihr Kopf nur knapp oberhalb der Lampe befand.

»Was gibt es, Ritter?« In der Nennung seines neuen Rangs lag keinerlei Respekt.

Die Hand, die die Kerze hielt, sah aus wie ein viel zu weiter und nasser Lederhandschuh, zerknittert von Falten. Auf ihrer grünen Robe war heller Steinstaub zu erahnen.

»Ein Wort im Vertrauen«, bat Brotan mit einer genau bemessenen Verbeugung.

Ihre tief in den Höhlen liegenden Äuglein sahen ihn an.

»Ich bitte Euch, Emala.« Er sah den Gardisten an.

»Predell genießt mein volles Vertrauen«, sagte sie.

»Manches bespricht sich besser unter vier Augen.«

Emala seufzte. »Dann begleitet mich. Ich will nach unserer Gefangenen sehen.«

Plötzlich eifrig, griff Predell die Öllampe. »Ich kann Euch leuchten!«

Obwohl er die Lampe auf dem Weg hierher in der Rechten gehalten hatte, benutzte der Gardist jetzt die Linke. Die andere Hand hielt er auf Höhe des Schwertgehänges.

Brotan konnte ein Kopfschütteln nicht unterdrücken. Dieser Fanatiker hätte am liebsten seine Klinge gezogen, um Brotan in die Schranken zu weisen. Mit einer solchen Waffe war nicht zu scherzen, zumal Brotan ungerüstet war. Falls es dazu käme, dürfte er keine Rücksichten nehmen. Er müsste die Kraft seiner Pranken einsetzen, um dem anderen schneller das Genick zu brechen, als dieser ihm die Klinge zwischen die Rippen jagen konnte.

Emala seufzte. »Lass nur, Predell. Er ist keiner von denen, die eine Wehrlose niederstechen.« Ihr Blick glitt an ihm hinab. »Lasst ihm trotzdem besser Euren Dolch, Ritter.«

Das Schwert hatte Brotan bereits am Eingang des Zaubertempels abgegeben. Eine kurze Klinge war etwas, das man eigentlich jedem freien Mann zugestand. Aber er wollte den Streit beilegen, also zog er den Dolch aus der Scheide und übergab ihn.

Wortlos ging Emala voran und Brotan folgte ihr, während Predell mit dem Schmollmund eines Jungspundes, der sich zurückgesetzt fühlte, zurückblieb.

Anders als Brotan erwartet hatte, wandten sie sich nicht der Südseite des Tempels zu, wo die helleren, mit großen Fenstern versehenen Räume lagen. Stattdessen bog Emala in einen Gang, der auf den Trutzfels zuführte. »Tarima Eichfrost ist noch immer verstockt«, sagte sie.

Brotan fiel auf, dass er unwillkürlich einen halben Schritt hinter der alten Frau ging. Er schloss auf gleiche Höhe auf.

»Sie will keinen Brief schreiben«, fuhr Emala fort. »Aber die Zeit arbeitet gegen ihren Willen.«

Obwohl keine Tür und kein Gitter ihn markierte, war der Übergang vom Tempel zum Fels deutlich zu erkennen. Abrupt endeten die quadratischen Fliesen und geebneter Stein begann. Natürliche Felsformationen ersetzten die verputzten Wände. Der Gang verengte sich auf zwei Schritt, sodass er genau auf die Felsspalte passte. Diese zog sich allerdings vielfach höher; der Schein von Emalas Lampe, der zuvor die Decke beleuchtet hatte, verlor sich nun in der Dunkelheit.

»Ich bin gekommen, um mich bei Euch zu entschuldigen, bevor ich mein Kommando antrete«, sagte Brotan halblaut.

Hinter einer Biegung weitete sich der Spalt, in dem sie sich bewegten, zu einer Kaverne. Hier ragten bizarr geformte Felsen auf, die an erstarrtes Wachs erinnerten. Emala blies die Kerze aus und stellte sie auf einen Vorsprung. Hier drin schienen grüne und blaue Lichter, deren Ursprung Brotan nicht ausmachte. Wie Flammen oder Sonnen modellierte Steinskulpturen, die er als Lichtzauber kannte, suchte er vergeblich.

Er begleitete Emala in die Kaverne hinein. »Ich hätte in Gegenwart der anderen niemals erwähnen dürfen, dass Tarima Euch angespien hat. Es geschah aus Gedankenlosigkeit.« In Wirklichkeit war seine Schadenfreude über diese Behandlung der selbstgerechten Zauberpriesterin ein wesentlicher Faktor gewesen. »Das unziemliche Verhalten der Gefangenen geht niemanden etwas an. Ich werde mich künftig besser beherrschen.«

»Das ändert nichts daran, was gesagt wurde. Worte, die in der Welt sind, kann man nicht zum Verstummen bringen.« Emala faltete die Hände. »Allenfalls kann man weitere Worte dazugeben, damit die schädlichen nicht mehr auffallen. Das Interesse des Volkes lässt sich ebenso lenken wie das einer Katze. Will man die Maus retten, muss man ein Wollknäuel geschickt schwenken.«

Das klang nicht danach, dass sie gewillt gewesen wäre, Brotans Entschuldigung anzunehmen. »Was kann ich sagen, um meinen Fehler auszugleichen?«

Abschätzig musterte sie seine kräftigen Arme. »Ihr seid kein Mann des Wortes, scheint mir.«

Sie erreichten einen im Boden klaffenden Spalt. Er zog sich annähernd gerade fünfzehn Schritt weit, an der breitesten Stelle maß er vier Schritt.

»Dort vorn kommt eine Treppe, die Ihr benutzen könnt«, sagte Emala. »Ich habe die Geduld für lange Wege verloren.«

Zu Brotans Überraschung hockte sich die Alte an den Rand des Spalts und kletterte hinein. Der Fels war hier gut zehn Schritt dick, darunter schien blaues Licht von rechts in das Loch. Mit erstaunlicher Sicherheit setzte die uralte Frau die Füße in Vertiefungen an der rauen Wand und ihre Hände fanden die Griffe, ohne dass sie hingesehen hätte.

Brotan fühlte sich herausgefordert. Wenn die Greisin kletterte, würde er nicht die Treppe nehmen. Er folgte ihr, wobei er seine Körpergröße nutzte, indem er sich an den gegenüberliegenden Wänden abstützte.

Sie wartete in dem Gang, den das Loch mit dem Spalt verband. Auch hier suchte Brotan vergeblich den Ursprung des blauen Lichts. Die Schatten, die die von Feuchtigkeit glänzenden Vorsprünge in den Gangwänden warfen, zeigten in keine einheitliche Richtung, was für mehrere Lichtquellen sprach. Aber hier waren weder Leuchtkristalle noch Zauberskulpturen, geschweige denn Lampen, auszumachen.

»Ihr habt Mut.« Brotan hatte die Erfahrung gemacht, dass Anerkennung wesentlich zur Besänftigung beitrug.

»Ich kenne die Wege, ich weiß um die Griffe.« Emala setzte den Weg fort. »Ich finde den Halt. Und wenn ich ihn einst verliere, wird es der Wille des Felsens sein.«

Wenigstens eine Quelle der tropfenden Geräusche machte Brotan aus. Das Wasser kam aus der Decke und fiel in eine Pfütze auf dem Boden. Rinnsale verbanden mehrere solcher Stellen.

Ihr Gang mündete in einen anderen, wo sich in einer Wand ein Dutzend Gittertüren befanden. Zwischen diesen saß ein Krieger auf einem Stuhl. Die Helligkeit der Laterne auf dem Tisch neben ihm schien ihm nicht zu reichen, um gegen den Schlummer anzukommen. Das Kinn war auf die Brust gesunken und sein rasselnder Atem zeugte von gleichmäßigen Zügen.

Das hier in verschiedener Intensität allgegenwärtige blaue Licht beleuchtete auch die Zellen. Alle, an denen Emala und Brotan vorbeikamen, waren leer.

Der Mann bemerkte sie erst, als sie ihn beinahe erreicht hatten. Erschrocken sprang er auf. Der schwarze Umhang, den er zusammengelegt und benutzt hatte, um Rückenlehne und Sitzfläche zu polstern, rutschte auf den Boden. Er verbeugte sich, wodurch der ungesicherte Helm vom Kopf fiel und auf den Stein schepperte.

»Zauberpriesterin«, stammelte er. »Gardist Zoran meldet: keine besonderen Vorkommnisse!«

»Ich will die Gefangene sehen«, sagte Emala kühl. »Schließ uns auf.«

»Aufschließen!« Er hob Helm und Umhang auf. »Jawohl, aufschließen …«

Brotan war es peinlich, den nervösen Krieger dabei zu beobachten, wie er seine Sachen ordnete. Er räusperte sich. »Ich werde aufbrechen, um die Ostgrenze gegen die Lurche zu sichern.«

»Wenn Ihr dort Euren Tod finden wollt, gebe ich Euch gern meinen Segen«, gab Emala zurück.

Offenbar gab es nur einen Schlüssel, der bei allen Türen passte. Der Wächter trug ihn an einer Kette am linken Handgelenk. Er führte sie drei Zellen weiter und schloss auf.

Brotan stockte der Atem, als er Tarima Eichfrost sah. Bei ihrer ersten Begegnung war sie eine unbestreitbar schöne Frau mittleren Alters gewesen. Für die Demonstration vor dem Volk auf dem Trutzfels hatte man sie herausgeputzt, um die beneidenswerte Lebensart der Adligen auf dem Berg der Macht zu betonen. Nun jedoch, kaum eine Woche später, waren ihre Wangen eingefallen, die Augen lagen tief in den Höhlen, sie trug Lumpen, verschorfte Wunden zogen sich über die Unterarme, Striemen an den Handgelenken zeugten von Fesseln. Vielleicht hatte man sie daran aufgehängt, um sie gefügig zu machen.

»Ihr lasst sie hungern?« Brotan konnte den Blick nicht von der ausgezehrten Frau wenden.

»Aber nicht dürsten«, sagte Emala beiläufig. »Sie kann das Wasser von den Wänden lecken, wann immer sie mag.«

An der Rückwand plätschere ein Rinnsal aus der Decke, lief über die zerklüftete Oberfläche und verschwand in einem Loch, das auch als Abort dienen mochte.

»Sie ist der *Feind.*« Die Zauberpriesterin spie die Worte mit hörbarem Hass hervor.

Tarima stützte eine Hand auf und beugte sich vor. Ihre Fingernägel waren rissig, und die Frau wirkte schwächer, als sie selbst nach einer Woche ohne Nahrung hätte sein sollen. Brotan vermutete, dass man sie geschlagen hatte. Das Gewand mochte so manche Strieme verbergen. Aber in ihren Augen loderte ein trotziges Feuer.

»Lasst Euch nicht von ihrem gefälligen Äußeren täuschen«, spottete Emala nun wieder mit ruhiger Stimme.

Tatsächlich mochte man trotz Tarimas elendem Zustand zu dem Schluss gelangen, dass sie noch immer besser aussah als die mit ihrer ledrigen Haut vertrocknet wirkende Emala. Aber die Veränderung war entsetzlich.

Brotan ballte die Rechte hinter dem Rücken zur Faust. »Ich bin sicher, sie bereut ihr respektloses Verhalten.«

»Ich bereue, mich nicht gewehrt zu haben, als du mich verschleppt hast.« Tarima klang, als stecke ein Reibeisen in ihrem Hals. »Ich bereue, dieser alten Schildkröte nicht die Finger in die Augen gerammt zu haben, als ich noch kräftig genug dafür gewesen bin. Aber sie angespuckt zu haben ist mir ein Quell steter Freude.« Sie spie aus, traf aber noch nicht einmal Emalas Füße. »Ich werde auf euren Leichen tanzen. Auf euren und denen aller Gravilier.«

Schmunzelnd legte Emala den Kopf schräg. »Kämpft gegen die Lurche, wenn Ihr wollt, Ritter. Aber es sind Menschen wie diese, die uns den Platz verwehren, der uns zusteht.«

Tarimas Lachen sollte wohl höhnisch klingen, aber für Brotan ähnelte es dem Husten einer Lungenkranken.

Tagsüber erzeugten die Weinenden Männer einen angenehmen Schauder. Auch wenn keine Spiele in der Arena stattfanden, gab es immer Spaziergänger auf dem Platz der Reue. Moralprediger riefen den Vorübergehenden zu, wie man ein rechtschaffenes Leben führen sollte, und zeigten auf die versteinerten Verbrecher, wobei sie häufig deren Verfehlungen aufzählten. Diebstahl, Betrug, Totschlag, Aufwiegelung … Das stand auf den Holztafeln, die die basaltenen Hände auf Brusthöhe hielten, aber die Prediger vermochten die Delikte mit widerlichen Einzelheiten auszuschmücken. Der Raub hatte ein verzweifeltes altes Mütterchen getroffen, der Mord eine Kinderschar dem Hunger überantwortet. Dennoch verharrte selten jemand bei ihnen. Stattdessen betrachtete man die Versteinerten, deren Blick manchen folgte. Da sie nur die Augen, nicht aber die Lider bewegen konnten, blieb ihre Miene stets dieselbe. Egal, ob Halbstarke sie verspotteten, ob sich sittsame Damen vor ihnen fürchteten, ihre Mütter bittere Tränen vergossen oder ein Lehrer sie seinen Schülern als abschreckende Beispiele vorzeigte. Auch Kyrin erinnerte sich an solche Lektionen.

Jetzt, bei Nacht, lag der Platz der Reue jedoch von den Bürgern verlassen. Raben hockten auf den Brunnenrändern. Zwischen den mehr Toten als Lebendigen nahmen sie ihr Nachtquartier. Einer von ihnen beschwerte sich mit einem Krächzen über Kyrins Anwesenheit.

Sie blendete die Laterne ein Stück weiter auf. Es war sinnlos, hier zwischen Schatten herumzustolpern. Sie musste etwas sehen, auch auf die Gefahr hin, entdeckt zu werden. Noch tat sie ja nichts Verbotenes. Solange niemand ihren Rucksack kontrollierte, konnte man ihr keinen Vorwurf machen. Sie war eine freie Bürgerin und durfte diesen Platz betreten, wann sie wollte. Aber wenn dieser Besuch so verlief, wie sie erwartete, würde sie selbst diesen Rucksack sehr bald öffnen müssen ... Ihr Herz pochte.

Ihr blieb keine Wahl. Tarisonns Aufzeichnungen waren unvollständig. Natürlich, denn er hatte wohl kaum damit gerechnet, dass jemand anderes seine Forschungen würde nachvollziehen wollen. Die Notizen waren so gehalten, dass sie zwar Fakten, aber keine Erklärungen beinhalteten, und offensichtlich enthielten sie auch Vermutungen, die aber nicht von den gesicherten Erkenntnissen unterschieden waren. Auf manchen Pergamenten drängten sich Stichworte. Bei einigen war Kyrin unsicher, ob es sich um Chiffre für Sachverhalte handelte, die Tarisonn für zu brisant gehalten hatte, um sie unverschlüsselt aufzuschreiben. Obwohl er natürlich von seiner plötzlichen Verhaftung überrascht worden sein musste. Daher waren seine Aufzeichnungen zu allem Überfluss wahrscheinlich nicht aktuell.

Doch auch das, was sich Kyrin zusammenreimen konnte, beunruhigte sie so sehr, dass sie in der vergangenen Nacht kaum eine Stunde Schlaf gefunden hatte.

Ihre Schritte und das Rascheln ihres leichten, aber bodenlangen Kapuzenumhangs kamen Kyrin unangenehm laut vor. Sie versuchte, sich einzureden, dass das Plätschern der Brunnen diese Geräusche übertönen würde. Schließlich übertönten sie auch das Gluckern der Wasserströme, die über die Augen der Versteinerten liefen und zu ihren Füßen in Bodengittern verschwanden. Kyrin hörte sie nur dann, wenn sie unmittelbar neben einem der Weinenden Männer stand. Aber es gab Möglichkeiten, das Gehör zu verbessern, und es gab Wächter, die aufmerksamer waren als Menschen.

»Wieso sollte jemand den Platz der Reue bewachen?«, fragte sie sich selbst. »Hier gibt es nichts zu stehlen.«

Kyrin schrak zusammen, weil Kallin auf ihrer Schulter keckerte. Durch ihre Bewegung drohte das Äffchen aus dem Gleichgewicht zu geraten. Es krallte sich in die Kapuze.

Kyrin hielt sie fest, damit ihr Haupt nicht entblößt wurde. »Verdammt, Kallin, was hast du denn?«

Er verlegte sich auf ein Pfeifen, das etwas Jammerndes hatte.

Seufzend holte Kyrin eine Polagnuss aus dem Beutel an ihrem Gürtel.

Plötzlich hegte das Äffchen keine Bedenken mehr wegen seines Halts auf der Schulter. Die Füße und der um Kyrins Nacken gelegte Schwanz gaben nun anscheinend ausreichend Sicherheit. Schließlich brauchte Kallin beide Hände, um die Nuss zu halten, die beinahe so groß war wie sein Kopf.

»Du bist der Verfressenste von euch dreien«, mahnte Kyrin, schmunzelte aber dabei.

Sie setzte ihre Suche fort. Irgendwo an der Südseite des Platzes sollte Tarisonn stehen. Sie hatte es sich einfacher vorgestellt, ihn zu finden, aber gegen den dunklen Hintergrund der Arena waren die Versteinerten nur auszumachen, wenn der Lichtschein ihrer Laterne auf sie fiel. Erst oberhalb der Arena brannten die Lichter der Häuser am Berg, gegen die sich die Schattenrisse abgezeichnet hätten.

Sie fand einen Weinenden, auf dessen Schild *5 Weiber geschändet* stand. Seine gelbstichigen Augen erschienen ihr gierig, als wollte er Kyrin den Mantel und das Kleid mit seinem Blick vom Leib reißen. Sie schauderte. Natürlich bestand diese Gefahr nicht, aber sie wünschte sich, sie hätte ihre Magierschürze nicht im Palast gelassen, obwohl diese auch keinen zusätzlichen Schutz geboten hätte.

Sie wandte sich ab und suchte weiter. Die Raben auf der Einfassung eines Rundbrunnens krächzten sie an. Als sie dennoch näher kam, flatterten sie auf.

Meißeln verbotener Zauber stand auf dem nächsten Schild, das in das schummrige Licht ihrer Laterne geriet. Das war er! Endlich!

Wie lange hatte Kyrin nun gesucht? Sie war schlecht darin, die Zeit an den Sternen abzulesen, also schwenkte sie die Lampe, um zu schätzen, wie viel Öl verbrannt war. Mehr als eine halbe Stunde konnte nicht vergangen sein.

Sie zog ihre Kapuze so weit zurück, dass ihr Gesicht erhellt wurde. »Tarisonn, ich grüße dich!«

Kyrin trat näher an ihn heran, damit die Laterne auch dann noch seine Augen beleuchtete, wenn sie sie abstellte. Leise klackte der metallene Boden auf dem Pflaster.

Kallin wurde es zu unruhig. Er huschte mit seiner Nuss davon, verhielt sich dabei aber still.

Tarisonns Züge waren unverkennbar, die lange Nase, das leicht gelockte, nicht ganz schulterlange Haar, der breite, aber flache Brustkorb. Das Wasser trat an den Brauen aus, floss über die auf sie gerichteten Augen, über die Wangen, den Hals, den Körper, die Beine hinunter und neben den Füßen in den Rost. Auf der linken Seite war der kleine Zeh verwachsen, er stand in seltsamem Winkel nach oben. Das hatte Kyrin nicht gewusst. Sie versuchte, sich zu erinnern, ob Tarisonn gehinkt hatte. Falls dem so gewesen war, würde er es nie wieder tun. Die Versteinerten hatten wesentlich mehr von Statuen als von Imagolems.

Während sie den Rucksack ablegte, überlegte sie, ob sie Tarisonn ihr Mitleid aussprechen sollte. Das hatte er früher immer gehasst. Nur selten war er im eigentlichen Sinne unfreundlich zu ihr gewesen, aber er hatte sie spüren lassen, dass sie über drei Jahre weniger Erfahrung verfügte als er. Sicher wäre es für ihn eine Demütigung, wenn sie seine missliche Lage betonte. Außerdem wollte sie nicht länger auf dem Platz der Reue bleiben als unbedingt erforderlich.

»Ich weiß, du kannst nur die Augen bewegen«, sagte sie. »Schaue nach rechts«, mit der Hand zeigte sie die Richtung an, »wenn du Ja sagen willst, nach links für Nein.«

Er sah nach rechts, bevor sein Blick zu ihr zurückkehrte. Das bewies zugleich, dass sie laut genug sprach, damit er sie verstand.

»Graf Golar ist zu seiner Reise aufgebrochen. Du weißt, dass er nicht plant, in den Berg zu gehen, obwohl das alle vermuten. Es gibt Schwierigkeiten im Süden, mit den Graviliern. Aber eigentlich will er seine Kräfte einschwören.«

Die Augen zuckten nach rechts.

»Ja, natürlich, das wird er mit dir besprochen haben. Aber da du deinen Auftrag nicht mehr ausführen kannst, ist er mir zugefallen. Er hat mir deine Aufzeichnungen überlassen. Überhaupt alles, was er von deinem Hab und Gut retten konnte.«

Es war so weit. Mit klopfendem Herzen öffnete sie den Rucksack und zeigte ihm, dass sie seine Notizen besaß.

Unbewegt sah Tarisonn sie an.

»Was sind die *Gezeiten der Macht*? Ich werde nicht schlau daraus. Ich dachte, du würdest an einer Waffe arbeiten. So wie ich an den Steinbrennern.«

Die Augen blickten nach links.

»Ich wundere mich darüber, dass Graf Golar so wenig davon weiß. Vor seiner Abreise konnte er mir nicht mehr sagen als diesen Begriff.«

Der Versteinerte schaute ihr in die Augen.

Die Anklage auf seinem Schild – *Meißeln verbotener Zauber* – mochte bei den meisten Betrachtern den wohligen Schauder des Mysteriösen bewirken. Auf einen Magier wirkte sie alarmierend, wenn man bedachte, dass Tarisonn eine braune Schürze getragen hatte. Bei den Zauberern wurde einem Wissen nicht geschenkt, man musste es sich durch Leistung, Fleiß und bewiesenes Interesse verdienen. Deswegen war den unteren Rängen vieles verboten, was eine weise Entscheidung war, wenn man bedachte, wie viel Unheil eine unsauber gemeißelte Figur bei einer Beschwörung auslösen konnte. Oder ein ungesicherter Transfer bei der Erschaffung eines Imagolems. Dabei konnte der Geist des leichtsinnigen Magiers zwar nicht in eine Statue gezogen werden, die es zu beseelen galt, aber die magischen Kräfte konnten Teile des Verstandes schlicht ins Nichts reißen.

Doch bereits Kyrin mit ihrer blauen Schürze war kaum noch Beschränkungen unterworfen. Sie musste lediglich anmelden, mit welchen Bereichen sich ihre Forschungen beschäftigten.

Tarisonn als Braunschürze hatte nahezu alle Freiheiten gehabt. Nur Zauber, die nicht nur den Magier und seine Umgebung gefährdeten, sondern sehr viel großflächigere Auswirkungen hatten, waren den Schwarzen vorbehalten. Sie konnten alle Menschen auf dem Berg in Gefahr bringen.

»Hast du wirklich verbotene Magie geschlagen?«, fragte sie.

Er blickte nach links.

»Aber du hast dich mit Verbotenem beschäftigt.« Kyrin bückte sich und entnahm dem Rucksack ein pflaumengroßes Beutelchen. »Eine Kiste hiervon war auch unter den Besitzungen, die der Graf mir hat zukommen lassen. Ich bezweifle, dass er weiß, was es enthält. Gehörte das dir?«

Zum ersten Mal zögerte Tarisonn, bevor er nach rechts schaute.

Kyrin atmete tief durch. Sie musste Fragen stellen, um vorwärtszukommen, aber wenn sie ihren Gesprächspartner damit verärgerte, würde sie nichts erfahren.

»Hast du die Traumblüten hergestellt oder hast du sie genommen?«

Ihr fiel auf, dass er diese Frage mit seinen Augenbewegungen nicht eindeutig beantworten konnte.

»Hast du diese Droge hergestellt?«

Ja.

Obwohl das zu erwarten gewesen war, fühlte sich Kyrin, als hätte man ihr einen Hammer vor den Kopf geschlagen. Traumblüten waren hochmagische Meisterwerke, klein wie Perlen, aber kunstvoll modelliert mit wenigstens drei Dutzend Blättern. Angeblich brauchte man Übung, um sie mit Wein oder einer anderen Flüssigkeit zu schlucken, weil sie einen Würgereiz auslösten. Brachte man sie aber hinunter, schenkten sie eine Nacht lang elysische Träume. Die Sinne für die reale Welt litten jedoch, wenn man sie häufig nahm. Zuerst verlor man den Geschmack, dann den Geruch, danach die Sicht, das Gehör. Manche sagten, man könne auch den Tastsinn einbüßen, aber es fiel Kyrin schwer, sich das vorzustellen. Ohnehin stieg mit jedem Gebrauch die Wahrscheinlichkeit, dass das Herz stehen blieb.

Einem Magier von Tarisonns Potenz war ohne Weiteres zuzutrauen, Traumblüten zu meißeln. Man brauchte Sandstein, die richtige Sternenkonstellation, die Feder eines Vogels, der möglichst hoch geflogen war … dazu andere Ingredienzien, die Kyrin nicht auswendig wusste. Mit ein paar Versuchen hätte sie es möglicherweise ebenfalls fertiggebracht, Anthurel aber in jedem Fall. Doch wenn man Tarisonn deswegen versteinert hatte – wieso hatte man es nicht auf seine Tafel geschrieben? Diese Anklage hätte für das Urteil ausgereicht.

Aber wenn man davon gewusst hätte, wären die Beutel mit den Traumblüten vernichtet worden. Es war seltsam …

In der Dunkelheit kreischte Kallin.

Vielstimmiges Rabenkrächzen antwortete ihm. Es klang zornig.

Kyrin machte ein paar Schritte auf die Geräusche zu. Sie traute sich nicht, das Äffchen zu rufen, obwohl sie sich sorgte. Die Rabenschnäbel könnten den zierlichen Körper so tief durchbohren, dass sie auf der anderen Seite wieder austraten.

Sie hörte Schwingen flattern. Das Krächzen verstummte, aber das Keckern hielt noch ein paar Herzschläge an.

Offenbar hatte sich das Äffchen durchgesetzt. Oder die Raben waren mit seiner angeknabberten Nuss abgezogen.

Kyrin musste bei der Sache bleiben. Sie kehrte zur Laterne zurück und wog das Säckchen in der Hand.

»Es ist leicht«, stellte sie fest. »Reicht das jemandem, der den Rausch sucht, für einen Mond?«

Links. *Nein.*

»Also hast du direkt an die Süchtigen verkauft?«

Nein. Und kurz danach *Ja.*

»Was denn jetzt?«

Tarisonns weinende Augen blickten wieder zuerst nach links, dann nach rechts.

Offenbar ließ sich die Frage nicht so leicht beantworten. Aber wenn er die Portionen abgewogen hatte, lag nahe, dass sie dazu bestimmt waren, direkt gebraucht zu werden. Sonst wäre ein größerer Beutel sinnvoll gewesen.

»Hast du das Zeug selbst genommen?« Dann musste er sehr an der Begierde des Süchtigen leiden, nun, wo er keine Möglichkeit mehr hatte, an die Blüten zu kommen.

Nein.

»Weiß Graf Golar davon?«

Nein.

Das mochte stimmen. Die Kiste mit den Beutelchen hatte sich unter dem anderen Besitz gefunden. Selbst, wenn sie jemand geöffnet hatte, hatte er möglicherweise nicht erkannt, was sich darin befand. Mit Recht waren die meisten vorsichtig damit, Dinge zu genau zu untersuchen, an denen Magie haften konnte.

Tarisonn hatte Traumblüten hergestellt, aber nicht selbst genommen. Er hatte sie direkt an Süchtige verteilt, aber auch irgendwie nicht.

»Hast du viel Silber daran verdient?«

Nein.

»Ist Golar selbst ... Ich meine: Nimmt er Traumblüten?«

Nein.

Das war offensichtlich, schalt sich Kyrin. Er trank gern Wein, wenn auch in Maßen. Sicher, im Alter von fünfzig Jahren schwoll sein Bauch ein wenig an und er geriet auf den Treppen leichter außer Atem als früher, aber seine Sicht schien ungetrübt.

Kyrin seufzte. Diese Befragung war mühselig und führte zu nichts. Sie musste auf das zu sprechen kommen, was der Graf von ihr wollte.

»Diese Gezeiten der Macht ... keine Waffe, richtig?«

Ja.

Sie verstaute den Beutel im Rucksack.

Und verharrte.

»Haben die Traumblüten etwas mit den Gezeiten der Macht zu tun?«

Ja.

»Gibt es eine andere Anwendung für sie? Nicht nur als Droge? Vielleicht zur Beschwörung?«

Nein.

Kyrin netzte die Lippen.

Tarisonn hatte die Blüten nicht für sich selbst gemeißelt, und dennoch waren sie zum sofortigen Gebrauch abgepackt …

»Diese Beutel … sie hängen mit deiner Forschung zusammen?«

Ja.

»Du hast nicht allein geforscht? Es gibt noch jemanden?«

Ja.

»Und derjenige bekommt die Traumblüten?«

Ja.

»Als Bezahlung?«

Ja.

Kyrin sog die Luft ein. Ihres Wissens war höchstens ein Dutzend Menschen in Graf Golars Pläne eingeweiht, und selbst diese wussten meist nur von wenigen anderen, damit sie sich nicht gegenseitig verraten konnten, wenn sie in Gefangenschaft gerieten. Tarisonn hatte offensichtlich geschwiegen, sonst wäre es dem Grafen schlecht ergangen. Aber das lag daran, dass er ebenso von der Sache überzeugt war wie Kyrin.

»Du hast einen Außenstehenden eingeweiht, der nicht aus Überzeugung auf unserer Seite steht, sondern nur, weil er die Droge bekommt?«

Nein.

Sie schüttelte den Kopf. »Ich verstehe es nicht … Ah, doch! Mit demjenigen hast du nur über diese Gezeiten der Macht gesprochen, aber nicht über Graf Golars Pläne?«

Ja.

»Und sonst hat niemand Traumblüten von dir bekommen – richtig?«

Ja.

»Also hast du die Droge nicht verkauft. Du hast sie benutzt, um die Gezeiten der Macht zu erforschen.«

Ja.

Sie netzte die Lippen. »Kenne ich denjenigen?«

Ja.

»In Ordnung. Ich muss wissen, wer es ist. Ich werde jetzt das Alphabet buchstabieren, und sobald ich den ersten Buchstaben seines Namens nenne, schaust du nach rechts …«

Sie fand bestätigt, dass sie Tarisonns Partner kannte. Das galt für jeden Magier auf dem Berg.

Quilûn streichelte das auf dem Tisch vor ihm ausgebreitete Pergament mit dem kleinen Finger und der Handkante. Den Kohlestift, den er für die Vorskizze verwenden wollte, hielt er mit Daumen und Zeigefinger, doch noch benutzte er ihn nicht. Mit dem ersten Strich täte das Bild den Schritt vom überbordenden Reich der Möglichkeiten mit all seiner ätherischen Vielgestalt in das Land des Festgelegten, Definierten. Der erste Strich war für Quilûn stets der schwerste. Nur sehr selten fühlte er sich wohl dabei und war sich gewiss, die richtige Entscheidung getroffen zu haben, was den Bildausschnitt und die Komposition, vor allem aber die Stimmung anging, die er einfangen wollte. Meist erfuhr er sich als unzulänglich, ja, sogar schuldig. Wie ein Verräter an den besseren Möglichkeiten, die er für die eine, die er umsetzte, opferte.

Der Vogel schlug so heftig mit den Flügeln, dass Quilûn die Bö, die er damit erzeugte, noch an seinem dreißig Schritt weit entfernten Tisch spürte. Es war ein spezielles Möbelstück mit einer Platte, die sich in unterschiedlichen Winkeln aufstellen ließ. Auch die Beine konnte man zusammenschieben oder verlängern. Heute hatte Quilûn die niedrigste Einstellung gewählt, er wollte im Sitzen zeichnen.

Unter seinem Stuhl lag ein großes Brett, damit er nicht in den weichen Boden der Wiese einsank. Kniehoch wuchs das tiefgrüne Gras auf dem Stück Land, das die Bauern des angrenzenden Dorfs in diesem Jahr brachliegen ließen, um in den nächsten beiden umso höhere Ernten einbringen zu können. Im Moment stand hier die Zeltstadt von Graf Golars Reisegesellschaft, die etwa einhundertfünfzig Menschen umfasste. Die genaue Zahl kannte niemand, die Marketenderinnen und die Tagelöhner, die auf gut Glück und eigene Kosten dabei waren, zählte man nicht.

Einer dieser einfachen Männer feierte mit den Adligen um Tarin Kalthorn den flatternden Fang des Tages. Er war so betrunken, dass er Arm in Arm mit einem jungen Baronet schunkelte. Eine gefährliche Vertraulichkeit, wie Quilûn wusste. Die Stimmung der Edlen konnte rasch umschlagen, vor allem, wenn ein Elender einer Schwäche ansichtig würde. Sollte sich der Baronet etwa nach dem vielen Wein übergeben müssen … Aber das war nicht Quilûns Sorge.

Während man die letzten Zeltpflöcke einschlug, strich er nochmals über das Pergament und betrachtete sein Motiv. Er streichelte den pferdegroßen Vogel mit seinem Blick. Als könnte Quilûn das Tier dazu verführen, ihm sein Abbild für das Gemälde zu leihen, das der Künstler erschaffen wollte.

Die Flügel spannten sich zehn Schritt weit. Der spitze Schnabel war leicht gebogen, seine grellgrüne Farbe kontrastierte mit dem kräftigen Rosa des Gefieders. Nicht minder gefährlich als der Schnabel waren wohl die Krallen an den drei nach vorne und dem einen nach hinten gerichteten Zeh. Vor allem aber erlegte dieser Vogel, den die Dörfler Trellopp nannten, die Weideschafe mit den sensenartigen Spornen an seinen Beinen.

Die Männer hatten begeistert erzählt, wie Tarin Kalthorn den Fang bewerkstelligt hatte, aber in ihrer Euphorie redeten sie ständig durcheinander und keiner berichtete stringent und vollständig. Das Ergebnis jedenfalls war, dass jeweils eine Kette, die auch einen Anker hätte halten können, um die Füße des Vogels lag. Die beiden schwersten Imagolems der Reisegesellschaft – ein sechsbeiniger Koloss und ein ungeschlacht geformter Menschenartiger – hielten diese Fesseln. Sie standen weit auseinander, und da der Vogel versuchte, sich in den Himmel zu erheben, spannten sich die Ketten und bildeten mit dem Boden ein Dreieck.

Leider ein zu flaches, als dass es in Quilûns Bild ein dramatisches, aufwärtsweisendes Symbol abgegeben hätte. Sollte er diese Komposition ändern?

Aber dann müsste er die Frage beantworten, wie er den Bereich unterhalb des Vogels füllen wollte. Ein kräftig blauer Himmel wäre eine Möglichkeit, das würde die Aufmerksamkeit auf das rosafarbene Tier konzentrieren. Die feiernden Jäger andererseits würden einen zweiten Schwerpunkt setzen.

Noch immer strich Quilûns Hand über das Pergament, ohne dass er den Kohlestift angesetzt hätte. Er suchte die Stelle, an der er das prasselnde Lagerfeuer positionieren könnte. Die Bauern hatten in den vergangenen Monden trockenes Holz zu einem großen Haufen gesammelt, wohl für ein Erntefest, das in ein paar Wochen anstand. Jetzt brannte es zum Vergnügen von Tarin und seinen Mitstreitern. Jeder Flügelschlag ließ es auflodern und Funken emporstieben.

Eine Wolke aus diesen orangefarbenen Punkten könnte Quilûn nutzen, um die Feiernden und den Vogel miteinander zu verbinden, überlegte er. Oben das Tier, groß, mit ausgebreiteten Schwingen. Unten der Holzstoß und die Jagdgesellschaft ringsum, ebenfalls eine Form, die in die Breite ginge. Die Funkenwolke dagegen in der Mitte eng … Zusammen ergäbe das so etwas wie eine Sanduhr. Aber wie konnte er die Imagolems in diese Komposition integrieren?

Einer der Jäger – kein Tagelöhner, aber auch kein Adliger, sondern ein Bürger vom Berg – hatte bei der Jagd die rechte Hand verloren. Eine Kralle hatte sie abgerissen und dabei auch einen Teil des Unterarms zerfetzt. Der Stumpf war nun versorgt, auf Tarins Kosten sogar mit einer Heilbinde aus Granitplättchen, die den Schmerz dämpften, die Blutung stoppten und einer Entzündung vorbeugten. Dennoch hätte es der Heiler gern gesehen, wenn der Mann auf dem Krankenlager geblieben wäre.

Stattdessen beobachtete Quilûn, wie er den Vogel reizte. Die

Linke reichte ihm, um mit einer Forke in die Luft zu stochern, an deren Zinken ein Brand aus Reisig und Leinentuch stak. Dabei brüllte er unartikuliert.

Die Forke war zu kurz, um den Trellopp zu erreichen, aber das Feuer machte ihm offensichtlich Angst. Er richtete den Schnabel zum Himmel und stieß ein durchdringendes Kreischen aus. Obwohl der Wind von seinen Flügelschlägen das Gras niederdrückte, das Feuer prasseln ließ und eine Ecke des Pergaments auf Quilûns Tisch unter dem Bleigewicht hervorzupfte, gelang es dem Tier nicht, in den offenen Himmel zu entkommen. Die Imagolems waren zu schwer. Es hätte sich wohl auf den Einhändigen stürzen können, doch dazu hätte es den Instinkt überwinden müssen, der es vor dem Feuer warnte. Der brennende Holzhaufen war zwar etwas weiter entfernt, trug aber sicher dennoch zu seiner Erregung bei.

Wenn Quilûn diese Mischung einfangen könnte … die Angst einer wilden Kreatur, die wusste, dass sie besiegt war … die Wut eines Wesens, das zur Freiheit bestimmt, nun jedoch in Ketten gefangen war … das Unverständnis darum, wie eine Horde kleiner Menschen das hatte fertigbringen können … ein Empfinden für die Ungerechtigkeit der Welt …

Erlyk kam aus dem Dorf auf Quilûn zu. Seinem Sohn tat die Reise gut, er hob den Blick, statt ihn ständig auf den Boden gerichtet zu halten, und Neugier lag häufig in seinen Augen. Er genoss die vielen fremden Pflanzen, die er am Wegesrand und in der Umgebung der Lager entdeckte. Auch jetzt hielt er die Arme vom Körper abgespreizt und ließ die Spitzen der Grashalme seine Handflächen kitzeln.

Die Bauern standen in sicherer Entfernung vor den Häusern ihrer Siedlung. Klar waren zwei Gruppen zu erkennen, offenbar schwelte ein Streit in ihrer Gemeinschaft. Gerade in Dörfern reichten dafür Kleinigkeiten – ein Jüngling, der die Liebste eines anderen schwängerte, oder ein Grenzstein zwischen zwei Äckern, den ein starker Regenfall unterspült und verschoben hatte. Darin, dass sie den riesigen Vogel bestaunen wollten, der so lange ihre Schafe geschlagen hatte, waren sie sich aber wohl einig.

»Ich habe eine wunderschöne Blume gefunden«, sagte Erlyk.

Quilûn lachte. Sein Sohn war wohl der Einzige in einem Umkreis von fünf Meilen, der sich nicht für den Riesenvogel interessierte.

»Wo hast du sie?«

»Ich will sie nicht ausreißen, dann stirbt sie.« Erlyk blinzelte gegen die Abendsonne. »Aber ich kann sie dir zeigen.«

Zweifelnd betrachtete Quilûn das noch immer leere Blatt. Dann lachte er und legte den Kohlestift daneben ab. Es war schön, seinen Sohn einmal nicht eingeschüchtert und bedrückt zu sehen. Der Maler putzte die Hände an einem Tuch ab und fuhr im Aufstehen durch Erlyks blondes Haar.

Sie durchquerten das Dorf bis zu einer Scheune, an der eine wirklich schöne Blume stand: hüfthoch, mit einer Blüte aus fleischigen, roten Blättern, zwischen denen der Stempel wie eine gelbe Zunge hervorkam. Eine Hummel trank ihren Nektar und summte davon, als sich Quilûn davorhockte.

Ein Schrei aus der Scheune bewies, dass Erlyk doch nicht der Einzige war, der sich nicht für den gefangenen Vogel interessierte. Quilûn nahm seinen Sohn an der Hand und umrundete die Ecke des lang gestreckten Baus, um zum Tor zu gelangen. Eine junge Frau mit runder Nase rannte ihm entgegen, erschrak, als sie ihn sah, lief aber weiter. Innen erklang aufgeregtes Gerede.

Sie gingen hinein. Im Halbschatten zwischen den abgespannten Karren, Pflügen, Kiepen und anderen landwirtschaftlichen Geräten standen drei Adlige mit blankgezogenen Schwertern und ein Dutzend eingeschüchterte Bauern. Sie starrten zum Heuboden hinauf, an dessen Kante Derrek Eichfrost einen Knaben am Leinenhemd über der Brust festhielt. Ein Strick zwang die Arme des Jungen hinter den Rücken, seine Hacken ragten schon über den Balken hinaus und er lehnte über den Abgrund. Ließe Derrek ihn los, würde er auf die Zinken einer Egge stürzen, die drei Schritt unter ihm auf dem Boden stand. Die Schwerter der Adligen sorgten dafür, dass niemand sie beiseiteräumte.

»Lasst meinen Doriam!«, rief eine Frau mit tränenüberströmtem Gesicht. Ein dicker Mann hielt sie fest, sonst wäre sie wohl zur Leiter gerannt. »Er weiß doch nichts! Er weiß doch gar nichts!«

»Dann kann ihm sicher einer von euch helfen!« Derrek hatte getrunken, das sah Quilûn ihm an. Er hatte ihn einmal gemalt und während dieser Stunden war die Ader an seiner linken Schläfe angeschwollen, beinahe mit jedem Schluck aus der Branntweinflasche. Jetzt sah sie aus wie eine pulsierende Nacktschnecke. Die Narbe auf der Wange dagegen sah aus wie ein Splitter aus weiß glühendem Stahl. »Wo habt ihr den Hafer hingeschafft, Dreckspack?«

Erlyk klammerte sich an Quilûns Bein.

Er strich ihm über den Kopf. »Was ist denn hier los?«, fragte er laut genug, um Derreks Aufmerksamkeit zu erregen.

Die Bauern blickten sich zu ihm um.

Derrek kam ein Stück vor, was die Schräglage des Jungen noch verstärkte. Erst jetzt sah Quilûn, dass die Nase des Dörflers geschwollen war und dunkles Blut auf seinem Gesicht glänzte. Immerhin schien Derreks Arm kräftig genug, um ihn ohne Mühe zu halten.

»Diese faulen Bauern haben die Hafersäcke weggeschafft!« Speicheltröpfchen begleiteten Derreks Worte. »Sie wissen genau, dass wir sie für unsere Pferde brauchen!«

Quilûn war nicht aufgefallen, dass die Reittiere Hunger gelitten hätten. Andererseits war jedem klar, dass die Reisegemeinschaft ihre Vorräte auf dem Weg ständig ergänzen musste.

»Wir haben keiner …«, setzte ein Mann an, der ein wenig besser gekleidet war als die anderen, der Dorfschulze vielleicht. Er trug einen Hut, dessen Krempe nach vorn spitz zulief, und eine Weste aus Wildleder.

»Hör auf damit, Jonne!«, rief die Frau, die festgehalten wurde. »Er weiß es! Er glaubt uns nicht.« Sie wehrte sich heftig gegen den Griff. »Im Schlafzimmer von Bauer Rehmel!«, rief sie zu Derrek hinauf. »Da haben wir die Säcke hingebracht, als alle im Wald waren, um den Trellopp zu jagen!«

Stöhnend nahm Jonne den Hut ab und strich sich über das schütter werdende Haar.

»Wusste ich es doch!« Derrek riss den Jungen zu sich auf den Heuboden und ließ ihn achtlos fallen. Zwar stürzte er hart, weil er sich wegen der zurückgebundenen Arme nicht abfangen konnte, aber wenigstens drohte ihm nicht mehr, von den Zinken der Egge durchbohrt zu werden.

»Falsch wie schielende Schlangen, dieses Bauernvolk!«, grollte Derrek, während er die Leiter herunterstieg. »Bei den Abgaben haben sie uns sicher auch hintergangen. Ein so schmuckes Dorf muss mehr abzuführen haben.«

»Nein«, versuchte Jonne es schwach. »Den Hafer brauchen wir für die Pferde, die unsere Pflüge und Karren ziehen. Deswegen können wir ihn nicht hergeben, aber …«

»Ihr könnt ihn nicht hergeben?«, brüllte Derrek. »Ich werde euch beibringen, wie viel ihr hergeben werdet, wenn der Graf danach verlangt!« Ansatzlos rammte er dem Mann die Faust in den Magen.

Jonne krümmte sich und ging wimmernd in die Knie.

Die anderen Bauern wichen zurück, nur die Frau, die endlich nicht mehr zurückgehalten wurde, kletterte die Leiter hinauf. Quilûn stellte sich vor, wie er sich fühlen würde, wenn es der ein paar Jahre ältere Erlyk gewesen wäre, der verängstigt und nur knapp dem Tode entronnen dort oben läge. Sein Magen krampfte sich zusammen und er drückte seinen Sohn an sich.

»Was ist mit diesen Karren?«, rief Derrek. »Der größte müsste doch reichen, um dieses Federvieh zum Berg zu transportieren, damit es dort in der Arena stirbt! Aber es darf unterwegs natürlich nicht davonfliegen. Benutzen wir das Holz der anderen, um einen kräftigen Käfig zu zimmern!«

»Ihr könnt uns nicht …«, Jonne würgte unter den Schmerzen des Fausthiebs, »… nicht alle Karren nehmen. Für die Ernte brauchen wir …«

Derrek trat sein Schienbein dem sich gerade wieder aufrappelnden Mann so kräftig gegen den Kopf, dass er hintenüberfiel. »Erst redest du nicht, wenn ich etwas von dir wissen will, und jetzt schwatzt du dummes Zeug, ohne gefragt zu sein! Es wird ein hartes Stück Arbeit, dir Manieren beizubringen.«

Einer der Krieger lachte höhnisch.

»Stell dich dort vorn neben die Sense«, bat Quilûn seinen Sohn und ging zu Jonne, der nun aus einer Stirnwunde blutete. Er hockte sich neben ihn und legte ihm den Arm über den Rücken, in der Hoffnung, Derrek davon abzuhalten, ihn weiter zu malträtieren.

»An dieses Pack ist dein Mitleid verschwendet, Maler!«, grölte der junge Baron. »Überhaupt, was suchst du hier? Ein hübscheres Motiv für deine Bilder, weil ein Vogel in Rosa nichts hermacht? Das kann ich verstehen! Vorhin habe ich es mit einer Maid getrieben, die hat prächtige Titten. Ist für ein paar Kupfermünzen zu haben. Weiß aber nicht, ob die sich so weit erholt hat, dass sie dir Modell sitzen kann.«

Derselbe Krieger wie zuvor lachte. Diesmal lag etwas Gehässiges darin.

Für den Moment ließ Derrek von Jonne ab und ging an den anderen Bauern entlang. »Überhaupt steht ihr alle gut im Futter«, grummelte er. »Wie viele Kinder haben es nicht über den vergangenen Winter geschafft?«

Niemand antwortete.

»Na? Wie viele habt ihr verbrannt, um ihre Asche dem Wind anzuvertrauen?« Er packte einen mittelalten Mann mit einem schief zusammengewachsenen Arm.

»Niemanden«, rief dieser erschrocken. »Dieser Winter war gnädig zu uns.«

Sichtlich angewidert stieß Derrek den Mann von sich. »Gnädiger als zu den Elenden in den Gassen des Bergs auf jeden Fall«, befand er. »Von denen haben es einige nicht bis zum Frühling geschafft. Seltsam, oder? Mag daran liegen, dass die fetten Bauern auf dem Fressen sitzen, das die Bedauernswerten auf dem Berg hätte durchbringen können …«

»Beteiligt Ihr Euch an den Armenspeisungen, Herr?«, fragte Quilûn, um Derrek von den Dörflern abzulenken.

Der Adlige spie aus. »Das tut nichts zur Sache. Und überhaupt – wieso gebe ich mich mit denen hier ab? Ich bin diesem Pack keine Rechenschaft schuldig! Was steht ihr hier noch so faul herum? Nehmt die Sägen und zerlegt die Karren, wir brauchen das Holz!«

»Und wofür?«, fragte eine tiefe Stimme vom Eingang.

Dort stand Graf Golar. Neben ihm hechelte das völlig erschöpfte Mädchen, das Quilûn und Erlyk entgegengekommen war.

Derrek sah den Herrn des Tiefen Hauses Schneegrund mit vom Alkohol wässrigen Augen an. »Wir bauen einen Käfig für Tarin Kalthorns Vogel.«

In der Art, wie er Tarins Namen aussprach, hörte Quilûn den ganzen Neid, den der Baron zweifellos empfand. Derrek war ein stolzer Mann, ausgezogen, um seinen Onkel zu retten und Heldentaten zu vollbringen. Dass Tarin ihn mit dem Fang des Riesenvogels ausgestochen hatte, mochte der Grund für seine Wut sein. Obwohl es kaum einen Anlass brauchte, um Derrek Eichfrost zu erzürnen.

Mit ruhigen Schritten, beinahe schlendernd, kam Graf Golar in die Scheune. Er sah Quilûn und Jonne an. Der Verletzte wand gerade ein Tuch um seine Stirn, um die Platzwunde zu verschließen.

Golar legte eine Hand auf einen der Wagen. Gespannt warteten die Dörfler und die Krieger, die nun ihre Schwerter senkten, ab.

»Wir müssen das Dorf arbeitsfähig halten, wenn wir auf Erträge hoffen wollen«, sagte Golar. »Wenn man ein Schaf schlachtet, hat man bald keine Wolle mehr. Sie brauchen die Karren, um ihren Dienst zu leisten.«

»Sie haben genug Zeit, neue zu zimmern«, knurrte Derrek.

»Das könnten sie«, gestand der Graf zu, »aber wer rupft dann das Unkraut von den Äckern? Das muss nun geschehen, sonst wird die Ernte kläglich ausfallen.« Er schüttelte den Kopf. »Baroness Zimila klagt über einen schweren Schnupfen, der sie hier zwischen den Feldern plagt.«

Derrek runzelte die Stirn. »Die junge Eisklamm?«

»Genau die«, bestätigte der Graf. »Es werden sich bestimmt ein paar Galane finden, die sie erlösen, indem sie ihren Rückweg zum Berg schützen.«

Das vermutete Quilûn auch. Zimila war im heiratsfähigen Alter, und zwar sicher nicht die beste Partie, aber auch kein völliger Fehlgriff und tatsächlich hübsch.

»Zumal, wenn ich sie dafür meiner Gunst versichere«, ergänzte der Graf.

Das machte es zu einer sicheren Sache. Jeder rechnete mit Golars Rückzug in den Berg, und es war üblich, dass man vor diesem Schritt seine Dankesschulden großzügig beglich.

»Sie können auch den Trellopp mit zum Berg nehmen«, schloss der Graf.

»Aber er würde wegfliegen!«, protestierte Derrek.

»Er ist weniger stark, als Tarin Kalthorn behauptet«, wiegelte Golar ab.

Die Befriedigung über diese Feststellung stand unübersehbar in Derreks Gesicht.

»Der Vogel wird bald erschöpfen und sich niederlassen«, vermutete Golar. »Dann kann jemand seine Flügel an den Leib binden. Die Imagolems werden dabei helfen, aber es braucht jemanden, der alles leitet. Dabei dachte ich an Euch, Eichfrost.«

»Da kam Euch der Richtige in den Sinn, Graf!«, rief er stolz.

Die Schwertträger in seiner Begleitung warfen sich Blicke zu, die von weniger Zuversicht kündeten.

Unter Semire von Schneegrund klapperten die Webstühle. Im Erdgeschoss wurden grobe Tuchbahnen mit einfachen Mustern gefertigt, Alltagsstoffe für die Kleider von Mägden oder Sonnensegel in den Marktstraßen der Böttcher oder Fleischhauer. Nichts, was nennenswerte Gewinne erwirtschaftet hätte. Das Silber, das Semire für den Erwerb dieser Werkstatt aus der väterlichen Schatulle abgezweigt hatte, war durch ihre lukrativeren Geschäfte ersetzt worden, insbesondere durch die Einkünfte aus dem *Lustgarten*.

Dennoch gehörte die Weberei zu Semires besten Investitionen. Gelegen inmitten von Blaudampf, einem der ärmsten Viertel auf dem Berg, verirrten sich nahezu niemals Adlige hierher. Die unvermeidlichen Banden hatten zwar versucht, ihren Teil aus der Weberei herauszupressen, aber Derrek Eichfrost und seine Kumpane hatten sich als ideal erwiesen, um sie in die Schranken zu weisen. Ein paar gebrochene Arme, einige verbogene Nasen und ein Dutzend prahlerische Geschichten später war klar, wer in dieser Gegend das Sagen hatte: die neue Besitzerin der Weberei, nach deren Namen man besser nicht fragte, wenn man Wert auf seine Schneidezähne legte. Seitdem kam und ging Semire hier ungestört und die klappernden Webstühle übertönten alle Geräusche, die im Obergeschoss entstehen mochten.

Mit einem unartikulierten Schrei machte Semire drei weite Schritte nach vorn. In einer kurzen Bewegung zog sie das Zweihandschwert nach links, führte es in einem Bogen herum und ließ es schräg auf ihr Ziel krachen.

Buhms Oberkörper sah aus wie der Rohling eines Imagolems, nur, dass er in Eisen gehüllt war. Eine Rüstung, so klobig, dass er sich kaum darin bewegen konnte, dafür aber undurchdringlich.

Singend prallte Semires eineinhalb Schritt lange Klinge ab. Sie führte den Rückschwung in einem Bogen und versuchte eine Attacke an der linken Flanke, die Buhm jedoch mit seinem Panzerarm abwehrte.

Der Schreiner, der den Fechtboden verlegt hatte, mochte sich noch heute fragen, wo er sein Werk verrichtet hatte. Semire hatte ihn großzügig entlohnt, aber zur Arbeit hatte man ihn in einer Sänfte abgeholt, ihm die Augen verbunden und ihn quer durch die Stadt getragen. Hier oben waren die Vorhänge stets zugezogen gewesen, so wie jetzt auch. Das Ergebnis jedenfalls war mehr als zufriedenstellend: ein Rund aus samtglattem, rötlichem Holz von acht Schritt Durchmesser, das leicht federte, was die unvermeidlichen Stürze abmilderte.

Semire löste sich von Buhm und musterte ihn im Licht der fünf Dutzend Kerzen, die den Fechtboden umstanden. Die Übungsstunden mit ihm halfen ihr, den Kopf freizubekommen oder auch intensiv nachzudenken, je nachdem, was sie gerade brauchte. So betrachtet zählte ihr Fechtpartner zu ihren besten Ratgebern, obwohl er stumm war und nicht schreiben konnte.

Sie wog den Zweihänder. Er hatte ein schlechtes Gleichgewicht, die Klinge war zu schwer. Wenn man nicht achtgab, ließ man sie zu tief sinken, und hohe Paraden wurden schwerfällig. Das ließe sich mit einem massiveren Knauf ausgleichen, aber der würde die Waffe insgesamt schwerer machen.

Semire schlug einige ›Sanduhren‹ in die Luft, senkrecht aufeinanderstehende Kreise, und wechselte dann zu nebeneinanderliegenden Kreisen, einem ›Schmetterling‹. Obwohl sie die Klinge gleichmäßig führen wollte, wurden abgeplattete Ovale daraus.

Vielleicht würde sich ein neuer Knauf lohnen. Aber die Kosten bei zwanzig Schwertern … Dies war Handelsware. Semires Kunde würde die Waffen zwar weit entfernt einsetzen, beim Streit zwischen zwei Landadligen um ein paar Äcker, die niemanden außer den beiden interessierten. Insofern ließe er sich möglicherweise sogar übertölpeln, sodass er einen Teil der Kosten übernahm, indem er einen erhöhten Preis zahlte. Das war jedoch ein riskantes Spiel. Keinesfalls durfte Semire in den Ruf geraten, ihre Kunden zu übervorteilen.

»Attacke!«, forderte sie Buhm auf.

Sein Schwert war stumpf, aber dennoch hätte sie kaum jemand anderem so sehr vertraut, dass sie sich von ihm mit einer Eisenwaffe angreifen ließ, während sie nur ein wattiertes Hemd und einen visierlosen Helm als Schutz trug. Doch Buhm hatte auch in der klobigen Rüstung volle Kontrolle über seine Schläge.

Er sparte die Beine aus, weil Semire dort keine Schutzkleidung trug, und führte stattdessen seitliche Hiebe auf beide Flanken, dann auf Brust- und Schulterhöhe, danach auf den Kopf, bevor er zu schrägen Angriffen überging. Zuletzt stach er in verschiedenen Höhen zu.

Semire wusste im Voraus, wohin die Attacken zielten, während sie sich mit festen Schritten rückwärts im Kreis bewegte und ihr Partner ihr folgte. Es ging nicht darum, ihre Reaktionsschnelligkeit zu verbessern. Nicht sie wurde geprüft, sondern das

Schwert, mit dem sie eine Parade nach der anderen ausführte. Jedes Mal wob sich metallisches Klirren in das Klappern aus dem Erdgeschoss.

Am Ende der Abfolge trat Buhm zurück.

Semire fühlte sich angenehm angestrengt, ihr warmer Körper schwitzte, die Muskeln, vor allem in den Armen, brannten ein wenig.

Das Schwert war in eindeutig schlechterem Zustand. Sie hielt die Klinge schräg nach unten, sodass sie im Kerzenlicht glänzte. Überdeutlich waren die Scharten zu erkennen, Dutzende davon, obwohl Buhm nur locker geschlagen hatte. In einem echten Kampf, wenn man die Spitze mit voller Wucht und dem gesamten Körper dahinter gegen einen Harnisch rammte oder einen entschlossen geführten Spalthieb parierte, würde diese Waffe eher früher als später brechen.

»Unbrauchbar!«, urteilte Semire. »Noch schlechter als das Muster. Wir holen unser Silber vom Schmied zurück, und wenn er es nicht mehr hat, hängen wir ihn an den Daumen vom Giebel seines Hauses.«

Frustriert warf sie den Zweihänder auf die Bohlen jenseits des Fechtbodens.

Die Waffe schlitterte vor Caligas Füße.

Die etwa fünfzigjährige Frau saß auf einer Bank zwischen den großen Fenstern an der Südwand, vor denen Vorhänge aus dem unten gewebten Stoff hingen. Sie sah Semire mit einer Mischung aus Scheu und Faszination an.

Ihre Augen waren noch immer sehr schön, man begriff sofort, wie ein Wink ihrer Wimpern die Männer angelockt und ihren Verstand verscheucht hatte. Das runde Gesicht mochte früher etwas Puppenhaftes gehabt haben, aber mittlerweile ließen sich die Falten nicht mehr gänzlich glätten, und einen ihrer Freier hatte sie wohl entweder enttäuscht oder ihm das Herz gebrochen. Ihr Kleid hatte zwar einen Ausschnitt, der ihren Busen gut zur Geltung brachte, aber um den Hals trug sie ein rüschenbesetztes Band, das die Messernarbe verdeckte.

Semire nahm den Helm ab und löste die Haken des wattierten Hemdes. »Du hast stets mit anderen Waffen gekämpft, nehme ich an.« Sie musste laut sprechen, um die Webstühle zu übertönen. Das fiel ihr leicht, Semire war das Befehlen gewohnt.

»Ich habe noch niemals eine Frau fechten sehen«, sagte Caliga. »Eine Dame, meine ich.«

»Einfache Frauen hast du schon mit einem Schwert in der Hand beobachtet?«, fragte Semire.

»Nein, ich meine, Ihr seid keine Frau, sondern eine Dame. Also, natürlich seid Ihr auch eine Frau, aber nicht nur … nicht so wie wir.«

»Glaube mir, wir unterscheiden uns nur unwesentlich.« Um die Jovialität nicht zu weit zu treiben, entblößte Semire mit einem Lächeln ihre blauen Zähne.

Nachdenklich betrachtete Caliga den Zweihänder. »Und dann noch so eine schwere Klinge … Ich hätte gedacht, eine Fr… Dame täte sich damit besonders schwer.«

Semire zog das Schutzhemd aus. »Der Zweihänder ist schwerer als ein Langschwert oder ein Rapier«, gestand sie zu. »Aber ich kann beide Arme benutzen, um ihn zu schwingen. Und er wiegt nicht das Doppelte.«

Buhm legte seinen Panzer ab. Anders als bei einer Rüstung, die man im Feld trug, waren die Scharniere leicht zu erreichen und zu lösen. Sein bulliges Gesicht glänzte vom Schweiß, aber Semire vermutete, dass das eher am Gewicht und der Abgeschlossenheit der Panzerung lag als an der Anstrengung durch das Geplänkel.

Man sah Caliga die Faszination für den ungewohnten Gedanken an, dass sich eine Frau mit roher Gewalt gegen Männer behaupten könnte. Genau deswegen hatte Semire sie an diesen Ort bestellt. Caliga sollte begreifen, dass die Frau, mit der sie sprach, ihren Willen durchsetzte – und dass sie dazu Methoden anwendete, die nicht den üblichen Spielregeln entsprachen. »Also ist der Zweihänder leichter zu führen?«

»Ja.« Semire hockte sich vor den Wassereimer, tauchte das Tuch ein und wischte sich das Gesicht ab. »Aber diese Waffe fordert einen Preis. Weil man die zweite Hand braucht, kann man weder Schild noch Parierdolch führen. Man ist auf den Angriff festgelegt.« Sie sah in Caligas Puppenaugen. »Man muss die Entscheidung suchen. Siegen, bevor der Gegner angreift.«

»Und jetzt wollt Ihr endgültig über mich siegen.« Caliga hob das Kinn. Ihr Stolz gefiel Semire.

»Mach das später!«, forderte sie Buhm auf, als dieser damit begann, die Teile seiner Rüstung auf ein leeres Gestell zu hängen.

Sie setzte sich neben die Frau.

Schweigend warteten sie, während Buhm den minderwertigen Zweihänder einsammelte und sich zurückzog.

»Ich würde mich freuen, wenn du diese Angelegenheit nicht als Frage von Sieg und Niederlage auffassen würdest«, sagte Semire.

»Als was sonst?«

»Wir gewinnen beide. Du weißt selbst, dass es nicht mehr so ist wie vor zehn Jahren. Die Straße wird härter.« Semire faltete die Hände, sodass Caligas Blick auf ihre makellose Haut fiel. »Du bist älter.«

»Ich bediene nur noch meine treuesten Freier selbst.«

»Und keiner von ihnen ist so verliebt, dass er dich zu sich nehmen will?«

Caliga schnaubte. »Das fehlte mir noch! Als Schmuckstück im Haushalt eines Herrn zu enden, mit dem ich mich fortan begnügen müsste.« Sie schüttelte den Kopf.

»Ich habe gehofft, dass du so etwas sagen würdest.«

Fragend sah Caliga sie an.

Semire lächelte. »Wir können uns gegenseitig helfen. Im vergangenen Mond haben sie dir das *Vögelnest* zweimal verwüstet, gestern das dritte Mal in fünf Wochen …«

»Man könnte behaupten, das hinge damit zusammen, dass Ihr mir seit einem Mond den Schutz verweigert«, erwiderte Caliga bitter. »Dabei haben meine Mädchen Eure Schläger stets umsonst bedient, wenn wenig Kundschaft im *Vögelnest* war.«

»Sosehr ich dich mag – es ist ein Geschäft.« Semires Blick schweifte über die Waffenhalterungen an der gegenüberliegenden Wand. Dort hingen Holzschwerter, stumpfe Klingen und auch edle Degen, Rapiere und Zweihänder. Die Knüppel und Fackeln, mit denen ihre Männer gestern die Freier aus Caligas Freudenhaus vertrieben und den leicht ersetzbaren Teil der Einrichtung zerlegt hatten, fanden sich hier nicht. Ebenso wenig wie die nagelgespickten Keulen und die Eisenketten, deren Einsatz im *Vögelnest* Semire verboten hatte. Hier ging es nicht um Blut, sondern um Silber. Womöglich hätte Caliga das sogar verstanden, wenn Semire es ihr erklärt hätte. Aber sie taten weiter so, als wüsste Caliga nicht, wer den jüngsten Überfall befohlen hatte.

»Dass sich die Zeiten ändern, muss nicht bedeuten, dass sie schlechter werden«, meinte Semire.

»Für mich anscheinend schon«, erwiderte Caliga.

»Ich schätze dich, wirklich«, beteuerte Semire. »Deine Zeit als Matriarchin ist vorbei, das wissen wir beide. Aber das macht deine Erfahrung nicht wertlos. Ich würde dafür bezahlen, deinen Rat einholen zu dürfen.«

Sie erwartete, dass Caliga nun das Feilschen beginnen würde. Aber sie überraschte Semire. »Was ist mit meinen Mädchen? Ich will, dass sie die Hälfte der Einnahmen für sich behalten.«

Semire lachte auf. »Wenn ich das zuließe, würden die Bewerberinnen vom ganzen Berg zu mir strömen. Das kann ich nicht machen. Die anderen Freudenhäuser würden es nicht zulassen.«

»Ihr seid doch stark.«

Entschieden schüttelte Semire den Kopf. »Nicht, wenn sich alle gegen mich zusammentun. Die einzige Frage wäre, ob erst das *Vögelnest* oder der *Lustgarten* in Flammen aufginge.«

Caliga seufzte tief. »Warum muss es eine Übernahme sein? Könnt Ihr mir nicht etwas Zeit geben?«

»Es ist nicht persönlich. Es geht ums Silber.« Jedenfalls war das ein Teil der Wahrheit.

»Gebt mir noch drei Monde. Ich könnte mehr aufbringen.«

»Und in der Zwischenzeit nach billigeren Schlägern suchen, die dich schützen?«

Aus dieser Nähe sah Caliga alt und abgekämpft aus. Sie rieb den Ringfinger ihrer rechten Hand. »Mir scheint, wir verhandeln nicht mehr.«

»Nicht über die Vergangenheit, aber über die Zukunft. Die wird für uns alle leichter, wenn wir zusammenarbeiten. Niemand wird verletzt, niemand verarmt. In einem Jahr sitzen wir mit zwei Gläsern Wein auf dem Dach des *Vögelnests*, lauschen auf den Brunftschrei eines Mannes, der sich zum ersten Mal seit einem Jahrzehnt wieder frei von allen Zwängen ergießt, und trinken auf unsere Freundschaft.«

Caliga schluckte. »Was soll ich dafür tun?«

»Für den Anfang brenne ich darauf, etwas über deine Mädchen zu erfahren. Ich habe gehört, manche sind bei den Magiern beliebt?«

Abuliar war eine Berühmtheit. Um die grüne Schürze zu erwerben, musste jeder Magier die von ihm ergründete *Anordnung der drei Juwelen* mit einem Rubin, einem Saphir und einem Smaragd nachstellen. Er hatte die erste Isolationsgrube gemeißelt. Heute dienten Einrichtungen nach diesem Vorbild der Bestrafung minderschwerer Vergehen, wobei man für begrenzte Zeit den Zugang zu den magischen Strömen des Gesteins verwehrte. Ein Stollen in den Werkstätten der Akademie war nach ihm benannt. Bergkristalle wuchsen dort so schnell aus den Wänden, dass man sie jeden Winter abbauen konnte. Sie leuchteten in allen Regenbogenfarben und erfreuten sich in den Palästen großer Beliebtheit.

Abuliar war ein Phantom. Fünfzehn Jahre studierte Kyrin die Formen der Magie, ging in den Werkstätten ein und aus, hatte die Prüfungen zur roten, ockerfarbenen, grünen und blauen Schürze abgelegt und bei einem Dutzend Meistern gelernt. Sie hatte Disputen beigewohnt und Ausstellungen gewöhnlicher und gewagter Skulpturen besucht. Abuliar hatte sie niemals getroffen, nicht im Unterricht, nicht auf Festen, nicht, wenn sonst jeder Magier in den Werkstätten anwesend war, weil die Fehden der Häuser oder ein Aufstand in der Provinz die Last der Aufträge verdreifachte. Manchmal musste er jedoch auftauchen.

Eine Grauschürze hatte Kyrin von einer Begegnung berichtet. Der Jungmagier hatte die Aufgabe einer Ordonnanz bei Steinmeister Agohn übernommen und Streit aus dessen Gemächern gehört. Besorgt hatte er die Tür geöffnet und hatte einen alten Mann bei Agohn gesehen, dessen gespaltene Oberlippe und Habichtsnase zu den Beschreibungen von Abuliar passten. Die beiden Greise hatten ihn mit Flüchen wieder hinausgescheucht. Bei seiner Erzählung war sein Gesicht genauso grau gewesen wie seine Schürze. Glücklicherweise hatte Kyrin seine Sorge zerstreuen können: Es hatte sich nur um eine Folge seines Schreckens gehandelt, nicht um eine beginnende Versteinerung.

Abuliar war ein wohlhabender Mann. Er bewohnte einen Palast in der Nähe des Jungfernfalls, der so hieß, weil sich immer wieder Jungfrauen, die keinen Gatten fanden, hier in den Tod stürzten, um ihren Familien nicht länger zur Last zu fallen. Sein Rauschen war hier stets zu hören, obwohl er noch fünfzig Schritt entfernt war und erst hundert Schritt tiefer auf Felsen traf. Kyrin war nicht mehr an diesem Ort gewesen, seit Graf Golar sie und ihren Bruder aus der Gosse geholt hatte. Für ein Straßenmädchen konnte sich der Besuch jedoch lohnen, denn manche der Jungfern schenkten ihren Schmuck den Elenden, bevor sie ihren letzten Schritt taten.

Abuliars Palast hatte Kyrin schon damals unheimlich gefunden, aber sie hatte ihn weniger vernachlässigt in Erinnerung. Er bestand aus stumpfem, grauem Granit, an dem sich Staub in absurden Flocken ablagerte. Solange man nicht genau hinsah, konnte man ihn für graue Watte halten. Das Gebäude hatte einen quadratischen Grundriss von gerade einmal zwanzig Schritt, war aber ebenso hoch. An den oberen Ecken dieses Würfels erhoben sich spitze Türme weitere zehn Schritt, die viel zu dünn waren, als dass jemand in ihrem Inneren hätte emporsteigen können. Die schmalen Fenster erinnerten Kyrin an Schießscharten und auch sonst glich dieser Palast eher einer Festung als einem Ort, an dem man schöne Stunden verbrachte. Gargoylen mit verzerrten Gesichtern ragten auch an Stellen aus den Wänden hervor, an denen sie unmöglich Regen ableiten konnten.

Heute hatte Kyrin Kell mitgenommen, das ruhigste ihrer Äffchen. Kell war auch der Ängstlichste. Angesichts des riesigen Auges, das in das steinerne Falltor gemeißelt war, versuchte er, sich in Kyrins Rucksack zu verkriechen. Das verhinderte sie, er sollte nicht mit den Traumblüten in Kontakt kommen. Stattdessen suchte der kleine Kerl Zuflucht in der Innentasche ihres Umhangs.

Kyrin betätigte den Türklopfer, einen mit dem Kopf nach unten aufgehängten Hammer, der gegen einen steinernen Schädel schlug. Sie hörte das tiefe Geräusch im Innern widerhallen.

Das riesige Steinauge öffnete die Lider. »Wer stört?«, fragte eine von einem Knirschen begleitete Stimme.

Kyrin wusste, dass sie wohl hätte erschrecken sollen. Aber in ihr regte sich ein Trotz, der verhinderte, dass sie zurückwich oder auch nur mit der Antwort zögerte. »Mein Name ist Kyrin und ich störe nicht, sondern komme in einer wichtigen Angelegenheit.«

»Wichtig für dich oder wichtig für den Meister?«

»Für uns beide.«

Die Iris des auf Kyrin starrenden Auges war zwar nicht eingefärbt, aber erhaben modelliert. Jetzt verengte sich die Pupille. »Was ist dein Begehr?«

»Ich will mit Meister Abuliar sprechen.«

»Das wollen viele.«

»Tarisonn schickt mich.«

Das Tor schwieg. Der Wind wehte ein Stück Stoff vorbei, das wohl einmal fröhlich gelb gewesen war. Das lauteste Geräusch war das Rauschen des Jungfernfalls.

Die Augenlider schlossen sich.

Kyrin dachte nicht daran, sich so beiläufig abweisen zu lassen, und griff erneut nach dem Klopfer.

Doch bevor sie ihn berührte, zog sich das Tor mit lautem Knirschen nach oben und gab den Weg frei.

Obwohl helllichter Tag war, herrschte im Innern undurchdringliche Dunkelheit. Kyrin streckte die Hand tastend vor, um zu ergründen, ob ein schwarzer Vorhang die Öffnung verschloss, fand aber keinen Widerstand. Ihre Finger verschwanden in der Finsternis, als wären sie sauber abgetrennt, dann ihre Mittelhand. Sie bewegte ihren Daumen, tippte damit gegen Zeige-, Ring- und Mittelfinger. Sie spürte die Berührungen.

Sie würde sich keine Angst einjagen lassen!

Beherzt trat sie einen Schritt vor.

Sie fand sich in einem Gemach wieder, das an der Westseite des Palasts liegen mochte, aber keinesfalls direkt hinter dem Eingang. Durch das runde Fenster – von außen waren keine runden Fenster zu entdecken gewesen – sah man den Jungfernfall. Nach dem Blickwinkel zu urteilen lag das Zimmer mehr als zwanzig Schritt über dem Boden. Das wäre nur in einem der Ecktürme infrage gekommen, aber die waren zu klein, um einen Raum dieser Größe aufzunehmen. Vier Schritt lang mochten die Wände sein.

Abuliar war nicht nur ein berühmtes Phantom, sondern auch ein kranker Mann, wie Kyrin sofort bemerkte. Die gespaltene Oberlippe offenbarte faulende Zähne, der Rücken war gebeugt wie der einer Katze, der Buckel höher als der Kopf, wenn er diesen hängen ließ, wie es seiner Gewohnheit zu entsprechen schien. Seine edle schwarze Robe jedenfalls war so geschnitten, dass sie gefällige Falten warf und der Saum ringsum denselben Fingerbreit Abstand zum Boden hatte, wenn er so gebückt stand wie jetzt. Das Haar bestand nur noch aus einzelnen weißen Strähnen, die heute noch kein Kamm belästigt haben konnte. Die linke Ohrmuschel war aus Sandstein geformt, über den Augen lag ein milchweißer Schleier.

Abuliar kniff die Lider bis auf einen Schlitz zusammen. »Kommst du, um mir das Leben zu nehmen?« Er lachte schrill. »Dafür bist du spät dran! Das habe ich selbst schon vor langer Zeit getan.«

Kyrin sah sich mit schnellen Blicken um. Auf einer Werkbank standen Steinblöcke, die kleine Rohlinge hätten sein können, bei denen es sich aber vermutlich um missglückte Modellierversuche handelte. So etwas hätte sie bei Aspiranten erwartet, die durch die Aufnahmeprüfung fielen.

Auf dem runden Tisch vor einer samtbezogenen Ruheliege standen eine Schale mit Trauben, ein Kelch und zwei Karaffen. Ein Gemälde an der Wand darüber zeigte einen kraftvollen, jugendlichen Mann mit brünetter Mähne in einem geschliffenen Kristall, der ihr siegessicher entgegenlächelte. Ob es Abuliar in besseren Zeiten darstellte?

Neben der Werkbank hingen Steinsägen, Meißel und Hämmer an der Wand. Den Abschluss bildete eine schwarze Magierschürze.

Meisterhafte Steinfigürchen standen in den Fächern eines Regals gegenüber dem Fenster. Die meisten verfremdeten tierische Formen: Pferdchen mit sechs Beinen, doppelköpfige Hunde, Vögel, denen zusätzlich zu den Flügeln Arme wuchsen. Ein Pfau war offensichtlich belebt, er schlug ein Rad. Der Radius seiner Schwanzfedern war genau auf die Abmessungen seines Faches abgestimmt.

Türen entdeckte Kyrin nicht, wohl aber Sterne, Spiralen und exakt gewinkelte Linien, die in den Stein von Wand und Boden geschlagen waren. Sie mochten denselben Zweck erfüllen.

»Ich will Euch nicht töten«, erklärte Kyrin. »Ich komme, um Tarisonns Handel fortzusetzen.«

Er streckte ihr die knotigen Hände entgegen.

Kyrin wartete ab.

»Erschrecke ich dich, Kind?«, fragte Abuliar.

»Ich habe Schlimmeres gesehen als einen alten Mann.«

»Ich dagegen sehe nun mit meinen Fingern. Und ich will wissen, mit wem ich es zu tun habe.«

Kyrin trat einen Schritt auf ihn zu, sodass er ihr Gesicht betasten konnte. Seine Fingerkuppen waren kalt und die Haut so schlaff, als wäre sie für einen größeren Menschen gedacht. Kyrin schauderte bei der Vorstellung, er könnte sie tatsächlich jemand anderem geraubt haben. Es hätte zu den finstereren Geschichten gepasst, die über ihn kursierten.

Er ließ die Hände sinken. »Ekelst du dich vor mir?«

Sie ersparte ihm die ehrliche Antwort und auch die Lüge. »Ich habe dabei, was Ihr begehrt.« Sie nahm den Rucksack von den Schultern. In ihrer Umhangtasche stieß Kell ein furchtsames Quietschen aus.

»Wieso kommt Tarisonn nicht selbst?«

»Er hält viel von Euch.«

Abuliar lachte leise. »Du bist eine schlechte Lügnerin. Aber es gibt viele, die besser darin sind. Sage mir, was man sich über mich erzählt!«

Kyrin überlegte, aber ihr fielen nur Gerüchte ein, die ihr willkürlich erschienen. Manche handelten von einem furchtlosen Entdecker im Land der Magie, andere von einem Ungeheuer mit tödlichen Gelüsten. Dass sie mit dem Mann, der vor ihr in der Mitte des Raums stand und keine Anstalten machte, sich zu setzen, irgendetwas zu tun hatten, bezweifelte Kyrin. »Jeder staunt über Eure Fähigkeiten …«, setzte sie an, merkte aber, dass sie sich in Plattitüden verlieren würde.

»Fähigkeiten« – es irritierte sie, dass seine milchigen Augen über sie hinwegsahen – »waren niemals ein Weg zum Glück. Wer einen Berg erklimmt, wo andere in der Ebene verharren, wird einsam.«

»Lebt Ihr hier ohne einen anderen Menschen?«, fragte sie.

»Das ist besser so. Für die Menschen und für mich selbst auch.«

Kyrin sah sich die Rohlinge auf der Werkbank genauer an. Es waren zweifellos verdorbene Stücke, keines von ihnen würde zu einer ausdrucksvollen Plastik werden. Und dennoch … irgendetwas an diesen gesplitterten und zerhauenen Blöcken faszinierte sie.

»Rätselt man, wieso ich gestorben bin?«, fragte Abuliar.

»Ihr seid nicht tot …« Hatte er etwa den Verstand verloren? Diese Wirkung sagte man den Traumblüten eigentlich nicht nach. Im Gegenteil, die Süchtigen sollten in allen Einzelheiten mitbekommen, wie ihre Sinne verdämmerten und die Verbindung zur Welt dünner wurde. »Aber man wundert sich, dass Ihr nicht in den Berg gegangen seid, als Agohn zum Steinmeister wurde.«

»Sicher gibt es kluge Theorien dazu«, vermutete Abuliar. »Aber die Wahrheit ist: Ich war zu feige und ich bin es noch.«

»Ihr habt Angst vor den Geistern des Bergs?«

Nochmals lachte er schrill, hielt aber unvermittelt damit inne. »Ja.«

Nachdenklich blickte Kyrin wieder zu den Rohlingen. »Darf ich mich ein wenig umsehen?«

»Nur zu. Dann ist wenigstens einer hier, der die Schönheit meines Domizils würdigt.«

In der Tat war dieser Raum viel ordentlicher eingerichtet und auch viel sauberer, als man es einem blinden Mann zutrauen durfte. Da er allein hier lebte, hatte er sich wohl magische Gehilfen geschaffen.

Kyrin trat an die Werkbank. Auch aus der Nähe blieb kein Zweifel: Das hier waren Trümmer. Ausschuss. Daran änderte auch nichts, dass die Schlagspuren eine meisterliche Führung unterschiedlich großer Meißel verrieten.

Kyrin beobachtete Abuliar genau, während sie ihre nächste Frage stellte. »Sind es vielleicht nicht die Geister selbst, sondern die Gezeiten der Macht, die Euch ängstigen?«

Der alte Meister schloss die Augen und atmete tief aus. »Also muss ich es Tarisonn gesagt haben …«

»Sagt es auch mir.«

»Weshalb fragst du nicht ihn?«

»Er ist nicht zugänglich, was das angeht.« Sie kehrte zurück zu ihrem Rucksack, schnürte ihn auf und entnahm einen der Beutel mit Traumblüten. Sie warf ihn hoch und fing ihn wieder auf.

Der Greis drehte sein Steinohr zur Quelle des Geräuschs.

»Ja, ich habe sie dabei«, sagte Kyrin in verschwörerischem Ton. »Viel davon.«

Plötzlich schoss Abuliars Rechte vor. Er grapschte nach dem Beutelchen, bekam es aber nicht richtig zu fassen. Es flog zur Seite, prallte gegen die Wand und fiel auf den Boden.

»Was soll das?«, fragte Kyrin verärgert. »Ich gebe Euch, was Ihr begehrt, wenn Ihr meinen Wissensdurst stillt.«

Seine Hand verharrte zitternd. »Wissen weckt eine Gier, die sich niemals befriedigen lässt.«

»Das sagt man von Traumblüten auch. Aber ich denke, von beidem findet sich in diesem Raum genug, um uns für eine Weile zufriedenzustellen.«

»Wie viel hast du dabei?«

»Eine Menge.«

»Woher weiß ich, dass du mich nicht betrügst?«

Kyrin hob den Beutel auf. Sie fühlte sich nicht gut dabei, als sie zum Tischchen ging und einige Traumblüten klackernd in den Becher schüttete, aber sie wusste, dass man jede Begierde anfüttern musste, wenn man wollte, dass sie den Verstand überwältigte. Eine der Karaffen enthielt Wein, die andere Wasser. Sie goss von Ersterem ein, bis der Kelch zur Hälfte gefüllt war, und drückte dem alten Mann das Gefäß in die Hand. Den Becher hielt sie vor ihn und schüttelte ihn, damit die winzigen Steinblüten klapperten.

Er schwenkte den Kelch, nahm einen Schluck, den er im Mund behielt. Zwischen den Zähnen hinter der gespaltenen Oberlippe sickerte etwas von der roten Flüssigkeit wieder heraus, aber das meiste konnte er wohl mit der Zunge zurückhalten. Tastend fand er Kyrins Becher. Mit spitzen Fingern drückte er sich drei Traumblüten zwischen Zähne und Unterlippe. Er legte den Kopf in den Nacken, schien zu kauen, wobei die Traumblüten im Mund klackerten, und schluckte. Mit einem weiteren Schluck Wein spülte er nach. Sein Adamsapfel hüpfte. Er leckte sich über die Lippen, was bei der zweigeteilten Oberlippe merkwürdig aussah, weil sich die eine Hälfte bewegte und die andere verharrte.

»Wo das herkommt, gibt es noch mehr.« Kyrin stellte den Becher ab. »Viel mehr.«

»Tarisonn hat mich lange darben lassen.«

»Ich lasse Euch einen Vorrat hier.«

»Fünf Beutel!«, verlangte er.

»In Ordnung.« Sie hatte fünfundzwanzig im Rucksack, also sah sie keinen Grund, zu geizen. »Aber dafür müsst Ihr mir erzählen, was es mit den Gezeiten der Macht auf sich hat.«

Er brummte, ein Laut, den Kyrin nicht zu deuten wusste.

»Ihr habt also etwas Neues gefunden?«, forschte sie.

»Nein, ich bin auf etwas Altes gestoßen.«

»Und Tarisonn ebenfalls?«

»Er hat das Wissen nicht gefunden«, sagte Abuliar verächtlich. »Er hat es gekauft.«

»Das ist auch meine Absicht.«

»So sollte es nicht sein.«

»Vieles sollte anders sein, als es ist.« Sie schüttete die übrig gebliebenen Traumblüten aus dem Becher zurück in das Beutelchen, zog es wieder zu und drückte es Abuliar in die Hand.

Er wog es mit nachdenklicher Miene. »Tarisonn fehlte die Klugheit, mir der Mut. Die Feigheit, das ist mein Laster … Ich hasse sie, aber ich kann sie nicht abstreifen, und dafür verachte ich mich selbst. Es braucht Tapferkeit, sich mit den Gezeiten der Macht zu beschäftigen. Die habe ich nie gefunden. Stattdessen …«, er hob die Hand, die den Beutel umklammerte, »… Flucht.«

Kyrin kam sich allmählich dumm vor, weil sie noch immer nicht einmal erahnte, was es mit den Gezeiten der Macht auf sich hatte. Ihr blieb nur, das Gespräch mit Fragen in Gang zu halten. »Ist Agohn nun Steinmeister, weil er diesen Mut aufgebracht hat?«

Abuliar schnaubte. »Er weiß davon, aber er traut sich nicht, daran zu tasten. Er ist ein Schoßhund, der mit dem Schwanz wedelt, wenn seine lichtlosen Herren ihn streicheln.«

»Die Unsterblichen?«, fragte Kyrin vorsichtig. Die Geister des Berges waren die einzige Instanz, die über dem Steinmeister stand.

»Ja, aber nicht die, von denen du gehört hast«, bestätigte Abuliar mit bitterem Triumph.

»Welche dann?«

»Ich würde meine fünf Beutel gern einmal halten.«

Sie musste sein Vertrauen gewinnen, also gab sie ihm, was er verlangte. Kell fand ein wenig von seinem Mut wieder und kletterte aus der Tasche auf ihre Schulter.

»Du weißt, dass wir nicht die ersten Bewohner des Berges sind«, sagte Abuliar. »Vor uns haben andere hier gesiedelt.«

Kyrin suchte in ihrem Gedächtnis. »Die Historie ist keine meiner Stärken.«

Abuliar ging mit derselben Sicherheit zur Ruheliege, die ein Sehender besessen hätte. Er setzte sich darauf.

»Man verschweigt gern, worauf man nicht stolz sein kann«, meinte er. »Schuldest du ebenfalls Haus Schneegrund Gefolgschaft? Wie Tarisonn?«

»Ich bin ein Mündel Graf Golars.«

»Schneegrund ... Sturmruf ... Adlerhoch ... Dämmerkalt ... Die Tiefen Häuser, die du heute kennst, waren einst Eroberer. Sie haben Haus Gravion gestürzt.«

»Davon habe ich noch nie gehört«, gestand Kyrin. »Welches Zeichen führt dieses Haus im Wappen?«

»Den Mond, doch du wirst dieses Wappen noch nie gesehen haben.«

»Das stimmt.«

»Aber es gibt noch Gravioner auf dem Berg.«

»Und sie beherrschen diese Gezeiten der Macht?«

»Nein«, sagte er gedehnt. »Genau das haben sie nicht getan. Obwohl sie es wohl gekonnt hätten. Aber für sie waren die Gezeiten heilig ...«

»Worum geht es dabei?«

Abuliar tastete über die Beutel mit Traumblüten. Er grinste, wodurch die Scharte sämtliche obere Schneidezähne entblößte. Sie waren von dunklerem Blau, als es der Mode unter den Adligen entsprach. Möglicherweise wollte er die Faulstellen überdecken. »Mir scheint, du bist auf mich angewiesen. Aber du hast sicher noch mehr hiervon mitgebracht.«

»Wieso sollte ich es Euch geben?«

Er lachte leise. »Also hast du wirklich noch mehr dabei.«

Sie stellte sich vor den Rucksack. Eine leere Geste, da er sie nicht sah und zudem in diesem Raum alle Vorteile auf seiner Seite hatte.

Ein beunruhigender Gedanke. Offenbar war Abuliars Palast von Magie durchdrungen. Er war innen größer, als von außen erkennbar, und die Wege hier hatten nichts mit der Position der

Räume im Gebäude zu tun. Sicher führte einer der in die Wände gemeißelten Torbögen hinaus, aber Kyrin wusste weder, um welchen es sich handelte, noch, wie man sie aktivierte.

»Man wird nach mir suchen, wenn ich nicht zurückkehre«, behauptete sie. »Natürlich wird man dann auch meine Hinterlassenschaften durchsuchen, ebenso wie die von Tarisonn.«

»Ah, er ist also tot«, erkannte Abuliar. »Oder versteinert? Das läuft aufs selbe hinaus. In beiden Fällen wird er nichts mehr mit seinem Besitz anfangen können.«

Kyrin schluckte. »Ich habe die Traumblüten gefunden und ebenso die Spur zu Euch. Das wird auch anderen gelingen.«

»Und wenn ich dich gehen lasse, kannst du mich jederzeit verraten. Glaube mir, ich finde kein Vergnügen in der Vorstellung, dass man mich für meine … Schwäche verurteilt. Zwar habe ich kein Interesse mehr an der Welt da draußen«, seine wischende Geste umfasste alles außerhalb seines Palastes, »aber umgekehrt gilt das nicht. Wenn man weiß, dass ich Traumblüten nehme, wird man nicht ruhen, bis man mich aus meinem Palast zerren und verurteilen kann.«

Kyrin runzelte die Stirn. »Wieso sagt Ihr das?«

»Damit du begreifst, dass wir uns gegenseitig in der Hand haben. Du musst mir nicht mehr geben, als du willst. Aber für mich gilt das auch. Das hier«, er tastete wieder über die Beutel, »reicht eine Weile. So lange kann ich schweigen. Aber kannst du so lange warten?«

Noch einmal betrachtete Kyrin die missratenen Werkstücke aus der Nähe. Ihre Form war unbrauchbar, aber …

Ja, das war es! Der zumindest beinahe blinde Abuliar konnte ihnen keine Form mehr geben, aber er besaß noch immer sein Gespür für den Stein. Er hatte die Linien der Kraft nachvollzogen und die inneren Flächen freigelegt. Er formte nicht mehr, aber er ließ die Essenz bestimmen. Das erforderte ein unglaubliches Können! Andächtig betastete Kyrin die Schlagflächen.

»Was habt Ihr im Sinn?«

»Wir geben uns alles«, sagte Abuliar mit rauer Stimme. »Du gibst mir alle Traumblüten. Wie viele sind es?«

»Zwanzig weitere Beutel.«

Er ächzte.

»Das war Tarisonns Vorrat. Ich kann keine weiteren herstellen.«

»Es wird reichen.«

»Wie lange?«

»Lange genug«, versprach Abuliar. »Ich kann mich in Träume begeben, wie sie kein Mensch zuvor erlebt hat. Und dafür gebe ich dir Informationen, die dir erlauben werden, mehr Wissen zu erlangen, als ein Lebender in den letzten hundert Jahren besessen hat. Wenn du dich als mutiger erweist als ich.«

Kyrins Pulsschlag pochte in ihrem Hals. »Was müsste ich dafür tun?«

Er lachte leise. »Du kennst den Dunkelsee?«

»Unterhalb des Waldes der Erinnerung?«

»Genau den.«

Dieses Gewässer machte seinem Namen alle Ehre. Sein Wasser sah aus wie schwarze Tinte.

»Weißt du, was sich darin befindet?«, fragte Abuliar.

»Eine Burg steht daneben«, erinnerte sich Kyrin. »Niemand tut dort gern Dienst, weil sie so abgelegen ist. Weit fort von der Stadt. Es dient der Disziplinierung, wenn man dorthin versetzt wird.«

»Ja, für die meisten … Für manche ist der Dienst dort eine heilige Pflicht. Die Gravioner – oder das, was von ihnen übrig ist – liegen auf dem Grund des Dunkelsees.«

»Versteinert?« Kyrin fiel keine andere Möglichkeit ein, wie jemand eine so lange Zeit überstehen konnte, noch dazu unter Wasser.

»Ja, aber vermutlich anders, als wir es heute tun. Damals vermochte man die Weinenden Männer noch nicht zu erschaffen. Es ist immer von Köpfen die Rede …« Er starrte in die Leere.

»Was haben die Gravioner mit den Gezeiten der Macht zu tun?«

»Sie wussten, sie zu nutzen. Du weißt doch, dass die Macht im Gestein steckt? – Natürlich weißt du das. Der Berg gibt sie hinein. Wir nehmen von seinem Fels, wir schlagen Figuren daraus, die für das stehen, was wir begehren. Sie schützen uns, erleichtern uns die Arbeit, bannen den Geist eines Toten in eine Statue … Die Macht des Bergs strömt aus. Aber eigentlich strömt sie auch wieder zurück.«

»Was?«, rief Kyrin. »Uns lehrt man, die Macht des Steins währt, bis er zerfällt!«

»Ja … Oder bis der Berg seine Kraft zurückruft. Begreifst du? Zeiten der Ausdehnung, Zeiten des Rückzugs. Flut und Ebbe. Gezeiten der Macht.«

Kyrin wurde schwindelig. »Unvergänglich wie der härteste Granit ist die Magie«, flüsterte sie einen der Lehrsätze, die seit eineinhalb Jahrzehnten das Grundgerüst ihrer Überzeugungen bildeten. »Hoch wie der Berg ist ihre Macht. Sie weicht nicht, sie wandelt sich nicht, sie überragt alles.«

Abuliar beachtete sie nicht, er redete einfach weiter. »Ein Zyklus wie der Mond, der abnimmt und dann neu erscheint. Der Angriff auf Haus Gravion kam, als die Magie schlief. Ohne diesen mächtigen Verbündeten waren die damaligen Herren des Berges den anrückenden Truppen ausgeliefert. Ihre Paläste wurden geschleift, ihr Volk vertrieben. Ihre Edelsten und Klügsten aber ließ man nicht ziehen, noch nicht einmal in den Tod, denn man fürchtete, ihre Geister könnten die neuen Herren stürzen.«

»Versteinerung …« Kyrin versuchte, zu folgen. »Aber bloß die Köpfe?«

»Sie reichen aus, um das Leben zu binden. Die Sieger versenkten sie im Dunkelsee, wo niemand sie sieht.«

»Und die Burg dort dient ihrer Bewachung.«

»Auch«, bestätigte Abuliar ihre Vermutung. »Aber der Tod galt schon damals als mildes Urteil. Viele Angreifer waren gefallen. Brüder, Väter, Söhne, Gefährten der Sieger. Sie wollten die Gravioner leiden lassen, mehr noch als durch Einsamkeit. Ständig sollten sie die Ruinen ihres einst stolzen Reiches vor Augen haben.«

»In der Dunkelheit?«, zweifelte Kyrin. »Wie sollte das möglich sein?«

»Oh, mir scheint, du warst noch nie in einer der Kavernen, wo man die Weinenden Männer verwahrt, wenn ihre Zeit auf dem Platz der Reue abgelaufen ist. Es ist heiß dort, wie in einer Waschküche. Kannst du dir denken, wieso?«

Kyrin zuckte mit den Achseln, aber das konnte er nicht sehen. »Nein.«

»Es ist wie bei einem Regenbogen: Im Dunst kann man Bilder aus Licht malen. Das geschieht dort unten und es sind keine angenehmen Bilder.«

»Und im Dunkelsee geschieht es auch?«

Abuliar zögerte und nahm einen der Traumblütenbeutel zur Hand.

Ungeduldig hob Kyrin ihren Rucksack auf, brachte ihn zur Ruheliege und leerte ihn dort aus. »Das ist alles, was ich habe. Sprecht!«

»Ich weiß es nicht.«

Kyrin blinzelte. Wenn es der Wahrheit entsprach, was sie nun von den Gezeiten der Magie zu verstehen glaubte, waren sie zwar keine Waffe im eigentlichen Sinne, rührten aber dennoch am Fundament, auf dem die Macht des Berges ruhte. Wenn sich die Magie zurückzog, versagten so alltägliche Dinge wie die Beleuchtung oder verbesserte Herde oder Türschwellen, die Ungeziefer abhielten, aber auch Waffen und Rüstungen. Die kühne Architektur vieler Paläste wurde erst durch Magie ermöglicht, schon eine Brise mochte sie zum Einsturz bringen, wenn dieser Halt fehlte. Was war mit den Imagolems, die sie auf so spezielle Weise für Graf Golar präparierte? War ihre Arbeit dann sinnlos? Wieso drängte Golar dennoch darauf, dass sie diese speziellen Imagolems schuf? Vielleicht, weil ihr Gönner selbst nicht wusste, was es war, an dem Tarisonn geforscht hatte? Sie verfluchte die Verschwiegenheit des anderen Magiers, der einfach nicht die Zähne auseinanderbekommen hatte, bevor er sich einer Sache völlig sicher gewesen war.

»Ihr wisst von diesen Gezeiten seit … wie lange?«, bohrte sie. »Und habt nicht im Dunkelsee nachgesehen? Bei all Eurem Einfluss?«

»Manchmal fürchten wir uns vor der Wahrheit, auch wenn wir sie zugleich herbeisehnen.« Abuliar rieb seine Brust. »Das menschliche Herz ist ein seltsamer Muskel. So stark und doch so schwach, und man scheint ihn nicht durch Übung kräftigen zu können. Im Gegenteil, jede Verletzung hinterlässt eine Narbe auf ihm, die jederzeit wieder aufbrechen kann.«

»Ist das alles, was Ihr mir mitteilen könnt? Wenig für das, was ich Euch gegeben habe.«

Tastend strich er über die Ansammlung von Beuteln. »So viele Träume …«

Eigentlich war Kyrin froh, das Zeug los zu sein. Und immerhin hatte sie eine Spur, sie führte zum Dunkelsee.

»Sie hatten Wissende und Herrschende, die Gravioner«, murmelte Abuliar. »Die Wissenden applizierten sich Bergkristalle in die Stirn. Man sagt, mit der Zeit floss sogar ihr Blut hindurch, suchte sich Wege durch zarte Verästelungen.«

»Moment – Kristalle? Habt Ihr deswegen so viel mit ihnen geforscht? Und später mit Edelsteinen?«

»Ob die Gravioner auch mit Juwelen gearbeitet haben, weiß ich nicht. Aber die Vermutung liegt nahe, die Prinzipien sind dieselben. Die Einzelheiten kannst du in meinen Schriften studieren. Du hast meine Zeit nun lange genug beansprucht.« Abuliar nestelte an der Verschnürung eines Beutels.

»Bevor Ihr Euch dem Rausch hingebt«, sagte Kyrin, »wäre es sehr freundlich, wenn Ihr mir den Weg aus Eurem Palast weisen könntet.«

»Siehst du den siebenzackigen Stern auf dem Boden? Vor dem mittleren Relief, das einen Torbogen zeigt? Stell dich darauf und drehe dich viermal linksherum um die eigene Achse. Dann mach einen weiten Schritt in die Mauer hinein.«

Kyrin versicherte sich, dass Kell noch auf ihrer Schulter hockte, nahm den leeren Rucksack und befolgte die Anweisung. Mit dem Schritt trat sie durch das Tor aus Abuliars Palast.

Quilûns Augen brannten. Es war schon spät, aber diese Reise schenkte ihm so viele Motive, dass er auch die Nachtstunden nutzen musste, um zumindest seine Entwürfe auf die Leinwand zu übertragen. Mit Farben konnte er bei Kerzenschein nicht arbeiten. Das Licht von einem Docht war anders als das der Sonne, er würde nicht exakt mischen können. Für das kalte Strahlen eines Leuchtzaubers galt dasselbe. Also beschränkte er sich auf zarte Linien mit dem Kohlestift.

Er lauschte, weil sich Erlyk regte. Die Liege des Jungen stand in einem Bereich des Zelts, den Quilûn mit einem Vorhang abgetrennt hatte, damit die Helligkeit seinen Sohn nicht störte.

Quilûn hörte gleichmäßige Atemzüge. Erlyk hatte sich also nur gedreht, er war nicht aufgewacht.

Quilûn verglich die Zeichnung auf der Leinwand mit der auf dem Pergamentblatt. Natürlich war auf der Leinwand alles größer, aber es kam auf das Verhältnis an. Er trat zurück und nahm Maß mit dem vorgestreckten Daumen.

Der Schwung des Wasserfalls stimmte noch nicht. An dem Felsen in mittlerer Höhe spritzte das Wasser weiter hinaus. Es zerstäubte in eine Wand winziger Tröpfchen, die wie Nebel schien. Quilûn rief sich den Regenbogen ins Gedächtnis, der darauf gestanden hatte. Er würde die Farben hauchzart auftragen, mit viel Wasser, durchscheinend …

Der Maler korrigierte den Fall, um dann die Fliegenden Fische zu kontrollieren, die aus dem See sprangen. Derzeit waren nur die groben Umrisse angedeutet und die Stellen markiert, an der die flirrenden Flossen an den stromlinienförmigen Körpern saßen.

Auch auf ihren Schuppen brach sich das Sonnenlicht vielfarbig … Aber wie genau sah das aus?

Leise seufzend knetete Quilûn seine Nasenwurzel mit Daumen und Zeigefinger. Er nahm einen Schluck Wasser, sog die Unterlippe zwischen die Zähne und betrachtete den Stapel von Skizzen, der sich in den vergangenen Tagen angesammelt hatte.

Zu Beginn der Reise hatte er sie in der Reihenfolge auf Leinwand übertragen, in der er sie auch angefertigt hatte. Inzwischen malte er die atemberaubendsten Motive zuerst, auch auf die Gefahr hin, dass er bei ihrer Rückkehr noch Skizzen hätte, bei denen er das Motiv nicht mehr in sich fühlte. Aber wenigstens hätte er auf diese Weise die wertvollsten Gemälde fertiggestellt, wenn Graf Golar die Entscheidung träfe, in den Berg zu gehen.

Wieder wandte er sich dem Gemälde zu, das bald einen Wasserfall mit Regenbogen und Fliegenden Fischen zeigen sollte. Die Schuppen waren dort, wo das Licht sie nicht färbte, silbrig gewesen. Vielleicht sollte er tatsächlich Silber auftragen, um es dann mit den schillernden Farben zu übermalen. Dadurch mochten die Fische auch räumlich einen Hauch aus dem Bild heraustreten. Möglicherweise ein interessanter Effekt, der aber auch Aufmerksamkeit vom Regenbogen nehmen mochte.

Quilûn bemerkte, dass er diese Frage wälzte, ohne einem Entschluss näherzukommen. Er trat an den Vorhang und vergewisserte sich, dass Erlyk schlief.

Es war Zeit für eine Unterbrechung, entschied der Maler. Er trat vor das Zelt.

Draußen hatte sich die Luft merklich abgekühlt. Quilûn fand das angenehm erfrischend. Er öffnete die Verschnürung seines Hemds und zog es über der Brust auf.

Konnte er es sich erlauben, morgen früh nochmals den See aufzusuchen, um sich die Farben einzuprägen? Er hatte Zeit, solange man das Lager abbaute, und vielleicht noch ein bisschen länger. Falls Graf Golar ihm einen Krieger mitgäbe, könnte er der Reisegesellschaft folgen und spätestens zur Mittagsrast aufschließen.

Lächelnd schlenderte Quilûn durch das Zeltlager. Die Welt war wirklich voller Wunder, der Regenbogensee war nur eines davon. Wenn er zu ihm zurückkehrte – entginge ihm dann vielleicht ein anderes, weil ihm die Zeit fehlte, den Hinweisen der Einheimischen nachzugehen, denen sie begegneten? In jedem Fall war er gewiss, dass er weitere Wunder sehen würde. Schon jetzt war sein Kopf so reich von Bildern, die er sich vor ihrem Aufbruch nicht hatte vorstellen können. Sicher, einige dieser Dinge – wie etwa der Lavasee von Kapurn oder die filigran wirkende, aber unzerstörbare Brücke über die Mondschlucht – hatte er auf Gemälden gesehen. Doch das waren unvollkommene, hilflose Darstellungen. Kein Wunder, die Meisterwerke brachte man in den Berg, in die Gärten der Unsterblichen, wo kein menschliches Auge sie erblickte. Quilûn spürte, dass diese Reise die Schatzkammer seines Geistes mit all den Reichtümern füllte, die er brauchte, um etwas Kostbares zu schaffen. Es lag allein an ihm, an seinem Auge, seiner Hand, seiner Vorstellungskraft.

Quilûn erreichte den Bach am Rande des Lagerplatzes. Heute hatte Graf Golar ungewöhnlich früh den Halt befohlen, noch vor dem Dorf, dessen Häuser sich flussabwärts auf Pfählen erhoben. Er wollte sauberes Wasser, sagte er. Das hatte dem Maler die Möglichkeit gegeben, die Umgebung ausgiebig zu erkunden und den Regenbogensee zu finden.

Ein anderer nächtlicher Wanderer schritt zielstrebig zwischen den Zelten hindurch. Quilûn wäre ihm ausgewichen, um weiterhin die Einsamkeit der späten Stunde zu genießen, was auch das Anliegen des anderen sein mochte. Obwohl das Mondlicht nur eine dunkle Gestalt in einem wadenlangen Umhang mit Kapuze offenbarte, erkannte der Maler jedoch den Gang. Diesen Mann kannte und verehrte er. Quilûn hatte keinen Zweifel, dass es sich um Graf Golar handelte.

Offenbar schränkte die Kapuze seine Sicht ein, sodass er Quilûn nicht bemerkte. Mit unverminderter Eile ging er nach Süden.

Quilûn schmunzelte. Was mochte der Graf mitten in der Nacht suchen? War er etwa auf dem Weg zu einer romantischen Verabredung?

Neugier regte sich in Quilûn. Er beschleunigte den Schritt und folgte seinem Gönner.

Als tückisch erwiesen sich die abgespannten Zeltleinen, die in der Dunkelheit nur auszumachen waren, wenn man aus den Falten in den Planen auf ihre Position schloss. Golar blieb an einer solchen Stolperfalle hängen und stürzte. Er fing sich mit den Händen ab, drückte sich hoch und eilte weiter.

Das weckte in Quilûn Zweifel, ob er wirklich dem Grafen folgte. Konnte eine Romanze tatsächlich der Grund für eine solche Heimlichkeit sein?

Golar war der Graf, der Landvogt des Tiefen Hauses Schneegrund. Dies war sein Lager. Er konnte offen, mit einer Laterne, gehen, wohin er wünschte. Mehr noch, er konnte jeden – und jede – zu seinem Zelt bitten, sogar dorthin rufen lassen. Das wäre seinem Stand angemessen gewesen.

Je länger Quilûn darüber nachdachte, desto unsinniger erschien ihm dieses Verhalten. Golar mochte die Gemahlin eines Barons aufsuchen, den er nicht bloßstellen wollte. Aber eine solche Rücksicht schien unwahrscheinlich, wenn man bedachte, dass er bald in den Berg gehen würde. Zum einen würde es sich kein Baron mit einem angehenden Unsterblichen verderben wollen, zum anderen würde es ihm jeder nachsehen, wenn er seine Körperlichkeit in ihren letzten Wochen genoss. Oder hatte die Dame um diese Vertraulichkeit gebeten?

Im Gehen schüttelte Quilûn den Kopf. Was sollte das für eine Dame sein, für die ein Graf riskierte, sich zu blamieren, wenn er einer Wache in die Arme lief?

Doch sie begegneten keinen menschlichen Wachen. Lediglich ein Imagolem ging am Rande des Lagers Streife. Der Steinmann ignorierte den Grafen, der am Bach entlangschritt.

Quilûn blieb am letzten Zelt stehen. Er könnte Golar weiter folgen, aber was dann? Sollte er den Grafen etwa zur Rede stellen? Das war lächerlich. Und wenn er allein ins Lager zurückkehrte, mochten die Imagolems ihn für eine Befragung durch eine menschliche Wache festhalten. Dann brauchte er eine Geschichte, die Graf Golars Geheimnis wahrte, worin immer es bestand. Er sollte die Zeit besser nutzen. Für seine Skizzen oder um Schlaf zu finden und morgen ausgeruht noch einmal den Regenbogenfall in Augenschein zu nehmen.

Dennoch sah er der sich entfernenden Gestalt nach. Sie hatte den See beinahe erreicht, wo die Pfahlbauten als Schatten erkennbar waren, wie schwarze Löcher, die in die Wasseroberfläche geschnitten waren, auf der sich das Mondlicht spiegelte.

Und er entdeckte einen weiteren Schatten, der flach gestreckt am Ufer lag. Ein Boot, aus dem sich nun zwei Menschen erhoben.

Golar hielt auf sie zu. Offenbar wechselten sie einige Worte, bevor er zu ihnen ins Boot stieg. Sie legten ab, Riemen tauchten ein und kurz darauf entzog das Uferschilf sie Quilûns Blick.

Nachdenklich kehrte der Maler zu dem Zelt zurück, in dem er seinen wertvollsten Besitz wusste: seinen Sohn und seine Bilder.

Der *Lustgarten* hatte einen wunderschön gestalteten Eingang. Semire achtete darauf, dass stets frische Blumen, vorwiegend mit roten Blüten, die nahezu ausschließlich männlichen Gäste mit betörendem Duft willkommen hießen. Drei Stufen führten zu einer Tür aus weißem Holz. Während in den Rahmen Würfel, Karten und Münzen geschnitzt waren, zeigte das Türblatt das Gesicht einer Dame, die ihre Lippen mit einem Fächer verdeckte. Ihre Augen waren Rubine. Hohe Fackeln beleuchteten diesen Zugang. Sie waren besser als Laternen oder Leuchtzauber, Semire hatte sich sagen lassen, dass brunftige Männer die senkrecht stehenden Pfähle mit ihrem edelsten Teil in Verbindung brachten. Dem Teer an der Spitze waren Splitter von Bazanholz beigemischt, damit sie beim Abbrennen verheißungsvoll knisterten. Durch diese Tür kam, wer einen Abend erwartete, an dem er sein Silber gegen Sorglosigkeit tauschte und gesellschaftliche Fesseln gegen Verständnis für seine tiefen Sehnsüchte.

Doch es gab noch ein halbes Dutzend anderer Eingänge zum *Lustgarten*. Einer davon diente der Anlieferung profaner Dinge: rohes Fleisch, Austern, Fischeier, aphrodisierende Früchte, Putztücher, Laken. Die anderen Wege in dieses Haus nutzten jene, die nicht gesehen werden wollten oder sollten.

So wie Jasir, den Tomalion die Treppe aus dem Weinkeller heraufführte. Man sah den beiden nicht an, dass sie durch die Tunnel der Kanalisation gekommen waren. Es hatte lange nicht geregnet. Wenn man einigermaßen geschickt war, konnte man sich unter den Straßen bewegen, ohne sich zu besudeln. Vermutlich hatten sich der Bettler und der Schläger den Geruch, der Semire von Schneegrunds Nase beleidigte, schon vor ihrem Aufbruch angeeignet.

Von Tomalion war Semire das gewohnt, sie war vorbereitet. Sie winkte Buhm zu.

Ihr Schwertpartner nahm die mit Duftwasser getränkten Tücher, die auf der Kommode bereitlagen, und reichte sie den beiden Männern. Auch den Schleier, den sie in diesem Haus niemals ablegte, hatte Semire mit einer wohlriechenden Essenz befeuchtet.

Sie fand es seltsam, dass Buhm viel ungeschlachter aussah als Tomalion, obwohl im Auftreten das Gegenteil der Fall war. Buhm hatte ein bulliges Gesicht mit vorstehendem Unterkiefer, einen Stiernacken und fleischige Hände. Er kleidete sich in groben Stoff, weil er Verschwendung hasste und deswegen eine Abneigung gegen Tuniken hegte, die bei der geringsten Beanspruchung rissen oder die man nicht von Blutspritzern reinigen konnte, mit denen er zwangsläufig immer wieder in Berührung kam.

Tomalion dagegen trug Lederkleidung, die bei aller Eleganz die Zweckmäßigkeit nicht vernachlässigte. Die Jacke war nur bis unter die Brust geknöpft und wurde danach so üppig, dass sie weit genug offen stand, um das weiße Hemd zur Geltung zu bringen, das er darunter trug. Die Scheide für das Wurfmesser war harmonisch in den linken Ärmel eingearbeitet. Vermutlich gab es eine ähnliche Waffe auf der anderen Seite, aber unsichtbar an der Innenseite getragen. Schlaufen an der Hose sorgten dafür, dass der Gürtel und die Gehänge für das Rapier und den Dolch mit den weit nach vorn gebogenen Parierstangen gefällig lagen und den Träger weder beim Gehen behinderten noch wenn er sich setzen wollte.

Tomalion nahm eines der Tücher, drückte das Gesicht mit dem schmalen Oberlippenbart hinein, wischte sich über Hals und Nacken und rieb es dann um die Hände.

Jasir machte es ihm nach.

Semire unterdrückte ein Lächeln. Der Gedanke, einen jähzornigen Schläger wie Tomalion zum Vorbild zu nehmen, hatte eine gewisse Komik.

Vor allem bei jemandem, der seit fünf Jahrzehnten auf der Straße lebte und schon allein dadurch bewiesen hatte, dass er mit schwierigen Situationen zurechtkam. Daran änderte auch nichts, dass Jasirs Gewand im Vergleich zu Tomalions geschmackvollem Aufzug wie ein Sack erschien. Diese grauen Kutten verteilte die Bruderschaft vom heiligen Clerron an diejenigen, die sich bereitfanden, die Trauerzüge von jenen zu begleiten, die sonst allein zur Einäscherung gebracht würden. Jasirs Kutte hatte wesentlich bessere Zeiten gesehen und er hatte sie bestimmt nicht pfleglich behandelt. Tomalion mochte sein Leder jeden zweiten Tag fetten, Jasir dagegen ließ Risse offen klaffen, scheuerte die Ärmel an Waschsteinen durch und benutzte ein Strohband, um die linke Sandale zu schnüren. Er besaß erheblich bessere Kleidung, aber die war schlecht fürs Geschäft.

Das war auch der Grund, aus dem Semire ihn in den *Lustgarten* geholt hatte: das Geschäft. »Setz dich, Jasir.« Sie zeigte auf einen weich gepolsterten Stuhl an einem nierenförmigen Tisch, auf dem Gebäck, Apfelsaft und Wein standen. Er war die einzige Sitzgelegenheit im Raum, sie würde auf Jasir hinabschauen.

»Es ist mir wie immer eine Ehre, Euch zu begegnen, Rose.«

»Setz dich«, wiederholte sie eine Spur schärfer.

Mit einem argwöhnischen Blick musterte Jasir den Hammer, den Buhm nun zur Hand nahm, und nahm Platz.

Semire lächelte ihn an.

»Darf ich?« Er zeigte auf den Tisch.

»Bitte.«

Er schenkte sich vom Saft ein. Offenbar begriff er, dass ein klarer Kopf von Vorteil war. Das gefiel Semire. Trottel waren nur für grobe Aufgaben zu gebrauchen, aber nicht für das, was sie mit Jasir und seiner Bande vorhatte.

Der weinrote Vorhang, der den Durchgang zum Bereich hinter der Theke verdeckte, dämpfte die Geräusche des Abends: die

Klänge einer Harfe, die Gespräche, Gelächter – manchmal tief und kraftvoll, dann wieder spitz und betont weiblich –, aufmunternde Rufe, das Klappern der Becher und Klirren der Gläser, mit denen man anstieß.

Semire bemerkte Tomalions sehnsüchtigen Blick. »Danke, dass du ihn hergebracht hast«, sagte sie. »Ich brauche dich nicht mehr.«

Mit einem freudigen Grinsen verbeugte er sich und ging in den Schankraum. Kurz wurden die Geräusche lauter, als er den Vorhang zur Seite hob, dann fielen sie wieder ab.

»Verschmähst du meine Küchlein?«, erkundigte sich Semire.

»Nein, natürlich nicht«, beeilte sich Jasir zu beteuern. »Ich kann mich bloß nicht entscheiden.« Sein Zeigefinger schwebte über einem Schiffchen aus weißem Zucker, einem Rübenplätzchen und einem Kakaokringel, bevor er sich für einen Streuselkuchen mit Kirschfüllung entschied. »Ganz vorzüglich!«, versicherte er, noch ehe er den ersten Bissen hinunterschluckte.

»Nimm reichlich. Damit kannst du den Verlust, den du mir zugefügt hast, auch nicht mehr nennenswert vergrößern.«

Jasir hielt inne.

»Du weißt natürlich, dass deine Abgaben im vergangenen Mond um ein Zehntel zu gering ausgefallen sind.«

Er legte das Küchlein zurück auf den Tisch. »Die Leute waren nicht so freigiebig wie sonst. Das kommt vor.«

»Besonders, wenn deine Bettler faul werden.«

Er strich sich über den Kopf. Sein Haar war wirr, aber die Tatsache, dass es eine einheitliche Länge hatte, verriet, dass er sich frisierte. Um die Druckstelle zu entdecken, die der zu enge, aber protzige Smaragdring hinterließ, den er in seiner Zuflucht gern trug, musste man genauer hinschauen. Er war kein armer Mann, und wie die meisten Reichen fürchtete er nichts mehr, als von seinem Wohlstand abgeben zu müssen. Die Mildtätigkeit, von der er gern faselte und deren Mangel er beklagte, kannte er nur von denen, die er ausnahm.

»Ein einzelner schlechter Mond.« Er lachte abwehrend. »Im nächsten werden wir es ausgleichen, spätestens im übernächsten.«

»Das denke ich auch. Und ich will euch dabei unterstützen«, versicherte Semire. »Mit Krüppeln haben die Menschen mehr Mitleid als mit noch so zerlumpten, aber gesunden Bettlern. Was brauchst du mehr – biegsame Knie oder starke Arme?« Beiläufig zeigte sie auf den Hammer, den Buhm nun schwenkte.

»Ich … Das wäre nun doch etwas drastisch.«

»Manchmal sind drastische Mittel angezeigt, wenn sich Nachlässigkeiten einschleichen.«

»Ihr …« Er lachte unsicher und mit bleichem Gesicht. »Ihr scherzt, Rose.«

Kalt sah sie ihn an. Der blaue Schleier verdeckte nur die untere Hälfte ihres Gesichts und er war halb durchsichtig. Jasir sollte ihre Miene zu deuten wissen.

Er schluckte und lehnte sich zurück. »Sicher gibt es eine andere Möglichkeit.«

»Wenn die Bettelei keine zuverlässigen Einnahmen mehr erbringt«, meinte Semire, »müsst ihr andere Geschäfte ins Auge fassen. Euer Betätigungsfeld erweitern.«

»Sicher habt Ihr dazu einen Vorschlag.«

Sie nickte Buhm zu.

Er legte den Hammer auf der Kommode ab, öffnete eine Klappe und nahm eine Armbrust heraus. Es war eine schwere Waffe mit einer Kurbel, mit der man die verdrillte Sehne spannen konnte.

»Diejenigen, die sich für solche … Werkzeuge interessieren, haben es nicht gern, wenn die Büttel davon erfahren.«

»Die Tiefen Häuser sehen solcherlei ungern bei den weniger Edlen«, bestätigte Jasir tonlos.

»Oder gar bei den Bürgerlichen«, vertiefte Semire den Gedanken. »Doch gerade sie sind auf Schutz angewiesen, wenn sie mit ihren Waren ins Umland fahren. Oder wenn zwielichtiges Gesindel in ihre Häuser einsteigt.«

»Und wir sollen die Ware für Euch ausliefern?«, vermutete Jasir.

»Eine leichte Aufgabe«, versprach Semire. »Eure Leute fallen nirgendwo auf. Jeder sieht zur Seite, wenn ihm ein paar zerlumpte Bettler entgegenkommen. Vor allem, wenn sie sich in Fischabfällen gewälzt haben und erbärmlich stinken. Es ist lästig, von ihnen angesprochen zu werden. Man schaut nicht genau hin, wenn sie ihre kümmerlichen Habseligkeiten in einem Sack vorbeischleppen.«

»Schließlich könnte ein totes Kind drinstecken.« Jasir faltete die Hände. »Andererseits weckt so ein Gedanke das Mitgefühl selbst bei jenen, die ihre Börse fest verschlossen halten wollten. Besonders, wenn man noch ein junges Mädchen an der Hand hat, dem dasselbe Schicksal wie dem Geschwisterchen droht. Da verzichtet auch ein Söldner schon einmal auf eine Hure und gibt ein Silberstück.«

Semire zuckte mit den Achseln. »Das Silberstück bekommst du auch, wenn du so ein Schätzchen zu seinem neuen Besitzer bringst.«

»Ein Silberstück für jede Waffe?«

»Es hängt davon ab, wie viel sie wert ist. Ein Zehntel bleibt bei euch hängen. Dafür holt ihr die Ware unten an den Flaschenzügen ab und liefert sie bis hinter die Haustür des Empfängers.«

Derreks Einfall, die Bettler zu beauftragen, hatte viele Vorteile. Einer bestand darin, dass nur Jasir wusste, mit wem er es zu tun hatte, seine Leute würden keine Fragen stellen. Und Jasir kannte Semire nur unter dem Namen ›Rose‹, den sie im *Lustgarten* führte. Möglich, dass er sich seinen Teil dachte, aber er war zu klug, um allzu offensichtlich nachzuforschen.

Er kratzte sich am Hinterkopf. »Die Sache mit vergangenem Mond …«

»Ich könnte sie vergessen. Ein Zeichen meines guten Willens, wenn wir unser Geschäft ausdehnen.«

Semire war sich der Gefahr bewusst, die darin lag, die Waffen Menschen anzuvertrauen, die keine Loyalität kannten. Aber am Ende waren Jasirs Leute keine Krieger und viele von ihnen waren Krüppel. Semire bezweifelte, dass sie sich gegen sie wenden würden, solange sie einen kontinuierlichen Strom an Silber erwarteten. Trotz seiner zur Schau gestellten Zögerlichkeit musste Jasir klar sein, dass er mit dieser Übereinkunft nicht nur seine Zahlungen an die Rose einsparen, sondern den eigenen Säckel füllen würde.

Ein Grinsen zuckte an seinen Mundwinkeln. »Das gefällt mir. Wann beginnen wir?«

»Gegen die Einsamkeit?«, spottete der Wachoffizier.

»Sie werden niemanden stören«, versprach Kyrin. Ihre drei Äffchen halfen ihr nicht gerade dabei, diese Behauptung glaubwürdig erscheinen zu lassen. Sie tollten am Leuchter und der von Rostflecken gesprenkelten Rüstung herum, die hinter dem Tisch stand, an dem Flaggleutnant Rubahn saß. Vor ihm lag das mit dem frisch gemeißelten Siegel der Magier versehene Pergament, das ihre Überstellung für eine Woche dokumentierte.

Rubahn lehnte sich zurück, faltete die Hände vor dem Bauch, schob die Zunge zwischen Zähne und Oberlippe und sog die Luft ein, ein zischendes Geräusch. »Ich tue hier Dienst, weil ich meinem Hauptmann die Nase gebrochen habe. Hatte es verdient, das Schwein. Liegt jetzt sieben Jahre zurück. War auf drei abgeordnet, bin aber geblieben. Gefällt mir, das Sagen zu haben, und wenn es auch nur am Dunkelsee ist. Besser Herr im Schatten als Knecht im Licht. Will, dass das so bleibt.«

Kyrin tippte gegen das Leder ihrer Schürze. »Ich bin keine Kriegerin. Wir werden uns nicht ins Gehege kommen.«

»Mag auch keine Querelen im Zaubervolk.« Er schmatzte ohne für Kyrin ersichtlichen Grund. »Habe kein Verlangen danach, dass plötzlich ein Stein in der Westmauer flüssig wird, weil Ihr Euch Zauber an den Kopf werft.«

Innerlich verdrehte Kyrin die Augen. Steinmeister Agohn förderte Gerüchte über die Fähigkeiten der Magier, weil er glaubte, dass der Respekt sie alle schützte und es umso mehr davon gab, je mehr man sie fürchtete. Aber die Vorstellungen des einfachen Volkes trieben absurde Blüten. Kein Magier konnte allein mit Worten oder Gesten etwas bewirken, man brauchte immer Stein dazu. Figuren, die eine Verbindung zum Objekt des Zaubers hatten. So wie diejenige in Kyrins Rucksack. Aber die taugte nicht dazu, eine Mauer zu verflüssigen.

»Und der Imagolem, den Ihr mitgebracht habt, bleibt draußen«, bestimmte Rubahn. »Will ihn nicht in meiner Burg haben.«

Das war ihr sehr recht. »Ich suche keinen Streit«, beteuerte sie.

»Ihr vielleicht nicht …« Zweifelnd musterte Rubahn sie.

»Blödes Vieh!« Der Wächter, der an der Tür stand, schlug nach Kallin. Keckernd sprang das Äffchen auf den Aktenschrank in Sicherheit.

»Hält sich denn überhaupt ein anderer Magier in der Burg auf?«, erkundigte sie sich.

»Bei Euch weiß die rechte Hand nicht, was die linke tut, wie? Ist heute Nachmittag angekommen. Was er hier will, ist mir klar. Steht so steif, als hätte man ihn gepfählt und der Stock wäre ihm im Hintern abgebrochen.«

Fragend sah Kyrin den Offizier an.

Er wedelte mit der Hand. »Einer von diesen Frömmlern, die ein großes Geheimnis aus ihrer heiligen Aufgabe machen. Sind sich zu fein, mit meinen Kriegern zu sprechen, und mit mir reden sie auch nur das Nötigste. Habe ihm den Schlüssel zur Kammer der Bilder gegeben und ich hoffe, damit hat es sich. Das Letzte, was ich gebrauchen kann, ist ein Streit unter dem Zaubervolk. Da weiß man nie, wem man zuerst den Schädel einschlagen soll.« Kyrin brauchte einen Moment, um in seinem Husten ein Lachen zu erkennen.

»Ich habe mit niemandem Streit.« Dennoch konnte ein anderer Magier in der Burg ihre Arbeit verkomplizieren. »Wie heißt er?«

»Errin … Erril … Irgendwie so. Habe sein Schreiben schon weggeräumt. Interessiert mich auch nicht, wie er heißt. Ich will nur nicht, dass er den Rochus bekommt, wenn er Euch sieht. Kommt darauf an, was Ihr ausgefressen habt. Mit wem Ihr verfeindet seid in der Magierwerkstatt. Könnte jemand sein, dem er etwas schuldet. Der die Sache hier erledigt haben will, wo keiner Euch schreien hört. Außer ich, und das weckt mich dann aus meinen süßen Träumen.«

Vielleicht war sein Husten doch nicht nur ein Lachen. Jetzt röchelte er in seine Faust.

»Also, raus mit der Sprache!«, forderte er. »Was habt Ihr ausgefressen? Viel kann es ja nicht sein …« Er nahm das Schreiben zur Hand. »Eine Woche nur! Das lohnt kaum den Weg hierher.«

Drei Stunden bei strammem Marsch waren in der Tat zu viel, um sie täglich zurückzulegen, dachte Kyrin. Deswegen hatte sie um einen etwas längeren Studienaufenthalt gebeten. Für eine Woche schien ihr die Strecke jedoch verkraftbar.

»Ich wurde nicht verurteilt«, erklärte sie. »Ich bin wegen meiner Neugierde hier.«

»Also habt Ihr jemandem nachspioniert?«

»Nein. Ich meine, ich bin neugierig auf den Dunkelsee.« Sie schalt sich selbst. Sie musste konzentrierter bei diesen Gesprächen sein, auch wenn ihrem Konversationspartner die Dummheit aus den Augen strahlte. »Ich meine, auf Eure Burg natürlich. Den Dienst hier. Welche Pflichten Ihr hier verrichtet.«

Er hustete. »Sie haben mir eine Verrückte geschickt!«

Der Wächter an der Tür lachte spöttisch.

»Was willst du denn?«, brüllte Rubahn den Mann an. »Hältst das hier wohl für ein spaßiges Beisammensein?«

Der Mann straffte sich und blickte geradeaus.

»Wie lange dienst du hier schon, Kerl?«

»Ein halbes Jahr, Herr Flaggleutnant!«

»Und wie viel hast du noch vor dir?«

»Einen Mond und drei Tage, Herr Flaggleutnant!«

»Bin versucht, dir für deine Frechheit noch einen Mond aufzubrummen«, murrte er. »Aber dann müsste ich dich noch länger ertragen. Nimm unsere Verrückte und bring sie zu ihrem Zimmer! Wenn sie zurück bei den Magiern ist, soll sie nicht sagen, sie wäre unfreundlicher behandelt worden als in einem Gasthaus.« Diesmal hustete er so heftig, dass er sich vornüberbeugen musste. Speicheltropfen fielen auf das Pergament, mit dem sich Kyrin ausgewiesen hatte.

Sie lockte ihre Äffchen mit Früchten zu sich. Auf dem Gang saßen Lepp und Kell auf ihren Schultern, während Kallin ihnen auf allen vieren und mit auf dem Boden schleifendem Schwanz folgte.

Der Wächter zeigte kein Verlangen nach Konversation. Er führte sie einen Gang entlang, der den sichelförmigen Grundriss der Burg nachvollzog. Seine Laterne schuf einen erleuchteten Bereich, der mit ihnen wanderte. Brummend grüßte er einen anderen Krieger, der ihnen mit einer über die Schulter gelegten Lanze müde entgegenschlurfte. An einem Magazin machten sie halt. Er nahm ein paar Kerzen aus einem Korb und drückte sie ihr in die Hand. »Seife?«

»Das wäre angenehm«, sagte sie freundlich.

»Magier«, murrte er, suchte eine Weile und fand schließlich einen blaugrünen Quader.

Sie setzten den Weg fort zu einer kleinen Kammer, die nur ein Bett, einen grob gezimmerten Tisch und einen Schemel enthielt. Zu Kyrins Erleichterung hatte das Bett eine saubere Decke und in einer Wand befand sich ein Fenster. Es war vergittert, aber wohl, um die Wehrhaftigkeit zu erhöhen, nicht, um sie einzusperren. Draußen lag der Dunkelsee, der seinem Namen alle Ehre machte. Das Wasser schluckte das Sternenlicht vollständig, während die kargen Felsen ringsum wenigstens einen Grauschimmer hatten.

»Müsst Ihr noch essen?«, fragte der Wächter.

»Danke, aber meine Müdigkeit siegt über meinen Hunger.«

Zufrieden brummend bot er ihr die Laterne an, damit sie eine Kerze entzünden konnte. Danach ging er hinaus und zog die Tür zu.

Kyrin lauschte auf seine sich entfernenden Schritte.

Die Tür hatte ein Schloss, aber der Schlüssel fehlte. Sie überlegte, ob sie die Türklinke mit dem Schemel blockieren konnte, aber ohne Lehne schien ihr das schwierig. Das Bett hatte nur zwei Beine, an der anderen Seite war es durch Scharniere mit der Wand verbunden, sodass man es hochklappen konnte. Jedenfalls war das wohl die Absicht gewesen. Eine helle Stelle und ein paar

Löcher verrieten, wo einmal der Riegel gewesen war, der das Bett in hochgeklappter Position hätte halten können.

Sollte sie den Tisch vor die Tür schieben? Zweifelnd musterte sie das leichte Möbelstück.

Vielleicht übertrieb sie es auch einfach mit ihrer Vorsicht.

Während Lepp, Kell und Kallin jeden Winkel der Kammer erkundeten, ohne etwas zu entdecken, packte Kyrin ihren Rucksack aus. Sie wickelte die Leitfigur des Imagolems, den sie mitgebracht hatte, aus einem frischen Hemd und stellte sie auf dem Tisch ab. Kyrin setzte sich davor und legte beide Hände um den steinernen Mann.

Sie kannte diesen Imagolem gut, er hieß Asmodel. Im Vergleich zu den Hünen, die sie in den letzten Jahren gemeißelt hatte, war er schwächlich. Gegen keinen von ihnen hätte er in einer direkten Auseinandersetzung bestehen können. Aber Asmodels schlankere Form gab ihm Agilität und er verfügte über besonders feine Sinne.

Diese Sinne verbanden sich mit denen von Kyrin, als sie die Leitrune mit ihrem Daumen bedeckte. Sie schloss die Lider, um zu vermeiden, dass sich die Bilder überlagerten.

Dem Imagolem reichte das Sternenlicht, er sah viel besser als ein Mensch. Nicht nur Schattierungen nahm er wahr, sondern auch Wärme. Er sah Vögel im Gebüsch hocken, das den See säumte. Sie erschienen rot wie glimmende Kohlen.

Kyrin befahl ihm, in ruhigem Schritt zum Ufer zu gehen und dann zu beginnen, den Dunkelsee zu umrunden. Eine solche Anweisung hätte sie auch erteilen können, bevor sie die Burg betreten hatte. Einem Beobachter wäre das Verhalten des Imagolems unauffällig erschienen.

Eine Amsel flatterte protestierend zwitschernd auf, weil der Steinmann einen Ast des Busches knickte, in dem sie saß. Kyrin hatte die Luft auch im Schatten des Bergs als mild in Erinnerung, obwohl ihr das Brennen des Sommertags gefehlt hatte. Dennoch bedeckte eine silbrige Eisschicht das Wasser am Ufer, erst ein paar Schritt davon entfernt lag die tintige Oberfläche frei.

Der Imagolem begann seine Wanderung. Ab und zu hörte er ein Plätschern, obwohl keine Welle zu erkennen war.

Der See erstreckte sich drei Meilen weit, aber er war an keiner Stelle breiter als fünfhundert Schritt. Wo er besonders schmal war, führte eine Brücke vom Süd- zum Nordufer. Kyrin schätzte, dass sie sich immerhin siebzig Schritt spannte, und das ohne Pfeiler oder sonstige Stützkonstruktionen. Steinmagie musste ihr Festigkeit verleihen. Dennoch wollte Kyrin sie lieber nicht mit dem Gewicht des Imagolems belasten, zumal der Steinmann den See einmal komplett umrunden sollte.

Kyrin vermutete, dass über eine Stunde vergangen war, als Asmodel fand, was sie suchte. Ein Schimmern draußen in der Dunkelheit des Sees. Ein milchiges Grau. Bald mischte sich ein Hauch von Rot hinein, dann Blau.

Das konnte keine Spiegelung von Sternenlicht sein, kein treibendes Eisstück. Dieses Licht kam vom Grund des Dunkelsees.

Abuliar hatte die Wahrheit gesagt.

Es schmerzte Quilûn, zu sehen, dass die Fröhlichkeit, zu der sein Sohn auf dieser Reise gefunden hatte, aus Erlyks rundem Gesicht verschwunden war. Dieses Gesicht konnte Quilûn erst betrachten, als er das kleine Kinn nach oben zog.

»Was ist passiert?«

Alita Blitzdorn reckte den Hals, um den sie, wie immer, ihr Schmuckband trug. Sie fragte sich wohl, ob sie die sorgfältig eingenommene Pose am Stamm des mächtigen Baumes aufgeben sollte. Dann hätten sie erneut die mit Bedacht gelegten Falten ihres Kleides anordnen müssen, bevor der Maler mit seinem Werk beginnen könnte.

Quilûn hielt sie mit einem beschwichtigenden Wink zurück.

»Er hat mir die Lupe weggenommen.« Eine Träne lief über Erlyks runde Wange.

Quilûn hatte ihm das Vergrößerungsglas geschenkt, damit er mithilfe des Instruments Pflanzen studieren konnte. Erlyk hatte sich so darüber gefreut, dass er im Kreis gesprungen war, und hatte das Glas erst ausgiebig bestaunt und dann vorsichtig wieder im Futteral verstaut. Heute war er sofort losgezogen, als die Diener mit dem Aufstellen des Lagers begonnen hatten.

»Wer?«, fragte Quilûn.

»Ein Junge aus dem Dorf«, schluchzte Erlyk. »Er heißt Krunn und ist der Sohn des Schulzen.«

Quilûn hockte sich hin. Er beherrschte sich, nicht die Wange des Kindes abzuputzen. Erlyk war in einem Alter, in dem man lernen musste, ein Mann zu werden. »Ist dieser Krunn größer als du?«

Unsicher zog Erlyk den Rotz in der Nase hoch.

»Ich will, dass du dir die Lupe zurückholst.« In Quilûns Ohren klangen seine eigenen Worte wie die eines Fremden. Sein Herz schlug so heftig in seiner Brust, als wolle es ihn zu seinem Sohn drücken, die letzten Handspannen Abstand überwinden, damit er ihn in die Arme schloss, ihn tröstete und ihm versprach, dass alles wieder gut werden würde.

Aber nichts würde gut werden, wenn Erlyk zu einem Schwächling heranwüchse.

»Kommst du mit?«, fragte der Junge schüchtern.

Quilûn konnte seine Hand nicht zurückhalten. Er wischte nun doch Erlyks Tränen ab und streichelte seinen Hinterkopf. Auf der Schulter des Jungen verharrte die Hand. »Du kannst nicht immer darauf vertrauen, dass andere die Probleme für dich lösen. Was dieser Krunn getan hat, ist Unrecht. Das darfst du ihm nicht durchgehen lassen.«

Noch immer sah Erlyk ihn verständnislos an.

»Die Welt wäre ein schlechter Ort, wenn diejenigen ihren Willen bekämen, die andere drangsalieren«, erklärte Quilûn, aber angesichts der offensichtlichen Angst seines Sohnes klang das hohl.

Erlyk nickte jedoch.

»Geh«, hörte Quilûn sich sagen.

Stumm drehte sich Erlyk um und ging zum Dorf zurück, das an den Wald grenzte.

Quilûn blickte ihm nach. Sein Gegner war nur ein anderer Junge, redete er sich ein. Die Dörfler wussten, dass Erlyk zur Reisegesellschaft des Grafen gehörte. Sie würden verhindern, dass ihm etwas Schlimmes zustieße. Dieser Krunn befand sich in größerer Gefahr. Sein Vater mochte ihn dafür verprügeln, dass er Ärger mit dem Herrn heraufbeschwor.

Dennoch schluckte Quilûn schwer, als er sich wieder der Staffelei zuwandte. Er befestigte die Pinsel in den Halterungen am Rahmen, wo er sie problemlos mit einer Hand entnehmen und wieder zurückstecken konnte. Die Palette mit den bereits gemischten Farben nahm er in die Linke.

Über ihnen rauschte der Wind in der Krone des großen Baumes. Sein tief gekerbter Stamm bot interessante Schattierungen, zumal die Einbuchtungen annähernd senkrecht verliefen. Das verband die halb an den Wurzeln sitzende, halb liegende Alita mit den Ästen über ihr. Von diesen hingen Flechten, die sich im sanftesten Windhauch bewegten und auch das Sonnenlicht durchscheinen ließen. Erlyk nannte sie Feenhaar, aber die Dörfler sagten Baumbart dazu.

Es waren ein leichtes Motiv und eine kleine Leinwand. Quilûn arbeitete ohne Skizze, er trug die Farbe direkt auf. Nach den gewissenhaften Arbeiten der letzten Wochen war das eine Erholung.

Alita war eine Frau, die umso schöner wurde, je länger man sie betrachtete. Quilûn erkannte das mit dem Blick eines Malers für Einzelheiten. Der Schwung ihrer Brauen, die Linien ihrer Wangenknochen, die in der Verlängerung exakt an den oberen Spitzen der Ohrmuscheln endeten, der breite Mund mit den vollen Lippen … Das schwarze Haar bildete einen wundervollen Kontrast zu dem milchweißen Hals, den es umfloss, um dann auf die Brust zu fallen. Nur das Schmuckband störte. Es hielt eine zartrote Blüte vor der Kehle, ansonsten bestand es aus drei Finger breitem schwarzem Samt. Alita wollte es nicht ablegen, obwohl Quilûn vermutete, dass der reine Hals schöner gewesen wäre.

Für eine so schlanke Frau hatte sie einen ungewöhnlich großen Busen, den das hochgeschlossene Kleid aber nicht betonte.

Quilûn überlegte, ob sein helles Rot eine vorteilhafte Wahl war. Eine kräftigere Farbe hätte vielleicht besser zu der hellen Haut gepasst.

»Darf ich Euer Kleid anders malen, Baroness?«, fragte er. »Im Ton von Wein?«

Alita schmunzelte. »Aber würde das denn zur Farbe der Baumrinde hinter mir passen?«

»Ihr habt recht!«, rief er überrascht. »Auch daran müsste ich etwas ändern …«

Er mischte ein wenig Gelb in das Rotbraun, das er für den Baum vorbereitet hatte, und setzte probehalber einen kurzen Strich auf die Leinwand, den er problemlos übermalen könnte. Genau musterte er das Gesicht seines Modells. Wenn er dieses naturgetreu wiedergäbe … den Hals frei vom störenden Band … den Baum in dieser variierten Farbe, wie er vielleicht zur Mittagsstunde tatsächlich aussähe … das Kleid weinrot …

»Ich glaube, ich weiß, wie es gelingen kann!«, rief er. »Vertraut Ihr mir, Baroness?«

»Nur zu! Du bist der Meister!«

Quilûn versank in seiner Arbeit. Das Weiß der Leinwand wich der Vielfalt des Waldes, es gab der Majestät des alten Baumes Raum, nahm Alitas verträumte Schönheit auf. Er grundierte das Feenhaar mit Sonnengelb, auf das er ein hauchzartes Grau wie einen Schleier legte. Erst dann gab er einzelnen Fäden Struktur.

Eine Hummel summte vor Alitas Gesicht. Sie lachte, weil sie sich nicht traute, einen Arm zu heben, und mit dem Insekt wie mit einem Kind sprach, das sich doch bitte einen anderen Platz zum Spielen suchen möchte. Stattdessen landete es auf ihrer Nase.

Quilûn lachte mit. »Schiebt den rundlichen Gesellen fort! Ich habe die Form erfasst, ich brauche Euch nur noch für den Schattenfall.«

Behutsam wedelte Alita mit der flachen Hand vor ihrem Gesicht. Die Hummel flog zwar auf, versuchte aber noch ein paarmal, zu landen. Vielleicht lockte sie der Geruch des Schminkpuders. Schließlich gab sie aber doch auf und wandte sich den Blüten der Waldsträucher zu.

Zufrieden betrachtete Quilûn den Stand seiner Arbeit. Das Weinrot war eine gute Entscheidung, es lenkte den Blick auf das helle Gesicht. Dazu bildete das Feenhaar an den Ästen ein sanftes Gegengewicht. Er müsste die Baumkrone noch etwas dunkler anlegen …

Glücklich tauschte er den Pinsel aus. Es war ein leichtes Bild, es behandelte ihn wie einen Freund, dem man die Mühsal abnahm. Alles fügte sich, obwohl er keine konkrete Vorstellung vom Ergebnis hatte. Ein Strich ergab den nächsten, die Elemente setzten sich harmonisch fort.

So sehr war er in seine Kunst vertieft, dass er Anthurel Blitzdorn erst bemerkte, als Alita aufstand, um ihren Gemahl zu begrüßen. Ihre Augen strahlten, und während sie ihm entgegeneilte, formten ihre Lippen ein Lächeln, für das mancher Galan sich auf Leben und Tod geschlagen hätte.

Anthurels Miene dagegen blieb unbewegt. Er führte Erlyk an der Hand.

Quilûn ließ Palette und Pinsel fallen und lief zu seinem Sohn.

Die kleinen Schultern bebten und jetzt sah Quilûn auch das Blut, das im Hemd klebte. Er kniete sich vor Erlyk und nahm ihn in die Arme. Er glaubte, etwas sagen zu müssen, aber kein Wort fand auf seine Zunge.

»Ich habe die Lupe nicht«, wimmerte Erlyk in sein Ohr.

»Das macht nichts«, flüsterte Quilûn. »Das ist ganz egal!« Er drückte Erlyk ein Stück weg, um ihn genauer betrachten zu können. »Geht es dir gut?«

»Mein Mund tut weh.«

Das war kein Wunder. Die Unterlippe war an der linken Seite aufgeplatzt und geschwollen. Der Unterkiefer war gerötet, morgen früh würde dort ein großer blauer Fleck prangen.

»Was ist denn passiert?« Alita schmiegte sich an ihren Gemahl.

Der legte beiläufig einen Arm um sie und nahm ihren Kuss entgegen. »Die Dorfjungen. Sie sind weggerannt, als ich kam.«

»Ein Magier genießt auch in den entlegensten Gegenden Respekt.« Kichernd pikte Alita den Zeigefinger in die blaue Lederschürze.

Hier draußen trug Anthurel robuste Reisekleidung, unter der Schürze ein Leinenhemd mit weiten Ärmeln, eine lederne Hose mit einem breiten Gürtel, an dem Hammer und Meißel in einem Werkzeugfutteral hingen, und Schuhe mit griffigen Sohlen. »Die Dorfblagen waren wenigstens zu dritt«, sagte er. »Vielleicht auch noch mehr. Sie sind schnell gerannt.«

»Kannst du den Mund aufmachen?«, bat Quilûn.

Erlyk tat es.

Quilûn sah hinein. Alle Zähne waren noch an ihrem Platz. Zumindest, soweit Quilûn es erkennen konnte. Er steckte den Zeigefinger in den Mund seines Sohnes, um zu tasten.

Erlyk zuckte zurück.

»Ich bin vorsichtig«, versprach Quilûn.

Der Junge hielt still.

»Alles gut«, versicherte Quilûn. »Alles gut. Und der Fleck in deinem Gesicht wird kommen und wieder gehen.«

»Verlangst du Genugtuung?«, fragte Anthurel.

Alita hatte nur noch Augen für ihn, aber er beachtete sie nicht.

»Wir könnten die Burschen finden und prügeln lassen«, schlug der Baronet vor. »Fünf Stockschläge auf den Hintern vielleicht. Nichts, was ihnen dauerhaft schadet, es sind ja noch Kinder.«

Quilûn kamen diese Gedanken unwirklich vor. Er wollte keinen anderen Kindern Schmerzen zufügen, sondern seinem eigenen Kind den Schmerz nehmen. Er sah Erlyk an, dass es weniger um die Prügel ging, die er eingesteckt hatte, als darum, seinen Vater, Quilûn, enttäuscht zu haben. Er sollte dem Jungen sagen, dass das Vergrößerungsglas unwichtig war. Aber er brachte die Worte nicht heraus. Sie wären eine Lüge gewesen. Es war alles andere als unwichtig, ob man sich durchsetzen konnte oder ob man alles mit sich machen ließ. Quilûns Eltern waren plötzlich gestorben, als er in Erlyks Alter gewesen war. Was, wenn ihm selbst nun etwas zustieße? Graf Golar würde in den Berg gehen. Wer würde sich dann um Erlyk kümmern?

Quilûn schluckte. Der Junge musste lernen, auf sich selbst aufzupassen.

Aber nicht heute, nicht alles an einem Tag. Wieder schloss er Erlyk in die Arme, wohl wissend, dass er ihn nicht vor der Welt beschützen konnte.

»Oder wir erhöhen die Abgaben für ihre Eltern«, sagte Anthurel. »Das wäre wohl die bessere Möglichkeit, wir hätten mehr davon.«

»Ja«, stimmte Quilûn mit rauer Stimme zu. »Keine Kinder schlagen.«

»Ich werde mit dem Grafen darüber sprechen.«

»Ich komme mit dir!«, rief Alita. »Ich habe dich so vermisst!«

»Wir haben uns doch nur zwei Stunden lang nicht gesehen.«

»Das war viel zu lange!«, klagte sie.

Bei ihm eingehakt, ließ sie sich ins Dorf führen.

Zweifelnd sah Quilûn zum unfertigen Bild auf der Staffelei hinüber.

»Wann kriege ich den blauen Fleck?«, fragte Erlyk.

»Morgen früh wird er voll aufgeblüht sein.« Quilûn bemühte sich, unbesorgt zu klingen. »Er wird dieselbe Farbe haben wie die Orchidee neben dem Haselstrauch in unserem Garten.«

»Willst du mich damit malen? Du suchst doch immer schöne Motive. Ich will nicht, dass du traurig bist, weil ich die Lupe verloren habe.«

Quilûn weinte, aber in der Umarmung legte er dabei das Kinn auf Erlyks Schulter, sodass sein Sohn die Tränen nicht sah.

Brotan kam es so vor, als läge zwischen seinem letzten Besuch im Tempel der Zauberer und dem jetzigen ein ganzes Leben. Er war zu seinem ersten Kommando aufgebrochen und als Held zurückgekehrt. Als Held, der sich keine weitere Ruhmestat wie jene erlauben konnte, die dazu geführt hatte, dass ihm das Volk nun eine Statue errichtete.

Nur drei Wochen waren vergangen, aber in dieser Zeit hatte

er mehr Gewalt und Blut, mehr Edelmut und Feigheit, mehr Glück und Elend gesehen als andere in ihrem gesamten Leben. Guteia, die östlichste Stadt des gravilischen Reiches, hatte er verteidigt, danach sämtliche Kämpfer aus dem Stamm der Quesidooma erschlagen, doch das hatte den Großteil seiner Krieger das Leben gekostet. Darunter auch Arlor, seinem besten Freund, dem die Lurche mit ihren sägenartigen Lanzenspitzen den Hals aufgerissen hatten.

Brotan hatte damit gerechnet, dass man ihn erneut warten ließ, aber diesmal brachte man ihn ohne Umschweife in Emalas Schreibzimmer. Ein großes Südfenster sorgte für Helligkeit in dem Raum, dessen übrige Wände mit Regalen zugestellt waren. Sie reichten nicht aus, um die Masse an Landkarten und Büchern aufzunehmen. In der Folge stapelten sich weitere Schriften in zum Teil wagemutigen Türmen auf dem Boden. Einer davon war eingestürzt, sodass die Bücher in einem kläglichen Haufen übereinanderlagen.

Brotan konnte sich nicht erinnern, Emala jemals sitzen gesehen zu haben. Auch jetzt stand sie an einem schrägen Schreibpult. Ihre Hand streute mit gekrümmten Fingern weißen Sand auf das Pergament vor ihr, um die überschüssige Tinte zu binden. Vorbeugen konnte sie sich nicht mehr, ihre Körperhaltung war wie immer bereits tief gebeugt, mit einem Buckel, der einer ganzen Katzenfamilie Platz geboten hätte. Aber sie schob den Kopf näher ans Blatt heran, ihre dünnen Lippen formten einen Kreis, und sie blies den Sand, der seine Schuldigkeit getan hatte, davon.

Hinter ihm schloss der Gardist, der Brotan hergebracht hatte, die Tür von außen.

»Was führt Euch zu mir?«, fragte die Alte ohne Begrüßung und ohne ihn anzusehen.

Sie ersparte ihm das oft würdelose Spiel des Abtastens und Täuschens. Das war Brotan recht. »Ich brauche Eure Unterstützung. Ihr müsst mir helfen, die Reichen zu überzeugen, mehr von ihrem Silber für die Truppen zu geben. Wir benötigen Klingen, Helme, Harnische. Vor allem Boote, die in den Sümpfen etwas taugen. Was wir haben, reicht bei Weitem nicht aus. Die Lurche bekommen Verstärkung aus dem Süden. Fremde Stämme schicken ihnen ihre Krieger, weil ihre Prediger davon schwadronieren, dass kein Warmblüter diesseits des Torn herrschen soll. Wir dürfen uns nicht dadurch täuschen lassen, dass wir eine Schlacht gewonnen haben! Wir befinden uns am Beginn eines echten Krieges, und wenn die Lurche so weitermachen, werden sie unsere Städte in einem halben Jahr überrennen.«

Emala nahm das Pergament auf, schüttelte es und blies nochmals darüber. »Es freut mich, dass Ihr die Lage so seht. Ich habe unseren Handelsfürsten bereits erklärt, dass es sinnlos ist, diese Heimat halten zu wollen.«

Verdutzt hielt Brotan inne. Er hatte damit gerechnet, dass Emala den Ernst der Lage leugnen und die Erfolge der Menschen betonen würde. Vielleicht auch den Willen des Schicksals und die Überlegenheit menschlicher Schmiedekunst anführen würde. Sogar mit einem Verweis auf ihre eigenen magischen Fähigkeiten hatte er gerechnet.

Heute war ihr Gang noch schwerfälliger als sonst, oder er fiel Brotan wegen des hellen Tageslichts besonders auf, oder sie gab sich keine Mühe, Vitalität zu heucheln, weil sie unter vier Augen waren. Jedenfalls schlurfte Emala zu einem hüfthohen Schreibtisch, der sich unter der Last der gestapelten Folianten bog. Zwischen den Büchern zog sie ein reich beschnitztes, längliches Kästchen hervor.

»Auch, wenn viele Euch heute als Helden sehen«, sagte sie: »Die Taten, die einen Namen unsterblich machen, werden im Norden vollbracht. Jenseits des Torn.«

Sie stellte das Kästchen auf einem Buch ab und klappte es auf. Mit spitzen Fingern entnahm sie etwas, das an einer Seite gerundet war, und legte es in den Deckel. Raschelnd faltete sie das Pergament, sodass es in das Behältnis passte.

Stirnrunzelnd trat Brotan näher und betrachtete das, was sie aus dem Kästchen genommen hatte. »Ist das ein Ohr?«

Zum ersten Mal an diesem Tag blickte sie ihn direkt an, wandte sich dann aber wieder dem Pergament zu und zog die beiden Knicke mit dem Daumennagel nach.

»Ist das …?« Die Erinnerung an die abgemagerte Gefangene, dieses Bild des Elends, in dem es dennoch ungebrochenen Stolz gab, stieg mit erstaunlicher Wucht auf. »Habt Ihr Tarima Eichfrost ein Ohr abgeschnitten?«

»Ja, bislang nur eines.« Behutsam bettete Emala das Schreiben in das mit rotem Samt ausgeschlagene Kistchen. »Beinahe fünf Wochen und sie ist noch genauso trotzig wie am ersten Tag. Aber ein Ohr wird vorerst reichen, um unserer Einladung Nachdruck zu verleihen.«

Die Verstümmelung musste bereits einige Tage zurückliegen, Blut war nicht mehr zu sehen.

Emala legte das getrocknete Stück Haut, Fleisch und Knorpel auf das Pergament und schloss das Kästchen.

»Ihr wollt sie beschützen, das habe ich schon bei Eurem letzten Besuch bemerkt.« Sie zog eine dünne, rot-weiße Kordel von einer Spule und zertrennte sie nach einer Elle mit einem Messerchen. »Ein primitiver Instinkt bei starken Männern. Ob Ihr es glaubt oder nicht: In meiner Jugend konnte ich ihn häufig für mich nutzen.«

Es fiel Brotan schwer, sich vorzustellen, dass diese verknitterte und gebeugte Greisin einmal eine junge Frau gewesen war, deren verletzliche Schönheit Beschützer angezogen haben sollte.

Sie zog die Kordel durch bronzene Ösen am Kistchen und verknotete sie, sodass man das Behältnis nicht mehr öffnen konnte, ohne den Knoten zu lösen. »Hier muss eine Kerze sein …« Ihre schwarzen Äuglein suchten im Chaos. »Seht Ihr sie irgendwo?«

Er zog eine gelbe, nach Bienenwachs duftende Kerze zwischen den Büchern hervor. Sie war bereits angebrannt, der angekohlte Docht sehr kurz.

»Ah, ja!«, rief Emala zufrieden. »Könntet Ihr sie anzünden?«

Feuerstein und Stahl hatte er in einer Gürteltasche dabei, ebenso ein Fläschchen mit Öl. Er gab einen Tropfen auf den Docht, stellte die Kerze ab und schlug Funken, bis sie sich entzündete. »War das wirklich nötig? Mit dem Ohr?«

»Ich habe unseren Handelsfürsten versprochen, mit Graf Golar zu reden. Er ist ein Landvogt. Das macht ihn zu einem der wichtigsten Edlen auf dem Berg.«

»Ihr glaubt doch nicht, dass er uns die Rückkehr gestatten wird?«

Sie zuckte mit den Achseln. »Jedenfalls hätte ein Schreiben von Tarima Eichfrost geholfen, ihn zu einem Treffen zu bewegen. Sie gehört einem Haus an, das dem seinen schutzbefohlen ist. Er muss sich um sie kümmern. Natürlich weiß sie das, aber sie hat unverschämte Forderungen gestellt, um das Schreiben aufzusetzen.«

»Was für Forderungen?«

»Ein frugales Mahl und eine Stunde an der Sonne, jeden Tag.« Emala schnaubte.

»Und deswegen habt Ihr Tarimas Ohr abgeschnitten?«

»Sie muss lernen, dass sie keine Forderungen stellen darf. Sonst hört das nie auf. Immerhin müssen wir sie noch einige Zeit ertragen. Selbst, wenn Graf Golar sie zurücknimmt, wird noch eine Woche ins Land gehen.«

Blinzelnd versuchte Brotan zu verstehen. »Ihr glaubt, Ihr erreicht echte Zugeständnisse vom Berg für die Freilassung einer Baroness?«

»Ihre Edlen werden seltsam, bevor sie in die Unsterblichkeit gehen.«

»Wollt Ihr das? Unsterblich werden?« Er musterte das faltige Gesicht. »Fühlt Ihr den Tod kommen?«

Sie hatte einen Block blaues Siegelwachs gefunden und hielt eine Ecke davon in die Kerzenflamme, während sie mit der anderen Hand ein Bronzeplättchen hervorholte.

»Findet Ihr es nicht seltsam, wie vorbehaltlos sie Euch in den Straßen als Helden feiern?«, fragte sie. »Der Ruhm Eures Sieges eilt Euch voraus. Sogar aus den anderen Städten kamen welche, weil sie wussten, dass Ihr Euch hier zeigen würdet. Ich habe gehört, dass Ihr die Ovationen auf dem Schwertplatz entgegennehmen werdet.«

»Es sieht danach aus.« Die Ausrufer der Veteranen kündigten das Ereignis bereits an. Zweifellos wusste die Zauberpriesterin davon.

Zischend tropfte das Siegelwachs in die Kerze. Am Block warf es Blasen. »Vier von fünf, die im Osten auf Eure Befehle gehört haben, sind tot.« Sie hielt das Bronzeplättchen unter den Knoten und verschmierte das flüssige Siegelwachs darauf, wobei sie die Enden der Kordel verklebte. Dann stellte sie den Block ab und drückte ihren Ring in den runden Klecks. Er ließ das Abbild eines Kristalls mit harten Bruchkanten zurück.

»Wie hat er sich Euch gezeigt, der Tod?« Vorsichtig löste sie das Metallplättchen vom frischen Siegel und legte es ab. »Schnell und überraschend oder lang und qualvoll?« Sie sah hoch in seine Augen und zum ersten Mal erkannte er echtes Interesse in ihrem Gesicht.

»Beides«, antwortete Brotan tonlos.

Arlors Tod war schrecklich und zugleich gnädig gewesen. Ein Lurch hatte in einem der Tümpel gelauert, von denen es auf dem Schlachtfeld so viele gegeben hatte. Er hatte die gezackte Lanze nach oben gestoßen, direkt in Arlors Hals. Brotans Hammer hatte den Lurchschädel zertrümmert, danach hatte er die Hand des Freundes die wenigen Herzschläge lang gehalten, die es noch gedauert hatte. Arlor hatte noch etwas sagen wollen, aber nur ein Gurgeln hervorgebracht.

Andere waren viel langsamer gestorben, auf den Tragen, mit Verbänden, die immer wieder durchgeblutet waren, egal, wie fest man sie geschnürt hatte. Starke Männer hatten nach ihren Müttern geschrien, bis man sie hatte knebeln müssen, um die eigene Position nicht an den Feind zu verraten. Und auch an den Bürgern, die gar nicht hatten kämpfen können, hatten die Lurche keine Gnade gezeigt, wenn sie ihnen in die Hände gefallen waren. Ihre Götter labten sich am Schmerz der Warmblütigen.

»Vier von fünf …« Emala schlurfte zurück zum Fenster. »Und doch seid Ihr ein Held, weil Ihr eine Stadt gehalten habt, die auf Dauer nicht zu verteidigen ist.«

»Die Stämme der Aquebalêebuula werden Guteia so schnell

nicht mehr angreifen«, verkündete Brotan stolz. Das würde er auch später der Menge entgegenrufen.

»Das ist ohne Bedeutung.« Die Alte machte eine träge Geste. »Werdet Ihr mit mir kommen, Held? Wenn ich den Torn überquere, um mich mit Graf Golar zu treffen? Die Schöne, die Ihr beschützen wollt, wird ebenfalls dabei sein.«

Brotan sah keinen Sinn in diesen Verhandlungen, aber angesichts der Bedrohung durch die Lurche musste Gravilien vereint stehen. Es brauchte Frieden zwischen den Kriegern und der Zauberpriesterin. »Ja.«

»Sehr schön. Dann will ich Euch nicht länger aufhalten, was die Vorbereitungen für Eure Siegesfeier angeht.« Sie entließ ihn mit einem Wink, als habe sie ihn herbestellt.

Als er die Hand an der Türklinke hatte, wandte sie sich ihm mit überraschender Schnelligkeit wieder zu. »Jeder, der nicht unsterblich sein will, ist ein Narr. Ich traue der großen Schwärze nicht. Es ist ein Märchen, dass sie uns mit sanften Armen umfangen würde. Alles ist besser als der Tod, ganz gleich, in welcher Form er kommt.«

VIER
Spiele

Es klopfte an der Tür des Gemachs, das Semire von Schneegrund im *Lustgarten* bewohnte. »Herein!«, rief sie.

Caliga steckte den Kopf durch den Spalt. »Sie haben sich auf einen Herausforderer geeinigt«, meldete die alte Frau mit den Puppenaugen, die schnell ihren Platz in Semires Machtgefüge gefunden hatte. Zwei Tage lang war es rau zugegangen, Barella hatte das linke Auge verloren, ein paar andere Blumen hatten Kratzer davongetragen. Jetzt war Caliga Semires unbestrittene Nummer zwei – die *violette Lilie*, wie es im *Lustgarten* hieß.

»Ich komme sofort«, versprach Semire.

Caliga zog sich zurück und schloss die Tür.

Semire stand auf und überprüfte ihre Erscheinung im Ganzkörperspiegel. Von unten nach oben wurde sie dunkler: die weißen Schuhe, das hellblaue Kleid mit sanftem Farbverlauf, das etwas kräftigere Schultertuch, der halb durchsichtige Schleier, dessen Stoff das Blau ihrer Zähne verbarg, die violette Salbe, mit der sie Schwingen aufgetragen hatte, die von den Lidern ihren Ausgang nahmen. Sie zog eine Falte aus einem der bis über die Ellbogen reichenden Handschuhe. Kleinigkeiten machten den Unterschied zwischen einer bemerkenswerten Erscheinung und einem fleischgewordenen Männertraum, in dem sich Begierde mit Ehrfurcht mischte. So würde sie ihren Herausforderer um den kühlen Kopf bringen, den er für das Spiel brauchte.

Semire drehte sich, um sich von allen Seiten zu betrachten. Sie zog das Schultertuch zurecht, damit es den unteren Teil des Rückenausschnitts freiließ.

Zufrieden verließ sie ihr Gemach und ging langsam die breite Treppe hinunter. Die Marmorstufen waren so bemessen, dass sie einen schreitenden Gang erlaubten. Semire achtete darauf, die Füße nicht zu fest aufzusetzen. Ihre Linke streichelte das aus weißem Holz geschnitzte Geländer, sie berührte es nur mit den Fingerspitzen und der Handkante. Mit der Rechten schob sie sanft die Seidenschleier aus dem Weg, die von der Decke herabhingen. Sie waren so angebracht, dass sie eine Fingerbreite über der jeweiligen Stufe endeten.

Auf der Treppe dienten diese Stoffbahnen lediglich der Steigerung der Vorstellungskraft. Bei den zahlreichen Nischen, die den hellen Hauptraum säumten, war das anders. Dort spielte man zuweilen mit Karten und Würfeln, vor allem aber mit Semires Blumen. Seufzen und leises Stöhnen kündeten von der Erregung der Gäste und der Geschäftstüchtigkeit der Mädchen. Manches Feuer loderte heiß in diesen Nischen, aber Semire belohnte es, wenn man sich dafür ins Obergeschoss zurückzog.

So wie die dunkelhäutige Owasa, die ihr mit einem Freier an der Hand entgegenkam, einem jungen Bengel mit feuerroten Ohren. Eine Kette mit Glöckchen klingelte an ihrem rechten Fußgelenk, aber bis auf den Jüngling beachtete sie niemand.

Die Blicke aus dem Schankraum waren alle zu Semire erhoben. Es war ein gewöhnlicher Abend im *Lustgarten*, Semire sah etwa drei Dutzend Gäste. Weiße Statuen von leicht bekleideten Frauen hielten steinerne Flammen mit Leuchtzaubern, als reichten sie Feuer mit ihren bloßen Händen dar. Auch der Boden und der Springbrunnen, aus dem sich ein kräftiger und ein wenig lüstern schauender Mann bis zur Hüfte erhob, um sich von vollbusigen Nymphen bewundern zu lassen, waren aus weißem Stein geschlagen. Die Gäste saßen auf roten Polstermöbeln, die wie Rosenblätter auf Schnee wirkten. Alle Sitzgelegenheiten boten Platz für mindestens zwei.

Gerade Linien hatte Semire bei der Einrichtung vermieden. Auch die aus Rotahorn geschnitzte Theke, an der Caliga geräuschlos die Schankmaiden dirigierte, war wie eine Welle geschwungen. Hier gab es keine Hocker. Die Gäste sollten sich dort nicht setzen, sondern es sich mit den Blumen auf weicheren Plätzen bequem machen, wo Karten und Würfel bereitlagen, die das Kennenlernen erleichterten.

Derzeit aber umstanden alle Gäste und einige Blumen, die sich an sie schmiegten, in einem Dreiviertelkreis die drei Schritt hohe Statue eines Vogels mit halb gespreizten Flügeln, von dessen langem Schnabel ein Geflecht silbriger Fäden hing. An diesen waren handtellergroße, quadratische Glasplättchen befestigt. Die meisten standen waagerecht, einige waren nach unten weggeklappt. Gelbe und grüne Figuren verteilten sich auf den verschiedenen Ebenen dieses grob pyramidenförmigen Gebildes. Es war das Spielfeld von ›Flug und Fall‹, das in Verbindung mit Semire die Hauptattraktion des *Lustgartens* darstellte.

Lächelnd schritt sie zum Vogel. Auf der Fläche, die sein rechter Flügel bildete, stellte Buhm die zusätzlichen Figuren, die im Verlaufe des Spiels zum Einsatz kommen mochten, und die eiserne Geldkassette ab. Seine grobe Tunika durchbrach die Leichtigkeit und Eleganz, die alle anderen Bediensteten ausstrahlten.

»Ihr wollt mich herausfordern?«, fragte Semire einen vielleicht Fünfundzwanzigjährigen. Die oberen Knöpfe seines Hemds standen offen und gewährten so freien Blick auf sein dunkles Brusthaar, was bedeuten mochte, dass sich bereits eine Blume damit beschäftigt hatte. Er wartete einen Schritt vor einer Gruppe von einem halben Dutzend einander zufeixenden Gleichaltrigen.

Er nahm ihre Rechte und hauchte einen Kuss auf ihren Handschuh, wobei er tief in ihre Augen sah. Die seinen waren rehbraun und ein wenig wässrig, er hatte wohl bereits dem Wein zugesprochen. »Ich heiße Quaraskar.«

»Mich nennt man die Rose.« Semire lächelte hinter ihrem Schleier. »Willst du mich entblättern?«

Seine Kameraden johlten.

»Ich wäre stolz darauf, der Erste zu sein, dem das gelingt.«

Er wusste also, dass niemand Semire in diesem Spiel geschlagen hatte. War er wagemutig oder dumm? Oder hatten seine Freunde ihn herausgefordert?

Es spielte keine Rolle. Buhm nickte ihr zu, er hatte also das Silber bekommen, das den Starteinsatz des Herausforderers darstellte. Semires Gebot bestand in ihrem Körper.

Lächelnd löste sie ihre Hand aus seiner und deutete mit einer fließenden Bewegung auf das Spielfeld, ein sanft schwingendes Geflecht, in dem Dutzende Lichtreflexe wanderten. Fingergroße Steinskulpturen von Wegen, Treppen und Brücken waren eingearbeitet. Magische Ströme verbanden sie unsichtbar und ermöglichten so die Funktion des Spiels. »Wählt Eure Farbe, Eroberer.«

»Gelb!«, verkündete er fest. »Mein Ziel ist die Sonne.«

Seine Kameraden riefen beifällig.

Semire betrachtete die Verteilung der Figuren, die als hockende Dämonen modelliert waren. Alle sahen ein wenig unterschiedlich aus, die Mimik variierte, die Zähne, die Krallen und die Zahl der Hörner. Philosophen, die sich mit Flug und Fall beschäftigten, ordneten sie verschiedenen Lastern zu, die danach trachteten, einen Menschen in die Tiefe zu reißen. Semire fand diese Vorstellung amüsant, aber auf das Spiel hatte sie keinen Einfluss. In ihren Möglichkeiten unterschieden sich die Figuren nicht. Wohin und wie weit sie ziehen konnten und ob sie letztlich die oberste Glasscheibe – den Gipfel der Wonnen – zu erklimmen vermochten, hing allein davon ab, welche Plättchen um sie herum von den eigenen und von den gegnerischen Figuren besetzt waren.

Semire verstand, wieso Quaraskar Gelb gewählt hatte. Vordergründig betrachtet hatten die Lose diesen Figuren die stärkere Stellung beschert. Sie beherrschten die zweite Ebene, was als solide Basis galt, die das Agieren aus einer ungefährdeten Defensive ermöglichte. Allzu leichtsinnig agierte ihr Gegenspieler also nicht.

Aber Gelb hatte keinen Halt in der fünften Ebene. Wenn seine einzige Figur dort fiele, wären alle auf der sechsten und siebten verloren, vielleicht sogar auf der achten. Für eine Offensive auf die höheren Ebenen bräuchte Gelb einigen Anlauf, sieben Züge wenigstens.

Semire griff eine grüne Figur in der Mitte der dritten Ebene und führte sie entlang eines glitzernden Silberfadens auf eine Glasplattform darüber.

Die eingeknüpften Steinfigürchen drehten sich wie in einem Windzug. Nur, dass dieser Hauch aus unterschiedlichen Richtungen gleichzeitig hätte wehen müssen, um einen solchen Effekt hervorzurufen. Einige Fäden wurden matt, dafür liefen nun Funken über andere, um die neuen Zugmöglichkeiten anzuzeigen.

Mit einem frechen Grinsen verschob Quaraskar eine Figur innerhalb seiner Ballung auf der zweiten Ebene. Durch diese Konstellation gewann er einen weiteren und dann sogar noch einen dritten Zug. Er nutzte sie, um die gelbe Stellung noch kompakter zu machen.

Fäden wurden matt, andere glitzerten, ein Glasplättchen hob sich, um eine waagerechte Standfläche zu bieten, und vier andere klappten nach unten weg. Darunter befand sich auch eines, auf dem eine von Semires grünen Figuren stand. Der winzige Dämon – passenderweise aus der Domäne der Einfalt – fiel in den gepolsterten Korb unter dem Geflecht.

»Du gehst dieses Spiel stürmisch an.« Semire gab ihrer rauchigen Stimme einen scherzhaft-tadelnden Klang. »Schon nach dem ersten Zug muss ich ablegen.« Mit ihrem Blick hielt sie seine braunen Augen fest, während sie das Tuch von ihren Schultern zog, es zusammenfaltete und dann achtlos zu Boden fallen ließ.

Gemurmel regte sich unter den Versammelten.

»Der Gesichtsschleier wäre mir lieber«, sagte Quaraskar.

»Der kommt ganz am Schluss«, versprach Semire. »Auf meinem Zimmer kannst du ihn mir abnehmen, wenn du so weit kommst.«

Er wandte sich zu seinen Freunden um, die ihn begeistert ermunterten. Einer von ihnen hatte seine Blume schon gefunden,

Iselja, ein etwas mageres Ding, das aber wunderschön glänzendes, hüftlanges Haar hatte. Viele Männer fanden ihre Sommersprossen rätselhaft und wollten ergründen, wie sie sich unter ihrem Kleid verteilten.

Semire sicherte ihre Figuren auf der sechsten Ebene, tarnte diese Züge aber als einen schwachen Angriff auf der fünften. Das kostete ihre Stellung einen wertlosen Dämon an der Peripherie und sie ihren rechten Handschuh, den sie mit lasziver Geste auszog.

Die Blumen, die noch keinen Freier gefunden hatten, versorgten die Gesellschaft mit Getränken, die sie von der Theke holten. Einigen gelang es, die Aufmerksamkeit der Gäste auf greifbarere Freuden zu lenken als ein Spiel, das Konzentration erforderte. Die meisten ließen sich auf den Polstern nieder, eine Hand verschwand in einem Ausschnitt, während ihr Besitzer der Schönen an seiner Seite etwas zuflüsterte, vermutlich seine unfehlbare Einschätzung zum gegenwärtigen Spielstand.

Quaraskar festigte seine Stellung auf der zweiten Ebene wie eine mit Imagolems vollgestopfte Burg. Siegessicher öffnete er seinen Geldbeutel, zählte fünfzehn Silbermünzen ab und schob sie zu Buhm hinüber.

Der nahm sie in seine fleischigen, aber dennoch geschickten Hände und prüfte die Summe. Er gab Quaraskar vier neue Figuren dafür. Nach den Hausregeln im *Lustgarten* kostete die erste ein Silberstück, die zweite zwei, die dritte vier und die vierte acht. Viele Herausforderer unterschätzten, wie schnell diese Verdopplung weitere Figuren unbezahlbar machte, und verschwendeten ihre Barschaft.

Quaraskar brachte nur einen seiner neuen Dämonen auf der untersten Ebene ins Spiel, die drei anderen stellte er auf die vierte Ebene, was ihm einen starrenden Blick von Buhm einbrachte.

Semire knabberte auf ihrer Unterlippe. Es war klug, mädchenhaft zu erscheinen, wenn man den Gegner in Sicherheit wiegen wollte.

Der Jüngling machte eine herablassende, nur vordergründig besänftigende Geste zu Buhm und holte einen schweren Silber-

Trall aus seiner Börse, eine besondere Münze, die Haus Adlerhoch geprägt hatte, als einer ihrer Edelsten in den Berg gegangen war. Klackend legte er sie vor Buhm ab. »Behalte den Rest. Dieses Spiel wird ohnehin billiger, als ich dachte.«

Es gab erstaunte und bewundernde Rufe, einer von Quaraskars Freunden orderte vier Flaschen vom besten Wein. Den würde er natürlich nicht bekommen, der wirklich beste war den wichtigen Gästen vorbehalten. Aber die Blumen würden ihm den teuersten bringen, den man im *Lustgarten* für Geld allein bestellen konnte.

Semire seufzte. Ihr Bedauern war nur zum Teil gespielt. Quaraskar nutzte jeden offensichtlichen Vorteil, ohne zu analysieren, was das für die Stellung in acht oder neun Zügen bedeutete. Diese Partie würde Semires Verstand kein bisschen fordern.

»Sie sind Versager«, urteilte Erris. »Allesamt. Sonst wären sie nicht hier.«

Kyrin schaute den hageren Magier wohl einen Moment zu lange an.

»*Sie* haben hier keine bedeutende Aufgabe«, fuhr er scharf fort. »Für einen Krieger gibt es hier nichts zu tun. Selbst in fernster Provinz ist jemand, der ein Schwert zu führen vermag, nützlicher als hier.«

Erris trug nur eine grüne Schürze, stand also, was seinen Initiationsrang angeht, unter Kyrin. Er benahm sich jedoch nicht so. Möglicherweise bildete er sich etwas auf die Symbole ein, die in das Leder geschnitten und mit Silber ausgegossen waren. Diejenigen davon, die Kyrin kannte, belegten lediglich die Beherrschung diverser Meißeltechniken und zauberischer Theorie, die man von einer Grünschürze erwarten durfte. Aber es gab auch eine Handvoll anderer, die Kyrin nichts sagten. Ein ungleichmäßiges Oval, ein Kopf im Profil, etwas, das aussah wie Lippen, in denen eine Nadel steckte …

Mit lässig übereinandergeschlagenen Beinen saß er ihr gegenüber. Neben ihm dampfte Kräuterwasser.

Kyrin würde die Tasse, in der er ihr vom selben Trunk eingeschenkt hatte, nicht mehr anrühren. Ein Schluck vom seifigen Gebräu war mehr als genug für sie.

»Wenn dieser Flaggleutnant etwas taugen würde«, er beugte sich vor und legte die gefalteten Hände um das Knie, »dann würde er den Imagolem nutzen, den du mitgebracht hast.«

»Ich habe ihn mitgenommen, um die Burg ein wenig zu verstärken«, schwindelte sie.

»Er scheint ein ungutes Maß an Initiative zu besitzen.«

»Er ist eines meiner frühen Stücke.« Das wenigstens entsprach der Wahrheit. Kyrin vermisste die Arbeit an Imagolems mit fein austarierten Sinnen. Sicher, es hatte seinen Reiz, einen wuchtigen Kämpfer zu schaffen, der das Tor dieser Burg aus den Angeln reißen konnte und dabei auch einem mittelschweren Beschuss von den Zinnen standhielt. Man musste Stärke, Beweglichkeit und Widerstandskraft gegeneinander austarieren, ohne die sinnliche Wahrnehmung völlig zu vernachlässigen. Aber im vergangenen Jahr hatte Kyrin nur noch winzige Fortschritte gemacht. Wirklich neue Erkenntnisse standen auf diesem Feld nicht zu erwarten.

Anders als in der Burg am Dunkelsee. Den Sinn der meisten Gegenstände in Erris' Arbeitszimmer konnte sie bestenfalls erahnen. Natürlich hingen hier Meißel in einer Wandhalterung, aber sie waren in dermaßen gutem Zustand, dass sie ihr ungebraucht erschienen. Bei den an der rechten Wand aufgereihten Rohlingen aus schwarzem, grauem und grünlichem Stein waren keine frischen Bruchkanten zu entdecken. Auf der Werkbank lagen Bücher. Leider hatte sie nur bei zweien davon die Titel erspäht. *Rorgorans Heldentaten* und *Der Klingenrausch*. Letzteres war ein hervorragender Roman, eigentlich ein Sammelband aus drei langen und einer kurzen Geschichte. Kyrin hatte ihn mehrfach gelesen und selbst ihr Bruder fand nichts an ihm auszusetzen. Aber was hatten Romane in einem Arbeitszimmer verloren?

Sie hätte vermutet, dass Erris eher dem Schrifttum als der handfesten Arbeit zugewandt wäre, aber das musste dann wohl auch für diejenigen gelten, die vor ihm diesen Posten ausgefüllt hatten. Gleich drei Schreibtische standen in diesem Raum. Die Folianten, die auf ihnen lagen, waren nur mit Nummern beschriftet. Auf einem Tisch hatte Erris ein wenig Platz freigeschoben, um die Kanne und die Tassen abzustellen. Eine minimale Höflichkeit, weit davon entfernt, den Eindruck aufkommen zu lassen, Kyrins Besuch sei ihm willkommen.

Merkwürdigerweise stand nur einer der Tische an einer Wand, nämlich unter dem Fenster. Die anderen waren so platziert, dass man um sie herumgehen konnte. Das musste auch ihr beabsichtigter Standort sein, denn dort erhellten die an Ketten von der Decke hängenden Leuchtsteine sie optimal.

»Du solltest besser auf deinen Imagolem achtgeben«, dozierte Erris. »Er streunt dort draußen herum.«

»Ich werde mich darum kümmern«, beteuerte Kyrin.

Erris nahm noch einen Schluck, wobei er einen Blick auf die Tür warf. Als er die Tasse abstellte, sah er jedoch einen der zwanzig Spiegel an, die in Nischen an den Wänden aufgestellt waren. Kyrin fragte sich, ob sie einer merkwürdigen Sammelleidenschaft eines einflussreichen Mitglieds von Erris' Gemeinschaft zu verdanken waren oder ob sie einen speziellen Zweck erfüllten. Die Tatsache, dass ihre verschnörkelten Rahmen aus Granit geschlagen waren, ließ Letzteres vermuten.

»Wenn ich zurück in der Werkstatt bin, kann ich dich vielleicht einweisen«, bot Erris gönnerhaft an. »Hier erlauben es meine Pflichten nicht. Außerdem müsste ich Rücksprache …«

Ein zaghaftes Klopfen an der Tür unterbrach ihn.

Erris sprang auf.

Kyrin wandte sich zur Tür.

»Ich …« Erris räusperte sich. »Leider ist meine Zeit begrenzt.«

Kyrin presste die Zähne aufeinander. Sicher hatte Erris' Aufgabe in der Burg mit dem Dunkelsee und den Gravionern zu tun! Wenn sie ihn dazu brächte, sie ins Vertrauen zu ziehen, könnte sie auch mehr über die Gezeiten der Macht erfahren.

Aber das würde nicht geschehen, wenn sie ihn verärgerte. Sie stand auf. »Es ist schon spät.«

»Beinahe Mitternacht, schätze ich.«

Wieder klopfte es an der Tür.

»Moment!«, rief Erris. »Ich komme.«

Er ging zur Tür.

»Ich sollte mich um meine Äffchen kümmern«, behauptete Kyrin. »Sie werden hungrig sein.«

»Ja, Tiere darf man nicht vernachlässigen. Sie werden sonst launisch.« Er öffnete.

Das Freudenmädchen, das Flaggleutnant Rubahn hatte kommen lassen, sah Erris mit Augen an, die durch den roten, in den Winkeln verlängerten Lidstrich besonders groß wirkten. Es hatte wohl Tollkirschensaft hineingeträufelt, so, wie sie glänzten.

»Ich …« Erris wurde rot.

»Ich möchte mich verabschieden«, kam Kyrin ihm zu Hilfe. In der Tür nickte sie der zuckersüß lächelnden Frau zu. Ein starker Duft nach Himbeeren umwehte sie. Ob sie den Geruch, der ihr vom kürzlichen Besuch bei Rubahn anhaften mochte, mit zu viel Duftwasser überdecken wollte?

Erris schien es nicht zu stören. Er bekam den Mund nicht mehr zu.

Das Freudenmädchen schlüpfte zu ihm hinein, er schloss die Tür.

Kyrin stand auf dem dunklen Gang. Sie hatte ihre Kerze im Arbeitszimmer des Burgmagiers vergessen.

Die Vorstellung, seinen dürren Körper halb nackt und in zweifelhafter Pose zu Gesicht zu bekommen, hielt sie davon ab, zurückzugehen. Nach den Tagen in der Burg fand sie den Weg zu ihrem Zimmer auch im Dunkeln, und da sie noch immer keinen Schlüssel hatte, brauchte sie auch kein Schloss zu finden. Es reichte, dass sie die Klinke ertastete.

Lepps vorwurfsvolles Quietschen empfing sie.

Kyrin entzündete ihre Laterne. Sie hatte die Fensterläden mit einer Schnur zusätzlich gesichert, sodass keiner ihrer kleinen Mitbewohner mehr entkommen konnte. Kallins Ausflug in die

Wafenkammer hatte ihr eine halbstündige Ermahnung von Rubahn eingebracht.

Sie nahm die Leitfigur aus dem Versteck unter dem Bett und stellte sie auf den Tisch. Gern hätte sie mehr von Erris erfahren. Wenn Abuliar recht hatte, wachte er über den Dunkelsee, aber anders als die Krieger in der Burg. Auf rätselhafte Weise musste er sich mit den dort versenkten Gravionern beschäftigen.

Aber im Moment beschäftigte er sich höchstwahrscheinlich mit einem nach Himbeeren duftenden weiblichen Körper. Offenbar nutzte er die Gunst der späten Stunde, und das Freudenmädchen ergriff die Gelegenheit, den weiten Weg von der Stadt mit zusätzlichem Silber lohnend zu machen.

Das verhinderte zwar ein informatives Gespräch mit Erris, eröffnete aber eine andere Möglichkeit …

Kyrin legte einen Stapel Pergamentblätter zurecht und entkorkte das Tintenfässchen. Dann nahm sie die Figur in die Hand und drückte den Daumen auf die Leitrune.

Sofort sah sie durch Asmodels Augen. Im Gegensatz zu Erris' Annahme hatte sie den Imagolem angewiesen, eine bestimmte Stelle am Westufer aufzusuchen und dort zu verharren. Durch die Erkundungen der vergangenen Nächte hatte sie herausgefunden, wo sich immer wieder Lichter in Ufernähe zeigten.

Jetzt war es nicht anders. Jenseits der Eisschicht schimmerten rote und violette Schlieren durch das tintenschwarze Wasser.

Zudem war der Grund an dieser Stelle felsig. Zwar machte es dem Imagolem nichts aus, wenn er durch knietiefen Schlamm stapfte, aber es verlangsamte ihn. Wurde der Schlamm noch tiefer, konnte er umkippen. Gegen die noch größere Gefahr – Felsspalten auf dem Grund oder brüchiges Gestein – konnte sie nichts unternehmen, außer sie zu umgehen, wenn sie sie erkannte.

Sie lenkte den Imagolem in den See. Das Eis brach knackend unter seinen Füßen, vor seiner Hüfte, vor seiner Brust. Dunkelheit verschluckte die Sicht, als die Augen eintauchten, aber sie hörte dumpfe Geräusche. Leider spürte sie nichts. Sie wusste nicht, ob der Grund hart blieb oder nachgiebig wurde. Eine empfindsame Oberfläche hätte Imagolems empfänglich für Schmerz gemacht, was sich im Kampf als großer Nachteil erwies. Eine Herausforderung bei ihrer Erschaffung lag darin, ihnen dennoch einen rudimentären Tastsinn zu geben, damit sie spürten, wenn sie anstießen, und nicht alles zerdrückten, was sie in ihre Steinhände nahmen. Diese Wahrnehmung ließ sich jedoch nicht auf die Magierin übertragen, die einen Imagolem lenkte.

Kyrin befahl, stehen zu bleiben und sich umzusehen.

Auf der linken Seite sah sie ein blaues Schimmern, das wie ein Schleier in der Dunkelheit trieb. Sie ließ Asmodel darauf zugehen.

Das Schimmern zog sich senkrecht in die Länge, faserte aus, wechselte ins Rötliche. Es wurde größer oder die Augen des Imagolems erfassten es im Näherkommen besser. Am leichten Rucken in der Sicht merkte Kyrin, wenn er einen Fuß aufsetzte. Für jeden Schritt machte sie einen Strich auf dem Pergament. Da ohnehin keine Einzelheiten zu erkennen waren, irritierte die doppelte Sicht ihrer eigenen Augen und derjenigen des Imagolems nicht.

Das änderte sich, als nebelhafte Strukturen in der Dunkelheit auftauchten. Sie gewannen Kontur, wurden zu Bodenwellen, Algen und einem runden Felsen, der das Leuchten teilweise verdeckte.

Kyrin schloss die Lider und erkannte einen Bewuchs auf der Wölbung des Felsens, der wie Moos oder kurzes Gras aussah, aber wegen des farbigen Lichts nicht das Grün hatte, das sie damit in Verbindung brachte. Stattdessen erschien er bräunlich.

Das Leuchten strahlte von einem Bild aus, das im Wasser verschwamm, als bestünde es aus getönten Wellen, die sich träge bewegten, aber auch die Farbe wechselten. Ein brennender Palast, vollständig aus Holz errichtet, aus dem Flammen in einen wolkenlosen Himmel stiegen.

Kyrins Herz klopfte. Abuliar hatte recht, mit allem! Hier zeigte man den Gravionern die Zerstörung ihres Reiches! Auch nach so langer Zeit noch, dass sich die Historienbücher über die damaligen Vorkommnisse ausschwiegen.

Aber wenn hier solche Bilder gezeigt wurden … wo war derjenige, der sie ansehen sollte?

Kyrin ließ Asmodel halten und sich umsehen. Vom bunten Licht beschienene Farne bogen sich in einer sanften Strömung. Kyrin wusste nicht, wie sich das Wasser im Dunkelsee bewegte. Bei seiner Umrundung hatte sie weder Zu- noch Abfluss entdeckt, sie mussten unterirdisch einmünden.

Sie öffnete die Lider, um eine rudimentäre Karte zu beginnen: eine Linie für das Ufer, ein Kreuz für die Stelle, wo Asmodel in den See gegangen war, ein Strich in der vermuteten Richtung, beschriftet mit der Zahl der Schritte. Ein Pfeil, der die vorherrschende Strömungsrichtung anzeigte. Hatte auch der runde Fels Merkmale, an denen man ihn wiedererkennen konnte? Kyrin schloss die Augen und sah ihn an.

Er war eine etwa einen Schritt durchmessende Halbkugel, die auf einer breiteren, aber ebenfalls gewölbten Basis saß. Das Moos – oder um was es sich auch immer bei dem Bewuchs handelte – bedeckte ihn vollständig. Jedenfalls auf der Seite, die er dem Imagolem zuwandte.

Kyrin befahl ihrem Kundschafter, ihn zu umrunden. Jetzt, da es etwas Licht gab, erkannte sie, wie das Wasser Asmodels Bewegungen bremste. Auch die Arme konnte er nicht so frei pendeln lassen wie beim gewohnten Gang. Nun sah sie auch den dunklen, steinernen Rahmen, in dem das Bild hing. Es gab keine Leinwand, das Wasser floss einfach hindurch, aber dabei färbte es sich.

Als sie begriff, wie die dem Bild zugewandte Seite des Steins aussah, war Kyrin so verblüfft, dass sie erst nach einigen weiteren Schritten daran dachte, den Imagolem anzuhalten. Es war ein Gesicht und das machte den gesamten Felsen zu einem Kopf! Ein versteinerter Kopf, wie Abuliar gesagt hatte – aber einen Schritt groß! Auch seine Formen waren nur ungefähr menschlich. Die Ohren waren so schwach ausgeformt, dass sie sich lediglich als sanfte Erhebungen unter dem Bewuchs andeuteten. Die fetten Wangen quollen zu den Seiten, sodass sich unter den wulstigen Lippen eine gerade, kinnlose Standfläche ergab. Kein Hals und kein Körper schloss sich unter dem Kopf an, er ruhte auf Geröll. Die Nase war platt, ihre Löcher glichen Pferdenüstern und die melonengroßen Augen beherrschten das Gesicht. Ihre Pupillen waren senkrechte Schlitze! Anders als bei den Weinenden Männern waren auch sie versteinert. Dennoch folgte ihr Blick Asmodel. Seine Sorte sah man in diesem See sicher selten.

Ob dieser Gravioner überhaupt schon einmal einen Imagolem gesehen hatte?

Wohl nur, wenn dieses Volk selbst welche geschaffen hatte. Die Menschen, die den Berg erobert hatten, waren kaum kundig genug in den Künsten der Magie gewesen, um solche Kreaturen zu erschaffen. Erst recht nicht in der Meisterschaft, die Kyrins Kundschafter erforderte.

Die nächste Überraschung erlebte Kyrin, als sich das Gesicht bewegte. Die steinernen Lider schlossen und öffneten sich. Die Lippen zuckten, gaben einen Spalt frei. Sie bewegten sich weiter. Sprach der Steinkopf etwa?

Falls dem so war, konnte der Imagolem ihn nicht verstehen. Das Wasser rauschte an seinen Ohren, es gab dumpfe Geräusche, die mögliche Worte übertönten.

Kyrin überlegte, wie sie sich mit dem Kopf verständigen könnte. Tarisonn hatte mit Augenbewegungen geantwortet, aber selbst für dieses mühsame Verfahren müsste sie sich zunächst mithilfe ihres Imagolems artikulieren. Asmodels Mund war ausgeformt genug und sie hatte eine Luftführung in seinen Hals gemeißelt, die Stimmbänder ausreichend nachahmte, damit er einfache Worte bilden konnte, die jedoch unter Wasser ihr Ziel nicht erreichen würden. Also Schreiben? Aber worauf?

Sie ließ ihn nach unten sehen. Algen wuchsen aus dem Boden, es gab keine freie Sandfläche, die vielleicht als Tafel getaugt hätte.

Während sie sich umsah, entdeckte sie weitere Lichter im Wasser und vor ihnen runde Schatten. Sie lenkte den Imagolem darauf zu, immer ihre Karte weiterführend, und fand wie erhofft weitere Köpfe. Einige hielten die Lider geschlossen, andere folgten Asmodel mit den Blicken. Bald hatte sie ein Dutzend von ihnen verzeichnet.

Auf einer unterseeischen Erhebung entdeckte sie einen Kopf, dem auf der Stirn ein Bergkristall eingesetzt war. Seine facettenreiche Form ähnelte dem an einem Stab angebrachten Zuckerstück, das Erris in sein Kräuterwasser getunkt hatte, um es zu süßen. Er war jedoch vielfach größer, wie ein gut gezüchteter Kürbis. Und er war nicht versteinert, sondern klar, mit einem leichten Gelbstich.

»Die Edlen der Gravioner teilten sich in Herrschende und Wissende«, erinnerte sich Kyrin flüsternd an Abuliars Ausführungen. »Die Wissenden trugen Kristalle in der Stirn.«

Dies war jemand, der ihr wahrscheinlich etwas über die Gezeiten der Macht sagen konnte! Aber wie sollte es ihr gelingen, mit ihm zu sprechen?

Wäre er kleiner, könnte sie Asmodel den Kopf mitnehmen lassen. Doch bei dieser Größe … Selbst ein Kämpfer vermochte keine solche Last zu stemmen. Nicht allein jedenfalls. Vielleicht drei oder vier kräftige Imagolems …

Sie hatte keine Idee, wie sie so viele Kampfimagolems unbemerkt hierher bringen sollte, und doch wurde der Gedanke, den Kopf aus dem Wasser zu bergen, um ihn zu befragen, Teil ihrer Überlegungen. Sie müsste einen sicheren, festen Pfad aus dem See heraus erkunden, damit die Träger nicht einbrachen … Und die Stelle, an der sie aus dem See herauskämen, durfte nicht einsehbar sein. Am besten wäre es, den Steinschädel an einen Ort zu bringen, den Kyrin kontrollierte. Ihre eigene Werkstatt zum Beispiel. Nur, dass sich diese im Palast der Schneegrunds befand, mitten im Adelsbezirk der Stadt. Wenn es ihr allerdings gelänge, den Schädel dort hinzuschaffen, könnte Graf Golar ihn nach seiner Rückkehr vielleicht selbst befragen …

Ein merkwürdiger Fisch schlängelte sich durchs Wasser. Er sah aus wie eine Muräne, war aber längs der Flanken mit Reihen von Augen besetzt. So ein Tier hatte Kyrin noch nie gesehen. Als sie das Steinauge in seinem flachen Schädel bemerkte, erhärtete sich der Verdacht, dass es sich um eine magisch erzeugte Kreatur handelte.

Sie befahl dem Imagolem, reglos zu verharren. Viele Raubtiere sahen Bewegungen besonders gut; ein Grund, wieso Kaninchen bei Gefahr erstarrten.

Das seltsame Tier schwamm zu dem Schädel mit dem Kristall in der Stirn, der nun die Lider schloss. Der Fisch stupste mehrfach gegen das Felsgesicht und schnappte dabei mit seinem Maul. Es schien Kyrin, dass er den Bewuchs abfraß. Das würde erklären, wieso die Gesichter bis auf wenige Stellen frei blieben.

Auch hier gab es Steinrahmen, in denen Bilder im Wasser trieben. Sie zeigten Menschen in Ketten, die auf endlosen Serpentinen den Berg hinabstiegen. Ob das die Gravioner waren? Aber dann wären ihre Köpfe so wie jene der heutigen Menschen geformt gewesen, anders als jene Steinkolosse. Dennoch erschien es Kyrin nur dann sinnvoll, den im See Versenkten Bilder der Qual zu zeigen, wenn diese das eigene Volk betrafen, das sie liebten.

Noch eine Frage, die sie den Felsköpfen stellen wollte!

Aber zunächst musste sie sich mit dem Fisch beschäftigen, der nun vom steinernen Schädel abließ und sich Asmodel näherte. Er umrundete ihn mehrfach, sodass ein Dutzend in den Seiten sitzende Augen ihn musterten. Kyrin schwitzte. Sie dachte an die Spiegel in Erris' Arbeitszimmer. Sah man in ihnen, was diese Augen wahrnahmen?

Kyrin hoffte, dass sich das Himbeermädchen hingebungsvoll um den Magier kümmerte.

Eines ihrer Äffchen keckerte, aber darum konnte sie sich jetzt nicht kümmern. Sie kniff die Augenlider zusammen.

Angenommen, Erris sah gerade nicht durch diese Augen. War sie damit vor der Entdeckung sicher?

Fische hatten nach allem, was sie wusste, ein schlechtes Gedächtnis. Sie erinnerten sich nicht an die Stellen, an denen Fischer ihre Netze auswarfen.

Aber das Steinauge im Schädel mochte mit Zaubern versehen sein, die diese Schwäche ausglichen. Und vielleicht gab es eine Möglichkeit, auch nachträglich noch zu sehen, was dieser Fisch entdeckte …

Kyrin spürte den Schweiß, der über ihre Wangen rann.

Asmodel war sehr agil, aber der Wasserwiderstand machte ihn erheblich langsamer als gewohnt. Wie konnte sie diesen Nachteil möglichst gering halten?

Sie ließ den Imagolem die Finger strecken, sodass sich die Form der Hände jener von Rückenflossen annäherte.

Als der Fisch nahe vor Asmodels Kopf vorbeischwamm, befahl sie ihm, die Arme senkrecht nach oben zu reißen.

Wie erwartet war er langsam, aber doch schnell genug für den Fisch, der offensichtlich nicht mit einem Angriff gerechnet hatte. Hoffentlich gab es im Dunkelsee überhaupt Fressfeinde für ihn, sodass nicht auffiel, dass einer fehlte.

Aber für diese Überlegung war es ohnehin zu spät. Der Imagolem bohrte seine steinernen Finger in den zappelnden Fang, er ballte die Fäuste und zerquetschte dabei den Leib. Bläuliches Blut trat aus. Kyrin überließ Asmodel die Einzelheiten, sie befahl ihm lediglich, das Tier zu töten. Er hielt es mit einer Hand fest, griff mit der anderen den spitzen Kopf und zerdrückte ihn.

Kyrin schluckte. Was sollte sie mit dem Steinauge tun, das im zerquetschten Knochen eingebettet war? Vielleicht könnte Asmodel es zerbrechen …

Sie entschied sich dagegen und ließ es zusammen mit dem Kadaver fallen. Ein Tier, das den Fisch hätte anfallen können, hätte sich bestimmt nicht für das Auge interessiert. Mit etwas Glück kamen bald ein paar Aasfresser und ließen alles wie einen natürlichen Vorgang erscheinen.

Sie wandte sich wieder dem Steinschädel zu. Sein Fehlen würde ähnlichen Fischen wie dem, den sie gerade getötet hatte, zweifellos auffallen. Es sei denn …

Sie lenkte Asmodel bis direkt an den Felskopf heran. Dann vermaß sie ihn mit den Armen, den Händen, den Fingern. Sie notierte den Umfang, die Größe der Augen, des Mundes. So lange, bis sie in der Erschöpfung drei Fehler nacheinander machte.

Dann lenkte sie den Imagolem zurück ans Ufer, wo sie ihm befahl, sich von dieser Stelle fortzubewegen, aber in der Nähe des Sees zu bleiben. Sie löste die Verbindung und stellte die Leitfigur neben dem Tintenfässchen ab.

Kallin rieb seine Pfoten daran, als wolle er den kleinen Steinmann nach getaner Arbeit streicheln.

Kyrin schmunzelte. »Noch wach, Winzling?« Die Kerze war beinahe heruntergebrannt.

Sie streckte die Arme und betrachtete ihre Aufzeichnungen. Die Linien verschwammen vor ihrem Blick. »Ich habe mich zu lange unter Wasser umgesehen«, murmelte sie, aber natürlich lag es an der Müdigkeit. Sie legte die Blätter zusammen und schob sie in die Mitte des Stapels, damit die Magd sie nicht sofort sah, wenn sie am Morgen hier sauber machte.

Kallin hockte noch immer auf dem Tisch.

»Willst du noch etwas zu naschen vor dem Schlafengehen?«

Sie holte eine der letzten Trauben aus ihrem Beutel. Sie war schon ein wenig matschig, mundete dem Äffchen aber dennoch. Sein Schmatzen lockte Kell an.

Kyrin fütterte auch ihn mit einer Traube und holte eine dritte hervor. »Lepp! Wo steckst du?«

Kallin war mit seiner Traube fertig und versuchte nun keckernd, auch Kells zu ergattern.

»Ruhig!«, mahnte Kyrin. »Ihr weckt noch die ganze Burg auf.«

Aber offensichtlich nicht Lepp, der sich noch immer nicht zeigte.

Kyrin ging zum Fenster. Der Faden hielt die Läden fest verschlossen.

Sie runzelte die Stirn. Ertönte da ein Keckern vom Flur?

Sie öffnete die Tür.

Tatsächlich huschte Lepp herein.

»Wie bist du denn rausgekommen?«, nuschelte Kyrin.

Es war zu spät für solche Rätsel.

Resigniert holte sie Luft für einen tiefen Seufzer.

Himbeergeruch stieg ihr in die Nase.

Plötzlich war sie hellwach.

Semire von Schneegrund hätte die Sache noch länger auskosten können, zum Gaudium der Gäste. Wer keine Blume gepflückt hatte, um sich mit ihr in eine Nische oder ein Zimmer zurückzuziehen, sah amüsiert zu, wie Quaraskar panisch versuchte, die letzten gelben Figuren so durch das Geflecht zu ziehen, dass Semire wenigstens ihr Kleid hätte aufknöpfen müssen. Nach zwei Stunden waren die Arme und die Füße das Einzige, was an ihr nackt war, und Letzteres auch nur, weil ihr die Schuhe eng geworden waren. Quaraskars Geldbeutel dagegen war schlaff wie eine abgetragene Socke.

Aber Semire hatte einen Grund, zum Ende zu kommen. An der Theke stand eine junge Blume, eine von den neuen, die mit Caliga gekommen waren. Semire erinnerte sich nicht an den Namen der Blondine, aber nun gehörte sie zu ihr und an diesem Abend hatte man ihr offenbar übel mitgespielt. Selbst auf die Entfernung sah Semire die dunkle Stelle am linken Wangenknochen, nur notdürftig überdeckt mit Salbe und Puder. Die Blume hielt sich am letzten Schwung der Theke fest und blinzelte häufig mit in den Nacken gelegtem Kopf, wobei sie sich ins Gesicht fächelte. Alle Mädchen lernten, die Tränen zurückzuhalten.

Mit einem ›Flug in den Himmel‹ – einem Sprung auf die oberste Ebene, den ihr die grünen Dämonen auf der siebten, achten und neunten ermöglichten – hätte Semire die Partie beenden können. Doch ein Minimum an Unterhaltung erwartete das Publikum zum Abschluss der Partie. Außerdem waren die letzten Züge die Einträglichsten, denn der Herausforderer musste nicht nur für jede Figur zahlen, die er neu ins Spiel brachte, sondern auch für jede, die in den Pfuhl stürzte.

Semire zog einen grünen Dämon quer über die vierte Ebene. Das ergab keinen Stellungsvorteil, löste aber eine Kaskade hochschwingender und wegklappender Glasplättchen aus. Vier gelbe und ein grüner Dämon fielen, aber der Grüne landete auf der untersten Ebene auf einem Plättchen, das die Bewegung des Geflechts im Luftzug in eine glückliche Position gedreht hatte.

Die Menge raunte, überraschte Rufe klangen auf.

Semire schmunzelte. Natürlich war der harte, aber rettende Sturz ihrer Figur keine glückliche Fügung gewesen. Sie spielte Flug und Fall so häufig, dass sie um den unschätzbaren Vorteil der Geduld wusste. Man musste abwarten, bis die Umstände für einen Zug günstig waren. Wie im echten Leben.

Nur war Geduld eine Eigenschaft, die sich weder mit der Gier eines Freiers vertrug, der die Rose entblättern wollte, noch mit der Panik eines Mannes, der begriff, dass er gerade ein Vermögen verspielte. Quaraskar war ein Nervenbündel. Er schrie unartikuliert und schlug die Fäuste in die Luft.

»Zwölf Silberstücke!«, rief er. »Ich brauche zwölf!«

»Sieh in deinem Stiefel nach«, riet einer seiner Freunde, von denen die meisten die Schadenfreude über das Unglück ihres Kameraden nun offen zeigten. »Wir wissen doch, dass du dort eine Notreserve versteckst.«

Fluchend bückte sich Quaraskar und fingerte am Schaft des Stiefels herum. Er förderte zwei Silberstücke hervor und hielt sie hoch über den Kopf. »Diese beiden! Mehr habe ich nicht. Das ist mein letztes Geld!«

»So ein Pech!«, spottete ein Jüngling, der einen daumenbreiten Ring im linken Ohr trug. Er erntete reichlich Gelächter.

Quaraskar blickte zornig. »Ihr habt mich dazu überredet! Jetzt helft mir auch.«

Immerhin zwei fanden sich, die für ihn zusammenlegten und so die fehlenden zehn Silberstücke aufbrachten. Einer von ihnen trug eine hübsche Weste, fand Semire. Spiralen und Schlaufen waren mit feiner Nadel daraufgestickt. Quaraskar gab die Münzen an Buhm weiter, der sie penibel in die Geldkassette einsortierte.

Quaraskar schwitzte. »Ich brauche mehr Figuren«, raunte er. »Fünf … auf der vierten Ebene, noch drei … und eine …«

Das konnte er sich unmöglich leisten. Wenn er sich zusammenriss und nachdachte, könnte er darauf kommen, dass ihm eine einzige zusätzliche Figur reichen mochte, um zumindest eines der Glasplättchen wegklappen zu lassen, die Semire den

Weg in den Himmel ermöglichten. Das konnte das Spiel um drei Züge verlängern.

Eigentlich war das in Semires Interesse. Es bestand keine Gefahr mehr, dass sie verlöre, also verdiente sie umso mehr, je höher ihr Gegenspieler setzte. Aber die Blume an der Theke zitterte, auch wenn sie ihre Tränen unter Kontrolle hielt. Semire wollte wissen, was dort los war.

»Einigen wir uns auf ein Unentschieden?«, schnurrte sie.

Er sah sie an, als hätte sie den Verstand verloren. »Unentschieden?«

Sie lächelte. »Gegen einen geringen Preis.«

Er runzelte die Stirn. Sicher versuchte er, genug Ruhe in den Sturm zu bekommen, der durch seinen hohlen Kopf fegte, um auszurechnen, wie viel er zahlen müsste, wenn er bis zum bitteren Ende weiterspielte. Jeder Narr hätte erkannt, dass das mehr war, als wenn er aufgab, aber auch das kostete bei diesem Spielstand ein Vermögen.

»Wie viel wollt Ihr, Rose?«

Es tat Semire gut, dass er die höfliche Anredeform benutzte. Zu Beginn des Abends hatte er das nicht getan. Das hatte sie sich verdient.

»Mir gefällt Eure Kleidung, mein Herr. Lasst sie mir als Erinnerung an einen wundervollen Abend.«

Jetzt kannte das Hohnlachen der Freier keine Grenze mehr. Wer den *Lustgarten* häufiger aufsuchte, war mit diesem Ausgang einer Partie Flug und Fall vertraut.

Der Jüngling mit der bestickten Weste, der Quaraskar vorhin noch Silber gegeben hatten, ging zu ihm und flüsterte ihm etwas ins Ohr.

»Die Weste gefällt mir«, sagte Semire.

Der Träger des bezeichneten Kleidungsstücks erstarrte.

»Die hätte ich auch gern.«

»Davon war gerade noch nicht die Rede«, klagte Quaraskar.

Semire zuckte mit den Achseln. »Preise ändern sich. Es ist selten klug, eine Dame warten zu lassen.«

»Dame!«, schnaubte Quaraskar.

Semire lächelte breiter. »Die Hose Eures Freundes gefällt mir ebenfalls …«

Die Menge lachte und der Jüngling erbleichte. Nur Usella, eine trotz ihres kindlichen Aussehens erfahrene Blume, heuchelte mit ihrem Blick Mitleid. Wahrscheinlich plante sie, den Helfer im Anschluss zu trösten. Gegen Bezahlung, verstand sich.

Quaraskar legte dem Freund einen Arm um die Schultern und redete auf ihn ein.

Dieser machte sich los und wandte sich an Semire. »Können wir auch mit Silber zahlen?«

Im Grunde war das profitabler, gebrauchte Kleidung brachte wenig ein. Aber der überhebliche Spieler hatte eine Lektion verdient und sein Freund sollte sich künftig besser überlegen, mit wem er sich abgab. »Euer Hemd – kommt das Gewebe aus Zarilien?«

»In Ordnung!« Abwehrend hob er die Hände. »Ihr bekommt, was Ihr verlangt.«

Fragend sah Semire Quaraskar an.

Mit hochrotem Kopf und aufeinandergepressten Zähnen nickte er.

Semire neigte das Haupt und knickste. »Ich bedanke mich für das interessante Spiel.«

Den Rest überließ sie Buhm, der trotz des Fehlens einer Zunge sehr überzeugend war. Sie raffte ihr Kleid und ging barfuß zur Theke.

Hinter ihr nutzten die Blumen die Gelegenheit, sich unter dem Vorwand, das Gesehene unbedingt diskutieren zu wollen, an die Freier zu werfen.

Caliga sah sie kommen und traf sie bei der aufgelöst wirkenden Blondine. An diesem Ende der Theke stand eine weiße Marmorstatue von einer Fee, der das Gewand von den Schultern rutschte. Sie streckte die Arme weit vor, auf den zu einer Schale geformten Händen leuchtete eine Steinflamme.

Semire griff unter das Kinn der jungen Frau und drehte ihr Gesicht ins Licht. Wenn man sich den lieblos übertünchten Fleck wegdachte, war sie eine Schönheit.

»Aliére kommt von den Magiern«, erklärte Caliga. »Du hast ja gesagt, wir sollen uns um sie bemühen.«

»Von Lastonn«, schniefte Aliére. »Er wollte etwas Besonderes, hat er gesagt. Ich habe ihm versprochen, ihm jeden Wunsch zu erfüllen. Damit er mich mitnimmt. In die Magierwerkstatt. Das sollte er ja.«

»Und er wollte deine Tränen sehen«, vermutete Semire. Manche Männer waren nur zu Zärtlichkeiten fähig, wenn die Partnerin ein Bild der Wehrlosigkeit war, ihnen vollkommen ausgeliefert. Es gab Blumen, denen das nichts ausmachte, die es sogar genossen. Semire widerte es an.

»Nein.« Aliére zog den Schnodder in der Nase hoch, aber sie weinte noch immer nicht. »Nicht mehr als andere. Ab und zu ein Klaps auf meinen Hintern, während ich ihn geritten habe.«

»Er wollte es in der Bibliothek treiben«, kürzte Caliga den Bericht ab.

Aliére nickte. »Er ist ein Schreiber in der Magierwerkstatt. Oder er beaufsichtigt die Schreiber. Macht sich wahrscheinlich selbst keine Tintenflecken auf die Finger, er trägt eine blaue Schürze. Jedenfalls hat er mich auf den Schreibtischen genommen. Erst sollte ich mich bücken und daraufstützen, dann darauflegen. Das war hart am Rücken. Als ich ihn geritten habe, war es besser.«

»Aber er hat dich geschlagen?«, versicherte sich Semire. Viele Freier empfanden das als ihr Recht, solange sie die Ware nicht nachhaltig beschädigten.

»Später. Er hat mich viermal genommen und dann habe ich ihn zu einem fünften Mal überredet. Ich wollte, dass er einschläft und nicht sofort wieder aufwacht, damit ich mich ein bisschen umsehen konnte.«

»Fünfmal …« Caliga lüpfte eine ihrer schmalen Brauen. »Ein ganz schöner Hengst.«

Semire war weniger beeindruckt. Einer Blauschürze sollte man zutrauen, einen Zauber zu meißeln, der die Manneskraft stärkte.

»Ich dachte, alles wäre so gelaufen, wie ich es vorgehabt hatte«, fuhr Aliére fort.

»Benutz deinen Fächer«, wies Semire sie an. Zwar schienen die Gäste bester Laune, und niemand stand nah genug, um sie zu belauschen. Aber neben jenen, die den nackten Verlierer und seinen halb nackten Freund johlend an der Tür verabschiedeten, gab es auch einige, die mit begehrlichen Blicken zu Semire herübersahen. Sie wollte nicht riskieren, dass einer von ihnen Aliéres Lippenbewegungen zu deuten wusste.

Der Fächer flatterte. »Ich habe mir also die Aufzeichnungen angesehen. Sie sind gut geordnet. In einem separaten Raum liegen die Protokolle von den Besprechungen der Meister. Als sie Tarisonn verurteilt haben, wurde beschlossen, auch Kyrin im Blick zu behalten.«

»Du kannst also lesen.«

Aliére sah Caliga Hilfe suchend an.

»Ich habe nie danach gefragt, woher unsere Mädchen kommen«, sagte ihre frühere Herrin. »Alles, was ich wissen musste, konnte ich sehen. Spätestens, wenn sie sich ausgezogen haben.«

»Ich bin nicht auf dem Berg geboren«, sagte Aliére.

Semire nickte. Viele Adlige, die auf den Ländereien lebten, träumten von Glanz und Abenteuern auf dem Berg. Oft hinderte der Stolz sie daran, dorthin zurückzukehren, wo sie hergekommen waren.

»Was hat man Tarisonn und Kyrin vorgeworfen?«, fragte Semire.

»Ich habe nur den Beschluss gelesen. Als ich die Begründung gesucht habe, hat sich Lastonn nebenan geregt. Ich bin schnell zurückgegangen und hatte gerade die Tür zugezogen, als er mich entdeckt hat. Ich habe ihm gesagt, ein dringendes Bedürfnis triebe mich, aber das hat er mir nicht geglaubt. Fürs Schnüffeln hat er mir eine Ohrfeige versetzt.«

Semire runzelte die Stirn. »Das sieht nach mehr aus als nach einer Ohrfeige.«

»Ich habe mich fallen lassen, weil ich dachte, es täte ihm dann vielleicht leid und er würde aufhören. Aber er wurde noch wütender und hat mich getreten.«

»Ins Gesicht!«

»Ja. Und dann hat er mich zum Tor gezerrt und hinausgeworfen. Ohne meinen Lohn.«

Semire versuchte einzuschätzen, ob Aliére mit ihrer letzten Behauptung log. Je nachdem, wie abgebrüht sie war, mochte sie auf den Gedanken verfallen, zumindest noch ein wenig Gewinn aus der unbezweifelbar schmerzhaft verlaufenen Nacht zu schlagen. Wenn jeder dachte, dass Lastonn sie nicht bezahlt hatte, müsste sie auch keinen Anteil an die Rose abführen.

»Er hatte seinen Spaß«, sagte Semire. »Er wird bezahlen.«

»Mit den Magiern legt man sich besser nicht an«, wandte Aliére etwas zu schnell ein.

Semire sah ihr in die blauen Augen.

Sie hielt dem Blick stand, aber ihre Lider zitterten.

Sie hatte das Silber. Und sie wusste, dass Semire das klar war.

»Morgen gehst du zu ihm und fragst ihn höflich«, Semire machte eine Pause, in der Aliére blinzelte, »ob er etwas wirklich Besonderes erleben will. Im *Lustgarten* gibt es eine Schönheit, die noch niemand besiegt hat, die man aber mit einem überlegenen Verstand wie dem seinen sicher entblättern kann …«

Die beinahe heruntergebrannte Kerze vor sich hertragend, eilte Kyrin durch die dunklen Gänge der Burg. Als könnte sie einer Fährte wie ein Jagdhund folgen, holte sie mehrmals tief durch die Nase die Luft. Natürlich erwies sich das als vergeblich, der Himbeerduft war nicht mehr aufzuspüren. Und selbst wenn – wie hätte Kyrin erkennen sollen, in welche Richtung das Freudenmädchen, das sowohl dem Kommandanten als auch dem Magier die Nacht versüßt hatte, gegangen war?

Nachdenken! Sie musste nachdenken!

Kyrin zwang sich, stehen zu bleiben.

Um sie herum herrschte Dunkelheit, die Kerze beleuchtete nur einen drei Schritt durchmessenden Kreis auf dem Boden und ein wenig von der aus Steinquadern gefügten Wand zu ihrer

Linken. An diesem Gang lagen viele Zimmer. Etwa die Hälfte war nicht belegt, in den anderen waren die Krieger der Burg untergebracht. Einer der wenigen Vorteile, die eine Stationierung am Dunkelsee mit sich brachte, war der reichlich vorhandene Platz, der es erlaubte, jedem, der hier Dienst tat, ein eigenes Zimmer zuzuweisen.

Ob das Freudenmädchen noch eine weitere Silberquelle abzuschöpfen versuchte? Oder hatte es sich in eines der leeren Gemächer zurückgezogen, um vor dem Morgen noch etwas Schlaf zu bekommen?

Als Straßenkind hatte Kyrin auch einige Huren gekannt, aber das lag eineinhalb Jahrzehnte zurück. Sie erinnerte sich kaum an die Gespräche mit diesen Frauen. Zwar hatte Kyrin sie auch, was ihre Rede anging, nicht als schamhaft in Erinnerung, doch sie hatten vermutlich wenig Anlass gesehen, einem Kind von den Einzelheiten ihres Gewerbes zu erzählen. Aber war es nicht so, dass ein Mann, der es sich leisten konnte, dafür bezahlte, dass die Frau bis zum Morgen bei ihm blieb? Dass sie ihn die Nacht hindurch wärmte?

Dann mochte das Freudenmädchen zu Rubahn zurückgekehrt sein. Hatte es sich einfach in der Tür geirrt, als es in Kyrins Zimmer gekommen war?

Skeptisch drehte sich Kyrin um. Von Erris' Arbeitszimmer aus lagen ihre Unterkunft und die des Kommandanten in entgegengesetzten Richtungen, aber natürlich konnte man sich in fremder Umgebung leicht verlaufen …

Das Quietschen der im Eingangstor untergebrachten Mannpforte schob diese Überlegungen beiseite. War Rubahn in anderen Dingen auch streng und reagierte zuweilen aufbrausend auf die geringsten Abweichungen von seinen Befehlen, so schien er taub, was schlecht gefettete Angeln anging. Die Mannpforte erkannte Kyrin jedenfalls unzweifelhaft am Zahnschmerz, den der Laut bei ihr verursachte.

Sie rannte den Gang entlang, die Treppe hinunter, unter dem Fallgitter hindurch, mit dem man den oberen Teil der Burg abtrennen konnte, um mehrere Ecken, die Angreifern, die das Portal gestürmt hatten, die Wucht nehmen sollten, und erreichte das Tor. Die Mannpforte war geschlossen, aber Kyrin sah Lichtschein durch die Ritze unter der Tür, die zur Wachkammer führte. Ungeduldig klopfte sie.

Ein Krieger mit einer daumengroßen Warze auf der linken Wange öffnete. Er trug ein Kettenhemd, etwas, worauf Rubahn Wert legte. Seine verquollenen Augen verrieten, dass es sich zwar vorteilhaft auf seine Alarmbereitschaft auswirken mochte, nicht jedoch auf seinen Schlaf.

»Noch eine?«, brummte er. »Was ist denn heute Nacht los?«

Also war sie hier gewesen! Kyrin glaubte, Himbeerduft zu riechen, aber das konnte Einbildung sein. Die Anstrengung des Laufes und die Aufregung ließen den Puls in ihrem Hals pochen.

»Ich muss nach draußen!« Sie rang nach Atem. »Sofort.« Sie wedelte mit der freien Hand Richtung Tor. »Mein Imagolem … um ihn kümmern …«

»Mir egal.« Der Krieger hatte den Schlüssel für die Mannpforte, zu der er nun schlurfte, noch in der Hand. »Hauptsache, du kommst nicht vor der zweiten Tagesstunde wieder. Dann hat Herm Dienst. Soll der dir aufschließen.«

Ungeduldig rückte sie ihren Rucksack zurecht, während sie wartete, dass er den Schlüssel einführte, drehte und die Tür aufzog. Hastig hatte sie die Leitfigur für den Imagolem, eine Ersatzkerze, ein Schälmesser und zwei Meißel eingepackt. Was ihr eben in die Hände gekommen und nützlich erschienen war, um das Freudenmädchen zu finden und zur Rede zu stellen.

Die Türschwelle war kniehoch, wohl eine weitere Vorkehrung, die Angreifern die Geschwindigkeit nehmen sollte. Kyrin stieg hinüber und eilte den Weg entlang, während sich die Mannpforte hinter ihr mit enervierendem Quietschen schloss.

Die Sterne und der beinahe volle Mond standen in einem tiefschwarzen, wolkenlosen Himmel, der kein Anzeichen einer Morgendämmerung zeigte. War es normal, dass sich ein Freudenmädchen mitten in der Nacht auf den Weg machte?

Andererseits war es hier, im Schatten auf der Nordseite des Bergs, immer dunkel. Bis die Besucherin den Hang ausreichend umrundet hätte, dass die aufgegangene Sonne genug Unterschied machte, dass man auf eine Lampe verzichten konnte, bräuchte sie als Fußgängerin knapp zwei Stunden. So betrachtet nutzte man die Helligkeit am besten, wenn man etwa zu dieser Zeit aufbrach.

Kyrin verfiel in Laufschritt, aber der Windzug löschte ihre Kerze. Zwar steckte sie auf einem blattförmigen Bronzeteller, der die Hand der Trägerin vor heißem Wachs schützte, aber ein Windglas fehlte. Enttäuscht blieb sie stehen. Hatte sie einen Feuerstein im Rucksack?

Vielleicht, sie hatte alles in Reichweite eingepackt. Sogar eine Schreibfeder, die sie dann hastig wieder herausgeholt hatte, weil sie zerdrückt worden wäre und ohnehin keinen Nutzen hätte.

Sie nahm den Rucksack von den Schultern.

Aber war es überhaupt klug, eine brennende Kerze dabeizuhaben? Ihr selbst brachte das Helligkeit in einem Umkreis von zwei Schritt, aber es machte Kyrin auf die hundertfache Entfernung sichtbar.

Sie spähte voraus in die Dunkelheit. Das Mondlicht reichte aus, um den Weg zu erkennen. Linkerhand lag der Dunkelsee wie ein lichtloser Abgrund. Rechts erhob sich ein kleinerer Hang. Keine dieser Richtungen führte irgendwohin. Die junge Frau musste vor ihr sein, auf dem Weg. Und offenbar war auch sie zu dem Schluss gekommen, dass eine Laterne mehr Nachteile als Vorzüge bot. Oder war sie überstürzt aufgebrochen?

Das sprach dafür, dass sie eine Spionin war, die bewusst Kyrins Zimmer aufgesucht hatte. Wenn jemand mit Abuliar gesprochen hatte, konnte er Kyrins Absicht erraten. Oder diejenigen, die Tarisonn gerichtet hatten … Möglich, dass sie bei den Verhören sowohl etwas über den Dunkelsee erfahren hatten als auch darüber, dass Kyrin ebenso für Graf Golars geheimen Plan arbeitete, wie der Verurteilte es getan hatte.

Jedenfalls musste das Freudenmädchen die Tür zu Kyrins Gemach geöffnet haben, sonst wäre Lepp nicht hinausgeschlüpft.

Kyrin schluckte. Der Gedanke, sich ebenfalls weinend und versteinert auf dem Platz der Reue wiederzufinden, war alles andere als verlockend.

Sie verstaute ihre Kerze samt Halteteller im Rucksack und nahm den größeren Meißel heraus. Er hatte zwar keine Schneide wie das Schälmesser, war aber hart und spitz, sodass sie ihn für die bessere Waffe hielt. Mit ihm in der Faust setzte sie ihren Weg fort.

Was hatte die Spionin – so sie denn eine war – in Kyrins Zimmer gesehen?

Eine Magierin, die sich mit einer Leitfigur beschäftigte. Für ein Freudenmädchen mochte das ein ungewohnter Anblick sein, aber gegenüber Rubahn könnte Kyrin das leicht erklären. Schließlich hatte Erris sie ermahnt, sich um ihren herumstreunenden Imagolem zu kümmern.

Leider streunte Asmodel momentan drei Meilen entfernt am Südwestufer des Sees. Zu weit, um bei der Verfolgung von Nutzen zu sein.

Wie viel mochte das Freudenmädchen mit der Kartenskizze anzufangen wissen, die Kyrin angefertigt hatte?

Wahrscheinlich wenig. Ein paar Linien und Zahlen, in denen man nicht einmal die Wiedergabe eines Geländes erkennen konnte. Aber wenn die Spionin ein gutes Gedächtnis hatte – was bei dieser Profession durchaus anzunehmen war – und für jemanden, der mit dem Geheimnis des Dunkelsees vertraut war, eine Kopie anfertigte, sah es ganz anders aus. So jemand konnte Kyrin gefährlich werden, und er wüsste auch, worauf er achten musste, um herauszufinden, ob sich Kyrin mit den Gravionern beschäftigte.

Sie fiel wieder in Laufschritt. Der Inhalt des nur locker gefüllten Rucksacks klapperte.

Wenigstens gewöhnten sich ihre Augen an die Dunkelheit. Sie lief sicher auf dem Weg, erkannte sogar Kuhlen und herumliegende Brocken und wich ihnen aus. Dennoch hätte sie den Schattenriss beinahe übersehen, der etwa fünfzig Schritt voraus neben einem wie ein Pilz geformten Felsen hinter einem Busch hervorkam und, wenn sie sich nicht täuschte, sein Kleid ordnete.

Der Anblick gab ihr frische Kraft. Schneller rannte sie auf die Schattengestalt zu, die kurz erstarrte, um dann etwas Sackförmiges aufzunehmen und davonzulaufen.

»He!« Kyrin sah keinen Grund für weitere Heimlichkeit. »Bleib stehen!« Ihre Faust krampfte sich um den Meißel.

Die Gestalt lief weiter und sie war ausgeruht. Der Abstand vergrößerte sich.

Kyrins Lunge brannte, aber sie wollte nicht aufgeben. Die Meister könnten unangenehme Fragen stellen. Zwar hatte sie sich am Dunkelsee keines Vergehens schuldig gemacht, aber wenn sie ihre Werkstatt durchsuchten und die Steinbrenner fänden, wäre sie geliefert. Außerdem vertraute Graf Golar ihr. An Tarisonns Stelle etwas über die Gezeiten der Macht herauszufinden war eine seltene Gelegenheit, ihm die Güte zu vergelten, mit der er sie und ihren Bruder bedacht hatte. Verbissen rannte Kyrin weiter.

Vor ihr stieß die Gestalt einen spitzen, eindeutig weiblichen Schrei aus und fiel hin. Sie rappelte sich wieder auf, humpelte nun aber.

So holte Kyrin sie rasch ein. Sie verstellte ihr den Weg und streckte ihr den Meißel entgegen. Es war tatsächlich das Freudenmädchen.

»Was …« Kyrin rang nach Atem. »Wieso warst du … in meiner Kammer?«

»Ah, die Magierin!« Ihr Gegenüber nahm den Sack von der Schulter und stellte ihn ab. Dabei setzte es den Fuß auf, zischte aber schmerzerfüllt und verlagerte das Gewicht zurück auf die rechte Seite. »Es tut mir leid. Ich hatte mich in der Tür geirrt.«

»Wo wolltest du denn hin?«

»Der Flaggleutnant hat mir eine Kammer hergerichtet.«

»Für dich allein?«

»Irgendwann endet auch mein Dienst!«, versetzte sie bissig. »Und er schätzt keine Gesellschaft, wenn er schläft. Nur davor.«

Das mochte angehen, aber … »Wieso bist du jetzt hier draußen und nicht in dieser Kammer?«

»Da drin«, sie zeigte mit dem Daumen über die Schulter Richtung Burg, »kriegt man ja Beklemmungen. Nichts für mich.«

Kyrin erkannte, dass es ihr unmöglich wäre, in diesem Gespräch herauszufinden, wie viel die junge Frau wusste. Sie könnte ihren Imagolem rufen und sie mit seiner Hilfe gefangen setzen;

seinem steinernen Griff entwand man sich nicht so leicht. Aber damit machte sie sich erst recht verdächtig und was sollte sie mit einer Gefangenen anfangen? Etwa sie festhalten, bis Graf Golar zurück wäre? Das würde noch über einen Mond dauern!

Sie schluckte. Die einzige Art, sicher zu sein, dass diese Frau Kyrin nicht verriet, war, sie umzubringen und im Dunkelsee zu versenken. Der Meißel zitterte in ihrer Hand. Während der Fehden hatte Kyrin bereits Menschen getötet, aber immer nur mittelbar, durch die Imagolems, die sie lenkte. Beim Gedanken daran, dass ihr das Blut ihres Gegenübers über die Hand laufen oder gar ins Gesicht spritzen könnte, wurde ihr übel.

»Wie geht es jetzt weiter?« Dafür, dass es unbewaffnet war, klang das Freudenmädchen erstaunlich abgebrüht.

Kyrin senkte den Meißel. Sie konnte es nicht tun.

»Du arbeitest doch für Silber …«, begann Kyrin.

»Wer tut das nicht?«, versetzte ihr Gegenüber.

»Ich bin nicht ganz unvermögend. Schweigen kann sich für dich lohnen.«

»Worüber soll ich denn schweigen?« Da war etwas Lauerndes in der Stimme.

»Sagen wir: Du warst nie in meinem Zimmer. Aber du kommst zum Palast der Schneegrunds, in drei oder vier Tagen. Frag nach mir. Weißt du, wie ich heiße?«

»Kyrin.«

Sie presste die Zähne aufeinander. Sicher, sie konnte den Namen von Rubahn oder Erris erfahren haben. Aber die Wahrscheinlichkeit, dass sie von Beginn an auf die Magierin angesetzt worden war, erschien Kyrin nun höher. Sie schielte hinab auf den Meißel, ein dunkler Schatten vor einem kaum helleren Hintergrund.

»Du kommst also zum Palast, und dann …« Schlagartig verstummte sie, als sie hinter sich Schritte knirschen hörte.

Zögerlich, als hätte der Anblick Einfluss darauf, ob sich wirklich jemand näherte, drehte sie sich um. Ein Mann schlenderte ihnen entgegen. Auch von ihm sah sie kaum mehr als einen Schattenriss, aber das reichte, um nicht nur den breitkrempigen

Hut, sondern auch das Schwert an seiner Seite auszumachen. Er hielt den Kauf mit der linken Hand, hatte also hoffentlich nicht vor, es zu ziehen, aber es machte Kyrin dennoch Angst. Gerade hatte sie sich noch vor dem geekelt, was sie mit dem Meißel anrichten könnte. Dieses Schwert dagegen vermochte einen ungerüsteten Körper wie ihren zu durchbohren und sowohl längs als auch waagerecht an jeder beliebigen Stelle in zwei Teile zu spalten.

Zwei Schritt vor ihnen blieb der Mann stehen. »Bist du so weit, meine Blume?«

»Ich habe mir den Fuß vertreten«, klagte das Freudenmädchen.

»Und deine Freundin hat dir bis hierher geholfen?« Er zupfte an der Hutkrempe. »Das ist aber wirklich nett von ihr.«

»Kannst du den Sack nehmen?«, fragte das Freudenmädchen.

Er lachte leise. »Normalerweise nimmst du doch immer den Sack in die Hand. Aber ich will mal nicht so sein, schließlich will ich nicht ewig für den Weg brauchen.«

Er trat vor und schwang die Last lässig über die Schulter. »Und du?«, fragte er Kyrin. »Ich nehme an …« Er unterbrach sich selbst und betrachtete sie genauer. Dabei fiel Kyrin auf, dass er ein Tuch vor dem Gesicht trug. »Ist das eine Schürze?«

»Das ist die Magierin«, sagte das Freudenmädchen.

Er blickte zwischen den beiden Frauen hin und her, ehe er sich wieder fing. »Ihr findet allein zurück zur Burg?«

Kyrin brachte mit Männern, die ihr Gesicht mit einem Tuch verhüllten, Räuber in Verbindung, aber ein Überfall war das hier gewiss nicht. Die beiden kannten sich.

Wenigstens hatte sie sich soweit von der Anstrengung erholt, dass sie sprechen konnte, ohne dabei nach Atem zu ringen. »Ich komme zurecht.«

Während sich die beiden entfernten, holte Kyrin die ungebrauchte Kerze aus dem Rucksack und zündete sie an. Wenigstens an den Feuerstein hatte sie gedacht.

Quilûn fühlte sich schuldig, weil er die fremde Schönheit dieses Waldes sah, obwohl seine ganze Aufmerksamkeit seinem Sohn hätte gelten sollen. Erlyk befand sich in Gefahr! Vielleicht war er bereits tot, zerrissen von einem Monstrum, das fünfmal so viel wiegen mochte wie Quilûn.

Und doch … diese Flechten, manche blau wie der Himmel, manche rot wie die Abendsonne … Nie hatte Quilûn so etwas gesehen. Ein weiteres Wunder. Er konnte sich nicht dagegen wehren, die fremde Schönheit mit dem Blick eines Malers in sich aufzunehmen und zu überlegen, welche Farben er mischen müsste, um sie auf Leinwand festzuhalten.

Trotzdem eilte er mit den anderen vorwärts. Immer wieder rutschte jemand auf dem moosbewachsenen Grund aus, aber in unausgesprochener Übereinkunft behielten die zwölf Männer ihre Geschwindigkeit bei. Es gab keine Rast, wer zurückblieb, musste aufholen.

Ginto, ein Bauer aus dem Dorf Allietal, das sich mit einer beeindruckenden Palisade schützte, führte sie. Er hatte berichtet, dass seine Tochter Erlyk eine Blume gezeigt hatte, die in diesem Wald gewachsen war. Alle Pflanzen hier standen unter dem Einfluss der Flechten, die an Baumstämmen emporkletterten, Felsen umklammerten, Gesträuch durchdrangen. In den Boden schienen sie nicht einzudringen und auch an einem Bach spann sich das blaue und rote Geflecht von Stein zu Stein, wie eine grelle Spinnwebe. Offenbar brauchte die Flechte Luft.

Sie veränderte die Pflanzen, mit denen sie in Berührung kam. Bäume schraubten sich wie Korkenzieher in den Himmel, Sträucher schillerten in irisierenden Farben, Haselnüsse wurden groß wie Fäuste und Blumen unterschiedlicher Arten vereinigten sich, wuchsen an den Stängeln zusammen und bildeten Blüten, die die Eigenschaften beider Vorgänger verschmolzen. In dem Gewächs, das Gintos Tochter Erlyk gezeigt hatte, ragte die Zunge einer Orchidee aus dem Kelch einer Rose. Natürlich hatte das Quilûns Sohn fasziniert.

Dieser Fund hatte ihn in den Wald gelockt, aber dass er zur Bärenhöhle unterwegs war, daran trug Quilûn die Schuld. Seine dumme Forderung, Erlyk müsse endlich zu einem Mann werden und seinen Mut beweisen, hatte in ihm den Drang geweckt, etwas Großes zu leisten. Deswegen wollte er die seltsamsten und schönsten aller Pflanzen finden, und die mochten dort wachsen, wo diese Flechte entsprang. Dort, wohin nur die Tapfersten zu gehen wagten: in der Höhle des Bären!

Je näher die Gruppe mit ihren Spießen, Klingen, Armbrüsten und Netzen ihrem Ziel kam, desto größer wuchs der Bär in Quilûns Vorstellung an. Hatte er nicht auch einen Vogel gesehen, mit einem Leib wie ein Pferd? In der Wildnis fernab des Berges lebten Ungeheuer, die auch wildeste Fantasien übertrafen.

Tarin Kalthorn war der erfahrenste Mann der Reisegesellschaft, was Monstrositäten anging. Er lief mit Ginto an der Spitze der Gruppe. Auch Derrek Eichfrost war diesmal dabei, er bildete den Abschluss und feuerte die an, die ausrutschten, damit sie rasch aufstanden und nicht wagten, ihren Wehwehchen nachzugeben. Quilûn war froh darum. Derrek war ein brutaler Mann, aber wenn es gegen einen Bären ging, der wegen der Flechten in seiner Höhle so etwas wie Tollwut entwickelt hatte, war Brutalität genau das, was Erlyk noch retten mochte.

Quilûns Sohn durfte nicht tot sein! Er durfte einfach nicht! Er war doch nur ein Kind. Sicher lief er langsamer als die Erwachsenen. Außerdem war Erlyk ein Träumer, der sich leicht von einem schönen Anblick ablenken ließ. Hoffentlich hielt er auf dem Weg oft inne. Sie konnten ihn vielleicht einholen, bevor er die Höhle erreichte!

Dass er sie verfehlte, war dagegen ausgeschlossen. Die Flechten verdichteten sich zu ihrem Ursprung hin. Man konnte ihnen folgen, wie man in einem Flussdelta zum Strom gelangen konnte.

Auf einer Hügelkuppe befahl Tarin Halt. »Legt die Ausrüstung ab und macht euch kampfbereit!«

Als Quilûn aufschloss, sah er den Höhleneingang in der Senke. Er hatte ihn sich als finsteren Schlund vorgestellt, aber das war er nicht. Die Flechten, die sich hineinzogen, leuchteten im Dunkeln. Ihr Rot und Blau offenbarte die felsige Struktur im Innern. Das Wasser des Baches, der aus der Höhle hervorquoll, war gelb wie Eiter.

Obwohl er nach der Anstrengung des Laufs schnaufte, wollte Quilûn die Männer antreiben. Er beherrschte sich. Tarins Erfahrung war Erlyks beste Hoffnung. Sicher dachte er sich etwas dabei, die Männer kurz verschnaufen zu lassen, bevor sie sich dem Untier stellten.

Zwei Schmetterlinge mit grellroten Flügeln tanzten vor Quilûn. Offenbar ein Paarungsflug, sie klammerten sich aneinander. Möglicherweise kämpfte Erlyk gerade jetzt um sein Leben und diese Geschöpfe schufen neues. Glück und Leid, Wachsen und Vergehen … in der Welt geschah alles gleichzeitig. Sie scherte sich nicht um die Gefahr, in der ein Elfjähriger schweben mochte.

Stirnrunzelnd erkannte Quilûn, dass es nicht zwei Schmetterlinge waren, sondern nur einer, der aber acht Flügel hatte. Er landete auf einer blauen Flechte, wo sich zwei Stränge vereinigten, rollte seinen Rüssel aus und tunkte ihn in eine Kerbe. Der Kontrast zwischen dem Rot des Tiers und dem Blau der Pflanze biss in den Augen.

In widerwilliger Faszination hockte sich Quilûn hin, um sich das Geschehen aus der Nähe anzusehen.

»Vorsicht, Herr«, mahnte Ginto hinter ihm.

Pusteln übersäten das Gesicht des Bauern, die aber nicht die Folge einer Krankheit zu sein schienen. Abgesehen von der Vielzahl an Erhebungen wirkte die Haut gesund.

»Die Quadra sondert Dämpfe ab«, erklärte Ginto. ›Quadra‹, so nannten sie die Flechte. »Ihr dürft sie nicht einatmen. Berührt die Quadra auch nicht mit bloßen Fingern, und wenn es doch geschieht, wascht die Hände gründlich, bevor Ihr etwas esst. Die Quadra lässt Dinge sehen, die es nicht gibt.«

Nickend stand Quilûn auf. Diese Warnung hörte er nun schon das dritte Mal. Ob Erlyk sich dieser Gefahr ebenfalls bewusst war? Konnte man von der Tochter eines Bauern, einem zehnjährigen Mädchen, erwarten, dass sie daran dachte, Vorsichtsregeln zu erwähnen?

Natürlich nicht! Sonst hätte sie Erlyk nicht dazu verleitet, in der Bärenhöhle nach der schönsten Blume der Welt zu suchen.

Die Männer hatten die Rucksäcke zu einem Haufen zusammengestellt, die Laternen angezündet, die Futterale von den Spitzen ihrer Speere gezogen. »Nehmt eure Wasserflaschen, macht damit ein Tuch nass und bindet es euch vor Mund und Nase«, wies Tarin sie nun an.

»Wegen der Dämpfe?« Quilûn vermutete, dass sie in der Höhle viel dichter waren als draußen, wo der Wind sie verteilte. »Woher wisst Ihr, dass das wirkt?«

»Ich weiß es nicht«, gestand Tarin. »Aber bei Rauch hilft es.«

Quilûn folgte der Anweisung. Sein Taschentuch war gerade groß genug, dass er die Zipfel am Hinterkopf verknoten konnte.

»Kämpfst du besser mit einem Spieß oder mit einem Schwert?«, fragte Derrek. Nur die Spitze seiner Narbe schob sich unter seinem grauen Gesichtstuch hervor.

»Ich bin beides nicht gewohnt«, gestand Quilûn. »Ich wurde nur ein halbes Jahr an Waffen unterrichtet, und das war, als ich gerade in die Schule gekommen bin.«

Derrek nahm einem Vorübergehenden den Spieß ab. »Dann nimm das hier. Damit triffst du wenigstens keinen von uns, wenn du ausholst.«

Tarin trat hinzu. Sein Tuch war dunkelblau, bestickt mit silbrigen Eiskristallen. »Ich werde dich keinen Feigling schimpfen, wenn du draußen bleibst«, sagte er mit ernstem Blick. »Ich werde ohnehin zwei Männer zurücklassen, um uns vor Überraschungen zu schützen. Womöglich unternimmt dieser Bär gerade einen Spaziergang und versperrt uns den Rückweg, wenn wir nicht aufpassen.«

»Er verlässt die Höhle nur bei Nacht«, widersprach Ginto. »Durch die Flechte hat er den Pelz verloren, die Sonne verbrennt seine Haut.«

Quilûn fasste den Spieß so fest, dass seine Fäuste am Holz knirschten, und blickte zur Höhle hinab.

Tarin nickte ihm zu. »Der Vater kommt mit.«

Ginto richtete den Blick auf seine Füße. »Ihr Herren, es tut mir unendlich leid, was meine Tochter getan hat. Aber ich bin bloß ein einfacher Bauer. Ich ritze die Bäume mit einem Messer, um ans Harz zu kommen, aber der Bär …«

Er verstummte unter Derreks grimmigem Blick.

»Du wartest am Eingang«, entschied Tarin barsch.

»Gut, dann brauchen wir uns nicht um einen Feigling zu kümmern!« Derrek hob sein Tuch an und spie vor dem Bauern aus.

Während sie den Hang hinabstiegen, bestimmte Tarin einen zweiten Mann, der zusammen mit Ginto zurückbleiben sollte. Quilûn folgte ihm mit den übrigen in die Höhle. Er überlegte, ob er anbieten sollte, eine Laterne zu halten. Das wenigstens würde er ebenso gut bewerkstelligen wie die Krieger. Aber er brauchte beide Hände, um mit dem Spieß überhaupt zu etwas nütze zu sein.

Der aus der Höhle plätschernde Bach erzeugte im Innern ein vielfaches Echo. Quilûn konnte nicht entscheiden, ob es mehrere Zuflüsse gab oder der Schall nur von unterschiedlichen Felsen zurückgeworfen wurde. Die Höhle war auch kein Tunnel mit geradem Boden und einigermaßen senkrechten Wänden, sondern eine Ansammlung von Felsblöcken, die das Wasser in rundliche Formen geschliffen hatte. Manche waren groß wie eine Hütte. Sie gaben anderen Halt, sodass sich Hügel wie auf einer Geröllhalde bildeten. So waren nicht nur die einzelnen Felsen rundlich, auch der Höhlenboden selbst vermittelte den Eindruck erstarrter Wellen.

Das Licht erschwerte den Männern die Orientierung ebenfalls. Anfangs glaubte Quilûn noch, dass man vielleicht auf die Laternen verzichten könnte. Er bemerkte jedoch rasch, dass die Flechten nicht aus sich heraus leuchteten. Sie schienen das Licht des Tages draußen einzusaugen und nach innen zu transportieren. Dabei wurde das Leuchten schwächer, je tiefer sie in der Höhle lagen – außer an den Stellen, wo sich mehrere Stränge vereinigten. Dort nahm die Helligkeit wieder zu. Insgesamt war das rote und blaue Licht jedoch tückisch. In ihm konnte man Entfernungen schlecht abschätzen. Ein Mann rutschte ab, weil er zu kurz sprang, um den nächsten Felsen zu erreichen. Er schlug sich das Kinn auf, kam aber murrend wieder auf die Füße und setzte den Weg fort.

Die Stiefel scharrten auf dem Stein. Eine Laterne quietschte an ihrem Bügel. Das Wasser rauschte. Schatten pulsierten im farbigen Licht. Ein Ende der Höhle war nicht abzusehen.

Quilûn hielt es nicht mehr aus. »Erlyk!«, rief er.

»Papa!«, antwortete ihm sofort ein Schrei, aus dem Verzweiflung klang. »Ich bin hier! Papa, hilf mir!«

»…ilf mir! … mir! …ir!«, tönte das Echo.

Hektisch sah Quilûn sich um.

Tarin dagegen zeigte keine Unsicherheit. »Das kommt von dort!« Mit seinem Schwert deutete er rechts voraus. »… dort! …ort!«

Quilûn rannte los. Er sprang von Fels zu Fels. Einmal rutschte er weg, war aber so schnell, dass der andere Fuß schon wieder Halt fand. »Ich komme!«

»Papa!« Erlyk stieß einen Schmerzensschrei aus, der Quilûn ein Schaudern über den Rücken jagte. »Mein Fuß!«, heulte der Junge. »Mein Fuß tut weh …ut weh …eh. Ich kann nicht zu dir kommen!«

Die Worte waren eindeutig lauter als zuvor. Die Richtung stimmte!

»Warte, Quilûn!«, rief Tarin hinter ihm. »Nicht so schnell! Wir kommen nicht nach.«

Quilûn beachtete ihn nicht, er hetzte weiter. »Bewege dich nicht, Erlyk! Ich bin gleich bei dir.«

Das Schluchzen des Kindes leitete ihn.

Da! Erlyk war in eine Kuhle zwischen zwei Felskugeln gerutscht. Möglicherweise steckte sein Bein fest, das war nicht zu erkennen. In jedem Fall hielt er den einen Arm mit der Hand des anderen fest. Quilûn sah mit dem Blick eines Malers, dass die Proportionen nicht stimmten. Der Oberarm war zu lang. Hatte sich Erlyk etwa die Schulter ausgekugelt? Dafür sprach, dass der Ärmel seiner Wolltunika bis zum Ellbogen hochgerutscht war.

Quilûn war zugleich erleichtert, seinen Sohn lebend zu sehen, und besorgt wegen Erlyks Verletzung. »Ich bin hier! Ich komme zu dir.«

Er benutzte den Spieß wie einen Wanderstab, um sich auf dem Weg nach unten abzustützen. Sein Verstand sagte ihm, dass niemandem geholfen wäre, wenn er abrutschte und sich einen Fuß bräche. Aber auf die anderen warten konnte er auch nicht.

Beinahe hatte Quilûn seinen Sohn erreicht, als sich eine gewaltige Masse zwischen den Felsen unmittelbar hinter dem Jungen hervorschob. Im blauen Lichtschein brauchte Quilûn einen Moment, um darin das Untier zu erkennen. Das lag auch an seiner entstellten Erscheinung. Wie Ginto gesagt hatte, fehlte der Pelz. Stattdessen bot sich nicht einfach nackte Haut dem Blick dar, wie bei einem geschorenen Schaf. Schorfiger Aussatz wucherte dunkel, an einigen Stellen brach er auf, eitriger Ausfluss quoll über die mächtigen Flanken des aufgedunsen wirkenden Leibes. Auch sonst wirkte der Bär krank. Ein schiefes Auge nässte, das andere dagegen war weit aufgerissen und starrte Quilûn entgegen. Der Unterkiefer hing schräg, über die krummen, fingerlangen Zähne floss Speichel auf die schaumbedeckten Lefzen.

Quilûn kam gar nicht in den Sinn, zu zögern. Im Gegenteil, angesichts der nahenden Bedrohung sprang er nun wieder von einem Felsen auf den nächsten, dann auf den übernächsten und den danach und erreichte so sein Kind.

Der Bär schwenkte das mächtige Haupt von einer Seite zur anderen und zurück. Sicher konnte er nur mit dem einen Auge sehen.

Quilûn behielt das Monstrum im Blick, legte aber vorsichtig einen Arm um seinen Sohn, darauf bedacht, die verletzte Schulter nicht zu berühren. »Kannst du gehen?« Noch hatte Erlyk den Bär nicht bemerkt, weil er sich hinter dem Jungen befand.

»Ich will es versuchen«, sagte er, schrie aber auf, sobald er den eingeklemmten Fuß belastete.

Der Bär stellte sich auf die Hinterbeine. Mehr als anderthalb Mannslängen ragte er auf und brüllte so laut, dass die Höhle dröhnte.

Erlyk erschrak, schrie und weinte.

Quilûn sprang auf einen Felsen neben ihm und dann zwischen das Kind und den Bären. Er packte den Spieß mit beiden Händen. Leider war seine Standfläche so schmal, dass er die Beine nicht auseinanderstellen konnte, wie er es während der morgendlichen Waffenübungen bei den Kriegern gesehen hatte. Er hatte das Gefühl, dass der Bär ihn nur gegen die Brust zu stupsen bräuchte, damit er vom Felsen stürzte.

Er durfte nicht abwarten, bis das geschah.

Hinter sich hörte er seine Begleiter. Er achtete nicht auf ihre Rufe, zog aber Trost aus der Erkenntnis, dass sich andere Menschen um Erlyk kümmern würden, falls er selbst das nicht mehr könnte. Er musste nur dafür sorgen, dass sie ihn eher erreichten als der Bär, der sich nun wieder auf alle viere niederließ.

Ein Windhauch streifte Quilûn. Er hatte das Gefühl, dass der Geist seines eigenen Vaters ihn beobachtete. Er hatte sich für Quilûn geopfert, damals bei den Spiegeln, gemeinsam mit seiner Mutter. Eltern taten das für ihre Kinder.

Wieder brüllte der Bär, dessen weit aufgerissenes Maul jetzt nur noch einen guten Schritt von Quilûn entfernt war.

Der Maler schrie gegen das Gebrüll an, weil ihm nichts anderes einfiel, wie er sich selbst Mut machen konnte. Er stieß den Spieß vor.

Überraschend schnell wischte der Bär die Waffe mit einem Tatzenhieb zur Seite.

Quilûn brauchte mehr Kraft! Er sprang vorwärts, obwohl er keinen sicheren Halt vor sich sah, und rammte die Waffe mit beiden Händen vor.

Wieder schlug die Tatze dagegen, aber dennoch streifte Quilûns Spieß den mächtigen Schädel. Die Eisenspitze riss eine blutige Spur bis zum Ohr, das aussah, als hätten sich Ratten so lange daran gütlich getan, bis ihnen der Appetit vergangen war.

Quilûn trat ins Leere. Er fiel auf die linke Seite, schlug hart mit der Schulter auf und sah die Bärentatze auf sich niederfahren.

Er rollte sich in die einzige Richtung, in der Platz war: auf das Ungeheuer zu.

Die Tatze verfehlte ihn, klackend schlugen die Krallen gegen den Felsen, hinter dem Erlyk eingeklemmt war.

Quilûn dachte so schnell und klar wie selten zuvor in seinem Leben. Er sah die Möglichkeit, dem Bären, der auf den Felsen über ihm stand, den Spieß von unten in die von Aussatz entstellte Brust zu rammen.

Aber die mangelnde Übung mit der Waffe rächte sich. Der Schaft schlug gegen einen Felsen, Quilûn schaffte es nicht rasch genug, die Spitze auszurichten.

Der Bär verlagerte seine Stellung und hieb erneut nach unten, auf Quilûn zu, als wollte er ihn mit seiner Vorderpranke zerstampfen.

Die Tatze trieb ihm die Luft aus dem Brustkorb, traf ihn aber nur mit dem weichen Teil, nicht mit den Krallen.

Panisch krabbelte Quilûn auf Händen und Füßen zwischen die Felsen. Den Spieß zog er mit sich, aber dabei bekam er ihn nur unmittelbar hinter der Spitze zu fassen. Keine Haltung, die einen Stoß ermöglicht hätte.

Der Bär brüllte zu ihm herab. Heißer Speichel troff auf Quilûns Gesicht, in sein linkes Auge, auch auf den Mund, den er fest zusammenpresste. Sein Tuch hatte sich gelöst. Die Dämpfe von den Flechten rochen nach Lampenöl, sie ließen ihn husten.

Quilûn kroch weiter, bis der Abstand zwischen den Felsen zu eng wurde. Er drehte sich in eine halb sitzende Position und zog die Waffe heran.

Der Bär schlug nach seinem Bein, hatte aber offensichtlich Probleme, die Entfernung abzuschätzen, und traf wieder nur den Felsen.

Wohin sollte Quilûn zielen? Sicher war die Tatze verwundbarer als der harte Schädel, aber wenn er das offene Auge träfe …

Schreiend rammte er den Spieß gegen den Kopf. Er verfehlte das Auge, und der Widerstand war so hart, dass er das Bärenhaupt zwar ein wenig von sich fortstieß, die Spitze jedoch nicht durch den Knochen drang.

Sein Gegner schnaubte.

Dann warf er sich herum und brüllte auf. Der Laut unterschied sich von allem, was Quilûn vorher gehört hatte. Noch immer klang Zorn darin, aber auch Schmerz.

Der Bär versuchte, sich aufzurichten, fiel jedoch sofort wieder auf alle viere zurück. Quilûn erkannte, dass etwas in seiner Flanke steckte. Das musste der Bolzen einer Armbrust sein!

Befreit lachte Quilûn auf. Die Gefährten kamen ihm zu Hilfe.

Er überlegte, die Gelegenheit, dass sich der Bär den neuen Gegnern zuwandte, für einen Stich in die Flanke zu nutzen. Er war kein erfahrener Jäger, aber er konnte die anderen nicht für sich kämpfen lassen, ohne zu leisten, was ihm möglich war. Doch dann sollte der Stoß auch sitzen!

Mit grimmiger Entschlossenheit stand Quilûn auf und nahm den Spieß in beide Hände.

Aber da flog bereits ein Netz über den Bären und sofort darauf ein zweites aus einer anderen Richtung. Die brüllende Bestie schlug um sich, wodurch sie sich jedoch nur noch schneller in den Maschen verfing. Die Männer rissen das Tier von den Füßen. Donnernd fiel es auf die Seite und rutschte halb zwischen die Felsen.

Wie ein Feldherr erschien Tarin Kalthorn zu Quilûns Linker. »Ein weiterer Fang für die Arena!«, verkündete er sichtlich zufrieden.

Die Männer jubelten. Derrek Eichfrost riss sich sogar das Tuch vom Gesicht, um den Triumph herausschreien zu können.

Quilûn ging zu seinem Sohn und befreite zärtlich den eingeklemmten Fuß.

»Er wartet schon eine Stunde …« Caliga gab sich keine Mühe, ihr Grinsen zu unterdrücken.

Es gefiel Semire von Schneegrund. Sie zeigte nicht das berechnende Lächeln, das so viele Freier in das Gemach der inzwischen alternden Frau gelockt hatte. Caliga war ehrlich amüsiert und die Lachfältchen neben den großen Augen machten ihr Gesicht auf eine andere Art schön.

Nein, es war erfreulich, dachte Semire. Es war ein Gesicht, von dem Freude ausstrahlte.

»Eine Dame, die nicht auf sich warten lässt, setzt ihren Wert zu niedrig an.« Trotzdem stand Semire auf und folgte Caliga auf den Gang, wo Geräusche der Lust gedämpft durch die Türen drangen. Auf der rechten Seite schützte ein efeuumranktes Geländer aus weißem Holz vor einem Sturz in den Schankraum. Dennoch hielt sich Semire vom Rand fern. Wenn sie zu nah an einem Abgrund stand, wurde ihr schwindelig. Die von den Marmorstatuen gehaltenen Steinflammen sorgten auch hier oben für Helligkeit.

Aliére schloss sich ihr an. Ihr blondes Haar war gewaschen und ordentlich gekämmt, sodass es glänzend bis zur Hälfte des Rückens fiel. Sie hatte ein dezentes Duftwasser aufgetragen und die Fingernägel gefeilt, aber auf Puder im Gesicht hatte die Blume verzichtet. Nichts verdeckte den handtellergroßen blauvioletten Fleck über dem linken Wangenknochen.

»Zu schade, dass ich nicht dabei sein kann.« Caliga seufzte.

»Komm doch mit«, lud Semire sie ein.

»Es wird Zeit, dass ich mich wieder unten an der Theke sehen lasse. Sonst nehmen die Freigetränke überhand.«

Die beiden Frauen nickten sich zu, Caliga raffte ihr Kleid und ging zur Treppe.

»Ist das fest genug?« Semire tippte gegen das Brettchen, das Aliére in der linken Hand hielt.

Es war gedacht, um es unterzulegen und so den Tisch zu schützen, wenn man Brot schnitt.

»Es wird nicht zerbrechen«, sagte Aliére.

Semire schmunzelte. Aliére gehörte zu den Menschen, bei denen sie nicht lange brauchte, um sie zu mögen.

Unten war alles in Ordnung. Das Geflecht für Flug und Fall zeigte noch die Stellung vom Ende der Partie, aber die Gäste hatten wohl genug davon gesprochen und sich nun den Spielen zugewandt, deretwegen sie gekommen waren. Einer stand mit sichtlich schwerem Kopf an der Theke. Es kam immer wieder vor, dass sich Freier verliebten und Wein brauchten, wenn gerade ein anderer an ›ihrer‹ Blume schnupperte. Manchmal war ein weiches Herz für Semire lukrativ, wenn ein solcher Mann eine ihrer Blumen auslöste, aber der Gast mit den dicken schwarzen Locken machte keinen vermögenden Eindruck. Also hing ihr Gewinn wohl von seiner Trinkfestigkeit ab.

»Bereit?«, fragte Semire vor der Tür, hinter der ihr Gast wartete.

Aliére hob das Brett mit beiden Händen, als wollte sie einen Wappenschild präsentieren. Etwas versetzt von der Mitte hatte man mit einem Brandeisen ein Herz eingeprägt. »Ich werde meine Gelegenheit nutzen.«

Sie gingen hinein.

Man sagte, Magier fühlten sich ohne ihre Lederschürze nackt. Damit schien Lastonn kein Problem zu haben, er war ohne das Zeichen seines Standes in den *Lustgarten* gekommen. Echte Nacktheit war ihm jedoch offenbar unangenehm. Vor dem stummen Buhm, der mit verschränkten Armen neben der Tür stand, hatte er breitbeinig auf der Polsterliege in der Mitte des Zimmers gesessen, aber als die beiden Frauen hereinkamen, schlug er sofort die Knie übereinander und legte die Hände auf den Schoß.

Sein Körper eignete sich nicht gerade als Modell für eine Heldenstatue. Vor allem die Brust wirkte kümmerlich. Möglicherweise war eine Verletzung schlecht verheilt, das Brustbein lag in einer Kuhle. Eine Narbe entdeckte Semire jedoch nicht.

Stirnrunzelnd sah er Aliére an. »Was will sie denn hier?«

»Keine Sorge, Ihr werdet Euch erinnern: Sie hat Euch bereits nackt gesehen«, meinte Semire. »Die Frage ist eher: Was wollt Ihr noch hier? Wünscht Ihr mein Haus noch nicht zu verlassen?«

Lastonn schnaubte. »Und mich zum Gespött der Leute machen? Es ist ein weiter Weg zur Zauberwerkstatt.«

»Tja, das ist ein Problem …«, sagte Semire mit geheucheltem Mitgefühl.

Allenfalls seine Mutter hätte Lastonn als wohlgeratenen Mann bezeichnet. Die Falten hatten schon bei seiner Ankunft auf der Stirn gestanden, das gesamte Spiel über und auch jetzt.

Wahrscheinlich trug er eine beständige Wut in sich, die diese Linien tief gefurcht hatte. Aus einem Leberfleck auf seiner linken Schulter wuchsen weiße Borsten. Die Zehennägel zu schneiden hatte er wohl nicht für notwendig befunden. Auch sein anfängliches Auftreten deutete darauf hin, dass er sich gar nicht hatte vorstellen können, bei Flug und Fall gegen eine Frau zu verlieren.

»Was wollt Ihr denn mit meiner Kleidung?«, fragte er mit nörgelnder Herablassung.

»Oh, es ist eine schöne Robe«, beteuerte Semire. »Dieses Sternenmuster … das gibt eine wunderbare Tagesdecke.«

Seine Miene entglitt ihm. »Ihr wollt sie zerschneiden?«

»Wir haben hier ständig Bedarf, weil wir so viele Betten haben. Euer Umhang … er ist einigermaßen weich. Saugt er Nässe auf oder weist er sie ab? Ich frage, weil wir auch immer Tücher brauchen, mit denen man sich nach einem Bad abtrocknet.«

»Seid Ihr wirklich so dumm, dass Ihr nicht erkennt, was für ein Vermögen dieser Stoff darstellt?«, rief er.

»Unsere Gäste mögen es vornehm«, versicherte Semire. »Auch das weiche Futter Eurer Schuhe gefällt mir. Aber sie sind beinahe zu schade, um es herauszureißen. Mit den neckisch nach oben gebogenen Spitzen … Vielleicht finde ich jemanden, dem sie passen. Dann kann ich sie an ihn verkaufen.«

Schmollend verzog er den Mund. »Ihr wisst genau, dass meine Kleidung niemandem besser passen wird als mir. Ich werde Euch am meisten Silber dafür geben.«

Semire spielte die Überraschte absichtlich schlecht. »Ihr besitzt noch Silber? Wo habt Ihr denn das versteckt?«

»Stellt Euch nicht dumm! Ihr habt bewiesen, dass Ihr es nicht seid. Ich würde das Silber aus meiner Wohnung holen.«

»Gern.« Semire lächelte hinter ihrem Schleier. »Wenn Ihr zurück seid, gebe ich Euch die Kleidung wieder. Damit Ihr nicht hetzen müsst, werde ich sie eine Woche für Euch aufbewahren, bevor ich sie einer neuen Verwendung zuführe.«

»Aber dann müsste ich ja trotzdem nackt durch die Straßen …« Die Kieferbögen traten hervor, als er die Zähne aufeinanderpresste.

Semire wartete fünf Atemzüge ab. »Vielleicht habt Ihr ja noch etwas dabei, das mich interessiert.«

Lastonns fragender Blick war nicht frei von Trotz.

»In Eurem Kopf«, half Semire. »Ich bin eine neugierige Frau. Zum Beispiel rätsele ich darüber, wieso man Eurer Kollegin Kyrin in der Magierwerkstatt misstraut.«

»Wie kommt Ihr denn darauf?«

»Nun, mir scheint, man hält ein wachsames Auge auf sie.«

»Wir haben auf jeden Magier ein Auge«, versetzte er.

»Mehr habt Ihr dazu nicht zu sagen?«

Er schwieg.

Mit einem vielsagenden Blick musterte sie die Hände auf seinem Schoß. »Schade, aber das ist nun doch etwas wenig.«

Er räusperte sich und drückte die übereinandergeschlagenen Beine enger zusammen.

»Leider kam es in letzter Zeit für uns alle zu unerfreulichen Ereignissen.« Semire sah Aliére an, die bislang unbewegt neben Buhm gestanden und Lastonn mit kaltem Blick gemustert hatte. »Meine Ware ist beschädigt.«

»Nur unwesentlich.« Seine Verärgerung reichte aus, um eine Hand vom Knie zu lösen und damit durch die Luft zu wischen. »Am Ende ist es nicht das Gesicht, das den Wert ausmacht, und zwischen den Schenkeln gibt es bei ihr nichts zu beanstanden.«

Semire verschränkte die Arme und tippte dreimal mit dem Zeigefinger gegen ihren linken Oberarm.

Buhm achtete wie immer aufmerksam auf ihre Zeichen. Er schlenderte um Lastonn herum.

»Was ist unangenehmer«, fragte Semire im Plauderton, »unbekleidet durch die Straßen zu gehen? Den ganzen Weg zur Magierwerkstatt? Mitten durch das vornehmste Viertel auf dem Berg? Oder gegen eine Blume wie mich bei Flug und Fall verloren zu haben? Vielleicht habt Ihr ja eine andere Geschichte, die Ihr Euren Kollegen erzählen könnt …«

Buhm packte Lastonns Arme von hinten.

Erschrocken schrie der Magier auf, aber dem Griff des bulligen Mannes konnte er sich nicht entwinden.

»Ein Überfall vielleicht«, schlug Semire vor. »Es ist nicht ehrenrührig, von Räubern zusammengeschlagen und seiner Kleidung beraubt worden zu sein. Zumindest nicht so sehr. Ihr könnt behaupten, Euch wie ein echter Kerl gewehrt zu haben. Ich helfe Euch dabei, diese Geschichte glaubwürdig zu machen.«

»Was soll das?« Endlich begriff Lastonn, dass der Status, den er außerhalb des *Lustgartens* genoss, ihn hier nicht schützte. »Was habt Ihr vor?«

»Nur Unwesentliches.«

Aliére brauchte keine Aufforderung. Sie trat vor und schlug Lastonn ohne zu zögern ihr Brett ins Gesicht. Einen einzigen Schlag hatte Semire ihrer Blume zugestanden und den nutzte sie bestmöglich.

Lastonns Kopf flog zur Seite.

Sein Aufschrei ging in ein Stöhnen über, als er begriff, dass keine weitere Attacke folgen würde.

»Es ist doch nicht das Gesicht, auf das es bei einem Magier ankommt, oder?«, erkundigte sich Semire scheinheilig.

Er bewegte probeweise seinen Unterkiefer. Neben dem linken Auge sickerte Blut aus einer Platzwunde.

»Genießen wir nun unseren gegenseitigen Respekt?«, fragte Semire.

Lastonn nickte.

»Aliére, sei so gut und schick uns Usella hoch. Sie soll Verbandszeug mitbringen.«

Mit einem Lächeln, das ihre Befriedigung zeigte, verließ die Blume das Zimmer.

Auf einen Wink Semires hin gab Buhm Lastonns Arme frei.

Er betastete sein Gesicht.

»Es gibt doch sicher Dokumente«, vermutete Semire, »in denen Ihr nachschauen könnt, was für Schwierigkeiten Kyrin gerade hat.«

»Das also hat diese Sch…«

Semire warf ihm einen warnenden Blick zu.

»… diese Schönheit bei mir gesucht«, beendete er murrend den Satz.

»Wegen Eurer imposanten Gestalt wird sie sich jedenfalls kaum auf Eurem Tisch gerekelt haben.« Semire zuckte mit den Achseln. »Aber ich denke, bevor Ihr Euch erkältet, lasse ich Euch Eure Kleidung bringen. Den hier«, sie zog seinen Siegelring aus einer Tasche in ihrem Kleid, »verwahre ich bis zu unserer nächsten Unterhaltung. Ein Liebespfand, sozusagen. Ich kann es kaum erwarten, Euch wiederzusehen.«

Niemals hatte Quilûn etwas so Zerstörerisches geschaffen wie dieses Bild. Was das Malen betraf, zerfetzte es alles, woran er glaubte. Er arbeitete im Halbschatten seines Zeltes, wo die Stoffbahnen über ihm nur ein wenig vom Dämmerlicht des verregneten Tages einließen und zwei Laternen trügerische, gelbrote Helligkeit schufen. War die Farbe, die er gerade mit den Fingern, nicht mit einem Pinsel, auftrug, ein reines Türkis, oder würde das Sonnenlicht enthüllen, dass sie mehr Grün enthielt? Und die Formen ... diese schrecklichen Formen mit ihren schräg aufeinanderstehenden Rechtecken, den brutalen Zackenlinien, dem roten Fleck, der wie eine Wunde war, aus der Blut spritzte, mit den Dreiecken, die Zähne waren und auch ein Schrei. Ja, ein Schrei, wie Erlyks verzweifeltes Rufen gestern in der Bärenhöhle. Quilûn betrachtete diesen Mund, der ganz anders gemalt war, als ein Mund in Wirklichkeit aussah, und doch – ohne die Lippen, nur Zähne und Zunge – gerade das Wesentliche, den Kern erfasste, und während er ihn ansah, *hörte* er seinen Sohn schreien. Ein Gemälde, das etwas vermittelte, das dem Auge unzugänglich war ...

Quilûn war sich der Verrücktheit dieser Wahrnehmung bewusst. Sie mochte an den Dämpfen der Flechte liegen, die er gestern eingeatmet und die ihn die gesamte Nacht hindurch wach gehalten hatte. Immerhin kamen die Flecken in seinem Sichtfeld nur noch, wenn er den Kopf rasch bewegte. Dann schien es, als schaue er durch klares Wasser, in das verschiedenfarbige Tinte tropfte.

Eine kaum hörbare Stimme in seinem Kopf klagte darüber, dass dieses Gemälde nichts zeigte, was in der Wirklichkeit anzusehen gewesen wäre. Aber mächtig dröhnte die Erkenntnis, dass Wahrheit nicht bei dem stehen blieb, was den Augen offenbar wurde. Vielleicht würden die meisten in diesem Bild nur Chaos erkennen, vielleicht würde es kaum jemand verstehen, vielleicht sogar niemand außer Quilûn selbst. Doch machte nicht gerade das seinen Wert aus?

Der Regen knisterte auf dem Zeltdach. So viele Tropfen, dass niemand sie zählen konnte. Die Vorstellung drohte Quilûn zu ängstigen. Schnell wandte er sich wieder seiner Arbeit zu.

Er tunkte seine Finger in einen Becher mit klarem Schnaps, um die Farbe leichter herunterzubekommen, und rieb sie mit einem Lappen ab. Mit dem Daumen nahm er ein fahles Orange von der Palette und zog einen Bogen, der knapp neben der linken Kante der Leinwand begann und vor der rechten oberen Ecke endete. Er gehörte nicht zum Motiv, er war eine Störung. Eine Verzerrung. Wie der Schrei seines Sohnes die Welt störte.

Nur Wenige vermochten die Natur so getreulich abzubilden wie Quilûn. Aber das hier war etwas anderes. Dieses Bild war ehrlicher als alles, was er zuvor gemalt hatte. Es gaukelte nicht vor, die Wirklichkeit wiederzugeben. Ohnehin, gestand er sich ein, wich er stets von dem ab, was er tatsächlich sah. Er malte ein Gesicht erhabener, die Rundungen einer Dame gefälliger, die Farben imposanter. Diesmal jedoch beraubte er den Betrachter der wohligen Gewissheit, sich im Dargestellten zurechtzufinden, zu schauen, was ihm ohnehin bekannt war, nur schöner abgebildet. Dieses Gemälde war eine Herausforderung, ein Angriff gar.

Quilûn zog eine weitere orangefarbene Linie, unterbrach sie, setzte zwei Fingerbreiten später wieder an. Die Störungen stärkten das Motiv. Der Betrachter musste sich mehr Mühe geben, es zu erkennen, er wurde involviert, hineingezogen, wurde zum Mitschöpfer des Kunstwerks.

Der Regen, vor allem aber das metallische Klirren und die

Rufe von den Kampfübungen wurden lauter, als jemand die Plane am Zelteingang zurückzog.

Quilûn brauchte einen Moment, um den Besucher zu erkennen, weil durch das Wenden seines Kopfes nun doch wieder Flecken vor seinen Augen tanzten. Er erschrak, verbarg die beschmierte Hand hinter seinem Rücken und verbeugte sich. »Herr Graf!«

Golar stellte ein längliches Holzkästchen auf dem Klapptisch in der Mitte des Zelts ab, löste die Fibel an seinem Umhang und legte das durchnässte Kleidungsstück auf den Boden. Gänzlich hatte es ihn nicht vor dem Regen geschützt, ein Fleck verdunkelte seinen Bauch.

»Man sagte mir, die ganze Nacht hindurch habe Licht in deinem Zelt gebrannt.«

»Ich habe nicht geschlafen«, bestätigte Quilûn.

Golar nickte. »Du bist nicht der Einzige, dem diese Flechten zusetzen. Die meisten Jäger mussten sich übergeben. Alle bis auf Derrek Eichfrost. Der hat schon so viele Gifte probiert ... War dir auch schlecht?«

»Ich kann nicht klagen. Mein Sohn lebt.«

Erlyk lag im Lazarettzelt der Clerroniten. Es war ein Glück, dass die Reisegesellschaft ihr Ziel an der Südgrenze des Imperiums erreicht hatte. Heute waren sie nicht weitergezogen und Ruhe war nach Meinung der Heiler das, was Erlyk nun am meisten brauchte. Ein Kräutersud garantierte seinen Schlaf. Auch Quilûn hatten sie davon angeboten, aber er hatte verzichtet. Dieses Bild ... es drohte, ihn von innen heraus zu zerreißen, wenn er es nicht auf die Leinwand brachte.

Golar betrachtete das Gemälde. Er blinzelte, runzelte die Brauen. Er verschränkte die Arme. Er trat nah heran, schickte sich an, es mit den Fingerkuppen zu betasten.

»Die Farbe ist noch feucht«, warnte Quilûn.

Golar drehte sich zu ihm um. »Das ist er, nicht wahr?«

Quilûn verstand, dass der Graf seinen Sohn im Bild erkannte, obwohl das Ausmaß der Verfremdung das eigentlich unmöglich machte. Erlyks Körper war zerlegt in hauptsächlich eckige und einige runde Formen, wie von einer Windhose durcheinandergewirbelt und auf der Leinwand wie Trümmer zurückgelassen. »Genau genommen nicht er«, hörte Quilûn sich sagen, als lauschte er einem Boten aus einem unbekannten Reich. »Seine Verletzung. Der Schmerz, der in ihm tobt. Die Clerroniten wissen noch nicht, ob sein Fuß wieder so gut zusammenwachsen wird, dass er gehen kann, ohne zu humpeln.«

Nochmals betrachtete der Graf das Bild eingehend. Quilûn mochte sich täuschen, aber es schien ihm, dass widerstreitende Kräfte in Golar rangen. Er streckte den Kopf vor, als könne er durch die minimale Verkürzung des Abstands weitere Einzelheiten erkennen, blieb aber stehen, lehnte sich sogar ein wenig zurück, als wolle er den Kontakt vermeiden. Schließlich machte er einen Schritt nach rechts, um kurz darauf zur anderen Seite zu gehen. Stets hielt er den Blick auf das Gemälde gerichtet.

»Auf eine verdrehte Art ist es ... räumlich«, sagte Golar. »Als könnte man hineingehen. Oder als wollte es einen umfangen. Hast du irgendeine Art von Magie verwendet? Zu Staub zerriebene Zauberfiguren in deine Farben gemischt?«

»Es sind nur einfache Farben«, versicherte Quilûn und das erstaunte ihn selbst. Er hatte nichts anderes benutzt als in Tausenden Bildern zuvor, doch das Ergebnis war unbegreiflich. Quilûn hätte alle Gemälde, die er vordem geschaffen hatte, nochmals malen können. Dieses nicht. Es war größer als sein Schöpfer.

»Es ist wichtig, auch das Hässliche zu malen«, murmelte der Graf.

Wie meinte er das? Er hatte ihn doch mitgenommen, um die Schönheit der Welt zum Berg zu bringen.

»Dieses Bild ist nicht für die Unsterblichen gedacht«, beeilte sich Quilûn, zu erklären. »Es dient als Mahnung an mich selbst, niemals zu vergessen, dass ich Erlyk beinahe verloren habe.«

Golar blickte ihm in die Augen. »Wir müssen die Wahrheit sehen, auch wenn sie schmerzt.«

Die Wahrheit ... »Ich habe Euch gesehen«, wieder war es für Quilûn, als höre er einem anderen zu, »in jener Nacht am Seedorf, vor zwei Wochen. Ihr habt unser Lager verlassen. Ein Boot hat Euch abgeholt.«

Golar runzelte erst die Stirn, dann lächelte er, wobei sich die mit dem dichten, aber kurz gestutzten Bart bewachsenen Wangen wölbten. »Die Intrige ist dir völlig fremd, Quilûn. Schön, dass dein Leben dich davor bewahren konnte.«

Er holte das Holzkästchen vom Tisch und öffnete es, sodass Quilûn hineinsehen konnte.

Ein Ohr lag darin auf einem gefalteten Pergament. Der Maler erkannte sofort, dass es von einer Frau stammte.

»Tarima Eichfrost«, bestätigte Graf Golar seine Vermutung. »Derrek darf nichts davon wissen. Noch nicht. Die Gravilier haben sie und sie fordern ein Treffen.«

»Derrek würde ein Blutbad anrichten«, vermutete Quilûn.

»Sein Jähzorn wird ihn eines Tages umbringen«, meinte Golar. »Dennoch kann er nützlich sein. Seine Art hat ihn stark gemacht. Er wird sich in jedem Kampf durchsetzen, bis auf den einen, in dem er sterben wird. Aber der sollte nicht heute sein.«

»Also werdet Ihr ihn nicht zu diesem Treffen mitnehmen?«

»Doch, ich kann ihm nicht verwehren, seine Tante in die Arme zu schließen, auch wenn sie nur angeheiratet ist.« Er drehte sich wieder zum Gemälde um. »Die Familie gehört zum Wichtigsten im Leben. Achte stets gut auf deinen Sohn.«

»Das will ich, aber ich bin schlecht darin.«

»So denken alle Eltern, die etwas taugen.« Er klappte das Kästchen zu. »Wir sind uns ähnlich, Quilûn. Unsere Kinder wachsen ohne Mütter auf. Erlyk und Semire …«

Es fiel Quilûn schwer, von Semire als von einem Kind zu denken. Immerhin war sie zwei Jahre älter als er, und seit sie ihn damals aus der Kaverne gerettet hatte, erschien sie ihm stark und selbstständig.

»Ich weiß nicht, ob ich bei meiner Tochter alles richtig gemacht habe.« Golar lächelte freudlos. »Wahrscheinlich nicht.«

»Weil sie noch unverheiratet ist?« Quilûn erschrak über die Unverfrorenheit seiner eigenen Frage.

»Ich habe versucht, sie auf das vorzubereiten, was kommen muss. Dazu ist das Leben in Palästen zu wenig.«

»Wie meint Ihr …?«

»Herr Graf!«, rief draußen eine Stimme. »Ich bringe wichtige Kunde!«

»Kommt herein!«, forderte Golar den Rufer auf.

Anthurel schlug die Plane zurück. Er trug keinen Umhang, das Haar klebte nass an seinem Kopf. »Die Späher haben einige von Domors Imagolems im Wald gefunden. Er muss sie ohne Befehle hier zurückgelassen haben! Ich bitte um Erlaubnis, sie herzuholen.«

»Tut das«, beschied der Graf.

Anthurel sah Quilûn nur kurz an, bevor er sich mit einer Verbeugung wieder zurückzog.

Golar schickte sich an, seinen Umhang vom Boden aufzuheben.

Geistesgegenwärtig kam Quilûn ihm zuvor. Weil er sich so schnell bückte, sah er wieder Farbflecken.

Golar nahm ihm das tropfnasse Kleidungsstück ab. »Mach dich bereit. In zwei Stunden werden wir aufbrechen, um uns mit den Graviliern zu treffen.«

»Weshalb habt Ihr mir das Ohr gezeigt?«

»Ich bin mir nicht sicher.« Nachdenklich betrachtete Golar nochmals das Gemälde, das Erlyks Schmerz zeigte. »Es mag sein, dass wir eine wichtige Vereinbarung schließen, die es wert ist, dass du den Moment in einem Bild festhältst. Vielleicht will ich, dass du dann nicht nur siehst, was du dabei beobachten kannst, sondern auch weißt, was für Menschen diejenigen sind, die wir treffen.«

»Die Wahrheit. Nicht bloß die Wirklichkeit«, murmelte Quilûn.

»So könnte man es wohl sagen.« Der Graf ging zum Ausgang. »Bitte halte Derrek unter Kontrolle.«

»Wie soll mir das gelingen?«

»Du siehst seinen Zorn auf eine andere Art als wir«, meinte Golar. »Und du lässt dich niemals davon anstecken. Besänftige ihn.«

»Ich will ihn selbst sehen!«, forderte Predell.

Brotan wusste, dass Listam ein hervorragender Späher war. Aber er war auch erst sechzehn Jahre alt, ein Jüngling, der sich leicht verunsichern ließ, wenn jemand seine Fähigkeiten anzweifelte. Daran gemessen blieb er bemerkenswert souverän.

»Er trägt einen prächtigen Harnisch mit einem goldenen Schneekristall auf der Brustplatte«, berichtete Listam. »Er marschiert mit der Haupttruppe, der Magier geht neben ihm, und es sieht so aus, dass er allen Befehle erteilt.«

»Aber gehört hast du nicht, was gesprochen wird?«, fragte Predell.

»Nein«, gestand Listam.

»Das ist auch gut so«, warf Brotan ein. »Sie sollen nicht bemerken, dass wir sie beobachten.«

»Ich dachte, die Imperialen kennen sich noch schlechter im Wald aus als wir«, stichelte Predell.

»Dennoch sind sie weder taub noch blind.«

»Oder dieser Knabe ist doch nicht so gut, wie Ihr sagt.«

Brotan löste den Riemen seines rechten Stiefels und band ihn neu, um Zeit zu gewinnen, in der er sich beruhigen konnte. Er war der Hauptmann des zwölf Helme starken Trupps, der den Befehl hatte, den zum Treffpunkt kommenden Grafen zu beobachten. Aber Predell zählte nicht zu seinen Untergebenen. Als Gardist stand er außerhalb der Hierarchie der Krieger.

Zwar bedeutete das auch, dass er nichts zu befehlen hatte, aber er würde Emala direkt berichten. Da Brotan sich mit der Zauberpriesterin gut stellen wollte, wäre es nützlich, wenn der Report positiv ausfiele. Das stand von Beginn an in Zweifel. Predell hatte schon eine säuerliche Miene aufgesetzt, als er seine penibel gepflegte Uniform hatte ablegen müssen. In der erdfarbenen Kleidung, mit dem Sackleinen, das den Harnisch abdunkelte und seinen Mittelgrat verdeckte, und dem Dreck, der das Gesicht tarnte, sah der Gardist aus wie ein Buschräuber. Das taten sie alle, was ihn aber wohl nicht tröstete. Auch die spöttischen Bemerkungen, mit denen Brotans Männer ihn wegen seiner Jugend bedachten, trugen nicht dazu bei, seine Stimmung zu heben. Unter Kriegern war solch ein verbales Abtasten üblich, weswegen Brotan es nicht unterbunden hatte. In den Augen der Männer hätte es Predell schwach erscheinen lassen, wenn sie den Eindruck gewonnen hätten, er habe den Schutz des Hauptmanns nötig. Aber in der Garde mochte das anders sein. Womöglich fasste Predell die Sticheleien als echte Beleidigungen auf.

»Die Zauberpriesterin wird verlangen, dass ich ihr sage, ob der Graf wirklich kommt«, meinte der Gardist. »Dafür muss ich ihn mit eigenen Augen sehen.«

»Ich habe ihn gesehen«, sagte Listam mit ungewöhnlichem Nachdruck. Er zog sogar seinen gekrümmten Dolch aus der Scheide. Wenigstens nestelte er auch das Täschchen an seinem Gürtel auf und entnahm einen Schleifstein, was der Geste etwas von ihrer Aggressivität nahm.

»Sie könnten einen anderen in diesen Harnisch gesteckt haben«, wandte Predell ein.

»Woher weißt du denn, wie der echte Graf Golar aussieht?«, wollte Brotan wissen.

Predell zuckte mit den Achseln. »Ich kann Emala beschreiben, was ich sehe.«

»Das kann Listam auch.«

»Sie will es aber von mir hören.«

Ratschend zog Listam den Schleifstein an der Schneide entlang. »Das Gelände fällt hier ab. Wenn der Haupttrupp denselben Weg nimmt wie ihre Vorhut, passieren sie einen Steilhang. Er ist mit Gebüsch bewachsen. Das würde uns verbergen.«

»Wie weit unterhalb von uns würden sie vorbeikommen?«, erkundigte sich Predell.

»Zwanzig Höhenschritt und etwa zehn entfernt. Sie werden diesen merkwürdigen Flechten ausweichen, die rot und blau leuchten. Dadurch bleibt ihnen an dieser Stelle nicht allzu viel Platz.«

»Das reicht für einen guten Blick«, meinte Brotan.

»Die Büsche sind allerdings dornig«, gab Listam zu bedenken.

»An diesen Lumpen fallen ein paar Risse nicht weiter auf«, urteilte Predell.

Brotan seufzte innerlich. Dieser komplette Spähtrupp war ein sinnloses Unterfangen, weil das Treffen zwischen Zauberpriesterin und Graf zu keinem Ergebnis führen würde. Davon war er überzeugt. Seine Krieger und er wurden viel nötiger beim Kampf gegen die Aquebalêebuula gebraucht. Hoffentlich griffen die Lurche die Oststädte noch nicht an.

Aber er brauchte Emalas Unterstützung, um weitere Truppen auszuheben. So gesehen war es von Vorteil, wenn das Treffen schnell stattfand. Umso eher konnte er sich den notwendigen Dingen zuwenden.

»In Ordnung«, bestimmte Brotan. »Listam, du führst uns. Nur wir drei. Je weniger wir sind, desto unwahrscheinlicher ist es, dass sie uns entdecken.«

»Ihr braucht uns nicht zu begleiten, Hauptmann«, meinte Predell.

Der Gardist konnte ihn ebenso wenig leiden, wie es umgekehrt der Fall war. Aber davon durfte ein Anführer seine Entscheidungen nicht abhängig machen.

Brotan grinste. »Wenn es nördlich des Torn etwas Interessantes zu sehen gibt, lasse ich mir das doch nicht entgehen.«

Er ließ Listam das Gelände beschreiben und teilte seine Männer für einen Wachkreis ein. Keinesfalls wollte er von ein paar Plänklern auf diesem Steilhang festgesetzt werden.

»Gib deine Armbrust an Delmar«, riet er Predell. »Die behindert dich nur, wenn wir unter den Dornen herumkriechen.«

»Ich werde nicht unbewaffnet gehen.« Trotzig zog der Gardist die Sehne zurück und hakte sie ein.

Brotan dachte an Arlor und die überschweren Armbrüste, die sein Freund gefertigt hatte. Jetzt trieb seine Asche im Wind. »Wenn du sie versehentlich auslöst, wird uns das Geräusch verraten«, gab er zu bedenken.

Mit einem herablassenden Lächeln hakte Predell den Sicherungsbügel ein. »Eine gute Ausrüstung ist der Garde etwas wert.«

Tatsächlich war die Armbrust eine elegante Waffe, mit einem wellenförmigen Schwung an der Unterseite des Schafts und einer schwarzen Lackierung. Schadenfreude regte sich in Brotan, als er sich vorstellte, wie die Dornen dieses Schmuckstück zerkratzten.

»Dann nimm das Ding meinetwegen mit«, beschied er. »Aber du legst keinen Bolzen ein!«

»Wie Ihr befehlt«, gab Predell spöttisch zurück.

»Wir müssen uns beeilen«, sagte Listam. »Sonst sind sie am Abhang vorbei.«

»Dann los!«

Der Späher führte sie in einem Bogen, was Predell zu einer weiteren nörgelnden Bemerkung verleitete. Es war jedoch der schnellste Weg, sie wichen dichtem Unterholz ebenso aus wie Stellen, an denen der Regen den Grund verschlammt hatte.

Der Steilhang war offenbar ebenfalls das Ergebnis von Regenfällen, auch wenn sie lange zurücklagen. Sie hatten den lehmigen Boden weggespült, aber einem Felsen nichts anhaben können. Auf dem letzten Erdreich, das sich auf diesem hielt, wuchs das von Listam angekündigte Dornengesträuch. Der Späher kletterte den im Westen flacheren Hang mühelos hinauf, während Predell Brotans Hilfe brauchte. Auf dem Bauch kriechend schoben sie sich an die Kante. Die Dornen kratzten über Helme und Rückenpanzerungen, der Leinenstoff blieb daran hängen, kleine Risse entstanden, während sie sich vorarbeiteten. Auch die Haut an Brotans Armen und Schenkeln blieb nicht gänzlich verschont.

Der Weg verlief unmittelbar vor dem Steilhang, auf dem sie lagen. Dahinter war der Wald nicht sonderlich dicht, aber rote und blaue Stränge schlängelten sich hindurch wie Adern. Im Schatten sah man ihr unnatürliches Leuchten besonders gut. Es pulsierte langsam. Ein Baum, an dem die Flechten hinaufwuchsen, schien sich in Schmerzen zu winden. Die Krone bohrte sich zurück in den Boden, was aber seltsamerweise dem Laub nichts ausmachte. Seine Äste trugen ebenso viele Blätter wie die der umstehenden Erlen und sie waren von ebenso sattem Grün.

Zwar durfte man die Agilität von Imagolems nicht unterschätzen, aber leise waren sie niemals. Brotan hörte das Brechen von Ästen und kurz darauf die schweren Schritte der Steinmänner. Sie umgaben den Haupttrupp der Imperialen ringförmig, weswegen viele von ihnen neben dem Waldpfad gingen. Brotan fand, dass einige in überraschend verwahrlostem Zustand waren. Moos wucherte auf Kopf und Schultern, die Beine waren verschlammt bis hinauf zu den Hüften. Aber es gab auch einige, die man offenbar gerade erst geschrubbt hatte.

Graf Golars eigentlicher Trupp war überraschend klein, nur eine Handvoll Männer. Wie Listam gesagt hatte, war der Edle sofort an seinem glänzenden Harnisch zu erkennen. An den Schultern war ein eisblauer Umhang befestigt, dessen leichter Stoff nur der Zierde dienen konnte. Er trug keinen Helm, sodass Brotan die grauen Schlieren in seinem schwarzen Haar gut erkannte. Der Vollbart jedoch war gleichmäßig schwarz, wie der Pelz eines Maulwurfs. Die weißen Handschuhe wirkten vornehm, sie hätten auch zu einem Festgewand gepasst. Der Gehstock mit dem Silberknauf deutete ebenfalls darauf hin, dass er einem gesellschaftlichen Ereignis entgegenging, keinem Kampf. Dazu hätte auch der Degen mit dem verspielten Griff kaum getaugt.

Neben dem Grafen ging ein Magier mit einer blauen Schürze. Seine schwarzen Locken mussten gewachst sein, kein Windzug vermochte sie zu bewegen.

Gerade einmal drei Bewaffnete komplettierten den Zug. Anders als der Graf und der Magier trugen sie Rucksäcke. Schwerter hingen an ihren Seiten, über ihren Schultern lagen Speere.

Plötzlich knallte neben Brotan die Armbrust.

Im ersten Moment glaubte er, der Sicherungsbügel habe versagt, aber dann ordnete er das hohe Pfeifen richtig zu, und kurz drauf schlug der Bolzen auch schon bei Graf Golar ein. Blendend rotes Licht blitzte um ihn herum auf. Ein infernalisches Kreischen erfüllte die Luft, das auch Golars Begleiter zusammenzucken ließ.

Das rote Licht verschwand augenblicklich wieder.

Das Geschoss ragte seitlich aus Golars Bauch. Er taumelte.

Predell schob sich schon unter den Dornen zurück und Listam zog an Brotans Arm, um ihn zu veranlassen, ebenfalls den Beobachtungsposten zu räumen. Das war ein kluger Gedanke, denn die Bewaffneten sahen sich nun nach dem Schützen um. Die Imagolems verharrten, der Magier stützte den Grafen, der nun an den Bolzen griff. Er war mehr als die halbe Länge eingedrungen. Selbst im besten Fall musste die Spitze die Gedärme zerrissen haben und mit jeder Bewegung des Getroffenen würde sie dieses Werk fortsetzen.

Nochmals riss Listam an Brotans Ärmel und jetzt gab er nach. Er unterdrückte einen Fluch und schob sich nach hinten.

Erst am Fuß der Anhöhe, als sie den Sicherungskreis von Brotans Männern erreichten, holte er Predell ein. Er riss den Gardisten an der Schulter herum. »Du verdammter Trottel!« Nur mit Mühe hielt er seinen Zorn so weit im Zaum, dass er nicht brüllte. »Was sollte das denn?«

»Er war ein Feind.« Predell sah aus wie jemand, der einen Schlag erwartete und gewillt war, ihn hinzunehmen.

Aber damit hielt sich Brotan nicht auf. »Emala hat große Erwartungen in dieses Treffen gelegt. Sie wird schäumen! Gut möglich, dass sie dir bei lebendigem Leibe die Haut abziehen lässt.«

Brotan stieß den Gardisten voran.

»Zurück ins Lager!«, entschied Brotan. »Gebt die Order durch! Sofort aufbrechen!«

Entlang des Wachkreises gaben die Krieger den Befehl an den jeweils nächsten weiter.

»Listam! Du führst uns.«

Der Späher nickte ernst. Er ging voran, direkt hinter ihm folgte Predell. Brotan würde nicht zulassen, dass er sich nach seiner Wahnsinnstat in die Büsche schlüge. Und in seinen Rücken würde er den Gardisten erst recht nicht lassen. Offensichtlich überstieg sein Fanatismus noch den seiner Herrin. So jemandem war nicht zu trauen.

»Das wird eine ungewöhnliche Figur für dich.«

Kyrin fuhr herum.

Ihre Meißelschläge mussten Semire von Schneegrunds Schritte auf der Treppe übertönt haben. Die Grafentochter stand mitten im Raum.

Für ihre Verhältnisse trug sie ein einfaches Gewand, obwohl allein der Stoff ihres roten Kleides sicher das Vierfache von Kyrins gesamter Garderobe gekostet hatte. Dazu kamen der perlenbestickte Gürtel, der Dolch in der vergoldeten Scheide und das goldgefasste Collier mit Onyxen. Wie meistens trug Semire feste Stiefel. Jedenfalls nahm Kyrin das an, das Kleid verdeckte den Großteil davon.

»Sie wird nicht lebensecht«, vermutete Semire im Näherkommen. »Wird das etwa nur ein Kopf?«

Kyrin legte ihr Werkzeug ab. »Ein Studienobjekt.« Mit einem feuchten Tuch reinigte sie ihre Hände vom Steinstaub.

»Ein seltsames …« Semire umrundete den gut einen Schritt durchmessenden, grob halbkugelförmigen Stein, der auf einem Arbeitsblock ruhte. Er schluckte das Licht der Kerzen, die Kyrin in ihrer Werkstatt aufgestellt hatte.

»Schwarzer Marmor«, erklärte die Magierin.

»Schwer zu bekommen, nicht wahr? Die Vorkommen sind beinahe erschöpft. Gibt es den noch außerhalb von Haus Adlerhoch?«

»In den Zauberwerkstätten sind alle Gesteinssorten vorrätig«, sagte Kyrin.

»Und dort hilft man dir ohne Weiteres aus?« Semire strich mit der Kuppe des linken Mittelfingers über den Marmor.

Kyrin schlug den Blick nieder. Um Semire nicht in diese Sache hineinzuziehen, hatte sie alle ihre Ersparnisse in diesen Stein gesteckt. Eigentlich eine bemalte Kugel, deren Durchmesser nur eine Handspanne größer gewesen war als der des Steinkopfes, den sie nachmachte. Dieser eine Versuch musste gelingen. Zwar hatte sie versucht, die Kugel exakt zu halbieren, um noch einen zweiten Rohling zu gewinnen, aber die andere Hälfte war gebrochen.

Sie war beinahe fertig damit, das überschüssige Material abzutragen. Die Wölbung der Stirn entsprach nun schon ihrer Vorstellung. Als Nächstes würde sie die ausladenden Wangen in Form schlagen. Erst danach ginge es an das Gesicht.

Semire umrundete den Stein ein zweites Mal. Als der Marmor ihre Sichtlinie unterbrach, legte Kyrin das Tuch über die Mappe mit den Aufzeichnungen, die sie in der Burg am Dunkelsee angefertigt hatte.

»Du weißt, dass ich dich respektiere«, sagte Semire. »Du kannst mir vertrauen.« Lächelnd kam sie zu ihr. »Ich fände es schön, wenn das auch umgekehrt gälte.«

»Ich respektiere Euch«, versicherte Kyrin vorsichtig.

Semire nickte, aber Kyrin hatte das Gefühl, dass sie ihr nicht glaubte. Dabei war doch ganz selbstverständlich, dass man der Tochter eines Grafen mit Respekt begegnete!

Semire betrachtete den vielflächigen Bergkristall auf der Werkbank. »Eine imposante Züchtung.«

Er hatte etwa die Abmessungen eines Kürbisses. Lepp und Kell rangelten darum, wer oben auf ihm sitzen durfte.

»Minderwertig«, wiegelte Kyrin ab. »Der Meister des Kaltbrecher-Stollens fand ihn nicht rein genug, um ihn zu Schmuck zu verarbeiten.«

Der Kristall stellte Kyrin vor eine weitere Herausforderung. Um ihn in der Vertiefung zu verankern, die sie in die Stirn schlagen würde, brauchte sie eigentlich einen starken Bindezauber. Im Grunde war das leicht, Modelle von Ketten schlug man bereits im ersten Semester. Die Frage war jedoch, ob die tierischen Kundschafter der Magier in Burg Dunkelsee über Möglichkeiten verfügten, Magie zu spüren. Wenn Zauberer einen Ort überwachten, gehörte das zu den üblichen Vorkehrungen. Aber ohne Bindezauber müsste sie die Kuhle so in den Marmor schlagen, dass sie von sich aus genug Halt bot. Etwa, indem sie den Kristall wie in einer Art Gewinde eindrehen könnte. Das erhöhte die Gefahr von irreparablen Brüchen.

»Kommt die Magierwerkstatt für diese Kosten auf?«, fragte Semire.

»Euer Vater hat mir Mittel zur Verfügung gestellt, die ich für meine eigenen Forschungen nutzen darf. Ihr könnt ihn nach seiner Rückkehr fragen.« Kyrin biss sich auf die Zunge. Nicht nur, dass sie aus ihren persönlichen Mitteln ergänzt hatte. Natürlich konnte Semire jederzeit mit ihrem Vater über jedes beliebige Thema sprechen. Ob sie Kyrins Bemerkung als ungehörig empfand?

»Ist dies eine Arbeit für meinen Vater?«

»Ich würde niemals etwas tun, das ihm schaden würde«, wich Kyrin aus.

Semire stellte sich vor sie und sah ihr in die Augen. Ihre Iriden waren grün, wobei die Intensität der Färbung wechselte. Heute entsprach ihr Ton dem eines reifen Apfels. Sie war größer als die Magierin, was die Absätze der Stiefel noch verstärkten. »Du und mein Vater … ihr pflegt einen vertrauten Umgang miteinander.«

»Er hat mich aus der Gosse geholt, ebenso wie meinen Bruder. Dafür bin ich ihm dankbar.«

»Wie dankbar?« Semire lächelte. »Du bist hübsch, Kyrin. Und jung. Mein Vater ist schon lange einsam. Es gibt Gerüchte, dass du ihn tröstest. Ich gehöre nicht zu denen, die daran Anstoß nähmen, wenn es so wäre.«

Überrascht blinzelte Kyrin.

»Du kennst die Vermutung, dies sei die letzte Reise meines Vaters, bevor er in den Berg geht«, sagte Semire. »Viele sind dieser Ansicht. Weißt du mehr darüber?«

Stumm schüttelte Kyrin den Kopf.

Wieder lächelte Semire. »Vertrauen. Schade, dass es so wenig davon zwischen uns gibt. Ich schätze deine Treue zu meinem Vater, und wenn er dir zu schweigen befohlen hat, will ich nicht weiter in dich dringen.«

»So ist es nicht …«

Einen Moment wartete Semire ab, aber Kyrin fiel nicht ein, was sie anfügen sollte. Alles hätte albern oder nach einer Ausrede geklungen. Die Tochter des Grafen von Schneegrund – eine der stolzesten Damen auf dem Berg, die jeden abwies, der sich um ihre Hand bemühte – glaubte, dass sie, das Mündel, möglicherweise tiefer ins Vertrauen ihres Vaters gezogen war als sie selbst. Das war gefährlich, zumal es zumindest in einer der wichtigsten Angelegenheiten im Leben des Grafen auch zutraf. Der verletzte Stolz einer Adligen war eine häufige Todesursache auf dem Berg.

»Ich respektiere deine Geheimnisse«, sagte Semire. »Vor allem, weil ich weiß, dass du klug bist. Du wirst beurteilen können, wann es an der Zeit ist, andere einzubeziehen, die sich ebenso um das Wohl unseres Hauses sorgen wie du. Ich gönne dir das Wohlwollen meines Vaters. Und ich hoffe, du wirst daran denken, dass du neue Verbündete brauchst, wenn er in den Berg geht.«

Sie wandte sich um und ging zur Treppe.

Die Wendung, die das Gespräch genommen hatte, verwirrte Kyrin. So, wie Semire sie oft verwirrte. Die meisten Frauen auf dem Berg hätten einen Finger gegeben, um mit der Grafentochter tauschen zu können. Sie schien auch nicht mit ihrem Schicksal zu hadern, aber da war etwas an ihr … oder in ihr … Ehrgeiz, vielleicht. Kyrin kannte das auch von den Magiern. Manche wollten immer mehr. Mehr Wissen, mehr Status, mehr Imagolems, mehr meisterliche Artefakte. Mehr Silber wollten nur jene, denen es an Vorstellungskraft gebrach, und zu denen zählte Semire sicher nicht.

Kyrin nahm Hammer und Meißel wieder zur Hand. Was konnte sie schon anderes tun, als weiterzuarbeiten? Wenn die Gelegenheit käme, müsste sie bereit sein, das Haupt des Gravioners auszutauschen. Das würde Graf Golar von ihr erwarten, denn es war der vielversprechendste Weg, mehr über die Gezeiten der Macht zu erfahren. Sie hatte keine Traumblüten übrig, um Abuliar weitere Informationen zu entlocken, und zudem stand zu bezweifeln, dass er überhaupt mehr wusste, als er ihr bereits gesagt hatte.

Semire verharrte im Halbschatten auf der dritten Treppenstufe. »Wir beide lieben meinen Vater, auf unsere je eigene Weise. Wir sollten einmal einen gemeinsamen Ausflug unternehmen.

Ich habe gehört, der Dunkelsee sei schöner, als man gemeinhin denkt.« Damit stieg sie weiter nach oben.

Das Freudenmädchen hatte das Angebot, sich von Kyrin das Schweigen versilbern zu lassen, nicht wahrgenommen. Oder war es in den Palast gekommen und Semire in die Arme gelaufen? Zweifellos konnte die Grafentochter alle Reichtümer, die man sich von Kyrin erwarten mochte, überbieten …

Kyrin versuchte, den Meißel anzusetzen. Die Spitze zitterte über den Stein. Sie gab es auf.

Semires Botschaft war klar: *Ich bin dir einen Schritt voraus!*

Brotans Äußeres reichte aus, um ihm den Weg ins Gefängniszelt zu bahnen. Die beiden Gardisten, die davor Wache standen, wollten sich nicht mit dem vor Wut schnaubenden Hünen anlegen. Einer von ihnen zog sogar die Plane am Eingang für ihn zur Seite.

Die Zeltstangen waren massiver als üblich. Sie hielten das Gewicht eines Menschen. Ein Seil war am höchsten Punkt befestigt, wo sich die Stangen sternförmig trafen. An ihm hing Tarima Eichfrost. Die Fessel band ihre zusammengebundenen Fußgelenke, sodass sie kopfüber hing. Die Hände und ihr langes Haar berührten den Boden, bei dem man sich die Mühe gespart hatte, ihn mit einem Teppich zu bedecken.

Vor Tarima stand eine Laterne, die ihr Gesicht beleuchtete. Es war wohl nicht nur dunkel, weil sich das Blut im Kopf staute. Brotan erkannte die Spuren von Schlägen. Das herabhängende Haar entblößte schonungslos das Fehlen des linken Ohrs, die nässende Wunde war noch nicht vollständig geschlossen, begann aber, auf hässliche Weise zu verwachsen. Es sah aus, als wucherte dort ein Pilz.

Emala kauerte auf einem Sessel mit prächtig besticktem Rückenpolster. Sie trug das pompöse Gewand einer Zauberpriesterin, mit silberner Borte und keilförmigen Schulterpolstern. Den spitzen Hut hatte sie neben sich auf den Boden gestellt. An jedem ihrer dürren Finger steckte ein goldener Ring. Die Fassungen hielten einen Diamanten, einen Rubin, einen Quarz, einen Granit und andere Steine.

»Euer Mann hat den Grafen angeschossen!«, rief Brotan. Es war ihm gleich, dass die Wachen vor dem Zelt mithörten.

Emalas Lächeln zog zusätzliche Falten in ihr Gesicht. »Und wie hat er das bewerkstelligt?«

»Mit der Armbrust! Da war so ein rotes Blitzen …« Brotan breitete die Arme aus. »Wir wollten nur beobachten, aber Predell … Ich fürchte, Ihr habt Euch umsonst so herausgeputzt! Der Graf wird nicht kommen. Er ist schwer verletzt, vielleicht schon tot.« Er zeigte auf Tarima. »Wir müssen sie sofort freigeben.«

»Das bezweifle ich«, gab Emala ruhig zurück. »Sie hat sich noch immer nicht für ihre Dreistigkeit entschuldigt.«

Tarima benutzte die Hände, um sich so zu drehen, dass sie die Zauberin ansehen konnte, und versuchte, sie anzuspucken. Kopfüber hängend gelang ihr das nicht, der Speichel traf eine volle Handspanne vor Emalas Füßen auf den Boden. Dennoch loderte der Stolz in den Augen der Gefangenen.

»Aber das ist doch jetzt gleichgültig«, fand Brotan. »Wir müssen die Imperialen besänftigen, sonst schicken sie ihre Imagolems!«

»So ängstlich kenne ich Euch gar nicht, Ritter.«

»Es geht nicht um Angst! Wenn wir in einen Kampf geraten und noch mehr Blut fließt, werden die Verhandlungen …« Er hielt inne.

Die Alte lächelte noch immer.

»Ihr wolltet nie verhandeln …«

»Aber weshalb hätte ich dann diesen mühsamen Weg auf mich nehmen sollen?«

»Das rote Blitzen, als Graf Golar getroffen wurde …« Wie hatte er nur so dumm sein können, das nicht gleich richtig zu deuten? Sein Zorn hatte Brotans Denken gelähmt. »Das war ein Schutzzauber! So etwas gehört natürlich zur Rüstung eines Grafen. Und Predell brauchte ein magisches Geschoss, um diese Magie zu durchschlagen.«

»Wenn du es sagst, wird es wohl so sein.«

»Einen so behandelten Bolzen kann er nur von Euch erhalten haben.«

Wohlig seufzend lehnte sich Emala zurück. Ihre Ringe klackten, als ihre mumienhaften Finger die Armlehnen umfassten.

»Ihr habt den Grafen in eine Todesfalle gelockt. Ihr wollt den Berg reizen, damit er seine Truppen schickt und der Krieg unausweichlich wird.«

»Wir befinden uns bereits im Krieg, und zwar, seit unsere Vorfahren vom Berg vertrieben wurden«, versetzte Emala. »Nur haben das einige von uns vergessen.«

»Die Lurche … und das Imperium … Wir können nicht gegen beide zugleich bestehen!«

»Das Imperium wird sich nicht von einem Grenzfluss abhalten lassen, den Tod eines Grafen zu rächen. Die Aquebalêebuula dagegen können außerhalb ihrer Sümpfe nicht überleben. Sie werden uns nicht folgen.«

»Ihr wollt das gesamte Volk über den Fluss bringen?« Ungläubig starrte Brotan sie an. »Auf einen Schlag?«

»Ich werde uns in die Heimat führen.«

Er schüttelte den Kopf.

Tarima sprach aus, was er dachte. »Sie werden verhungern, verdursten und an Erschöpfung krepieren. Zu Tausenden. Es sind fünfhundert Meilen bis zum Berg und das Land kann keine solche Masse ernähren.«

»Die Schwachen werden vergehen«, sagte Emala sachlich. »Unsere Nachfahren werden auf diesen Zug als auf eine Zeit der Reinigung zurückblicken, in der unser Volk das Unvollkommene abstreifte.«

Brotan dachte an den Eid, mit dem er geschworen hatte, die Menschen Graviliens zu schützen. »Das ist Wahnsinn«, flüsterte er.

»Es ist die Erfüllung unseres Schicksals, das die Generationen vor uns so sträflich vernachlässigt haben«, korrigierte sie. »Und wenn ich etwas freigebe von diesem Vögelchen«, ihr verächtlicher Blick streifte Tarima, »dann ist das allenfalls ihr zweites Ohr. Wäret Ihr so freundlich, mir Euren Dolch zu leihen, Ritter?«

»Auf keinen Fall!«, knurrte er.

Sie lachte auf. »Wusste ich es doch! Ihr wollt sie beschützen.« Ächzend drückte sie sich aus dem Sessel hoch. »Also gut, dann will ich Euch Täubchen nicht länger stören. Ich habe ohnehin zu tun. Es gibt eine neue Lage zu beratschlagen und einen treuen Gardisten zu belohnen.«

Sie schlurfte hinaus.

Brotan zog seinen Dolch.

Tarima lüpfte eine Braue, was seltsam aussah, weil sie mit dem Kopf nach unten hing.

»Sorgt Euch nicht«, bat Brotan. »Ich will nur Eure unwürdige Lage beenden.« Er umfasste mit dem linken Arm ihre Taille, hob sie an, streckte sich und zerschnitt den Strick, der sie an der Zeltstange hielt. Dann legte er sie vorsichtig ab.

Sofort nestelte sie an ihren Fußfesseln. »Erwarte nicht, dass ich dir dafür dankbar bin! Ich durchschaue euer Spiel. Die Alte soll mir Angst machen und bei dir soll ich mich sicher fühlen. Als Nächstes wirst du mir vorschlagen, doch so einen verräterischen Brief zu schreiben, damit ich mein zweites Ohr behalte.« Verächtlich bleckte sie die Zähne. Ihr Blau war nur noch ein Schimmer.

»Falsch.« Er durchtrennte die Fessel. »Ich werde Euch zu den Euren bringen.«

Mit gerunzelter Stirn sah sie ihn an, wobei sie die Fußgelenke knetete.

Er deutete mit dem Dolch auf die Rückseite des Zeltes. »Dort stehen keine Wachen. Ich setze einen Schnitt. Wenn Ihr Ruhe bewahrt, können wir es unbemerkt in den Wald schaffen. Dann nehmen wir den Pfad, auf dem Euer Graf unterwegs war ... Wie schnell könnt Ihr laufen?«

»Ich werde dich nicht verlangsamen, Gravilier«, versicherte sie.

Mit der Nachricht vom Geschoss, das in Graf Golars Bauch steckte, war die Vorhut zur Nachhut geworden. Quilûn sah Derrek Eichfrost an, dass es an seinen Nerven zehrte, nicht zum

Ort des Geschehens eilen zu dürfen, zu seinem Lehnsherrn, der möglicherweise im Sterben lag. Stattdessen musste er die ihm anvertrauten zehn Krieger so führen, dass kein Feind an ihnen vorbeikäme. Es galt, den Abstand zur Hauptgruppe zu wahren, bis diese ins Lager zurückgekehrt wäre.

»Es ist ein schlechtes Zeichen, dass sie sich so langsam bewegen«, knurrte Derrek, nachdem er die Meldung eines Läufers entgegengenommen hatte. Der kleine Mann hatte einen Kugelbauch, das Größte in seinem Gesicht war die keilförmige Nase. »Hast du den Grafen gesehen?«

»Sie haben eine Trage für ihn gebaut«, berichtete der Bote. »Das hat Zeit gekostet.«

»Wenn sie ihn tragen müssen, kann er nicht mehr aus eigener Kraft gehen«, vermutete Quilûn.

»Vielleicht kann er noch gehen«, widersprach Derrek, »aber es ist nicht gut, sich zu bewegen, wenn man einen Bolzen im Bauch stecken hat.«

»Wieso ziehen sie ihn nicht heraus?«, fragte Quilûn.

Derrek schnaubte. »Wahrscheinlich, weil der Graf dann beginnen wird, wie ein abgestochenes Schwein zu bluten. Besser, man ist in einer sauberen Umgebung mit einer Menge Verbandszeug in Griffweite, wenn man das tut. Aber ich frage mich, wieso er seinen Harnisch nicht getragen hat.«

»Das hat er«, sagte der Bote. »Der Bolzen hat den Brustpanzer durchschlagen.«

»Was?«, rief Derrek.

Quilûn war ebenso überrascht. »Eigentlich sollten ihn die Zauber schützen, nicht nur das Eisen …«

Fragend sahen die beiden den Boten an, dessen Gesicht rot anlief. »Beim Vorfall selbst war ich nicht zugegen. Ich habe nur gesehen, dass der Bolzen im Harnisch steckt, als die Imagolems die Trage angehoben haben.«

Derrek schüttelte den Kopf. »Das ist unmöglich.«

Quilûn nahm einen Schluck aus seiner Wasserflasche, gurgelte damit und spie aus. Obwohl er in der Nacht nicht geschlafen hatte, fühlte er sich nicht müde, aber sein Mund wurde ständig trocken. Dass rechts des Weges die blauen und roten Stränge der Quadra leuchteten, machte es noch schlimmer. Ihr Pulsieren erschien ihm als Verheißung. Wenn er nicht dagegen ankämpfte, weitete er die Nasenlöcher und atmete tief ein, als könnten ihre Dämpfe bis zu ihm herüberwehen, ohne bis zur Unkenntlichkeit zerstreut zu werden.

Derrek beachtete das seltsame Verhalten des Malers nicht. Er sah den Waldpfad entlang in die Richtung, in der sich die Hauptgruppe etwa dreihundert Schritt entfernt bewegte. Die Vegetation versperrte die Sicht, aber wenn sie in freies Gelände kämen, wäre dieser Abstand angeraten, damit keine Bogenschützen die Gruppe um Golar und Anthurel angreifen könnten.

»Wer da?«, rief einer ihrer Krieger, der den Pfad in der anderen Richtung im Auge behielt.

Derrek wirbelte herum und riss sein Schwert aus der Scheide.

Die Klinge pfiff so nah an Quilûns Gesicht vorbei, dass er zurückzuckte. Der Maler zog den Dolch, seine einzige Waffe. Er hätte schon wieder einen Schluck nehmen können.

Die Abenddämmerung schuf trügerische Schatten unter dem Blätterdach. Quilûn sah den Krieger, der gerufen hatte, und ihm schien, als ob der Baum neben ihm lebendig würde. Ein Riese, eine Art Imagolem aus Holz. War so etwas möglich?

Nein, seine Augen narrten ihn. Dort war nur das Laub von Schlingpflanzen, das sich bewegte.

Aber über den Waldpfad näherte sich eine Gestalt, die Quilûn zunächst nur schattenhaft erkannte. Sie schien allein zu sein und sie schwankte, als könnte sie jeden Moment zusammenbrechen. Ob das an Erschöpfung oder an einer Verletzung lag? Oder war sie in die Dämpfe der Flechten geraten?

Derrek stellte sich ganz selbstverständlich vor Quilûn. Der Maler war in seinem Weltbild niemand, der selbst auf sich hätte aufpassen können.

»Wer da?«, rief die Wache eine Spur schärfer und hob die Armbrust.

»Obacht an den Flanken!«, befahl Derrek. »Das hier könnte eine Ablenkung sein!«

Die menschlichen Krieger mochten diese Anweisung umsetzen, aber für die drei Imagolems der Nachhut war sie zu offen formuliert. Wenn nicht gerade ein Magier eine Leitfigur benutzte, um seinen Geist mit dem eines Steinmannes zu verschmelzen, begriffen die meisten von ihnen nur simple Instruktionen.

Die schattenhafte Gestalt hob eine Hand, ohne allerdings stehen zu bleiben, und rief etwas, das Quilûn nicht verstand.

Der Krieger nahm die Armbrust herunter. »Das ist Eure Tante, Herr!«

Derrek rannte vor.

Nun sah auch Quilûn, dass es sich um eine Frau handelte. Sie trug ein Leinenkleid, das wohl weiß gewesen war, bevor der Schmutz des Waldes es besudelt hatte. Ihr schwarzes Lockenhaar war das Schönste an ihr, das Licht des verdämmernden Tages schuf einen Schimmer darauf, wie Quilûn ihn in seinen Bildern für ätherische Wesen verwendete.

Das Gesicht zeugte jedoch davon, dass die Frau Schreckliches durchgemacht hatte. Es war nicht nur verdreckt, sondern auch von Schwellungen entstellt.

»Tante Tarima!« Derrek schloss sie in die Arme.

»Derrek?«, nuschelte sie. »Was machst du hier?«

»Ich bin gekommen, um dich zu befreien. Und Onkel Domor.«

Sie presste die Zähne aufeinander und schob ihn auf Armlänge fort. »Sie haben Domor umgebracht«, zischte sie und Wut loderte in ihren Augen.

»O nein, das …« Derrek steckte sein Schwert in den Boden. »Das tut mir leid.«

Tarima bleckte die Zähne. Sie erschienen Quilûn außergewöhnlich hell für eine Adlige. Vermutlich hatte sie die Blaufärbung in den vergangenen Wochen nicht auffrischen können.

»Wenn du dich beeilst, kannst du seinen Mörder noch stellen«, sagte sie. »Er hat mich hergebracht.«

Mit zusammengezogenen Brauen spähte Derrek in die Richtung, aus der Tarima gekommen war. Die Schatten mochten täuschen, aber Quilûn schätzte sie nicht älter als ihn, etwa dreißig.

Derreks Vater musste jüngere Geschwister gehabt haben, wenn sie seine Tante war.

Baron Derrek Eichfrost nahm das Schwert wieder an sich. »Wie viele sind es?«

»Er ist allein. Hat mich befreit und glaubt wohl, ich würde ihm dafür Dankbarkeit schulden.«

»Schnappen wir ihn uns!«, rief Derrek.

»Müssen wir nicht den Grafen schützen?«, wandte Quilûn ein.

Derrek sah ihn zornig an. Offensichtlich lag ihm eine Menschenjagd mehr als der zähe Rückmarsch der Nachhut.

»Ich freue mich, Euch wieder bei uns zu haben, meine Dame«, versicherte Quilûn, »aber könnte nicht auch dies eine Ablenkung sein? Damit wir den Grafen von seinem Schutz entblößen?«

»Wer ist das?«, fragte Tarima ihren Neffen.

»Ein Maler«, erklärte Derrek, und es klang widerwillig, als er hinzusetzte: »Ein recht guter.«

»Leider gebe ich kein schönes Motiv mehr ab.« Tarima strich das Haar an der linken Seite zurück. Wo die Ohrmuschel hätte sein sollen, wucherte knorpeliges Fleisch aus einer Wunde.

Unartikuliert schrie Derrek auf. »Das wird der Schuft büßen!«

Brotan fand das Lager verlassen vor. Emala hatte keine Zeit damit verschwendet, die Zelte abbauen zu lassen. Nur das Nötigste war zusammengerafft und mitgenommen worden. Umgestürzte Stühle, ein halb aufgegessener Braten, über den sich nun Raben hermachten, und auf dem Boden verstreute Spielkarten zeugten von der Eile beim Aufbruch. Spuren eines Kampfes fand Brotan jedoch auch dann nicht, als er in einigen Zelten nachsah. Dort, wo zuvor Tarima gefangen gehalten worden war, baumelte ein totes Kaninchen von einer Stange im Zeltdach. Sicher war das eine Botschaft an ihn: Lauf, Verräter!

Inzwischen war die Nacht hereingebrochen. Mit dem brennenden Stecken, den er für seine Suche benutzt hatte, zündete Brotan einige Zelte an. Er bezweifelte, dass seine Verfolger die

Spur verloren hatten, zumal er im Wesentlichen dem Waldpfad gefolgt war. Das Feuer mochte sie verleiten, dieses Lager zu untersuchen, und ihm somit einen Vorsprung verschaffen.

Doch wohin sollte er sich wenden?

Emala war offenbar gewillt, ihn zurückzulassen. Aber er konnte sich nicht vorstellen, dass das auch für seine Krieger galt. Für Listam und die anderen war er ein Held. Er hatte einen Imagolem gefangen genommen und im Osten eine Schlacht gegen die Lurche gewonnen. Womöglich hatte Emala ihnen weisgemacht, Brotan sei auf einer speziellen Erkundungsmission für sie unterwegs oder er sei gar gefallen. Die Alte konnte überzeugend sein …

Aber wenn Brotan ihr gegenüberstünde, könnte er jede Lüge entlarven. Er wandte sich zum Fluss.

Kaum hatte er das Lager verlassen, knallte eine Armbrust.

Brotan ließ sich fallen.

Etwas schrammte über seine Rückenpanzerung.

»Ich habe ihn!«, rief jemand. »Hier ist er!«

Der Kerl musste fünfzig Schritt weit weg sein. Wie auch immer es ihm gelungen war, Brotan im Dunkeln über diese Entfernung so sicher auszumachen, dass er ihn mit einer Fernwaffe bekämpfen konnte – er würde diesen Vorteil weiterhin nutzen, um ihm auf den Fersen zu bleiben.

Brotan nahm den Kampfhammer vom Rücken und lief geduckt auf den Rufer zu. Er hoffte, dass ihn das Unterholz verbarg. Wenigstens machten seine Schritte auf dem moosigen Boden kaum Geräusche.

Sein Gegner wartete nicht auf ihn und er lief auch nicht fort, sondern kam ihm entgegen. Offenbar wollte er sich Ruhm sichern, indem er Brotan zur Strecke brachte. Die Armbrust musste er zurückgelassen haben, stattdessen hatte er ein Schwert gezückt. Die Tatsache, dass er die Klinge nicht mit Ruß abgedunkelt hatte, rettete Brotan das Leben. Verräterisch glänzte das Licht der brennenden Zelte auf dem Eisen.

Die Schwertspitze traf Brotan, aber da befand er sich schon in einer Drehung. Kreischend glitt die Waffe am Harnisch ab.

Brotan nutzte seinen Schwung und rammte das Ende des Hammerstiels in die Flanke des anderen. Er erwartete nicht, ihm dadurch eine Verletzung beizubringen, aber die rohe Kraft schleuderte den Gegner in ein Gebüsch. Die Äste knackten, er ächzte.

Brotan wirbelte um die eigene Achse, um den Kampfhammer in einem weiten Bogen führen zu können. Leider war ein in der Dunkelheit unsichtbarer Ast im Weg. Der Hammerkopf krachte dagegen, Holz brach, aber der Schwung war verloren.

Der andere sah tatsächlich erheblich besser in der Finsternis. Obwohl die brennenden Zelte nur ein fernes Flackern waren, zu schwach, um die Umgebung auszuleuchten, stach sein Schwert zielgenau in Brotans rechten Oberschenkel.

Er schrie auf und ließ den Hammer fallen. Das war kein Versehen, in dieser Dunkelheit und mit den vielen Hindernissen, die Bäume und Sträucher boten, war die Waffe von geringem Wert. Brotan vertraute auf seine Körperkraft und seine Schnelligkeit.

Den Schmerz verdrängend, beugte er sich dem Gegner entgegen, noch während die Klinge in seinem eigenen Fleisch steckte. Er griff weit nach vorn und bekam die Schwerthand zu fassen. Gnadenlos bog er sie herum. Knackend brach das Gelenk.

Der nahezu unsichtbare Gegner schrie auf, doch Brotan ließ ihn nicht los. Im Gegenteil, er riss ihn zu sich heran. Seine Linke umfasste den Hals und drückte zu.

Ein Tritt traf Brotans unverletztes Bein. Die Linke des anderen umschloss die Hand, die ihn würgte, und versuchte, den Muskel zwischen Daumen und Zeigefinger zu quetschen, um Brotan durch den Schmerz zu veranlassen, den Griff zu lösen.

Brotan lachte auf und drückte noch fester zu. Die gebrochene Hand ließ er jedoch los, um das Schwert aus seinem Bein zu ziehen.

Der Gegner zappelte und würgte. Vielleicht versuchte er, zu sprechen.

Da Brotan ihn am Hals hatte, war klar, wo sich der Kopf befinden musste. Seine Faust rammte in das Gesicht.

Er hatte das Gefühl, eine Nase zu zermalmen, vielleicht auch

Zähne auszuschlagen, aber seine Knöchel streiften auch etwas sehr Hartes, das die Haut aufriss. Einen Helm, dessen Visier nur bis über die Augen reichte und die untere Hälfte des Gesichts frei ließ?

Rufe drangen durch die Nacht. Kurz sah Brotan das schwankende Licht einer Laterne, dann verschwand es wieder hinter den Zweigen. Es mochte dreißig Schritt entfernt sein, kaum näher als die Zelte, aber in einer etwas verschobenen Richtung.

Brotans Gegner kämpfte nicht mehr. Der nahende Tod vereinnahmte seinen Verstand, er wehrte sich nur noch instinktiv. In einem Moment riss er an Brotans Unterarm. Bevor das irgendeinen Effekt hätte zeitigen können, verlegte er sich auf den Versuch, sich mit einer Körperdrehung aus dem Griff zu winden. Dann wieder lehnte er sein Gewicht nach hinten.

Dadurch zog er Brotan immerhin mit sich. Während der Mann zusammensackte, stachen Dornen in Brotans Hand.

Er kümmerte sich nicht darum. Die Wärme an seinem Bein machte ihm größere Sorgen. Offensichtlich blutete die Schwertwunde.

Als sich der andere nicht mehr regte, nahm Brotan die zweite Hand hinzu, um seinen Kopf herumzureißen. Mit einem trockenen Knacken brach das Genick.

Brotan ertastete den Helm, dessen Visier wie vermutet nur knapp unter die Augen reichte. Er fühlte sich rauer an als Eisen und es schien keine Sichtschlitze zu geben. Stattdessen waren Lider und Pupillen modelliert.

Brotan wollte sich hinhocken, aber das verursachte einen stechenden Schmerz in der Beinwunde. Also bückte er sich, um den Kinnriemen zu lösen.

Er zog den Helm ab und drehte ihn in den Händen. Am Hinterkopf war der Schutz bis zum Nacken heruntergezogen. Abgesehen von der Augenpartie ertastete er keine Modellierung; möglicherweise war er bemalt. Brotan trat aus dem tiefsten Schatten, aber das Licht der brennenden Zelte war zu schwach, um mehr vom Helm zu erkennen als den Umriss einer verlängerten Halbkugel.

Auch als er mit den Fingerspitzen fühlte, entdeckte Brotan keine Sichtschlitze. Und doch hatte dieser Bereich ganz sicher über den Augen seines Gegners gelegen.

War er vielleicht blind gewesen, sodass es ihn nicht beeinträchtigt hatte?

Sofort verwarf Brotan den Gedanken. Immerhin hatte er mit einer Armbrust auf ihn geschossen.

Oder war das ein Kamerad gewesen?

Die anderen Imperialen suchten auf dem Pfad, der zum Flussufer führte. Brotan musste sich beeilen, um die Boote vor ihnen zu erreichen, aber zumindest bestand keine unmittelbare Gefahr der Entdeckung.

Er nahm seinen eigenen Helm ab und setzte den des Besiegten auf. Er war etwas eng, aber als sich das geschlossene Visier vor seine Augen schob, schien die Nacht dem Tag zu weichen.

Überrascht sog Brotan die Luft ein.

Nein, es war anders als Tageslicht. Die Farben fehlten. Es war eher wie der vielfach verstärkte Schein eines Vollmonds, dessen silbrige Helligkeit zahllose Schattierungen von Grau schuf. Brotan erkannte Zweige, Dornen und Äste und den verdrehten Körper seines Gegners, der dazwischen lag. Sein abgeknickter Hals war angeschwollen, als hätte er einen Kropf.

Brotan sah auf seinen verwundeten Oberschenkel. Das Blut war ein tintendunkler Fleck auf der Hose. Solange er das Knie nicht zu stark beugte, konnte er das Bein belasten, aber er wusste, dass der Blutverlust ihn schwächen würde.

Er zog den Dolch seines Gegners und schnitt den Ärmel von seiner Tunika. Fest knotete er den Stoff um die Wunde. Lange würde das nicht halten, aber es war besser als nichts.

Brotan nahm den Hammer auf und setzte den Weg fort. Der magische Helm erlaubte ihm, sich einigermaßen sicher abseits des Pfades zu bewegen. Er machte eine Laterne zur Linken aus, konnte aber nicht entscheiden, ob es dieselbe war, die er vorhin gesehen hatte.

Er lauschte auf Kampfgeräusche. Wenn die Imperialen auf die Gravilier träfen, mochte es dazu kommen. Es sei denn, der

Feind entschloss sich, zunächst verborgen zu bleiben und die Konfrontation hinauszuzögern, bis er die Lage erkundet hätte.

Abgesehen von den Geräuschen des Waldes und der sich bewegenden Krieger blieb alles ruhig.

Schließlich hörte Brotan das Rauschen des Torn. Das Wasser plätscherte am Ufer und an den zahlreichen Inselchen im Strom.

Brotan erreichte das Schilf. Hier nützte ihm auch die magisch verstärkte Sicht wenig, weil die Pflanzen ihn überragten. Er wandte sich nach links. In dieser Richtung musste er auf den Steg treffen, an dem die Boote angelegt hatten.

Er fand ihn – und im selben Moment entdeckte ihn ein Imagolem, obwohl Brotan das Schilf noch nicht verlassen hatte. Die Kreatur richtete ihren Steinarm auf ihn aus und stieß einen tiefen, unartikulierten Schrei aus.

Flucht oder Angriff – nur einen Wimpernschlag lang überlegte Brotan. Er sprang auf den Steg – im Aufkommen stach Schmerz in seiner Beinwunde – und warf einen Blick zum Fluss.

Die Boote waren fort! Emala hatte nicht auf ihn gewartet. Sie trieb es wirklich zum Äußersten und ließ ihn in der Todesgefahr zurück.

»Verfluchte Schildkröte!«, zischte er. Aber er hätte wohl damit rechnen sollen. An ihren Landsleuten konnte Emala nur wenig gelegen sein, schließlich war ihr gleichgültig, wenn Tausende Gravilier auf dem wahnsinnigen Marsch zum Berg umkämen.

Mit dröhnenden Schritten stürmte der Imagolem über die Bohlen. Er war schlank modelliert, aber Brotan machte sich keine Hoffnung, dass der Steinmann über geringere Kraft verfügen könnte als er selbst. Zudem endete nur der rechte Arm in einer Hand, der linke war ab dem Ellbogen als Klinge ausgeformt.

Brotan sprang zurück ins Schilf, aber die Wunde forderte nun ihren Tribut. Wieder fühlte er das Stechen und das Knie knickte ein, was sofort einen weiteren Schmerz durch seinen Oberschenkel jagte. Möglicherweise hatte er den Verband zu fest angezogen. Das konnte das Gefühl im unteren Bereich des Beines lähmen.

Er biss die Zähne zusammen und rannte los. Das Schilf raschelte um ihn herum.

Wohl deswegen hörte er den zweiten Imagolem nicht kommen. Beinahe wäre er gegen die Tonnenbrust des Geschöpfs mit dem flachen, kastenförmigen Kopf geprallt. Brotan wich nach rechts aus und schlug mit dem Hammer zu.

Er konnte sein Ziel nicht verfehlen, aber dem Hieb fehlte er Schwung. Er löste allenfalls fingernagelgroße Splitter aus dem Stein.

Die abrupte Seitwärtsbewegung überforderte Brotans Bein. Es knickte weg, was sich anfühlte, als würde es ein weiteres Mal durchstochen. Er ging in die Knie, was den Schmerz noch verstärkte.

Brotan holte beidhändig über dem Kopf aus und schlug zu.

Der Imagolem versuchte, den Hammer mit einer Hand abzufangen, verfehlte ihn aber. Die Waffe donnerte auf den kantigen Schädel, und diesmal reichte die Wucht aus, um den Stein zu brechen. Ein Teil des Kopfes kippte zur Seite weg.

Zwar erstarrte der Imagolem noch nicht, aber er taumelte nun wie ein Betrunkener.

Brotan wollte nachsetzen, doch das rechte Bein reagierte nicht mehr. Er konnte sich nur im Knien vorbeugen, den Hammer am äußersten Ende fassen und zuschlagen.

Ein steinernes Schwert fing den Hieb ab. Der Imagolem, auf den er am Steg getroffen war! Seine schlanke Gestalt trat zwischen ihn und den massigeren Gegner.

Brotan schluckte. Er hätte noch einen weiteren Schlag anbringen können, aber nicht gegen den Kopf, der sich bei seiner jetzigen Position außer Reichweite befand. Vielleicht ein Knie … Wenn er es mit dem Hammerkopf und voller Wucht träfe, mochte es brechen. Das brächte den Gegner herunter zu ihm … dann ein weiterer Angriff, gegen den Kopf …

Brotan sah Lichtschein und drei Herzschläge später traten imperiale Krieger auf das Schilf, das der torkelnde Imagolem geknickt hatte.

»Ergib dich!« So, wie der schlanke Mann, der die Laterne

hielt, es betonte, hörte es sich wie eine Bitte an. Als hätte er selbst etwas zu verlieren, wenn Brotan erschlagen wurde.

Möglicherweise trug er einen Harnisch unter dem Wams, aber seine einzige Waffe schien ein Dolch zu sein. Wobei sich Brotan nicht sicher war, was die länglichen Gegenstände im Holster an der rechten Hüfte anging. Sie sahen aus wie unterschiedlich große Pinsel.

Die Männer an seiner Seite dagegen waren eindeutig Krieger. Sie hielten Schwerter und Speere, und ihre Aufstellung verriet, dass sie nicht gewillt waren, sich von weiteren Graviliern überraschen zu lassen, die sich im Schilf verborgen halten konnten.

Brotan wusste, dass er keine Hilfe zu erwarten hatte. Einen Imperialen mochte er mit in den Tod nehmen, wenn dieser sich nah genug heranwagte, vielleicht einen zweiten, wenn er sie reizte. Aber nicht alle und nicht die Imagolems.

Er warf dem Mann mit der Laterne den Hammer vor die Füße.

Der Krieger neben ihm nahm die Waffe auf. Eine Narbe hob sich hell von der linken Wange ab. »Stimmt es, dass du Domor Eichfrost ermordet hast?«

»Es war ein Kampf«, antwortete Brotan. »Er wollte uns töten, wir sind ihm zuvorgekommen.«

»Hast du ihm die Gelegenheit gegeben, sich zu ergeben?«

»Das hätte er auch nicht getan.« Brotan schüttelte den Kopf. »Es war mitten im Gefecht, und er dachte, seine Imagolems brächten ihm einen Vorteil. Außerdem wollte er seine Gemahlin befreien.«

Schnaubend gab der Krieger Brotans Hammer an einen anderen weiter und richtete die Schwertspitze auf den Knienden. »Bist du stolz darauf, ein Weib verschleppt zu haben? Hat es dir gefallen, meine Tante zu schlagen und ihr Ohr abzuschneiden?«

»Nein. Ich schäme mich dafür, dass Gravilier sie gequält haben.«

»Deswegen hat er sie befreit«, sagte der mit der Laterne.

»Was unnötig gewesen wäre, hätte er sie nicht zuvor entführt«, versetzte der Krieger ungnädig. »Ich finde, ein sauberer Schnitt durch den Hals würde diese Angelegenheit am besten regeln.«

Der Laternenträger trat vor, wagte aber wohl nicht, dem Krieger in den Arm zu fallen. »Bedenkt, Derrek: Wenn dieser Mann Euren Onkel erschlagen hat, weiß er auch, wo die Leiche liegt. Vielleicht ist noch genug übrig, um ihn dem Wind zu übergeben und seinem Geist Ruhe zu schenken.«

Unschlüssig blickte der Krieger an der Schwertklinge entlang.

»Liegt auf dem Berg Ehre darin, einen Wehrlosen abzustechen?«, fragte Brotan. »Unterscheidet ihr zwischen Kriegern und Schlachtern?«

»Vorsicht, Rebell!«, mahnte Derrek.

»Lasst den Grafen entscheiden«, drängte der andere. »Er ist weise. Vielleicht will er diesen Mann auch verhören. Ihr könnt nur gewinnen, wenn Ihr ihm den Gefangenen bringt.«

Die Zeit dehnte sich. Brotan hatte den Eindruck, dass die am Flussufer auslaufenden Wellen langsamer aufeinanderfolgten als bisher.

»Du wirst dich binden lassen«, forderte Derrek.

Brotan legte die Handgelenke auf dem Rücken zusammen.

»Du wirst mit uns kommen. Solltest du versuchen, zu fliehen, hast du keine Schonung zu erwarten.«

Mit der Beinwunde konnte Brotan ohnehin nicht weglaufen. Er nickte.

»Also gut«, grollte Derrek. »Der Graf soll entscheiden. Und falls er an seiner Verletzung stirbt, stirbt auch der Rebell.«

Seit der vormittägliche Regen versiegt war, lag Stille über Graf Golars Lager. Die Sonne brannte die Feuchtigkeit aus dem Boden, die dadurch in der Luft trieb. Quilûn spürte sie auf der Haut, die überhaupt empfindsamer war als jemals zuvor. Sein Hemd konnte in einem Moment auf den Armen schmerzen, als sei es aus Drähten gewebt, und ihn im nächsten umschmeicheln wie ein Hauch von den Lippen seiner lange verstorbenen Frau. Sicher hing das mit den Dämpfen aus der Bärenhöhle zusammen und damit, dass er nun bereits zwei Nächte und zweieinhalb Tage wach war. Wenigstens ließ die Trockenheit in seinem Mund nach. Er benutzte den Eimer, in den er nach dem Spülen spuckte, viel seltener.

Quilûn und Anthurel waren die Einzigen, die sich ständig im gräflichen Zelt aufhalten durften. Quilûn stand am Krankenlager, Anthurel Blitzdorn arbeitete gerade in einem durch einen halbdurchsichtigen Schleier abgetrennten Bereich. Da er dort keine Werkbank hatte, benutzte er ein Lesepult, das immer wieder bedrohlich knackte, aber bis jetzt durchhielt. Auf der Schräge lag eine blütenförmige Granitscheibe, aus der Anthurels Meißel Charakteristika einer Heilpflanze herauszuarbeiten versuchte.

Vier weitere dieser Artefakte lagen neben dem Verletzten auf dem Bett. Golar war bleich wie der Schneekristall in seinem Wappen. Eine Zofe wechselte die kühlenden Tücher auf seiner Stirn und tupfte den Schweiß ab, der unentwegt austrat. Man hatte ihn in ein weites Gewand gekleidet. Mit seinen Goldstickereien war es würdevoll genug, damit er die besorgten Adligen der Reisegesellschaft empfangen konnte. Die Heiler konnten es bei Bedarf hochschieben, um die Verbände zu wechseln und die Wunde zu begutachten.

Der pausbackige Clerronit, der nun mit einer Schüssel voll blutigem Wasser das Zelt verließ, sah ebenso betreten aus wie seine Brüder. Der Bolzen war entfernt, die Wunde genäht, aber sie nässte.

Golar war bei Bewusstsein, doch sein Verstand war mal mehr, mal weniger klar. Seit einer Weile betrachtete er das Gemälde, das Erlyks Schmerz zeigte. Es stand auf einer Staffelei neben seinem Bett. Im Licht des flammenförmigen Leuchtsteins wirkte das Graublau, in dem die kantige Gestalt gemalt war, als könnte man in die Leinwand hineingreifen. Vielleicht verlor sich der Graf wirklich in der Betrachtung.

Bei diesem Bild fiel das auch Quilûn leicht. Es übte einen hypnotischen Sog aus, so stark, dass sich Quilûn inzwischen fragte, ob er nicht doch verzaubertes Steinpulver in seine Farben gemischt hatte. An weite Strecken des Schaffensprozesses erinnerte er sich nur noch schemenhaft, obwohl er nur einen Tag zurücklag. Wenn er zu lange darüber nachdachte, beschlich ihn ein mulmiges Gefühl. Als hätte jemand anderes den Pinsel geführt. Jemand, der es verstand, sicher geglaubte Formen aufzulösen und wie ein Gott neu zu kombinieren, um eine Wahrheit zu zeigen, die sich für gewöhnlich hinter den Ablenkungen der Wirklichkeit verbarg. Dieses Bild zeigte etwas Unsichtbares: Schmerz. Kein schmerzverzerrtes Gesicht, keine leidende Kreatur. Den puren Schmerz an sich. Quilûn schien es, dass nicht nur Golar und er, sondern jeder es erkannte.

Eigentlich hatte der Maler am Krankenlager keine Aufgabe, aber in einem klaren Moment hatte der Graf mit ungewöhnlicher Schärfe befohlen, dass Quilûn nicht von seiner Seite weichen dürfe. Baron Alion Eisklamm und seine Frau Imilia beachtete Golar kaum. Schweigend standen sie am Fußende des Bettes. Imilia hatte sich an Alions Ellbogen untergehakt und wedelte so weite Schwünge mit dem Fächer, dass die Luft auch ihren Gemahl erquickte. Der Graf bekam Kühlung durch einen Wedel, der an einer Stange befestigt war. Ein menschenähnlicher Imagolem bewegte ihn seit Stunden gleichmäßig auf und nieder.

Quilûn schob die Splitter des Bolzens auf einem Silbertablett hin und her. Das aus Holz und Granit zusammengesetzte Geschoss war zerbrochen, als die Clerroniten es aus dem Körper geholt hatten. Dabei hatten sie die Wunde erheblich vergrößert, um die Splitter mit ihren Zangen zu fassen zu kriegen. Natürlich hatten sie sie vom gräflichen Blut gereinigt, ansonsten aber willkürlich abgelegt.

Stirnrunzelnd schob Quilûn sie nun so zusammen, dass sich die ursprüngliche Form wieder zusammenfügte. Der Schaft mit der Befiederung war noch in einem Stück. Auf der halben Länge, nach einer Handspanne, begann die Kerbe, in der man den Stein eingesetzt hatte, der auch die Spitze vollständig formte. Oder geformt hatte, nun war er ja zerbrochen. Die Splitter richtig anzuordnen war nicht nur deswegen schwierig, weil es mehr als drei Dutzend waren, sondern auch, weil es nicht ausreichte, sie auf dem Tablett auszulegen. Manche kamen von der Oberseite des

Bolzens, andere von unten. Quilûn musste sie so übereinanderlegen, dass sie nicht sogleich wieder abrutschten.

Trotz seiner Geduld gelang es ihm nicht, das Geschoss komplett wieder zusammenzusetzen. »Da fehlt etwas«, sagte er zu Anthurel, der mit der zurechtgemeißelten Heilpflanze ans Krankenlager zurückkehrte.

Der Magier sah ihn an, legte aber zunächst das neueste Werk neben dem Kissen des um sein Leben Kämpfenden ab, bevor er zu Quilûn kam.

»Die Spitze haben sie herausbekommen.« Das wie eine Faust modellierte Ende war beim Durchschlagen des Panzers abgeplattet, aber ansonsten unbeschädigt. »Dahinter … am steinernen Teil des Schafts …« Quilûn zeigte auf die Stelle. »Da fehlt ein Stück. Etwa so groß wie mein Daumen. Oder mehrere Splitter, die zusammen diese Mulde ausfüllen würden.«

Anthurel sah zum Verwundeten hinüber. »Es könnte heruntergefallen sein, als sie es aus seinem Körper geholt haben.« Die andere Möglichkeit brauchte er nicht auszusprechen: dass sich noch ein Steinsplitter im Grafen befand und dort sein zerstörerisches Werk fortsetzte.

Quilûn beugte sich nah über den Bolzen und fixierte die Bruchstücke mit den Fingern. Die Mulde sah so glatt aus, als hätte sie jemand geschmirgelt. »Vielleicht war diese Aussparung auch schon immer da. Ich sehe keine Bruchkanten.«

Anthurel zeigte auf eine gekrümmte Rille im zusammengesetzten Teil. »Ist das eine Zeichnung?«

Die Linie endete an der Mulde. An ihrem Ausgangspunkt war sie spitz, verbreiterte sich aber rasch. »Ist da eine Struktur eingekerbt?«, fragte Quilûn.

Anthurel versuchte zu tasten, aber die Rille war zu eng für einen Finger.

Vorsichtig nahm Quilûn das Silbertablett mit dem Bolzen auf und hielt es nah an den Leuchtstein. »Ja, das ist eine Struktur … Sehr fein gemeißelt … Schuppen.«

»Wie bei einem Fisch?«

»Oder einer Schlange.« Die beiden Männer sahen sich an.

Alita Blitzdorn kam ins Zelt. Sie bedachte Anthurel mit einem liebenden Blick.

»Mach dich nützlich!«, blaffte er sie an.

Sie nahm der Zofe das Tuch ab und tupfte selbst den Schweiß von Golars Brust und Hals.

Quilûn stellte das Tablett ab, nahm ein Pergament und die Schreibfeder des Grafen, tunkte sie ins Tintenfass und zeichnete die Kerbe ab. Er schätzte, wie viel durch die Mulde fehlen mochte, und führte das Bild weiter. Er konnte nicht wissen, wie sich das Motiv im Einzelnen fortgesetzt hatte, aber der Platz reichte aus, um die natürlichen Proportionen einer Schlange aufzunehmen. Quilûn malte sie mit aufgerissenem Maul und Giftzähnen.

»Ein Zauber, der ein Gift freisetzt!«, rief Anthurel.

»Bei einer Vergiftung braucht man ein Brechmittel«, meinte Imilia Eisklamm. Sie färbte nicht nur ihre Zähne, sondern auch die Lippen blau.

»Ein kluger Gedanke!«, befand Anthurel. »Holt eines.«

Der Baron verbeugte sich, Imilia knickste und beide eilten hinaus. Vor dem Zelt warteten schon die Nächsten darauf, dem Leidenden ihre Aufwartung zu machen. Erimio Winterstahl war an der Reihe, ein muskulöser, aber zugleich zur Fettleibigkeit neigender Baronet. Er gab dem Diener am Eingang sein Schwert, kam heran und verbeugte sich tief vor dem Krankenlager.

»Er hat kein Gift gegessen oder getrunken«, überlegte Quilûn. »Sein Magen ist leer. Wenn wirklich das Geschoss den Tod in seinen Körper getragen hat, wird es nicht helfen, wenn er sich übergibt.«

»Unfähige Heiler!« Anthurel hieb die Faust auf den Tisch. »Sie hätten das fehlende Stück suchen und herausholen müssen.«

»Sie haben doch schon so tief geschnitten.« Alita bedachte den Grafen mit einem mitleidigen Blick.

Ihr Gemahl beachtete sie nicht. »Ein doppelter Zauber … Der Schildbrecher in der Faust in der Spitze und dann noch Gift. Dieser Bolzen ist ein Meisterwerk!«

»Aber du wirst doch sicher ein Gegenmittel finden«, versuchte Alita, ihn aufzumuntern.

»Möglich, dass jetzt viele winzige Splitter durch seine Adern kreisen …« Nachdenklich betrachtete der Magier den Grafen. »Aber das Blut können wir nicht austauschen.«

»Kennst du nicht einen Entgiftungszauber?«, fragte Alita.

Anthurel ging um das Bett herum und ohrfeigte sie. »Lass mich endlich in Ruhe nachdenken!«

»Ja, natürlich, Anthurel.« Sie hielt sich die Wange. »Verzeih mir.«

»Ich finde, Ihr solltet Euren Frust nicht an Eurer Gemahlin auslassen«, meinte Erimio. Er griff sogar an seine Seite, wo er zuvor sein Schwert getragen hatte.

In Gedanken stimmte Quilûn ihm zu, aber ihm stand es nicht an, sich in gleicher Weise zu äußern. Auch wenn er die Gunst des Grafen genoss, blieb er ein Bürgerlicher.

Anthurel funkelte Erimio an. »Mischt Euch nicht in unsere Angelegenheiten!«

»Das liegt mir fern. Ich denke lediglich, dass …«

»Wie wäre es, wenn Ihr das Denken jenen überlassen würdet, die Graf Golar zu helfen vermögen? Dieser Gedanke scheint weder Euch noch meinem Weib zu kommen! Ihr wollt Euch nur selbst reden hören und damit haltet Ihr mich von der Arbeit ab.«

»Das war nicht meine Absicht.« Erimio presste die Zähne zusammen und senkte den Blick.

»Euer Anblick reizt mich!«, brüllte Anthurel. »Am besten begebt Ihr Euch hinaus und nehmt mein Weib mit Euch!«

»Aber Anthurel!«, rief Alita. »Bitte schick mich nicht fort! Ich will dir eine Hilfe sein.«

Gnadenlos wies er zum Ausgang. »Dann denke draußen darüber nach, wie du …«

Die Plane wurde zur Seite gezogen. Derrek und Tarima Eichfrost kamen herein. Sie sahen sehr ernst aus.

Ächzend versuchte der Graf, sich aufzurichten. Sofort schoben Alita und Quilûn zusätzliche Kissen in seinen Rücken.

»Vielleicht ist es nicht gut, wenn Ihr Euch bewegt«, mahnte Anthurel. »Das könnte die Zirkulation des Gifts beschleunigen.«

Derrek schob Erimio zur Seite. »Welches Gift?«

Der Graf überging die Frage. »Habt Ihr Domor gefunden?«

Tarima nickte. Ihre Lippen waren dünne Striche.

»Seine Leiche«, präzisierte Derrek. »Vor allem die Knochen. Ein treuer Imagolem hat bei ihm gewacht und die Tiere ferngehalten, so gut er konnte, aber gegen die Würmer war er machtlos.«

»Habt Ihr …« Anthurel räusperte sich. »Nur ungern erscheine ich respektlos angesichts Eures Verlustes, aber habt Ihr die Leitfiguren für Domors Imagolems gefunden?«

»Ich weiß nicht, ob es alle sind«, gestand Derrek. »Ein halbes Dutzend haben wir mitgebracht.«

»Das wird helfen«, meinte Alita. Sie warf einen Seitenblick auf ihren Gemahl und zog den Kopf ein, aber diesmal verzichtete er darauf, sie für ihre vorlaute Rede zu ohrfeigen.

»Dieser Imagolem, der die Leiche bewacht hat«, fragte er stattdessen, »konntet Ihr ihn ebenfalls zum Mitkommen bewegen?«

»Er steht vor dem Zelt.«

»Was ist mit dem Gravilier?«, erkundigte sich Quilûn.

»Er konnte nicht laufen.«

»Habt Ihr ihn zurückgelassen?«

»Nein, obwohl wir das hätten tun sollen.« Tarima bedachte ihren Neffen mit einem vorwurfsvollen Blick. »Ihm beide Knie brechen und ihn dann im Wald vermodern lassen, so, wie er es mit Domor getan hat.«

»Einer unserer Imagolems hat ihn zurückgetragen«, sagte Derrek. »Es liegt allein an Graf Golar, zu entscheiden, wie er sterben soll.«

»Ja, es ist Zeit, meinen Willen kundzutun.« Freudlos lächelte Golar. »Holt einen Schreiber! Und die Edelsten unserer Gesellschaft. Ich will viele Zeugen, damit es später keine Zweifel gibt.«

Quilûns und Anthurels Blicke trafen sich über dem Verwundeten, der offenbar begriffen hatte, dass er ein Sterbender war.

Erimio eilte hinaus, um den Wunsch seines Grafen zu verkünden.

Rellahn, der Schreiber, kam schnell. Quilûn kannte den ausgezehrten Mann von einem Gespräch am nächtlichen Lagerfeuer, bei dem sie sich über Tauben unterhalten hatten. Quilûn schätzte diese Tiere als unauffällige Elemente, die einen Himmel auf einem Gemälde auflockern konnten, während Rellahn ihren Orientierungssinn und ihre Ausdauer lobte. Jetzt klappte er die Holzkiste mit seinem Schreibzeug auf und entkorkte das Tintenfässchen. Er stellte den Löschsand bereit und strich den Stapel aus Pergamentblättern glatt.

Mit den Adligen dauerte es länger. Offenbar war es weder offensichtlich, wer zu den Edelsten gehörte, die der Graf an seinem Lager wünschte, noch, ob sich nur drei oder doch vier Dutzend Besucher in das Zelt quetschen konnten, ohne ungebührlich das Bett zu bedrängen. Schließlich sorgte Tarin Kalthorn für Ordnung, indem er eine Handvoll Adliger hinauswies und die Plane vor den Eingang zog.

Stille füllte das Zelt. Die Luft war warm und feucht. Quilûn nahm einen Schluck Wasser.

»Schreibt meinen Willen auf, solange niemand bezweifeln kann, dass ich noch klar bin«, forderte der Graf. »Zunächst zu diesem Gravilier … wie ist sein Name?«

»Brotan«, quetschte Derrek hervor. »Ich will ihn ersäufen.«

»Und dann will ich mit Silberlöffeln die Augen aus seinem Schädel pulen«, ergänzte Tarima, »und in die leeren Höhlen spucken. Das habe ich ihm angekündigt.«

»Nein«, entschied der Graf. »Er ist ein kräftiger Mann, und wenn sich sein Bein erholt, wird er wieder ein fähiger Krieger sein. Er soll für Haus Schneegrund in der Arena kämpfen.«

»Herr!«, warf Tarima ein. »Wenn er in der Arena stirbt, wird sein Geist in einen Imagolem wandern. Es wäre mir unerträglich, zu wissen, dass Domors Mörder noch lebt!«

Golar hustete schwer.

Derrek legte einen Arm um die schmalen Schultern seiner Tante. »Es wird ein Leben sein, in dem er uns dient«, versprach er. »Das wird ihm keine Freude bereiten. Der Graf urteilt weise.«

»Aber damit er in die Arena kann, muss sich ein Heiler um ihn kümmern!« Tarimas Stimme kippte. »Wir können doch nicht denjenigen pflegen, der Domor umgebracht hat!«

»Der Graf hat entschieden und Haus Eichfrost wird sich mit Freude seinem Willen fügen!«, mahnte Derrek. »Dies sage ich als dein Baron, nicht als dein Neffe. Brotan wird uns erst mit Schweiß und Blut auf dem Sand dienen, dann als willenloser Steinmann.« Er drehte sie an den Schultern herum und sah sie eindringlich an. »So soll es sein.«

Als der Husten verebbte, putzte Alita Golars Lippen ab. Blutiger Auswurf hinterließ Streifen auf dem Tuch. Sie faltete es zusammen, um diese Hässlichkeit zu verbergen.

»Ich will, dass Ihr Euch alle um meine Tochter kümmert«, verkündete der Graf mit so fester Stimme, als wäre er nicht geschwächt. »Ich liebe Semire, wie ich keinen anderen Menschen geliebt habe. Sie ist das größte Geschenk, das dieses Leben mir gegeben hatte.«

Er schwieg. Ob er erst jetzt gänzlich begriff, dass auf dieses Leben kein weiteres folgen würde? Er hatte sich zu spät für den Rückzug in den Berg entschieden. Eine Reisestrecke von einem Mond trennte ihn von dem einzigen Ort, an dem das Ritual vollzogen werden konnte, das seinen Geist vom Körper trennen und ihn unsterblich machen würde.

Er seufzte. »Das Folgende will ich in einfachen Worten sagen, damit es zu keinen Fehldeutungen kommen kann.«

Rellahn tunkte die Schreibfeder ein, strich die überflüssige Tinte ab und blickte ihn erwartungsvoll an.

Die Augen des Grafen wurden wässrig, als er sich unter seinen Edlen umsah.

»Meinen Titel, meine Macht, meine Paläste und all meinen Besitz vermache ich Quilûn, der die Welt sieht, wie sie wahrhaft ist.«

FÜNF
Der Kampf um Haus Schneegrund

»Das ist ein Trellopp.« Zimila Eisklamm beugte sich zu Emin Winterstahl hinüber, obwohl es hier oben in der Loge der Schneegrunds nicht so laut war, dass der Greis sie nicht verstanden hätte. Zugleich fächelte sie beiläufig auf solche Weise, dass der Fächer allzu tiefe Einblicke in ihren Ausschnitt verwehrte.

Die junge Blondine war nicht nur hübsch, sondern auch geschickt im Umgang mit Männern. Diese Art von Frauen brachten es im *Lustgarten* schnell zu einem ansehnlichen Einkommen. Wenn sie klug genug waren, ins Haus eines Freiers zu wechseln, bevor sie zu welken begannen, konnte das Freudenhaus auch für sie zum Tor in ein freudenreiches Leben werden. Dazu hätte Zimila noch fünf Jahre, urteilte Semire von Schneegrund. Vielleicht sogar zehn. Sie war zwanzig.

Aber sie würde den *Lustgarten* wohl niemals betreten. Zimilas Welt war die des Adels, und Semire achtete darauf, diese Welt, wo sie die Tochter eines bedeutenden Grafen war, von jener der schattigen Gassen, in der sie durch eigene Klugheit und Stärke selbst eine Herrscherin war, getrennt zu halten. In der ersten würde man sie verachten, in der zweiten fänden sich genug, die der Adligen ihre blauen Zähne aus dem Mund brechen würden, wenn der Vorhang, den sie gespannt hatte, durchsichtig würde.

Emin Winterstahl war sie allerdings in beiden Welten begegnet. Für Männer war das kein Makel. Wenn er den *Lustgarten* aufsuchte, wirkte er jünger, die Last seiner sechzig Jahre schien leichter. Auch dort hatte er Semires Hand geküsst, aber den Gesichtsschleier nicht durchschaut. Er hätte sie auch an ihrer Gestalt und vor allem dem langen roten Haar erkennen können, aber das, dem man nicht zu begegnen erwartete, nahm nur ein äußerst wacher Verstand wahr.

Das Kreischen des Riesenvogels mit dem rosafarbenen Federkleid zog die Aufmerksamkeit wieder in die Arena. Das Biest war gemeinsam mit Zimila Eisklamm zum Berg gekommen, ein Fang der Reisegemeinschaft um Semires Vater. In der vergangenen Woche hatten sie es zusammen mit anderen Ungeheuern ausgestellt. Eine gehörnte Schlange war darunter, zwei Panther, ein Stier mit eisenverstärkten Hörnern. Dass die Ränge schon jetzt, beim ersten Kampf des Abends, gefüllt waren, bewies, dass die Zuschauer viel vom Vogel erwarteten. Aber nun müsste bald Blut fließen, sonst schlüge die Vorfreude der fünfzigtausend, die diesmal in die Arena geströmt waren, in ebenso große Enttäuschung um.

Die Flügelschläge des Trellopp wirbelten den Sand auf. Er löste sich vom Boden, aber in zwanzig Schritt Höhe prallte er gegen ein bis dahin unsichtbares Hindernis. Durch den Kontakt flammten einzelne Stränge der Gitterkuppel auf. Sie verbanden die in die Wandung des ovalen Kampfplatzes eingearbeiteten Schutzpfeiler. Soweit Semire verstand, waren die Figuren von miteinander kämpfenden Gladiatoren nur zur Zierde in den glatten Obsidian geschnitten, während die magische Kraft in den umlaufenden Reliefs lag, die Seile darstellten. Bei den Dämonenhäuptern, die auf den Spitzen die Mäuler aufrissen, war sie unsicher, ob sie eine zauberische Funktion erfüllten. Jedenfalls inspizierten die Magier sie nach dem donnernden Kontakt des Vogels mit dem Gitter. Jeder der fünf heute zum Dienst eingeteilten Zauberer war für drei Schutzpfeiler zuständig. Steinmeister Agohn beaufsichtigte sie persönlich. Das war nicht ungewöhnlich, man sagte, das Oberhaupt der Magier, das stets so sehr darauf achtete, dass seine blonden Locken sauber waren und akkurat bis zur Hüfte fielen, liebte die blutigen Spiele.

Der Vogel gab nicht auf. Begleitet von einem lang gezogenen Wutschrei schlug er noch heftiger mit den Flügeln, als glaubte er, das Gitter mit seinem Rücken anheben zu können. Donnernd wies ihn das magische Hindernis ab, die Stränge flammten auf und das Publikum jubelte.

Die Logen waren auf halber Höhe der Ränge angebracht. Hier bedienten wohlgestaltete Knaben und hübsche Maiden die Reichen und Mächtigen, deren Einladung man brauchte, um auf den gepolsterten Marmorbänken Platz zu nehmen. Man hatte einen guten Blick auf die Kampffläche, und wenn man an die Brüstung trat, wurde man auch gut gesehen. Wer sich hier zusammen zeigte, wollte den Berg von einem Bündnis wissen lassen, oder zumindest davon, dass eine Fehde beigelegt war. Das hatte auch eine Rolle dabei gespielt, Zimila Eisklamm in die Loge der Schneegrunds zu holen. Semire sandte damit die Botschaft, dass bei der Reise ihres Vaters alles wie vorgesehen verlief: Steuern und Fänge für die Arena wurden zurückgeschickt, eine Reiseteilnehmerin kehrte heim, Truppen wechselten, besonderer Nachschub wurde zum Grafen gesandt. In der Empfangshalle des Familienpalasts stellte sie die ersten Gemälde aus, die Quilûn auf der Reise angefertigt hatte. Insbesondere Alita Blitzdorn hatte er gut getroffen, sie hatte unter einem Baum mit seltsamem Bast in den Ästen Modell gesessen. Ein Hauch von Traurigkeit lag auf ihrem schönen Antlitz, den man nur entdeckte, wenn man es mit Muße betrachtete.

Unterhalb der Logen befanden sich die Ränge, auf die man gegen Silber Einlass erhielt. Dort hatte man einen hervorragenden Blick auf das Geschehen – manche sagten, besser noch als auf den Sitzen des Adels – und sie waren beinahe vollständig gefüllt. Das Gedränge hätte den Aufenthalt dort für eine vornehme Dame unangemessen gemacht. Fliegende Händler versorgten das Publikum mit Wein, Nüssen, Pasteten, Trauben und Würsten. Hier saßen diejenigen, die es sich leisten konnten.

Oberhalb der Logen, wo den Zuschauern wegen der Entfernung Einzelheiten entgehen mochten, drängten sich dagegen die Geizigen und Mittellosen. Hier wurde kein Eintritt verlangt, die Ordner schlossen die Aufgänge nur, wenn zu befürchten stand, dass die Tribünen das Gewicht nicht mehr hielten. Vor fünf Jahren war eine von ihnen zusammengebrochen und hatte nicht nur die drauf befindlichen Ränge in die Tiefe gerissen, sondern auch die Loge der Dämmerkalts beschädigt.

Ein Speer durchschlug einen der Flügel des Trellopp, bevor das Wurfgeschoss selbst gegen das aufflammende Gitter krachte. Semire vermutete, dass er nur einige der rosafarbenen Federn erwischt hatte, statt eine echte Wunde beizubringen. Das mochte Absicht gewesen sein. Die drei Gladiatoren auf der Kampffläche waren Veteranen, in vielen Kämpfen zu Lieblingen der Menge geworden. Sie wussten, dass sie dem Publikum etwas bieten mussten. Eine simple Schlachtung ließ die Sensationsgier unbefriedigt.

Der Speer erfüllte seinen Zweck: Der Riesenvogel stürzte sich mit wuterfülltem Kreischen auf seine Gegner. Dazu legte er die Flügel an, kippte kurz mit dem Körper vor, streckte dann aber die krallenbewehrten Beine einem Gladiator entgegen, der mit einem gekerbten Schild und einem Spieß mit Doppelspitze kämpfte.

Am leuchtend gelben Helm erkannte Semire Gastos. Er spaltete das Publikum: Man liebte oder man hasste ihn. Mit dreißig Jahren zählte er zu den ältesten Gladiatoren, und seine Gegner meinten, es sei Zeit für ihn, der Arena fernzubleiben. Er gerate zu rasch außer Atem und seine Agilität lasse nach zahlreichen Verletzungen zu wünschen übrig. Seine Anhänger dagegen verwiesen auf seine Erfahrung und betonten, dass der Verstand die wichtigste aller Waffen war. Zumindest für den Moment behielten sie recht: Eiskalt wartete Gastos ab, um erst unmittelbar vor dem Zusammenprall zur Seite zu springen.

Der Trellopp konnte nicht weit genug nachziehen. Lautstark, aber harmlos schrammte sein linker Fersensporn über Gastos' Schild.

Gleichzeitig stieß der Gladiator zu. Der Doppelspieß traf den

Unterleib des Vogels und drang so tief ein, dass er ihm aus der Hand gerissen wurde.

Die Waffe fiel in den Sand.

Rotes Blut quoll in das rosafarbene Gefieder des Trellopp, der nun wieder aufstieg. Tropfen sprenkelten den Weg seines Fluges im Sand nach. Die Menge jubelte.

Auch Zimila klatschte begeistert, wobei der zusammengelegte Fächer raschelte. Das kleine Muttermal neben ihrem linken Mundwinkel verstärkte ihre mädchenhafte Ausstrahlung. Sicher weckte das Emin Winterstahls Beschützerinstinkt, neben ihrem Überlegenheitsdünkel einer der größten Schwachpunkte bei vielen Männern.

Semire sah hinüber zur Loge des Tiefen Hauses Schwertgrat, die sich auf der gegenüberliegenden Seite der Arena befand. Auch, was die Bündnisse und Feindschaften auf dem Berg anging, waren die Schwertgrats und die Schneegrunds Opponenten.

Die aufwärtsweisenden Zacken an ihrer Loge waren mit Stahl beschlagen, auf dem die Abendsonne glänzte. Überhaupt neigten die Angehörigen dieses Hauses dazu, Eisen zu tragen. Im Frieden traten Platten über dem Herzen und zwischen den Schulterblättern an die Stelle eines Harnischs. In Kämpfen erworbene Ehrenzeichen waren hineinziseliert. Heute schienen die Schwertgrats besonders aufgeregt.

Semire bezweifelte, dass das daran lag, dass Elaimon Ohne-Namen auf dem Sand stand. Vor zwei Jahren, mit gerade einmal sechzehn, hatte die Abenteuerlust der Jugend ihn aus dem Schutz seiner Familie und in die Gladiatorenschule getrieben. Nach außen hin gab niemand mehr zu, dass er als Schwertgrat geboren worden war, aber jeder wusste es. Wie meistens, so kämpfte er auch gegen den Vogel mit einer leichten Lederrüstung, einem Netz und einer Lurchlanze, drei Schritt lang, mit einer sägeartigen Bronzespitze. Er hatte auch den Speer auf den Trellopp geschleudert. Mehrere dieser Waffen steckten zur freien Benutzung über die Kampffläche verteilt im Sand.

Gegenwärtig beobachtete er jedoch aus dem Schatten der

westlichen Rundung, die beiden anderen Gladiatoren zeigten sich aktiver. Gastos und Umirea bewegten sich in der Mitte der Arena und wichen zu verschiedenen Seiten aus, als der Trellopp zu einem neuerlichen Angriff herankam. Wieder setzte der Vogel nicht den gebogenen Schnabel ein, sondern die Fänge, wobei die Fersensporne die bevorzugten Waffen zu sein schienen. Zweifellos konnte er damit einen Kopf von den Schultern reißen, mit genügend Schwung sicher auch einen Panzer durchschlagen – aber Elaimon befand sich nicht in Gefahr. Die Aufregung der Schwertgrats musste einen anderen Grund haben.

Emin Winterstahl verließ seinen Platz neben Zimila, die ihre Enttäuschung darüber schlecht verbarg. Der Schmollmund war übertrieben mädchenhaft, urteilte Semire. Im *Lustgarten* hätte er manche Freier anziehen mögen, aber eine Dame der Gesellschaft benötigte ein Minimum an Erhabenheit. Sie musste den Eindruck vermitteln, über den Niederungen des Lebens zu schweben.

Emin setzte sich zu Semire. »Was geht bei den Schwertgrats vor?«

»Ihr seht es also auch.«

»Meine Augen sind alt, aber nicht schwach.«

Semire schmunzelte. Sie wusste um den Ärger, den man spürte, wenn man unterschätzt wurde, aber auch um den Vorteil, den das mit sich brachte. Man hatte die Überraschung auf seiner Seite.

Sie nahm einen Schluck Apfelsaft. »Mir scheint, die Schwertgrats haben eine Botschaft erhalten.«

Etwas Kleines wurde herumgereicht, das auf die Entfernung nicht zu erkennen war. Sicher keine Pergamentrolle, aber vielleicht ein Zettel, wie er mit einer Brieftaube gekommen sein mochte.

»Wir schauen wohl zu auffällig hinüber.« Emins Blick schwenkte zu Zimila, die demonstrativ auf die Kampffläche starrte. »Sie haben uns bemerkt.«

In der Tat sahen die Schwertgrats zur Loge der Schneegrunds herüber, wenn sie nicht gerade in wechselnden Gruppen miteinander sprachen. Einige von ihnen gestikulierten, als würden sie sich streiten. Das Geschehen in der Arena interessierte sie dagegen anscheinend nicht mehr.

Dabei machte der Vogel Elaimon Ohne-Namen als sein Opfer aus. Der Trellopp bewies Lernfähigkeit. Bei diesem Angriff spreizte er, kurz bevor er seinen Gegner erreichte, die Flügel. Das verlangsamte ihn nicht nur, sondern versperrte Elaimon auch einen weiten Bereich, in den er ansonsten hätte ausweichen können, und wirbelte Sand auf, der ihm die Sicht nahm.

Der junge Gladiator hechtete schräg nach hinten, um sich außer Reichweite der Krallen zu bringen.

Statt erneut aufzusteigen, landete der Vogel, bog den langen Hals und hackte mit dem säbelartigen Schnabel.

Elaimon rollte über den Boden. Unglücklicherweise verfing sich sein rechter Fuß dabei in seinem eigenen Netz. Als er aufzuspringen versuchte, stürzte er sofort wieder in den Sand.

Am Boden bewegte sich der Trellopp wesentlich träger als in der Luft. Mit watschelnden Schritten drehte er sich zu seinem Gegner herum. Das konnte jedoch nicht über seine Gefährlichkeit hinwegtäuschen: Sowohl der Schnabel als auch die Krallen waren tödliche Waffen, und schon allein sein Gewicht reichte aus, um einen Brustkorb zu zerquetschen.

Semire sah hinüber zu den beiden anderen Gladiatoren. Elaimon war ihr Konkurrent um die Publikumsgunst. Würden sie ihn sterben lassen?

Umirea rammte ihr Schwert in den Boden, schrie aus vollem Hals und zog einen Speer aus dem Sand. Sie war eine der sehr wenigen weiblichen Gladiatoren, eine Eigenschaft, die die übertrieben ausgeformten Brüste ihrer glänzenden Kupferpanzerung betonten. Das war ein echter Nachteil im Kampf, denn diese Form leitete einen auftreffenden Hieb nicht unbedingt zur Seite ab, sondern manchmal auch zum Brustbein hin, das zudem durch die entstehende Kante eine Sollbruchstelle war.

Der Vogel beachtete sie erst, als ihr Speer knapp an seinem Kopf vorbeiflog. Dann ruckte er mit einem fragend klingenden Krächzen herum.

Das reichte Elaimon, um das Netz von seinem Fuß zu strampeln.

»Sie brechen auf«, raunte Emin Semire zu. Er beobachtete noch immer die Schwertgrats.

Semire winkte Kemar heran. Eigentlich hatte er mit dem Posten ihres Leibwächters auch das Privileg verloren, in der Loge Platz zu nehmen. Schließlich war er nicht von Adel. Sie wusste jedoch, wie sehr er die Kampfspiele liebte, weil sie die Erinnerung an seine Jugend weckten, und gewährte ihm deswegen permanenten Zugang.

»Sei so gut und bringe in Erfahrung, was bei den Schwertgrats vorgeht«, bat sie ihn.

Er nickte zum Zeichen, dass er verstanden hatte, und verließ die Loge.

Auf der Kampffläche versuchte Elaimon nun, seine Schlappe auszugleichen. Mit der Lurchlanze in beiden Fäusten rannte er brüllend gegen den Trellopp an.

Das Tier hüpfte, wie auch kleinere Vögel es taten.

Die gezackte Lanzenspitze fuhr ihm tief in den Bauch.

Gleichzeitig traf der Schnabel Elaimons Rücken. Er hackte nur sehr kurz, sodass Semire nicht erkannte, ob er eindrang. Der Bauchtreffer jedenfalls ließ den Trellopp kreischen und wieder vorsichtiger werden. Er stieß sich ab und flatterte auf.

Elaimon hielt seine Waffe fest und riss sie aus der Wunde. Bei einem Menschen hätte er damit die Gedärme aus der Bauchhöhle gezogen. Beim Trellopp folgte ein dicker Blutschwall der gezackten Bronzeklinge.

Schreiend kreiste der Vogel an der Wand entlang, eine rote Spirale auf den Boden malend. Mit schnellen Flügelschlägen suchte er den offenen Himmel, krachte aber donnernd gegen das Gitter. Die Kraft übertrug sich auf die Schutzpfeiler, einer von ihnen knackte so laut, dass Semire es über das Raunen der Menge hinweg vernahm.

Die Magier eilten herbei. Auch Lastonn war dabei. Entweder Aliére hatte mit dem Brett sanfter zugeschlagen, als es den Anschein gehabt hatte, oder er hatte eine Möglichkeit gefunden, die

Schwellung in seinem Gesicht zumindest oberflächlich zu kaschieren. Auf die Entfernung sah Semire nichts davon.

Ihre Aufmerksamkeit galt aber auch in stärkerem Maße Agohn. Der Steinmeister kümmerte sich nicht um die Reparatur des Pfeilers, sondern sprach mit jemandem, bei dem die glänzenden Eisenapplikationen an der Kleidung die Zugehörigkeit zu Haus Schwertgrat verrieten. Was immer das Tiefe Haus beunruhigte, schien auch die Magier etwas anzugehen. Jedenfalls hörte Agohn den Boten nicht nur an, sondern stellte offenbar auch Fragen. Und dann sah auch er zur Loge der Schneegrunds herauf.

Der Trellopp mochte seinen Tod kommen fühlen. In einem selbstmörderischen Angriff flog er knapp über dem aufwirbelnden Sand auf Elaimon zu.

Zwar konnte dieser seine Lanze in den Boden rammen, um sich an ihr abzustoßen und seinen Sprung zur Seite zu verlängern, aber der Flügel erwischte ihn dennoch und schleuderte ihn in den Sand.

Der Vogel jedoch konnte der Wand, vor der Elaimon gestanden hatte, nicht mehr ausweichen. Kreischend prallte er dagegen.

Umirea eilte hinzu und hackte ihr Schwert tief in den linken Flügel, der daraufhin blutend herabhing wie ein halb abgetrennter Arm. Dieser Vogel würde nicht mehr fliegen. Die Gladiatoren zögerten den Todesstoß nur hinaus, um der Menge noch etwas zu bieten. Es war ein trauriger Anblick, fand Semire, aber die brüllenden Menschen standen nun fäusteschüttelnd auf den Bänken.

Kemar lief so schnell die Treppe von der Rückwand der Loge zu Semire herunter, dass er beinahe gefallen wäre, und winkte ihr dabei, ihm entgegenzukommen. Als sie sich trafen, benutzte er die Hand, um seinen Mund vor Lippenlesern zu verbergen. »Euer Vater ist tot!«

Semire starrte das faltige Gesicht mit der vorragenden Nase an. Sie las Entsetzen, aber auch Entschlossenheit in den kleinen Augen.

»An der Grenze zu Gravilien«, fuhr er fort. »Ein verzauberter Armbrustbolzen.«

Ihre Gedanken glitten an dieser Botschaft ab. Hinter ihr dröhnten die Rufe, mit denen die Menge die Gladiatoren anfeuerte und bejubelte. Die drei hatten es wieder einmal geschafft, das Publikum für sich zu gewinnen. Sie gaben ihm einen spektakulären, einen erinnernswerten Tod.

Tod …

Merkwürdigerweise gelang es Semire nicht, sich an das Gesicht ihres Vaters zu erinnern. In diesem Moment wusste sie nur noch, dass er einen sorgfältig gestutzten Bart getragen hatte. Die kurzen Haare hatten sich weich unter ihrer Hand angefühlt. Als sie ein Kind gewesen war genauso wie beim Abschied der Reisegesellschaft. Und jetzt? War ihr Vater wirklich tot? Hatte man ihn schon verbrannt? Das tat man doch mit Toten … Um seine Leiche zurück zum Berg zu bringen, müsste man sie so behandeln, dass die in der Sommerhitze nicht verfaulte. Ob Anthurel einen Zauber dafür wusste? Oder die Clerroniten … die Heiler mochten Salben kennen, die das bewerkstelligten. Aber hätten sie so etwas dabei?

Anderenfalls würde man eine Urne mit seiner Asche zum Wald der Erinnerung tragen.

Es half Semire, sich mit solchen Einzelheiten zu beschäftigen. Aber die große Wahrheit – dass ihr Vater sie nie wieder anlächeln würde, dass er sich nie wieder nach ihrem Wohlbefinden erkundigen könnte, dass sie nie wieder die Zofe fortschicken würde, um selbst sein Haar zu kämmen – diese Wahrheit erschien ihr unvorstellbar.

Sie blickte auf. Eine solche Nachricht mochte die Unruhe der Schwertgrats erklären.

»Da ist noch mehr«, sagte Kemar.

Semire schützte ihr Gesicht mit dem Fächer. »Sprich.«

»Quilûn … der Maler … er ist das neue Oberhaupt von Haus Schneegrund.«

Seine Worte ergaben keinen Sinn. »Wie meinst du das?«

»Euer Vater hat Quilûn in seinem letzten Willen zu seinem Nachfolger auf dem Grafenthron gemacht.«

Semire lachte auf. »Quilûn ist ein Bürgerlicher!«

Schweigend sah Kemar ihr in die Augen. Sie erkannte keinen Scherz in seiner Miene, sondern stattdessen den tadelnden Ausdruck, mit dem er sie als Kind bedacht hatte, wenn sie sich unverständig angestellt hatte.

Vielleicht war doch alles nur ein haltloses Gerücht?

»Eine Botschaft?«, fragte sie.

»Mit der Taube. Soeben eingetroffen. Irgendwie muss Haus Schwertgrat sie vor uns erhalten haben.«

Der Verlust des Oberhaupts machte Haus Schneegrund verwundbar. Viele Vereinbarungen waren persönliche Absprachen, die nicht über das Grab hinaus Bestand hatten. Bei Semires Vater waren wohl alle davon ausgegangen, dass er früher oder später zu einem Unsterblichen werden würde, der die Einhaltung eines Pakts auch in der Ewigkeit einfordern würde. Aber dieser Todesfall änderte das.

Semire winkte Emin Winterstahl und Zimila Eisklamm heran.

Höflich verbeugte sich der Adlige vor ihr. »Herrin?« Er musterte Kemar, der etwa im selben Alter war, mit einem fragenden Blick.

Zimila knickste.

»Ihr beide werdet Haus Schneegrund hier vertreten«, bestimmte Semire.

»Ich?«, rief die Baroness überrascht.

»Ihr«, bestätigte Semire. »Es wird Euch leichtfallen. Wenn der Kampf vorüber ist, werdet Ihr den Beifall dafür entgegennehmen, dass wir diesen Vogel hierhergeschafft haben, um ihn zum Gaudium des Pöbels abschlachten zu lassen.«

Die junge Dame schluckte.

»Und Ihr?«, fragte Emin.

»Ich habe wichtige Dinge zu regeln.« Am Fuß der Treppe raffte Semire ihr Kleid, wandte sich aber noch einmal um. »Ihr werdet die Arena verlassen und Euch auf direktem Wege zu den Palästen Eurer Familien begeben, sobald dies ohne Aufsehen möglich ist.«

»Ist etwas Schlimmes geschehen?« Zimila war bleich.

»Ja«, antwortete Semire knapp und verließ die Loge.

Kemar blieb an ihrer Seite, die fünfköpfige Leibgarde schloss sich schweigend an.

»Quilûn …« Auf dem Weg durch die hellen Wandelgänge der Arena, wo so mancher Pakt geschlossen worden, so manche Fehde entbrannt und so manche Heirat verabredet worden war, schüttelte Semire den Kopf. »Möglich, dass der Verfasser der Nachricht undeutlich geschrieben hat. Es muss ein anderer Name sein.«

»Welchen ähnlichen Namen habt Ihr im Sinn?« Kemar versuchte, es zu verbergen, aber schon der kurze Weg durch die Arena strengte ihn an.

Sie presste die Lippen zusammen. Ihr fiel kein Name ein, der für eine Verwechslung infrage gekommen wäre, aber das mochte an ihrer Überraschung liegen. Zu Hause würde sie sofort die Adelsregister konsultieren.

Die Weinenden Männer warfen lange Schatten auf den Platz der Reue. Ihre Tränen plätscherten in die Roste zu ihren Füßen. Aber sie und ihre lebenden Augen waren nicht, was Semire innehalten ließ.

Haus Schwertgrat wartete bereits. Vier eisengeschmückte Männer und drei Damen, die neugierig über ihre flatternden Fächer herübersahen, standen am Ausgang der Arena.

Ein Jüngling mit einem breitkrempigen Hut, den ein umlaufendes Band aus Eisen zierte, zog sein Schwert und reichte es an einen Begleiter weiter, dessen Kinn ein so gewaltiges Grübchen teilte, dass Semire überlegte, ob es das Überbleibsel einer tiefen Wunde war. Im Näherkommen breitete der junge Mann die Arme aus und öffnete die behandschuhten Hände, um zu zeigen, dass er nun unbewaffnet war.

Semire erwartete ihn erhobenen Hauptes.

»Ich bin Isbar Schneidruhm«, stellte er sich vor und verbeugte sich formvollendet. »Habe ich das Vergnügen mit Semire von Schneegrund?«

»Ob es ein Vergnügen wird, müssen wir noch herausfinden, und wer ich bin, wisst Ihr genau.«

Er nickte. »Trifft es zu, dass Ihr die edelste Vertreterin Eures Tiefen Hauses auf dem Berg seid?«

Semire verkrampfte und bereitete sich innerlich auf die Demütigung vor, die dieser rituellen Frage folgen musste. Sie hatte keine Möglichkeit, ihr ohne Ehrverlust für ihre gesamte Familie auszuweichen. »Ich bin es.«

»Ich bedauere das hier sehr.« Isbar klang ehrlich betreten und auch sein huschender Blick bestätigte seine Worte. »Ihr wisst, was die Sitte erfordert.«

»Bringen wir es hinter uns.«

Isbar holte Luft und spie Semire ins Gesicht. Er traf knapp unter dem linken Auge. »Das Tiefe Haus Schwertgrat schickt mich, um dem Tiefen Haus Schneegrund die Fehde zu erklären. Verzichtet bis zur kommenden Mitternacht auf den Grafentitel und alle damit verbundenen Würden. Überschreibt Eure Ländereien an das Tiefe Haus Schwertgrat. Stellt Eure Truppen in unseren Dienst, schwört Eure Imagolems auf das Wappen von Schwert und Sonne ein. So mögt Ihr unserem Zorn entgehen. Verharrt Ihr jedoch in Trotz, werden wir jeden Angehörigen des Tiefen Hauses Schneegrund und jeden Gefolgsmann, der ihm die Treue hält, erschlagen.«

Semire dachte gar nicht daran, dieses Schauspiel mit einer Antwort zu würdigen. Ein knappes Nicken musste diesem Boten reichen.

Isbar räusperte sich. »Lasst mich hinzufügen, dass sich diese Feindseligkeit natürlich nur auf die Herren bezieht, auch wenn ich Euch die Nachricht überbringen musste. Die Damen dürfen auf Schonung hoffen.«

»Ich werde ihnen ausrichten, dass Ihr beabsichtigt, sie mit niederen Gefolgsleuten Eures Hauses zu verheiraten«, sagte Semire mühsam beherrscht, »oder sie zu Zofen zu machen, sofern ihr Stand Ersteres nicht rechtfertigt.«

»Haus Schwertgrat ist stets galant mit Damen umgegangen«, behauptete er.

Tatsächlich standen ihre Feinde in diesem Ruf, was Semire jedoch nicht besänftigte. »Alles Nötige ist gesagt«, stellte sie fest.

Isbar verabschiedete sich mit einer weiteren Verbeugung.

Erst, als sie den Platz verließen, akzeptierte Semire ein Tuch von Kemar, um damit den Speichel von ihrem Gesicht zu tupfen. »Um Mitternacht schon.« Sie betrachtete die blutrot versinkende Sonne. »Haus Schwertgrat verliert keine Zeit.«

»Ein Silberstück!«, forderte der Händler, dem die Nasenhaare den Oberlippenbart ersetzten.

»So viel?«, rief Kyrin entsetzt. »Für die paar Nüsschen?«

Geräuschvoll knabberte Kallin an seiner Beute. Das Äffchen saß auf dem blau-weiß gestreiften Stoffdach, das den Stand schützte.

»Nachdem ein Affe in den Topf gegriffen hat, muss ich den gesamten Inhalt wegwerfen«, behauptete der Händler. »Das will doch niemand mehr kaufen!«

Kyrin glaubte ihm kein Wort. Sobald sie außer Sichtweite wäre, würde er die gebogenen Nüsse wieder als besondere Delikatesse anpreisen. »Dann pack sie mir ein«, forderte sie. »Gib sie mir in einem Beutel.«

»Der Beutel kostet ein Kupferstück extra.«

»In Ordnung.« Das war es ihr wert, dass er nicht mit doppeltem Gewinn davonkam.

Missmutig füllte der Mann die Nüsse ab, während Kyrin versuchte, Kallin mit Zwitscherlauten auf ihre emporgestreckte Hand zu locken.

Das Äffchen traute ihr nicht, offenbar wollte es die Nuss zuerst vollständig verzehren. Außerdem mochten es die Massen erschrecken, die nach dem Ende der Arenaspiele in den Mitternachtsmarkt strömten. Noch vor einer Stunde war es hier so beschaulich zugegangen, dass Kyrin bequem Platz direkt an der Bühne gefunden hatte, um einer Tanzvorführung zuzuschauen. Mit kraftvollem Stampfen und eleganten Schwüngen hatte die Gruppe sie in ihren Bann gezogen. Jetzt schwirrten die überfüllten Gassen zwischen den Ständen von Gesprächen über die

Arenaspiele. Der von den Schneegrunds gestiftete Vogel begeisterte, während sich die Panther wohl als zu feige für einen guten Kampf erwiesen hatten.

Da die Handwerker hier klöppelten, schnitzten und ihre Ware anpriesen, war der Mitternachtsmarkt ein Ort voller Geräusche. Das Klirren von Metall auf Metall war jenseits der Kunstschmieden jedoch selten zu hören. Kyrin reckte den Kopf, um zu erkennen, woher es kam. Sie war zu klein, um die Quelle zu entdecken, aber in der Gasse vor ihr drängten sich die Menschen noch stärker als anderswo. Ein Mann nahm eine junge Frau sogar auf die Schultern, damit sie besser sehen konnte. Etwas ungeschickt streifte sie dabei eine der Laternen, die an den Buden hingen und die Menge in ein warmes Licht tauchten. Sie schwankte, löste sich aber nicht.

»Ein Silber und ein Kupfer.« Missmutig hielt der Händler Kyrin den Beutel mit den Nüssen entgegen.

Zweifelnd sah sie zu Kallin hoch, der noch immer keine Anstalten machte, auf ihren Arm zu springen. Stattdessen nutzte er seinen erhöhten Sitzplatz, um über die Menge hinwegzuspähen, in die Richtung, wo das Metallklirren lauter wurde. »Was siehst du, Kleiner?«, murmelte Kyrin.

»Ich habe noch andere Kunden …«, drängte der Händler.

Seufzend fingerte sie die verlangten Münzen aus dem Geldbeutel und nahm den kopfgroßen Beutel mit den Nüssen. Er war zu prall gefüllt, um ihn zuknoten zu können, und für einen Faden wollte der Kerl wahrscheinlich zusätzlich bezahlt werden. Das gönnte sie ihm nicht. Sie rollte den Stoff an der Öffnung so weit zu, wie es ging, und behielt den Beutel in der Linken.

»Wenn er in meine Auslage kackt«, der Händler zeigte hoch zu Kallin, »müsst Ihr zahlen, was immer er trifft.«

Kyrin drückte die Brust heraus, um ihre Magierschürze zu betonen. Aber eigentlich kam sie zum Mitternachtsmarkt, weil solcherlei Statussymbole hier keine kniefälligen Respektsbekundungen auslösten und man sie als normalen Menschen behandelte.

»Kallin!« Mit einem Ruck streckte sie den Arm hoch.

Das Äffchen begriff wohl, dass sie die Geduld zu verlieren drohte, und hüpfte auf ihre Hand. Sie setzte es auf die Schulter.

Dadurch abgelenkt, bemerkte sie zu spät, dass sich die Menge plötzlich rückwärtsbewegte. Man wich den näher kommenden Geräuschen aus, in die sich nun auch Lachen und unverständliche Rufe mischten, und schuf Platz in der Mitte der Gasse. Ein bulliger Kerl rempelte Kyrin an. Sie stolperte gegen den Stand des Nusshändlers und ließ den Beutel fallen. Klappernd hüpften die Nüsse über das Pflaster. Viele rollten zwischen die Steine, andere zerbrachen knackend unter Stiefelabsätzen.

Säuerlich blickte sie zum Händler.

»So ein Pech!« Er grinste.

Schnaubend wandte sie ihm den Rücken zu.

Das Zentrum des Interesses waren vier Jünglinge, die miteinander fochten. Dabei gab es keine klar getrennten Parteien, jeder schlug auf jeden der anderen ein. Schnell erkannte Kyrin, dass man gar nicht ernsthaft versuchte, einander zu verletzen. Als ein Heißsporn mit im Nacken gelocktem Haar und einem blauen Wams ein Dutzend Hiebe auf einen Gegner einprasseln ließ, der beide Hände brauchte, um seine waagerechte Parade zu halten, ließ ein untersetzter Kämpfer mit einem hüftlangen Zierumhang die Gelegenheit ungenutzt, dem Blauen sein Rapier in den Rücken zu stoßen. Stattdessen wartete er, bis er die Aufmerksamkeit des anderen hatte, um dann eine Reihe hoher Schläge zu führen, die ohne sichtliche Probleme abgewehrt wurden. Dabei lachten die Kämpfer, verspotteten einander als »träger Ochse« oder »Humpelbein«, zollten sich aber auch Anerkennung für »brandgefährliche Kombinationen« oder einen »Stoß, der drei Schneegrunds mit einem Mal durchbohren könnte«.

Wieder drängte ein beleibter Zuschauer Kyrin zurück. Sie verzieh ihm, obwohl er schmerzhaft auf ihren Fuß trat, weil er nur so verhindern konnte, von der weit ausholenden Bewegung einer Klinge im Gesicht getroffen zu werden.

Kyrin sah den Fechtern nach. Auf dem Mitternachtsmarkt gab es Schauspieltruppen, die auf ähnliche Art um Aufmerksamkeit für ihre Vorführungen warben. Aber dazu passte nicht, dass sie weder eine Bühne noch einen anderen Ort für eine Vorstellung erwählt hatten, wo sie das Publikum um Münzen bitten konnten. Auch die Kleidung schien Kyrin zu teuer zu sein und echte Waffen zu verwenden war zumindest ungewöhnlich.

»Hast du ihre Zähne gesehen?«, fragte sie den Mann, der ihr auf den Fuß getreten war. »Sind das Adlige?«

Er nickte so eifrig, dass sein Doppelkinn schwabbelte. »Haus Ehrkling. Sie sind auf Blut aus.«

»Gibt es denn eine Fehde?«

»Ach, diese Draufgänger finden doch immer eine dunkle Ecke, in der sie sich schlagen können.«

Nachdenklich blickte sie die Gasse hinunter, wo sich die Menge hinter den Fechtern wieder schloss. Sicher, wer sich unbedingt beweisen wollte, fand stets Gleichgesinnte eines Hauses, das mit dem eigenen zumindest nicht eng verbunden war. Ob sich die vier wirklich bloß in Stimmung brachten? Möglich war es. Ein paar Heißsporne, die schon einmal ihre Klingen klirren ließen, bevor sie jemanden fanden, auf den sie ernsthaft einschlagen wollten … Aber sie hatten gewirkt, als seien sie sich sehr sicher, ein geeignetes Ziel zu finden. Und hatten sie nicht auch gegen Haus Schneegrund Reden geführt? War das ein Zufall, nur der allgemeinen Missgunst der Adelsfamilien untereinander geschuldet?

Kyrin hatte ein schlechtes Gefühl bei der Sache.

Sie besuchte den Mitternachtsmarkt oft genug, um auch die Schleichpfade zwischen den Buden zu kennen, wo sie Rückseite an Rückseite standen, sodass es keine Auslagen zu bestaunen gab. Einen solchen Pfad benutzte sie, um den Ort des Handels und des Vergnügens ohne Gedränge zu verlassen.

Der Hahnenplatz, wo der Pöbel jede Woche bei den Kämpfen von Kleintieren wettete, war menschenleer. Von hier aus hatte man einen guten Blick auf das Adelsviertel, das sich den Hang des Hauptgipfels des Ianapat hochzog. Dort in der Ferne brannte ein Palast. Kyrin wusste nicht, welche Familie darin wohnte, aber sie war sicher, dass es sich um keines der Tiefen Häuser handelte. Die Flammen schlugen so hoch, dass Kyrin vermutete, er würde vollständig niederbrennen, wenn nicht bald entschlossen gelöscht würde. Dass man damit augenscheinlich noch nicht begonnen hatte, deutete darauf hin, dass es sich nicht um einen Unfall, sondern um einen Kampf handelte, der die Bewohner beschäftigt hielt.

Der Nachtwind trieb so wenige Wolkenfetzen unter den Sternen her, dass Kyrin keine Schwierigkeiten hatte, auch ohne Laternen ihren Weg zu finden. Das gab ihr die Möglichkeit, die kürzeste Strecke zum Palast der Schneegrunds zu wählen, abseits der Hauptstraßen.

Etwas dräute über der Stadt und das hatte nichts mit dem Wetter zu tun. Kyrin beschleunigte ihren Gang. Sie fühlte sich beobachtet, als folgten ihr verborgene Augen, hinter denen die Lust an Zerstörung und Blut lauerte. Nach einer Weile mied sie gepflasterte Straßen, wo das nicht mit allzu großen Umwegen verbunden war, weil ihr die Schritte verräterisch laut erschienen.

Zu dieser späten Nachtstunde brannte hinter kaum einem Fenster Licht. Als Straßenmädchen hatte Kyrin gelernt, dass die Dunkelheit ihre Freundin war. Sie half ihr, der Gefahr durch die Finger zu schlüpfen. In der Tat hörte sie bald Rufe von den größeren Straßen, Metall klirrte und in mindestens einem Schrei lag solche Verzweiflung, dass sie vermutete, dass er den Tod eines Menschen begleitete. Sieben Herzschläge lang. Kallin verkroch sich in einer Tasche ihres Kleids.

Kyrin war nicht die Einzige, der die Gewalt in der Stadt auffiel. Sie sah offene Fenster, Schatten auf Balkonen und eine Gruppe huschender Gestalten, hinter denen sie abenteuerlustige Jugendliche vermutete, die von zu Hause ausgerissen sein mochten. Eine Maid befand sich in der Begleitung von drei Burschen, wenn sie sich nicht täuschte.

In der Nähe des Olivenhofs flackerte Licht auf den oberen Stockwerken der Häuser. Als Kyrin innehielt, hörte sie das Prasseln des Feuers, und kurz darauf sah sie auch Funkenwolken in den Himmel steigen. In diesem Viertel wohnten vor allem Schreiber, Buchhalter, Rechenmeister und andere kluge Köpfe, die man brauchte, um Handelsgeschäfte dauerhaft profitabel abzuwickeln. Wenn hier gekämpft wurde, ging es nicht darum, mit einem schnellen Schlag einen Ehrverlust zu rächen. Hier schlug man zu, um ein anderes Haus in der Zukunft zu schwächen, indem man seinen Nachschub an Handelsgütern und seine Schatzkammern austrocknete.

Kyrin lief einen weiteren Umweg. Ihre Befürchtungen bestätigten sich: Selbst die Zinngießergasse, der sie nun folgte, war Schauplatz der Kämpfe. Bewaffnete waren vor einer brennenden Straßensperre versammelt, die ihnen, aber auch Kyrin, den Zugang zum Palastkomplex der Schneegrunds versperrte. Gegen die Helligkeit sah sie nur Schattenrisse, keine Wappenzeichen, die ihr verraten hätten, welchem Haus die Kämpfer angehörten. Kyrin zweifelte keinen Moment daran, dass die größeren Straßen ebenfalls blockiert oder – noch schlimmer – Schauplatz offener Kämpfe waren. Die Schreie und das Klirren deuteten auf Letzteres hin.

»Dann eben wie in früheren Zeiten«, raunte sie und lief zu den Wohnhäusern der Tagelöhner. Alle, die dort Quartier nahmen, hofften darauf, dass sie nur für eine oder zwei Wochen bleiben würden. Bis ihre starken Rücken und geschickten Finger genug Münzen eingebracht hätten, um eine bessere Wohnung beziehen zu können. Die Wirklichkeit war oft eine andere: Nicht wenige wohnten hier bereits in der dritten Generation.

Kyrin spürte die Aufregung ihrer Jugendtage wieder aufsteigen, als sie auf den verschachtelten Bretterhäusern herumkletterte. Bei den Behausungen dieser Elenden kümmerte sich kein Büttel darum, ob sie dem nächsten Beben standhielten. Da diejenigen, die das Leben hier angespült hatte, nirgendwo anders willkommen waren und ihre Zahl mal fiel, meist aber stieg, wucherten die Unterkünfte bis zum nächsten Stadtbrand wie ein Geschwür. Neben- und übereinander wurde weitergebaut, Großfamilien breiteten sich aus, Neulinge schufen weitere Quartiere. So krochen die Häuser der Tagelöhner auch den Steilhang hinauf, den sie oft als Rückwand nutzten. Abenteuerliche Stiegen führten zu den jeweils nächsten halbwegs ebenen Flächen, die oft nur für einen Verschlag Platz boten, in dem sich ein Einzelner ausstrecken konnte, auf denen sich aber manchmal auch ein halbes Dutzend Hütten drängte, auf deren Dächern drei weitere errichtet waren.

Für Kyrin bot dieses Viertel mehrere Vorteile. Zunächst einmal verfiel hier niemand auf den Gedanken, der Ehre wegen mit einem Degen herumzufuchteln – es fehlte den Bewohnern sowohl an Ehrgeiz als auch am Stahl für eine solche Waffe.

Zweitens stellte man Besuchern, die offensichtlich nicht hierher gehörten, keine Fragen. Zwar standen viele Bewohner an den Fenstern oder in kleinen Gruppen auf den Dächern, zeigten aber kein Interesse an Kyrin, sondern beobachteten die Feuer, die sie von hier aus zu erspähen vermochten.

Drittens – und das war entscheidend – konnte man, wenn man schwindelfrei, trittsicher und im Klettern erfahren war, über die gewagten Konstruktionen so weit auf den Hang hinaufgelangen, dass man an der Westseite wieder hinuntersteigen konnte. Wenn Kyrin die Geißenwiese querte – ein verniedlichender Begriff für einen Felshang, auf dem nur die Ziegen mit ihren erstaunlichen Kletterkünsten grasten –, sollte sie das unmittelbar vor die Palastmauer bringen.

Es brauchte Zeit. Gerade in der Dunkelheit konnte ein zu hastiger Griff dazu führen, dass sie den Halt verlor und sich sämtliche Knochen brach. Kyrin bewies Geduld.

Ihr Kleid war zerrissen und ihre Schuhe hatte sie unterwegs abgestreift, um mit den Zehen besseren Halt zu gewinnen, aber sie erreichte die Palastmauer. Im Süden war Feuerschein zu sehen. Er musste von außerhalb des Komplexes kommen. Sie hörte Rufe, jedoch keine Kampfgeräusche. Dennoch hielt sie es für unklug, zum Tor zu rennen. Selbst, wenn sich die Kämpfer nicht Klinge an Klinge gegenüberstanden, könnte ein Armbrustbolzen sie erreichen, bevor ihr geöffnet wurde.

Also formte sie die Hände zu einem Trichter um ihren Mund und rief zur Mauerkrone hinauf. »Heda! Wache! Ist da wer?«

Tatsächlich gab es auch an diesem Abschnitt eine Streife. Ein behelmtes Haupt erschien zwischen den Zinnen. »Wer da?«

»Kyrin! Wirf ein Seil herunter!«

»Seid Ihr allein?«

»Ja, sicher!«

Einen Augenblick später fiel ihr eine brennende Fackel vor die Füße. »Leuchtet in Euer Gesicht und dann um Euch herum!«

Auch wenn sie zu einer Verzögerung führte, gefiel Kyrin die Gewissenhaftigkeit des Kriegers. Sie folgte seinen Anweisungen und wurde mit einer Strickleiter belohnt, die sie rasch hinaufkletterte. Oben angekommen gab sie die Fackel zurück.

Die Streife bestand aus zwei Männern. Einer trug eine gespannte Armbrust mit eingelegtem Bolzen, der andere eine Hellebarde, deren auffächernde Klinge geeignet sein mochte, eine angelegte Leiter fortzustoßen. Beide sahen sich ähnlich mit ihren buschigen Augenbrauen und den schräg stehenden Augen, aber der mit der Hellebarde hatte offenbar die Pocken überstanden, die auf seiner linken Wange eine Kraterlandschaft hinterlassen hatten.

»Was geht hier vor?«, fragte Kyrin.

»Fehde«, sagte der Hellebardenträger. »Haus Schwertgrat. Seit Mitternacht.«

»Wer führt auf unserer Seite das Kommando?«

»Semire.« Ihm war anzuhören, wie wenig ihm dieser Umstand behagte.

»Wo finde ich sie?«

»Im Kartenturm. Wir können Euch nicht führen, wir müssen …«

»Ihr seid zur Streife eingeteilt.« Sie nickte knapp. »Ich finde mich zurecht.«

Auf dem Weg durch den ummauerten Palastkomplex begannen Kyrins Füße zu schmerzen. Sie hatte sich die Sohlen aufgerissen. Als wollte Kallin sie von seinem winzigen Gewicht entlasten, sprang das Äffchen auf den Boden und lief neben ihr her.

Die Imagolems brauchten keine Kaserne. Normalerweise standen die Steinmänner in Nischen neben den Toren. Diese waren jetzt leer, wie Kyrin zufrieden bemerkte. Jemand musste sie in den Einsatz befohlen haben.

Einer wachte auch vor dem sehr schlanken Kartenturm, dessen Spitze eine klobig wirkende Zwiebel bildete. Boten legten ihre Berichte in Körbchen, die wie Nester aus Federn gemeißelt waren. Wenn man sie anstieß, schwebten sie in Spiralen an der Außenwand zur Kuppel empor. Der Imagolem war eine von Kyrins Schöpfungen, geformt als muskulöser Mann, mit voll ausgestalteten Händen und sogar modellierten Zehen.

»Lass mich durch!« Sie wusste, dass er im Dunkeln erheblich besser sah als sie, aber ihm war eingegeben, zusätzlich die Stimme zu überprüfen, wenn er ein Mitglied der Grafenfamilie bewachte. Er trat zur Seite.

Sosehr man den weiten Blick schätzen mochte, den man bei Tage von der Turmspitze aus über die Stadt und das Land südlich des Berges genießen konnte, wenn man die Karten studierte, war die endlos erscheinende Treppe für Kyrins verwundete Füße doch eine Qual. Sie hätte sich wenigstens ein paar Schuhe geben lassen sollen.

Das dachte sie nochmals, als sie den runden Raum mit den teils dreidimensional entfalteten Karten betrat und im Licht der Leuchtsteine die blutigen Abdrücke sah, die ihre Füße auf dem hellen, angenehm kühlen Marmor hinterließen. Semire stand mit einigen Männern um einen Tisch, über dem sich eine Darstellung der Stadt als glitzernde Staubwolke erhob. Kyrin hatte sie nicht erschaffen, aber mehrfach verfeinert. Mit einem Pinsel aus Obsidian und Bernstein konnte man die Farben verändern und genau das tat ein gerüsteter Adliger gerade. Kyrin nahm an, dass er die Verteilung der Truppen in den unterschiedlichen Vierteln markierte. Anstelle eines Helms trug er einen Kopfverband.

»Da ist sie ja endlich!«, rief Semire.

Kyrin knickste.

»Wo hast du gesteckt?«

»Ich war in der Stadt«, antwortete sie. »Es war nicht leicht, hierher durchzukommen.«

»Das kann ich mir vorstellen«, sagte Barn Falkenkrall. Offenbar war auch er von den Kämpfen überrascht worden. Er trug zwar einen Degen, aber keinen Harnisch, sondern eine kurze Jacke über einem vornehmen, gelben Hemd.

Kyrin zeigte auf die Darstellung der Stadt, neben der sich ein knappes Dutzend Adliger beratschlagte. »Was geschieht hier?«

»Die Schwertgrats …«, begann Barn.

»Sie müssen diese Fehde schon lange vorbereitet haben«, unterbrach Semire ihn. Sie trug einen Lederharnisch über ihrem roten Kleid, aber die kämpferische Ausstrahlung rührte in viel stärkerem Maße von ihrer entschlossenen Miene. »Ich nehme an, sie wollten beim Rückzug meines Vaters in den Berg zuschlagen.«

Kyrin blinzelte. »Und weshalb tun sie es jetzt?«

Semire schritt zu einem gebogenen Schreibtisch, nahm einen kleinen Zettel herunter und gab ihn Kyrin.

Die Botschaft war knapp, aber eindeutig. »Tot?«, fragte Kyrin tonlos. »Und Quilûn der neue Graf …«

»Damit befassen wir uns, wenn er zurück auf dem Berg ist«, sagte Semire barsch. »Für den Moment gilt es, dafür zu sorgen, dass er überhaupt noch ein Haus Schneegrund vorfindet, wenn er eintrifft.«

»Steht es so schlimm?«, fragte Kyrin.

»Noch wissen wir nicht, wer gegen Euch steht«, erklärte Barn.

»Ihr sagt *Euch*«, stellte Kyrin fest, »nicht *uns*. Steht die Loyalität von Haus Falkenkrall etwa in Zweifel?«

Eindringlich blickte Semire ihr in die Augen. »Uns fehlt die Zeit, das jetzt zu debattieren.«

»Ich darf darauf hinweisen«, meinte Barn süffisant, »dass Falkenkrall das einzige Haus unter Adlerhoch ist, das derzeit überhaupt eine Möglichkeit gefunden hat, Schneegrund zu Hilfe zu eilen.«

Um Zeit zu gewinnen, ging Kyrin zum Tisch und legte die Nachricht wieder ab. Wankten etwa die Bündnisse auf dem Berg? Vielleicht auch der Pakt zwischen den Tiefen Häusern Adlerhoch und Schneegrund? War die eineinhalb Jahrzehnte zurückliegende Fehde bis in die Tiefe bereinigt und beigelegt? Kein Adliger durfte je eine noch ungesühnte Demütigung vergessen, denn die Unsterblichen, bei denen die wahre Macht lag, taten es niemals.

»Wissen wir, wer gegen wen steht?« Kyrins Herzschlag pochte in ihrem Hals. War es so weit? Setzte ausgerechnet Graf Golars Tod den Plan in Gang, an dem er seit über einem Jahrzehnt im Verborgenen gearbeitet hatte?

»Ein Chaos voller Widersprüche«, meinte Barn mit hörbarer Begeisterung. »Noch ist völlig unklar, wie viele Schwerter auf wessen Seite …«

»Etwas ist klar!«, unterbrach Semire ihn neuerlich. »Irgendwie hängen die Magier mit drin. Als sie die Nachricht vom Tod meines Vaters erhielten, hatten die Schwertgrats nichts Eiligeres zu tun, als sich mit Steinmeister Agohn zu beraten.« Sie trat nah an Kyrin heran. »Bislang habe ich gedacht, du persönlich hättest dir seinen Zorn zugezogen. Aber vielleicht ist er gegen Tarisonn und dich vorgegangen, weil ihr unserem Haus treu seid. Was kannst du mir darüber sagen?«

Kyrins Magen verkrampfte sich. Agohn ging gegen sie vor?

Davon wusste sie nichts.

Aber der Steinmeister war dafür bekannt, seinen Gegnern mehrere Schritte voraus zu sein. Er schlug zu, bevor man wusste, dass man in Gefahr schwebte. Das Freudenmädchen in der Burg am Dunkelsee … Erris, der Magier, der mehr bemerkt haben mochte, als es schien …

Wenn Agohn jetzt handelte, musste Kyrin ihm zuvorkommen. Sicher hatte auch er den Zeitpunkt dieser Entwicklungen nicht vorhersehen können. Noch mochte er andere Prioritäten haben, als sich um die Gravioner auf dem Grund des Sees zu kümmern. Kyrins Steinkopf war fertig …

Gehe ohne mich voran … Das war Graf Golars letzte Anweisung an sie gewesen.

»Ich brauche vier Imagolems«, sagte Kyrin.

Semire verschränkte die Arme. »Um was mit ihnen zu tun?«

Kyrin sah die Grafentochter an. Sie war niemals Teil der Pläne ihres Vaters gewesen. Er liebte sie … *hatte sie geliebt* … aber sie konnte nicht helfen. Wenn Kyrin sie eingeweiht hätte – was vor den Offizieren ohnehin unmöglich war –, hätte sie Semire nur in Gefahr gebracht. »Ich komme zurück, so schnell ich kann«, versprach sie.

Semire lachte auf. »Du willst vier Imagolems aus unserer Verteidigung abziehen, während unser Palast angegriffen wird?«

Wie zur Bestätigung donnerte ein Katapult und in der Nähe schlug etwas Schweres ein.

»Ich brauche dich, um die Imagolems zu lenken«, insistierte Semire.

»Das müssen die anderen Magier …«

»Die meisten *anderen Magier*«, sagte sie betont, »scheinen es nicht nötig zu haben, uns beizustehen. Gerade einmal drei sind zum Palast gekommen.«

»Die Straßensperren könnten sie aufhalten«, brachte Kyrin lahm vor.

»Oder ihre Loyalitäten. Also: Was weißt du von Steinmeister Agohn?«

Kyrin hatte das Gefühl, dass ihr die entscheidende Zeit durch die Finger rann. Sie brauchte Fußlappen und Schuhe, in denen sie den Weg zum Dunkelsee durchstand. Sie brauchte vier Imagolems, und zwar starke, die ihren nachgemachten Steinkopf trugen. Einen der Flaschenzüge hinunter, über den man den Palast versorgen konnte. Hauptsache, die Bodenstation war noch unter Kontrolle. Die Unruhe in der Stadt mochte helfen, dass niemand darauf achtete, was sie dabeihatte. Mehr Imagolems wären natürlich besser, zum Schutz, falls doch jemand Ärger machte …

Aber vor allem musste sie sich beeilen. »Ich verspreche, so schnell wie möglich zurück zu sein!«

»Hast du den Verstand verloren?«

»Ich handele im Auftrag Eures Vaters, auch wenn Ihr das nicht erkennen könnt«, versicherte Kyrin. »Und wenn es zum Schlimmsten kommt, werden wir vergelten, was man uns in dieser Nacht antut.«

Semire schüttelte unwillig den Kopf. »Wenn du mir nicht erklärst, worin dieser Auftrag meines Vaters besteht, wirst du es nicht die Treppe hinunter schaffen.«

Barn Falkenkrall griff an seinen Degen, wobei er zuversichtlich lächelte.

»Ihr müsstet mich töten, um mich daran zu hindern, Eurem Vater die Treue zu halten.«

Tief atmete Semire durch. »Worin liegt der Sinn, nicht alles zu versuchen, diesen Palast zu verteidigen?«

»Darin, dass es Wichtigeres zu tun gibt.« Kyrin knabberte auf ihrer Unterlippe. »Aber ich kann Euch etwas geben, das unsere Feinde überraschen wird, wenn sie ihre Imagolems gegen die Palastmauer schicken: Steinbrenner.«

Semire runzelte die Stirn. »Was soll das sein?«

»Ein Albtraum für jeden, der sich auf die Schlagkraft von Imagolems verlässt.«

Um den feindlichen Schützen ihr Handwerk zu erschweren, waren alle Laternen im Bollwerk über dem Haupttor bis auf Schlitze geschlossen. Semire von Schneegrund sah hinaus auf den Platz vor dem Palastkomplex. Drei breite Straßen mündeten in ihn ein, doch brennende Barrikaden versperrten sie alle. Der von ihnen aufsteigende Rauch verdunkelte die Sterne, aber der Feuerschein beleuchtete die Imagolems, die Ketten mit Fleischerhaken in den Hindernissen befestigten. Sie bestanden aus allem, was brennbar war: umgestürzten Wagen, Scheiten, Möbeln, sogar dem zerlegten Dachstuhl des Hauses von Urlef, dem Safthändler, der vor dem Haupttor so gute Geschäfte mit den Wartenden gemacht hatte. Die Katapulte schwiegen, also hatten die Ausfalltrupps wohl Erfolg bei ihrer Zerstörung gehabt, und vom Feind war derzeit nichts zu sehen. Semire blickte auf die Barrikaden, nicht auf den Platz unmittelbar vor dem Tor. Die Höhe machte sie schwindelig.

»Wer weiß, wie lange sich Quilûn hält …«, flüsterte Barn Falkenkrall neben ihr. »Es wird Widerstand geben, wenn es sich ein bürgerlicher Hintern auf einem Grafenthron bequem machen will.«

Der Unwille innerhalb von Haus Schneegrund war nicht Semires einzige Sorge. Wenn sie diese Nacht überstanden, würde das lange und auszehrende Gerangel darum beginnen, wer welche Verbündeten auf seine Seite ziehen könnte. Haus Schwertgrat wäre sich dabei des Wohlwollens des Adels sicher. Kein Graf und kein Baron mochte die Vorstellung, dass ein Bürgerlicher das leisten konnte, worauf die Edlen von Geburt an vorbereitet wurden: herrschen. Wäre Quilûn erfolgreich, würde das dem Pöbel Flausen in den Kopf setzen. Das machte die Dinge unangenehm. Also würde kaum jemand Haus Schneegrund zu Hilfe kommen, wenn er nicht erhebliche – und für Semires Familie teure – Vorteile davon zu erwarten hätte.

»Man erzählt sich, Ihr hättet diesem Maler einmal das Leben gerettet«, flüsterte Barn.

»Damals war er noch kein Maler«, stellte Semire klar. »Er war der Sohn von Lichtknechten.«

»Jedenfalls verstehe ich, dass man bei so jemandem die endgültige Lösung scheut. Zumal, wenn man das empfindsame Herz einer Dame besitzt.«

Sie sah ihn an. In diesem Licht war er nur ein Schatten. »Worauf wollt Ihr hinaus, Baronet?«

»Weder ihm noch Haus Schneegrund muss ein Leid geschehen. Wir könnten ihm mehr Silber auf einen Karren laden, als er jemals gesehen hat, und ihn in die Ferne schicken. Auf ein Landgut weit im äußersten Osten. Zu einem Leben, wie er es sich noch nicht einmal erträumen kann. Er wäre uns dankbar dafür.«

»Habt Ihr seine Bilder genau betrachtet? Er besitzt eine erstaunliche Vorstellungskraft. Sicher gilt das auch für die Reichtümer, die er sich vorstellen kann.«

Barn ließ sich nicht beirren. »Wenn Quilûn den Grafenthron verwaist zurückließe, wäre Euer Gatte der Nächste in der Erbfolge.«

»Und als diesen Gatten seht Ihr Euch selbst.«

»Gewisse Vorzüge dieser Übereinkunft haben wir ja bereits besprochen.« Seine Zähne schimmerten im spärlichen Licht. »Wie die Dinge liegen, erwiese es sich sogar als noch vorteilhafter.«

»Inwiefern?«

»Würdet Ihr jemanden wählen, der Haus Schneegrund bereits verpflichtet ist, so würdet Ihr nichts gewinnen. Ich dagegen wäre eine Verbindung zu Haus Adlerhoch. Auch jetzt schon Freunde, sicher. Aber Freundschaft lässt sich durch Verwandtschaft stärken.«

Semire presste die Zähne aufeinander. Leider war seine Argumentation nicht völlig ohne Grundlage. »Lasst uns später darüber sprechen«, bat sie. »Es ist höchste Zeit, dass die Angehörigen und Treuen meines Hauses aus meinem Mund erfahren, was geschehen ist.«

»Das ist klug, um Gerüchte zu vermeiden und Vertrauen zu stärken«, pflichtete Barn ihr bei. Er hörte sich zufrieden an. Offenbar wähnte er sich seinem Ziel näher als je zuvor, weil sie nicht rundweg abgelehnt hatte.

Neben Semire legte ein Armbrustschütze die speziellen Bolzen bereit, die Steinbrenner, die sie aus Kyrins Werkstatt geholt und an die Krieger ausgegeben hatten. Sie bestanden aus zwei Komponenten: einem hölzernen Schaft mit Befiederung und einem Stab aus Sandstein, den eine Furche im Schaft hielt. Das Holz umschloss den Stab, dessen Form einer schmelzenden Kerze nachempfunden war, beinahe auf der gesamten Länge. Die Steinkomponente lief zwar spitz zu, aber bei Weitem nicht so konsequent wie bei einem Bolzen mit Eisenkopf. Auch hier war eine Vielzahl von Wachstropfen modelliert. Zusätzlich banden winzige Ketten mit steinernen Gliedern die Stäbe an die Schäfte. Hätte keine Magie in ihnen gelegen, wären sie bereits durch die Beschleunigung beim Abschuss gerissen.

Das Bollwerk über dem Tor lag etwas höher als die Mauerkrone, sodass Semire auf den Wehrgang schauen konnte. Soweit sie in der spärlichen Beleuchtung erkannte, gab es kaum noch Bewegung unter den Kriegern. Sie waren bereit.

»Ihr treuen Streiter!«, rief sie und war ein wenig stolz darauf, wie fest ihre Stimme klang. »Wisset, es ist wahr: Mein Vater, Graf Golar, ist gefallen! Ein Armbrustbolzen hat ihn niedergestreckt.«

Sie schmeckte ihren Worten nach. Der Tod ihres Vaters wühlte ihr Herz auf. Mal rebellierte es dagegen, wollte glauben, dass die Botschaft trotz des gräflichen Siegels eine Fälschung sei. Im nächsten Moment war sie verleitet, sich an einen einsamen Ort zurückzuziehen und den alten Bildern nachzuhängen, wie er ihr den Regenbogenfall gezeigt oder im Wald der Erinnerung den Wimpel besucht hatte, der dort für ihre Mutter flatterte. Gern hätte sie auch die Galerien aufgesucht, um die Darstellungen von ihrem Vater in verschiedenen Lebensaltern zu studieren. Einige zeigten ihn als Knaben, wie er dem Großvater, den Semire nie kennengelernt hatte, bei der Jagd auf einen Hirsch half. Sie war wütend, weil er nichts für seinen Tod geregelt hatte und weil er offenbar einen bürgerlichen Mann seiner eigenen Tochter vorgezogen hatte. Sie fühlte sich hilflos in der plötzlichen Verantwortung. Dann wieder entschlossen, als gälte es, dem Geist des Toten ihre Begabung zu beweisen.

Im Moment spürte sie nur eine Leere in der Brust. Es half, eine konkrete Aufgabe vor sich zu haben.

»Ihr alle wisst, dass der Feind uns ans Leben will!«, rief sie. »Er dachte, er könnte uns überraschen, doch das ist ihm missglückt. Haus Schneegrund steht fest! Wir haben seinen Vormarsch zum Halten gebracht.«

Wie viele Paläste von Baronen und wie viele Werkstätten höriger Handwerker bereits brannten, wusste allerdings niemand. Sie warteten bislang vergebens auf den Schutz, den Haus Schneegrund ihnen schuldete.

»Doch wir werden noch vor dem Morgengrauen eine Entscheidung suchen!«

Das war schon deswegen notwendig, weil das Brennmaterial nicht ewig hielte. Außerdem würde die Helligkeit des Tages den Schleier der Nacht fortziehen, der die Krieger auf dem Wehrgang vor den feindlichen Schützen verbarg.

»Wir werden sie kommen lassen, und wenn genügend von ihnen an der Mauer verblutet sind, treiben wir sie zurück in die Höhlen, aus denen sie gekrochen sind!«

Einen Moment herrschte Schweigen.

Dann jubelte Barn Falkenkrall röhrend.

Die Offiziere nahmen den Ruf auf, dann die Männer. Trotzige Schreie, auch Herausforderungen an den Feind, liefen durch die Verteidigungsstellung.

»Lasst es beginnen«, raunte Esgur, ein Veteran aus dem Westen, der eine Kappe über dem linken Auge trug, in die eine sich rekelnde Schönheit aus Silber eingearbeitet war. Er sagte, die pralle Weiblichkeit lenke seine Gegner ab, wenn er ihnen Klinge an Klinge gegenüberstand. »Die Männer dürfen keine Zeit zum Grübeln haben. Über den Gedanken an die Verletzten und Toten, die es geben wird, kriecht die Furcht ins Herz.«

Semire nickte.

Esgur hob eine Laterne über die Brüstung, blendete sie auf und schwenkte sie seitlich. Die Handvoll Magier, die den Schneegrunds geblieben waren, nahmen Leitfiguren zur Hand und begannen zu murmeln.

Die Imagolems rissen an den Ketten.

Zunächst sah Semire nur, dass die Flammen in den Barrikaden höher schlugen. Dann aber kippte einer der brennenden Wagen, kurz darauf lösten sich ineinander verkeilte Holzbalken aus einem Hindernis. Die Steinmänner zogen die Barrikaden auseinander, schufen Durchlässe.

Eine Einladung, die der Feind annahm. Zuerst schickte er seine Imagolems, weil die Hitze der Brände ihnen nichts anzuhaben vermochte. Sie hätten wohl auch die Barrikaden durchbrechen können, doch dabei wären viele von ihnen gestrauchelt und leichte Opfer der Schneegrunds geworden.

Auf dem Wehrgang übernahmen die Offiziere das Kommando. »Zielt!«, riefen sie den Armbrustschützen zu.

Jeweils drei Fernkämpfern war ein Abschnitt im Bereich vor der Mauer zugeordnet. Nur, wenn es dort nichts zu bekämpfen gab, wandten sie sich Gegnern in anderen Abschnitten zu. So vermied man, dass sich der Beschuss auf die auffälligsten Feinde konzentrierte und andere unbehelligt vorrückten.

Auf den ersten Blick erkannte Semire, dass die Magier in den Diensten Haus Schwertgrats einer anderen Philosophie bei der

Erschaffung von Imagolems folgten als Kyrin. Unter den drei Dutzend, die durch die Barrikaden brachen, fanden sich nur zwei Menschenähnliche. Die anderen waren sechsbeinige Ungetüme, deren Körper und Köpfe waagerecht liegenden Rammböcken glichen und wohl auch eine solche Funktion erfüllten, oder Monstrositäten mit acht absurd langen Waffenarmen oder Mäulern mit rotierenden Reißzähnen, die sie am gesamten Körper bedeckten.

Wie geplant zogen sich Schneegrunds eigene Imagolems an die Mauer zurück und vermieden vorerst den Kampf. Wenn die Gegner eine Falle vermuteten, waren sie wohl der Meinung, dass man sie am besten entschärfte, indem man den freien Platz möglichst schnell überquerte. Die Schritte der laufenden Steinmenschen donnerten.

»Schuss!«, befahlen die Offiziere.

Die Armbrustsehnen knallten, wenn sie arretierten. Kyrins Steinbrenner-Bolzen zischten durch die Luft.

Wo sie in die Imagolems einschlugen, wurde Stein zu Lava. Das flüssige Feuer spritzte, die Steinbrenner drangen eine Handspanne und tiefer ein. Es sah aus, als täten sich blutende Wunden in den Imagolems auf, in denen die Holzschäfte wie Flammen brannten.

Um einen Imagolem vollständig außer Gefecht zu setzen, musste man noch immer den Kopf zerstören. Aber Beintreffer brachten sie ins Wanken, Kampfarme wurden zu nutzlosen Anhängseln und bei einigen verlor der Rumpf dermaßen an Stabilität, dass eine Schulter mit teils mehreren daran befestigten Armen abbrach.

Die Männer jubelten.

Fluchend brachten die Offiziere sie dazu, neu zu spannen und nachzuladen.

Dennoch reichte die Zeit nur selten, um einen zweiten unbehinderten Schuss auf die feindlichen Imagolems abzugeben. Die meisten erreichten ihre Kontrahenten unten vor der Mauer.

Die Imagolems der Schneegrunds teilten krachende Schläge aus, unter denen Stein von den Leibern ihrer Gegner splitterte.

Ebensolche Treffer nahmen sie entgegen, in der ersten Welle oft sogar noch schwerere, weil der Feind sie mit dem Schwung des Anlaufs rammte. Einige der Gegner attackierten auch die Mauer und zwei der wie Rammböcke Geformten donnerten gegen das Tor. Die darin verbauten Schutzzauber blitzten rot auf, aber das Holz knackte bedrohlich.

Von ihrem anfänglichen Erfolg beflügelt, lehnten sich viele Armbrustschützen zwischen den Zinnen vor, um Schussfeld unmittelbar vor der Mauer zu gewinnen. Steil schlugen die Steinbrenner ein und verflüssigten Imagolems von der Schulter bis zur Hüfte. Die Schläge der eigenen Steinmänner gaben ihnen den Rest.

Aber es war klar ersichtlich, dass der Feind über eine größere Anzahl an Magiern verfügte. Während die Zauberer um Semire herum hektisch die Leitfiguren wechselten, um mit ihrem Geist die Handlungen der Steinmänner an den entscheidenden Stellen zu lenken, und dabei ständig von den Offizieren angeschrien wurden, die ihre Aufmerksamkeit auf immer neue Bereiche des Kampfgeschehens lenkten, wirkten die Imagolems der Schwertgrats insgesamt koordinierter. Sie drückten die Schneegrunds gegen die Mauer und beschäftigten sie dort. Gleichzeitig verbreiterten andere Steinmänner die Schneisen in den Barrikaden so weit, dass sie auch für menschliche Krieger passierbar wurden.

Und die ließen nicht lange auf sich warten.

»Vorsicht!«, rief Semire, als sie den Strom kompakt vorrückender Bogenschützen sah, die bereits Pfeile auf ihre Sehnen gelegt hatten.

Sie war nicht die Einzige, die die neue Bedrohung bemerkte. Ihre Offiziere teilten den Beschuss der Verteidiger auf, die Zusammenbrechenden in den vorderen Reihen behinderten die Nachrückenden.

Diese blieben jedoch plötzlich stehen, hoben ihre Bögen und schossen eine Salve.

»Deckung!«, brüllten einige Offiziere.

Die Armbrustschützen kauerten sich hinter die Zinnen und Kameraden mit Rechteckschilden eilten herbei, aber das half nur bedingt. Die Pfeile stiegen steil in den Nachthimmel, wo sie unsichtbar wurden. Ihr Zischen kündigte an, dass sie den höchsten Punkt ihrer Flugbahn überschritten hatten und nun wie Hagel niedergingen. Unmittelbar darauf schlugen sie ein.

Angesichts des schmalen Wehrgangs überraschte nicht, dass die meisten zu weit flogen. Aber genügend drangen in Schultern und Oberschenkel, um die ersten Verletzten dieses Zusammentreffens aufseiten der Verteidiger zu verursachen. In die herausfordernden Rufe mischten sich Schmerzensschreie. Ein furchtloser Clerronit eilte mit einer Tasche voller Verbandszeug die Leiter zum Wehrgang hinauf.

»Begebt Euch lieber in Eure Gemächer«, schlug Esgur vor. »Hier habt Ihr getan, was Ihr tun konntet.«

Semire krallte eine Hand in die Zinne vor ihr. »Ich bleibe.«

»Verzeiht meine offene Rede, aber das könnte die Männer ablenken. Sie müssen sich auf die Verteidigung des Palastes konzentrieren. Ihre Sorge um Euch wird sie verwirren.«

Semire sah sich um. Noch immer war wenig mehr als Schatten zu sehen. Die meisten Krieger würden nicht erkennen, dass sie sich noch über dem Tor befand. Außerdem konnte sie sich allen romantischen Geschichten zum Trotz schlecht vorstellen, dass man sich um eine Dame sorgte, während in unmittelbarer Umgebung Pfeile einschlugen. Gerade ging die zweite Salve nieder, auch auf das Schutzdach über dem Tor prasselten die Geschosse.

»Ich bleibe«, bekräftigte Semire.

»Aber …«

»Gibt es keine Krieger, die auf Eure Befehle warten?«, fuhr sie ihn an. »Soll ich jemand anderem das Kommando für unsere Verteidigung übertragen?«

Erst, als sie es ausgesprochen hatte, wurde sie sich der Gefahr bewusst, die diese Worte bargen. Die Männer bewunderten Esgur für seine Siege im Westen. Falls er sich gegen Semire stellte, war keinesfalls klar, dass sie in diesen Momenten der Gefahr der Tochter ihres verstorbenen Grafen den Vorzug gegenüber dem Offizier gaben, der schon Tausende zum Sieg geführt hatte.

Er verbeugte sich jedoch und begab sich wortlos hinunter auf den Wehrgang.

Semire sah wieder zu den Barrikaden, die diese Bezeichnung immer weniger verdienten. Schildträger verstärkten nun die Fernkämpfer und hinter ihnen rückten Axtschwinger mit Sturmleitern an, die zweifellos lang genug waren, um die Krone der Palastmauer zu erreichen. Auch Wurfanker entdeckte Semire.

Der Strom feindlicher Krieger weckte ein mulmiges Gefühl in Semires Bauch. Sie hatte gelernt, wie Damen in zivilisierten Umgebungen die Männer beherrschten. Ein Lächeln, eine sanfte Berührung konnten sie willenlos machen. Aber nicht auf einem Schlachtfeld, wo sie sich mit brutaler Gewalt nahmen, wonach sie gierten. In diesem Moment realisierte Semire, dass sie nicht allein um ihren Stolz und die Ehre von Haus Schneegrund kämpfte. Die Schändung einer Grafentochter war gewiss etwas, mit dem sich ein einfacher Krieger sein Leben lang brüsten könnte.

Verzweifelt hielt sie Ausschau nach Unruhe in den feindlichen Truppen, die darauf hindeuten mochte, dass Gefolgsleute oder Verbündete der Schneegrunds sie von der anderen Seite angriffen. Wo blieb Haus Kalthorn? Wurde sein eigener Palast belagert? Und was war mit dem Tiefen Haus Adlerhoch? Allein Barn Falkenkrall war mit seiner Leibgarde gekommen. Noch nicht einmal fünfzig Helme …

Und dann noch Kyrin mit ihrem Dickkopf! Semire ballte die Rechte zur Faust. Was trieb die Magierin nur? Mit vier Imagolems den Palast zu verlassen … So entschlossen hatte Semire sie noch nie erlebt. Das sprach dafür, dass sie tatsächlich einen sehr deutlichen Auftrag von ihrem Vater bekommen hatte. Ein Umstand, der sie zusätzlich verärgerte. Was hatte er seinem Liebchen anvertraut, das er seiner Tochter nicht gesagt hatte? Und wie hing das mit Steinmeister Agohn und den Magiern zusammen? Falls diese offen aufseiten der Schwertgrats eingriffen … Gegen einen machtvollen Angriff mit zauberischer Kraft könnte sich Haus Schneegrund unmöglich verteidigen. Levitationszauber könnten die feindlichen Einheiten in großer Höhe über die Mauer tragen …

Oder war Kyrin unterwegs, um genau das für die Schneegrunds zu bewerkstelligen? Hatte Semires Vater diese Entwicklung vorausgesehen?

Semire ärgerte sich darüber, dass Esgur sie nur eingeschränkt als Anführerin akzeptierte. Nichtsdestotrotz war sein militärisches Geschick über jeden Zweifel erhaben. Auch bei der Verteidigung der Palastmauer stellte er es unter Beweis. Zwar brachen mehrere Bohlen im Tor, aber in seiner Gesamtheit hielt die Konstruktion lange genug, damit die Steinbrenner den Ausschlag geben konnten. Esgur befahl, sie nur einzusetzen, wenn sich ein klares Ziel bot. Dadurch reichte der Vorrat, um einen feindlichen Imagolem nach dem anderen zu verkrüppeln, was den steinernen Kämpfern der Schneegrunds die Oberhand verschaffte.

Nach einer halben Stunde hatten sie ihre unmittelbaren Gegner zermalmt und konnten gegen die menschlichen Krieger vorrücken, auf die sich nun auch der Beschuss vom Wehrgang konzentrierte. Dafür benutzten die Fernkämpfer herkömmliche Geschosse, die den eigenen Steinmännern bei versehentlichen Treffern kaum Schaden zufügten, unter den Schwertgrats aber blutige Ernte hielten.

Immer wieder zog Esgur die Kräfte gegen kleine Truppenabschnitte der Angreifer zusammen, bis dort die Moral sank, die Formation brach und sich die Einheit zurückzog. Schließlich waren die letzten Feinde zwischen der Mauer und den Resten der Barrikaden Schwerverwundete, deren Schreie ihr Sterben begleiteten.

Esgur kehrte in das Bollwerk über dem Haupttor zurück. »Wir haben die Oberhand gewonnen«, meldete er.

»Dafür danke ich Euch«, sagte Semire.

Der Morgen graute, was das Gesicht des Offiziers zu einer Ansammlung verschieden tiefer Schatten machte. Am hellsten schimmerte die vollbusige Schönheit auf seiner Augenklappe. »Es ist ein guter Moment für Verhandlungen. Wir haben ihnen gezeigt, dass wir ihnen wehtun können.«

Eine milde Beschreibung, fand Semire, wenn man die Verzweiflung in den Schreien der Sterbenden hörte und sah, wie sie sich blutend und mit zerschlagenen Beinen über das Pflaster zogen, um zu ihren Einheiten zurückzukehren. Die Imagolems der Schneegrunds ließen sie. Das gehörte zu den Gepflogenheiten ihres Tiefen Hauses, wie Semire wusste. Schwerverwundete beschäftigten den Gegner deutlich stärker als Tote und ihr Leid zersetzte die Kampfmoral nachhaltiger als eine brennende Leiche.

»Noch kennen sie unsere Stärke nicht«, fuhr Esgur fort.

»Ihr meint: unsere Schwäche«, vermutete Semire. Auch hinter der Mauer, auf dem Palastgelände, sammelten sich die Verwundeten. Die Clerroniten schritten zwischen ihnen umher und entschieden, bei wem sich eine Behandlung am ehesten lohnte. Leichtverwundete wurden zunächst ausgespart, hoffnungslose Fälle wie der Soldat, dessen Helm tiefer als eine Handbreit eingedrückt war, dem Sterben überlassen.

»Noch sind sie im Unklaren darüber, über wie wenige Truppen wir gebieten«, sagte Esgur. »Das ist unser Vorteil, wenn wir verhandeln.«

»Sie werden die Fehde nicht so schnell beilegen«, wehrte Semire ab. »Haus Schwertgrat wird sich seinen Verbündeten verpflichtet haben.«

»Ein Waffenstillstand wäre möglich.«

»Dazu müssten wir Geiseln tauschen.«

»So ist es«, bestätigte der Krieger. »Und wahrscheinlich werden sie Euch fordern.«

»Ihr seid ehrlich und geradeheraus. Das schätze ich.«

»Ich schulde dem Andenken Eures Vaters meine Treue.«

Wieder ballte Semire die Hände zu Fäusten. Für ihre eigenen Leute blieb sie immer nur die Tochter ihres Vaters. Sie selbst zählte nicht.

»Solange man ein vorteilhaftes Abkommen in Erwägung zieht, wird man Euch gut behandeln«, sagte Esgur. »Ihr werdet den Euch zugewiesenen Palast nicht verlassen dürfen, aber keine Not leiden.«

»Und die Schwertgrats werden die Zeit bis zu Quilûns Rückkehr nutzen, um all unsere Schwächen zu erkunden und weitere Verbündete zu gewinnen.«

»Das ist anzunehmen.«

»Wer gewinnt in dieser Zeit neue Verbündete für uns? Ihr seid ein hervorragender Krieger, Esgur, aber Ihr habt stets auf dem Schlachtfeld gelebt. Zwischen Fächern und höfischen Tänzen muss man mit der Zunge fechten.«

Er schloss das verbliebene Auge und seufzte. »Der Tod Eures Vaters muss Euch zusetzen. Ihr solltet Euch Zeit für die Trauer nehmen …«

Semire erkannte, dass er ihre Argumente gar nicht zur Kenntnis nahm. Leider überraschte sie das nicht.

Sie sah hinaus auf die Barrikaden, die jetzt nur noch glühten. Die Morgensonne tat sich schwer mit dem Versuch, den Rauch zu durchdringen, der Semires Hals zum Husten reizte.

Sollte sie Buhm rufen?

Aber so gut er auch war: Kein einzelner Krieger konnte den Ausschlag geben.

Dann wäre es besser, sich wie Kyrin über die Flaschenzüge davonzumachen, um sich in ihr zweites Leben zu flüchten. Nur noch die Rose im *Lustgarten* zu sein, ihr Geburtsrecht auf den Grafenpalast aufzugeben. Aus der Ferne zu beobachten, wie sich Quilûn hier breitmachte. Und vermutlich innerhalb von ein paar Monden das einstmals Tiefe Haus Schneegrund in die Bedeutungslosigkeit führte.

Ihr Blick schweifte über die erschöpften Krieger.

Buhm konnte ihr nicht helfen, den Palast zu halten.

Ein einzelner Mann machte keinen Unterschied.

Aber vielleicht eine einzelne Frau.

Sie stieg auf den Wehrgang und ging zur Leiche eines Söldners, der schreiend bunte Farben über dem Kettenhemd trug. Möglicherweise war er allein in den Dienst der Schneegrunds getreten, ohne Kameraden, die ihn gekannt hatten und mit ihren Schilden gedeckt hätten. Gleich zwei Pfeile waren ihm senkrecht in die Schulter gedrungen. Vermutlich hatten sie das Herz getroffen. Sicher hatte er nicht gelitten.

Semire nahm sein Zweihandschwert auf. Zumindest auf den ersten Blick schien die Waffe eine hervorragende Arbeit zu sein. Das sah sie an den Schmiedewellen und sie spürte es an der Verteilung des Gewichts.

Esgur folgte ihr und auch Barn Falkenkrall stieg auf den Wehrgang.

»Passt auf«, riet der Offizier. »Diese Klingen können schärfer sein, als sie aussehen. Schneidet Euch nicht.«

Kalt lächelnd vollführte Semire einige Schwünge. Schmetterlinge – waagerecht nebeneinanderliegende Kreise – und Sanduhren – senkrecht aufeinanderstehende Kreise –, Kreuzhiebe, Spaltschläge, einen Stich.

Esgur runzelte die Brauen, wobei die linke teilweise unter der Klappe verschwand. In Barns Miene stand der Unglaube.

»Ich werde den Ausfall führen«, kündigte Semire an.

»Ihr?« Esgur legte den Kopf schräg, als glaubte er, sich verhört zu haben.

»Wir werden den Feind bis zur Sonnenbrücke zurücktreiben. Das wird den Großteil unserer Schutzbefohlenen in unseren Herrschaftsbereich zurückholen.«

»Schon, aber wie soll uns das mit unseren eingeschränkten Möglichkeiten gelingen?«

»Ihr sagtet doch selbst: Der Feind weiß noch nichts von unserer Schwäche. Die Mauer bemannen wir mit den Verwundeten.« Sie deutete mit dem Schwert hinunter in den Hof. »Wer laufen kann, kommt mit uns. Zuerst schlagen wir uns zu den Kalthorns durch, um unsere Kräfte mit ihren zu vereinigen. Dann zu den Palästen unserer anderen Barone, sofern sie erreichbar sind. Zu Mittag will ich an der Sonnenbrücke stehen.«

Der Blick aus Esgurs einzigem Auge war schwer zu deuten. Hielt er Semire für wahnsinnig oder nötigte ihr Mut ihm Respekt ab?

Sie entdeckte Kemar im Hof, wo ihr alter Leibwächter offenbar geholfen hatte, die Verwundeten zu versorgen. Jetzt sah er mit gerunzelter Stirn zu ihr hoch. Es war offensichtlich, dass er sich keinen Reim auf ihre Schwertkünste machen konnte. Ebenso offensichtlich war, dass er sich nicht zurückhalten ließe, wenn sie wirklich in den Kampf zöge. Er wäre einer von denen, die sie in die Schlacht führte.

Das war nicht zu ändern. Semire schritt zu einer Leiter, die am Wehrgang lehnte. »Ihr wollt doch nicht hinter einer Dame zurückstehen, meine Herren?«, rief sie Esgur und Barn zu.

Mit einem Schrei, der in ihren eigenen Ohren mehr Tierisches als Menschliches in sich trug, hackte Semire von Schneegrund den Bidenhänder knapp oberhalb des Knies durch das Bein ihres Feindes. Der Stahl zertrennte den Oberschenkel und schnitt in die Wade des anderen Beins.

Schreiend stürzte der Gegner, mit einem hellen Knall traf sein Harnisch auf das Pflaster. Das Blut schoss aus den Wunden, merkwürdigerweise aus dem Unterschenkel mit mehr Druck als aus dem Stumpf, wo es in Schüben hervorquoll.

Semires Füße klebten in den Stiefeln, weil so viel Blut hineingelaufen war. Vor dem Sonnenaufgang waren alle Verletzungen, die sie geschlagen hatte, Unfälle gewesen, wie sie unvermeidbar waren, wenn man ernsthaft übte. Inzwischen hatte sie wenigstens ein Dutzend Männer getötet. Vielleicht auch zwanzig. Weder fand man im Gedränge – wenn man vergaß, wieso man überhaupt kämpfte, wenn ringsum geschrien, geschlagen, gestochen und geschossen wurde, wenn man nur noch überleben wollte – die Muße zum Zählen, noch war eindeutig zu sagen, wer wen tötete. Entschied darüber der letzte Stich? Oder der erste, der zum Tode führen würde, wenn auch vielleicht erst nach einer Weile? Oder jener, der kampfunfähig machte und so das Schicksal besiegelte?

All das waren unterschiedliche Dinge, wie Semire heute gelernt hatte. Der nun einbeinige Söldner etwa, der vor ihr in seinem Blut strampelte, war dem Tode geweiht, aber er wollte noch kämpfen. Hasserfüllt starrte er zu ihr auf und seine Linke hielt das Schwert umklammert.

Semire schlug die Hand ab.

Die Gliedmaße löste ihren Griff selbst dann noch nicht, als sie gemeinsam mit der Waffe durch den Rauch der brennenden Häuser davonflog.

Der Mann kreischte. Semire staunte darüber, wie viel Blut ein menschlicher Körper herzugeben imstande war. Auch aus dem Armstumpf schoss nun eine Fontäne. Etwas von der heißen Flüssigkeit traf sie im Gesicht.

Sie presste die Lippen zusammen, wandte den Blick aber nicht ab. Jede Unaufmerksamkeit war eine Einladung an den Tod.

Obwohl der Helm, den Semire nun trug, kein Visier hatte, fiel es ihr schwer, durch die Nase ausreichend Atem zu holen. Nicht nur erforderte die Anstrengung viel Luft, auch war diese hier, auf dem Sonnenmarkt, ein rares Gut. Vor dem Eintreffen der Schneegrunds hatten die feindlichen Imagolems die umstehenden Häuser eingerissen und zu dem Steinstaub kam der schwarze Rauch von den Feuern, der die Härchen in der Nase verklebte und im Hals kratzte. Die Hitze trieb salzigen Schweiß aus Semires Poren. Dabei würde man ohne die Kämpfe wohl die übliche abendliche Brise spüren. Jedenfalls vermutete Semire das. Der Rauch verbarg den Sonnenstand.

Semire wischte mit ihrem Ärmel über die Lippen. Zwar war auch dieser schon lange nicht mehr sauber, aber sie wollte nicht auch noch das Blut eines weiteren Gegners in den Mund bekommen. Davon hatte sie genug geschluckt. Einmal, weil sie sich nicht anders zu helfen gewusst hatte, als einem Kämpfer die Gurgel mit den Zähnen zu zerquetschen.

Der Verkrüppelte vor ihr wollte einfach nicht sterben. Er rollte den Kopf hin und her, die Augen weit aufgerissen, die Miene ein Bild der Qual, von dem Semire fürchtete, dass es sie von heute an in jeder Nacht anklagen würde. Er blutete noch immer, auch wenn die Stöße schwächer wurden.

Ein Kampf auf Leben und Tod war so unsagbar dreckig! Vom Schmerz war in den Heldenliedern manchmal die Rede, aber nicht von all diesem Schmutz. Auf Schlachtengemälden focht man meist in eleganter Pose, im Licht einer freundlichen Sonne, das liebliche Bäume und dekorativ steigende Pferde beschien.

Dass die Regeln des Fechtbodens bedeutungslos wurden, hatte Semire erwartet. Diese Vereinbarungen dienten dazu, Verletzungen zu vermeiden und Aggressionen einzudämmen – hier war das Gegenteil das Ziel. Aber dass auch all die Schwünge und Stiche, die Formen der Parade, der Finte und Attacke auf ihren rohesten Kern reduziert wurden, auf das, was man ohne jedes Nachdenken ausführen konnte, auf engstem Raum, im Schieben und Drücken des Getümmels, auf unebenem Grund, dermaßen erschöpft, dass Funken in den dunklen Flecken tanzten, die durchs Sichtfeld zogen – dieses wütende Hacken, Schreien und Reißen hatte sie sich nicht vorstellen können. Es war grauenvoll und Semire fühlte sich schuldig. Weniger, weil sie diesen Ausfall befehligte, sondern weil sie sich eingestehen musste, dass sie die Macht genoss, die ihr an diesem Tag gehörte. Die im harten Stahl in ihren Händen Gestalt annahm, und auch im Gehorsam ihrer Männer. Die Fechtkunst war nahezu bedeutungslos, aber der Wille entschied über Sieg und Niederlage, Leben und Tod. *Ihr* Wille. Zögerte Semire, geriet der Vormarsch ins Wanken. Stürmte sie voran, hielten ihre Krieger Schritt. Warf sie sich auf den Feind, ertönten um sie herum sofort Schreie und das Klirren von Stahl auf Stahl.

Eine Bö trieb den Rauch für einen Moment auseinander. Einhundert Schritt entfernt schützte eine kupferüberzogene Brüstung vor dem Sturz in den Abgrund, den die Sonnenbrücke überspannte. Sie war breit genug, damit sich vier Fuhrwerke passieren konnten. Die unbeschädigten Kaufmannshäuser auf der anderen Seite erschienen angesichts der Zerstörung, die Semire umgab, wie ein höhnischer Gruß der Schwertgrats, die sich dort verschanzt hatten. Die Sonne glänzte auf Helmen und Hellebarden.

Ein Sonnenstrahl fiel auch auf das gequälte Gesicht des Besiegten, der sich vor Semire wand. Es war unerträglich.

Semire richtete die Spitze ihres Schwerts nach unten, umfasste die Fehlschärfe – jenen Bereich der Klinge unmittelbar hinter der Parierstange, wo sie nicht angeschliffen war – und lehnte sich auf die Waffe, um sie in den Hals und durch das Genick zu drücken. Der Stahl zwang die knackenden Wirbel auseinander.

Lag Dankbarkeit auf dem toten Gesicht?

Oder wenigstens Frieden?

Neben Semire schrie ein Gegner auf, der bislang mit einem ihrer Kameraden gekämpft hatte.

Sie fuhr herum, trat über den Toten und brachte ihre Klinge hoch.

Gerade noch rechtzeitig, um den Stich von ihrem Kopf abzulenken. Doch gänzlich vermochte sie sich nicht zu schützen. Der Stahl drang in ihren linken Arm. Glühender Schmerz schoss in Schulter und Ellbogen. Sie wollte ihren Bidenhänder umklammern, doch die linke Hand gehorchte ihr nicht mehr. Plötzlich waren die Finger steif wie bei einer Holzpuppe.

Der Angreifer schrie ihr etwas ins Gesicht, das sie nicht verstand, vielleicht den Namen dessen, den sie getötet hatte. Die Miene unter dem spitz zulaufenden Helm war eine Fratze aus Hass und Verzweiflung.

Semires Kamerad, von dem sich der Mann gelöst hatte, führte eine Hellebarde, die er nun auf halber Länge fasste und wie eine Axt schwang. So hackte er den Krummdorn durch den Rückenpanzer des Gegners.

Dieser richtete sich steif auf, als könne er dem Tod damit vom Haken rutschen. Seine aufgerissenen Augen starrten in den verrauchten Himmel, der Mund bewegte sich wie bei einem Fisch.

Semire rammte den Schwertknauf hinein. Zähne brachen. Dass er Blut spuckte, bemerkte sie kaum.

Er sackte zusammen.

Der Hellebardier zog den Dolch, riss den Kopf des anderen zurück und zerschnitt seine Gurgel, wie bei einer Kuh, die man schlachtete.

Sie nickte dem Mann zu.

Er nahm seine Hauptwaffe wieder auf.

Semire wirbelte herum, weil sie Schritte hinter sich hörte.

Schmerz jagte durch ihren linken Arm, als sie versuchte, die Hand wieder an den Schwertgriff zu bekommen.

Esgur hob beschwichtigend die Hände – eine Geste, die dadurch, dass er links einen Parierdolch und rechts ein Rapier mit blutverklebter Klinge hielt, nicht unbedingt friedlich wirkte.

Aber Semire wusste sie zu deuten. Sie entspannte sich.

»Fürs Erste haben wir sie wohl vertrieben.« Stirnrunzelnd betrachtete Esgur Semires Arm. »Frisch?«

Sie nickte. Warm sickerte das Blut ihren Arm hinunter.

»Heiler!«, brüllte Esgur. Seine Stimme hätte auch einen Sturm übertönt.

»Es gibt sicher schwerer Verwundete«, wandte Semire ein.

»Keine von Eurer Bedeutung«, wehrte Esgur ab.

Sie wusste, dass er recht hatte. Menschen waren nicht gleich, das war ein Kindermärchen. Männer waren bedeutender als Frauen, Adlige wichtiger als Bürgerliche. Und Semire war in diesen Stunden das Schicksal von Haus Schneegrund.

Ein Clerronit in einer Kutte, die ausschließlich aus grauen Fransen zu bestehen schien, eilte herbei. Die Umhängetasche mit den Heiltinkturen und dem Verbandszeug sah nahezu geleert aus. Er war alles andere als sparsam damit umgegangen. Semire hatte den mäusegesichtigen, beinahe kahlen, aber doch knabenhaft wirkenden Heiler mehrfach gesehen, wie er Verwundete aus der vordersten Kampflinie geborgen hatte. Auch Kemar. Vielleicht war es ein Glück, dass eine Axt so früh sein linkes Knie zerschmettert hatte. Dass er bei den weiteren Kämpfen nicht mehr dabei gewesen war, mochte dem alten Leibwächter das Leben gerettet haben.

»Du bist ein mutiger Mann«, sagte Semire zum Clerroniten.

»Ich fürchte den Zorn meines Gottes mehr als die Schwerter der Menschen«, gab er zurück.

»Kein Helm?«

Stumm riss er ihren Ärmel über der Wunde auf, betastete sie überraschend zartfühlend und spülte mit Wasser.

»Ich hoffe, du trägst wenigstens einen Harnisch unter deinem Gewand.«

»Wenn mein Dienst in dieser Welt erfüllt ist, werde ich nicht zögern, in die nächste zu gehen.« Er öffnete eine Zinnflasche und reinigte die Wunde mit einer brennenden Flüssigkeit.

Zischend zog Semire die Luft ein.

Die nächste Welt … In ihren Augen war das eine alberne Vorstellung. Bis auf ein paar Verrückte wusste niemand von Begegnungen mit Verstorbenen zu berichten. Vielleicht trieben ihre Gefühle im Wind, wenn man ihre Asche verbrannte, das mochte sein. Aber mehr? Die Gedanken? Die Fähigkeit, zu handeln?

Semires Mutter hatte sie geliebt, aber auf die Gebete ihrer Tochter hatte sie nie geantwortet. Also hatte Semire irgendwann damit aufgehört. Wenn man den Wimpel für ihren Vater im Wald der Erinnerung aufzöge, würde sie wohl die Verse mitmurmeln. Schaden konnte das schließlich nicht, aber eine Wirkung entfalteten sie wohl nur bei den Zurückgebliebenen, die sie beruhigten. Falls es ein Leben nach dem Tod gab, hatte es keine Berührung mit dem Diesseits. Wer ewig leben wollte, musste sich dem Berg überlassen. Semires Vater hatte sich zu spät dazu entschlossen.

»Wie gehen wir weiter vor?«, fragte sie Esgur.

Er sah in die Richtung, wo sich die Schlucht hinter dem Rauch erahnen ließ. »Auf dieser Seite sind die Befestigungsanlagen unbrauchbar. Bevor wir die Stellung härten können, müssen die Trümmer abkühlen.«

Der Clerronit drückte einen Leinenbeutel auf Semires Armwunde. »Jemand muss das festhalten.«

Semire tat es selbst.

»Fest drücken«, wies der Heiler sie an und wickelte einen Verband um den Arm.

Esgur rief Befehle zum Sammeln der Truppen. Obwohl sie hohe Verluste erlitten hatten und es mehr Verwundete als Unverletzte gab, spürte Semire die Zuversicht. Sie hatten die Schwertgrats vor sich hergetrieben. Jetzt sammelten sich die Krieger der Schneegrunds bei den Bannern mit den Eiskristallen. Die Imagolems stellten sich am nächsten zur Brücke auf. Von den drei Magiern, die sie kommandierten, ruhte stets einer aus, damit man auf jeden Fall einen hatte, der seine volle Kapazität nutzen könnte, wenn es hart auf hart käme.

»Können wir die andere Seite erstürmen?«, fragte Semire.

Zweifelnd schüttelte Esgur den Kopf. »Wir haben heute mehr erreicht, als ich für möglich gehalten hätte. Wenn wir es zu weit treiben, verlieren wir alles.« Er sah zurück in die Richtung, wo sich in zwei Meilen Entfernung der Palast der Schneegrunds befand. Natürlich konnte man auch dort nur fünfzig, je nach Wind höchstens hundert Schritt weit sehen, bevor der Rauch alles vernebelte. Auch Esgurs verbliebenes Auge tränte, wie bei ihnen allen. »Eine Rückfallposition bei den Schreinern vielleicht«, murmelte er. »Wenn sie sofort anfangen, die Straßen zu verbarrikadieren, könnten die Palisaden notdürftig fertig sein, bevor die Schwertgrats dort sind. Sie werden vorsichtig vorrücken, weil sie Hinterhalte fürchten müssen. Vor allem bei Dunkelheit.«

Semire schluckte. Dieser Vorschlag bedeutete, den Großteil des heutigen Gebietsgewinns kampflos aufzugeben. Auch den Zugang zu den Feldern, auf denen das Getreide in ein paar Wochen erntereif wäre. Die Weiden für das Vieh. Die Häuser von mehreren Hundert Untergebenen, die auf den Schutz der Schneegrunds vertrauten. Wenn sie diese Menschen in die gesicherte Stellung zurückführten, gingen die Nahrungsmittel noch schneller zur Neige. Und eine Palisade quer durch die Stadtviertel wäre schwierig zu verteidigen. Eine Grenze von einer halben Meile, wenigstens, die bemannt werden musste.

Semire kannte solche Stellungen von Flug und Fall, wo die mittleren Ebenen manchmal dazu führten, dass man eine Figur nach der anderen verlor. Gut zu halten wären die Befestigungen auf der anderen Seite der Brücke, aber ebendiese Brücke war eine Todesfalle, ein Geschenk an die gegnerischen Fernkämpfer. Sie konnten die Seite der Schneegrunds problemlos beschießen und so den Vormarsch ihrer eigenen Truppen mit einem Hagel von Katapultsteinen decken.

Hier durften sie nicht bleiben, erst recht nicht, wenn es dunkel wäre. Sie mussten nach vorn und die andere Seite sichern oder zurück in die Rückfallstellung.

»Wo bleiben die Kalthorns?«, fragte Semire.

»Wir haben noch immer keine Nachricht von ihnen«, sagte Esgur.

»Es scheint, die gesamte Tapferkeit dieser Familie liegt im Herzen von Tarin Kalthorn«, murrte Semire. Er hatte den prächtigen Riesenvogel gefangen, der gestern in der Arena gekämpft hatte. An ihrer Seite wäre er Semire um ein Vielfaches wertvoller gewesen.

Sie hatte den Palast der Kalthorns zuerst aufsuchen wollen, aber die Feindkräfte hatten sie abgedrängt. Sie hatten einen klügeren Weg zur Sonnenbrücke eingeschlagen.

»Imagolems!«, rief der Spähposten, der hinter einem Trümmerhaufen an der Brücke kauerte.

»Werde fertig!«, forderte Semire den Clerroniten auf.

Er benutzte die Zähne, um den Verband einzureißen, und verknotete die so entstandenen Zipfel.

Auf dem Weg zum Posten schwenkte sie probeweise den linken Arm. Er war nicht völlig gefühllos, sie spürte das Pochen ihres Herzschlags in den Muskeln, aber das Schwert könnte sie damit nicht mehr führen.

Hier, unmittelbar an der Schlucht, war die Luft wesentlich besser, der Rauch blieb zurück. Dadurch bot sich der Abgrund Semire jedoch auch in unverschleierter Schrecklichkeit dar. Schon ein flüchtiger Blick hinab machte sie schwindelig.

»Diesmal sind es drei«, meldete der Späher, ein Mann, in dessen rotblondem Bart dunkles Blut klebte. Neben ihm lehnte ein Rechteckschild, den er wohl benutzen wollte, falls Pfeile auf seine Stellung regneten.

Natürlich sah Semire selbst, dass drei Imagolems über die Brücke staksten. Ihre Gestalt erinnerte an Käfer oder Spinnen, aber von einer Größe, die keinen Zweifel daran aufkommen ließ, dass ein einziger Tritt den Brustkorb eines Menschen zermalmen konnte.

»Steinbrenner«, befahl Semire.

»Wir haben vielleicht noch zehn« gab Esgur zu bedenken.

»Verschießt sie alle«, entschied Semire. »Wenn wir sparsam

mit ihnen umgehen, wird der Feind erraten, dass unser Vorrat erschöpft ist.«

»Aber er soll denken, dass wir uns keine Sorge um den Nachschub machen müssen.« Esgur schob einen Finger unter die Augenklappe mit der nackten Frau und rieb seine Narben. »Eine gewagte Täuschung.«

»Nur so halten wir sie davon ab, über die Brücke anzugreifen.«

Der Offizier grinste. »Das gefällt mir. Ihr seid wirklich noch nie auf einem Schlachtfeld gewesen?«

»Es sei kein Platz für eine Dame, sagte man mir.«

»Ich hole die Armbrustschützen.« Esgur und Semire zogen sich zurück.

Sie ging zu den Magiern und forderte sie auf, die Imagolems zur Brücke zu lenken, um den Weg auf ihre Seite zu versperren. Das hätte sie den Steinmännern auch direkt befehlen können, aber wenn die Magier die kleinen Leitfiguren benutzten, ging es schneller, und zudem konnten sie die Sinne der Imagolems nutzen, um den Feind von der vorgeschobenen Position aus zu beobachten.

Von Schildträgern gedeckt, bezogen die Armbrustschützen ihre Stellungen. Für Semires Geschmack warteten sie zu lange, aber sie wollten die letzten Steinbrenner wohl nicht verschwenden.

Jeder Schuss saß. Glutflüssiges Gestein spritzte aus den Leibern der feindlichen Imagolems. Wie bei ihren Vorgängern, die dasselbe Schicksal ereilt hatte, würden auch von ihnen erstarrte Haufen bleiben, gleich ausgekühlter Lava, aber von hellerer Farbe. Zwei der Käferartigen stürzten in den Abgrund, was in Semires Bauch ein flaues Gefühl verursachte. Der Letzte humpelte mit zertrümmertem Hauptkörper auf drei Beinen zurück.

Die Schneegrunds reckten jubelnd die Fäuste empor.

Diesen Moment nutzte eine versprengte Einheit des Feindes, die von den eigenen Truppen abgeschnitten war, um den Durchbruch zu versuchen. Brüllend kam sie aus dem Rauch hervor. Semire erkannte nicht, wie viele Krieger es waren. Plötzlich klirrte wieder überall Stahl, es gab Schreie und Blut spritzte.

Kreischend rannte ein Lanzenträger mit gesenkter Waffe auf Semire zu.

Sie versuchte, den Bidenhänder in eine Parade zu bringen. Schon mit zwei gesunden Armen war das mit einer solch großen Klinge schwierig. Mit nur einem erwies es sich in der Kürze der Zeit als unmöglich.

Ein Kamerad mit einem durchbluteten Verband an einem Stumpf unter der linken Schulter warf sich dazwischen. Ob er den Tod gesucht hatte oder nicht, würde niemals jemand mit Gewissheit sagen können, aber er fand ihn, als er die Lanze mit der eigenen Brust abfing.

Stumm dankte Semire ihm, als sie über seinen zusammensackenden Körper sprang und mit ihrer schweren Klinge einhändig auf den Gegner einstach.

Dieser schlug sie mit der behandschuhten Hand zur Seite und zog gleichzeitig seinen Dolch.

Semires Nackenhaare stellten sich auf. Dieser Mann wusste, was er tat. Das vernarbte Gesicht hatte bestimmt schon vierzig Jahre gesehen, und nicht wenige Kämpfe hatten diesen Veteranen gelehrt, wie man überlebte. Und wie man tötete.

Er packte Semires Klinge, bevor sie sie zurückziehen konnte, und riss sich daran näher.

Da sie ihre Waffe nicht loslassen wollte und der linke Arm nutzlos an ihrer Seite baumelte, blieb ihr nur ein Tritt in den Bauch, um den Gegner so weit auf Abstand zu halten, dass er sie mit dem Dolch nicht erreichen konnte. Sie stolperte unter seiner Wucht, aber immerhin schrammte die Dolchspitze nur an ihrem Helm entlang.

Es sah so aus, als wäre ihr Gegner gefallen, aber in Wirklichkeit ging er nur in die Hocke und stach nach ihrer Wade.

Erschrocken spürte sie den Schnitt, doch das gute Leder ihrer Stiefel hielt wohl das meiste ab. Ihr Schwert war noch immer blockiert, sie trat nach dem Gesicht ihres Gegners.

Unglaublich schnell wich er aus, indem er sich zur Seite drehte – zu ihrer Rechten, wo der gehaltene Bidenhänder ihre Bewegungsfreiheit einschränkte. Zweifellos würde ein entschlossener Dolchstoß den Lederpanzer an ihrer Flanke durchdringen.

Doch dazu kam es nicht. Ein steinernes Schwert stieß so dicht an Semires Rücken vorbei, dass sie den Zug an ihrem Haar spürte. In der Tat trieb eine rote Strähne in der Luft, als sich das Steinschwert durch das Gesicht des Gegners bohrte, Nase und Oberkiefer spaltete und am Hinterkopf wieder austrat.

Der Griff um Semires Schwertklinge erschlaffte. Jetzt sah sie, dass die Schneide durch den Handschuh gedrungen war, aber der Mann hatte dennoch festgehalten. Die blutige Hand fiel zu Boden, als der Kopf vom Steinschwert rutschte.

Erleichtert drehte sich Semire zu ihrem Retter um. Die steinerne Waffe war der rechte Unterarm eines Imagolems aus hellgrauem Granit, dem sie bis knapp unter die Brust reichte. Auf der linken Seite war eine Hand modelliert. Im Gesicht war jede Einzelheit ausgearbeitet, sogar die Härchen, die die Brauen bildeten. Dieser Imagolem war eindeutig Kyrins Werk.

»Deine Meisterin muss in der Nähe sein …« Suchend sah sie sich um. So geschickt agierte ein Imagolem nur, wenn der Geist eines Magiers in seinem Kopf weilte. Zwei weitere Imagolems – einer ebenfalls aus Granit, der andere aus schwarzem Obsidian, der im Feuerschein schimmerte wie Glas – trugen eine eisengepanzerte Sänfte, auf deren Ecken kleine Steintürme standen, die sicher keine reine Zierde waren. Semire bildete sich ein, die abweisende Kraft der Schutzzauber zu spüren.

Barn Falkenkrall eskortierte die Sänfte gemeinsam mit seiner Leibgarde, die er nun in den Kampf gegen den Trupp der Schwertgrats schickte. Er selbst kam grinsend zu Semire. Er trug einen zu großen Brustharnisch, etwas Passendes hatte sich nicht auftreiben lassen. Dadurch erschien er ein wenig kindlich.

»Ist Kyrin da drin?«, wollte Semire wissen.

»Unverletzt und wohlauf.«

Die Imagolems stellten die Sänfte ab und die Magierin stieg heraus. Innen hangelte eines ihrer Äffchen an den Halterungen für die Steinfiguren, die sie benötigte, um ihre Imagolems zu lenken. Sie glättete ihre blaue Lederschürze und knickste.

Wütend schritt Semire zu ihr. »Wo hast du gesteckt?«

Kyrin wagte nicht, ihr in die Augen zu sehen. »Ich hoffe, meine Steinbrenner sind von Nutzen.«

»Das wären sie auch gewesen, wenn du unsere Reihen verstärkt hättest. Ich hätte nie gestatten dürfen, dass du dich entfernst.«

»Ihr hattet keine Wahl.«

»Ich hätte dir dafür den Kopf abschlagen können.«

Kyrin zuckte mit den Achseln. »Auch dann hätte ich Eure Reihen nicht verstärkt. Jetzt dagegen bin ich da.«

»Reichlich spät!«

»Ich hörte, dass es knapp steht.« Kyrin sah hinüber zur Sonnenbrücke. »Die macht Euch Schwierigkeiten?«

Verwundert registrierte Semire, mit welchem Selbstbewusstsein die beinahe fünf Jahre jüngere Frau auftrat. Sie schien vollkommen in sich zu ruhen, als stünde sie in einem gut gepflegten Garten, nicht inmitten eines rauchenden Trümmerfeldes. Doch bei näherem Hinsehen erkannte Semire auch die Erschöpfung auf dem Gesicht der Magierin. Im Rauch gekämpft haben konnte sie jedoch nicht, dazu war sie zu sauber. Das tränenförmige Muttermal links neben der Nase hob sich gut auf der hellen Haut ab.

»Von hier aus vermögen wir die Brücke nicht zu halten«, erklärte Semire, »aber die andere Seite können wir auch nicht erobern. Wenn wir sie verlieren, wird nur eine Wand aus Brettern zwischen den Schwertgrats und unserem Palast stehen. Und auch das wird dich sicherlich interessieren: Die letzten Steinbrenner haben wir vorhin verschossen.«

Immerhin streckte der gegnerische Trupp, der versucht hatte, sich auf die andere Seite durchzuschlagen, nun die Waffen. Klappernd fielen die Klingen auf die Pflastersteine. Dennoch hatten die Heiler wieder etwas zu tun.

»Also nutzt die Brücke nur dem Feind?«, fragte Kyrin. »Wir kämen besser ohne sie klar?«

Zweifelnd betrachtete Semire die Imagolems. Sicher, sie waren so stark wie zehn Männer, aber die Brückenpfeiler durchmaßen zehn Schritt ... Doch Kyrin verfolgte bestimmt eine Absicht mit ihrer Frage.

Esgur gesellte sich zu ihnen. Mit einem Nicken grüßte er Barn Falkenkrall und Kyrin.

»Ohne die Sonnenbrücke erreicht uns kein Nachschub aus der Stadt«, überlegte Semire. »Aber den wird Haus Schwertgrat ohnehin auf der anderen Seite blockieren. Das wirft uns auf die Flaschenzüge zurück. Die sind doch noch in unserer Hand?«

»Über diesen Weg bin ich zurückgekehrt«, bestätigte Kyrin.

»Mit einer schweren Last«, ergänzte Barn. »Verhüllt unter schwarzen Tüchern, wie man sagt.«

»Neuigkeiten reisen schnell, besonders in Kriegszeiten«, meinte Kyrin.

Bestimmt hatte dieses Ding, worum auch immer es sich dabei handelte, etwas mit dem Auftrag zu tun, den Kyrin für Semires toten Vater ausgeführt hatte. Ihren Vater, der nun bereits Asche in einem edlen Behältnis sein mochte ...

Kopfschüttelnd verscheuchte Semire die Überlegung. Damit konnte sie sich beschäftigen, wenn die Stellung gesichert wäre. »Die Zerstörung der Brücke würde uns Zeit kaufen.«

»Wie stellt Ihr Euch das vor?«, wollte Esgur wissen. »Wir müssten schwere Katapulte heranführen. Bis das gelingt, ist es Mitternacht.«

Semire sah die kleinere Frau an. »Du hast einen anderen Plan, Kyrin.«

Der Blick der Magierin schweifte über das Gefechtsfeld. Durch die verstreuten Trümmer war nicht mehr zu erkennen, wo der Sonnenmarkt endete und die Bebauung begonnen hatte. Schlimmer mussten aber die Leichen und das Blut wirken. Semire nahm sie wahr, doch das Grauen berührte ihr Inneres nicht. Sie ahnte, dass es anders werden würde, wenn die Aufregung des Kampfes erst von ihr wiche. Im Gesicht des Lanzenträgers, in dessen Kopf das Steinschwert gesteckt hatte, klaffte eine riesige Wunde, unterhalb derer das dunkle Blut alle Konturen verwischte.

»Hast du schon einmal getötet?«, fragte Semire.

»Meine Imagolems ... einige Male«, antwortete Kyrin. »Wenn es notwendig war.« Suchend drehte sie sich um die eigene Achse. »Ich muss in den Marktturm.«

»Der ist geschleift«, sagte Semire.

»Was ich brauche, befindet sich im Keller.«

»Die Ruine dort vorn.« Esgur zeigte auf einen runden Steinhaufen, etwa ein Stockwerk hoch. »Aber wenn wir dort die Trümmer wegräumen, stehen wir nah an der Schlucht. Die Geschütze der Schwertgrats können uns dort erreichen.«

»Ich führe einen Ablenkungsangriff auf die Brücke!«, bot Barn an. »Ich und meine Leibgarde.«

Sein Gesicht glänzte nicht nur vom Schweiß. Bislang hatten sich seine Leute weitgehend herausgehalten. Jetzt wollte der Adelsspross wohl nicht mehr zurückstehen.

»Ihr seid kein Schneegrund!«, wandte Esgur ein. »Es steht Euch nicht zu, unser Banner in die Schlacht zu führen.«

»Dann bleibt besser an meiner Seite«, er grinste, »damit Eure Ehre keinen Schaden nimmt!«

Er lernte schnell. Im Morgengrauen hatte Semire bewiesen, dass man die Krieger allzu leicht bei ihrer Ehre packen konnte.

Sie überlegte, ob sie es den Männern, die für sie starben, schuldig war, sie selbst anzuführen. Aber mit einer Armwunde wie der ihren hätte sie das auch von keinem Offizier verlangt.

Sie legte ihr Schwert ab. Die Finger der Rechten zitterten. Sie schienen sich nur widerwillig von der Waffe zu lösen.

Semire nahm den Dolch, den ihr letzter Gegner geführt hatte, und schnitt damit einen Streifen von ihrem ohnehin zerfetzten Ärmel. Sie reichte ihn Barn. »Tragt dieses Band als Zeichen meiner Gunst.«

Selbst über all den Rauch, den Schweiß und das Blut roch sie sein Duftwasser, als er mit einer formvollendeten Verbeugung ihre Hand küsste. Veilchen. Wäre es nicht eine bessere Welt gewesen, wenn sie alle die Veilchen mehr geliebt hätten als den Stahl und die Ehre?

»Es soll nur eine Ablenkung sein«, erinnerte Semire. »Kehrt zu mir zurück, Barn Falkenkrall.«

»Kein Schwergrat wird mich davon abhalten können.« Er grinste wie ein Junge, als er das sagte. Ihm fehlte die Erfahrung, die Semire am heutigen Tag gesammelt hatte. Er dachte noch immer, dass der Tod etwas sei, das ihn nicht beträfe.

Auf der Brücke rückten zuvorderst die Imagolems der Schneegrunds vor, gelenkt von den drei Magiern, die sie bereits den gesamten Tag leiteten. Dahinter folgten vier Reihen von Schildträgern, die Bogen- und Armbrustschützen deckten. Eine Gefahr lag darin, dass der Feind seine eigenen Imagolems schicken könnte, wodurch offensichtlich würde, dass sämtliche Steinbrenner verschossen waren. Kyrin wusste, dass sie neue herstellen musste. Sie würde wohl auch die anderen Magier des Hauses einweihen müssen. Und sie gab sich keinen Illusionen darüber hin, dass die Gegner länger als einen Mond brauchen würden, um selbst Ähnliches zu meißeln. Wenn Steinmeister Agohn auf ihrer Seite war, würde es höchstens eine Woche dauern.

Den Abschluss der Truppen auf der Brücke bildeten die Nahkämpfer, der größte Teil, etwa dreihundert. Barn Falkenkrall kommandierte sie, während Esgur den Oberbefehl für den Einsatz behielt.

Mit den Einzelheiten des Schlachtplans hatte sich Kyrin nicht beschäftigt, ihre Aufgabe war eine andere. Auf dem Weg hierher hatte sie die Aufzeichnungen aus Graf Golars geheimem Zimmer studiert, dem Bleikeller, in dem sie ihrem Förderer oft geholfen hatte, seinem Traum eine Form zu geben. Sie hoffte, das würde reichen, um die entscheidende Tat des Abends zu vollenden.

Als die Geschosse flogen und die ersten Männer auf der Sonnenbrücke starben, war die Abenddämmerung schon so weit fortgeschritten, dass die gegenüberliegende Seite der Schlucht zu einem durchgängigen Schattenriss zusammenfloss. Kyrin, Semire und ein geschickter Imagolem, dem der Name Isidiel über das Herz gemeißelt war, liefen begleitet von einer Handvoll

Leibwachen geduckt und die Deckung ausnutzend zur Ruine des Turms, in dem die Marktaufseher den Handel überwacht, Streitigkeiten geschlichtet und Strafen verhängt hatten.

Die Truppen wurden zwar beschossen, erreichten aber die andere Seite der Brücke, bevor sich ihnen Nahkämpfer entgegenstellten. Dort bedrängten die Schwertgrats sie von drei Seiten. Kyrin hörte einen Magier aufschreien, dessen Geist wohl in einem Imagolem steckte, als dieser zertrümmert wurde.

Kyrin hatte Isidiels Leitfigur dabei, aber er war geschickt und verständig genug, um auf verbale Anweisung hin die Trümmer über dem Abstieg in den Keller fortzuräumen. Zu dritt stiegen sie hinab, die Wachen zogen oben einen Sicherungskreis.

Erst unter der Erde wagte Kyrin, ihre Laterne zu entzünden.

»Du und mein Vater …«, begann Semire.

Kyrin sah sie an. Die Grafentochter war eine barbarische Erscheinung, mit dem Blut im verrußten Gesicht, dem verklebten Haar, das unter dem Eisenhelm hervorkam, dem Verband um den linken Arm, dem an vielen Stellen zerfetzten Kleid, über dem sie eine Lederrüstung trug … Ein Schwert hing an einem Gehänge an ihrer Seite, viel kürzer als das, was sie bei Kyrins Eintreffen benutzt hatte. Aber ihre Miene – soweit sie im Licht der Laterne und unter all dem Schmutz im Gesicht zu erkennen war – zeugte nicht von Brutalität und Härte. Auf Kyrin wirkte sie nachdenklich. Vielleicht sogar verletzlich, hier, wo die Männer, die sie in die Gefahr schickte und denen sie offenbar auf dem Weg dorthin vorangegangen war, sie nicht sahen.

»Was ist mit Eurem Vater?«

Semire räusperte sich. »Das können wir später klären. Ich bin sicher, du hast uns hergebracht, weil es etwas Wichtiges zu tun gibt. Ich will dabei helfen.«

»Es gibt wenig, was Ihr tun könnt.« Kyrin schwenkte die Laterne und holte dadurch Gewichte, Maßstöcke, Scheffel und geeichte Eimer aus dem Dunkel. Auf einem grauen Block in der Mitte des Kellerraums stand eine bronzene Balkenwaage.

»Es muss etwas geben, das ich tun kann.« Semire sagte es beinahe bettelnd. Vielleicht fürchtete sie die Gedanken, die kämen, wenn sie nach all dem Schlachten ohne Beschäftigung wäre.

Kyrin gab ihr die Laterne. »Ihr könnt leuchten.«

»Was suchen wir?«

»Wir haben es hoffentlich schon gefunden.«

»Die Waage?«

»Fast.« Kyrin hielt Isidiels Leitfigur vor die Stirn. Es fiel ihr leicht, sich auf diesen Imagolem einzustimmen, sie hatte ihn oft benutzt. Sie ließ ihn an den einen Schritt breiten Block treten. Er bestand aus Blei, ein Mensch hätte ihn nicht stemmen können. Der Imagolem dagegen hob ihn mitsamt der daraufstehenden Waage senkrecht hoch, schwenkte ihn zur Seite und stellte ihn wieder ab.

Wie erhofft, war er hohl und unten offen. Die Aussparung hatte zwei Modelle verborgen.

Das eine war eine Sandsteinskulptur, die auf den ersten Blick wie ein in mehreren Zylindern aufgerolltes Netz aussah. Die zweite Darstellung war fest mit dem Boden verbunden, sie wuchs gewissermaßen aus dem ockerfarbenen Sandstein. Eine Miniatur der Sonnenbrücke, in diesem Modell umwunden von einer verschlungenen Kette.

Semire hockte sich hin und brachte die Laterne nahe an das Brückenmodell. Ihr linker Arm hing dabei schlaff herab. »Was ist das?«

»Ein Bannzauber«, erklärte Kyrin mit trockenem Hals. Der Lichtschein enthüllte Einzelheiten in den Brückenaufsätzen, die einen wahren Meister verrieten. Die Kette wirkte so natürlich, als könnte man sie vom Modell lösen. Dabei war sie aus ein und demselben Stein geschlagen. »Dieser Sandstein ist mit der Brücke verbunden«, flüsterte Kyrin. »Es ist derselbe Fels.«

»Und er bannt … die Brücke?«

Kopfschüttelnd nahm Kyrin die andere Figur auf. Wegen des Gewichts brauchte sie beide Hände dafür. Auch diese Skulptur war ein Meisterwerk. Das Netz entpuppte sich als ein Geflecht von Figuren mit gespreizten Armen und Beinen, wobei jede die Fußgelenke von zwei anderen hielt, die in der nächsthöheren Reihe modelliert waren. So entstand ein geschlossenes Gitter aus vier Säulen, die oben durch eine waagerechte Komponente verbunden waren. Vier Säulen, wie die Sonnenbrücke.

»Das sind …«, setzte Semire an. »Sind das Imagolems, die einander festhalten?«

»Einhundertsiebenundsiebzig«, bestätigte Kyrin. »Die Seelen von Verbrechern, zur Bewegungslosigkeit verdammt.«

Semire blickte zwischen dem netzartigen Modell und der mit einer Kette umwundenen Brücke hin und her. Sie begriff.

Die Magierin setzte sich im Schneidersitz und stellte die Figur der Imagolems auf ihren Schenkeln ab. »Ich brauche einen Moment, um mich auf sie einzustimmen. Unsere Leute sollten sich von der Brücke zurückziehen.«

»Ich sorge dafür!« Semire stieg die Treppe hinauf, wobei sie die Laterne auf einer der unteren Stufen abstellte.

Kyrin nahm Isidiels Leitfigur und befahl ihm, ihre Aufmerksamkeit in den Keller zurückzuholen, wenn Semire oder ein anderer Mensch ihn betraten.

Ihre Fingerkuppen strichen über die miteinander verbundenen Figürchen. Sie spürte Füße, Kniegelenke, Gesichter, auch fremdere Formen, wenn der jeweilige Imagolem nicht nach dem Vorbild eines Menschen modelliert war … meisterlich …

Ob heute ein Magier lebte, der so etwas vollbringen konnte? Agohn vielleicht? Oder Abuliar, wenn die Traumblüten ihn nicht blind gemacht hätten?

Wenn sie bedachte, wie zierlich die einzelnen Figürchen waren, ahnte sie, wie fein der Meißel gewesen sein musste, der dies geschaffen hatte, wie präzise die Schläge. Hier konnte man nicht kaschieren, wenn zu viel abgetragen war, und sie ertastete auch keine einzige Stelle, an der etwas geklebt worden wäre.

Dieses jahrhundertealte Werk war filigran wie der Flügel einer Libelle. Und doch war es ein Abbild der Qual. Es stand für einhundertsiebenundsiebzig Seelen, die sich keine Fingerbreite bewegt hatten, während Generationen die Schlucht auf der Brücke, die diese Imagolems hielten, überquert hatten.

Kyrin musste sich dieser Qual öffnen. Der Gedanke erschreckte sie, doch je länger sie zögerte, desto mehr Schneegrunds starben dort draußen. Es mochte sogar sein, dass der Feind die Brücke einnähme, über den Sonnenplatz und durch die anschließenden Handwerkerviertel stürmte und den nur noch von Schwerverletzten gehaltenen Palast eroberte. Dann würde er alles zerschlagen und niederbrennen, was an Graf Golar erinnerte, den Mann, dem Kyrin verdankte, jeden Tag satt zu werden und jede Nacht einen trockenen und warmen Platz zu haben, an dem sie ihr Haupt betten konnte. Dieser Gedanke gab den letzten Anstoß, den sie brauchte, um ihren Geist auszusenden.

Kyrin hatte mit feindseligem Widerstand der Imagolems gerechnet, aber sie begrüßten sie wie Dürstende eine Wasserverkäuferin. So lange schon waren sie in der Sonnenbrücke eingemauert! Sie hörten die Schritte über sich und spürten die Erschütterung, wenn eisenbeschlagene Räder von Karren von einer Seite zur anderen rumpelten. Doch sie sahen nichts, schmeckten nichts, rochen nichts. Niemand sprach mit ihnen und auch untereinander vermochten sie sich nicht zu verständigen, denn sie konnten noch nicht einmal die Kiefer bewegen. Kyrin fragte sich, weshalb man sie überhaupt dergestalt ausgeformt hatte. Gehörte es zu ihrer Strafe, diese Möglichkeiten prinzipiell zu besitzen, aber nicht nutzen zu können? Oder hatte man sie gar ursprünglich für einen anderen Zweck geschaffen und erst nachträglich dazu bestimmt, die Brücke zu halten? Kyrin nahm sich vor, später die Einzelheiten in den Aufzeichnungen zu studieren. Nächste Woche. Wenn hier getan war, was die Pflicht gebot, würde sie erst einmal ausruhen. Auch der Dunkelsee hatte sie angestrengt.

Die Leichtigkeit, mit der sie Kontakt zu den Imagolems bekam, machte sie leichtsinnig. Plötzlich drängten sie in ihren Verstand. Sie gierten nach den Wahrnehmungen ihres Fleisches. Sie wollten durch ihre Augen sehen. Der Drang traf sie mit solcher Wucht, dass sie sich drehte und umsah, ohne es zu wollen. Der durch die Laterne schwach beleuchtete Keller war für die Imagolems eine Augenweide. Sie sogen die Formen von Waagen und Maßstäben auf. Isidiel betrachteten sie mit Bewunderung und Neid. Für sie war Kyrins Imagolem ein Bruder, der in Freiheit lebte, obwohl auch er an den Willen seiner menschlichen Meister gebunden war, gehorchen musste, wann immer er das Wappenzeichen von Haus Schneegrund sah.

Mit großer Anstrengung schloss Kyrin die Lider. Sie war nicht hier, um den Imagolems zu Gefallen zu sein, sondern um ihnen zu befehlen. Sie zwang ihre Aufmerksamkeit in die steinernen Körper der Eingemauerten. Umgeben von Dunkelheit, einander haltend, harrten sie aus.

Einige von ihnen bemerkten die Anwesenheit der Magierin erst jetzt. Kyrins Finger huschten über das Gitterwerk der Leitfigur, die aus so vielen Figürchen bestand. Ihr Geist sprang von Imagolem zu Imagolem. Sie weckte, forderte. Und sie lockte. Ihr Versprechen: Die Isolation würde zu einem Ende kommen.

Sehnsucht brandete ihr entgegen, Hoffnung, manchmal Zweifel, den sie brutal mit der Macht zerriss, die ihr die Figur auf ihren Schenkeln gab. Mit der Furcht war es schwieriger. Manche Imagolems wollten das bekannte Leid nicht gegen Ungewissheit eintauschen. Und einen fand sie, der begriff, dass Kyrin ihnen mit den wenigen Herzschlägen der Freiheit auch den Tod bringen würde. Er war jedoch einverstanden damit.

Kyrin wusste nicht, wie lange ihr Geist durch das Netz einander haltender Imagolems gewandert war, als sie eine Berührung zwischen den Schulterblättern spürte. Sie öffnete die Augen.

Semire leuchtete vor ihr mit der Laterne. Ihr linker Arm sah übel aus, der Verband blutete durch. Sie sah über Kyrin hinweg.

Die Magierin drehte sich um. Wie erwartet stand Isidiel hinter ihr. Aber sie durfte ihre Aufmerksamkeit nicht von den Imagolems in der Brücke lösen. »Sind unsere Leute zurück?«, fragte sie träge.

»Sie haben die Brücke verlassen«, bestätigte Semire. »Aber die Schwertgrats drängen nach. Sie haben erkannt, dass uns die Steinbrenner ausgegangen sind.«

»Die brauchen wir nicht mehr.« Kyrin zeigte auf das Modell der mit einer Kette umwundenen Brücke, das nicht nur aus demselben Fels gemeißelt, sondern sogar mit ihr verbunden war.

Deswegen stand der Marktturm so nah an der Schlucht. »Isidiel – zermalme es!«

Der Imagolem ging um sie herum und zog sein rechtes Knie so hoch, dass es beinahe die kantig geschlagene Brust berührte. Dann stampfte er auf das Modell.

Dieser Gewalt hatte das aus Sandstein fein gestaltete Kunstwerk nichts entgegenzusetzen. Der granitene Fuß drang durch bis zum Boden. Steinsplitter flogen durch den Raum, einige trafen Kyrin, andere klickten gegen das Glas von Semires Laterne. Ockerfarbener Staub stieg auf.

Isidiel gab sich nicht damit zufrieden, die Mitte des Modells zerstört zu haben. Er machte mit den Seiten weiter, aber für den Bannzauber war das bedeutungslos. Er war gebrochen.

Kyrin schloss die Augen und sandte ihren Geist wieder in die Imagolems. »Ihr seid frei!«, murmelte sie. »Streckt euch! Bewegt euch! Zerstört, was euch so lange gefangen hielt! Eure Freiheit ist mehr als der verdämmernde Traum, als der sie euch erscheint.«

Die meisten folgten ihr willig und die anderen waren ihrer Beachtung nicht wert. Ihre Zögerlichkeit machte keinen Unterschied. Genügend Imagolems nutzten die lange gelähmte Kraft ihrer Glieder und brachen die Steinblöcke, die die Brücke trugen. Mit jedem Fingerbreit Bewegungsfreiheit, den sie dadurch gewannen, ging es schneller. Bald konnten sie ausholen, um wuchtige Schläge zu führen, dann auch Tritte, und schließlich zerrissen sie das Innere der Pfeiler wie tollwütige Wölfe.

Kyrin hörte das Krachen, das Knacken, das Donnern. Der Boden, auf dem sie saß, zitterte. Sie blickte durch die Augen eines Imagolems, der nach Jahrhunderten das erste Mal in die Weite sah, die nächtliche Schlucht, wie eine lichtlose Straße, die zum Horizont führte, in den Sternenhimmel. Die Empfindung der Schönheit rührte selbst die steinerne Brust und die Magierin weinte. Dann drängte ihn ein anderer Imagolem hinaus, er tat den Schritt in die Leere und stürzte in den Abgrund.

Kyrin öffnete die Lider. »Es ist getan.«

Das Donnern steigerte sich, die Schlucht verstärkte den Schall.

Die Imagolems brauchten keine Anleitung mehr. Sie würden ihr Gefängnis vollständig zerstören und selbst in die Tiefe stürzen. Kyrin bezweifelte, dass einer von ihnen den mehrere Hundert Schritt tiefen Fall überstünde. Falls doch, sollte er fortan frei sein – was immer das bei einem Imagolem bedeutete, dessen Verstand auf das Dienen und eine spezielle Aufgabe hin geformt war.

Erst als sie das Modell von ihren Schenkeln nahm, merkte Kyrin, wie schwer es darauf gelastet hatte. Sie stellte es neben sich ab und stand auf.

Isidiel ragte wie eine Statue vor ihr auf. Um seine Füße lagen Splitter aus Sandstein, von denen keiner größer war als ein Fingerglied.

Hinter sich hörte Kyrin Semire. »… alles gut.«

Stirnrunzelnd drehte sie sich um.

Die Laterne stand neben Semire, die auf der zweiten Treppenstufe saß. Barn Falkenkrall lag auf dem Boden, sein Kopf auf ihren Schoß gebettet. Drei Pfeile hatten den Harnisch durchschlagen und sich in seine Brust gebohrt. Wahrscheinlich steckten nun verzauberte Steinspitzen in seiner Lunge, wofür auch sprach, dass er offensichtlich Blut gehustet hatte. Die dunkle Flüssigkeit klebte an seinem Kinn und im Hemd.

Semire hielt seine linke Hand. Mit der rechten gab er ihr zitternd den Fetzen Stoff, den er für sie in die Schlacht getragen hatte. »Ich wäre nicht der schlechteste Gemahl gewesen.« Sein Lachen ging in ein Husten über, dem ein Blutschwall folgte. »Meinem Vater hat mein Leben stets missfallen. Ich bitte Euch, sagt ihm, dass ich tapfer starb.«

Draußen donnerte noch immer die einstürzende Brücke. Kyrin glaubte auch, Todesschreie zu hören. Da die Imagolems nicht zu so etwas neigten, kamen sie wohl von den Schwertgrats.

»Ich sage es ihm«, versprach Semire. »Ihr werdet nicht umsonst gestorben sein, Barn Falkenkrall.«

»Barn«, keuchte er. »Nennt mich nur Barn. Wenigstens im Tod will ich mir selbst gehören und nicht meiner Familie.«

»So soll es sein.« Semire küsste seine rußverschmierte Stirn. »Barn.«

Er starb mit einem Lächeln, in dem auch ein wenig Trotz lag.

Semire drückte seine Augen zu.

Sie war nicht die eitle Grafentochter, die Kyrin stets in ihr gesehen hatte. Jetzt und hier war sie die Herrin des Tiefen Hauses Schneegrund.

DRAMATIS PERSONAE

In Prolog und Kapitel Eins

Bûna (w, 46): eine einsame Frau mit Interesse an gesellschaftlichen Dingen.

Derrek Eichfrost (m, 13): ein junger Adliger, interessiert am Geschlechterspiel.

Ferlir (m, 35): ein Krieger von Haus Schneegrund.

Golar von Schneegrund (m, 34): als Graf und Lichtmeister einer der einflussreichsten Adligen des Tiefen Hauses Schneegrund.

Gritta (w, 12): ein aufregendes Mädchen.

Ilûna (w, 42): eine geschickte Frau, der ihr eigenes Leben nicht das Wichtigste ist.

Kemar (m, 45): Semires Leibwächter und Aufseher.

Matz (m, 46): ein Lichtknecht, der bislang für Haus Adlerhoch tätig war.

Quilûn (m, 12): ein verträumter Junge, Sohn von Lichtknechten.

Semire von Schneegrund (w, 14): eine Grafentochter, die für ihre Taten respektiert werden will.

Tinya (w, 18): eine Magd, die im Weinberg der Eichfrosts arbeitet.

Ab Kapitel Zwei

Abuliar (m, 72): ein Phantom, ein Genie, ein Meistermagier, der die Welt meidet.

Agohn (m, 70): der oberste Magier des Berges.

Aliére (w, 18): eine junge Frau, die ihre Reize einsetzt, um auf dem Berg ihr Glück zu finden.

Alion Eisklamm (m, 41): ein Baron, der sich Graf Golars Reisegesellschaft angeschlossen hat.

Alita Blitzdorn (w, 28): eine über jedes verständliche Maß hinaus liebende Gattin.

Aljani Habichtsruf (w, 40): eine Adlige, die ihr Leben genießt, ohne darauf zu achten, was man von ihr hält.

Anthurel Blitzdorn (m, 26): ein ehemaliger Gassenjunge, zum Magier ausgebildet und durch Heirat zum Baronet aufgestiegen.

Arlor (m, 25): ein begabter Waffenschmied, der eine besonders starke Armbrust entwickelt hat.

Asmodel: ein Imagolem mit feinen Sinnen.

Barn Falkenkrall (m, 29): ein ambitionierter Mann, der in seiner Vorliebe für Männer kein Hindernis für dynastische Bestrebungen sieht.

Baschil (m, 52): ein gravilischer Veteran.

Brotan (m, 25): ein hünenhafter Krieger, der um die neue Heimat seines Volkes kämpft.

Buhm (m, 28): ein kräftiger Fechtlehrer ohne Zunge.

Bûna (w, 62): eine auch im Alter an gesellschaftlichen Dingen sehr interessierte Dame.

Caliga (w, 52): eine in allem Weiblichen sehr erfahrene Frau.

Derrek Eichfrost (m, 29): ein Baron, der gern in wenig vornehmer Gesellschaft rauft.

Domor Eichfrost (m, 37): ein Magier mit dem Auftrag, Steuern einzutreiben.

Doriam (m, 9): ein Dorfjunge, der sich starke Feinde macht.

Elaimon Ohne-Namen (m, 18): ein junger Mann, der den Ruhm seines Tiefen Hauses gegen den Ruhm der Arena getauscht hat.
Emala (w, 103): die wichtigste Zauberpriesterin Graviliens, beseelt vom Wunsch, die alte Heimat zurückzugewinnen.
Emin Winterstahl (m, 60): ein treuer Gefolgsmann des Tiefen Hauses Schneegrund.
Erimio Winterstahl (m, 36): ein Baronet, der sich Graf Golars Reisegesellschaft anschließt.
Erlyk (m, 11): ein verträumter Junge mit einer Begabung für Pflanzen.
Eron (m, 26): ein gravilischer Krieger.
Erris (m, 32): ein Magier, der sich als Mitglied eines erlauchten Zirkels versteht.
Esgur (m, 48): ein erfahrener Feldherr in Haus Schneegrunds Diensten.
Gastos (m, 30): ein Gladiator, der die Gunst der Menge genießt.
Ginto (m, 37): ein Bauer aus Alliental, der sich im Wald auskennt.
Golar von Schneegrund (m, 50): als Graf und Landvogt Oberhaupt des Tiefen Hauses Schneegrund.
Heronn (m, 29): ein gravilischer Krieger.
Imilia Eisklamm (w, 39): eine Baronin, die Graf Golar auf seiner vermutlich letzten Reise begleitet.
Isbar Schneidruhm (m, 25): ein auf die Wahrung der Form bedachter Adliger.
Iselja (w, 20): eine magere Blume mit hüftlangem Haar.
Isidiel: ein kluger Imagolem.
Jasir (m, 50): ein Mann, der seinen Reichtum dem Anschein verdankt, arm zu sein.
Jolin Falkenkrall (m, 33): ein Adliger, der die Pflicht am Haus höher einschätzt als die Pflicht gegenüber seiner Gemahlin.
Jonne (m, 40): ein besorgter Dorfschulze.
Kallin: ein Äffchen mit gesundem Appetit.
Kell: ein Äffchen, das die Ruhe schätzt.

Kemar (m, 61): ein gealterter Leibwächter, dessen Loyalität seine Fähigkeiten übersteigt.
Kodreen (m, 49): ein gravilischer Veteran.
Krabaan (m, 40): als Bannerführer ein hoher Offizier im gravilischen Militär.
Kyrin (w, 26): ehemals ein Gassenmädchen, jetzt eine begabte Magierin, die meisterlich menschenähnliche Imagolems meißelt.
Lastonn (m, 40): ein Magier, der in der Verwaltung der Zauberwerkstätten ein Wort mitzureden hat.
Lepp: ein neugieriges Äffchen.
Listam (m, 16): ein Kundschafter, der Schwierigkeiten mit Waffen hat.
Orim Flutgrau (m, 35): ein Galan auf Brautschau.
Owasa (w, 20): eine dunkle Blume im *Lustgarten*.
Predell (m, 20): ein der Zauberpriesterin über das erwartbare Maß hinaus ergebener Gardist.
Quaraskar (m, 25): ein Spieler, der vor seinen Freunden einiges wagt.
Quilûn (m, 28): ein hochbegabter Maler.
Rellahn (m, 50): ein sorgfältiger Schreiber.
Rubahn (m, 38): der Befehlshaber der Feste am Dunkelsee.
Semire von Schneegrund (w, 30): eine Adlige, die mehr sein will als die Tochter eines Grafen.
Tarima Eichfrost (w, 30): eine stolze Adlige.
Tarin Kalthorn (m, 34): ein Abenteurer, der schon viele Bestien für die Arena gefangen hat.
Tarisonn (m, 30): ein Weinender Mann.
Tomalion Eichfrost (m, 27): ein junger Adliger, der im Zwielicht das Abenteuer sucht.
Umirea (w, 25): eine der wenigen weiblichen Gladiatorinnen.
Usella (w, 24): eine täuschend kindlich wirkende Blume.
Zimila Eisklamm (w, 20): eine hübsche Adlige und nicht übermäßig schlechte Partie.
Zoran (m, 28): ein Gardist, der eine gemütliche Schicht zu schätzen weiß.

GLOSSAR

Almahn: der Fluss, der den Berg herauffließt.
Aquebalêebuula: Eigenbezeichnung der amphibischen Lebewesen, die das Flussland südlich des Torn beanspruchen.
Bidenhänder: ein zweihändig geführtes Schwert.
Blume: ein Freudenmädchen, das im *Lustgarten* arbeitet.
Caldon: die Hauptstadt Graviliens.
Clerron: ein Heiliger, der sich um die Kranken, Verwundeten und Elenden kümmerte.
Clerroniten: der Orden, der dem heiligen Clerron nacheifert.
Gravilien: ein Reich südlich des Imperiums, gegründet von einem Volk, das vor Jahrhunderten vom Berg vertrieben wurde.
Gravioner: die Herren des Bergs, bevor die Gründer des heutigen Imperiums sie vertrieben.
Hellebarde: eine Stangenwaffe mit einer Mehrfachspitze, die meist einen Reißhaken, einen Stoßdorn und eine Axtklinge vereint.
Ianapat: der Berg der Magie und Heimat der Unsterblichen. Er hat mehrere Nebengipfel, wie etwa den Uranier, den Garohl und den Tarrun.
Imagolem: ein mit dem Geist eines Verstorbenen beseelter Steinmann.
Landvogt: ein Adliger, dem sämtliche Ländereien eines Tiefen Hauses jenseits des Bergs unterstehen.

Leitfigur: eine Statuette, mit deren Hilfe ein Magier den Geist eines Imagolems übernehmen kann.

Lichtbereiter: ein Arbeiter, der den Weg freischlägt, den die Lichtstrahlen in die Tiefe nehmen.

Lichtknecht: ein Arbeiter, der die Spiegel reinigt, die das Licht in die Tiefe leiten.

Lichtlenker: ein Arbeiter, der die Eingangsspiegel für die Lichtstrahlen ausrichtet, sodass die Sonnenstrahlen in die Tiefe geleitet werden.

Lichtmeister: ein Adliger, der für sein Haus die Verantwortung in allen Bereichen übernimmt, die damit zusammenhängen, das Sonnenlicht zu den Gärten der Unsterblichen zu bringen.

Lonrar: ein Fluss, der am Ianapat entspringt.

Magie: die Möglichkeit, den eigenen Willen Gestalt annehmen zu lassen. Die Kraft dazu liegt im Stein, der entsprechend der gewünschten Wirkung geformt werden muss.

Magier: jemand, der Magie praktiziert. In der Regel in der Zauberwerkstatt ausgebildet. Standeszeichen ist eine Lederschürze, deren Farbe über den Rang Auskunft gibt und mittels Silberapplikationen weitere Informationen zum Träger bietet.

Quadra: eine Flechte mit halluzinogener und mutierender Wirkung.

Sanktuarium: ein Heiligtum.

Steinmeister: der oberste Magier des Berges und der Einzige, dem eine weiße Lederschürze zusteht.

Tiefes Haus: eines der edelsten Adelsgeschlechter auf dem Berg der Macht.

Torn: der Grenzfluss zwischen dem Imperium und Gravilien.

Trellopp: ein Riesenvogel, der mit Vorliebe Schweine und Schafe schlägt.

Weinender Mann: ein Verurteilter, der bis auf seine Augen, über die permanent Wasser fließt, versteinert wurde.